大城貞俊
評論集

多様性と再生力

——沖縄戦後小説の現在と可能性

コールサック社

多様性と再生力

――沖縄戦後小説の現在と可能性

目次

第Ⅱ部　沖縄文学の多様性と可能性

付録

多様性と再生力

――沖縄戦後小説の現在と可能性

大城貞俊

序辞
沖縄で文学することの意味
——極私的体験論から普遍的文学論へ

1

沖縄文学の特質は、一つに戦争体験を作品化すること、二つに国際性に富んでいること、三つに地方語であるウチナーグチを共通語を使用した日本文学の中にどう取り込んでいくかということ。この三つの特質が際立っていると言えるだろう。

　戦争体験の作品化は、特に沖縄戦の体験を土地の記憶の継承として多くの作家たちが取り組んでいることでも肯われる。沖縄戦では24万人余の死者が出た。その中で14万人余の人々が沖縄県民である。当時の沖縄県の人口は50万人から60万人と言われているから、県民の4人に一人が犠牲になったことになる。この悲惨な体験を無駄にすることなく平和国家を希求することを目指した県民の願望は、沖縄で文学する人々の願望とも重なったのである。

　二つめの国際性に富むとは、外国人との交流を描いた作品や国外を舞台にした作品が多いということだ。沖縄は戦前から貧しい移民県であった。日本の移民は１８６８年の明治維新とともに始まったとされている。ハワイ、米本国、チリ、フィリピン、ペルーなどが主な移民国となったようだ。沖縄の移民は、「沖縄移民の父」と称される當山久三の奨励と斡旋により１８９９年にハワイへ向けて出発したのを始まりとしているようだ。１９０８年には初のブラジル移民７８１人が笠戸丸に乗って海を渡る。そのうち３２５人が沖縄県民であったという。そして戦後もなお移民を余儀なくされる特殊な状況が発生する。先の大戦の敗戦国日本は１９５１年に連合国側とサンフランシスコ講和条約を結び国体が維持され主権が承認される。同時に、同年同月に日本国とアメリカ合衆国との間に安全保障条約が締結され、沖縄は日本国から分離され米国軍政府下に置かれ亡国の民となる。駐留した米国軍政府は島を軍事要塞化していくために住民の土地を銃剣とブルドーザーによって強奪していく。土地を奪われた人々が新天地を求めて海外へ移住するのである。

　沖縄の人々は米軍兵士らによって蹂躙（じゅうりん）される基本的人権を回復するために日本復帰を志向する。高揚した県民の復帰闘争によって１９７２年に戦後27年間の米国統治から脱却する。しかし、米軍は現在もなお日米間で締結された安全保障条約によって沖縄の地に駐留したままである。さらに普天間米軍基地の移設先として辺野古新基地建設の計画が多くの県民の反対を押し切って進められている。これらの沖縄の歴史の特異性が、国際性に富む沖縄文学の特性を生みだした一因であろう。

もちろん、作品には米軍基地の撤去抗争や怒りを描いたものだけではない。米軍兵士や家族との温かい交流を描いた作品もある。そして、戦前から戦後まで多くの県民が移住した外国での感慨や日常を描いた作品も多い。外国を舞台にした戦争体験の作品もある。これらの日々の具体的な実態を描くことも沖縄文学の特質である。

三つめは、地方語としてのウチナーグチを日本文学の中にどう取り込んでいくかという挑戦だ。このことは沖縄の近代期から継続されているテーマである。日本国が作られ、日本語が作られ、日本人が作られていく明治期において、奪われていくウチナーグチをどのようにして生き延びさせるか。その一つの試みが文学表現に定着させることであったのだ。

言葉は土地の歴史や文化を体現している。「ウチナーグチ」とも言われ「シマクトゥバ」とも言われる沖縄の土地の多様な言葉は、日本語が作られ日本語の使用が奨励される歴史の中で、今日では消滅の危機に陥っている。消滅するとは生活の場で使用されなくなるということだ。換言すれば、土地の文化や歴史さえもが中央の文化や歴史の中に収奪され埋没していくということである。このことへの抵抗が沖縄文学の持続されている課題の一つにもなっているのだ。

日本近現代史の専門である日本女子大学教授の成田龍一が、日本の戦後史を分かりやすく書いた中高校生向けの入門書に『戦後史入門』（２０１５年、河出文庫）がある。成田龍一は生徒たちに身近な教科書を例に挙げて説き始める。「たとえば、教科書に書かれていることが歴史だとしたら、教科書に書かれていないことは歴史ではないのでしょうか」（12頁）と。そして「歴史はけっして固定的なものではなく」（48頁）、異なった解釈や立場から見ると無数の歴史が存在する、と指摘する。さらに「歴史」と「記憶」を比較して、「歴史は生きるための知恵だった」とするが、記憶が何者かの恣意が働き歴史として定着する際には留意が必要だと。「よく知らない人の記憶を理解するためには、歴史を学ぶことが必要になってくる。（中略）教科書が政治を中心に語って、ときには記憶とは随分違う世界をつくる」（84頁）として、それゆえに、「歴史はけっしてひとつではないということ。教科書でさえも、たくさんあり得る歴史の語り方のひとつでしかない」（２０５頁）と結論づけるのである。

歴史の教科書に沖縄についての記述が少ないことについては次のように記されている。

> 沖縄の歴史を書いた部分が薄いのは、教科書が中央、あるいは中心からの目で書かれているのではないか、ということです。いやいや、教科書だけではありません。私たちの歴史の見方が中央の目線、中心からの思考であるのでは

ないか、ということです。

いいかえてみれば、沖縄からの歴史、沖縄にとっての歴史を考える必要がある、ということになるでしょう。沖縄の立場、沖縄の視点から歴史を見直してみるということ、そして、そのことは沖縄だけに限らず、○○からの歴史、○○にとっての歴史ということに通じていきます。

中央／中心の反対語は「周縁」です。周縁から歴史を考えるということによって今まで見過ごしてきたことがあらためて浮かび上がってくるということになります。周縁から、日本の戦後史を考えたとき、これまで中心目線、中央思考では見えていなかった歴史を発見することができるということですね。（149－150頁）

さて、文学を語る前に、長々と沖縄の歴史について言及してきたが、この歴史の陥穽を卑近で極私的な関心に引き寄せて、土地の記憶と結びついた文学のあり方はどのようになっているのかを問うことも可能であるはずだ。この関心も「沖縄で文学することの意味」を考える一つの契機になったのだ。

2

沖縄で文学することの意味を考察するには世代間の体験や男女間の考え方の相違が出てくるだろう。答えや問いの立て方にも微妙な違いが現れるように思われる。しかし、土地の記憶を共有する共同体の一員として文学のテーマを共有する拠点を探すことは可能なはずだ。もちろん、このためだからといって自分の体験を放棄することにはならない。むしろ自分に即して語る以外にはないのだ。たとえそれが極私的であると揶揄（やゆ）されても、共同体や自らの内奥へ錘鉛を降ろして深く考察すれば、普遍的な世界へ到達する主体の文学論になり得るだろうと期待を抱くことができるからだ。

私は学生時代に政治の季節を生きた全共闘世代である。戦後のベビーブームで命を授かった団塊の世代だ。多くの場面で狭き門を突破する競争社会を生きることを余儀なくされ社会の規範や矛盾を体験した。それゆえに国家や政治のあり方に異議申し立てをしてきた世代である。

沖縄の地も例外ではなかった。むしろ顕著な形でこれらの矛盾は噴出していた。沖縄県民は敗戦国日本の独立の維持と引き替えに軍事大国米国に差し出された亡国の民であった。それゆえに沖縄の全共闘世代にとって、政治の季節は学園民主化闘争には留まらなかった。むしろ多くの県民と連帯した反基地闘争に繋がり反安保闘争であり、復帰反復帰の論争の渦中に身を置くラジカルなテーマを担った闘争であった。

1972年の日本復帰は、県民の多くが願った復帰とは異なった。国家への期待と信頼が大きく揺らいだ復帰だった。県民の多くは悲惨な沖縄戦の体験から、基地撤去、平和の島としての復帰の実現を願ったのだが、願望は幻想にしか過ぎなかった。むしろ日本本土からの自衛隊の移駐により、沖縄はますます基地の島、日本国の防衛の島としての様相を呈していくのである。

この顛末は、私たちを長い間憂鬱な気分に陥らせたが、他方で学ぶことも多かった。その一つは、日本国家の沖縄に対する併合の歴史や沖縄の歴史への関心を喚起した。それは短絡的に言えば祖国は何処(いずこ)やと問う視点を開眼させられたことである。換言すれば歴史の闇に葬られていた琉球王国の新たな発見であり、沖縄や自らのアイデンティティーを問い、自立の思想を模索する契機を生み出したのである。

琉球は1609年の薩摩による武力侵略を嚆矢(こうし)にして、次いで明治政府のもとで強制的に近代日本国家に組み込まれていく。1872年の琉球藩設置に始まり、1879年の琉球王国を解体しての「沖縄県」の設置。この一連の政治過程を「琉球処分」と呼んでいる。そして、今日もなお琉球処分が繰り返されているのではないかと疑われる国家の高圧的な施策が余りにも多すぎる。先の大戦で国体を護持するための防波堤となった沖縄での地上戦。多くの県民の犠牲も顧みられずに戦後は一方的に米国に譲渡された辺境の地沖縄。さらに遡れば明治期に清国との間で画策された沖縄を割譲して支配する分島案。いずれも県民の意志を無視した頭ごなしの日本国家の政策だ。そして今なお日本国家の防波堤としての軍事基地の島造りが進行しているのだ。

しかし、翻って考えるに、日本国家への関心は、琉球・沖縄の歴史や伝統文化への関心をも生み出した。琉球王国時代の1531年に第1巻が成立し、以後およそ百年の歳月を掛けて全22巻が編纂された沖縄最古の歌謡集『おもろさうし』への関心。また、沖縄方言による韻文の戯曲で、「せりふ・音楽・舞踊」の総合芸術とも言われて国の重要無形文化財に指定され(1972年)、さらに世界無形文化遺産にも指定(2010年、ユネスコ認定)されている「組踊」。さらに14、15世紀以降に中国から渡来した三線の音曲に乗せて発展してきた「琉歌」。琉歌は和歌と違い8886音の4句体30音の韻律を持つ短詩型歌謡である。これらはいずれも琉球独自の文化遺産である。このことにも強い関心を持ち、誇りを持つようになったのだ。

復帰直前に学生時代を過ごした私の読書傾向も一変した。高校時代に有していた叙情的な作品への嗜好は政治の季節の只中で霧散し、沖縄を考え、現在を理解し、自らの存在を問い詰める作品への嗜好へと変わっていった。立原道造や中原中也や高村光太郎らの詩と訣別し、詩誌「荒地」に拠った戦後詩人たち、例えば田村隆一や鮎川信夫らの詩に強く共感した。さらに、当時ドロップアウトし、自死していく全共闘世代の詩集や遺稿集はむさぼるように読んだ。特に長沢延子の遺稿集『海―友よ私が死んだからとて』(1971年)や高野悦子の『二十歳の原点』（1971年）は強い感銘を受けた。緊張した生の充足感を他者の言葉に託していたのだろう。

また全共闘世代の闘いに強い理解を示していた京都大学漢文学教授で小説家であった高橋和巳は卒論の対象としたほどである。さらに詩人・思想家である吉本隆明の初期詩編の数々には圧倒された。特に「エリアンの手記と詩」は今でも口ずさむことができる。「ミリカ」を愛し、それが叶わぬと知り自殺を決意する「エリアン」の心情は私だけでなく当時の若者を虜にしたはずだ。

〈エリアンおまえは此の世に生きられない　おまえはあんまり暗い〉〈エリアンおまえは此の世に生きられない　おまえは他人を喜ばすことができない〉〈エリアンおまえは此の世に生きられない　おまえの言葉は熊の毛のように傷つける〉〈エリアンおまえは此の世に生きられない　おまえは醜く愛せられないから〉……（以下略）

私も気がつくと、「詩」らしきものを書いていた。自己へ向かってただひたすらに思念の言葉を吐く〈死語〉との戯れだ。エリアンへの共感と同世代の遺稿集を愛読書として自撫しながら言葉を生み出していたのだ。切り札としての「死」を弄びながら、閉じられた言葉、自足する言葉で、世界への悪意や憎悪をたぎらせていたのだ。

3

自閉する私にも転機は訪れた。肉親の死が契機になった。父が死んだのは大学を卒業してから3年目の冬、大晦日の夜明け前だった。初めての肉親の死に動揺し、様々なことを考えさせられた。父は右座骨骨腫瘍（しゅよう）という病名で入退院を繰返した。当時は不治の病とされていた悪性の癌だった。最後には腫瘍は全身に転移し幻覚を訴えるようになり、背中から臀部にかけては痛々しいほどに化膿した床ずれができた。教育職を辞して3年後、第二の人生の出発を夢見た中での死であった。63歳だった。少し若かっただけに家族の皆は無念の思いを禁じ得なかった。

父も私たちも病と必死に闘った。看護の輪番表をつくり母の苦労を支える努力もした。しかし、報われることはなかった。見舞客は親族だけでなく、父の友人たちや教え子たちが次々と訪れた。人間はだれもが死ぬ。死ぬと分かっていながら病と闘う。そんな不条理を体現する父の姿や家族の姿に、言い知れぬ悲しみと込み上げてくる熱い思いを禁じ得なかった。

父の一連の闘病生活と法事からは幾つもの発見があった。その中から二つの出来事を挙げる。一つは父と母が教えてくれた人生の寂しさと美しさの光景だ。

父は故郷を離れて若いころから教員生活を続けていた。戦前にはパラオに渡り教職に携わった経験もある。戦後も荒廃した沖縄の地で教職に就いた。父は高等学校の生物の教師から小中学校の校長職へ代わるが、母は専業主婦としてずっと父を支えていた。当時は交通事情も悪く、父の赴任地へは幼い私たちを含め家族全員で5年ごとに移動した。そんな父が死を迎える一週間ほど前の出来事である。弱った身体を起こし母と支え合うようにしてベッドの縁に座り、窓を眺めながら二人して「ふるさと」の歌を口ずさんでいたのだ。「兎追いし、かの山、小鮒釣りし、かの川……」と。

私は、病室の入り口で立ち竦んだ。父と母の後ろ姿を見ながら、両親の人生が走馬燈のように私の脳裏を駆け巡ったのだ。父と母は同郷で父は母より二つ年上の幼なじみだった。パラオの地で戦争に巻き込まれ幼い息子を喪ったこと、沖縄本島北部の辺鄙な地で、危うくハブに噛まれた息子を喪いそうになったこと、サバニにしがみつき家族全員で陸の孤島と呼ばれる赴任地のS小中学校へ渡ったこと、故郷を長く離れていた父母の人生。どんなにか故郷に帰りたかったことだろう。あるいは父も母も、すでに死が訪れる日を覚悟していたのかもしれない。その瞬間に必死に耐えていたのだろう。このときの二人の姿は、私の人生の中で出会った最も美しい光景だった。今でもそう思っている……。

もう一つは、父の死後の出来事だ。父は男だけの4人兄弟で末っ子だった。2番目の兄は旧日本海軍の航空母艦に乗船していたが戦中に病に斃(たお)れた。3番目の兄と父が教職に就いた。長兄は船乗りで貧しい寒村を飛び出してパラオに渡った。パラオは好景気で短期間で財を築いた。長兄は特に親しかった末弟の父をパラオに呼び寄せた。父も長兄の誘いに応じて県内で就職していた教師の職を辞して、幼い二人の娘を引き連れてパラオに渡ったのである。戦争をパラオで迎え、終戦後、引き揚げ後も二人は仲良く交流していた。そんな中での父の死であったから、伯父は大きなショックを受けていた。伯父は父の通夜の晩には父の遺体を抱くように添い寝をして夜明けを迎えたのだ。

郷里の墓への納骨の相談を伯父にした。納骨は門中墓(もんちゅうばか)の定められた場所に骨壺に入った骨をこぼすことが慣わしとされていた。墓内のスペースは限られているのでもっともなことだと思った。私は兄と相談して、父の骨をこぼさずに骨壺に入れたままで墓内に安置したいと伯父に申し入れた。数年後に分家した墓を建てたいと思ったからだ。伯父は私たちの申し入れを黙って聞いていたが、やがて頷いてくれた。しかし顔を歪めながらつぶやいた次の言葉には驚いた。

「お前たちがそうしたいのなら、そうしてもいいが……、お父を寂しくさせてもいいのか?」と問いかけられたのだ。今度は私たちが驚いた。予想もしない問いだった。死者を寂しくさせる? 私たちの怪訝(けげん)な表情を見て伯父が言い継いだ。

墓内で一族の骨の上に父の骨をこぼすのは、父の死んだ両親や次兄や息子の骨もあるからだ。その骨の上に直に父の骨をこぼすのは、あの世で、父を寂しがらせずに過ごさせるためなのだと……。

私と兄は、返す言葉を探せなかった。伯父の言うとおり父の骨をこぼすことにした。納骨の日には私と兄が墓内に入り、骨壺から父の骨をこぼした。貝殻のようになった父の骨は、さらさら、さらさらと音立てて死んだ父の両親たちがつくった小さな骨の山に重なっていった。数年後に伯父も亡くなった。伯父の二人の息子はすでに亡くなっていたので、私が墓内に入り、伯父の骨を父の骨の上にこぼした。やはり、さらさら、さらさらと伯父の骨は小さな音を立てて父の骨に覆い被さり、骨の山を築いていった。

父の死は、この土地には理屈では言い表せない生死の世界があることを気づかせてくれた。同時に人間の命のはかなさと尊さを教えてくれた。私は人間を憎み社会を憎んでいたが、弱い個々の人間の命の健気さへ思いを馳せることができるようになったのである。父が自らの死と引き替えに私に開示してくれた世界だった。父の遺体を焼く煙が高い煙突から小さく揺れる光景を見て、立ち去ることができずにいた私が手に入れた熱い思いだった。

私の視野は変容していった。国家から共同体へ、共同体から弱者としての人間へと思考のベクトルは内部へ向かっていった。考察の対象は権力の側へ向かうだけでなく一人の人間の生死へと向かっていったのである。最も身近な肉親である父が他者として立ち上がり、他者としての物語が浮かび上がってきたのである。父は、なぜパラオに渡ったのか。なぜ教師になったのか。兵士として召集されパラオのジャングルで、どのような思いで生き延びたのか。父の人生は絶対無二の軌跡であったのだ……。

父は戦後、昭和21年の2月末、家族と共にパラオを離れる最後の引き揚げ船に乗る。このときの感慨を病室での無聊を慰めるためにと私が勧めた手記の中で次のように書いている。

この日パラオは稀に見る好天気だった。見上げる大空には雲一つない快晴、椰子の葉が微風を受けてそよいでいる。海岸のマングローブ林の緑は美しい。アイライの山々、アルミズの港、すべてが静かに何ごともなかったように悠久に続くコロールの自然の美しさを讃えていた。私たちは今思い出の多いパラオ諸島、コロール島を離れようとしている。島を守るためには屍をさらしても悔いないと誓った身で、いま去れば何時また来ることができるか、過去の数々の思い出が走馬燈のように私の脳裏を去来して万感胸に溢れる。

在留日本人特に沖縄人最後の引き揚げだというので現地

民も早くから波止場に集まって別れを惜しんだ。この人たちの中には公学校で教えた子どもたちの顔も多数見えた。また、引き揚げて行く沖縄人の間には現地人の妻や最愛の子まで残さなければならない者もいる。最後まで沖縄帰還を拒否し、現地人妻と子どもに見守られて生涯を閉じた者、生きて再び相会(あいかい)する時も知らず南北に遠く離れて行く人々、ああさらばコロールの島よ、パラオ本島の椰子林よ、今、この眼にうつるすべてのものよ。私は振り返り、振り返り、心を込めて彼ら島民の上に幸多かれと祈った。輸送船はアルミズの埠頭を離れた。島民の間からは何時の間にか蛍の光の歌声が聞こえて来た。声は次第に大きくなり、しかもその声は涙声にかわっていた。

引き揚げ船は静かに環礁の外へ出た。コロール公学校で教えた子どもたちの顔と名前が次々に浮かんで何時までも忘れられない。テーク、オムテロウ、サムエル……。

私は、父の死の体験を経て文学に何ができるかを問い始めた。父の物語を紡ぐことは己の人生を考察することだった。父に他者を発見した私は、他者の人生に己の人生を重ねて考えることができるようになった。学生のころ、ひたすらに燃えたぎらせていた他者への憎しみが消滅し、他者の人生は感動や魂の安らぐ場所とさえなったのだ。

父の人生を問うことは、再び沖縄の歴史を問うことや土地の記憶を紡ぐことに繋がっていった。沖縄の土地に眠るたくさんの死者たち、とりわけ沖縄戦の死者たちや戦後の基地被害の犠牲となった人々の無念の思いには冷淡でいられなかった。権力や暴力によって命を絶たれた死者たちの思いに寄り添うことは辛いことだったが、それでも希望を見いださなければならなかった。死者の無念の言葉を探す。死者の思いを共有する。少なくとも死者の目線の域へ身を挺して悲しみや怒りを共有しなければならない。私は表現者として死者たちの物語を紡ぐことを思い立ったのである。土地の記憶と現在の状況に倫理的に対峙する。青春期に憧れた高橋和巳の倫理的な姿勢が再び蘇り熱い風が私の内部で吹いたのだ。

4

私は読み手から書き手へ身を転じた。免罪符として詩を書く似非(えせ)創作者から沖縄の物語を書く表現者を目指したのだ。少なくとも物語を書く行為は、私を徐々に沖縄という土地に寄り添う視点を強固にしていった。現代の沖縄を生きる一人の人物を描くには、沖縄戦や軍事基地のある沖縄の現実を抜きにしては語ることができないことにも気づいたのだ。傍らで笑って生きている人々にも、苦しみや悲しみに満ちた現実や過去があり、これらの困苦な体験を、様々な方法で解消しあるいは担ったままで生きていることに気づいたのだ。

私は自らを慰撫する言葉でなく、他者の悲しみを共有する言葉を探すことに思い到った。その一つは、この土地に埋没する死者たちの言葉にスポットを当てることであった。これらの言葉は、時には権力に隠蔽され奪われ、時には自らの悲しみを他者に与えることを拒むがゆえの沈黙の言葉であった。しかし、それゆえにこそ、この言葉を探り当てることは意義のあることのように思われたのだ。

この苦難の途次で、私はたくさんの言葉に出会い励まされた。それは時には探り当てた死者たちの言葉そのものであり、時には書物の中の言葉であり、時には傍らの人々の言葉でもあった。例えばテッサ・モーリス・スズキの著書『過去は死なない――メディア・記憶・歴史』（２００５年）に散見される次のような言葉は、随分と私を励まし刺激にもなった。

わたしたちと過去との関係は、原因や結果についての事実の知識や知的理解だけではなく、想像力や共感によってもかたちづくられる。（中略）過去の人々の経験や感情を想像し、彼らの苦しみを偲び死を悼み、彼らの勝利を祝う。過去に生きた他者とのこうした一体化は、しばしば、過去におけるわたしたちのアイデンティティーの再考、あるいは再確認の基盤になる。過去にあった何かを想起することで、そしてそれを自分のこととみなすことで、わたしたちはある特定の集団の――国家かもしれないし、地域社会、少数民族、宗教団体かもしれない――に帰属している感覚を覚える。それによって、さらに、複雑で絶えず変わっている世界における自分の位置を規定する。（28頁）

このような言葉は、私に沖縄という土地への愛着と誇りを増幅していった。特に日米両国家の思惑によって軍事基地化されていく今日の状況のみならず、過去においても大国の権勢に武力を行使され翻弄されて潰滅させられた小国、琉球王国の歴史、さらに日本国へ併合され、戦争の悲惨さを体験しただけでなく今なお差別的な支配を受けている沖縄県の現状は、祖国という言葉さえ再考させるものだった。沖縄の地で生きる人々の沖縄文学へのこだわりは、沖縄を生きる人々の悲しみと沖縄へのこだわりから生まれたものであることを、しっかりと胸に刻むことができたのだ。

もちろん、文学は多様であり多様な文学観がある。このことを承知した上で、沖縄で文学することの意味を問うのだ。それは、歴史を刻み、今を刻み、死者の声を拾うことにある。人間を離れずに人間として生きることを考え続ける「声」を拾うことにあると言い直してもいい。さらに言えば、沖縄で文学することは、悲惨な歴史と私的な記憶を二重に担ったところにその特質がある。それを描くことが、沖縄で文学する者の一つの営為であるはずだ。沖縄文学は沖縄という土地の歴史と記憶から無関係には成り立たない。歴史と記憶の接点から言葉を紡いだのが沖縄文学である。

沖縄文学の存在は、現在、日本文学の多様性を証明することにも繋がっているだろう。国家を相対化することによって国境を跳び越える言葉となり、自明として存在する日本文学を揺らし、もう一つの日本文学として存在することができるようにも思う。そして今日のインターネット社会では辺境の地が中央になり、ボーダーレス化した周縁からの声も、国家を揺さぶり文学を考える有効な一擲（いってき）になるように思うのだ。

このためには、私たちもまた自らを相対化する多様な視線を失わないことだろう。特に政治の言葉に翻弄されずに、政治の言葉に対峙する沈黙を経た言葉を探すこと、それは政治の言葉よりも振幅の広い言葉であり、垂心の深い言葉であるはずだ。

このような言葉は文学の中に存在するのではなく、私たちの日常の中にあり、生活の中で引き継がれてきた土地の言葉にあるように思う。少なくとも他者へ届く言葉は他者の痛みを共有し自らの住む土地に埋葬された死者たちの言葉を疎かにしない営為の中で生まれるはずである。或いは、次のように言い換えてもいい。沖縄で文学することの意味は、まさに沖縄で文学することの意味を問い続けることにあるのだ、と。

第Ⅰ部　沖縄文学の構造

第一章　大城立裕の文学

1　重厚な問いの行方
――「朝、上海に立ちつくす ―小説東亜同文書院」

○はじめに

(1)「東亜同文書院」と「上海交通大学」

2019年12月9日、かつて上海にあった日本の大学「東亜同文書院」跡を訪ねた。現在は「上海交通大学」の敷地になっている。その広大さに驚いた。多くは近代的なコンクリート造りの学舎が建立されていたが、当時を偲ばせるレンガ造りの古い建物も残っていた。

プラタナスの大木がキャンパスの街路にそびえ立っており、紅葉した木々も多く、銀杏（いちょう）の鮮やかな黄色葉も目についた。樹木の多いキャンパスは月曜日であったが、上海市民が自由に出入りして憩いの場所になっているように思われた。公園のような広い敷地では太極拳をしている数人の老人たちを見かけた。また、柔らかい陽光を浴びながら乳母車を押している若い母親や、鉄棒をしている子どもたちや学生たちの姿も目に入った。

古い建物の中でも一際目立ったのが図書館だ。赤煉瓦の建物で、現在は上海交通大学創立からの歴史を偲ばせる博物館になっていた。その中も案内してもらった。感慨深かった。

東亜同文書院跡を訪ねる機会を得たのは前日の12月8日に「東アジアの平和と文学を考えるフォーラム」に招かれたからだ。韓国ペンクラブや韓国の文芸団体が主催するもので、上海ハイトンホテルを会場にして開催された。沖縄、韓国、中国、ベトナムの作家や研究者たちが先の大戦の負の遺産である出来事を報告し合いながら、過去を学び未来を考えるフォーラムであった。翌日には上海市内を案内してくれるという主催者のスケジュールであったが、無理を言ってバスでの観光から外してもらった。理由を言うと主催者側は快諾してくれた。自家用車の運転手と通訳をも手配してくれて感激した。

東亜同文書院跡を訪ねる理由は、沖縄県が生んだ最初の芥川賞作家大城立裕が1943年から終戦の1945年まで学んだ場所であったからだ。そして小説「朝、上海に立ちつくす」の舞台にもなっていたからである。作品の中で東亜同文書院の描写は、例えば次のようになされている。

院子（ユアンズ）は広い芝生だ。テニスコート二つぐらい、サッカーだって出来そうな広さだ。芝生は手入れが行き届いている。東に図書館、北に文治堂（講堂）と専門部の教室と寮、西に体育館と事務局、南に予科寮と、どれも赤煉瓦の見栄えのする建物だ。その建物たちに支えられるように、さらにプラタナスの並木に囲まれて、院子は美しい。もと中国の交通大学の学舎である。本来の同文書院の学舎が昭和十二年に戦火で焼けたので、近隣にあった交通大学が重慶へ移ったあとを、書院が臨時校舎として使ってきた。わずか六年来のことである。（37頁）[注1]

東亜同文書院が敗戦で消滅すると、再び交通大学が戻って来る。交通大学といっても自動車の交通ではなく、人と人との交流や文化の交流を意味し、このことを目指した大学名であるようだ。

広大な敷地を有し緑豊かなキャンバスは、当時日本全国から選りすぐりのエリートたちが集まって学んだ学舎を彷彿とさせ、大城立裕の青春と戦争下の上海を想像するには十分な空間であり時間を超えた場所であった。

(2) 大城立裕文学の特質と東亜同文書院

大城立裕が芥川賞を受賞したのは1967年、小説「カクテル・パーティー」であった。それ以前から94歳になる今日まで大城立裕は数多くの作品を生み出している。題材やテーマも豊富で幅広い。沖縄の文化や歴史にスポットを当てた作品や沖縄戦を題材にした作品、また米軍基地の兵士や、日本国家との同化や異化をテーマにした作品、さらに土着の信仰やユタ（巫女）を対象とした作品など多彩である。

これらと併せて、さらに海外を舞台とした作品も大城立裕文学の特質に上げられるだろう。例えば80年代に雑誌『文學界』に相次いで発表された南米を舞台にした作品、「ノロエステ鉄道」（ブラジル）、「南米ざくら」（ボリビア）、「はるかな地上絵」（ペルー）、「バドリーノに花束を」（アルゼンチン）などもその例である。さらに琉球と中国との交流の歴史を題材にした「さらば福州琉球館」を加えることもできる。そして「朝、上海に立ちつくす—小説東亜同文書院」（1981年）は、紛れもなく海外である上海を舞台にした作品だ。特に本作品は大城立裕の青春期の体験がもとになった作品で、初版「あとがき」に大城立裕は次のように記している。[注2]

「幻の名門校」と巷ではよばれ、最近の週刊誌にもそう出た。私たちには苦い誇りである。

小説にするといっても、かつてこのような日本の学校が上海にあったと、歴史をなぞるだけでも仕方がないし、喪われた母校への追悼文を書く場所でもない、と考えた。

日本にとって、また中国にとって東亜同文書院とは何であったのか、私にとっては何であったのか、また彼にとって私は何であったか。十余年間、ぼんやりと考え続けたあげく、日本と中国との結びつきかた、さらには他国に学校を作るとはどういうことかと、しだいに普遍的なところへ思い及んだ末にこの作品は書かれた。

　書かれた筋書きは私の青春の影絵である。事実と虚構とを腑分けして言い訳にする必要はあるまいと思う。その事実をつらぬいて焙りだされた私の悔いや誇りや甘えが、日本のそれとあるいは重なっているかも知れないと、わずかに自負するときのみ、この作品は読まれる意味はあるのだろう。（３３２頁）

大城立裕にとって東亜同文書院は、青春の場であったのだ。不幸にも先の大戦を迎え、難解な課題を突き付けられた場所でもあったのだ。それゆえに「日本と中国との結びつきかた、さらには他国に学校を作るとはどういうことか」という問いかけや、「私の悔いや誇りや甘えが、日本のそれとあるいは重なっているかもしれない」と思う場にもなったのだ。

　このことを確認することは、大城立裕の表現者としての営為を明らかにすることに繋がるのではないか。また大城立裕が先の大戦を東亜同文書院で迎え、戦後も担い続けた問いとはどのようなものなのか。このことの真相を探りたいというのが本稿の目的である。

1　「朝、上海に立ちつくす」で問われているもの

(1)　作品のあらすじと骨太な課題

『朝、上海に立ちつくす―大学小説東亜同文書院』は、次のように書き出される。


　一見いかにも兵隊であった。略帽、軍服、軍靴、そして軍服の襟には真紅の台座に黄色い星が一つ、恥ずかしげにだが紛れもなくついていて、陸軍二等兵に違いなかった。服装だけでなく三八式歩兵銃を担い、腰に締めた帯革には、実弾が三盒（はこ）、百六十発も装着されている。

　そういう自分の姿に知名雅行（ちなまさゆき）はたえず羞恥をおぼえ、ときにその羞恥は、背後から脅迫の視線を注がれているような怯えになった。

〈お前は学生ではないか。学生がなぜ、贋（にせ）の兵隊になっているのだ！〉


　この冒頭の部分に、作品の概要や重い課題が凝縮されて示されているように思われる。

　作品は、作者の分身と思われる沖縄県出身の主人公知名雅行が東亜同文書院に入学する１９４３年の４月から、１９４５年の敗戦によって書院が消滅し、上海で通訳の仕事を得た

後、上海を離れる1946年4月までの三年余の歳月を時間軸にして展開される。

本場面は戦争が切迫してくる中で、東亜同文書院の学生も動員されて慌ただしく兵士に仕立てられる。知名が入学して一年余が経過した1944年12月のことだ。一個分隊を作り、軍のトラックに乗せられて上海を離れ、江蘇省昆山県の沙城鎮という田舎へ行き、軍米の収買に出かける場面である。「分遣隊には本物の兵隊が四人しかいない。伍長の下に上等兵一人と一等兵二人だ。それに学生が三人も加われば、一個分隊として恰好はつく」（8頁）のである。

しかし、軍米収買といっても銃剣を突き付けて農民が隠している米を安い価格で買い上げるか強奪するのである。その三人の学生の一人が知名であり、他の二人は東亜同文書院で学んでいる仲間だ。怯える農民へ銃を突き付けながら、背後からの脅迫の視線に怯えるのである。「お前は学生ではないか。学生がなぜ、贋（にせ）の兵隊になっているのだ！」と。

東亜同文書院で学んでいる学生は全国から選りすぐられた若者たちである。日本と中国の架け橋になるのだと高い理想を持って入学する。当然、知名雅行も沖縄県から派遣された県費留学生の一人である。留学生には朝鮮半島や台湾からの若者もいる。作品はこれらの若者たちの互いの交流や見解を通して、戦争に突入していく日本国家の理想と矛盾を解き明かしていく。また現地上海に住む中国人家族との交流を通して、戦争、民族、平和、国家などについて、大きな問いが投げかけられるのである。

この問いかけは、朝鮮半島出身の留学生金井恒明と日本から来た若い女性荻島多恵子との婚約と破棄、また金井の内地人留学生織田卓への発砲事件や朝鮮半島独立への思い。さらに主人公知名雅行と現地人家族范淑英親子や范景光との交流、また内地から留学してきた織田や、金井や梁など院生仲間との交流、そして沖縄に残してきた恋人新垣幸子の那覇十・十空襲時における死。さらに東亜同文書院の教授や学生たちとの交流、また中国人に対峙する侵略者としての兵士たちの葛藤などが描かれるのだ。日本国家に侵略され植民地となっている朝鮮半島や台湾からやって来た留学生も含めて、入り乱れた民族や人間模様が織りなされていく。この展開の中で個々の戦争に対する見解などを披瀝しながら幾重もの重いテーマが提出されるのである。

課題の提出の方法は、具体的には知名の自問や登場人物同士の問いかけの形で提出されることが多い。そして、その問いの多くには回答がなく宙づりにされたままで閉じられる。それゆえに問いの重さも大きいものがある。例えば戦争が身近に迫り兵士に駆り出されて学ぶことを中断された学生や、上海に住む人々との交流の中で発せられる問いには次のようなものがある。

○上海で同文書院の学生が学問をする立場というものが、どのようなものになるのか。（72頁）
○「沖縄県人は独立運動をやっているか」（79頁）
○あの闇の中で贋兵隊が水肥の匂いのする畑に伏せり、いるのかいないのか分からない敵の気配に神経を集中し、ときに空飛ぶ流星に一瞬の驚きをおぼえて夜空を見上げた、あのおよそ二時間の時間、それを思い出すのだ。今の自分にとって敵とは何か、という疑いがあるせいかもしれない。（136頁）
○今、上海の共同租界の兆豊公園に座っている。（中略）この日本人である自分は、中国人である娘を前にして、はたして何者であるのか。（145頁）
○中国の近代史と共に歩んできた東亜同文書院であるが、昭和十四年に大学に昇格した。（中略）米英駆逐という理念は不変としても、専門学校であった頃は技術的な勉強だけすればよかったが、大学となれば、さらに学問として深めなければならないのではないか。その学問はどうあるべきか。同文書院大学はいま、その理念の転換をはかるべき時期に来ている、と考える。（160頁）
○「あの六人は一体、誰のために動員されて、誰のために死んだのだ」（219頁）
○書院が上海に存在する意味は何なのか……。（226頁）
○使われかたによって利器にも凶器にもなる。それが日本軍にとっての東亜同文書院ではなかったか。（252頁）
○「日本は私たちが防衛だと思っているうちに侵略者となっていた」（中略）東亜同文書院そのものが、その運命を代表して表現したことになるだろう。それはしかし、その教育の責任なのか、それを動かした国の責任なのか。学生の責任はどうなのか……。（265頁）
○いま一九四五年十二月、中国革命はいまだ達成されていない。革命とはまず欧米勢力を駆逐することだと、中国近代の先覚者たちが信じ、日本がそれに手を藉（か）そうとしたが、日本はいつのまにか欧米の代わりをつとめていた。それを中国に進出してきた日本人は、いま知らされた。革命を達成するのは国民党か共産党か。孫文はいずれにも信奉されながら、究極はいずれの神でもないのかも知れない。孫文はかつて日本に亡命し、日本を盟邦と頼んだが、それは誤りであったのか。日本を駆逐したあと、中国革命はどのような経過をたどって達成される見込みなのか。東亜同文書院はそれを見届ける資格を剝奪された。（277頁）
○「東亜同文書院は君たち中国人にとって何であったか」／「東亜同文書院は中国の敵だ」／范景光ははっきりと言った。（321頁）
○「そうか。敵か。そして、それをいま駆逐したことが嬉しいか。しかし、将来また米英資本の侵略があったら、どうする?」／「その侵略はもはやあり得ない」／「なぜ?」／「中国の歴史は変わる」／「そうか長江の流れは変わるか」／「長江の流れは変わらないが、その流域が変わる」（中略）「同文書院は敵だが……」／景光がゆっくり言った。「しかし、君や金井が将来同士になるよう期待している」／「僕や金井は長江の水か」／「そうだ」／范景光の唇からはじめて笑い声が洩れた。（321-322頁）

このような問いが、作品の冒頭から次々と繰り出される。そしてこれらの問いこそが作品の特質をも示している。作品は作者の上海での戦争体験を基底に据えた問いで構築されているようにも思われるのだ。

しかし、前戦での銃撃戦や戦争で犠牲になる人々の姿はほとんど描かれない。作者にそのような体験がなくても、軍服を着た兵士である以上、戦場での悲惨な殺戮や戦闘の場面が挿入されてもおかしくないはずだが。作者の関心はそこにはないのだろう。

作者大城立裕の関心は、血なまぐさい戦場での戦死者を描くことではなく、国家や民族の自立、あるいは平和な国際社会の創出や日本国家や中国社会の行方に関心があるかのように思われる。大戦に遭遇する過渡期の時代の中で、手探りするかのように国家や個としての自立を問うているように思われるのだ。

本書は、1983年に講談社から出版され、1988年には文庫本も刊行される。作品が書き下ろされたのは研究者黄英によれば1973年だという。[注3] この年は沖縄にとっては日本復帰の翌年である。沖縄の現代史におけるまさに過渡期の時代である。復帰反復帰の論争が交わされ日本国家が相対化された時代である。

本作品には、戦後27年余、戦争体験を描くことと並行して、いやそれ以上に米軍政府の圧政に苦しむ植民地然とした沖縄の行方、日本国家の対応が気になる当時の沖縄の状況が反映されたのではないかと考えるのは穿ちすぎるだろうか。

大城立裕は初版「あとがき」で次のように述べている。「私の悔いや誇りや甘えが、日本のそれとあるいは重なっているかも知れないと、わずかに自負するときのみ、この作品は読まれる意味はあるのだろう」と。

沖縄は1972年に復帰したとはいえ県民の多くが望んだ基地のない平和の島としての復帰ではなかったことが明らかになる。復帰前にもまた復帰後も沖縄に寄り添い沖縄を描いてきた作家大城立裕の関心が、沖縄の行く末を案じ、国家や民族や自己の自立に向かっていたことは容易に理解できる。沖縄を描き続けた作家大城立裕の沖縄への関心こそが、本作品の多くの問いを生みだしたように思われるのだ。

(2) 表現者の根源的な課題

作品の終末部分で述懐される「長江の水になる」という言葉はロマンチックな締めくくりだが、容易なことではない。作品で問いかけられている他のテーマも含めて、いずれも重厚な答えのない困難な問いのように思われる。問いは国家間の問いに霧消するのでなく、常にいかに生きるかという個のレベルまで引き寄せられる問いなのだ。

表現者の営為は、目に見えない問いを際立たせ、目に見える問いにして浮かび上がらせことにあるのだろう。同時に普遍的な問いにすることでもあるように思われる。自らの体験を過去の出来事として証言して記録するだけではなく、現代に蘇らせその意味を模索するところに文学の力も生まれてくるはずだ。本作品「朝、上海に立ちつくす」は、まさにこの力を問うた作品である。

もちろん、表現者の根源的な問いは「いかに生きるか」「なぜ生きるか」という形而上的な問いに収斂（しゅうれん）されるだろう。だが収斂される問い以上に、個々に発せられる生活の場面での具体的な問いは力を持つ。日々の生活の中での葛藤は普遍的な問いを導き出すはずだ。

現代は、情報化、グローバル化された社会の只中にあると指摘されてから久しい。本作品は三十年余も前に発表された作品だが、沖縄を考え、グローバル社会を考える重要な視点や回路を示してくれているようにも思う。大城立裕はいち早くこのことに気づいたのだ。「土着から普遍へ」という概念は大城文学を考えるのに極めて重要なキーワードであるが、大城は過去を現在や未来に蘇らせる優れた手腕を有した作家でもあるのだ。

2 本作品への多様な読み

(1) 岡本恵徳（けいとく）と鹿野政直の提言

作品「朝、上海に立ちつくす」について、研究者の論及はそれほど多くはない。管見によれば、岡本恵徳、鹿野政直、武山梅乗、黄英らの作品論が際立っており参考になる。

岡本恵徳は最も早い時期の論及者で『新沖縄文学』第59号（1984年）に論考を寄せている。岡本恵徳は次のように述べている。

この作品を「青春小説」ととらえている。そして主人公知名の判断や解釈が、これまでの大城の作品とちがって抑えられていることを評価する。これを評価したのは、この作品を客観小説、というよりも一種の「教養小説」的なものと読みとったからである。（108頁）

この作品での注目すべきことに、主人公知名が、沖縄出身者でありながら、沖縄ということに対して少しもこだわりをもたない、ということがある。恋人の一家が全滅したというニュースに接しても一瞬の動揺だけで終わるし、朝鮮独立論とからんで台湾独立論が語られ、それにつれて「沖縄独立論」が話題にのぼる部分があるが、その際にも知名は受けながすだけである。これは、沖縄にこだわり続けてきた作者を知る多くの人に奇妙な感じをあたえる。どうして知名がこのようにさっぱりと沖縄からきれているかという思いをいだかせるにちがいないものなのである。

ところが、実は作者のモチーフは、このように沖縄からきっぱりと切れていて、全く「日本人」としての意識しかもたない知名を描くことによって、かつてまさにそうであった自己を確認することにあったようにみえる。（108頁）

岡本恵徳の見解については、強い共感といくらかの違和感を覚える部分がある。例えばモチーフであれテーマであれ、あまりにも整理し過ぎるように思われるのだ。作品のテーマは多様であり多層であることによって読者は既得の概念を揺さぶられる。この作品も例外ではない。整理し過ぎることによってこぼれ落ちる多くの作者の思いがあるように思う。特に「青春小説」や「教養小説」ととらえ、「主人公知名が、沖縄出身でありながら、沖縄ということに対して少しもこだわりをもたない」という指摘には肯うことができない。知名や知名の周りの人々が発する問いは、これまで検証してきたように深刻で難解な問いである。生きることの意味を探るラジカルな問いで、解決が容易でないアポリアな問いだ。「青春小説」や「教養小説」と断じるには余りにも骨太な問いである。そして知名の悩みは、自らの自立と沖縄の自立を重ねた多層的な色合いを帯びているように思えるのだ。

鹿野政直は、著書『戦後沖縄の思想像』（1987年）と、中公文庫『朝、上海に立ちつくす―小説東亜同文書院』（1988年）の解説で本作品について言及している。鹿野政直の読解は、岡本恵徳と違い「沖縄」は重要なキーワードになっていると指摘する。

まず、『戦後沖縄の思想像』では、「東亜同文書院学生としての自己」と「琉球人としての自己」の二つのキーワードを示しながら次のように述べている。[注4]

中国という彼が身を投じた場は、大城立裕に、閉じられた空間としての学園にとどまることを許さず、つぎつぎに新しい世界を開示しないではいなかった。「小説東亜同文書院」との副題をもつ『朝、上海に立ちつくす』は、そのような状況と彼自身の接触の全貌を、描きだそうとした作品である。フィクションとの体裁をとっているが、同文書院時代についてそれまでに彼が断片的にものした作品、（中略）と読みくらべるとき、人名を変えただけで、基幹部分は事実にもとづいていると判断される。

そこに描かれた精神的体験は、もとよりさまざまである。しかしこの青年の自己認識という点にひきつけていえば、第一に東亜同文書院学生としての自己への、第二に「琉球人」としての自己への、それぞれこだわりの発生と総括することができる。その第一と第二の要素が重層的にくりひろげられるのが、この小説の基幹部分をかたちづくっている。（274－275頁）

ここに点綴された数々の、エピソードとも見られやすい諸体験が、若い心のひだに食いこんで、のちの大城立裕をつくりあげるパン種となったことは、おそらく事実である。とはいえ、体験後三十七、八年を経て結晶した文字には、当時の意識の混沌が、あまりに手際よく普遍化され、かつ方向づけられていることもまた、否みがたい。ノート『新北風』はそのことを示す。それによって辿られる若い大城の精神は、のちにみずから語るよりは、はるかに深いヤマト志向のうちにあった。しかもそのヤマト志向は、八・一五によって青春の志が断たれた瞬間から、かえって失われたものへの痛切さをもって強まっていったとさえみえる。その意味で『朝、上海に立ちつくす』で語られた自己の境位は、実際には、「祖国」思慕にはるかに比重をかけるかたちで発現していた。そうしてその葛藤の中から彼は、第二の自己形成へと向かうことになる。（286頁）

さらに鹿野政直は、文庫版の解説で次のように語る。[注5]

作者が切りとって示したのは（中略）、果てしない心の葛藤と、「立ちつくす」わが姿であった。多産な文筆家としての大城の基調をなすところの、沖縄とは何か、ヤマトとは何か、ひいてはアジアとは何かの主題は、同文書院での発見と挫折をとおして、彼の体内に「活火山」として定着したからである。その意味でこの作品は、作家・知識人としての大城立裕を解くカギばかりでなく、アジアを解くカギ、十五年戦争を解くカギ、沖縄・琉球を解くカギをも内蔵している。（239頁）

このような鹿野政直の論考を読むと共感するところが大きい。ただ、「自己（大城立裕）の境位は、実際には、『祖国』思慕にはるかに比重をかけるかたちで発現していた」については、「思慕」の内実が曖昧で疑問の残る提示であるがゆえに、即座に肯うことはできない。

(2) 武山梅乗（うめのり）と黄英の提言

次に武山梅乗の作品評を見てみよう。武山には『不穏でユーモラスなアイコンたち』（2013年）というユニークな著書がある。サブタイトルに「大城立裕の文学と〈沖縄〉」と付し、大城立裕を「現代」という時代に引きつけて論じた興味深い著作である。いたるところに新鮮な発見と驚きがあって刺激的な論考である。
本書の中で、武山は「朝、上海に立ちつくす」について次のように述べている。

大城が処女作「明雲」から「老翁記」あたりまでの初期作品を書くモチーフは自己確認であるといえる。そういう意味で、この「朝、上海に立ちつくす」は「日の果てから」のように、沖縄なるものを問う大城の一連の作品群に位置づけられるのではなく、自己確認やアイデンティティーの回復をモチーフとする初期作品の系譜に連なるものであるといえる。（中略）大城が大陸で経験した戦争（日中戦争）は彼が経験しえなかった沖縄戦のように社会秩序をその根本から破壊するような戦争ではなく、戦線が遠くにあり一見平和なように見えても、テロや突然の空襲という形をとって散発的に身近な人の生命を奪ってしまう戦争、そして二重スパイの存在に象徴されるように、誰が敵で誰が味方か判然しがたいような戦争である。そしてそのような戦争は、私（知名であり大城）から「日本人」「選ばれた者」「日支提携の指導者」といったアイデンティティーをことごとく剝奪してしまうのである。「朝、上海に立ちつくす」で戦争はそのようなものとして、全貌はつかめないが確実に自らのアイデンティティーを脅かす不気味な影として描かれている。そして、その戦争の果てに知名（大城）は「立ちつくす」しかなかったのである。（124頁）
大城のこれまでの作品は（中略）一貫して沖縄の表象をテーマとして創作されている。もし、この点が評価基準となるならば、〈大城立裕〉作品として「朝、上海に立ちつくす」の評価が低くなるのは当然であろう。そこには主人公知名の、そして大城の沖縄へのこだわりがほとんど見受けられないからである。
しかし、「朝、上海に立ちつくす」は、それでも、いわゆる〈大城立裕〉以前の大城を見事に形象化しえた作品であるということができる。そこでは大城立裕という作家が切り取るべきもう一つの戦争、「選ばれた者」の志や「内地人」としての誇りを一つひとつ奪い、若者の無邪気な無責任さや傲慢さを暴露してしまう戦争が十全に描かれているからである。「朝、上海で立ちつくす」という作品のなかにこそ、大城のもう一つの可能性、〈沖縄〉と切り離された作家・大城立裕を見いだすことができるのである。（127頁）

武山梅乗の論への共感は、本作を「自己確認やアイデンティティーの回復をモチーフとする」作品と位置づけたことだ。しかし「沖縄なるものを問う大城の一連の作品群に位置置づけられるのではなく」と述べたところには大いに違和感がある。つまり両者は二項対立的に分けられるものではない。少なくとも大城立裕にとっては、この両者は重なっているように私には思われるからだ。

次いで黄英（中国海洋大学助教授）は、岡本恵徳や武山梅乗の論へ違和感を表明し、知名のアイデンティティーに注目して論を展開している。[注6]

> 主人公知名は中国人にとっては侵略者としての日本人であるとともに、日本の植民地出身の沖縄人でもある。こうした彼がかつて琉球王朝と長く特殊な歴史関係をもつ中国という場において、自分のアイデンティティーを考えないわけにはいかないのではないだろうか。

そして次のように結論づけて論を閉じる。「この作品において、大城が日本人としての痛々しい青春体験を語ろうとしても、沖縄は避けられないもの、内在化されているものとして表象されているのである」と。

黄英の論考や結論には、私も強く共感する。知名の繰り返される自身への問いは、戦争の悲惨さを描くことだけにあるのではない。沖縄への思いを巡らしながら、自らの自立と沖縄の自立を重ね合わせた重厚な問いのように思われるのだ。そうであるがゆえに、「あとがき」に次のように記すのだ。「事実をつらぬいて焙りだされた私の悔いや誇りや甘えが、日本のそれとあるいは重なっているかも知れないと、わずかに自負するときのみ、この作品は読まれる意味はあるのだろう」と。

(3)　フランス租界地での行為の意味するもの

ところで、いま一つ、難解な作者の問いかけがある。知名が酩酊してフランス租界地を散策中に「女性的な物腰」をする「日本人の男」に誘われてマンションに行き、性的な行為に及ぶ場面である。

このエピソードは本作品の大きな筋立てとは関係ないものに思われる。それなのに作者はなぜこのエピソードを挿入したのだろうか。このことの不可解さだ。「同文書院の学生さん？」と声を掛けられ、「日本人の男」と繰り返し表記され、「三十歳くらいか、背が高く神経質そうで、（中略）妙に無国籍な感じがした。しかし紛れもなく日本人だ」の男に誘惑されるのだ。

> いつのまにか、男が知名の腰にぴったりつくように腰かけていた。男の体温が伝わった。（中略）知名は身を固くし、そこからもはや逃れようもないことを予感した。逃れられないのではなく、逃れたくないのかも知れなかった。（中略）やがて男の手が彼の膝を這ってくるのを、じゅう

> ぶんに意識しながら知名は動かなかった。（中略）男は自分も果てたがり、知名の手をかりた。手をかして男を昂ぶらせながら知名は、この場所から逃げ出せないでいる自分を恥じた。彼は完全に男に搦めとられていた。霞飛路（ヤーフィロ）の浅い闇の中で男が囁いてきたとき、自分は逃げ出すべきだったのだろうか。しかし、かすかな好奇心が働いていなかったとは言えない。（234頁）

「男」への、このような知名の奇妙な対応は何を意味するのだろうか。知名自身にとっては、この行為は青春の過ちとして片付けられるのだろうか。あるいは作品全体の中で、このエピソードにはどのような意味が付与され位置づけがなされるのだろうか。

もちろん、作者大城立裕にとっては挿入すべき必然性のあるエピソードなのだろう。憶測するに、例えば知名のアイデンティティー探しの行為の象徴として挿入されたものとも考えられる。あるいは執拗に「日本人の男」と表記されることから、日本国家の中国統治は「男」に象徴されるアブノーマルで危うい行為のようなものとして暗示したのかもしれない。あるいは同文書院の学生である知名にとって、国家や民族や戦争を理解するには、一度は既成の枠組みや思考パターンをリセットする必要があることを示唆しているのかもしれない。「男」との行為はこれらの意味を投与したものとして挿入されたのかもしれない。

さらに翻って考えるに、作者の意図は戦争に関与したイデオロギーを破壊し夢想やロマンを破壊するためには、我々読者をも含めてアブノーマルな世界、アブノーマルな視点を有して一度既得のイデオロギーをリセットすることの必要性を示唆したのかもしれない。日本の敗戦後の真実を見るためには、必要なエピソードとして挿入したように思われなくもないのだ。

いずれにしろ、答えのないこのようなエピソードや難解な問いかけは、教養小説や青春小説という作品の枠組みを超えているように思われる。それゆえにこれらの問いの行方が気になるのだ。

○おわりに（大城立裕文学の魅力と射程力）

かつて、私にもポール・ニザンの言葉に共感した青春期があった。『アデン　アラビア』冒頭部の文章は長く記憶に残った。時には私を慰め、時には私を脅かした。次の文章である。[注7]

> ぼくは二十歳だった。それがひとの一生でいちばん美しい年齢だなどとはだれにも言わせまい。一歩足を踏みはずせば、いっさいが若者をだめにしてしまうのだ。恋愛も思

想も家族を失うことも、大人たちの仲間に入ることも。世の中でおのれがどんな役割を果たしているのか知るのは辛いことだ。（8頁）

私たち団塊の世代は、全共闘世代とも呼ばれ学生時代に政治の嵐の洗礼を受けた。この世で（社会で）存在する自己を確立するために呻吟した。そして多くは回答を留保にしたまま生き継いできた。これが人間の常態なのだとうそぶきながら、そして自問することを免罪符にして……。

大城立裕の上海での青春もまた、たくさんの問いを抱えたものであったように思われる。その課題の一つ一つに立ち向かったのが大城立裕の文学であるように思われるのだ。鹿野政直の解説の言葉を借りれば次のようになる。[注8]

問いは、作者が沖縄の根生いであるところから、たんに日本対中国との図式にとどまらず、はるかに重層的な相貌を呈することとなった。作者の自画像をなす「知名」の、日本人のはぐれ者としての意識、いいかえれば沖縄人としてのこだわりは、上海の地で、中国人から示される独特の親近感によって、増幅されるところがあった。「沖縄というよりは琉球といったほうが誰にも分かりがよく、琉球からも同文書院に来ているのかと范徳全が感心して見せた」ばかりか、その娘である范淑英にいたっては、「琉球人が日本の兵隊になるなんて考えられない」とまで言うのだ。（336頁）

大城立裕文学は、このような場所から発せられる深く重厚な問いと戸惑いから創出されるように思われる。ここに大城文学の特質もある。例えば芥川賞受賞作品「カクテル・パーティー」も、基本的人権を守る重厚な問いが開示した作品の一つに挙げることができるはずだ。もちろん「朝、上海に立ちつくす―小説東亜同文書院」も、大城立裕文学の特質である自問の文学としての顕著な例であろう。

翻って考えるに、大城は本作品を発表した80年代のこの時期に、南米を舞台にした作品「ノロエステ鉄道」などを次々と発表している。このことは、沖縄（沖縄人）がグローバルな社会でグローバルな視点で生きることを思索し先行的な作品を生みだした時期だとも考えられるのだ。「朝、上海に立ちつくす」もまさにその例の一つであり、今日を生きる私たちにも大きな示唆を与えてくれる作品であるということができるはずだ。

【注記】

1 頁は『朝、上海に立ちつくす―小説東亜同文書院』1988年6月10日、中央公論社発行の文庫本の頁である。本稿ではこの文庫本を定本にした。

2 『朝、上海に立ちつくす―小説東亜同文書院』1988年6月10日、中央公論社。

3 九州大学情報リポジトリ「大城立裕『朝、上海に立ちつくす』におけるアイデンティティー」2014年、黄英（中国海洋大学助教授）。

4 鹿野政直『戦後沖縄の思想像』1987年10月15日、朝日新聞社。

5 注2に同じ。

6 注3に同じ。

7 ポール・ニザン著作集1『アデン　アラビア』）篠田浩一郎訳、1966年12月15日、晶文社。

8 注2に同じ。

2　豊穣な方法の展開と越境する文学の力
――「ノロエステ鉄道」など

○はじめに

(1)　大城立裕という作家

　大城立裕は沖縄県初の芥川賞作家だ。1925年沖縄本島中部の中城村に生まれる。1943年上海の東亜同文書院大学で学ぶも敗戦により中退。沖縄県に戻り高校教師を経て琉球政府、沖縄県庁職員として仕事に従事する。他方、並行して活発な創作活動を展開、1967年に「カクテル・パーティー」で芥川賞を受賞する。以来、多くの小説、戯曲、エッセーや組踊作品などを発表。沖縄の戦後文学を牽引してきた重鎮である。この経歴は県民の多くが周知のことであろう。

　実際、大城立裕には数多くの作品がある。単行本として出版された小説作品だけでも列挙すると次のようになる。『カクテル・パーティー』（1967年）、『小説琉球処分』（1968年）、『白い季節』（1968年）、『神島』（1974年）、『風の御主前―小説・岩崎卓爾伝』（1974年）、『朝、上海に立ちつくす―小説東亜同文書院』（1983年）、『神女』（1985年）、『神の魚』（1989年）、『ノロエステ鉄道』（1989年）、『後生からの声』（1992年）、『日の果てから』（1993年）、『さらば福州琉球館』（1994年）、『かがやける荒野』（1995年）、『恋を売る家』（1998年）、『水の盛装』（2000年）、『対馬丸』（2005年）、『普天間よ』（2011年）、『レールの向こうに』（2015年）、『あなた』（2018年）などである。

　他に戯曲集、組踊作品集、エッセイ集、琉歌集などの出版もある。また『大城立裕全集』全13巻（2002年）もあるから、いかに精力的に活動を続けてきたかが分かる。

　さらに数多くの受賞歴もある。文学賞に限定すれば1967年の『カクテル・パーティー』で芥川賞受賞を嚆矢にして、1993年『日の果てから』で第21回平林たい子文学賞、2015年『レールの向こう』で第41回川端康成文学賞、2019年第3回井上靖記念文化賞などが挙げられる。

　これだけの著作や経歴を持つだけに大城立裕についての作家論や作品論については、数多くの著作や論考がある。単行本については管見に入ったものだけでも、里原昭『琉球弧の文学―大城立裕の世界』（1991年）、武山梅乗『不安でユーモラスなアイコンたち―大城立裕の文学と〈沖縄〉』（2013年）、大野隆之『沖縄文学論―大城立裕を読み直す』（2017年）などがある。文芸雑誌の特集や大学紀要などへの論考、さらに文学研究者や評論家の著作の中に収載された大城立裕論や作品論は枚挙に暇（いとま）がないほどだ。

いずれの論考も大城立裕の文学的営為を多方面から取り上げており興味深いが、大城立裕の芥川賞受賞の意義については、新川明が次のように述べている。[注1]

一九六七年度上半期（第57回）の芥川賞に、大城立裕「カクテル・パーティー」が選ばれた。この受賞は、沖縄近代文学史上における画期的な快挙であるばかりでなく、次の二つの点で受賞の意義を歴史に刻んでいる。

一つは、沖縄＝琉球の地が文学的に豊かな可能性を持つ境域であることを示したことである。大城が受賞するまで、日本国のレベルで認知される現地作家の出現を見ることがなく、「沖縄は文学不毛の地か」という、一種の諦観にも似た自己認識が一般化していた。その壁を大城立裕は破った。

二つには、文学に限らず日本ならびに日本人に対して持ちつづけていた沖縄人の卑屈な劣等意識を払拭する上で、大城の芥川賞受賞は大きな役割を果たした。沖縄人の日本ならびに日本人に対する自己卑下の意識は、明治期の琉球併合（琉球処分）以来、いわゆる皇民化の強制と、これを受容していく内発的な適応意識の相関の中で、複合して醸成された。大城の受賞は、その鬱屈した気分を吹き払う最初の風となったのである。（152頁）

新川明は、このように大城立裕の受賞意義を明確にした上で、自らや自らの所属した『琉大文學』に向けられた大城の言説に対して反論する。「大城の言説を駁することにより、もう一つの大城立裕像を明らかにする責務がある」として「大城に対する挑発の書」（153頁）として果敢に論を展開していく。興味深い大城立裕論の一つが展開されるのである。

(2) なぜ「ノロエステ鉄道」か

さて、大城立裕に関する優れた作家論や作品論、挑発的な論考などがあるにもかかわらず、なぜ大城立裕の作品「ノロエステ鉄道」を取り上げて起稿する意思を持ったかというと、まさに作品が「ノロエステ鉄道」であるからだ。

作品集『ノロエステ鉄道』（1983年）には南米を舞台にした五つの作品が収載されている。「ノロエステ鉄道」（ブラジル）、「南米ざくら」（ボリビア）、「はるかな地上絵」（ペルー）、「ジュキアの霧」（ブラジル）、「バドリーノに花束を」（アルゼンチン）で、いずれも1980年代に『文學界』に発表された作品だ。

一つ目の理由は、南米を舞台にしたこれらの作品には、移民県と呼ばれる沖縄の人々の苦難の歴史が刻まれているからである。大城立裕の作品世界は、沖縄の人々に寄り添った作品であるということが多くの作品読後の共通した私の感想だ。この感想を印象に拠るものかどうか、具体的な記述をとおして検討したいと思ったことが一つ目の理由にあげられる。

二つ目の理由は、グローバル社会の到来の中でいち早く海外を舞台にした特異な作品がこれらの作品群であるからだ。大城立裕が描いたこれらの作品には、80年代の作品とはいえ、今日にも多くの示唆を与える人間像や世界観があるように思われる。

三つ目の理由は、五作品とも同じく南米を舞台にした作品であるにもかかわらず、その方法やアプローチの仕方は多彩である。ここに大城立裕の作家としての力量が豊かに展開されているように思われるからだ。

これらの三つの動機を解き明かし確認することは、沖縄文学に関心を有する者として、あながち無意味なことではないように思われるのだ。

1　五作品の紹介

⑴「ノロエステ鉄道」（初出：１９８５年『文學界』２月号）

本作品は、ブラジルを舞台にしている。他に南米を舞台にした作品があるが、１９８９年に単行本『ノロエステ鉄道』として一冊にまとめられた。本作は表題になった作品である。「ノロエステ鉄道」は移民一世の老女を「私」として語り手にした作品だ。もちろん沖縄からの移民である。今は夫も亡くしているが70年間の移民生活の功労を日本政府が表彰するということで役人が彼女の元へやって来る。この進言に対して老女は次のように述べて辞退する。「移民として自慢できるような生きかたをしてきたかというと、そうでもないのですもの。何のご褒美に値しましょう」と。作品はこのことの経緯が、70年余の移民生活を振り返って語られるのだ。

老女が17歳、夫が20歳の時に二人は沖縄にて結婚する。しかし、立派な体軀をした夫に徴兵検査の日が迫ってくる。検査をすれば甲種合格で戦地に送られるだろう。戦地に送られれば死ぬかもしれない。夫は徴兵検査を逃れるために慌ててブラジル移民を考え申請する。移民許可の電報を受け取り、明治41年４月28日、神戸から出発したブラジル行きの最初の移民船「笠戸丸」に乗ってサンパウロの港に到着する。それからの70年間の歴史が、老女になった「私」の口から語られるのだ。

当初、移民地はノロエステ耕地で、ブラジル人地主の雇用人夫として働くことになる。ところが、住居は草壁一つで隔てられた長屋で、手間賃も安く砂蚤にも悩まされる。６か月という雇用契約が切れると二人は早々にそこを離れる。

３日目にエスペランサの町に着き、鉄道工夫になる。エスペランサはサンパウロまでのノロエステ鉄道が始まる町だ。エスペランサには同じように耕地から逃げてきた日本人がノロエステ鉄道の建設に励んでいた。夫も「私」もこの仕事に従事する。10年間働いて鉄道はカンポグランデまで伸びる。二人はカンポグランデに住み着いて、さらに鉄道の仕事を続ける。1番目の子は生まれて5か月後に乳の出も悪く死なせてしまう。2番目と3番目は流産。「子供を五回持ちましたが、ちゃんと育ったのは最後の一人だけ」と鉄道工事に従事する厳しさを語っている。子供の死とは引き替えられないとして、やがて二人は農業に転じ作物などを売る小さな雑貨店を経営する。ところが労苦を共にして来た夫は、農業に転じて間もなく死んでしまう。夫の死については次のように語られる。

第二次大戦が近づいたころ、一軒の雑貨店をもつことができましたが、大戦のあと、ブラジル人の暴動があって、焼かれてしまいました。夫は、もともと日本は負けなかったと信じていましたから、この焼き討ちで絶望するよりも怒りのほうが大きく、日本人の負け組征伐とブラジル人の焼き討ちの首謀者たちを求めて、飛び歩いてばかりいました。そして、志をひとつも遂げないうちに、肺結核にかかって死んでしまったのです。（18頁）

また、ノロエステ鉄道に対する感慨は次のように語られる。

思えばノロエステ鉄道というものは私にとって何であったのでしょうか、私を救ったのでしょうか、苦しめたのでしょうか。エスペランサで出会った鉄道工夫の仕事は、確かに私たち夫婦を救ったものでした。それは他のどの日本人移民の場合も同じことでしょう。果てのない荒野にほとんど死にかけていた私たちの希望を、かろうじて甦らせ、ブラジルに生きる望みを、ようやくにつなぎとめたのでした。鉄道が1メートル伸びれば、それだけ私たちの生活も1日だけ伸びるようなものでした。この鉄道工夫からたたきあげて、幾人かの移民の成功者が出たことは、あなたさまも良くご存じでしょう。

（中略）二度目の流産をしたときなど、鉄道が伸びてもそのかわりのように子供が育たないのでは何の意味もないではないかと、この場合も鉄道そのものには何の罪もないのに、それどころか国中の人がよろこぶものであるに違いないのにと、冷たい線路を両手でつかんで泣いたものでした。ノロエステ鉄道は、日本人の血と汗でつくったものだと、いわれます。が、私にとってはそれどころではなく、自分の子供の命であがなったものなのです。私の子供をいけにえに埋めたような鉄道で、たった一度だけサンパウロへ行ってきました。

十年で鉄道工夫の仕事をやめたのは、子供がほしかったからです。これ以上、ブラジルの鉄道に子供をささげるに忍びない、と考えたからです。そのあと、鉄道と何のかか

わりもなくなったことは、ご承知の通りです。（32－33頁）

このように、「私」はブラジルでの移民生活を省みるのだ。ところが孫のアントニオが鉄道に興味を持ち運転士として採用されると、サンパウロ行きの最初の機関車に乗って「皇太子殿下のお祝いの言葉を受ける」ことに翻意するのである。「鉄道のためにたおれた70年前の仲間たちへ手向けると考えればよろしいでしょうか」としてアントニオの機関車に乗ることを決意して作品は閉じられるのである。

大城立裕は、本作を書くために多くの文献を調べ取材を重ねたと思われるが、豊かな想像力で作り上げた登場人物（ウチナーンチュ）に心を寄せながら書いていることが一読して分かる。移民地で苦労をして汗を流し、子供を死なせた多くの移民者への限りない愛情を抱きながら本作を書いたのだろう。世界のウチナーンチュとして飛翔する視点をいち早く獲得した作品である。

(2) 南米ざくら（初出：1987年『文學界』2月号）

作品の舞台はボリビアだ。時代は1978年、久米島出身の初老の男、知念盛栄（67歳）が、沖縄からボリビアを訪問する。ボリビアの首都ラパスの空港で、サンタクルス行きの便を待つ場面からスタートする。

知念盛栄がボリビアに来た理由は、15年前の1963年にコロニア・オキナワに入植した息子の盛文を連れ戻しに来たのだ。盛文は今では40歳前後になっている。子どももできている。当時、吉子を嫁に貰いたいという盛文に、父親の盛栄は吉子の父親が嫌いなので結婚に反対した。それを機に、盛文は吉子を連れてボリビアへ移民したのだ。吉子の父親も亡くなった今、ボリビア移民は苦労していることを聞き、島に戻って一緒にサトウキビ農家として頑張ろうと説得しに来たのだった。

物語はこのことの結末に到るまでに父親の盛栄が出会った沖縄からの移民や目にしたボリビアやコロニア・オキナワの実情が描写される。

息子家族は、第2コロニアに住んでいるが、聞いていた以上に辺鄙な所である。サンタクルスの街まで迎えに来た盛文のトラックに揺られて第2コロニアまで行くのだが、200キロも離れている。途中から道路の舗装は途絶え、でこぼこな道を揺られて行くことになる。盛文は3年前に綿作から牧畜に転向して、貧しい現地人を数名雇っている。仲間たちが4、5人やって来て盛栄の歓迎のためにあいさつに訪れる。隣家までは近いところで5キロ、遠いところで10キロも離れている。

息子の盛文の家はトタン葺きの家で屋根の下には天井もない。夜になるとガスランプが灯されるが、盛栄は次のように思う。「人の背丈ほどの柱に乗せたガスランプが、空気のもれるような音を立てて燃え続ける。これは沖縄の終戦直後だなと思った。1960年代にもなってから好きこのんでこんな生活にとびこむこともないのじゃないか」と。

盛栄はますます息子家族を連れ戻す決意を新たにするのだが、やがて躊躇する。「集まった連中の誰にも不平不満の表情が見えない」からだ。しかし、生活はいかにも貧しい。猿を捕ってきて食べるなど驚くことばかりだ。

盛栄は意を決してボリビアに来た理由を息子の盛文に述べる。孫の顔を見に来ただけでなく、久米島へ一緒に帰ろうと説得する。しかし、盛文は答えを避ける。妻の吉子は盛文次第というが、吉子は沖縄にいるときから看護師の資格を有していた。今では現地で産婆の資格をも取得して、現地の人々からも有り難がられている。

盛栄が盛文の家に厄介になってから4日目に騒動が持ち上がる。盛文の牧場の真ん中当たりから石油が出るかもしれないというのだ。掘削することが決まる。もちろん国の事業だ。盛文はせっかく作り上げた牧場を潰されることになる。こんな理不尽なことはないと父親の盛栄は憤慨する。ボリビアの移民政策に愛想を尽かし隣国へ逃げる人々もいるという。そして「こんな国に移民をほったらかしている」日本の国にも腹を立てる。

盛栄は盛文が可哀想になり、いよいよ帰郷を勧めるのだが盛文は肯わない。「そんなことは予想のできたことで、それを知った上で開墾に手を付け、予定通り心配することになったと言わんばかりの態度である」

そんな日々に、綿作業終業祝賀会の日を迎える。盛文の友人新垣が、綿の単位収穫量第1位で表彰されるという。新垣は「20年も辛抱した甲斐がありました」という。その祝賀会の席にインディオ労働者の妻のマリアが産気づいたという知らせが届き、吉子は盛文の車で急遽マリアの自宅に向かう。知らせに来たインディオと共に、盛栄も荷台に飛び乗る。そして盛栄の次のような感慨が記される。

> 戦争のとき久米島に「カンポー」（艦砲射撃弾）が降りまくった。（中略）いつやむともしれない「カンポー」の雨の中で、生きられるだけ生きるしかなかった。あのなかでもお産をする者がいた。（中略）
>
> 盛栄は男の肩をたたいた。（中略）民家の屋根も見える。そこに南米ざくらが咲き誇っている。空の青さと地の緑を結ぶ線の、ごく小さな一点を鮮烈な紅で染め、まことに動じない感じで咲き誇っている。男は少しばかり口髭をうごめかして、頷いた。盛栄は頷きかえした。（中略）あれを見たら心配せんでもいいね、と言ったようにも思う。（中略）あとは吉子だけが頼りだ。これくらい頼られたら、やり遂げないわけにはいかないだろう。

この後に続く数行で作品は閉じられる。故郷へ息子家族を連れ戻す盛栄の意図した結末も、盛文の意向も明確には示されない。しかしこの一文の描写には、盛栄の思いが充分に込められているように思う。人間同士が、信頼しあって生きることの尊さや素晴らしさは国境を越える。貧しさは必ずしも不幸の尺度にはならないのだ。父盛栄はボリビアで生きる息子夫婦を誇らしげに思い、たぶん帰国するはずである。

(3)　**はるかな地上絵**（**初出：1988年『文學界』8月号**）

主人公は新聞記者で作品の語り手でもある金城守男。沖縄から100人余の南米ツアーに地元新聞社から同行する特派員として参加する。出発前に親戚で現役のユタ（巫女）であるカメ婆さんから「『ナシカラー』がどういう所か見てきて欲しい」と頼まれる。さらに、「琉球王国のジュンパジュンキ王は朝鮮から来た」ともいう。この奇妙な地名と王の名前を解明するようにして物語は進行する。ペルーの古代と現代、沖縄の古代と現代とが交錯する特異な物語が展開される。

さらにそれ以上に特異なのは、カメ婆さんはナシカラーからの霊的な通信を受けているというのだ。つまり幻視や幻聴は、遠く離れたペルーの地にあるナシカラーから聞こえてくるというのだ。琉球王国の国王ジュンパジュンキのこともナシカラーからの通信で知ったというのだ。

作者のこの発想の豊かさと、これを焦点にして謎解きのように物語を進行する方法は斬新（ざんしん）だ。このような物語を構築していく想像力は容易なことではないように思われるが大城立裕はそれをやり遂げた。芥川賞作家として面目躍如となる作品だ。

翻って考えるに、池上永一の作品に南米を舞台にした『ヒストリア』がある。沖縄の終戦直後を生きる主人公のマブイが南米に飛んで活躍する。実在の人物とマブイの作る人物の二人が表裏になって活躍するエンターテインメント小説だ。池上永一は、あるいは大城立裕の「はるかな地上絵」にヒントを得ていたのではないかと思われるほどである。南米と沖縄をマブイが飛び交う作品は、30年余も前にすでに大城立裕が作品化していたのだ。

このことの真偽はともかく、「ナシカラー」とは結局ペルーのインカ帝国「ナスカ」の地を想定させる言葉であったのだが、この謎解きの途次に金城守男は様々な人々と出会う。その一人が今は年老いた移民一世の老人ホセ宇治原だ。ホセはさらに琉球王国の財宝「カラファーフ」がペルーの地には眠っているという。この財宝「カラファーフ」の謎解きも新たに一つ加わって、金城守男の関心を惹きつける。

ホセ・宇治原は言う。「ナスカへ行け。沖縄人ならナスカへ行け。カラファーフを取り戻せ。沖縄を救え」と。養老院に入っている痴呆の始まったホセの言葉に、金城はホセの幼女となったアリーシャの協力を得て、「ナシカラー」「カラファーフ」の謎解きの旅を始めるのである。

作品には多彩なエピソードが挿入される。ペルーへ移住した沖縄人たちの第二次大戦を挟んだ苦労話。ペルー政府が連合軍に加担したことによる住みにくさ。日本の敗戦を信じない移民社会の「勝ち組」と「負け組」の対立。様々な移民者たちの困苦を浮かび上がらせながら物語は進行する。カラファーフは「唐破風」ということが分かり、首里城正殿が中国式の破風作りであることから首里城正殿がカラファーフ（財宝）であることが分かる。首里城が移民者たちの心の拠り所となっていたのである。

さらにセスナ機に乗り、インカ帝国の貴重な地上絵を眺める描写や、地上絵の研究者であるマリア・ライへ博士などの登場もある。作者の博学な知識も披露され、登場人物も絶妙なバランスを保っている。技巧や構成に斬新な手法が見られる味わい深い作品だ。

(4) ジュキアの霧（初出：1985年『文學界』7月号）

ジュキアの霧はブラジルを舞台にした作品だ。物語は移民二世大山樽金（たるがね）78歳と、年若い妻光代を中心に展開する。光代は樽金と30歳ほど年が違う。福島県出身の女性で水商売をしていた。前妻を亡くした樽金が十年前、後妻に迎え入れた。夫婦二人暮らしのトタン葺（ぶ）きの家でバナナなどを栽培している。家の近くをパラナ街道が走っているが、この街道に沿ってジュキア鉄道が走るという設定である。語り手は樽金だ。

樽金の家の背後の山には、ドイツ人開拓者でバナナ農園を経営しているヘルマンの家族や、友人の仲松の経営する雑貨店など十軒ほどの家がある。1945年終戦の年に樽金はアリアンサ植民地からこの土地に移ってきた。バナナやマンジョカの栽培を始め、それらを商品としてサントスの町へ運ぶのがジュキア鉄道だ。

樽金には息子の忠義がいたが、忠義が15歳のとき、母親が病死した。樽金は後妻をもらったが、後妻との仲がうまくいかず、忠義は20歳の頃、家出をして行方が分からなくなる。後妻も忠義が出て行った5年後に亡くなった。忠義は生きていれば45歳ほどになっている。その樽金のところに3番目の奥さん光代が嫁いで来たのだ。

光代を紹介したのは二世の仲松マサオだ。樽金の父親とマサオの両親が親しく家族同然の付き合いをしていた。その縁でマサオと樽金も親しく付き合っている。

物語は樽金の息子忠義の家出の真相と樽金の気概や寂しさに焦点を当てて展開する。樽金や友人たちは、異国の地で困苦を背負い、皆で力を合わせ支え合って生きている。この名もなく今なお貧しい移民者の一人である大山樽金の人生にスポットを当てたのが本作である。これらの人々へ注がれる作者の目はとても温かい。

物語はドラマらしいドラマもなく進行していくのだが、樽金が同郷の奥間という男に騙されて金を巻き上げられる事件が起こる。奥間から、勝ち組への軍資金として多額のお金を寄付させられたのだ。行方不明になった息子の忠義も勝ち組の一人であると暗示され、奥間の言葉を信じたのも理由の一つである。かつて自分もまた勝ち組の側の人間として、対立する負け組の側の人間を暗殺しようとする。その寸前に、息子忠義の眼にうろたえて断念した過去があるのだ。また家出をした忠義は生きていてパラナ街道を往来している運送会社を経営しているとの噂も聞くが真偽は分からない。

皇太子殿下がブラジル移民の功績を讃え移民一世の労をねぎらうためにブラジルにやって来るという。マサオの母親ウサが表彰されることになる。その皇太子と同じ年の1月1日に産まれたのがわが息子で、名前も忠義と付けたのだった。

樽金が、酩酊してつぶやく場面がある。「日本のために俺たちは移民したのであって、ブラジルのために働いたのではないのだ……」と。

登場人物それぞれが持つ様々な事情が巧みに描かれながら作品は進行する。だれもが故郷沖縄に帰りたいのにそれぞれの理由で帰れない。三世夫婦は日本語をよく聞き取れなくなっている。言葉や世代の断絶もできた。それでも移民一世や二世たちは古い日本の歌謡曲を歌い生き繋いでいくのだ。

作品の冒頭にドイツ人ヘルマンの犬が登場する。書き出しは次のように始まる。「犬の啼き声が聞こえた。夢の中であったのか。目覚めてからそう思った。手をのばしてスイッチをいれると、眼路のさきにうす暗い裸電球が灯った。また聞こえた。そんな気がした。これは夢かと疑うわけにはいかなかった。あるいは夢の感じを思い出しているかもしれないが。そう疑いながら、やはりはねおきた。大山樽金、78歳」……と作品は進行していくのだ。

結末に、この犬が往来の激しいパラナ街道で轢き殺されたことが分かる。冒頭と終末に登場するこのヘルマンの犬も極めて印象的である。ここにも筆者の小説としての企みが暗示されているように思われる。

(5) バドリーノに花束を（初出：1989年『文学界』7月号）

「バドリーノ」とは「洗礼父」のことのようだ。作品の舞台はアルゼンチンのブエノスアイレス。時は1982年、イギリスとアルゼンチンの戦争、いわゆるフォークランド戦争の時代と軌を一にしている。語り手は大学時代最後の誕生日を迎える「ぼく」（アルベルト）で、移民二世だ。卒業後は獣医学を学ぶために日本へ留学する予定である。この構図の中で、アルベルトに関係する親しい4家族の物語を、マルビナス戦争（＝フォークランド戦争）を背景に描いていく。戦争に翻弄される移民家族の悲劇を浮かび上がらせながら異国の地で生きることの困難さや意義を照らし出した作品となっている。

親しい4家族の一つめの家族は、「ぼく」（22歳のアルベルト）の家族だ。洗濯屋の父と母を持つ。二つめの家族はアルベルトのバドリーノとなった米田さんの家族。奥さんとの間に一人息子のダニエル米田健がいたが、大学時代に「ユウカイ」されて消息が不明だ。三つめの家族は、アルベルトの婚約者であるルイサの家族だ。父親の名はドン・カネオとも愛称される平良兼男。レストランを数軒経営し、財を築いて土地の名士に上りつめている。ルイサには軍人の兄フランシスコがいるが、マルビナス戦争に従軍して片足を失う。3家族とも沖縄から移住してきた家族である。四つめの家族はアルゼンチン人でゴンザレスの家族だ。アルベルトと同年の息子カルロスがいるが、マルビナス戦争で戦死する。

物語は、ギターが好きで音楽が好きな米田さんが日本（沖縄）へ帰郷するという。そのため、帰郷前に激励の音楽会を開催するためにアルベルトや婚約者のルイサが奔走する姿を中心に物語は展開する。ルイサの父親カネオの経営する大きなレストランで開催する予定で話は進められるが、その途次で様々な人間模様が浮かび上がってくる。浮かび上がってくる最も大きな契機はマルビナス戦争である。日本はマルビナス戦争では、アルゼンチンと戦うことになった敵国イギリスを支援する米国と同じ立場を取り、アルゼンチンの敵国になる。

結論から言えば、「ぼく」のバドリーノである米田さんは演奏会を開催するが、帰郷は取り止める。「ぼく」も獣医学を学ぶための日本への留学を断念することを思案し始める。この収束に到る経過の中で国家や国民、祖国やアイデンティティーなど、様々な問いが投げかけられる。その幾つかの例は次のとおりだ。

> 父は牧場を経営するという夢を持ってきたら、洗濯屋になってしまったと苦笑する。祖国を離れて、いろいろの人がいろいろの苦労をしている。そのアルゼンチンの現実というものが、日本からは見えない。日本が日本自体の国際関係でことを処理するのは当然のことだろうが、アルゼンチンで同じ日本人が、祖国と異なる論理で現実の生活をしているということは日本の日常の中では忘れられている」（210頁）
>
> われわれはアルゼンチン国に住む日系人だ。マルビナスの戦争に協力しないではおられない。日本政府はわれわれの立場を理解せよ。そのわれわれの立場を、アルゼンチンの国民も日本政府も理解せよ。（217頁）

また平良兼男は次のように言う。「われわれは完全にアルゼンチン人であり、同時に完全に日本人である」（222頁）と。そして「ぼく」は次のように問いかける。「自分たちはアルゼンチンという異国で、なんのために、だれのために生きているのだ」（245頁）と。

これらのアポリアな問いは大城立裕が芥川賞受賞作品「カクテル・パーティー」で提出した問いとも相通じるものがある。土地を奪われ、基本的人権さえも剝奪された米軍占領下で、沖縄の人々は次のように問うたはずだ。私たちは沖縄という土地で、なんのために、だれのために生きているのだと。米兵にレイプされた娘と共に人間としての尊厳を守るために、「カクテル・パーティー」の主人公は決意をしたはずだ。この問いをアルゼンチンで生きるウチナーンチュも同じように発するのである。私たちはアルゼンチンという土地で、なんのために、だれのために生きているのだと……。

米田さんの日本行き（沖縄への帰郷）の断念には、「ぼく」の視点から次のように語られる。「今、米田さんはアルゼンチンで生き直そうとしている。挫折どころか、アルゼンチンの夜のように長い生命をここで生き直さなければならないのだ」と。（268頁）

そして最後にぼくの感慨が次のように語られて作品は閉じられる。

> そのとき、僕がはじめて考えたことがある。日本留学をやめようかということだ。それでよいだろうか、前大臣夫人に頂戴して腕にはめた時計を腕ごと握りしめて、思案しているうちに、『ラ・クンパルシータ』が始まり、僕がわれに返ると、いつの間にか州知事夫妻が前に出て、踊り始めていた。米田さんのギターの調べが、州知事を踊らせ、その踊りに負けまいと高鳴り続けた。州知事の漆黒のラテン髭が誇らしげに泳ぎ、米田さんの半白のラテン髭が、それを見守るように輝きを発し、アルゼンチン・タンゴを呼吸していた。（270頁）

この作品は、既にグローバル社会の到来を予感している作者が創出した問いかけの物語だ。人間同士が信頼を獲得して生きるには国境を越えねばならない。国境をボーダーレスにする文学の力、その力を試行しているように思われるのだ。文学が時代に先行する例の一つを作者は示したように思われるのだ。

2　作品の特異性

(1)　豊穣な方法の実験

南米を舞台にした五作品には、表現者としての大城立裕の豊かな方法の実験が試行されているように思われる。ここに特質の一つはある。南米を舞台にした作品だからといって画一化された作品に陥ることはない。語り手も登場人物の背景も、また作品の展開も困苦の歴史を背負った家族の構成も多種多様である。ここには作家大城立裕の豊かな企みと文学世界が展開されているように思われる。

例えば、語り手について整理すると、「ノロエステ鉄道」では移民一世の老女であり、「南米ざくら」では移民した息子家族を訪ねる久米島からやって来た父親である。「はるかな地上絵」では沖縄から南米ツアーに参加した新聞記者、「ジュキアの霧」では、二人の妻を亡くして困苦に耐えている初老の移民二世大山樽金、そして「バドリーノに花束を」は大学時代最後の誕生日を迎える移民二世の「ぼく」(アルベルト)だ。

この例でも分かるように、これだけ多彩な語り手を用意した着想や発想には、やはり表現者としての大城立裕の豊かな才能を感得せざるをえない。それゆえに作品内容も多様な切り口から展開される。そして多様な作品世界と多様なメッセージが繰り出されるのだ。

多様な内容やテーマについて要約すると「ノロエステ鉄道」では、多くの子どもを失い夫を亡くした老女の70年余の困苦の歴史と希望が語られる。「南米ざくら」では移民地オキナワ・コロニアの実情と、そこに根を下ろして地域の住民からも信頼されて生活する家族の姿を描く。「はるかな地上絵」では南米と沖縄を繋ぐマブイの交信を描き、ナスカ文明と琉球王国をも繋ぐ大胆な発想を駆使した謎解きの物語を創出する。「ジュキアの霧」では日本から遠く離れた遠隔の地での「勝ち組」と「負け組」の対立を描きながら戦争で翻弄される移民の歴史を描く。「バドリーノに花束を」では、現代に時を移してフォークランド戦争を背景に置き、土地の文化や歴史に目覚めた若者の希望を描くのだ。

もちろん、その他にも作品構成のアイディアやリアルなディテールの描写、巧みな比喩表現や風物に託したメッセージのもつ多重性にも、新鮮な発見と文学作品を読む豊かな時間を味わうことができるのだ。

(2) 越境する文学の力

移民文化の調査研究者である浅野卓夫は、沖縄の移民と大城立裕の「ノロエステ鉄道」について、『複数の沖縄—ディアスポラから希望へ』(2003年)の中で興味深い見解を述べている。まず沖縄になぜ多くの海外移民者が生まれたかについて述べ、次いで「ノロエステ鉄道」の文学的な意義について述べている。[注2]

こうした民族離散現象(引用者注:沖縄の海外移民)が起こったのは、日本という国民国家に併合された一八七九年の「琉球処分」以降、近代植民地主義の政治的・経済的な支配に翻弄されるなか、沖縄の人びとが生活の手段を奪われ、労働力として島の外へ出ざるをえなかったという歴史的条件が存在したからにほかならない。近代化にともなう伝統的共同体の崩壊、黒糖の単一耕作経済の破綻、「ソテツ地獄」と呼ばれる深刻な不況、第二次世界大戦時の全島潰滅、それに続く米軍政府による占領政策――ほぼ百年のあいだに、この島に襲いかかった歴史の津波が、沖縄からの海外移民を加速度的に促進させたことは改めていうまでもないだろう。それゆえに沖縄の生活文化のなかには、さまざまな土地へ離散した親戚や知人を巡る物語がいまも数多く残されている。現代沖縄の表現行為を見渡してみても、こうした海外移民の歴史を背景に生み出された小説や音楽や映画が少なくないことに気づかされるが、ここで話題を文学に限定すれば、その代表的な作品と言えるのが大城立裕の『ノロエステ鉄道』だ。（220－221頁）

（「ノロエステ鉄道」）の老女の語りは、アイデンティティーの葛藤をめぐる過去の苦い記憶だけに閉じていかない。小説の最後、彼女は、夫が植えた「アカバナー」の花を一枝たずさえ、鉄道機関士の孫アントニオが運転する汽車にのってサンパウロの式典へ出掛けることを決意する。いつも孫から聞かされるさまざまな沿線の風景の映像に、ありえたかもしれない過去の自分の若々しい姿を重ね合わせることで、故郷沖縄の海からブラジルへの旅の日々を、もう一度想像的に生きなおすために。それはまた、異郷の地で命を落とした夫や幼い子供たち、流浪する沖縄移民の霊（マブイ）たちを、物語によって鎮魂し、「恥と後悔の足跡」を希望の物語につくりかえ、世代や国境を越えてそれを未来のブラジル人の子孫の生につなげようとする力強い意志のあらわれでもあった。「ノロエステ鉄道」の文学的な達成は、この作品が沖縄移民の歴史的記憶と経験の発掘にとどまらず、このような「語り」という行為のもつ越境性と未来志向性の力を表現しえたことに由来する。（223頁）

この論述で、とりわけ留意したいことは、「ノロエステ鉄道」について述べている箇所である。「世代や国境を越えてそれを未来のブラジル人の子孫の生につなげようとする力強い意志のあらわれ」であるとか、「『語り』という行為のもつ越境性と未来志向性の力を表現しえた」というところに注目したい。

浅野卓夫が指摘する「越境性」を含めて、大城立裕は、80年代にはすでにグローバル社会の到来を予感し、世界的視野で文学作品を創出する意図を有していたように思われるのだ。海外へ移民したウチナーンチュへの関心は、72年に日本へ復帰したとはいえ、苛酷な政治的状況下で呻吟する故郷沖縄への愛情と表裏になっているように思われる。マイノリティ文学からグローバル社会へ目を転じ、より豊かな文学作品の結実へ向かって試行したように思われる。換言すれば自立への志向である。

沖縄県には5年に一度のイベント「世界のウチナーンチュ大会」が開催される。1990年が第1回目の大会で、2020年度に第7回大会を迎える。大会は、世界中から沖縄にルーツを持つウチナーンチュ（沖縄人）たちが集まり、交流を深めアイデンティティーを確認する沖縄県独自の一大イベントである。

沖縄県によると、2018年度の県の統計では、世界中に約45万人と推定されるウチナーンチュが暮らしているという。[注3]その中の多くの人々が望郷の思いを抱きながらも困苦に負けずに希望を持って生きているのだ。移民一世や子孫の多くが異郷の地で生存の限界に挑戦してきたはずである。貧しさゆえに故郷を離れ移民せざるをえなかったウチナーンチュ（沖縄人）の歴史を考えるとき、作家大城立裕もまた一人の同胞として移民たちへ限りない愛情を抱いたのではなかろうか。この拠点から、大城立裕の南米を舞台にした五つの文学作品は生まれてきたように思われるのだ。

3　自立を標榜した作家

(1)　沖縄発インターナショナルな視点

大城立裕の生みだした作品世界を敢えて総括的に述べれば、沖縄への視点を有して沖縄に寄り添った多様な作品群と言えるように思う。

本稿の冒頭で述べたように、大城立裕には数多くの作品がある。その多くが沖縄を舞台にし、沖縄の人々に寄り添った作品である。作品世界は沖縄の伝統文化や社会に根ざした信仰の世界から今日の基地問題まで、さらに長年連れ添った伴侶を亡くした感慨を記した私小説作品にまで到る。ユタ（巫女）、戦争、歴史、恋愛、評伝、基地、海外移民等々、時間軸や水平軸を広げているだけでなく、テーマも方法も深化し多種多様である。

例えば、ユタの世界を描いた作品には『後生からの声』（1992年）、戦争を描いた作品は『神島』（1974年）、『日の果てから』（1993年）、『かがやける荒野』（1995年）、『対馬丸』（2005年）など、また歴史小説には『小説琉球処分』（1968年）、恋愛小説には『水の盛装』（2000年）、伝記評伝には『風の御主前―小説・岩崎卓爾伝』（1974年）、基地問題には『カクテル・パーティー』（1967年）や『普天間よ』（2011年）などがある。さらに近作では私小説の分野にも方法やテーマを広げ、『レールの向こうに』（2015年）や『あなた』（2018年）などの作品がある。齢90歳を過ぎても創作意欲は衰えない。

ここでは刊行された単行本のみを例示したが、『大城立裕全集』全13巻（2002年）に収載された作品をも対象にすると膨大な作品群になる。それらのいずれの作品にも沖縄に対する慈愛の目と、溢れるほどの関心と見識が披露されるのだ。

さらに、直接沖縄を舞台にしたこのような作品以外にも、大城立裕にはこれまで述べてきたように海外を舞台にした作品群もある。『ノロエステ鉄道』（１９８９年）に収載された五作品の他にも、上海を舞台にした『朝、上海に立ちつくす―小説東亜同文書院』（１９８３年）や中国を舞台にした『さらば福州琉球館』（１９９４年）などがある。

もちろん海外を舞台にしたこれらの作品群にも、新たに加わったインターナショナルな視点と並行して、沖縄への視点が重なり共振しているように思われるのだ。

(2) 自立を標榜した作家

大城立裕の優れた研究者であり『大城立裕全集』の編集委員の一人であった大野隆之は、大城立裕の沖縄への関心や文化への関心、アイデンティティーへの深い思いを「内包される異文化」として次のように述べている。[注4]

しばしばチャンプルー文化と呼ばれるように、沖縄文化は、絶えずいくつもの文化の複合体としてあり続けた。いわば、沖縄において異文化とは、単に自らの外部に存在するものではなく、同時に内側にも存在し続けてきたのだといえる。近世における二重服属と、明治以降の極端な同化政策、さらにその上にアメリカの占領政策が覆い被さった占領下の沖縄は、政治的経済的な困難のみならず、文化的アイデンティティーの危機でもあった。大城立裕が「沖縄問題は文化問題である」と語る所以である。徹底的に異文化にさらされ、それを深く吸収しながら、なおも基層となる沖縄文化の生命力に賭けるということ。それは破壊と被支配の中から出発した大城立裕が、自らに課したテーマでもあった。（17頁）

また、大城立裕は自らのエッセイ集『内なる沖縄―その心と文化』の中で、「沖縄の国際性」と章立て、沖縄の人々には「海外信仰」があるとして次のように述べている。[注5]

ニライカナイは父祖の地であり、島の幸はそこからもたらされると信仰した、と私は考える。（中略）さらに私は、それが父祖の地のみならず、とにかく海をへだてた国であれば、そこから幸はもたらされるという、いわば「海外信仰」ともいうべきものと重なったのではないか。（２５９頁）

大城立裕は、この言説に次いで「オモロ」を紹介し、貿易を奨励した琉球国王を礼賛した具体的な作品を例示する。さらに、１４５８年琉球国王尚泰久が首里城正殿の大鐘に記文させたという「万国津梁（しんりょう）」の精神を示す碑文を紹介する。

「琉球国は南海の勝地にして三韓の秀を鐘め大明を持って輔車となし日域を持って唇歯と為す。此の二中間にありて湧出する蓬莱島なり。舟楫を持って万国の津梁と為し、異産至宝は十方利に充満す……」と。

さらに大城立裕は、戦後のアメリカ世は「美ら瘡」であったとして、功罪両面があったとして独特の文化論を説き、「沖縄の国際性」総括している。

南米を舞台にした「ノロエステ鉄道」などの一連の作品は、大野隆之が述べるように「徹底的に異文化にさらされ、それを深く吸収しながら、なおも基層となる沖縄文化の生命力に賭けるということ。それは破壊と被支配の中から出発した大城立裕が、自らに課したテーマでもあった」の例証として考えることができる。また大城立裕みずからが述べているように「海外信仰」「万国津梁」「美ら瘡」の意識が、海外を舞台にした作品であれ、浮沈を繰り返しながら大城立裕の心を襲っていたように思われるのだ。

つまり、南米を舞台にした「ノロエステ鉄道」などの作品は、沖縄の文化やウチナーンチュのアイデンティティーの問題を含んだ射程に位置づけられるように思われるのだ。異国の地で沖縄や沖縄文化に覚醒することは、他国の文化と対比的に眺められるがゆえに一層鮮明になる。困苦の中で自立を求める移民の姿は、困難な状況の中で沖縄の自立を求めて呻吟する沖縄の人々の姿と重ね見ることができるはずである。

この視点を、大城立裕が有する「沖縄発のインターナショナルな視点」と名付けておこう。特質は個の自立と沖縄の自立に繋がる重層的な視点である。それは「カクテル・パーティー」に現れた視点であり、「朝、上海に立ちつくす」に現れた視点でもあるはずだ。

○おわりに

米須興文はミシガン州立大学大学院英文学博士課程を卒業し、琉球大学に籍を置いたアイルランド文学の研究者である。1931年の生まれで大城立裕と同じく中城村の生まれだ。大城立裕文学の優れた理解者としてもよく知られている。

米須は沖縄文学の可能性について、自著『ピロメラのうた—情報化時代における沖縄のアイデンティティー』（1991年）の中で期待を込めて次のように述べている。やや長い引用になるが本稿のまとめとして紹介する。[注6]

沖縄の作家がこれからの国際化と情報化の時代においてグローバルな次元で鑑賞と批評に堪えうる作品を創造するには、なお多くの克服すべき課題を残しているのは疑う余地がありません。作品のテーマや表現上の技巧について、より一層の洗練度と普遍性が望まれますし、世界の諸文化の文学的伝統と現状についての消息にも更に深く通じる必要があります。そして、何よりも大きな課題は、沖縄の作家たちが世界の文学界から魅力的に感じられるような独特のアイディンティティーを持つ文学を創造する態勢を構築することです。（230頁）

多様な異文化接触を経験した沖縄文化は、今日の国際化と情報化の時代に相応しい文学的テーマを豊富に内包しています。たとえば、文化パターンの違いから生じる様々な文化摩擦は、二十一世紀の小説の魅力あるテーマになると考えられますが、このテーマに強力な表現を与えうる潜在力をわれわれはこれまでの数奇な民族的・文化的経験を通じて蓄えている筈です。しかし、この潜在力を創造的に発揮するには、われわれは文化の仕組みに関する充分な知識をもっていなければならないでしょう。そして、この知識に基づいた異文化間の人間ドラマを創造するための芸術的構想力と表現力を身につけなければならないでしょう。それは、素人の趣味の次元を越えた創造的芸術の大事業です。

しかし、この大事業を達成することができたら、われわれは沖縄のおかれた文化的状況に文学的表現を与えることに成功しただけでなく、これまで試みられたことのない新しい文学世界を開拓したことになり、それによって沖縄文学のアイデンティティーを世界に向けて宣言したことになるでしょう。そして、もし一世紀前のアイルランド作家たちのように優れた文学的表現を生み出すことに成功すれば、わが沖縄文学は二十一世紀の世界に大きなインパクトを与える存在になるでしょう。（231-232頁）

米須興文の期待は沖縄で表現活動をするすべての作家たちへの激励であることは当然のことであるが、それは同時に大城立裕文学への期待や可能性とも重なるものであろう。

もう一人の大城立裕文学のよき理解者であるフランク・スチュアート（ハワイ大学英文学科教授）も、大城立裕との対談で、「優れた文学は場所を超越する」として次のように述べている。[注7]

文学は、確かにある場所で始まって、ある地域で始まって、あるグループで始まって、ある状況で始まります。しかし、質の高い文学はローカルを超越します。人間として、人間同士として、私たちは翻訳されたものはやはり全て沖縄の読者のように理解できないかもしれないが、それでも、優れた作品はそのような限界を超越して、沖縄の人と同じように読者に理解させる。読者を揺さぶるところがある。優れた文学は場所を超越するのです。ローカルを越えたところで通用するからこそ、本物の文学なのです。

米須興文の言説やフランク・スチュワートの文学観は、日本国家の中央から離れた辺境の地沖縄で表現する者にとっては大きな励みとなる言葉である。これらの言葉は激励の言葉の意味だけでなく、沖縄文学の可能性についても言及したことになるはずだ。

大城立裕の「ノロエステ鉄道」や南米を舞台にした作品は、このことの可能性を感じさせる。少なくともこのことの萌芽の感じられる作品だと言っていいだろう。このことが南米を舞台にした一連の作品の有している魅力でもある。

【注記】

1 新川明「大城立裕論ノート」(『沖縄・統合と反逆』2000年6月25日、筑摩書房)収載。

2 浅野卓夫「ブラジルへの沖縄移民史をめぐる二つの小説―大城立裕『ノロエステ鉄道』から山里アウグスト『東から来た民』へ」(西成彦・原毅彦編『複数の沖縄―ディアスポラから希望へ』2003年、人文書院)収載。

3 出典は沖縄県ホームページ、「基本政策4世界との交流ネットワーク」参照。

4 大野隆之「大城立裕―内包される異文化」(『沖縄文学論―大城立裕を読み直す』2017年3月30日、編集工房東洋企画)収載。

5 大城立裕エッセイ集『内なる沖縄―その心と文化』1972年5月20日、読売新聞社(259頁)。

6 米須興文『ピロメラのうた―情報化時代における沖縄のアイデンティティー』1991年11月25日、沖縄タイムス社。

7 山里勝己・石原昌英編『〈オキナワ〉人の移動、文学、ディアスポラ』2013年1月15日、彩流社。

第二章　東峰夫の文学

「べろや」の波及力と喚起力
――「オキナワの少年」の世界

1　戦後文学としての「オキナワの少年」

東峰夫の「オキナワの少年」は戦後文学である。たしかに戦後がなければ生まれなかった作品だ。一読すれば判然とする。沖縄の戦後が生みだした作品であり沖縄の戦後の悲惨さを描いた作品だ。そしてその悲惨な状況に「べろや」（＝いやだ）と抵抗し、受け入れがたい状況を拒否し続けた「ぼく」（＝つねよし少年）の心情を描いた作品である。このことは作品の冒頭部に象徴的に表われている。

　ぼくが寝ているとね、

「つね、つねよし、起きれ、起きらんな！」

と、おっかあがゆすり起こすんだよ。

「ううん……何やがよ……」

　目をもみながら、毛布から首をだしておっかあを見上げると、「あのよ……」

　そういっておっかあはニッと笑っとる顔をちかづけて、賺すかのごとくにいうんだ。

「あのよ、ミチコー達が兵隊つかめえたしがよ、ベッドが足らん困ておるもん、つねよしがベッドいっとき貸らちょかんな？　な？　ほんの十五分ぐらいやことよ」

　ええっ？　と、ぼくはおどろかされたけれど、すぐに嫌な気持ちが胸に走って声をあげてしまった。「べろや！」

（以下略）


ミチコー達は占領軍である米兵たちを相手に売春をして生活をしている女たちである。母親はそのミチコーたちに、ベッドを貸して商売をしている。戦後であるがゆえに生み出された沖縄のこの状況が、つねよし少年は嫌でたまらない。たとえ生きるための手段とはいえ、思わず「べろや！」と叫んでしまうのだ。

韓国の文芸評論家曺泳日（ジョ・ヨンイル）は著書『世界文学の構造―韓国から見た日本近代文学の起源』（２０１６年）で、戦後が文学を豊穣にする、とユニークな見解を述べている。日本の近代文学が夏目漱石や森鷗外ら国民作家を生みだしたのは「戦後文学」であったからだと。日露戦争や日清戦争でマスメディアだけでなく文学も成熟した。この隆盛が今日ノーベル文学賞を二名も生んだ豊かな土壌となったのだと。

これに比して、韓国にノーベル賞作家が一人も誕生しないのは、「戦後文学」ではないからだというのだ。例えばこのことを次のように述べる。[注1]

> 近代文学が発達した国と、そうでない国の違いは何でしょうか。私の考えでは、それはその国がナショナリズムを経て帝国主義まで経験したかどうかによります。もう少し具体的に言えば、物語を発動させる原動力（ユートピア）として、植民地を持った経験があるかどうかにあります。（47頁）
>
> 国民叙事詩の不在は全国民がひとつとなって戦う「国家間戦争」を経なかったことと関連があるからです。韓国の小説で最も頻繁に取り扱われる二つの戦争（朝鮮戦争とベトナム戦争）は、前者は内戦の性格が強く、後者は戦争の主体ではなかったという点でどちらも「国民戦争」だと言いにくい面がある。（139頁）
>
> 私はすべての近代文学は本質的に戦後文学であり国民戦争をまともに経験し得なかった国家の文学は本質的に貧しいものであるほかない。（165頁）

曺泳日（ジョ・ヨンイル）は韓国には国民叙事詩は不在で国民作家も生まれなかったというのだ。この結論はやや強引な印象を与えるが一顧に値する提言である。

翻って沖縄の戦後文学を考えると、まさに戦後の悲惨さが文学の豊穣さをもたらした皮肉な現象を生みだしたとも言えるだろう。沖縄の戦後は、日本国から切り離されて亡国の民となり、戦後27年もの間、米軍政府によって軍事優先政策の統治が敢行される。基本的人権等が抑圧される植民地然とした日々を強いられるのだ。さらに、沖縄は先の戦争で日本国内でも唯一の地上戦を経験した。悲惨な歴史は土地の記憶として刻印されているのだ。

そればかりではない。沖縄県の前身である「琉球王国」は、1879年の「琉球処分」により解体され「沖縄県」として日本国家の傘下に入る。その後の沖縄の近代現代の歴史は差別や偏見に悩まされた困苦な時代となる。この状況は現在もなお持続され日本国家の防波堤としての軍事基地化が進められている。

曺泳日（ジョ・ヨンイル）の言葉を借りれば、このような土地にこそ、文学の成熟は訪れるということになるのだろう。この例証の一つが「オキナワの少年」と言えるのかもしれない。

ところで、本作品は第66回芥川賞（1971年下半期）の受賞作品である。選考委員の評は次のようなものだ。[注2]

吉行淳之介：「私の推したのは、「オキナワの少年」と「玩具の兵隊」であった」「おそらくずいぶんの努力の末にノンシャラン風の文体をつくり出したのは、手柄である。ただ、終りのところ、少年が家出先を無人島ときめたのは、あまりおもしろくない。この作品の成功は、主人公が少年であることが大きなポイントで、これから作者は苦しむだろう」

中村光夫：「欠点の多い作品と思われました」「いくぶんわざとらしい文体で、少年の感受性を造型することに一応成功していますが、そこに描きだされる「オキナワ」は型にはまった沖縄で、そのためか、結末の主人公の脱出の意欲もただ話を面白くだけという印象しかあたえられません」

安岡章太郎：「たしかに私にも一応おもしろく読めたし、その軽快な筆致はかなり快適なものであった。しかし、（中略）じつは少年の自由というのは本当の意味で自由なわけではなく、新鮮さもまた見掛け倒しのものに過ぎないようにも思われた」「もう二、三作みてから賞になってもいいように思う」

瀧井孝作：「方言もうまく使って、まあ読ませるが、少し他愛のない感じもした。素質のある人なら、受賞すれば、更によい作が出来るから、私は、授賞に反対はしなかった」

丹羽文雄：「ひさしぶりに新鮮な感銘を受けた。沖縄の日常語を大胆に駆使しているので、目新しい感じを受けたのであったが、新鮮と形容するのでは語弊があるかも知れない」「濃厚な風俗性が単なる読物に落ちていない点がよろしい」

舟橋聖一：「好感の持てる佳篇であった」「終末の無人島行きが取って付けたようで苦しいが、これは沖縄から日本への脱出としたほうが現実感がもっと出たのではないか」「沖縄の風土の住みよさと住みにくさが、もう一つ書けていたら、この作を推しきれなかった委員たちの票数を加えることができたかもしれない。素直で新鮮で、しかもなかなか小味がきいている」

他にも何人かの選者の評があるのだが、評価は分かれている。これらの評はその後の東峰夫の作家生活の困難さを暗示しているようにも思われる。

2 「オキナワの少年」の世界

(1) ひどい現実

「オキナワの少年」には、それこそひどい現実が幾つも描かれる。代表的な状況が、米兵相手のミチコーたちの商売であり、それをピンハネしている両親の商売である。

つねよしや両親は、最初から基地の町コザに住んでいたわけではない。また最初から風俗営業をしていたわけではない。田舎の美里村（みさとそん）に住んでいたのだ。つねよし親子は、戦後サイパンから引き揚げてくる。沖縄に住んでいるおじいとの再会を楽しみにしていた。

「ところが帰ってみると、おじいはテント小屋に住み、畑は滑走路の下敷きになっていて、呆っ気（あき）さめ、呆っ気さめ、というわけだ」（156頁）[注3]。「おじいもアメリカ軍に雇われて、薬莢ひろいの仕事につき、手間賃にかんづめやタバコをもらってきたといっていた。そして、その仕事がなくなってからは、滑走路に沿って耕せるだけの空地をヨイヨイたがやして、砂利をのぞき石をおこして芋を植えてみたけれど、そこからは朝鮮にんじんのようなひげだらけの芋しかとれなかったんだよ」（156頁）。「そういうわけで、畑はおっかあがつくり、おじいとおとうは軍作業にでて、ぼくも山羊を束（つか）なって学校から帰るとまいにち草刈りだった」（156頁）。

おじいが死んで、家を売り、山羊も売って街へ出てきた。そしてお父は町でいろいろと商売したけれども、どれもうまくいかなかった。それで、「山ノ内叔父さんに教えられて」（137頁）おとうは風俗営業のこの仕事を始めたのだ。

つねよし少年は、この商売について次のように思っている。「女が借金で縛られて身動きできないでいるなんて、それは奴隷とおんなじじゃないか。借金をいれて女をつれてくるというのは、人身売買じゃないか。ひとの不幸を話しながら、どうしてうまそうにめしがくえるのだろう。ぼくはゴクッゴクッと動くおとうの喉仏をみつめながら深く考えていたんだ」（137頁）と。

悲惨な状況は、他にも数多くある。例えばおとうのまたいとこである幸吉にいさんは個人タクシーを経営しているが、酔っている兵隊が車の中で暴れて、電柱に車を衝突させられる。惚れた女が自分の思いどおりにならないと、その女の勤めるバーへ手投弾が投げ込まれる。米軍に土地を奪われた住民が、ブラジルへの移住を余儀なくさせられる。そうできない家族は、若い娘がアメリカ兵の慰み者のハーニーになる。そんな町をつねよし少年は次のように語る。（147頁）

> この町はほそながい町だよ。日向にでてきたみみずに蟻がたかるみたいに、軍用道路に土地をなくした住民が、しゃぶりついてできた町だよ。ぼくはヒクヒク泣きながら町を横切った。町のうしろには、すぐに芋畑がひろがっている。ほこりをかぶった生垣にかこまれた農家や、畑のうらにかくれた豚小屋や……。

つねよし少年にとっては、山羊の草刈りや畑のうらにかくれた豚小屋などが懐かしい故郷の風景なのだろう。作者の言葉を借りて比喩的に言えば、つねよし少年の家族は「日向にでてきたみみず」であり、同時にみみずにたかる「蟻」になってしまったのだ。この風景に「沖縄」ではなく「オキナワ」となった場所で、戦後を生きる人々の悲惨さを象徴したように思われるのだ。

(2) 「べろや」の文学

ところで、作品中にはつねよし少年の反抗の言葉として「べろや」（＝いやだ）が効果的に使われる。直接的には母親への反抗の言葉として使用されているが、もちろん母親を通して見える世界は沖縄の悲惨な状況だ。本作品は、沖縄の悲惨な状況を受け入れることを拒否した「べろや」の文学だと喩えることもできる。

「べろや」は、まず冒頭でアメリカ兵相手の商売をするために、つねよし少年のベッドを貸さなければならないときに使われる。つねよし少年は、新聞配達をしているが、おかあに起こされるときは、「ぼくはバネじかけで起きる」（137頁）ことができるのだ。

しかし、アメリカ兵が飯盒甕（はんごうがま）に向かって小便をして「台所いっぱい小便はねちらかし」、おかあに水汲みをお願いされたときは「べろや、べろやあ」と強く抵抗する。

また、本を買うため預けた金をおっかあに返してもらいたいと言い、それを断られたときも、悲鳴のような「べろや」が発せられる。つねよし少年は、ミチコーが兵隊から稼いだ金をおっかあが貰いポケットに入れたことを知っている。このときの描写は、つねよし少年の悲しみの極地を象徴しているようで圧巻だ。（155頁）

「あんすりゃあ、あとから返（けえ）すさ、待っちょうれえ！」

「べろやあ、いますぐ返せえ！」

ぼくは癪にさわったばっかりに、目から涙がわいた。

「だあ、銭は足らんせえ、後から返すさ！」

「べろやあ！　すぐに返せえ！　返せえ！　返せえっさ！」

ぼくは、うしろからおっかあのふくらはぎを蹴りとばした。

「はあもう！　ほれはい！　取れえ！　強情にはかなわんさ！」

おっかあは、前かけのポケットにおしこんであったミチコーからの金を、そっくり投げてよこした。ぼくは、その1ドル札をひろうと、ふたつに裂いた。それからめちゃくちゃにひきちぎった。

「あいなっ?!」

おっかあはそんな叫び声をあげて、こぼれてちらばった札をかき集めようとしていた。

その他の箇所にも「べろや」は現れるが、もちろんつねよし少年の不満や抵抗は、「べろや」の言葉でのみ表出されるわけではない。「べろや」は作品の基底に一貫して流れる心情であるが、両親の商売への嫌悪感以外にも学校生活の中で現れる。

中学生になったつねよし少年は、小学校の頃から仲良しだった「けいぞう君」に疎遠にされる。けいぞう君に、他の友達ができたのだ。先生からはクラスの会計が集めたお金がなくなったことで、犯人に疑われる。噂はあっという間に広がりクラスの友達もつねよし少年を盗人扱いして警戒する。「ぼく」は学校に行くことが嫌になり、山学校する（学校をサボル）ようになるのだ。そして、六歳の幼少の頃まで住んでいた南洋諸島を楽園のように偲び、美里村で飼っていた山羊のことを夢に見るほどに憧れるのだ。

ただし留意すべきことは、ここにはつねよし少年のノスタルジックな回想や作品終結部に到る逃走の意志の萌芽が伏線として示されているが、情況を改変する意志はない。自己を取り巻く状況への嫌悪感は逃走や脱出へと繋がっていくが、状況の改変には繋がらない。つねよし少年の姿に、「オキナワ」で生きる大人たちの姿への作者の批判を見るのは、余りにも穿（うが）った見方であろうか。

(3) つねよし少年の変質

本作品で見逃せないことの一つに、成長譚と呼ぶにはあまりにも違和感のあるつねよし少年の変質がある。

作品中のつねよし少年は、六歳のとき両親と一緒にサイパンから引き揚げてくる。そして小学生を経て中学生までの沖縄での体験が描かれる。この間に見たものが「べろや！ べろや！ べろや！」と言わせる「沖縄」が「オキナワ」と化したひどい現実だ。

沖縄の地を踏んだときの感慨は、感動的な場面からスタートする。おじいとお父お母の三人が互いの無事を確かめ抱き合って涙を流す場面だ。その場面は次のように描かれる。

（前略）そう言って三人がだきあって泣いていたのは、ほんのこの前のことのような気がする。六つぐらいになっていたぼくも、涙で目をグルグルさせながら、おとなが泣くのをはじめてみたのだった。それは、これまでの生活のクライマックスのような光景だったよ。けれどもそれも、もうずっと前のことだ。ずっとむかしの……。もうおとうもおかあも泣いたりなんかしない。（148頁）

「生活のクライマックス」は二度とつねよし少年の前には現れない。「好かんといっちん仕方あんな、もの喰うためやろもん」（133頁）というおっかあの言葉に現れる「オキナワ」と化した現実だ。

例えばそれは「我(わ)あがベッドで犬の如し、あんちきしょうらがつるんで居んど！」という現実であったり、色鮮やかなハンカチが落ちていると思ったらそれはパンティだったり、「下水溝のように汚くなった小川の石橋を渡ろうとしたら、足の踏み場もないくらいにガラスの破片が散乱している。誰か酔っ払いが力まかせに酒瓶をたたきつけたのだろう」とする現実だ。

そんな中でつねよし少年は成長し変質していく。この変質の一つの例が「憧れの性」から「憎悪の性」へ見方が変わっていくことを挙げることができる。つねよし少年は、当初チーコ姉たちに妄想を抱き自慰をしていたが、その自慰の体験が次のような発見を生む。

「そうなんだ、それは単なる摩擦にすぎなかったんだ。凸には凹がなければ快感が得られないということではなかったのだ。それなのに……兵隊たちは……なんという……もう……」

この発見が、自分を産んだ両親の性の営みをも憎悪するようになる。「そうだ、ぼくは知っているぞ、おとうだって兵隊みたいに、あれがやりたくてやりたくてのしかかったら余計なものが出てきたというんだろう？　厄介な……お荷物のぼくがさ……ちぇっ！」

この感慨はおとうに叱られて涙を流しながら沸き起こってくるのだが、性への憎悪を生み、家からも「オキナワ」からも脱出していく伏線になっているはずだ。

もう一つ、歪んで成長して行く例として他者への憎しみがある。友人のけいぞう君に親しみを覚え、飼っている山羊さえも愛おしく思っていたナイーブなつねよし少年だが、作品の後半部では次のように記される。

> ぼくは鉄砲が欲しくなっていた。航海中にサメにおそわれたら、パンパンと鉄砲でうち殺してやろう。ぼくに意地悪くするやつは、誰でもパンパンとうち殺してやるんだ。うち殺してやりたいと思っているうちに、鉄砲が欲しくなったんだ。
>
> そうだ、いつのことだっただろうか。滑走路のむこうはしの青小森で山羊の草刈りをしていると、お墓の石垣の中に草をかぶせた木箱をみつけたんだ。なんだろう、かんづめでもはいっているのかな、と思って開けてみたら、それは油紙につつまれた十挺ばかりの鉄砲だったんだ。ぼくはおそろしいものを見たような気がして、元どおりに草をかぶせて逃げたのだったが、あの箱はまだ、かくされてのこっているのだろうか。いってみよう。（155頁）

これは、作品の第30節全文である。30節全文を使ってこのエピソードを挿入したからには作者の意図もあるのだろう。

ここには恐ろしいものと思っていた鉄砲が、手に入れたいだけでなく、誰でもうち殺してやりたいと思うようになった少年の変質がだれにでも分かるように記載されている。純朴な少年をこのように変質させていく。これこそが「沖縄」を「オキナワ」に変えていく「ひどい現実」なのだ。

これらのことが、つねよし少年の「オキナワ」からの脱出願望に繋がっていくことは容易に想像できる。そしてこの願望は、田舎の美里村の記憶や幼少期を過ごしたサイパンでのノスタルジックな記憶に繋がっていくのだ。脱出の決意に到る心情は次のように記される。

> 太平洋の水平線からはモックリモックリと入道雲がのぼって海と空が一本の線で分けられていたよ。陽炎に燃えた海！　そのかなたには楽園のような島々がある。裕福なオーストラリアがある。ぼくが生まれそだったサイパンもあるんだ。パパイヤなんかだれも食べるものがなくて、小鳥がつっついている。バナナは油であげて食べるんだ。
>
> （いきたい、いきたいなあ）
>
> ぼくはうすらかけたサイパンの思い出をまたとりだして、はっきりたしかめるように目をつぶった。
>
> （中略）ぼくは戦争のことはあんまり思い出したくなかったので、気持ちをかえてかばんから地図帳をだしてみた。太平洋の潮流をあかい矢印で示してあるページをひらくと、赤道からの潮流はフィリピンにつきあたって北へむかい、沖縄を洗い流して四国沖をとおり、小笠原諸島から南にくだって、南洋の島々にながれいたっている。
>
> （船を潮流にのせればいいんだよ。河の流れに流されていれば海にでられるように、黒潮に流されていれば南洋の島にたどりつけるにちがいないんだ）（142頁）

つねよし少年は、脱出しなければあるいは殺人者になったかもしれない。アメリカ兵や大人社会への反発が大きな悲劇を生んだかもしれない。そう考えることは、読書の有する自由な想像力の一つだが、沖縄に上陸したときに見た「クライマックスな光景」への回帰はもう二度とあり得ない。反発するだけで情況への変革には向かわないつねよし少年の思考は、少年であるが故の限界だろう。また作品の限界でもあるはずだ。

(4)　表現の特質と構成の巧みさ

本作品の表現の特質の一つは沖縄の生活の言葉が頻繁に使用されていることが挙げられる。会話文だけでなく、つねよし少年や他の登場人物の心情を表現するのにも頻繁に使用されている。このことが作品の大きなインパクトにもなっているはずだ。

日本文学とは日本語（共通語）で表記された文学であると

いう漠然とした概念を少なくとも揺さぶる作品であろう。日本国の辺境の地にある沖縄の生活言葉が、作品を構成することのできる驚きである。

二つめは作品世界を短文で綴ったことと短い節で構成したことにある。短い一文はテンポの良い文体を生みだし、短い節はテンポの良い展開を生む推進力になっている。

三つめは話し言葉で読者へ語りかける文体だ。冒頭の「ぼくが寝ているとね、『つね、つねよし、起きれ、起きらんな!』と、おっかあがゆすり起こすんだよ」に見られるように「〜だよ」というつねよし少年の語りは、読者を一気に作品世界に呼び込み、同時につねよし少年の体験と一体化させる効果を生みだしている。

しかし、日本語表記の中に辺境の生活の言葉、いわゆる沖縄の「シマクトゥバ」を導入した「オキナワの少年」の使用方法に違和感がないわけではない。シマクトゥバには正しいシマクトゥバがあるわけではないから、ことばそのものにはふれないとしても、日本語表記にシマクトゥバのルビを振って当てたいくつかの漢字には、やはり違和感を覚える。

例えば、山羊を育てるという意味で、「チカネール」という生活言葉があるが「束ねる」にその意味を当ててルビを振っているが（135頁）、むしろ「飼う」とか「育てる」「飼育する」などにルビを振ったほうがいいように思われる。またシマクトゥバでは「大きい」の意味を「マガー」と言い表すが、「乳の大きい」の意で「乳魔訶」と漢字を当てることなど（137頁）、やや疑問が残る。もちろんこのことは大きな瑕疵ではない。また「タクシーが電柱の前で倒れていた」などの日本語（共通語）の表現にも、文脈から馴染まないような表現が幾つかあって戸惑いを覚える。しかし、翻って考えるに、このぎこちなさがローカル色をよく出している要因の一つであるようにも思われるのだ。

作品の構成については実に巧妙で見事である。冒頭での生活言葉を用いた導入部分は充分にインパクトがある。少年の性の芽生えを底流に、陵辱される女たちの性を重ねた展開は、沖縄が「オキナワ」と化した悲惨さをよく描いている。

また少年が、ひどい「オキナワ」の現実から脱出したいと願望するに到る具体的な出来事と詳細な心理描写はリアルである。父母の商売への反感、友人の離反、チーコ姉たちへの幻想の崩壊、米兵の行為への憤慨など、一つ一つの出来事がパズルのように組み合わされて一枚の絵が完成される。完成された絵はひどい「オキナワ」だ。そして脱出の行為が決意されるのだ。

台風の到来を予想させる風雨の中で、脱出のために米軍人軍属の所属するヨットハーバーへ到達する直前の描写に次のような箇所がある。

メリケン松はうす暗い空に枝をあげてわめいていたよ。

> みどりの島にあがっていったぼくもワーッとわめいていた。松の下にたどりついて幹につかまりながら上をみあげると、まるで気がふれた女の髪みたいに枝がふりみだれていた。抱いてやろうにも大きくて……ぼくにはみんな大きくて無理だったんだ。（162頁）

大きいのは松だけでない。松に象徴されるものはチーコ姉の女性としての肉体でありチーコ姉たちの境遇であり、「オキナワ」のひどい現実であるようにも思われる。「抱いてやろうにも（中略）みんな大きくて無理だったんだ」ということの諦念が、少年を脱走へ駆り立てる起因になったように思われるのだ。

⑸　言葉との闘い

沖縄の生活言葉は、現在「シマクトゥバ」と称されて沖縄の表現者にとって大いに関心のある文学言語として多様な試みがなされている。それは1879年琉球処分によって琉球王国が解体され沖縄県となって日本国の傘下に入り、日本の近代文学が成立した当初から大きな関心事であった。自らが育った生活言語をどのように共通語として表象される日本文学に組み込んでいくか。現在までも続く大きな課題の一つである。

この課題を今さらのように開示して挑戦した文学作品が「オキナワの少年」であると言えるだろう。それゆえに作品の長所と弱点は、その表現言語の世界が背負っているように思う。

生活に密着した言葉で織りなす作品世界は、沖縄の人々にとってはリアルで切実感がある。シマクトゥバこそが沖縄の多くの人々にとっては肉体言語であり思考し表現する生活言語である。

ところが共通語に馴染んだ他府県の人々にとっては異なる言語であり理解の困難な言語であるはずだ。もちろん、他府県には他府県の人々の馴染んだ「シマクトゥバ」がある。それゆえに、作者も共通語の漢字表記にシマクトウバのルビを振るなどの工夫をしているのだろう。その言葉が作り上げる作品世界こそが長所であり弱点にもなるということだ。

例えば「べろや」一つとっても、その言葉に託された思惑を、作者やつねよし少年と重ねて感得することは困難だろう。このことは同じ生活言語を有している人々の間でも困難なことなのだから。

「オキナワの少年」はこのような言葉を多用しているがゆえに、沖縄の現実を見事に描くことができたように思われる。またそれゆえに普遍的な作品世界へ昇華する力が、やや弱いようにも思われるのだ。もちろん、このことは一人東峰夫が背負う課題ではない。沖縄の表現者すべてが背負う課題である。沖縄を舞台にした作品を生み出す方法の限界もここにある。同時に沖縄文学の可能性の一つも、確かにここにあるように思われるのだ。

3　沖縄文学の歴史と「オキナワの少年」

沖縄文学の歴史を俯瞰的に述べれば次のようになるだろう。まず沖縄の近代文学は、その誕生以来沖縄の置かれた厳しい状況と常に対峙して作品を作りあげてきた。シマクトゥバをどのように日本文学の世界に取り込むかという課題と同時に、差別や偏見との闘いが近代期や戦前の沖縄文学の大きなテーマの一つであった。

先の大戦を経てスタートした沖縄の戦後文学は、沖縄戦の体験を未来の平和を構築するためにどのように作品化し継承していくか。これが大きなテーマとなる。二度と悲惨な戦争に巻き込まれないために、沖縄戦の体験の継承と記憶の作品化が大きな課題になる。それが終戦直後の１９４０年代の大きなテーマとなる。

ところが１９５０年代になると、このテーマが急転直下、政治と文学のテーマへと変わっていく。民主主義の国、アメリカからやって来た軍隊は解放軍でもなくサンタクロースでもなかったことが明らかになる。１９５０年６月に始まった朝鮮戦争へのアメリカ軍の参加によってオキナワの軍事基地化は一層強化される。目前で父祖の土地が強奪され軍事基地が建設されていく状況の中で喫緊（きっきん）の課題として文学の力が問われてくる。平和を願うには、悲惨な戦争体験の作品化と記憶の継承が重要であることをだれもが疑うことはなかったが、それ以上に県民の人権が無視され土地が強奪される沖縄の現実が浮かび上がってくるのだ。気がつけば沖縄は、日本国の戦後処理によって国家から切り離されており、県民は県民ですらなくなった亡国の民であり、植民地然とした米軍政府統治が開始されていたのである。これが戦争に巻き込まれた戦後沖縄の現実だった。先の大戦で多くの県民の死と引き替えに手に入れたと思われた自由は幻想でしかなく、新たな抑圧の時代がやって来たのである。

このような時代に対峙する言葉が模索され文学の力が模索されるのは当然の帰結であろう。戦争体験を描くことの意味は充分に議論され確認されることもなく、多くの表現者たちは、政治と文学の課題を担い、作品世界は社会や時代の要請に沿って目前の現実を描くことに急展開していくのである。

１９６０年代になると、文学が社会や政治の言葉として使用されることの反省が若い表現者たちを中心に沸き起こってくる。文学の自立が模索され、他者に向かう言葉以上に、自らの内部に鋭く斬り込む表現言語が模索されるのだ。

１９７０年代は、大きくうねった日本復帰の大衆運動を相対化する視線が文学表現の中でも大きな課題となる。祖国が問われ、復帰・反復帰の思想がせめぎ合う中で自由な表現場としての個人誌や同人誌が活況を呈していく。

1980年代は、日本復帰の余韻の中で国家が相対化され、様々な表現の方法やスタイルが模索される。パスポートが撤廃され日本本土と自由に往来できるようになり、人的な交流も含めて、文学の全てのジャンルで様々な方法や表現の実験がなされていく。

そして平成に変わった1990年代以降から今日までも、多くの文学の課題は踏襲され、沖縄を取り巻く政治的な状況は変わっていない。米軍基地は依然として県民を不安に陥らせ、婦女子への強姦事件など県民の人権や命はないがしろにされている。むしろ基地は強化され自衛隊も新たに沖縄に移駐し、日本の防波堤の役割を担った軍事基地の島としての様相はますます顕著になっているのだ。

「オキナワの少年」は1971年に発表された。作品の舞台は1950年代の沖縄コザの町である。それゆえに作品は50年代の沖縄の悲惨な状況が色濃く投影されている。

「オキナワの少年」は沖縄に戦後がなければ生まれなかった作品であると冒頭に述べた。基本的な人権さえ陵辱される沖縄の戦後の課題をいかに普遍化し作品化するか。この成果の一つが「オキナワの少年」であるはずだ。

作品はすでに概述したように終戦の年に六歳でサイパンから引き揚げて来たつねよし少年の、小学生から中学生までの日々を描いている。つねよし少年の周りでは、それこそ敗戦国の人々が味わう「ひどい現実」が噴出している。ここに作品の普遍性もあるのだろう。沖縄の基地被害は現在も変わらないがゆえに、半世紀近くを経た今日においても充分にインパクトを持った作品として読めるのだ。

4 「オキナワの少年」の波及力

沖縄の表現者たちは、それぞれが生きた時代に真摯に対峙し、倫理的に作品を創出してきた。本作品の特異性は少年を主人公に据えて少年の倫理観や現実への抗いを描いたところにあるだろう。それゆえに作品の限界もある。

それは少年であるがゆえの限界だが、状況に対峙する少年の解決策として「逃走」だけが選ばれたことである。それこそ「闘争」やもう一つの模索があっても良かったのではないか。少年を主人公にしたがゆえに単線的な構図しか取り得ず複層的な視点が欠落しているように思われるのだ。

それはまた、次のようにも言える。少年を主人公にしたがゆえに、ピュアな少年の心が破壊されていく状況を描くことができたのだと。「沖縄」が「オキナワ」と表記され、「オキナワの少年」となっていく1950年代の沖縄の「ひどい現実」を描くことができたのだと。この設定こそが作品のユニークさを生みだしているのだ。

「偉大な小説はつねにその作者より少しばかり聡明だ」と

述べたのは、チェコスロバキア生まれのフランスの作家、ミラン・クンデラだ。[注4]

クンデラは1929年生まれで、1968年の「プラハの春」で改革への支持を表明したことによって、ワルシャワ条約機構軍による軍事介入の後、次第に創作活動の場を失い、著作は発禁処分となった。1975年フランスに出国。母語のチェコ語ではなくフランス語で執筆活動を行う。1948年発表の『存在の耐えられない軽さ』が世界的なベストセラーとなり映画化もされる。

ところでクンデラのこの提言はとても興味深い。換言すれば小説世界は、作品を作り上げた作者の意図よりも振幅の広い解釈が許されると考えてもいいだろう。あるいは小説の力は作者の意図を超えて多様な広がりを獲得することが可能だと言い換えてもいいはずだ。

小説とは何か。それこそ私たちにも多様な定義ができるように思う。例えば、土地の記憶を証言する文学作品の一つであり、例えば土地の悲しみに寄り添う文学作品の一つであると。また、隠蔽された弱者の人生を掬いあげる文学であり、言葉の可能性に挑戦する文学であると言うこともできるはずだ。

「オキナワの少年」はそのいずれにも該当するように思う。もちろん、クンデラの提言をも引き受ける作品だ。「オキナワの少年」はそれほどに豊かで魅力的な作品世界を提示した小説だと言えるのだ。また沖縄文学の可能性を示唆した文学とも言えるだろう。

さらに沖縄の特殊な状況は、文学不毛の地をつくるものではなく、むしろ沖縄の現実を描けば文学作品になる事実を示した作品となったはずだ。大城立裕の「カクテル・パーティー」は知識人の視点から1950年代の沖縄を描いたが、東峰夫が注目した少年のピュアな視線は、方法の実験としても大きな示唆を与えるはずだ。

ところで、東峰夫が描いた沖縄のひどい現実は他者の心に届いただろうか。沖縄の文学者たちは、いつの時代にも他者に届く言葉を探し続けてきた。厳しい政治的な情況の中で、政治と対峙し政治を凌駕する言葉を探し続けてきた。これが沖縄文学の特質であり挑戦でもある。証言としての文学の力の波及力も喚起力もここで試される。

なるほど、「オキナワの少年」は芥川賞の受賞作品になったのだから一部の日本の表現者には届いたのだろう。しかし、沖縄のひどい現実はその後も続いている。米軍基地は撤去されることもなく基地被害は依然として無くなることはない。弱者の痛みに寄り添った本作品は結果的には政治的な状況を変える力にはなり得なかったのだ。小説はフィクションである。まさかこの現実をフィクションと捉えたわけではないだろうが、フィクションと捉えられる危惧もある。文学の言葉は政治の言葉に対峙できないのかと考えると惨憺たる思いに陥る。

芥川賞選者の言葉に、「終末の無人島行きが取って付けたようで苦しいが、これは沖縄から日本への脱出としたほうが現実感がもっと出たのではないか」というのがある。[注5] 私は逆の評価だ、日本への脱出としなかったところにこの作品の深みや広がりがあり、作者の矜持があるように思う。それは、沖縄をひどい現実のままに放置している日本国家に対する辛辣な批判にもなる。少年の脱出先は日本国家であるはずがない。用意周到に準備され夢見られた脱出先は海流に乗った南洋諸島や無人島なのだ。

「オキナワの少年」が示した方向性や、シマクトゥバの実験的な試行は、少なくとも沖縄の表現者にとっては勇気を与えるものとなった。沖縄の戦後が生み出した作品は、沖縄の戦後が終わらない限り、戦後の今を照らす鏡であり、世界のどの地でも成立する普遍的な戦後を創出しているはずだ。

クンデラの言う小説の力や可能性を信じ、たとえ辺境の地での「蟷螂（とうろう）の斧（おの）」であろうとも、臆することなくその一振りを振り続ける意義はあるはずだ。「オキナワの少年」はその一擲（いってき）を投じた東峰夫の勇敢な作品であったように思われるのだ。

【注記】

1 青泳日（ジョ・ヨンイル）『世界文学の構造—韓国から見た日本近代文学の起源』高井修訳。2016年12月9日、岩波書店。引用で示した頁は本書の頁である。

2 『文藝春秋』1972年3月号。文藝春秋社。

3 本稿で示した引用の頁数は『新装版沖縄文学選』（2015年、勉誠出版）に収載された作品の頁数を示す。

4 ミラン・クンデラ『小説の技法』西永良成訳。2017年5月17日、岩波書店。220頁。

5 本稿冒頭に選者名を示す。出典「注2」に同じ。

第三章　又吉栄喜の文学と特質

救いへの挑戦、或いは自立への模索
——「海は蒼く」から「仏陀の小石」まで

○はじめに

芥川龍之介の書いた文学論の一つに「文芸的な、余りに文芸的な」がある。1927（昭和2）年雑誌『改造』に発表されたものだが、冒頭には次のように記されている。

僕は「話」らしい話のない小説を最上のものとは思っていない。従って「話」らしい話のない小説ばかり書けとも言わない。第一僕の小説も大抵は「話」を持っている。デッサンのない画は成り立たない。それとちょうど同じように小説は「話」の上に立つものである。（「僕」の話という意味は単に「物語」という意味ではない）。もし厳密に言うとすれば、全然「話」のないところにはいかなる小説も成り立たないであろう。従って僕は「話」のある小説にも勿論尊敬を表するものである。

芥川がこのように述べた時代から令和の今日まで、すでに90年余の歳月が流れている。敢えてこの提言を引用した理由は又吉栄喜の作品の読後に、ふとこの文学論を思い出したからだ。又吉文学を読み解くには、「話」をキーワードに、テーマとの関連性を考えることも一つの手掛かりになるように思われるのだ。

又吉栄喜の作品は魅力的である。豊かで味わい深い。テーマを容易に把握することは困難だが、作品を展開する「話」は長く記憶に残る。それが作品の魅力にもなり豊かな世界を創造する方法の一つにもなっているように思われる。

換言すれば、又吉栄喜は読者を想定し「話」を展開する。テーマを秘めたままで作品の中の登場人物は又吉栄喜の意を体現して自由に歩き出す。だがどこへ行くかは分からない。作者はほくそ笑みながらその行方を追っている。そして途方に暮れる登場人物は、やがて作者から救いの手が差し伸べられ自立の方法が示されるのだ。

又吉栄喜は「人間」が好きで「小説」が好きなんだと思う。もちろん出生の地「浦添」や「沖縄」は最も愛おしいはずだ。

1　作品の系譜

又吉栄喜の作品はほぼ沖縄が舞台である。又吉栄喜が何度も語っているように出生の地浦添を中心に半径2キロの世界で体験した出来事を豊かな想像力でデフォルメされて書かれている。又吉栄喜はそれを「原風景」と名付けているが、創作との関係については次のように述べている。[注1]

人から聞いたり、取材したりはほとんどしないですね。たまにはしますが……。たいていは原風景をデフォルメといいますか、変形に変形を重ねて、また原風景同士をぶつけて、大昔に小惑星がぶつかって少しずつ大きくなって地球ができたという話がありますが、私の作品も原風景がぶつかりあって、次第次第にイメージが膨らんで、ひとつのいわば統一された世界になるんです。

又吉栄喜の作品は、処女作「海は蒼く」（1975年）から、このようにして作品は創出されてきたものと思われる。最近作「仏陀の小石」は例外的に舞台はインドまで広げられている。この作品の特質については後述するが創作の方法や姿勢については作者が語るように一貫して揺るがない。この方法や姿勢を検証しながら、文学賞を受賞した作品や単行本化された作品を概観してみよう。又吉栄喜の作家としての全体像を把握するために有効な方法の一つであるように思われるからだ。

(1)「海は蒼く」1975年（第1回「新沖縄文学賞」佳作）

本作は又吉栄喜の処女作と言われている。1975（昭和50）年に発表され、第1回「新沖縄文学賞」佳作を受賞した。選考委員の大城立裕が受賞作とせず佳作としたことを選考後に悔やんだとされるいわくつきの作品だ。その真偽はともかく、作品世界のインパクトは強烈で、その後の同賞の受賞作に比しても遜色がない。私には充分に受賞作に該当する作品であるように思われる。そして作品世界には、若い作家又吉栄喜が文学への道を歩もうとする決意を主人公の少女の姿に投影して重層的に語っているように思われるのだ。

作品の舞台は「亀地」と呼ばれる「美里島」の海辺だ。又吉栄喜の作品に繰り返し登場する幼少期のころ遊んだ場所である。作品は次のように展開する。主人公である少女が生きる意欲を喪失し、その意味を探るために小さな漁村へやって来る。少女は美里食堂へ投宿し、来る日も来る日も亀地に座り込んで海を眺めている。やがて少女は一人の老漁夫に視線を注ぐ。ある日、強引にその老漁夫の船に乗せてもらい漁に出かける。その一日の船上での老漁夫と少女の会話がこの作品の読みどころである。少女は老漁夫の海を相手にした生き方に自らの生きる意味を見いだしていくという作品だ。

私はこの少女の成長譚に、それだけでは終わらない作者の意図が込められているように思われる。例えば、少女が問いかける生きることの意味は、書くことの意味と重ねて読むこともできる。すると少女は作家又吉栄喜の分身で、老人や海は文学世界の比喩となる。生きることの意味を問う少女の不安は書くことの意味を問う新人作家又吉栄喜の不安だ。作品はこの二つの問いを重層させながら展開される。書くことの意味を確認し不安を解消することで、又吉栄喜は作家としての出発の号砲を鳴らしたように思われるのだ。

もちろん、書くことの不安と少女の不安を切り離して考えることもできる。又吉文学の特質の一つに、悩める人物を登場させて、その人物に救いの手を差し伸べ、自立と解放の道筋を示してやる作品群が数多くある。それが又吉作品の類型の一つだが、ここには早くもその萌芽が見られるのだ。

文学の喩えである海や老人に、少女は次のように対峙する。「老人にめちゃくちゃにされたい」（２５４頁）、「老人の正面に向いて堂々と小便をしようという気になった」（２５４頁）、「この十九年間、何を生きてきたのでしょう」（２６３頁）、「退屈しないの？　生きがいはあるの？」（２６６頁）、「私、なんにも役に立たない自分がとても小さく、くだらない者に思えるの。こんな人間て爆弾でこっぱみじんにしたい思いがするのよ」（２７３頁）と。

老人は答える。「生きてりゃ、充分ろ。あれやこれや文句いうのはぜいたくもんろ」（２６６頁）、「海や誰のもんでもあらんろ、わしらぁかってにしちゃならんろ」（２６９頁）、「そんなこと考えたこともないさあ。それでいいさあ。時節が変わるようさよ、その日を生きてきただけさなあ」（２８０頁）などだ。[注2]

これらの言葉によって少女は次のように語る。「少女をおおっていた濃い膜のところどころに穴があき、冷たい風が入ってくる感触にふとわけもなくうれしくなったりする。この海は私をずっと底まで受け入れてくれるでしょう。どこまでも決してあきずに運んでくれるでしょう」（２６９頁）。「私は自由なんだわ」（２８４頁）。「子供の頃から詩の好きな少女は詩作をこころみる。海、海、海……（中略）今度は海を歌っている歌を小さく歌う。次第に涙がにじむ。こんないい歌を作った人は、なんて素晴らしいんだろうと思いながら、何度もかみしめるように繰り返す」（２８６頁）。

海は蒼く、そして深い。少女は言う。「おじいちゃん、あしたも乗せてね」と。老人は言う。「ならんろ、さあ行け」と。そして作品は次のように閉じられる。

闇が老人の姿を消しかけていたので、少女は声を高くした。老人は無言だった。振り向かなかった。〈もう乗せない〉という声が頭に残っていた。少女はしかし、明日もきっと乗せてもらえると信じた。少女は目をこらして前方を注視した。闇が深く降り、老人はいなかった。

「もう乗せない」という老人の言葉と、「もっと乗りたい」

という少女の思い。ここから、又吉文学の豊穣な世界は展開され広がっていくのだ。

⑵「カーニバル闘牛大会」1976年（第4回「琉球新報短編小説賞」受賞作）

作品は基地内で開催された闘牛大会を舞台にした短編小説である。ウチナーンチュの所有する闘牛がアメリカ人の自動車を傷つけてしまったことで自動車の持ち主「チビ外人」は激怒し、闘牛の持ち主を罵倒する。それを大勢の群衆が取り囲んでいるが、ただ見ているだけでだれもウチナーンチュを助けようとはしない。チビ外人へ批難の声が上がるが長続きはしない。やがて大男のマンスフィールドが出てきて、非はチビ外人の側にあることを諭すと、チビ外人は車もろとも去って行くという物語だ。原稿用紙四十枚ほどの作品だが、この事件の顛末を少年の視点から語っているところにユニークさの一つはある。

岡本恵徳は本作品について、「米人の新たな描き方の出現」だと評して次のように述べている。[注3]

ここでは、同じ外人でありながら「チビ外人」と「マンスフィールド」とは対比的な存在とされていて、外人が外人として画一的に捉えられていないのだ。従来の作品が、米兵と沖縄人の対立する状況を描くとき、視点が沖縄人の側に置かれるために結果として米兵の描き方が画一的になることが多かったのに対して、この作品はその弊を免れているといえるだろう。

岡本恵徳のこの言は、その後に続く「ジョージが射殺した猪」を想定したものであろう。基地内に住む兵士は皆が強者であるという概念を壊して、気の弱いジョージを描いた作品へのコペルニクス的転換への萌芽を指摘しているようにも思われる。

岡本恵徳はさらにこの作品を「米軍統治下の沖縄の状況の暗喩」としても読めるとして次のように記した。[注4]

たった一人の「チビ外人」に対して、相手の非をただすのでもなく、ただ耐えている沖縄の青年、そのトラブルを傍観するだけの大人たちの「劣等で非力」な姿を、少年の視点で描いているのだが、その外人に対して、ただ外人というだけでもって何も出来ない沖縄人の姿の向こうに、米軍統治下の沖縄人の姿を連想するのは深読みだとは言えないように思う」（150頁）

岡本恵徳のこの指摘に、私も同意する。作者又吉栄喜は、米軍統治下の沖縄の状況を巧みな比喩や象徴的技法を駆使して表出したのがこの作品であるように思うのだ。

もちろん、沖縄の状況は、チビ外人の高圧的な姿勢にただ耐える大人の姿だけに象徴されているのではない。大人たちを眺め、傍観している少年の姿にも沖縄の現状が投影されているように思う。少年は大人たちの行動の解説者の側に立ち、地団駄踏んでも言葉を発せず行動も起こさない。抑圧されている大人を体現した少年像であると言っても過言ではないだろう。

また岡本恵徳が指摘するように、外人の描き方は「チビ外人」と「マンスフィールド」を対比的に描いただけではない。それぞれの内部にも状況によって顔を変えるチビ外人やマンスフィールドがいるのだ。そうであればこそ、執拗に抗議するチビ外人の高圧的な姿と、すたこらと逃げるチビ外人の両方の姿が提示されたのであり、マンスフィールドの怒りの形相とユーモラスな笑顔を作って少年たちに向きあう二面性を提示したのであろう。

少年は次のように言う。「別人のようだ」「同一人物とはどうしても思えない」「愛用のビロウ葉性の傘の妙な不似合いさが気になった」「沖縄産の感じを急になくした」と。

二人のアメリカ人の持つ二面性こそが、沖縄を抑圧するアメリカ統治の二面性をも示唆しているように思われるのだ。そう思うことによって少年は救われるのである。

(3)「ジョージが射殺した猪」1978年(第8回「九州芸術祭文学賞」受賞作)

作品は沖縄に駐留する米軍基地の兵士ジョージと友人のジョン、ワイルド、ワシントンが、Aサインバーでホステスを陵辱する場面からスタートする。兵士たちはアメリカからやって来た新兵だが、ベトナムにいつ派遣されるか分からない。死の不安に苛まれる日々の中で、既に精神は病んでいる。兵士たちはホステスの股間を開き陰毛をライターで焼くなど暴虐の限りを尽くす。

ところが、ジョージはその仲間に入れない。仲間に入れないことによって、臆病者、弱虫と仲間からだけでなくホステスたちからも馬鹿にされている。馬鹿にされているが、仲間外れにはされたくない。それゆえ彼らの言うがままに小遣い銭をせびられることもある。ジョージには本国に恋人エミリーがいる。ジョージは弱虫でないことを証明するために、基地のフェンス沿いで薬莢拾いをしている沖縄の老人を射殺する。ここに至るジョージの心の葛藤と軌跡を描いたのが本作品だ。

作品の新鮮さは、基地の中の兵士を強者としてステレオタイプに描くのではなく、自明として疑わなかったその常識を反転させたことにある。そして心優しいジョージが老人を射殺するほどに変えられていく軍隊のシステムの闇と狂気を明らかにしたことにある。

さらに作品の持つ魅力の他の一つは、その軍隊が駐留する沖縄の悲惨さをAサインバーで働くホステスたちの姿に投影させて描いたことにあるだろう。生きるためには統治者の暴力にもへつらい、耐え、忍んでいく。彼女らに逃げ道はないのだ。この八方塞がりの悲惨な世界のインパクトも充分に強く提示されている。

また基地内の弱者と強者の構図は、基地外でも白人兵と黒人兵という差別の構図に変貌していくことをも明示する。酩酊したジョージが黒人街に迷い込む。沖縄人に対して加害者であるジョージたち白人兵は、黒人街に迷い込むと一瞬にして袋だたきに遭う被害者に反転する。基地の町沖縄の現状と人間をも変える暴力のシステムを隠れ持つ軍隊の本質に迫った作品であると言えるだろう。

ところで、ジョージに救いはあるのか。又吉栄喜の文学は絶望的な人間の苦悩を描きながらも、その救いや光明を見いだすところに特質の一つはある。ジョージについて言えば、やはり二つの示唆がある。本文に次のような記述がある。

許さんぞ。俺を無能扱いする誰も。俺は他者の生死を左右する力がある。俺のこの指に他者と他者を取り巻く数多くの他者の命運が委ねられている。まちがいないんだ。創造主がつくった人間が、おれの何気ない意志決定で、あっという間に永遠の宇宙にふっとぶ、すてきなことじゃないか、ええ、ジョージ。（38頁）

ジョージは、この認識を予め手に入れ強く自覚しておれば、仲間にもホステスにも蔑まれることなく兵士としての日々を過ごすことができたように思われる。ところが、ジョージは混乱したままでこの認識を手に入れることができなかった。手に入れるのが遅かったのである。

それでもなお、一歩を踏み出したジョージを作者は次の言葉で救おうとする。

あれは人間じゃない。ジョージは自分に言い聞かせた。獲物だ。餌を探しにきた猪、粗い毛が全身にはえ、鋭い牙を持つ獣、ぶたに似た獣に違いない。俺は猪を見たことがある。間違いない。（39頁）

ジョージが射殺したのは人間ではない。「猪」なのだ。他の場所では「黒い固まり」とも書かれる物体なのだ。作者は、ここに、ジョージに対して救いの手を伸べているように思われる。ジョージが射殺したのは「老人」ではない。あくまで「猪」なのだ。

だが、悲劇は「ジョージが射殺した猪」であるが故に増幅する。人間を猪と喩えさせ、黒い固まりと喩えさせ、人間の精神を破壊する軍隊のシステム。ここには米兵も日本人もない。弱い人間がいるだけだ。この狂気のシステムに取り込まれた米国の一兵士ジョージの物語が本作品である。

⑷「ギンネム屋敷」1980年（第4回「すばる文学賞」受賞作）

作品のタイトルになった「ギンネム」については、冒頭の脚注で次のように記されている。「終戦後、戦争の後をカムフラージュするため、米軍は沖縄全土にこの木の種を撒いた」と。

本作品はこのタイトルにも象徴されるように、戦争の記憶の隠蔽と蘇生を巡る人々の物語である。換言すれば、「弱者の側に残る戦争の記憶」、もしくは「戦争を語る言葉を隠蔽する闇の力」を描いたのが本作品であると言えよう。

闇とは何か。ここでは米軍の喩えにもなるだろう。国家権力の喩えにもなる。つまり闇とは強者の側の恣意だ。登場人物の中では「私」「勇吉」「安里のおじい」が闇の力に翻弄される被害者の側にある。ところがこの三者は、それぞれが加害者にも反転する。ギンネム屋敷に一人で住む朝鮮人に濡れ衣を着せ恐喝する。ツルを捨て、春子と同棲している語り手の「私」、女を陵辱する勇吉や安里のおじいもがその役を担う。三者の存在が象徴しているのは、強い者が弱い者を虐待し、弱い者が更に弱い者を虐待する構図である。

又吉栄喜は多くの作品で弱者を描いてきたが、同時に弱者の側にある希望をも示してきた。しかし、本作品では希望の光明を見いだすのは困難だ。他者を差別するこのピラミッド型の構図から抜け出さない限り希望は語れないように思う。つまり人間の持つ本源的な闇をあぶり出したのがこの作品だと思われる。

作品は、「私」と勇吉と安里のおじいとの三人で、ギンネム屋敷に住む朝鮮人を脅して金を巻き上げげに行く場面から始まる。勇吉が言うには、朝鮮人が安里のおじいの孫であるヨシコーを強姦するのを見たというのだ。そこで恐喝して口止め料を請求するという奸計（かんけい）を巡らす。朝鮮人は請求に応じて請求額を払うのだが、「私」に改めて一人で来いと誘う。「私」はそれを受け入れる。「私」と朝鮮人は戦時中に面識があった。「私」は殴られている朝鮮人に優しく対応したことがあったのだ。朝鮮人は恋人小梨（シャーリー）が慰安婦にされ、日本人隊長の愛人にされているのを見て、戦後も沖縄に残り小梨を探す。八年目にやっと探しだした小梨は売春宿にいた。朝鮮人は小梨を身請けするのだが、小梨はすっかり変わってしまって記憶さえ戻せない。逃げ出そうとする小梨を引き留めようとして過って首を絞めて殺してしまう。遺体をギンネム屋敷の隅に埋める。朝鮮人は「私」に、このことの顛末（てんまつ）を話した後、全財産を「私」に残して自殺する。やがてヨシコーを強姦したのは朝鮮人ではなく勇吉だということが分かる。私もまた戦争中に息子を失い、妻のツルと別居し、記憶から逃れるために若い愛人の春子と同棲しているのだ……。

作品は、なんともはや、やりきれないいくつもの人間模様が展開される。共通して言えることは、戦争によって刻まれた記憶から逃れるためにもがく弱者の姿であり、傷ついた人間の姿である。朝鮮人も恋人「小梨」も、「私」も「勇吉」や「安里のおじい」もそうである。私の妻「ツル」も愛人の「春子」もそうだ。戦争が終わればすべてが終わるのではない。修復することの困難な肉体と精神を抱いて戦後を生きるのだ。だれもが戦争の記憶から逃れる方法を模索し呻吟しているのである。

翻って考えるに、記憶の闇を作っているのはだれか。一人勝者の側に位置している米軍だけではない。旧日本軍を含む権力がその頂点に君臨しているのだ。そしてその闇の庇護を受けている者は、小梨を愛人にしていた隊長はじめ登場しない無数の日本軍人たちである。

安里のおじいは朝鮮人を友軍に脅されて仲間と一緒に銛で刺した記憶がある。「私」は日本兵が薄ら笑いを浮かべて朝鮮人の胸深く銃剣を刺し込み心臓を抉るのを黙って見ていた記憶がある。また六歳になる息子が岩山の下敷きになっているのを見殺しにした記憶もある。このことが原因で、戦後妻のツルと再出発できないほどの記憶となって「私」を苛んでいる。勇吉はヨシコーを強姦するほどに精神を病んでいる。

そして朝鮮人は、結婚を約束した恋人小梨を殺してしまったのだ。朝鮮人は言う。「私は沖縄人を恨みません。米軍も恨みません。私たちを引っ張ってきた人間を恨みます」[注5]と。(182頁)

本作品は、人間を破壊する戦争というシステムと、戦争で狂気に走った人間と傷ついた人間たちを描いた作品である。隠蔽される記憶と解放される記憶のせめぎ合いを描いた作品だ。

ところでギンネム屋敷には朝鮮人だけが住んでいるのではない。逆説的に言えば、私たちの心の内に播種されたギンネム屋敷を鋭く告発した作品だと言っていいだろう。もちろんギンネム屋敷は半径2キロの浦添市の一角にある。

(5)「豚の報い」1996年(第114回芥川賞)

本書は又吉栄喜が芥川賞を受賞した作品である。再読して本作が沖縄を描いた会心作であるという印象を今さらのように強く持った。多くの選考委員がこの作品を推薦しているが、特に「沖縄」を舞台にした作品世界に言及した四人の選考委員のコメントは共感が多く次のとおりである。[注6]

宮本輝:「これまで幾つかの文学賞の選考で沖縄を舞台にした作品を何篇か読んできたが、(中略)最も優れていると思う」「沖縄という固有の風土で生きる庶民の息づかいや生命力を、ときに繊細に、ときに野太く描きあげた」「読み終えて、私はなぜか一種の希望のようなものを感じた」

河野多恵子：「作者はいっさいの顕示も思惑もなしに沖縄を潑剌と描いている。沖縄の自然と人々の魅力に衝たれて、自然というもの、人間というものを見直したい気持にさせる。作者の生きている感動が伝わってくる。沖縄を描いて沖縄を超えている、この作品を敢えて沖縄文学と呼ぶのは、むしろ非礼かもしれない」

石原慎太郎：「沖縄の政治性を離れ文化としての沖縄の原点を踏まえて、小さくとも確固とした沖縄という一つの宇宙の存在を感じさせる作品である。主題が現代の出来事でありながら時間を逸脱した眩暈のようなものを感じるのは、いわば異質なる本質に触れさせられたからであって、風土の個性を負うた小説の成功の証しといえる」

日野啓三：「作中の女性たちの描き方の陰影ある力強さ、おおらかに自然なユーモア、豚という沖縄では特別重要な動物を軸にした骨太の構成などはもちろんのことだが、私が目を見張ったのは伝統的な祭祀に対する若い男性主人公の態度である」「この作品を書いた作者のモチーフの核は、若い主人公のその反伝統的な精神のドラマだと思う」「新しい沖縄の小説である。単に土着的ではない。自己革新の魂のヴェクトルを秘めた小説である」

又吉栄喜は途方に暮れた人間を救う作家だが、ここでもスナック「月の浜」のホステス、ミヨ、和歌子、暢子、そして大学生の正吉が救われる。これらの人々を解放し自立させることは、沖縄を自立させることに比喩的に繋がっていく。それは沖縄の風土や伝統を排除することにあるのではなく、風土と一体化することにあることを、本作では一つの例として示しているように思われる。そしてこのことは、沖縄を愛し人間を愛おしく思う作家にしてはじめて成し得ることなのだ。

(6)「果報は海から」１９９８年（「琉球新報社掲載書評１９９８年５月、筆者執筆」から転載）

又吉栄喜が描く作品世界はたぶん二通りに大別される。一つは政治的にアンバランスな沖縄の現実を描く作品世界である。たとえば「ジョージが射殺した猪」や「カーニバル闘牛大会」などのように、変動する沖縄の状況を見据えて鋭く現実と拮抗する作品群である。他の一つは、歴史的な時間の中でも消え去ることなく営まれてきた沖縄の人々の特異な日常世界を描く作品群である。それは神話や民族や土着へ向かう普遍的な世界と言い換えてもよい。その代表作が「豚の報い」であった。「果報は海から」はこの系列に新たに加えられるべき作品であろう。

又吉栄喜の作品の魅力の一つは、これらの世界を描く新鮮な視点と方法の斬新さにある。「ジョージが射殺した猪」では、一人の米兵もまた被害者であるという衝撃的な世界を開示した。「豚の報い」では新しい御嶽（ウタキ）をつくる象徴性が新鮮であった。比喩的に言えば、又吉栄喜は沖縄の今日の時代の激流と、営々と流れる地下水脈とを見事に描き続けている作家なのだ。

「果報は海から」では、登場人物の行動や思考に沖縄（ウチナー）ンチュの原形を託しているところに方法の新鮮さがある。沖縄もしくは沖縄ンチュについて、難しい説明をくどくどと述べるのではない。また方言の使用に安易に凭れるのでもない。主人公和久が山羊を盗み出し、偶然知り合った姉妹の経営するスナックへ売りに行く。その行動を通して、和久の心や周りの人々の行動が描写されるが、それは実に愛すべきわが沖縄ンチュの思考や行動の原形でもあるのだ。妻の美佐子も、スナックの姉妹も、山羊も義父も、沖縄を浮かび上がらせる絶妙な存在である。百の説明より一つの描写、これが小説の力なんだろうとも思う。読後に温かい気持ちと生きる気力を起こさせてくれる贅沢な作品だ。

(7)「陸蟹たちの行進」2000年（「琉球新報社掲載書評2000年7月、筆者執筆」から転載）

陸蟹（おかがに）の象徴するものは、いったい何だろうか。群をなして行進するウチナーンチュか。それとも横這いするウチナーか。それとも繁栄をもたらす軍事基地か……。主人公正隆の母親は陸蟹を捕りに行き、月夜の晩に崖から足を滑らして死んだ。正隆の父は、陸蟹を全滅させるとアダンの茂みに毒を盛る。高校生だった正隆は、母の葬式を済ませた夜、最後に母が捕った陸蟹を涙を流しながら食べる。やがて成人し、村の自治会長をつとめる正隆にとって、陸蟹は、あるいは母を、あるいは豊かな自然を象徴するものとして映っているようにも思われる。

作品の舞台は沖縄本島北部のある村だ。そこに火葬場建設という名目で海岸埋め立て計画が持ち込まれる。主人公の正隆は、村の自治会長としてその案を了承しようとするが、埋め立て地には新たな米軍基地建設が画策されるのではないかと疑惑が持ち上がる。村人が賛成派と反対派に別れて対立し、村長のリコール運動へと発展する。今日、沖縄のどの地でも見られるような現実の風景が、作者の大きな感性でとらえられ、確かなリアリティーをもって構成される。無名の人々の対立と葛藤が、ゆったりとした時間の中で描かれる。

又吉作品の魅力は、「ジョージが射殺した猪」のように、既成の視点を逆転してみせる衝撃の世界にもあるが、このように身近な風景から、なじみ深い人物を造形し、ゆったりとした沖縄の風土や時間の中で、生きることへの共感を浮かび上がらせる物語世界にもある。早急な課題を、大きな振幅でとらえる小説の世界は、なんでもない風景が小説になることの驚きにも繋がる。この身近な物語から、私たちはたくさんのことを学ぶことができる。たとえば、些細なことのようで実は重要な物語の背景を知ることができる。逆に重要なことのようで、些細なことに過ぎない多様な視点の存在を知る。そして、なによりも今、私たちに求められているものは、実はしたたかな尺度と想像力を駆使し、目前の現実を再構成する力であることを、つくづくと思い知らされるのだ。

(8)「人骨展示館」2002年

又吉文学に共通するテーマは救いの可能性が模索され提示されるところにある。作中人物が混沌とした状況を抱え困苦している姿に一筋の光明を投げかける。あるいは茫洋とした日々を過ごしている人物に光の見える方向へ導いてやる。ここに処女作「海は蒼く」から近作「仏陀の小石」にまでに繋がる一貫したテーマがあるように思われる。さらに登場する人物に象徴される困難と救いは、時代に抗う「沖縄」や「沖縄の人々」の救いへも繋がるテーマとして読み取れる。本作品もその一つだと思われる。作品は次のように展開される。

真栄城グスク跡から、12世紀の若い女性の人骨が出土した。一年前の新聞を処分しようとしていた明哲は、その記事に引きつけられた。明哲はグスクのあるG村役場で発掘調査の指揮をとる琴乃に人骨の見学を申し込む。その人骨は推定26歳の未婚女性で神への生贄だった可能性があるという。明哲はますます人骨へ関心を持ち、琴乃と肉体関係を持ち、役場に臨時職員として採用してもらい発掘調査に加わる。人骨は「ヤマトの海賊の娘」だと言い放つ琴乃に対し、地元の人々は、自分らの祖先であり高貴な「琉球の女性」だと信じている。明哲は離婚をして村に戻ってきた地元の民宿の娘小夜子とも恋仲になり男女の関係になる。そして琴乃から離れ、小夜子が説く「琉球の神女説」に傾いていく。

小夜子の夢である「人骨展示館」を作ることに小夜子と共に奔走するが、いつまでも軌道に乗らない展示館に愛想を尽かして、小夜子は明哲からお金を騙し取り、元夫の元へ身を寄せる。明哲は小夜子にも逃げられ、琴乃にも上司との結婚を約束したと言われ、一人「人骨展示館」で怪しげな人骨のレプリカと対峙する、という物語だ。簡潔に言えば、グスクに出土した人骨を巡る一人の男と二人の女との関係を風刺とユーモアを交えて描いた人間喜劇とでも喩えられる作品だ。

ところで、ここに救いがあると考える理由は、琴乃も小夜子も自らの考えに囚われて八方塞がりの状況にある。琴乃は本土出身の母親と沖縄の男との間にできた出自を持ち、人骨を「大和の海賊の娘」だとして検証しようとしている。小夜子は自分の出自を人骨に繋がる高貴な人々の末裔だと言い張る。この二人の間に塾講師の明哲がやってきて物語は動き始めるのだ。

　この三人の関係を鈴木智之は次のように述べている。注7

　隠喩的に言えば、古堅明哲は「骨抜きにされた存在」である。「本土系」の予備校の講師であった彼は、同僚に騙されてマンションを奪われ、失業している。ごく素朴な寓意的解釈として、「本土」の収奪によって「無力」な存在となった「沖縄」の男が、どうやってこの境遇から抜け出すのか、というモチーフがあると言えるだろう。「人骨展示館」は「骨抜きにされた男」が「骨を探す」物語である。（中略）こうしてみると、女たちはそれぞれに、容易に実現されない課題を抱えて、前に進めない状況にあった。その彼女たちの人生を前に推し進めるためのプロセスとして、明哲との出会い（再会）、この「男」と「人骨」をめぐる奪い合いがなされていたことが分かる。


　鈴木智之の評は、作者又吉栄喜の作品の系譜を考えて見ると容易に理解できるし共感できる。

　翻って、作品は他の視点からもその特徴を考えることができる。例えばその一つに表現の特質として風景描写が詳細でその描写に「沖縄」が宿っているようにも思われる。ディテールに宿る文学の力というものを考えさせられる。

　二つめは思わず笑いがこぼれるユーモラスな表現だ。三者のやり取りの中でもそのユーモアは遺憾なく発揮される。他の人物の描写の中でも多く散在する。沖縄文学が状況に対して倫理的でやや硬直した表現世界を有している特質を突き破り切り拓いていく新鮮な作品世界が顕示されている。

　三つめは、対象を多様な視点で考えることの大切さを示唆してくれることだ。琴乃も小夜子も独自の世界に固執しムキになっている。この世界を揺るがす人物が明哲だろう。八方塞がりの沖縄や沖縄の状況を考える時に、横断的な視点を有することは大きな力になるはずだ。このことが本作品に見られる救いの構図である。

　四つめは、生き続ける人間の姿への作者の優しい視線だ。何かに情熱を燃やさずには生きていけない人間の姿は、距離を置いて観察すると独尊的でおかしいものである。しかしこの姿は弱い人間の常態でもあり愛おしむべき存在でもあるのだ。琴乃や小夜子や明哲、その他の人物に注がれる作者の視線は限りなく温かいものに感じられる。この特質は又吉文学すべてに共通するものである。

　ただ私には、主人公明哲への違和感は最後まで拭えなかった。また明哲の人間像もうまく結ぶことができなかった。二人の女性が魅力的であるのに対して、明哲には魅力を感じなかった。大金を二度も騙されて取られるのだが、二度も簡単に提供するからには裕福な出自があるのだろうか。具体的な生活者としての人物像が描けない。出会った女とは同じS高校の同窓生とはいえ、次々に肉体関係を結ぶ明哲の行動は理解しがたく嫌悪感さえ覚えるものだ。ここに隠された比喩があるような気もするが後日の課題にしたい。

(9)「呼び寄せる島」2008年(「琉球新報社掲載書評2008年、筆者執筆」から転載)

又吉栄喜は、やはり一筋縄ではいかない作家だ。幾つもの顔を持っている。デビュー当時の「ジョージが射殺した猪」や「ギンネム屋敷」、そして「豚の報い」などでは、衝撃的な純文学の作品を書きあげて高い評価を得た。また近作「夏休みの狩り」では、少年少女の瑞々しい世界を描き、大人の世界が喪った「感性」や「憧憬」を対比的に浮かび上がらせた。いずれも同時代を考える貴重な作品である。

本作品はそのいずれの領域をも越える新しい試みの作品だ。喩えて言えば、大人のためのエンターテインメント小説とも言えよう。琉球新報社の夕刊小説として2005年4月から一年余に渡って連載されたものを改題して単行本にしたものである。主人公諒太郎を中心とするドタバタ騒ぎであるが、なんともはや味わい深い。

諒太郎は、脚本家志望の青年で那覇に住んでいる。故郷湧田島で民宿を買い取って、そこを訪れる人間を観察し脚本のモデルにしようと目論んで島へ渡る。その諒太郎に力を貸そうと集まってくる幼なじみの修徳、秀敏、島の長老たち、あるいは島にやって来る若い女性たち。これらの人々が織りなす半年余の顛末記がこの作品だ。

作品に登場してくる人物は、だれもが皆、夢を持って一所懸命に生きている。しかし、その一所懸命さが何とも滑稽で危うい脆さの上に成り立っている。このことが明らかになっていく構成だけでも、シニカルな寓喩性を感ずる。しかし、それ以上に登場人物の言動には人間が生きていく日常の悲喜劇がある。それを作者特有の風刺の効いたユーモアと、風土の生み出した温かい視点で優れたエンターテインメント小説を生みだしているのである。

又吉栄喜の作者としてのスタンスは、人間を公平に捉えるところにあると常々思ってきた。それは、絶望も希望も、滑稽さも真面目さも、そのようにして捉える視点にも繋がっていたのだ。

本作品は時代とどのように対峙するのか。作者の目論見を想像しながら、さらに新聞小説であるがゆえの多くの仕掛けと幾つもの隠し味を今一度、単行本で味わうのも読書の醍醐味であろう。

2 「仏陀の小石」の世界

「仏陀の小石」が出版されたのは2019年3月22日。その前年を含め一年余に渡り、地元新聞社に連載された作品を作者が加筆修正して書籍化したものである。地元新聞二社への書評は、東京在の沖縄文学研究者伊野波優美と、地元在の歌人小説家佐藤モニカが執筆し掲載された。

伊野波優美は本作品を「又吉文学の集大成」と位置づけた。特に第16章「奇妙な講演」で学生を前に語る老小説家の小説作法の開示は「自身の沖縄文学論を世に晒す又吉氏自身の覚悟を感じずにはいられない」とした。そして「原風景という客観描写できない時空間を『沖縄的宇宙』として纏う又吉文学が辿ってきた道とそしてこれから向かう先を、悠久な時を自覚したようなガンジス河の深い流れに重ね合わせた無常さに、沖縄文学を可能にする本作の真骨頂がある」と評した。[注8]

また佐藤モニカは、「この一冊を読み終え、本を閉じたときに、人が生きるということの意味を感じ、また希望のようなもの、光のようなものをうっすらと感じることができるだろう」とし、「魂の救済の旅、これこそが著者が描きたかったものなのだ」と断じている。[注9]

伊野波優美や佐藤モニカの指摘は、なるほどと肯われる。私の感慨もほぼ重なるのだが敢えて私の言葉で述べれば、本作品は大別して三つの特質を有している。一つは「救いへの挑戦、あるいは自立への模索の深化と広がり」であり、二つめは「なぜ書くかと問い続ける又吉文学の姿勢の堅持と展開」であり、三つめは「半径2キロの原風景の揺さぶり」である。

一つめの「救いへの挑戦、あるいは自立への模索」については、又吉栄喜が処女作「海は蒼く」から一貫して持続してきたテーマである。本作ではその模索に「深化と広がり」が見えるのだ。「救い」や「自立」は個の課題であると同時に、沖縄という土地の課題でもあり、ひいては沖縄で生きて書くことへ挑戦している多くの表現者らの課題でもある。

「海は蒼く」の迷える女子大生は、漁を生業とする老人に救われ海に救われる。「海」は「文学世界」の比喩だと私は考えた。「カーニバル闘牛大会」の少年や、「ジョージが射殺した猪」のジョージも救いを求め自立を模索している。少年の模索は沖縄の自立の模索であり、ジョージの模索は軍隊という組織からの自立である。

「ギンネム屋敷」は戦争で傷ついた人々の戦後を生きる自立を模索した物語であり、その葛藤を描いた作品として読める。また芥川賞受賞作品「豚の報い」もホステスや正吉の救いと自立の物語であり、「人骨展示館」も二人の女とその間で揺れ動く男の救いと自立の物語だ。

又吉文学のこれらの作品は、作者が登場人物へ救いの手を伸べ自立の道筋を示す「希望をつくる作業」が生みだした作品群だと思われる。ここに又吉文学の真骨頂がある。この「救いへの挑戦」と「自立への模索」がさらに深まり広がりを見せた作品が「仏陀の小石」のように思われるのだ。

例えば若い小説家安岡と妻希代の苦悩は「海は蒼く」の女子学生のように一つの重荷だけではない。安岡はわが子を亡くした罪の意識と、書くことの意味を求めて呻吟する。希代もまたわが子を亡くした絶望と夫の不倫に悩まされる複数の苦悩を抱えている。そしてその苦悩は観念的ではなく生活の現場でだれもが体験する苦悩として描かれるのだ。

また苦悩と自立の模索は二人だけのものではなくツアーに参加する全員がそれぞれに背負っているものだ。そして苦悩を際立たせる対立の構図は、時には先鋭的であり時には緩やかな日常の中でたゆたう苦悩である。対立の構図はより複眼的になっていると言っていいだろう。沖縄の古い習俗なども取り込みながら、聖と俗、この世とあの世、生と死、男と女など、いくつもの構図が同時進行的に展開されるのだ。老小説家をはじめ、それぞれの苦悩に焦点を当てると、ユーモラスな描写の背後に多様で複雑な模様が浮かび上がってくるはずだ。

二つめの特質として、「なぜ書くのかと問い続ける又吉文学」の姿勢は、作者の分身と思われる老小説家と若い作家の問答の中に遺憾なく発揮される。なぜ書くのかという問いは何を書くのかという問いに連動し、沖縄で生きることの意味に連動する。又吉栄喜の分身だと思われる二人の作家の小説作法と問いかけは、作品の至る所に散在するが、沖縄の若い書き手たちを刺激し鼓舞するものとして充分に示唆的であるはずだ。

また、二人の作家は小説作法を開示することで光明を見いだそうとしているようにも思われる。それは同時に書く作業に呻吟している表現者の閉塞した状況に波紋を広げる一擲の礫（つぶて）のようにも思われるのだ。これらの言葉を並べると、刺激的な文学論になり小説作法になるだろう。その幾つかは次のとおりである。

「わしも、わしの人生という素材を活かしていない。深めていない。だが、ほぞをかむ中で、どうしようもない淋しさの中で、書くことだけがわしの最期の仕事だと決めて、書き続けるよ。いわば、わしの小説はわしの遺書だ」（30頁）

「安岡は沖縄ソバの具はネギと蒲鉾（かまぼこ）だけでもいいと思う。文章も書きすぎると焦点がぼやけるのと同様、具も入れすぎると味が曖昧になる。極限状況をシチュエーションにした小説も悪くはないが、沖縄ソバのようにありふれた日常の中からいかに人生の味を出すかは、小説の根幹にも関わ

る」（120頁）
「とにかく自分以外の誰かに踊らされないように自分の『目で、足で、口で、心で』人生を歩めるよう、沖縄の小説家や演劇人は読者や観客に何か指標のようなものを与えられるなら与えるべきだ」（188頁）
「見えないモノが沖縄文学と言えるのではないかな。だれにもまねのできない一人一人が背負っているモノが沖縄文学だよ」「理性や医学からできる限り離れなければならない。これが小説創作の秘訣だよ」（198頁）
「小説は現実のコピーではなく、新しい現実世界だと言えます。わしらは現実をはっきり見ているようですが、実は曖昧模糊とした、虚実入り交じった世界を見ているに過ぎません。現実には夾雑物が多すぎ、わしらの思案、洞察、観察を曇らせています。小説は完結した世界です。狭いが深く、研ぎ澄まされている。だから正体の把握が可能なのです。訳のわからない、無秩序の、弛緩した現実に秩序、緊張、必然性、因果関係、本質を与え、新しい現実を作り出すのが小説だと言えます」（214頁）
「小説は自分を書くべきだ。例えば、あの牛の糞を頭に載せた少女たちがいくら魅力的でも感動的でも本質的には他人には書けないだろう。他人を書くべきではないんだ。自分には自分の魂しかわからないんだ。自分が生きてきた魂の軌跡を書くべきだ」（276頁）
「大きい体験、事件を書くよりも何でもない小さい日常を書くべきではないだろうか。大きい事件も氷山の一角に過ぎず、海面下は何気ない日常の積み重ねではないだろうか」（278頁）
「例えば、父母の水死を書けば、僕はどれほどかは知らないが、救われる。しかし、全く知らないリリアンの赤ちゃん殺しを書いても、僕は少しも救われないだろう。自分が生きた証を残したいという願望が僕に小説を書かせた」（299頁）

これらの提言を読むことは読者にとって至福の時間になる。又吉栄喜は惜しげもなく小説の書き方について示唆しているのだ。『うらそえ文藝』第22号（2017年10月）では、さらに次のようにも述べている。

例えばギリシャ神話などが朽ちずに、現代人にもちゃんと届いているというのは、それが人間の普遍性、今の人たちにも全く変わらない共通性があるからだと思います。二五〇〇年前の人たちのいわば深い「感動」が二五〇〇年後の現代人を「感動」させているわけです。

　沖縄も、例えばエイサーとか、シーミーとか、そういうものには普遍的な「核」があると考えられます。エイサーやシーミーの表面的なものを書いても、なかなか沖縄の深い精神というのは見えません。エイサーやシーミーの醸し出すもの、伝えるもの、精神を見つめてほしいと思います。これはなかなかすぐには発見できないかも知れませんが、ずっと凝視すると、ある日突如何かが浮かび上がってくるはずです。辛抱強く挑んでいただきたいと思います。（42頁）

　さて、三つめは「半径2キロの原風景の揺さぶり」だ。だれもが一読すれば分かることだが、作品の舞台は沖縄とインドを往還する。これまでの又吉文学には海外を舞台にした作品はなかったように思う。それゆえに極めて異例のことだ。この作品が異例のままで終わるのか。あるいは沖縄から普遍的な作品世界の構築を目指す又吉文学が舞台を海外にまで拡大していくのか。新しい展開の萌芽を示しているようにも思われるのだ。

　又吉栄喜は自足しない作家だ。本作品に挿入されたエピソードの一つにアメリカ人女性リリアンの悲劇がある。しかし、記述は抑制され展開は中断されている。又吉栄喜は世界史のみならず世界文学にも造詣が深い。本作品が又吉文学の集大成となるのか。ここからさらなる飛躍を見せるのか。興味のあるところだ。

3　又吉栄喜文学の特徴

　又吉栄喜文学の特徴については、「仏陀の小石」に現れた特徴以外にもいくつかを示すことができる。もちろんそれは「仏陀の小石」にも通底する特徴でもある。

　その一つは全方位的スタンスで人物を造型することにある。日本人もウチナーンチュも米兵もインド人も、又吉栄喜は登場するすべての人々を一個の人間として公平に描いている。人種や地位や職種等を排除して、一個の人間としての強さや優しさ、悲しみや苦しみを描いている。それゆえに私たちの共感は大きいのだ。

　二つめに、ウチナーグチを安易に使用しないことが挙げられる。又吉栄喜ほど沖縄を愛している作者は珍しい。前述したように唯一「仏陀の小石」を例外として、すべてが沖縄を舞台にした作品だ。沖縄（浦添）という土地に腰を据えて沖縄の歴史を見つめ、古代や未来に思いを馳せている。個の体験を紡ぎながら世界を見据える普遍的な作品世界を作り上げている。この文学的営為を登場人物の思考や行動パターンで描こうとしているのだ。実際、又吉栄喜の作品では行間から登場人物の特性が滲み出てくる。それは又吉作品のもつ文体の魅力であり力であろう。

三つめは、作品の舞台が日常生活の場所から離れないことだ。この場所から、生きること、書くことの意味が持続的に問われ続ける。それは登場する人物十人十色の問いかけである。場所も時間も人種も違えばそれぞれが個別的な問いになる。この個別的な問いを普遍の問いに高める力が又吉文学の魅力の一つである。

四つめは生誕の地浦添から飛翔する作品世界の魅力である。又吉栄喜は浦添の地での少年期の体験を小説を生み出す母胎とし「原体験」と呼んでいる。生誕の地を軸にして半径2キロを大切にする原体験の世界から想像力を駆使して放たれる作品世界は魅力的である。半径2キロの世界には浦添城趾があり米軍基地がある。また先の大戦で激戦地になった前田高地があり目前には豊かな海がある。ここには、聖も俗も過去も未来も自然も文化も凝縮されて存在しているのだ。

さらにもう一つ、又吉栄喜文学の際だった特徴がある。この特徴こそが又吉文学の大きな魅力になっている。それは登場人物の魅力である。喩えていえば田中実のいう「了解不可能な他者」との出会いである。

田中実は、小説の再生に向けて挑発する作品論を発表し続けている研究者である。大学教員でもあり国語教育に関する論文も数多く発表している。その著書の一つである『小説の力』（2000年）を読んだときの衝撃は大きかった。ロラン・バルトの『物語の構造分析』を日本の読者は誤読したのではないかと指摘し、「作者の死」や「容認可能な複数性」というキーワードで、助長した「アナーキーな読み」を批判したのだ。

特に小説作品の本文中に「了解不可能の他者」を発見し、その他者との格闘が読者を変革していくとし、これこそが「小説の力」になると提唱した論考は、長い間、私の読書の拠り所となった。例えばその考えは次のように記述される。[注10]

> 読者にとって〈本文〉は到達不可能な《他者》であり、分析され、理解されることを拒否しながら、その拒否する〈本文〉との葛藤、対決が読者主体の殻をきしませ、変革させていくのであり、そこには〈自己内対話〉を超えた〈本文〉との対話が始まっているのである。私の言い慣れた言い方をすると、主観的な〈本文〉とは〈私の中の他者〉にあり、この〈私の中の他者〉を倒壊させることで、読者の主体である〈私〉は了解不能の《他者》、〈私〉を超えるもの、客観的対象としての〈本文〉に向かっていくのである。（19頁）
>
> （中略）そうであれば、読むことは発見した自己が倒壊し、さらにその自己がいかに超えられていくかが目指され

るべきものとして見えてくるはずである。私にとって新しい〈作品論〉の試みとは、既存の自己が倒壊され、自己発見によって新たに見えてきた自己をさらに倒壊していく過程であり、自己変革が要請されていると思う。「小説の力」とは、自己発見から新たな自己へと自己変革を促し、既存の文化のコンテクストに対峙し、新たな文化、世界観を産み出していく可能性を秘めているのである。（20頁）

やや長い引用になったが、実は田中実が述べている「了解不可能の他者」は又吉文学には数多く見いだせるのだ。換言すれば作者である又吉栄喜は「了解不可能の他者」を読者の前に数多く生みだし続けているのである。時にはヌエ的な存在として、時には不可解な行動を悠然と行う人物として登場する。読者にとってその人物との格闘が又吉文学の魅力の一つになっているように思われるのだ。

4　沖縄文学の可能性

又吉栄喜の著書に『時空を超えた沖縄』（２０１５年）がある。唯一のエッセイ集で創作の秘密や過去の記憶を紡いだ興味深い著書である。その著書について沖縄タイムス社から依頼があって書評を書いた。タイトルを「原風景から飛翔する力」と題したが、又吉文学の魅力をまとめた私の見解にもなっている。参考までに左記に紹介する。

※

芥川賞作家又吉栄喜の小説作品は実に味わい深く、読むのが楽しい。登場人物は一所懸命生きているのだが、どこか滑稽でいとおしい。多くの作品からはウチナーンチュの風貌が楽しく想像される。デフォルメされた人物や物語に託された隠し味はいつも絶妙だ。

又吉文学の特徴は、沖縄を描くのに安易にウチナーグチに凭(もた)れないことや、すべての登場人物を公平に描くニュートラルな視点にある。これらの方法は普遍的な作品世界に到達する根拠にもなっている。本書はこれらの特質を解き明かす鍵を提供してくれているように思う。

県内外の新聞雑誌等に発表されたエッセイの中から、辣腕の編集者が66編を選び8章に分けて構成したのが本書である。初のエッセイ集だというが、どれも小説と同じように面白い。小説と違うところは、小説の生まれる体験や出来事を「原風景」として慈しむように語っていることだ。少年の視点で自らの体験を無邪気に推測した過去のエピソードには思わず笑みがこぼれる。

「少年の頃のアンバランスな体験は、時々今の状況とぶつかり、鮮やかによみがえったりする。私は少年の頃の体験を再現するのではなく、体験の中にある衝撃や感動を引きずり出そうと考えている」「私は小説を書く時、このような原風景を核にしている」「原風景を凝視すれば真実に近づける」と。

このような矜持から「豚の報い」や「ジョージが射殺した猪」などが生まれたのだろう。もちろん小説の原風景だけでなく、取り上げられる題材は「自然」「戦争」「米軍基地」「祈り」など多彩である。私たちは本書から沖縄のこと、文学のことを考える多くのヒントを手に入れることができる。作者又吉栄喜の温かな人柄も伝わってくる。（以下省略）

※

又吉文学の特質は、これら以外にも視点を変えれば数多く浮かび上がってくる。これらは同時に沖縄文学の可能性を牽引するものだ。例えば特質の一つである「原風景」からの飛翔力は沖縄で表現活動をする者すべてにとって勇気づけられる提言だ。沖縄の土地は先の大戦の悲劇を記憶している。それぞれの土地に埋没した記憶を呼び起こし、死者たちの声を聞くことは文学の成し得る普遍的な営為に繋がるはずだ。唯一無二の物語が、そこから紡がれる。この方法に沖縄文学の可能性の一つを示しているように思われるのだ。

又吉栄喜は原風景と創作について（注1に紹介した言葉に続いて）さらに次のように述べている。[注11]

又吉：（前略）例えばカーミジを書く場合はカーミジに生えている植物に限らず、そこで蠢いている生物を残らず書き出すんですよ。そして一つ一つに注目して、そのものが持っている何か本質を膨らませて、極端に言えば人格化というか、人間に付与できないかを考えるんですね。ですからある意味では、このような一つ一つの事象がどんどん分裂していって、別の意味ではいろいろな側面をいくらでも書けるという、そういう形式といいますか法則になっているんだと思います。（35頁）

又吉栄喜は惜しげもなく小説作法を明らかにしているが、このような方法による作品の創出は、沖縄文学の可能性を示唆するものだ。

また、又吉文学に持続されているテーマの一つである救いへの挑戦、或いは自立への可能性を求める姿勢は沖縄文学の大きな課題でもある。同時に人間の自立や文学の自立は世界文学の永遠のテーマでもある。自由や自立こそが古今東西の表現者が追い求めてきた課題であるからだ。

又吉文学に登場する人物は、作者が述べているように、ややデフォルメされて不可解な言動をとる。しかし、矛盾を抱いた予測不可能な人物の言動にこそ多くの可能性を秘めた作者の意図が含まれているように思われる。

さらに、又吉文学には人間の生きる姿の多様性の提示と寛容さがある。困難時にも泰平時にも人間は生きている。その常態を又吉文学は貴重な命を拾い上げるように掬いとっていく。もちろんそれは「豚の報い」のホステスたちであり正吉である。また「カーニバル闘牛大会」の少年であり、それを見守るウチナーンチュである。さらに他の作品に登場する数多くの人物であり「仏陀の小石」の登場人物たちだ。

又吉栄喜は人間が好きで小説を書くのが好きなんだろう。つくづくそう思うが、このことは実は容易なことではない。このことを持続する又吉文学の世界に沖縄文学の可能性を見いだせるように思うのだ。また私たちが培うべき姿勢のようにも思われるのだ。

さらに又吉文学を通して考える沖縄文学の可能性の一つに、沖縄の地で生まれて表現活動をしている者の共通のテーマである記憶の継承の方法がある。「ギンネム屋敷」もその一例だと思われるが、先の戦争の記憶をどう継承していくか。表現者としてこの土地に生きる苦悩は、反転して大きな僥倖にもなる。この土地の固有の体験をどう文学作品として定着させるか。これこそが沖縄の土地で生まれた表現者の大きな課題である。又吉文学はこの課題に答える多くの示唆を与えてくれているように思われるのだ。

○おわりに

2017年10月発行の『うらそえ文藝』は又吉栄喜特集を組んでいる。そこに収載されているインタビュー「又吉栄喜の原風景」はとても興味深い。聞き手は『うらそえ文藝』編集長の大城貞武で、実に和やかに進行してくれている。又吉栄喜はそこで創作の背景を忌憚なく語っているが、この中で文学への関心は次のように示される。

私はどっちかというと家庭の風景、あるいは恋愛関係、そういう要するに日常にあるドラマを書くというより、何か社会性とか世界性とかね、時事性とか、そういうインターナショナルなものが入り込むような空間を好んで書いてきたような気がします。日常を書いても、例えば『豚の報い』でも、ホステスと男子大学生が厄落としとしての旅に出るストーリーなんですが、その四、五日間で書きたかったものは、豚を通して、あるいは祈りを通して、ずっと奥に沈み込んでいる沖縄の千年間の空間というか、時代というか、そういうのなんですよね。ですから時間的にも空間的にも広くて深いものに興味がありますね。それは大学で歴史を特に世界史を学んだことが無意識に染み込んでいるのかなと思うんですけどね。(38頁)

(中略)いずれにしても、作風とか、テーマとか、表現方法とか、人物の造型とかは、変わっているかも知れませんが、本質は先ほど言いましたように沖縄の深いものを掘り出してアジアとか世界に広げたいという、そういう何といいますか、覚悟というか、視点の取り方というか、そういうのは全く変わりません。
（中略）『人骨展示館』は、先ほど言いましたように、家から2キロの中にある浦添グスクの中で発見された人骨をモチーフにして書きましたが、その中にはアジアの問題、琉球王国が交易していた日本本土とか、そういうイメージ等も出てきますし、イメージの琉球王国時代も出てきます。だから、半径2キロなんですけど、けっこう多く語ることができるんですね。書くとき、また書きながらイメージが東南アジア、韓国、中国とかに広がっていくような、そういうことを意図しました。

沖縄を舞台にした又吉栄喜の作品にアジアや世界への視点が導入されていることを考えるのは痛快なことだ。戦後74年、「軍事基地の要石」と称されてきた沖縄が「文化の要石」として機能し、アジアのみならず世界平和へ貢献する未来を夢見るのは、又吉栄喜一人のみではないはずだ。

本稿では、特に又吉栄喜の小説作法を手掛かりにして又吉文学の世界を俯瞰してきたが、当然両者は連動する世界である。幸いなことに又吉栄喜は自らの小説作法を躊躇することなく開示している。そこには後輩を育て沖縄の自立を夢見る又吉栄喜の期待があるのだろう。幾つかの文学賞の選考委員を引き受ける姿勢にもこのことが表れているように思う。

かつて英国を代表する気鋭の批評家テリー・イーグルトンは、「文学とは何か」とアポリアな命題を課し、多くの文学理論を紹介してくれた。その一つにロシアフォルマリストが提唱した文学の定義がある。私は読後に、文学を自明なものとしていた自らの無知を恥じ、目から鱗が落ちるが如く驚愕した記憶がある。彼らは文学について次のように考えていた。[注12]

> 文学とは偽装された宗教でもなければ、心理学でも社会学でもない。それは言語の特殊な組織体である。文学はそれ独自の法則、構造、方法をもっており、それをそれ自体として、つまりなにかに還元することなく研究しなければならない。文学作品は思想を伝える道具でもなければ、社会的現実を反映するものでもないし、ましてや、なんらかの超越的真実を具体化したものでもない。文学は物質的事実そのものであり、その機能は、機械を調べるのと同じように分析することができる。文学を作り上げるのは言葉であって、対象とか感情ではない。したがって、文学の中に作家の精神の表出を見るのは間違っている。（5頁）

私はこの考えに驚いた。この直前には「文学とは、日常言語に加えられた組織的暴力行為」であるや「日常言語を変容させそれを凝縮するのが文学である」とか、また「日常的な言語から逸脱するのが文学である」（4頁）などと論述されている。このことについては肯うことができるが、「文学作品は思想を伝える道具でもなければ、社会的現実を反映するものでもない」とする考え方にはどうしても疑義が残り驚くだけだった。

しかし、今は明確に彼らの言説を否定したい。文学は豊穣な世界を有している人間を描くことができるのだ。また人間の根源的な苦悩や喜びを描き、土地の記憶を紡ぎ、希望を語ることができるのだ。少なくとも沖縄文学は、明治期からおよそ一世紀を経た今日にもその努力を続けているように思われる。そして今日、又吉栄喜は沖縄文学のその王道を歩いているように思われるのだ。

【注記】

1 『うらそえ文藝』第22号、2017年10月31日、浦添市文化協会文芸部会、34頁。

2 本文中の頁は、『パラシュート兵のプレゼント』1996年1月18日、海風社）に収載された作品の頁である。

3 岡本恵徳著『現代文学にみる沖縄の自画像』1996年、高文研、151頁。

4 同右

5 又吉栄喜『ギンネム屋敷』1981年1月11日、集英社。

6 『文藝春秋』芥川賞発表3月特別号、1996年3月1日、文藝春秋。362頁。

7 鈴木智之「骨を探して―又吉栄喜『人骨展示館』の物語構造と現実感覚」／法政大学「多摩論集」第35巻、2019年3月収載）

8 『琉球新報』2019年3月24日書評欄掲載。

9 『沖縄タイムス』2019年5月11日書評欄掲載。

10 田中実『小説の力』2000年3月1日、大修館書店。

11 『うらそえ文藝』第22号、2017年7月。又吉栄喜特集。インタビュー。聞き手：大城貞武。

12 テリー・イーグルトン『文学とは何か』大橋洋一訳、1989年10月22日、岩波書店。

※本稿の初出は季刊『コールサック99号』（2019年9月）だが、論考のタイトルを変更した。

第四章　目取真俊文学の衝撃

闇に閉ざされた声を聞く力
――初期作品「マーの見た空」から

1

目取真俊(めどるましゅん)が芥川賞を受賞したのは1997年の上半期（第177回）であった。受賞作品は「水滴」。沖縄戦の記憶の継承の仕方と現在を、シュールな手法を用いて長い時間の尺度で相対化し批判した作品であった。あらすじは、およそ次のとおりである。

主人公は初老の徳正(とくしょう)。徳正は先の沖縄戦の体験者で、語り部として地元の学校などで小遣い銭を稼いでいる。ところが、ある日、足がスブイ（冬瓜）のように腫れて、親指からは水滴が落ち始めた。医者に診てもらっても原因が分からない。治療もできない。やがて夜になると、戦争で犠牲になった亡霊たちが現れ、夜な夜な喉の渇きを癒やしに親指から滴る水を舐めにやって来る。さらに水には若返りの効用があることが分かり、いとこの清裕は奇跡の水として売り出す。一方、毎夜訪れる亡霊たちの中に、徳正は戦友石嶺が混じっていることを見つける。徳正は傷ついた石嶺を戦場で置き去りにしたことを隠して沖縄戦の体験を語っていたのだ。やがて石嶺の視線に耐えられず徳正は許しを請う。すると亡霊も消え、奇跡の水もただの水になり徳正の膨れた足も元に戻る、という話だ。

当時の芥川賞選考委員である日野啓三や河野多恵子は、この作品を高く評価して次のように述べている。[注1]

◇日野啓三：「戦場で生き延びるために傷ついた戦友を見殺しにした罪意識に魘(うな)される老人の幻想的な寓話とだけ読むならば、目取真俊の『水滴』をよく読んだことにはならない」「次の二つのことを読み取った。ひとつは、主人公の罪意識は戦時中のエゴイズムだけでなく、戦後『戦場での哀れ事語てぃ銭儲けしよっ』たことにある。戦後つまり問題は1945年だけでなく戦後50余年に及ぶこと、被害者としてだけ戦争と自分を装ってきたこと（沖縄だけであるまい）――戦後の自己欺瞞を作者は問い直している。第二は、その無意識の長い罪を意識化し悔い改め救われるメデタイ話ではないこと、主人公の不安は奇病が全快しても治らず、再び泥とバクチで門の前に転がっている。そしてそんな主人公のすべてを、そのエゴイズム、弱さ愚かさを、作者は〝大肯定〟している。倫理的、宗教的にではなく、沖縄という不思議な場の力で」「すぐれて沖縄的で現代的な小説である」

◇河野多恵子：「この賞の選考に携わってきた11年間で、印象に残る受賞作は複数あるけれども、最も感心したのは目取真俊さんの『水滴』であった。敬服した」「『水滴』は非リアリズムによって、沖縄戦という戦争を現代に及ぶ視野で捉えている」「この作品には硬張ったメッセージは一つもない」「しかし（中略）戦争体験者の体験意識の途方もない、風化ならぬ通俗化に対する痛烈な批判とも聞こえるのである」

目取真俊は受賞後も刺激的な作品を発表し多くの読者から圧倒的な支持を得ている。『魂込め』（2000年）では木山捷平文学賞と川端康成文学賞を受賞。その他、『群蝶の木』（2001年）、『平和通りと名付けられた街を歩いて』（2003年）、『風音』（2004年）、『虹の鳥』（2006年）、『眼の奥の森』（2009年）など話題作を次々と発表している。

目取真俊には右記の作品だけでなく今日まで多くの著作品の出版がある。なかでも『目取真俊短篇小説選集』全3巻（2013年、影書房）は極めて興味深い。1巻は「魚群記」、2巻は「赤い椰子の葉」、3巻は「面影と連れて」と表題されている。第1巻には表題作をはじめ80年代の初期作品が収載され、第2巻は90年代、第3巻は90年代から2010年代までほぼ時間軸に沿って短編作品が収載されている。

今回、拙稿で対象とした作品は初期作品の一つである「マーの見た空」（1985年）だ。「マーの見た空」は第1巻に収載されている。初出は1985年『季刊おきなわ』だ。[注2]

第1巻に収載された初期作品8編の中から、特に「マーの見た空」へ興味を抱く理由は、目取真文学の原風景が凝縮されているように思われるからだ。作品世界を創り出す方法やテーマに新鮮な発見や驚きがあり、それはその後の作品にも引き継がれていくものとして読み取ることができるように思われるのだ。換言すれば、その後の目取真俊文学の豊穣な実りを予感させる作品であり、この推測を確かめたいとも思ったからである。

しかし、極めて解読が困難な作品でもある。目取真俊の作品の優れた理解者であり、評者であるスーザン・ブーテレイは、目取真俊の小説の方法について、極めて示唆的な次のような見解を示している。[注3]

作者（目取真俊）は、登場人物の行為や出来事をめぐる詳細を全て語るということを避けることにより、言うならば〈語らない〉〈説明しない〉ことにより、その空白を読者に解釈し埋め合わせるという課題を残し、さらにそれに対する完全な答え、断定というものを得ることが不可能な状況を作り出す中から、読者を空白の謎に向かって問い続けるしかない場に追い込む。こうして〈声なき声〉に耳を傾けさせ、言葉では表象不可能で得体の知れない出来事、他者の声、計り知れない暴力や恐怖の記憶を摑み取らせ、読者に分有させ継承させ、更に意識の変革を促すような試みをしているのである。(中略)ここに作者の希望の一つが見えているように思われる。

スーザン・ブーテレイの見解は、特に「水滴」や「風音」や「魂込め(まぶいぐみ)」などの沖縄戦を題材にした作品を論じる中から得られた結論だが、「マーの見た空」の難解さを解明する手掛かりを示しているようにも思われる。このことを検証するのも拙稿の目的の一つである。

2

「マーの見た空」は、次のような魅力的な書き出しで始まる物語だ。

僕は白い石灰岩の埃で汚れた車窓に映る半透明の自分の影を見つめていた。半島周りの最終バスに乗っている客は僕一人だった。窓の外に浮かぶブイが赤い光を明滅させている。遠浅で波も穏やかなのに、何かに魅入られたようにしばしば釣りのボートが転覆し、毎年何名もの水死者の出る海面には、溺死者の頭髪のように叢木を揺らめかせた小さな島影が幾つか浮かんでいる。僕は夜の海をさまよう人魂の話を思い出した。漁師だった祖父はよく夜の海で人魂にまとわりつかれたときのことを寝物語に話してくれた。それは海面に瞬く無数の海蛍が知らぬまにひとつになって海面を離脱したように突然、青い光を放って祖父の目の前に現れると、緩急自在に船のまわりを飛びまわるのだという。そういう時祖父は、漁の手を休めて腰をおろし、人魂が消えるまで村の近況を話してやる。果てしもなく長くも思えれば、ほんの一瞬のようにも思える奇妙な時間を、次から次へと村の誰かれのことを口が勝手に動くのにまかせて話し続けているうちに、祖父は海底に引き込まれるような感覚に襲われる。そして薄れゆく意識の底で、鼠花火のように激しく回転しながら輝きを増してゆく人魂が、その極点で無数の粒子に砕け散ったと思った瞬間、ある大きな叫び声を聞くのだという。陸の影も見えない大洋のただ中で、空と海を音叉のように震わせながら走り抜けていくひとつの大きな叫び声。それは聞く者の胸に忘れ難い痛みを刻む声であり、人間の魂の奥底へ突き抜けていく叫び声なのだ、と祖父は眠りに落ちていく僕の耳に囁いた。

この「叫び声」を聞くことが、「マーの見た空」のテーマであるかのように物語は展開していくのだ。主人公は、二十歳に成長した大学生の僕だ。同時に少年の僕（マサシ）でもある。作品はマサシを語り手として現在と過去を巧みに往還して構成される。マサシは正月明けの故郷で開催される成人式に参加するためにバスに乗っている。作品は故郷へ向かうこのバスの中でのマサシの感慨からスタートする。故郷に1年半振りに帰るのは成人式に参加することを母から懇願され、それを口実にして幼なじみのM（女性）に会うことを思い立ったからだ。Mへの過去の恋情と同時にマーの記憶を蘇らせる。マーは、村の男と村近くにあるパイン工場に台湾から出稼ぎにやって来た女性との間にできた子どもである。

マーは少年のマサシよりも年上で筋骨隆々とした若者である。体軀は170センチにも及ぶのだが、「いびつな形をした頭」を持ち「臆病で繊細」な青年として描かれる。マサシが小学校五年生のころ、マーは二十歳ごろである。マーの父親は行方をくらまし、母親はマーが幼いころに台湾に帰され、貧しい実家の祖母に育てられる。マーは学校にも行かずに少しトットローー（やや知恵遅れ気味）の青年として描かれる。マサシたちと一緒に川魚（テラピア）を取ったり、ビー球遊びに興じたりしている。また悪ガキ仲間からはみんなの前で自慰を強要されたり、いじめられたりしている。そんなマーだが、闘牛の世話が上手で、闘牛の綱を持たせると見事な手綱さばきを見せる。

ところがある日、マーは村から忽然と姿を消す。マーが小学校四年生になったMに性的な行為を強要したことが分かったからだ。マーは、Mの父親やマサシの父親をはじめとする村の男たちから制裁されて殺害されたことが暗示される。ところが、闘牛大会の日、殺害されたと思われたマーが、闘牛場近くの墓を壊して抜けだして来て闘牛場へ現れる。敗色濃厚だった牛が、マーの手綱さばきで見事に逆転勝利を得るのだ。だが、マーの幽鬼のような姿に、観衆の声は「称賛から嘲笑と怒りの声」に変わっていく。勝負がついた後の闘牛場でのマーの姿は次のように描かれる。

水色のパジャマの尻が茶色く汚れ、黄土色の液体を滴らせているのは、泥と雨のせいばかりではなかった。マーは脱糞していたのだ。闘い疲れて、放心した牛のように。柔らかい物の重みがパジャマのズボンをずり下げる。あからさまな笑い声と指笛が上がり、マーに向かって様々な物が投げられはじめる。マーは怒張した性器を露わにし、太い指で握りしめると、老木の洞のような口に雨を降らせて、自らを慰めはじめた。そして、全身を突っ張ると、泥の中に青白い液体を放出した。（94頁）

マーは、やがてなだれ込んできた観衆に取り囲まれ、泥の中に引き倒される。そこに白い服を着た二人の男がやって来て抱きかかえられるようにして連れ去られ、白塗りの車に乗せられて闘牛場を去って行くのだ。

マーの見た空とは、マーをいじめてマーの持っているガラス玉を合歓木（ねむのき）の幹に空いた穴に落としたことから、マサシに明らかにされる。マーはマサシに次のように言う。

マサシにだけは、教えるさ。此の木ぬ中んかいやよ。大穴が開ち居てぃよ。大昔からぬ水ぬ溜まてぃ居るさ。あんし、此ぬ水んかいや、彼方昔の空ぬ映てぃ居てぃ、今やなー居らん者達も、此ぬ空んかいや映てぃ居るさ……マサシ、吾んが、おっ母ぬ姿ん此ぬ空に見いゆんよ（72頁）

ガラス玉を落とした穴の底には水溜まりがあり、そこに空があって、優しいマーの母親の姿が映っているというのだ。この母親の姿に恋い焦がれるマーの日々があったことが明らかにされるのだが、マーは共同体の秩序を維持する生け贄とも暗示される最期を迎えるのである……。

なんともはや重苦しい作品の展開だが、このあらすじからも作品の特徴が垣間見えてくるはずだ。

まず一つ目は、小説世界を作り上げる方法として、現実と過去を自由に往還する手法で作品世界を展開したことだ。二つめはシュールな手法を援用して死んだマーの祖母らを蘇らせ、マブイ（魂）との交流が描かれることだ。この二つの方法は後続する作品群にも援用され、目取真俊文学を読み解くキーワードになるようにも思われる。「水滴」もそうであるが、その他「伝令兵」「魂込め」「眼の奥の森」など頻繁に見られる手法の設定だ。たぶん、このような設定でなければ、複雑な沖縄や複雑な人間の心情を浮かび上がらせることは困難な小説作品の限界を、目取真俊はいち早く感じていたのかもしれない。このような認識が働いた方法意識のようにも思われるのだ。

三つめは闇に閉ざされた声を聞こうとする作者の表現者としての姿勢が色濃く反映された作品であるということだ。「聞こえない声を聞く力」と言い換えてもよい。ここでは、村落共同体の秩序を維持するために隠蔽され排除されたマーの声を聞く力である。マーが体現するものはマーだけに留まるものではない。「オオオ……ン」と発せられるマーの声は、権力や支配者の側から剝奪された無名の民衆の「声」を象徴しているはずだ。

さらに敷衍（ふえん）して考えると、闇に閉ざされた声を聞く力とは、台湾に帰されたマーの母親の無念の声や悲しみの声を聞く力でもある。また悔恨と悲哀に苛まれて幽霊になって現れる祖母の声を聞く力である。さらに作品の冒頭に現れた人魂の声を聞く力である。これらの声はいずれも名も無く貧しく虐げられた者の声であろう。作者目取真俊は、闇の中に埋没するこれらの声を拾い上げるために作品を書き続けているかのようにさえ思われるのだ。

この「声」は、他の作品でも現れる。例えば「眼の奥の森」のセイジの声であり、「風音」の白骨化した頭蓋から聞こえる特攻隊（ナキウカミ）の声である。目取真俊はこれらの声を聞き取り作品化することこそが文学者の営為であると決意しているかのようにさえ思われるのだ。ここに文学表現の意義の一つがあるように思われるのだ。

沖縄という土地にはいまだ戦死者の悲しみの声が埋没しているように思われる。さらに占領下の沖縄で米軍兵士らによる強姦死や殺人などによる死者たちの無念の声も数多く葬られているように思われる。もう少し普遍的な言い方をすれば、文学の力とは理不尽な死を強いられ、口を閉ざされ土地に埋もれた死者たちの声を文字言語として蘇らせる力である。これが表現者目取真俊を生みだしたように思われるのだ。

四つめの特徴は、独特な文体の創出の魅力である。その一つは生理的な文体の創出で、五つめは沖縄方言（シマクトゥバ）を日本語表現の中に取り入れる挑戦である。この二つの試行も目取真俊作品に通底する特徴である。「マーの見た空」にはこの特徴がすでに顕著に表れているのだ。

生理的な表現とは、少年たちが魚（テラピア）を踏み潰すグニャリとした足裏の感触に象徴される文体といっていい。山羊を逆さに吊して殺す血の滴る光景に示される空間的感触と言ってもいい。目取真俊の文章はこれらを視覚的な描写だけでなく、手で触れ耳で聞き舌で舐めるような微細な表現で叙述する。それは生き物を描写するときだけでなく風景や周りの事物を描く時にも用いられる。それこそディテールの力が創り出す文学の世界と喩えてもいいだろう。これらの表現が作りあげる文章や比喩表現は文学作品を読む喜びや新鮮な発見を与えてくれる拠点にもなっている。

例えば、後半部で描写される闘牛の部分は圧巻である。鋭い角を付き合わせて闘う二頭の闘牛の息遣い、切り裂かれた皮膚がめくれ血が滴る描写と感触、生死を賭けて踏ん張り脱糞する闘牛の尻の穴、泥まみれの闘牛場、どれもが読者の想像力を喚起する距離で微細な描写で語られるのだ。

また五つめにあげた土地の言葉の挿入は、ローカル色を出す手法としても援用されているように思われる。目取真俊は日本語表記に土地の言葉である今帰仁（なきじん）方言のルビを振るという表記の方法を試行している。シマクトゥバ（沖縄方言）を日本文学の中にどのように取り込むか。このことは近代期からの沖縄の表現者たちが挑戦してきた困難な課題である。それは必ずしも沖縄の表現者のみが担う課題ではないが、その一つの方法として目取真はこの困難な課題へ挑戦していると言っていいだろう。

このように「マーの見た空」には、多くの挑戦とその萌芽が詰まった初期作品なのである。

目取真俊は、自著『沖縄「戦後」ゼロ年』（２００５年）で「沖縄に戦後はあるのか」と問い、「戦争と占領は今も続いている」として苛立ちを隠さず、怒りと告発の書になっている。沖縄戦や戦後の苛酷な歴史を振り返りながら次のように述べている。

米兵や日本兵に強姦された女性が、自らの体験を語った例はまれです。しかし、多くの目撃証言が、語られなかった戦争体験を伝えています。（中略）

語られなかったことは、誰かの目撃例を除けば、証言として残りません。しかし、私達はそのような語られなかった言葉、沈黙の奥にある言葉に耳を澄ます努力をしなければならないと思います。米軍の捕虜になるよりは、とみずからの肉親に手をかけた人。傷つき、衰弱して動けなくなった肉親や友人を見捨てなければならなかった人。泣き止まない赤ん坊をまわりの脅しで窒息させた人。日本兵や米兵の性暴力にさらされた人。沖縄戦の中で、人に語れない体験をした人達が数知れずいます。そして、死者は何も語り得ないし、絶対の沈黙の彼方に置かれています。せめて彼らがどう生き、どのように死んでいったかを知ることで彼らの語られなかった言葉を考え続けることが大切だと思います。（68－69頁）

目取真俊は、ここで自らが「沈黙の彼方にある言葉」を探すことの大切さを述べている。もちろんこれらの言葉は、戦争体験のみならず、正義をかざし不条理な力によって抹殺された死者たちの言葉を考え続けることにも繋がるはずである。

3

『文学とは何か』（１９８５年）で様々な文学の定義を紹介して私たちを驚かせたイギリスの評論家テリー・イーグルトンは、近作『文学という出来事』（２０１８年）でも再び難解な課題に挑んでいる。この著書にも多くの示唆に富む提言が散りばめられている。次の言説もその一つだ。[注4]

文学作品の価値を評価するとき、おそらく二十世紀に固有なものと言えるのだが、どんなに批評潮流が変化しても絶えず顔をのぞかせるひとつのやり方というものがある。それは次のような考え方に支えられている。文学芸術において貴重なのは、わたしたちが当然視している価値観を、文学芸術がこれまでにない新鮮なかたちで可視化し、それゆえにそうした価値観を批評と修正へと開くようはたらきかけることである。

また、「妊娠カレンダー」（１９９１年）で芥川賞を受賞した小川洋子には、「博士の愛した数式」（２００３年）で第一回本屋大賞を受賞した作品などがあり多くの愛読者がいる。小川洋子は物語や小説の生誕について次のように述べている。[注5]

数学者が、偉大な何者かが隠した世界の秘密、いろいろな数字のなかにこめられた、すでにある秘密を探そうとするのと同じように、作家も現実のなかにすでにあるけれども、言葉にされないために気づかれないでいる物語を見つけ出し、鉱石を掘り起こすようにスコップで一所懸命掘り出して、それに言葉を与えるのです。自分が考えついたわけでなく、実はすでにそこにあったのだと、というような謙虚な気持ちになったとき、本物の小説が書けるのではないかという気がしています。

作家になるためには想像力、空想の力が必要だと言いますが、（もちろんそれも必要なんですけれども）、むしろ現実を見る、観察する、そういう視点も非常に重要になってくると思われます。

これら二つの示唆的な言葉は、小説家としての目取真俊の営為にいずれもあてはまるように思われる。イーグルトンの言う「当然視している価値観」を揺らし衝撃を与えるのが目取真俊の小説作品だ。「水滴」では語り部としての戦争体験の継承のあり方に異議を申し立て、警鐘を鳴らしたものだった。「マーの見た空」では、マーに対する共同体の差別や偏見への異議申し立てとして作品を読むことができる。

また、小川洋子の言う「言葉にされないために気づかれないでいる物語を見つけ出し、鉱石を掘り起こすようにスコップで一所懸命掘り出して、それに言葉を与える」作品が「水滴」であり「マーの見た空」である。そして目取真俊の場合、その多くが弱者の物語であり、名も無き庶民の物語である。

さらに目取真俊は出生の地、沖縄にこだわった作家である。その多くの作品が「沖縄という場所」に寄り添い、沖縄の痛みを抽出して作品化している。このことを理解するのに示唆的な言葉がある。それはアメリカ合衆国の詩人ゲーリー・スナイダーの言葉だ。スナイダーは、自然保護活動家であり20世紀のアメリカを代表する自然詩人である。カリフォルニア州サンフランシスコに生まれ日本に滞在し、芭蕉の句に親しみ宮沢賢治の翻訳作品もある。代表作の詩集『亀の島』ではピューリッツアー賞を、『終わりなき山河』ではボリンゲン賞を受賞している。スナイダーの作品は、人間と自然との関係をテーマにしたものが多いが、アメリカ文学研究者山里勝己のインタビューに答え「場所と人間の関係」を述べた次の箇所は、目取真俊の「沖縄」へのこだわりを理解する手掛かりになる。[注6]

ある作品について、私たちは「この作品には場所の感覚がある」というようなことを言ったりします。もし、ある作品が、自然の光景や自然環境の独特な雰囲気、音、においなどを豊かに喚起することができるのであれば、そこには場所の感覚があると言えます。もちろん、場所を描く際の、正確さや深みについては、書き手によって差異はでてきます。

　場所の感覚を獲得するにはいろいろな方法があるでしょう。たとえば作家がよくやるように、ある場所に出かけて行ってちょっとしたその地方のディテールを使う手もある。それから、ある場所に長い間住み続けていて、その場所を熟知し、特別に意識することもなく、あたりまえのように場所について語ることができる人もいる。三番目の例は、これが私たちにとっては興味のあることですが、意識的に自分の中で場所の感覚を深化する例ですね。そのためには、すべての細部を明晰に理解する必要がある。（中略）この点で言えば、芭蕉から今世紀初頭に到る日本の俳句の伝統は場所の文学の顕著な例の一つだと言えると思います。

（中略）

　われわれは結婚生活でひとりの人間に対する関係性を生きているように、場所に対しても一つの関係性を生きている。もしわれわれがわれわれの場所との関係を理解しないでそれを表現できないのであれば、われわれはわれわれ自身の生活を理解していないことになる。もしある場所に住んでいて、その場所に注意を払っていないのであれば、その人間は関係性を生きていないし、なにかがおかしくなっている。場所の感覚は自分が誰であるか、自分がどこにいるかということを表現するものなのです。人間が健全であるためには場所の感覚は不可欠なものではないでしょうか。

（73－78頁）


この指摘は、一人目取真俊のみに援用できる視点ではない。沖縄文学を理解するためにも、また多くの作家たちの営為を理解するためにも優れて示唆的な視点であるはずだ。

4

　さて、「マーの見た空」は、異形の者に対する共同体の差別や偏見への異議申し立てが大きなテーマであることは既述した。それは村の男たちによるマーの殺害（?）に暗示され、少年たちのいじめに暗示される。行方をくらました村の男と台湾からやって来た女工との間に生まれたマーは、結局よそ者でしかないのだ。この対応の不条理さが、作品を一貫して流れる暗さを醸し出している。

　ところで、表題にもなっている「マーの見た空」が象徴するものは何であろうか。また合歓木に隠された「ガラス玉」が象徴するものは何だろう。このような問いを立てることは、作品世界へさらに迫ることになるように思う。

作品は、多様な読解が許されることを前提として所見を述べるのだが、マーの見た空は美しい世界だ。マーを排除する村人には持つことのできない世界でマーだけが保持する世界である。本来ならそれはだれもが平等に保持することが望ましい世界であり社会である。世界の人々がこの一点で繋がる世界であり、繋がることのできる世界を比喩しているはずだ。この一点とはもちろん「美しい空」である。

そして、ガラス玉が象徴するものは、輝かしい生であり、喜ばしい生である。あるいは希望という言葉に置き換えてもいいかもしれない。それゆえに穴に落ちたガラス玉は、指に触れることはできても、容易に取り出すこともできない。もどかしい行為の対象となる。

もちろん、この二つが象徴するものは、引き離されたマーの母親の人生にも重なり、マーの命にも重なるものだ。異国の地で、男から愛されることもなく家族を作ることも許されなかったマーの母の無念さに繋がるものだ。マーに対する差別や偏見は、母子二人だけに留まるものではなく、マーをこよなく愛した祖母の無念さにも繋がる。そして、祖母の抱いたこの無念さの前には、幽霊となってこの世に現れる以外に為す術がないような絶望的な現実が立ち塞がっていたのだ。作者目取真俊が撃たんと欲し異議申し立てをした現実は、この高い壁であったように思われる。

ところで、このような読みは、もちろん独りよがりの読者としての解釈に過ぎない。冒頭にも述べたが「マーの見た空」を、作者の意図どおりに受け止め理解することは、なかなかに困難な作品である。また目取真文学のよき理解者の一人であるスーザン・ブーテレイが述べているように、目取真俊は「登場人物の行為や出来事をめぐる詳細を全て語るということを避けることにより、言うならば〈語らない〉〈説明しない〉ことにより、その空白を読者に解釈し埋め合わせるという課題を残し、さらにそれに対する完全な答え、断定というものを得ることが不可能な状況を作り出す中から、読者を空白の謎に向かって問い続けるしかない場に追い込む」とする作品世界の方法は、まさに「マーの見た空」にも該当する。読後にも、さざ波のように謎が反芻され余韻のように読者はその後の物語を紡いでしまうのだ。

例えば、成人式の日にマサシを迎えに来たMは、マーの母親ではないか。Mは成人式に参加しているはずだから同時刻にマサシを誘ってマーの家に案内することができるはずがない。Mの気配が消えたあとの描写は次のようになされる。


「マー」

深い悲しみを湛えた女の囁きが冷たい吐息とともに僕の耳にとどいた。振り向いた僕の目に、外の光の中へ出るMの切り絵のような横向きの姿が映った。白い紙を仏壇に置くと戸口に向かった。僕は敷居の所まで来ると、合歓木にしゃがんで横顔を見せている一人の若い女を見た。

「M」

僕は女を呼んだ。女はゆっくりと僕に眼差しを向ける。美しい顔立ちをした女は、切れ長の目を細めてかなしそうに微笑んだ。Mと驚くほど似ていたが、Mではなかった。その目に湛えられた穏やかな光はマーと同じものだった。

（99頁）


Mが、実はマーの母親ではないかと思われる部分は他にもある。それはMがマーの墓を案内する場面だ。Mは掌にガラス玉を握っている。マサシらが懸命になって合歓木の穴から取り出そうとしたガラス玉だ。Mは「掌にのせたガラス玉を崩れた石の間から墓の中に入れた。厨子甕に当たったのだろうか。それとも剝き出しのいびつな形をしたマーの頭蓋骨にじかに当たったのだろうか。墓の中で、〝カチリ〟という乾いた音が聞こえた」と描写される。幽霊としてのマーの母親がガラス玉を握っているのなら分かるが、実在のMがガラス玉を握っているはずがないのだ。

そしてこの場面から、過去と現在が截然と分かれていたはずの物語の構成が曖昧になる。「次の瞬間、頭上でけたたましい叫び声が上がったかと思うと、鋭い嘴が僕の喉をかすめた。黒い塊が闘牛場の中央へスタンドをまっしぐらに翔け降りる。それは一羽の黒いツグミのような鳥だった」。この描写は現在なのか過去なのか、そして単なる幻影なのか曖昧になる。したがって、マーが活躍し独楽のように回転する場面も、実現しなかったマサシの希望であり幻影であるかもしれないのだ。埋葬された墓から、マーが現れてくることは現実にはあり得ない。読者は作者の注文どおり混乱の渦へ引き込まれてしまうのだ。


僕は闘牛場の真ん中に突っ立って天を仰いでいるマーの姿を見た。腫れあがった顔は腐った果物のようにあちこち黒ずみ、今にも鬱血した血が吹き出しそうだった。雨に打たれる頭から何か白いものがこぼれ落ちている。僕はそれが丸々と太った蛆だということに気づいた。

ふいに、マーはあくびでもするように大きく口を開けた。そして、僕の胸に今まで経験したことのない思いを目覚めさせる。あのもの哀しい叫び声を発したのだ。

「オオオ……ン」

それは、マーの内奥から発し、同心円を描いてスタンドと死者たちの眠る森を駆け上ると雨の粒子を震わせて空と海へ響いていった。ずぶ濡れになって鉄柵から身をのり出した僕は、体中でマーの叫びに共感した。（93−94頁）

他にも幾つか解釈が不可解な場面が展開される。いや、この不可解さを解きほぐし、考え、自らの物語を作ることが、スーザン・ブーテレイの言う作者の意図であるのかもしれない。結局、マサシは何を見たのだろうか。あるいは何も見ていなかったのだろうか。読者もまたマサシの視点を共有しているのか。依然としてマーの家はあるのか、ないのか。そしてマーはどこへ行ってしまったのか……。死か、それとも精神を病んだ者が収容される病院なのか……。解読不可能な問いが、宙づりにされてぶら下がる。いやいくらでも解釈可能な答えを用意できる物語が展開されるのだ。

法政大学社会学部教授で沖縄文学にも造詣の深い鈴木智之は目取真俊の作品に触れながら文学の意義について次のように述べている。[注7]

文学とは政治・社会的な力関係の中で生が軋みを上げるときに生まれる〈声〉である。その〈声〉を聞き届けることとは、そこに生きている人々の経験に触れる手段となりうる。

そしてそれは、政治・社会的なメディアを通してしまうとなぜか届かなくなってしまう意思を露出させる回路となるはずである。政治が人を分断するメディアになっている今だからこそ、文学が人をつなぐ可能性に賭けてみることもできるのではないかと思う。（207頁）

小説家目取真俊は、マーの「オオオ……ン」という深奥の声を聞き続け、マーの見た空を、つまり樹の中の見えない空を探し続け、希望のガラス玉を探し続けているのかもしれない。この強い試みが小説家を生み、次々と刺激的な作品を誕生させているのだろう。同時に青い空や青い海を壊す者らへの激しい怒りを有した市民活動家としての目取真俊を誕生させているのかもしれない。マーの見た空は、もう一人の二十歳になったマサシの空であり、作者でもある目取真俊の空でもあるように思われるのだ。

【注記】

1　『文藝春秋』９月特別号（１９９７年９月１日、文藝春秋社）
2　『目取真俊短篇小説選集』全１巻３３０頁、初出一覧参照。
3　スーザン・ブーテレイ『目取真俊の世界（オキナワ）―歴史・記憶・物語』２０１１年12月15日、影書房、２１６頁。
4　テリー・イーグルトン『文学という出来事』大橋洋一訳、２０１８年４月25日、平凡社、１２４－１２５頁。
5　小川洋子『物語の役割』２０１６年12月30日、筑摩書房、50－51頁。
6　山里勝己『場所を生きる―ゲーリー・スナイダーの世

界』２００６年3月1日、山と渓谷社、73－78頁。

7　鈴木智之『眼の奥に突き立てられた言葉の銛―目取真俊の〈文学〉と沖縄戦の記憶』２０１３年3月25日、晶文社、２０７頁。

第Ⅱ部　沖縄文学の多様性と可能性

第一章　池上永一の文学世界

沖縄文学の新しいシーンを創出する作家
――歴史と事実・神話と現実

○はじめに

池上永一の登場は一つの衝撃だった。沖縄文学に馴染み、沖縄生まれの作家の作品を読んできた人々は、たぶん同じような感慨を持ったはずだ。デビュー作「バガージマヌパナス」や続いて直木賞候補にもなった「風車祭（カジマヤー）」は沖縄文学の新しいシーンを創出した作品で、ファンタジックなエンターテインメント小説であったからだ。

沖縄文学の本流は時代へ真摯に対峙する倫理的な作品が多い。それは近代以降、沖縄文学の担ってきた特徴である。戦前期の差別や偏見、沖縄戦の惨劇、戦後の米軍基地建設や基地被害、どれも時代の生みだした負の遺産で沖縄文学の大きなテーマであり題材になった。この作品の系列に対して池上永一は全く異なる作品を提出し、沖縄の歴史さえもエンターテインメントの対象にしたのだ。従来のテーマや題材とは異なる作品世界の大胆さに衝撃を受けたのである。

さらに登場人物の多くは、沖縄の古層にあり延々と息づいてきた伝統や慣習を身に纏った人々であったからだ。例えばそれはユタやカミンチュなどのシャーマンであり、マブイ（魂）でさえ個性を有し人物化されている。彼らが彼岸と此岸を自由に往還する役割を担ったのである。彼らが創り出す世界は、ときには琉球王国を舞台にした豪華絢爛としたロマンであり、多くは決してあり得ない未曽有の物語でもあったからだ。

文化人類学者であり沖縄のシャーマニズムなどの研究で優れた功績のある塩月亮子（跡見学園女子大学教授）は、近年の沖縄文学にはユタをはじめとしてシャーマニズム的な世界を描いた作品が多いとして、玉木一兵の「神ダーリの郷」、大城立裕の「後生からの声」、池上永一の「パガージマヌパナス」と「風車祭」、崎山多美の「くりかえしがえし」、又吉栄喜の「豚の報い」、目取真俊の「魂込め」などをあげている。そしてその根拠と沖縄文学の動向について次のように述べている。[注1]

沖縄を描いた最近の映画や文学においては、アメリカに関すること（沖縄戦やその後のアメリカ統治、現在の基地問題など）や日本本土による開発問題に加え、ユタやシャーマニズムに関することが、「沖縄的なるものの本質」、あるいは沖縄の風土として描かれることが多くなった。そして、沖縄の精神世界を描写する際、一九八〇年代は琉球王朝から正式に祭司として任命されたノロなど神人がその表象の中心であった。だが、一九九〇年代後半からは、近世・近代を通して時の為政者に反社会的というレッテルを貼られ弾圧されてきたユタの方が、より多くの注目を浴びるようになってきている。このような動きは、個人が霊的なものと直接コンタクトをとることを重視するというアメリカのニューエイジ文化の影響を受けて出現した、日本における一九九〇年代以降の「精神世界」や「癒やし」ブームと深く関係すると考えられる。（中略）さらに言えば、シャーマニズムがエスニック・アイデンティティーの再構築を促し、そのエスニック・グループの象徴となるのは、シャーマニズムが従来の権力（為政者など）に対する「反権力装置」、あるいは「反体制装置」となりうるからであろう。

沖縄映画や沖縄文学において、ユタをはじめとするシャーマニズム的世界に注目して作品を生みだした映画監督や作家が皆、シャーマニズムの「反権力・反体制装置」的側面を意識してシャーマニズムを取り上げたと断言はできないにせよ、彼らが「沖縄的なもの」を表す時、以前にはあまりみられなかったユタやシャーマニズム的世界を取り上げ始めたという現象は、大いに注目されるべきことである。彼らは沖縄の「伝統」を再構築し「沖縄らしさ」、あるいは「沖縄アイデンティティー」を表現する手段として、シャーマニズムを選択したと捉えることができるのである。（104－106頁）

塩月亮子のこの指摘は極めて興味深い。沖縄文学の新しい文学シーンを構築した池上永一の作品世界で、地域に根ざしたシャーマニズムやユタはどのように描かれているのか。具体的な作品を検証しながら、沖縄において新しい潮流を作りつつあるシャーマニズム文学、ファンタジックノベルの意義を考えてみたいというのが本論の目論見である。

ただし、すでに流行作家として活躍している池上永一には多くの著作がある。その全部を読破することは困難だ。そこで、ここでは「パガージマヌパナス」「風車祭」「テンペスト」「黙示録」「ヒストリア」の五作品を考察対象のテキストとして扱うことにする。いずれも話題作であり池上の履歴の中でも重要な作品だと思われるからだ。また「パガージマヌパナス」以外は、いずれも単行本で400頁を超える長編大作である。

1　5作品の梗概と読後感

本論のテクストとなる五つの作品については、私の読書ノートに記載されたメモを参照にしながら紹介する。発行された当時のままの読後感なのでやや躊躇するが、基本的には原文のままである。

(1)『パガージマヌパナス』(1994年)

本作は池上永一のデビュー作である。「第6回ファンタジーノベル大賞」(1994年)の受賞作品である。一読して沖縄文学の大きなエポックを記す作品だと思われた。沖縄文学の担い手たちは「時代」に対して倫理的な姿勢で対峙し作品を紡いできた。沖縄の時代とは常に厳しい時代である。近代期は日本国家への併合の時代で、言語の問題をはじめ差別や偏見に悩まされた。昭和期には住民の四人に一人が犠牲になった沖縄戦の惨劇があった。戦後は米軍政府の統治期があり、米軍基地建設のための土地の収奪や婦女子への強姦などを含む基地被害に悩まされてきた。これらの特殊な状況に対峙して沖縄戦の記憶の継承や基本的人権を守る闘いの声を上げてきたのが沖縄文学である。

ところが、「パガージマヌパナス」はこの本流から離れた作品である。沖縄文学には欠けていた「笑い」をふんだんに取り入れたエンターテインメントの作品である。まさにファンタジーノベルで、沖縄においてはほとんど未踏の分野での作品の登場といってもいいだろう。

物語は次のように展開する。高校を卒業した島の娘19歳の仲宗根綾乃と大親友の86歳のおばあオージャーガンマーの二人が主人公だ。二人はガジュマルの木の下で14年間もユンタクをしてきた友人である。綾乃は島を出て行くなんてことは考えたことがない。綾乃もオージャーガンマーも、島が大好きだ。友人たちが那覇や本土にある大学への進学や就職のために島を出て行くことにも全く関心を示さない。島での、のんびりだらりんとした生活が大好きだ。高校を卒業しても定職に就かず島の暮らしを満喫している。

だが、心配事が一つある。綾乃の夢に神様が現れて、ユタ(巫女)になれ、ユタになれと催促するのだ。綾乃はサーダカマーリ(セジ高く)生まれていて、幼いころからその兆候を示している。また曾祖母にはユタがいて隔世遺伝とも思われるのだが、今のままの生活がいいと、神様の催促に激しく抵抗している。綾乃はオージャーガンマーに相談する。実はオージャーガンマーも神様からユタになれと告げられて断った過去があったのだ。最終的には神様やオージャーガンマーの意見を聞き入れて綾乃はユタになる。ここまでの日々と、ユタになってからの日々を、島の風土を背景にしながら、奇想天外なエピソードを織り混ぜながら展開したのがこの作品である。

オージャーガンマの死を看取る綾乃の心情や、死者たちの霊を慰めるためにユタになる決意をする綾乃の心情などが温かく軽やかな筆致で描かれる。ファンタジーノベルと言われているが、細部にリアリティのある描写に思わず文学の力を感じてしまう。

本作品の魅力は数多くあり新鮮である。一つは島の風習である「アンガマ」や「風車祭（カジマヤー）」などに見られる伝統行事をふんだんに取り入れたことだ。また一つは、作品の中に混入される「シマクトゥバ」の魅力である。それは時にはカミンチュらの祈りの言葉になり、時には人々の生活の言葉として飛び交うが、味わい深い妙味を醸し出している。綾乃の喜怒哀楽を表す言葉はこれ以外にないとさえ思わせる土地の言葉だ。また他の一つは、まったくあり得ないエピソードに混じってさりげなく示される新鮮な比喩だ。心が解放された自由な心で遊び回る綾乃であるからこそ手に入れることのできる発見や比喩だろう。例えば、「旧盆はまるで真夏のクリスマスのよう」（79頁）だとか、「暑い太陽にほださされて時間がたわんでいる」など、新鮮な島の発見でもある。

さらにもう一つ付け加えれば、綾乃の島で暮らす決意やユタになる決意の清々しさである。この生き方は現代という時代を照射する優れた批判や風刺にもなっている。例えば綾乃が死後の世界でさ迷ったとき、死んだ祖母と再会して次のように言われる。「綾乃、私を想像してごらん、きっと私が見えるはずだから」と。「だれにも想像されずに現世で忘れ去られた人たちは光の粒になって消えていくのだ」と。そしてまた次のようにも言われる。「私たち死んだ者は現世の供養なくしては存在できないいんだよ。（中略）ここに私が現れたのも、お前の力があってこそなんだ。私たちが姿や思い出を保つのは、人間界に住む人々の故人を偲ぶ心だけなんだよ」と。そして大好きだった祖母はさらに次のように言うのだ。「私たちは消えてしまいたくないのよ。ウガンブスクが出ても拝みをしない人たちがいる。そうした子孫に偲んでもらえない者たちは霊としての力を失い、最初に綾乃がいた大きな想念の渦へ、自分の思い出を落として消えてしまうのよ」「最近になって、このように消えてゆく人たちが多くなってきたの、わかる綾乃」「現世の人たちは、見えるものばかりを信じていて、誰も私たちを振り返ってはくれないの。それを人々に伝えるのがユタの役目なんだよ。ユタが私たちの世界と交信することで多くの世界の人たちが救われるんだよ」と。

作者池上永一の視線の先にはユタの存在する沖縄社会の特殊性にも届いているように思われる。本作品について、本書に挟まれた「栞」に紹介された3人の選者の選考評は次のとおりである。

○荒俣宏：「ここに書かれている話は、ユタの典型的な事実談ともいえる。祭りや伝説への突っこみが食い足りない感じだが、南の匂いを堪能できた。めずらしくリアリティのある作品で、ファンタジーが写実小説ともなり得る可能性を示してくれた」

○井上ひさし：「今回は『パガージマヌパナス』（池上永一）が頭一つ、他を抜いていると考えた。南島の年若いユタの誕生を描いたこの作品は、とにかく文章がよろしい。未整理なところはあるものの、文体に読者を誘い込まずにはおかない生き生きとした勢いがあって、さらに南の島の風や光や温度や色彩をしっかりと言語化してさえいる。それだけでも大手柄なのに、至るところに質のいい笑いが仕掛けられており、その伸び伸びとした笑いに誘われているうちに、読者はいつの間にか女主人公の魅力に降参せざるを得ないような塩梅式になっている。『書いてしあわせ、読んでしあわせ』とでも評すべき明朗闊達な快作、活字の列の間から南の風が吹き上がってくる」

○高橋源一郎：「わたしの考えでは、ファンタジーとは堅牢に見える目の前の現実を揺さぶり、そこではないどこかにある『現実』を発見させる力なのだ。我々の前に置かれる作品の多くは、目の前の現実の儚さは訴えるが、どこかにある『現実』を提示する力をもたないのである。『パガージマヌパナス』の作者は、『南島』にファンタジーの根源を求めた。そこは日本であると同時に日本ではない。『南島』の現実から見た、現代日本の現実はなんとおぼろ気だろう。ファンタジーというものが、ほんとうは現実への最大の『批評』であることをこの作品は教えてくれるのである。それも、憂鬱なインテリ風ではなく、きわめてチャーミングなヒロインの肢体と行動と言葉を借りて」

いずれの評も納得され肯われる。本作はこれらの特性を有して沖縄文学の新しいシーンを作り上げた一作であり、豊穣な収穫の一つであると思われるのだ。

(2)　『風車祭（カジマヤー）』（1997年）

本作品は単行本2段組で536頁にも及ぶ長編作品だ。読むことが難儀な作品だ。この難儀さは長編だからという理由だけではない。作品として緊張感が弱く白けてしまうエピソードのオンパレードで、直木賞候補作というのでなければ途中で読むことを諦めていただろう。

このような感慨は、私がウチナーンチュだからだろうか。他府県の読書人には面白く読めるのだろうか。直木賞候補になるぐらいだから優れたエンターテインメント小説なんだろうが、良さを考えないと、なかなかその良さを発見することは難しい作品だ。もちろんこのような作品があってもいいのだが私の好みではない。本作よりデビュー作「パガージマヌパナス」のほうが完成度としては大きく優っているように思われる。

作品は現代（本書が出版された1997年頃）が舞台で石

垣島に住む高校2生生の比嘉武志が主人公だ。物語は武志が1年間に体験した島での出来事として構成され閉じられる。武志の冒険談として読めなくもない。自由奔放に多くの支流としてのエピソードを取り込みながら長編作品に仕上げられている。

ある日、武志は「マブイ」になって島に住み続けているピシャーマに出会い恋をする。ピシャーマは２２８年も前に婚礼に向かう途中でマブイを落とし、6本足の豚のギーギーと一緒に暮らしている。ピシャーマは石になっていたのだが明和の大津波で石が粉々に砕け今は盲目のマブイになっている。その世話をするのが洗濯好きなギーギーだ。

ピシャーマは神の使命を担っており、この島に再びやって来る厄災から島の人々を守って欲しいと言われている。ピシャーマとギーギーの姿はマブイを落とした人にしか見えない。ここが作品の仕掛けの一つだが、この二人と武志の出会いと交流を一つの柱にして物語は展開していく。

もう一つの物語は、97歳のフジオバァの物語だ。フジオバアは「風車祭（カジマヤー）」祝いを来年に控えているが、相手の失敗を喜び、なければ作ってやる程の破天荒な行動をするキャラクターとして登場する。この笑いを誘うフジオバーと、悲劇のヒロイン、ピシャーマとを絡ませて人間の強欲や愛憎が自由に赤裸々に描かれる。フジオバアはピシャーマの子孫に当たり、武志が出入りしている仲村渠（なかんだかり）トミの母親でもある。この二つの物語が縒（よ）り合わされて物語は展開される。

この二つの本流に様々なエピソードが挟まれて作品は気ままに流れ出す。支流の多くは島の風習、文化、伝統、伝説などに拠るものだが、カミンチュやユタ、大洪水や大干ばつ、古くから伝わるウガンなど、何でもありのエピソードが面白おかしく挿入されるのである。それはもうこれでもかというふうに次から次へと珍奇で新奇な物語のオンパレードで、私たちの常識を覆す。常識とは現在を生きるに有する必要な知識という意味だけでなく、小説へ対する一般的な概念も含む。これらが無視され乗り越えられて作者の溢れるほどの想像力で作り出されるのがこの作品だ。

読者の評価は、それを作者と共に面白がって読めるか。あるいは際限のない与太話にうんざりするかのどちらかであろう。例えばギーギーと武志が性行為をしてギーギーが妊娠するとか、武志に恋する高校生の睦子が毎晩のように飲み屋街で酩酊して路上で仰向けに寝た後に学校へ行くとか、睦子に恋している宏明と武志が遊び心で飛行機に石を投げたら当たったとか……。これらのエピソードが作品の面白さとユニークさを作り上げているのだと思われるが、これを素直に面白いと感じる読者には大いにウケル作品であるはずだ。また肉体から遊離したマブイと実際の肉体とを併せもつ二人の武志や睦子やフジオバアが登場するから、なんともややこしい。こんな物語が現在という時代を舞台にして展開するのだから違和感を払拭するのは容易なことではない。

しかし、それゆえにこそ作者の物語を作る膂力はたいしたものだと思う。作者はこのような作品世界を作り出すことに喜びを感じ魅力を感じているのだろう。そして多くの読者もまた面白く興味深い文学作品として受け入れているのだろう。このように受け入れることのできる読者には、作品の長さも苦にならないはずだ。喩えて言えば材料や調理法など詮索せずに、ただ作者から差し出された料理を美味しく食べればいいのだ。この姿勢があれば読書の醍醐味や満足感が得られるはずである。もちろん並べられた料理は、みんな石垣島で誂えた食材から作られた料理だとは思わない方がいい。つまり、この作品にはリアリティなんか求めない方がよい。辻褄合わせなんかしないほうがいいのだ。挿入されるエピソードや人々の暮らしはデフォルメされカルカチュアライズされたもので、必ずしも石垣島の実態に添ったものではないように思われるからだ。

また、本作品は時代や状況に対峙し倫理的な生き方を問うた作品ではない。作品のテーマを強いて上げれば「マブイ（魂）を失った人間」と「肉体を失ったマブイ（魂）」が、生きるとはどういうことかと葛藤し問い続ける作品とでも言えようか。この物語を私たちはマブイを失わずに笑って読むしかないのだ。繰り返しになるが、作者の言葉は、いや登場人物の言葉は私たちの心に着地しない。いたずらに周辺を飛び廻るだけである。それがエンターテインメント小説の目指すところであると言われれば返す言葉はない。このような小説作品の特性を有しているのが本作品であり、それゆえに沖縄文学の新しい作品世界であり、このような作品世界を創り出す新しい作者の登場ということになるだろう。もちろん、このような作品の行方は未だ定かではない。

なお、本作品ではウチナーグチが会話文でも地の文でも多用されている。ウチナーグチを日本文学の中にどのように取り込むかは、近代以降、沖縄の表現者たちが担ってきた大きな課題の一つである。このことの実験をも示した作品である。

本作品には様々な違和感があるとは言え、沖縄文学の新しい世界を切り拓いてくれる作品であることは間違いない。沖縄文学に欠けていた笑いやエンターテインメント性を有した新しい文学シーンを切り拓いていく作家の登場を、この作品は改めて強く印象づけるものである。

本作品が候補になった第１１８回直木賞は「受賞作品なし」という結果になった。選考委員のなかの次の三氏は本作品について次のように述べている。

○黒岩重吾：「沖縄の伝承や神事、風俗などがよく描かれているが、小説的構築が未完成である」

○阿刀田高：「作者の強い志に圧倒された」「が、読みにくいことは相当読みにくい」「本筋を離れたエピソードが多過ぎるし、ストーリーの発展もゆるく散漫な感じが否めない。それが沖縄風と主張されると私には応ずるすべもない」「最後の最後まで悩みながら、エンターテインメントとして不足がある、と考えざるをえなかった」
○平岩弓枝：「一番、作者の心の熱さが伝わって来た」「ピシャーマと少年のかかわり合いにロマンがあり、ギーギーという六本足の豚の存在もユーモラスで大いに笑ってしまった。この作者に必要なのは調べ抜いたことの八十パーセントを捨てて書くという姿勢で、それが成功すると捨てたものが行間に滲み出て来て、書いたよりも更に深く、読者を理解させる」

いずれも肯われる選考評で、私の読後感とも重なることが多く納得がいく。今回、必要があって本棚から取り出して再読したのだが、1998年に読了との記載が奥付欄にあって驚いた。読んだことを忘れていた。読み進めていっても、作品のあらすじは記憶に蘇らなかったのである。このことも不思議な体験であった。

(3)　『テンペスト』（2008年）

本作品は単行本で上下巻、いずれも2段組で400頁余にも至る大長編作品である。仲間由紀恵主演でテレビ化もされた話題作である。余りの長編さに読むことを躊躇っていたのだが、地元の新聞社に書評を依頼されたので気合いを込めて読み始めた。読後感を記した掲載原稿は次のとおりである。

いやあ……参った。とにかく面白いし、切なくなる。これが流行作家の話題作かと納得してしまう。読後の感想は一日では語れないほどだ。

池上永一は、「パガージマヌパナス」で登場し、「風車祭」や「ジャングリ・ラ」など、次々と話題作を発表してきた。破天荒な物語は、作者の体内に若くかつ老獪な「語り部」が巣くっているのではないかと思われるほどである。今回の作品は、紛れもなく池上永一の最高傑作の一つになるはずだ。

作品のタイトルは、「テンペスト」。大騒動、猛旋風とでも訳せよう。上下二巻になった大作で読み応え十分だ。時は19世紀、場所は首里王府、薩摩と清国との間で翻弄され、ペリー提督の黒船が来航する第二尚氏王朝末期が舞台である。その王府に一人の美貌の若者が登場する。名は孫寧温。難関の官吏登用試験に合格し、ライバル喜舎場朝薫と競い合いながら夢を語り、大国に翻弄される琉球の生きる道を懸命に模索する。ところが孫寧温には秘密があった。第一尚氏の末裔であり、真鶴という女性の性を偽り男に変身して宦官（かんがん）の役人として王宮に入ったのだ。

物語は、この孫寧温を中心に展開する。孫寧温を琉球の歴史にはあり得ない宦官に設定しただけでも破天荒な着想であるのだが、恋や友情に引き裂かれる孫寧温のドラマチックな人生を縦糸に、王宮内部の権力争いや女官たちの奸策、薩摩派と清派の覇権争いなど様々な愛憎を横糸にして明治12年「琉球処分」そのときに向かって王国滅亡のドラマが詩情豊かに織りなされるのである。

作品は、実在の人物や事件を随所に配してリアリティを保持し、琉歌の詩情を巧みに利用しながら時代を凌駕する語り手のスタンスによって、沖縄の「源氏物語」あるいは「平家物語」と冠してよいほど魅力的な作品に仕上げられている。読後の感動のままに首里城を訪ね、ロマンの風に吹かれてみたい気分に誘われるほどだ。

沖縄文学は今、振幅の広い成熟期へ向かいつつあるのだろう。先般、北林優という優れた作家を失った悲しみを乗り越える契機になれるような気がする。

なお、本書を紹介する出版社の「宣伝文」には次のように記されている。「時は19世紀の琉球王朝、これは、千年の眠りから醒めた龍たちが、雷となって大空を疾駆しながら発情する夜に生まれた伝説の女性真鶴の物語。百花繚乱、絢爛豪華、艶やかな舞台を司るキャラクターたちが実に素晴らしい。真鶴はもちろん、朝薫、詞勇、雅博、多嘉良、聞得大君、等々、千両役者に魑魅魍魎が揃い物語を動かす。待ち構える驚くべき真実、謀略、思慕、活劇。薫りたつロマンティシズム、そこはかとない色気、冴え渡る知慮。これもまた紛れもなく冒険小説、若き血潮の青春小説、そして正真正銘の大エンタテインメント！」と。

(4)『黙示録』(2013年)

作品は『テンペスト』と同じように琉球王国を舞台にした。物語の構成は、歴史上の人物である玉城朝薫が冊封使の前で組踊「執心鐘入」を披露する場面を中心に置き、前半部に組踊を創出するまでの経緯や背景を描く。後半部は冊封使の前で「組踊」を披露する玉城朝薫の苦悩や矜持、さらに若き踊り手たちが、組踊を琉球文化の極上の型として千年の時を越えて継承されていくことに奮闘する内面の葛藤や愛憎のドラマを描いている。

前半部は、玉城朝薫を含めた江戸上りの一行がその途次や江戸で見聞した様々な風物や文化に触れて驚く様子が描かれる。また同じように江戸の人々が琉球の人々の服装や音楽、舞踊などを見ての感慨が様々なエピソードを取り込みながら、エンターテインメント風に仕立てられて展開される。

後半部は、組踊「執心鐘入」の主役を演じる二人の若き天才舞踊家、雲胡と蘇了泉の愛憎のドラマが中心になる。二人は江戸上りにも楽童子として参加するライバルである。二人の若者の「組踊」や「舞踊」に関する希望と苦悩は、王国の誇りや琉球に古くから伝わる基層の文化をも照射しながら細やかに描かれる。エンターテインメント性を超えた心情の描写は圧倒的な迫力がある。

物語は、前半部、後半部ともに実在の人物を配しながら、組踊に象徴される新しい琉球芸能文化の創作と隆盛に向けた人間模様が虚実織り交ぜて展開される。実在の人物には玉城朝薫だけでなく、尚敬王や蔡温、さらに冊封使の徐葆光など。さらに江戸では時の将軍だけでなく、新井白石や市川團十郎なども登場する。その他、雲胡と蘇了泉のそれぞれの妻や、蘇了泉の母親の出自にまつわるエピソード、蘇了泉の友人のチョンダラーなども興趣を盛り立てるように配される。また琉球まで渡ってきて、尚敬王の死顔の肖像画を描く江戸瓦版屋の銀次がいる。

これらの登場人物が織りなす物語をどのように読むか。読者の視点や姿勢で、作品の評価が分かれるように思う。しかし、どのような視点で読むにせよ、『テンペスト』に続いて「琉球王国」を舞台にした作品を創出した池上の営為は、沖縄文学の世界をより広げることには間違いない。本作は特に琉球王国や琉球文化への関心を喚起する大きな力を持つ作品となっている。作品に品位というものがあるとすれば、やや気になる箇所もいくつかあるが、読み物としての面白さは群を抜いている。

(5)『ヒストリア』(2017年)

本作は、過去1年間で最も「面白い」と評価されたエンターテインメント小説に贈る文学賞「第8回山田風太郎賞」を受賞した。帯文には次のように記されている。

第二次世界大戦の米軍の沖縄上陸作戦で家族すべてを失い、魂(マブイ)を落としてしまった知花煉。一時の成功を収めるも米軍のお尋ね者となり、ボリビアへと逃亡するが、そこも楽園ではなかった。移民たちに与えられた土地は未開拓で、伝染病で息絶える者もいた。沖縄からも忘れ去られてしまう中、数々の試練を乗り越え、自分を取り戻そうとする煉。一方、マブイであるもう一人の煉はチェ・ゲバラに出会い恋に落ちてしまう……。果たして煉の魂の行方は?『テンペスト』『シャングリ・ラ』の著者が20年の構想を経て描破した最高傑作!

こんなメッセージに惹かれて読みたいと思ったものの、629頁の単行本の厚さに気後れもした。途中、展開も中だるみになり語り手もだれがだれだか容易に分からず、何度か読むことをやめようかと思ったが、後半になると明快なメッセージもあり、作者の「最高傑作!」と名付けるのもうなずけた。

作者池上永一は、『パガージマヌパナス』や『風車祭』で沖縄の土着を描き、『テンペスト』『黙示録』では琉球王国を舞台にした作品を描いた。今回は沖縄戦が題材である。池上の新た境地を切り拓くものだ。

方法も極めて斬新である。主人公知花煉は、沖縄戦に巻き込まれて瀕死の重傷を負いマブイを落とす。そのマブイが、ボリビアに飛翔する。九死に一生を得た知花煉は沖縄の地で逞しく生きていくが、密貿易に手を染め、共産主義者としてのレッテルを貼られ、米軍政府統治下の沖縄を脱出しボリビアへ渡る。

ボリビアに渡った知花煉は、すでに飛来していた自らのマブイと再会し、一つの肉体に二つの性格を持った知花煉が登場する。一人の知花煉はゲバラと出会い、南米各地の革命に遭遇し、もう一人の知花煉はコロニアオキナワでウチナーンチュと共に開拓に励む。それぞれに波瀾万丈の物語が織りなされるのだが、沖縄が本土復帰したことを知り、大富豪となった知花煉は故郷沖縄へ里帰りする。しかし、その沖縄は、今なお米軍基地に蹂躙されていた。知花煉の生まれた故郷は、米軍の実弾射撃訓練の標的にされていたのだ。知花煉は叫ぶ。「やめてえっ！　もう撃たないでえっ！」と。南米の騒乱は一段落したのに、沖縄は陵辱され続けていたのだ。そして最終行、「現在も、私の戦争は終わっていない」として閉じられる。

629頁の紙数を費やした結論は、説得力がある。池上永一のメッセージに快哉を叫びたくなる。ただし、作品の作りにはやや荒っぽさを感じた。知花煉という魅力的な二人の人格を作り出し、それぞれの知花煉が語り手となって物語は進行していくのだが、どっちの知花煉だか分かりづらい。さらに時代や状況を説明する第3の語り手が、いきなり混入する。また、時代考証や、当時の登場人物の造型や語りには違和感を溢れるほどに覚えた。一言で言えば、リアリティがないということだ。

しかし、池上永一は、詳細のリアリティなど気にしない作家なんだろう。展開が荒っぽくても、人物造型が破綻していても意に介しないように思われる。目的へ向かって一目散に走るアスリートの姿を彷彿させる。アホらしくて、作者のお遊びについていけないと思う一方で、時代や沖縄に関するコメントや箴言（しんげん）は辛辣で魅力的で捨てがたい。

本作もまた池上ワールド満載だ。時間や空間を飛び越えた物語、エンターテインメント性を追求した物語、これらを併せ持った池上文学は、やはり沖縄文学の新しい台頭だと思う。

2　五作品に見られる共通した特性

さて、五作品についての梗概や読後感を述べてきたが、幾つかの共通した特性が挙げられる。これらが池上文学の世界を構築するキーワードにもなり得ているはずだ。ここでは六つの特徴を抜き出してみた。

一つは、徹底したエンターテインメント性である。面白ければいい、楽しければいい、それが私の作品だ、と言わんばかりである。沖縄の歴史的惨禍や苦悩は吹っ飛んでいる。換言すれば5作品のすべてがリアリティを無視した破天荒な物語なのである。ここに読者は惹き付けられるのであろう。大いにカタルシスを感じるのかもしれない。

二つめは、溢れんばかりの生命力の発散だ。登場人物のもつ生命力のみならず作品全体が有するエネルギーだ。それは物語だけでなく人物さえもが破天荒なキャラクターを有して造型されていることによる衝撃波かもしれない。それだけに、作品が放出する生命力は2倍に増強されて半端じゃない。このエネルギーは読者へ生きる喜びさえ与えてくれる。閉塞された社会の状況から、たとえ架空の世界であれ解放されるエネルギーにもなる。

三つめは、登場人物が沖縄の古層からやって来たかと思われるカミンチュ、ユタ、神様などであることだ。マブイ（魂）さえもが登場して作品中を闊歩し躍動するのだ。さらには豚もマブイをもち、人間然として登場する。まるでスピリッツ文学と喩えていいほどである。それゆえに作品は土地に伝わる神話の世界、伝説の世界を浮上させ、さらに死後の世界、彼岸と此岸を往還する物語をも容易に紡ぎ出すことができるのだろう。

四つめは、郷土の言葉、シマクトゥバを縦横に駆使しているということだ。正しいシマクトゥバということではない。正しくないかもしれない。いや正しいシマクトゥバなどというものはないかもしれない。いずれにしろ、この言葉に、作者の故郷、沖縄に寄せる愛情が託されているように思われる。デビュー作「パガージマヌパナス」の綾乃は島を離れないが、島を愛する作者の分身でもあるはずだ。

五つめは、いずれの作品も舞台は島、沖縄という時間と空間であるということだ。それは琉球王国をも射程に入れる広がりを有している。そういう意味ではまさに沖縄が生んだ沖縄の作家と言えるだろう。沖縄から目を背けているのではないのだ。沖縄はチャンプルー文化と言われるように多様である。多様な沖縄の庶民の生活に根ざした来世を取り込んだ暮らしに目を向けているのだ。

この姿勢は、従来の表現者が有していた倫理的な作品を生みだした姿勢とは違うけれど、同じく沖縄という出生の地を愛する一つの姿勢を表しているようにも思われる。デビュー作の主人公綾乃の沖縄を愛する姿勢や、近作「ヒストリア」の主人公知花煉が沖縄に戻ってきて、故郷が米軍の実弾射撃訓練の標的にされていることを知り「やめてえっ！　もう撃たないでえっ！」と叫ぶ声は、作者の沖縄に対する揺るぎない愛情の発露かもしれない。沖縄の歴史の惨禍や苦悩だけを語るのが必ずしも沖縄を愛することにはならないはずだ。

池上永一が創出した一連の作品は、一人の表現者の沖縄の愛し方を表したものだと言っていいかもしれない。このことに気づくと、琉球王朝にスポットを当てる作者の視線も郷土への限りない愛情が生みだしたものとして一気に目の前に浮かび上がってくるはずである。

六つめは、パターン化された方法と語りである。それは言い換えると、ファンタジーノベルとしての作品創出の一貫性であり、マジックリアリズムを駆使した作品創出の方法である。この姿勢は少なくとも5作品に見られる一貫した姿勢で揺らぐことはない。

さて、これらの特質が沖縄文学に新風を吹き込んだのである。いずれの特質も沖縄文学においては政治的な状況の厳しさゆえに見落とされがちな視点であったように思われる。この視点を補填する池上永一の登場で、沖縄文学はさらに豊穣さを増し、文学としての振幅の広さと多様性を獲得していくように思われるのだ。

3　歴史の力・神話の力・文学の力

さて池上永一の作品世界を5作品を対象にして概観したが、やはり巷で公言されているファンタジーノベルの騎手であり、マジックリアリズムを駆使した作家だと考えることは妥当であるように思われる。

ファンタジーノベルの定義はやや曖昧であるが、辞書などによると「超自然的、幻想的、空想的な事象をプロットの主要な要素として主題や設定に用いるフィクション作品」などと紹介されている。漠然としているが、「現実的にはありえないことだが、物語として矛盾なく一貫性を持った設定として描くこと、そこでは神話や伝承などから得られた着想が一貫した主題となっている」などの要素がファンタジーノベルの特徴として挙げられるようだ。作品例としては「不思議の国のアリス」「オズの魔法使い」「ピーター・パン」など、また近作では日本でも人気のある「ハリー・ポッター」などが挙げられるという。

またマジックリアリズムとは魔術的リアリズムのことで、「日常にあるものが日常にないものと融合した作品に対して使われる芸術表現技法で、主に小説や美術に見られる」とされている。作品例としては近年の芥川賞受賞作品『百年泥』（石井遊佳）などが挙げられるようだ。『百年泥』では「通勤ラッシュを避けるために空を飛ぶ」「百年に渡って蓄積された泥から人が姿を現す」など、不思議な表現が度々登場する。「非日常的」なことを「日常的」に描く手法のようである。

マジックリアリズムもシュールレアリスムと同じく、幻想的な出来事を表現する技法であるが、夢や幻覚ではなく、現実に起こった神話的な出来事を表す時に使われるようで、ラテンアメリカ文学で多く使われる手法だという。

これらの技法は池上永一文学の主要な技法であるように思われる。もちろんここでその技法の可否や賛否を云々するわけではない。マジックリアリズムを駆使した作品にはノーベル文学賞を受賞したガルシア・マルケスの代表作「百年の孤独」や、バルガス・リョサの「緑の家」なども該当するようで中南米の作家たちに優れた作品が数多く創出されているようでもある。

ただ、池上永一の使用法には懸念がないわけではない。特に琉球王国の歴史を舞台にした作品「テンペスト」や「黙示録」などでは、歴史の真実が後方に退き、面白さを狙ったがゆえに歪曲され誤解されて伝わる場合があるように思われる。琉球王国の歴史に知悉している読者ならともかく、初めて作品を通して琉球王国の歴史に触れる読者にとっては、作品の舞台となる事件や背景は真実のように捉えられなくもない。例えば「テンペスト」では琉球王国にはいかにも「宦官」の制度があったように描かれているが、なかったというのが歴史の真実である。また、冊封使（さっぽうし）や聞得大君（きこえおおきみ）などの描き方にも違和感は拭えない。作者は見破られない嘘を上手につく。また小説はフィクションであるという前提とはいえ懸念される歴史の歪曲は随所にある。

後多田敦（しいただあつし）（神奈川大学准教授）はこれらの懸念を次のように述べている。「琉球王国が明・清の冊封体制に参加したのは、琉球国の意思であり、それは前近代の東アジアにおける合法的な国際関係である。これに対し、島津の琉球国占領は、島津が武力で侵略して支配することに起因する。島津（ヤマト）は琉球国を実力支配してきたが、それは侵略に起源を持つ非合法的なものだった。琉球国にとって中国の明・清との冊封関係は合意に基づくものだが、ヤマトとの関係は『無理矢理』の関係だったのである」。それを小説「テンペスト」は真逆に描いたとして、次のように懸念を表明するのだ。[注2]

> 「テンペスト」が描いた真鶴・寧温の波乱に満ちた半生は、琉球・清国・ヤマトの関係が人格化されたものである。そして、そこでは史実とは真逆の「侵略と友好関係」が描かれた。小説は真鶴（琉球・女）、寧温（琉球・男）、雅博（ヤマト）、徐丁垓（清国）の3（4）人の人間関係を通して、琉球・清国・日本の関係を歴史的事実とは違った姿で描き、読者へ「修正」した歴史像を提示した。
> その意図するところは「合法・非合法」「表・裏」など関係性の読み替えである。言い換えれば琉球王権の正当性を支えた一つである琉球と清国の関係を作り替えるものだったと考えられる。琉球と清国（中国）、日本との関係に対する伝統的意識、記憶の作り替えへの試みだと言っていいだろう。（37－38頁）

後多田敦はこのように指摘し、そして次のようにまとめる。

小説「テンペスト」は実在の史料なども使用しながら、その史料の一部を書き換え、あるいは用語に誤解を与えるような表現がなされていた。（中略）小説「テンペスト」は創作である登場人物の役割や関係、行動や意識を通して、史実と異なる新しい歴史像を描き出している。その創作された歴史像は、時に史実よりも一般的な歴史像として定着していく力を持つことになる。

19世紀末、琉球国が日本に併合される過程で、日本政府によってさまざまな歴史の書き換えや隠蔽、ねつ造がなされていた。娯楽・時代小説としての「テンペスト」が、歴史を素材としながら、これまでの歴史像の書き換えを試みているとすれば、文学作品を越えて政治的意味合いを含んだ作品と言えるだろう。（40頁）

後多田敦の指摘は了解できるものだ。ただし、登場人物を国家を担うメタファーとして考えた場合の懸念である。それは読者の作品への向かい方にも左右されるように思う。文学作品の危うい立ち位置を示しているようにも思う。

ところで、1951年イギリス生まれでオーストラリア国立大学教授であるテッサ・モーリス・スズキの歴史小説に言及した言説は極めて示唆深い。彼は自著『過去は死なない』（2014年）の中で次のように語っている。[注3]

歴史小説の想像的風景を検討することは「歴史の真摯さ」のプロセスにとって重要である。歴史小説と「正しい」歴史とのあいだの関係は、小説にでてくる出来事や人物のリアリティの問題として論じられることが多い。言い換えれば、小説の物語を検討して、「これはほんとうか」と問いかけることが議論の中心になりがちである。しかし、「歴史への真摯さ」の追求にはもっと広いプロセスが内包されていて、次のような疑問も考察しなければならない——どうしてこの小説家はこの出来事について書きたかったのか、どうして読者は読みたいのか？　わたしたちが読んでいる小説にどのような風景が不在か？　小説のなかで出遭う過去の風景は、歴史の特定の部分との一体化やその解釈にどのような影響を与えるのか？（中略）

（歴史小説は）目に見えないひびの走る、不均衡な風景も創りだす。過去の特定の出来事や場所を鮮明に記憶に刻む一方で、その地平はほかの出来事や場所を遮断して、漠として想像しがたいものにする。（76-77頁）

テッサ・モーリス・スズキの指摘は、歴史を扱う小説の功罪を言い得て共感することが多い。もちろん、歴史は語られる主体によって浮上し多様な歴史が存在することになる。そのどれもが真実の色彩を帯びるがゆえにこそ、歴史への誤解の危険をはらむ記述には配慮も必要となるはずだ。また先述した後多田敦の『テンペスト』に対する懸念も十分肯われるものだ。

翻って、それでもなお、なぜ私たちは池上永一の作品に惹かれるのか。今一度考えてみる。そこには歴史の力、神話の力、文学の力、命の力、他者を励ます力、など多様な力を発見することができるからだと思われる。破天荒な作品世界の中に多くのこれらの力が潜んでいるのだ。さらに言えば、池上永一の文学の力を借りて私たちは私たちの愛する故郷を発見できるのである。

現在は混迷な時代であるとも言われている。殺伐とした時代でもある。だれもが生きる上での居場所が欲しい。自らの存在意義を把握することのできるアイデンティティーが欲しい。たとえ破壊され揺れ動くアイデンティティーであっても、共振できる何ものかが欲しい。文学の力はここにもあるように思われるのだ。

池上永一は故郷を離れ、東京での生活のなかで故郷を発見したのではないだろうか。それは「パガージマヌパナス」に結晶し「風車祭」で語られる故郷だ。さらに「テンペスト」や「黙示録」、そして「ヒストリア」で語られる琉球王国に象徴される故郷でもある。池上永一はだれもが喪失した故郷を呼び寄せて故郷を語る作家であるのだ。ここに池上文学の発展的な視点があるように思われる。池上文学の照らすもう一つの射程はファンタジックな面白さだけでなく、明らかに「故郷」や「居場所」や「アイデンティティー」を照射する歴史の鏡を有しているのだ。

琉球大学でアメリカ文学やジェンダー研究を専攻する喜納育江教授は、「故郷」や「居場所」について自著の中で次のように述べている。[注4]

人間の中には生まれついた「故郷」を「居場所」として一生を終わる者もいれば、「故郷」を離れて「居場所」を失う者もいる。あるいは、「故郷」を離れた場所を「故郷に代わる場所」とするようになる者もいる。生まれついた「故郷」でない場所を、なお「故郷」と等しい親密さをもって自らの居場所として認識するときの「故郷」とは、「空間」が「場所」へと転じ、さらにその「場所」における他者との関係性を自分が受容すると同時に受容されてもいるという安定感を獲得して、「居場所」へと醸成されたときに生じる認識であると言える。

「場所」に関する認識論と存在論の両輪的なアプローチは「アイデンティティー」の理解にも共通している。「アイデンティティー」という言葉の日本語訳は「帰属意識」と「自己認識」の二つがあり、前者が存在論的で後者が認識論的であると言えるが、「場所」にも、自分でつくるという「自己意識」的な「場所」があると同時に、受け容れられているという帰属感がえられるという意味で「居場所」である「場所」がある。そして、それらは、どちらがより正しいか、どちらのほうがより重要かという問題でなく、どちらも必要十分で、表裏一体の関係なのである。（22−23頁）

○おわりに

池上永一が発見した故郷を描くために、池上はファンタジーノベルやマジックリアリズムの手法を駆使して作品を作り上げたことについてはすでに述べた。沖縄は多様であり、多様な文学者たちの多様な胎動がある。池上が創り出したこの作品世界は若い表現者たちの先導の役割を担うかもしれない。マジックリアリズムの方法を駆使したファンタジックな作品世界はすで現れ始めている。

塩月亮子は、前述した著書のなかで「今なぜシャーマニズムや呪術が文学に重要なテーマとなり得るのか」と自らに問いを立て、その原因について次のような提案を披瀝している。[注5]

> 自己（自我）の理想的なあり方の変化もまた、ひとつの要因として考えられるのではないかということを提案したい。近代文学は、その多くがいかにして自己を確立させるかをテーマとしてきたといえるだろう。それこそが自己救済へ至る道だということを示してきた。しかし現在は、自己確立のみが救いをもたらすのではなく、自己を確立しながらも、それを崩壊・解放させることが救いに繋がるのではという認識が出てきたようにみえる。自己の確立と崩壊の往復運動こそが、救いへ至る過程という認識である。シャーマンたちは、カミダーリといった象徴的な「死」により、自己の死と再生をはかる。脱魂のような体外離脱、あるいは自己の人格が変換するような憑依を体験するうちに、従来の自己の殻が壊れて新たな自分に再生する。その繰り返しが絶え間なく続く。このような、絶えず消滅と生成を繰り返す非一貫的な自己、ひいてはそのような自己を取り巻く世界のあり方を希求して、人々はシャーマニズムや魔術的なものを、他人事ではない地続きのものとして受容するのではないだろうか。その際、シャーマニズム的な事象を最もよく表現できる媒体が、今のところマジックやファンタジーを最も許容する文学だということができるのである。（129頁）

池上永一の作品は沖縄文学の行方を占う恰好のテキストかもしれない。だれもが生きるに呻吟し、だれもが幸せを望んでいるからだ。この課題があるかぎり文学は死滅しないはずだ。

【注記】

1　塩月亮子『沖縄シャーマニズムの近代――内なる狂気のゆくえ』２０１２年３月16日、森和社。

2　後多田敦「小説『テンペスト』の比喩と歴史像の検討―素材としての史実と創作の間」／『地域研究№９』２０１２年３月、沖縄大学地域研究所収載。

3　テッサ・モーリス・スズキ『過去は死なない―メディア・記憶・歴史』田代泰子訳、２０１４年８月25日、岩波書店。

4　喜納育江『〈故郷〉のトポロジー』２０１１年７月10日、水声社。

5　注１に同じ。

第二章　長堂英吉と吉田スエ子

可視化される土地の記憶
――「嘉間良心中」と「伊佐浜心中」

1　二つの心中作品

２０１９年４月14日、沖縄県の地元新聞Ａ社は次のような男女の心中事件の記事を掲載した。

13日午前７時25分ごろ、北谷町桑江のアパートで「トラブルがあるようだ」と１１０番通報があり、寝室のベッドの上で血を流して倒れている男女２人の死亡が確認された。男性は在沖米海兵隊所属の海軍兵（32）で、女性（44）はアパートに住む日本人で男性の交際相手とみられる。県警は２人の死因や、トラブルの有無を調べている。

続報には次のような記事がある。「県警によると、２人は寝室のベッドで倒れていた。いずれも刃物のようなもので刺された跡があり、刃物はベッド上で発見された。男性は12日夜から女性宅にいたとみられる。現場には女性の子どもがいたが、けがはなかった。県警は14日以降、遺体を司法解剖して詳しい死因を調べる」と。

沖縄県では先の大戦で24万人余の人々が犠牲になった。そして終戦後に建設された米軍基地は、戦後74年になる今日までも営々と引き継がれている。むしろ今日もなお新基地建設が目論まれ、日米両政府の締結した安保条約によって沖縄は基地の島として大きく特徴づけられる様相をいちだんと呈している。

終戦後、沖縄県は日本国から米国に割譲され県民は亡国の民となる。米軍政府は住民の土地を強奪し軍事基地を建設していく。県民は土地を米軍に渡さないとする島ぐるみの抵抗運動を構築する。さらに人権が容易に踏みにじられる状況に対峙し、日本復帰の運動が高揚し、１９７２年には日本復帰を勝ち取る。新生沖縄県として戦後を歩み始めるが、県民の希望した基地は撤去されず、むしろ自衛隊も移駐され島は軍事要塞化されていく。

このような時代の中で多くの県民が長く懸念してきたことは基地被害である。１９５９年には旧石川市の宮森小学校にジェット機が墜落し多数の児童の犠牲者が出た。その他、交通ルールを無視した横暴な交通事故もあり多くの県民が巻き込まれて死亡した。そして何よりも心を痛める事件の一つに婦女子への強姦殺人事件がある。

数年前の２０１６年４月には、うるま市で若い女性がジョギング中に襲われ暴行され殺された。被害者の女性（当時20歳）は、２０１６年4月28日午後8時ごろ、ウォーキングに出発したが、翌日になっても帰宅しなかった。同居人が捜索願を出したものの消息は分からなかった。女性のスマートフォンの位置情報は、翌29日午前2時40分ごろ、自宅から１～2キロ離れたうるま市州崎で途絶えていた。記録が途絶えていた付近の防犯カメラには米軍関係者が乗るＹナンバーの男の車が映っていた。

5月18日に在沖米軍の男が被疑者として浮上、重要参考人として任意聴取し、その供述に基づく捜索により翌19日に遺体を発見、男は死体遺棄容疑で逮捕された。遺体の大部分は白骨化していた。

これらが、地元紙による報道の概要だ。その後、地元新聞社は特集記事を掲載した、その中の一つ、沖縄タイムス社は２０１６年6月18日、「奪われた命と尊厳６２０人超―米軍関係者による「強姦殺人」「殺人」「交通死亡」「強姦被害者」として4～5面にイラスト版で悲惨な状況を次のように伝えた。

米軍関係者による殺人や強姦、強盗、窃盗、傷害など身勝手な事件や事故は、戦後から現在まで数え切れないほど繰り返されてきた。

なかでも、１９４５年以降に発生した「強姦殺人」「殺人」「交通死亡事故」「強姦」の県民の命と尊厳を奪う理不尽な事件事故での犠牲者は、県や民間団体の資料、文献などで確認できるだけでも、強姦殺人事件22人、殺人事件75人、交通死亡事故２０２人、強姦（未遂含む）３２１人、生後9か月の乳児から高齢者まで、少なくとも６２０人が犠牲になった。

人口の多い那覇市や、米軍基地が隣接する中北部に集中。泣き寝入りや発覚していない事件も多く、表に出ている数は氷山の一角とされる。（以下略）

冒頭に紹介した北谷町における心中事件の詳細はいまだあきらかにされていない。心中事件であるか、殺人事件であるかの断定もしづらい疑義もあるようだ。しかし、この事件も紛れもなく基地被害の一つであろう。沖縄に基地あるがゆえに起きた惨事である。

ところで、戦後の沖縄文学は身近な基地や、基地で働く米兵や軍属との交流を描く作品が数多くある。基地あるが故の文学作品の特質であるが、男女の睦まじい恋愛や悲劇や惨劇など、様々な作品世界が創出されてきた。

このような中で二つの特異な作品がある。いずれも米兵と沖縄女性との心中事件を題材にした作品である。一つは１９８４年「第10回新沖縄文学賞」を受賞した作品「嘉間良心中」（吉田スエ子）、他の一つは、１９９２年『群像』2月号に発表された「伊佐浜心中」（長堂英吉）である。

両作品は、一般的に被害者として描かれる沖縄の女性が、両作品とも反転して米兵を心中の道連れにするという作品である。いわば心中を加害者として主導していく女性が描かれる。

しかし、ここには紛れもなく沖縄の矛盾とも言うべき社会の歪みが浮き彫りされ、沖縄の裏面史とも呼ぶべき世界が創出されている。可視化される土地の記憶とでも喩えられる女性の生と性は、孤独を強いられる沖縄の悲惨な状況を浮き彫りにする。このような世界にスポットを当てることが表現者の営為の一つだと思う。まず両作品を創出した両作者に敬意を表したい。

2　作品のあらすじと構造

(1)　吉田スエ子「嘉間良心中」

作者の吉田スエ子は１９４７年本部町生まれ。作品は基地の町を舞台にしている。ベトナム戦争の好景気が終わった70年代末から80年代初頭だと思われる。その町で20年余も娼婦を続けてきた58歳になったキヨの物語だ。キヨは夫と別れ、娘たちも成長して30代になっているが会うこともない。初老の域に達したキヨに、声を掛ける兵士たちも少なくなった。

そんなキヨのもとに基地を脱走してきた18歳の少年兵サミーが転がり込んできた。サミーの若い肉体と「まぐわい」ながら、「キヨは自分の中の老いた細胞が、若い命に出会い蘇生され、再生されていくような気がする」と感じる。[注1]（１９４頁）

ところが、サミーは半年も過ぎると部隊に帰りたがった。キヨはなんとかサミーを手元に置きたい。明日、出頭するというサミーの言葉に、キヨは生まれ島の津堅島に逃げて一緒に暮らそうと誘う。サミーはそれを拒絶する。キヨはサミーとの心中を決意する。最後の場面は次のように描写される。

> （キヨは）鏡の前で帯をしめおわると丹念に化粧した。立ち上がって窓を閉めた。内鍵を入れると遠くで雷のようなエンジン調整の噴射の音がした。ドアの錠前を確かめて台所に入ると、プロパンガスのコックをあけた。三つあるコックを全部あけた。台所と居間のドアをあけたままベッドにもどった。横になった。気のせいかすぐに気が遠くなっていくような気がした。数を千まで数えようと思った。ひとつ、ふたつと数え始めると急にのどが渇いた。起き上がって水をのんだ。よろけるようにベッドにもどるとサミーがまた寝返りをうち、上半身をおこしかけた。キヨは枕元のライターを手に取った。うつぶせになり、頭の上にやわらかい枕をのせた。思いきってカチリとローラーを回した。

老いた娼婦屋富祖(やふそ)キヨの孤独が、感情を排した乾いた文体で淡々と綴られていく。少年兵サミーに寄せる心情が痛いほど伝わってくる。寄る辺のないキヨは寂しさを紛らわせるために昔の仕事仲間のスミ子やヒロミとの思い出を手繰り寄せる。裏寂れたバー街でゴミ袋の傍にいる猫や犬に目を凝らす。故郷津堅島の海が見える中城(なかぐすく)公園に登る。津堅島はもやに隠れて見えない。

そんな孤独感を抱くキヨにとって半年間のサミーとの生活は未来を夢見る起死回生の手段であったのだ。そのことに気づき、サミーとの津堅島への逃亡を切望するが、サミーの夢はキヨの夢とは相容れない。脱走した当初は、「ホンシュウかキュウシュウに渡り北朝鮮かソ連に行く」という夢を語っていた。そして今では「いいんだ、もうすべてが終わったんだよ」と「キヨに背を向ける」。すべてをリセットして、キヨのいない世界で新しくやり直す夢だ。

キヨは孫のようなサミーへの母性愛から、「映画の中から抜け出てきたような美少年を抱く」悦楽と歓喜を感じている。しかし、愛と呼ぶ前にキヨの夢は崩壊する。キヨの自立も崩壊するのだ。

当時「新沖縄文学賞」の選考委員の一人であった島尾敏雄は選考評の中で次のように述べている。[注2]

> 吉田スエ子さんの「嘉間良心中」が私にとって一番に心に残った作品であった。沖縄のアメリカ軍基地から脱走した美少年白人兵士をかくまった58歳のアメリカ軍人相手の沖縄人娼婦が、自首の決意をした脱走少年を道連れにして無理心中をする主題であるが、平明簡潔な文章のうちに、甚だ的確に年老いた娼婦の生活と心情を、読む者にくっきりと印象づける力を持っていた。誇張して言えば、この通俗味をも敢えて含み持った娼婦の環境の描写には、沖縄の一時期の歴史の一齣が描き取られている。作者の目の位置が、女の心境や心の動きに沿っている点も、この作品に哀感を添えながら、思わぬふくらみを与えている原因となっているに違いない。

茨城大学人文学部に籍を置く谷口基は、終末の無理心中について次のような解釈を示している。[注3]

> 無理心中は、自己の新生と、主体性の貫徹とに同義となる行為、〈終わり〉を〈はじまり〉へとあらためる剽悍無比のエネルギーの爆発そのものなのだ。「嘉間良心中」の幕切れは、〈自己の復帰〉をめざした沖縄がやがてたどる、荘厳・凄絶の気に満ちた、果てしない進行を予感させるのである。

キヨとサミーの関係は、愛と呼ぶには余りにも未熟なままで瓦解するのだが、人間が寄り添って生きる根源的な形を示しているようにも思う。このことにキヨは気づき、サミーは気付かなかった。それゆえに別れていくのだ。

(2) 長堂英吉「伊佐浜心中」

作品は基地からの脱走兵カーリーと、基地の兵士を相手に売春をして生活している渡名喜(となき)ミヨの心中物語だ。時代は日本復帰直後、場所はミヨのライバルの若いフィリピン女などが働くキャバレーやクラブがある基地の町だ。

カーリーは30歳も半ばの大男で、二日酔いの訓練中に上官から責められ、かっときて上官を殴って逃走した。基地内の友人などから金をせびって逃げ回っている。ミヨは久高島が故郷。嫉妬深い夫は死亡。中学2年生と1年生の子どもを叔母に預けている40歳代の女だ。

作品は二人の人物を第三者の視点で交互に語って展開する。カーリーは「彼は」と語られ、ミヨは「ミヨは」と語られて二人の心情やそれぞれの置かれた状況が述べられる。作品の特徴の一つは、この作品の構造にある。同時にもう一つの特徴は二人の対決するドラマがないことである。二人の交流は描かれない。心中に到る最終場面で、かつて客の一人であったカーリーがベッドに入り込んでいるのを見つけて、心中する格好の相手としてミヨはカーリーを選んだだけだ。

もちろん、二人のそれぞれの心情は、それぞれの語りの部分で浮き彫りにされる。それは沖縄の戦後の貧しい「オンナ」の歴史であり、基地に所属する兵士の荒(すさ)んだ心の実態である。

例えば、ミヨの心情を見てみよう。ミヨはこの商売が嫌で嫌でたまらないのだ。「若いフィリピン女には太刀打ちできない」。子供の学資にと借金した金貸しからは追い回される。八方塞がりの状態で死が頭をもたげてくる。そんな暗い心情がモノクロのトーンのように語られ浮かび上がってくる。

> 町には不景気風が渦巻いている。人影のまばらになった辻々で野犬が群れをなしてつるみあっている。ひところ千人といわれた女たちはみな何処へ消えてしまったのか。自分をおいてけぼりにしてみんな何処に行ってしまったのか。ミヨはつくづくこの商売がいやになっている。一日も早く町を出ていきたいと思う。その願いは片時も頭から離れたことがない。けれどもミヨには行くあてがない。何処にも行きようがない。叔母は叔母でこのごろ子供がどうしたこうしたといっては金をせびりにくる。姿が見えると金せびりとわかっていても素手で帰すわけにもいかず、町じゅうを駆けずり回ってなにがしかの金を工面する。そのようにして育てた二人の子供だが、ミヨは今年中学三年と一年になった二人から葉書一枚貰ったことがない。

絶望的な状況は家の外だけではなく、家の内やミヨの心の内部の深奥をも蝕んでいる。

ミヨはアパートに向かって足を運ぶ気がしなくなってい る自分に気がついた。このままどこか遠くに行ってしまいたい。どこでもいい。あの部屋以外の遠いどこかへ。あの部屋に戻るくらいならもう死んだ方がいい。すると死というものが少しも恐くなくなり、むしろ蠱惑的なものにさえ感じられ始めてきた。それと反対に生きているということが耐え難い重荷に変わって、頭と言わず肩と言わず身体いっぱいにぶらさがっているように思われだした。

そして次のように考えるのだ。「死んじゃおうかしら。誰かさっきの西部劇みたいにあたしを撃ち殺してくれる人はいないかしら」「しかし一人で死ぬのは寂しいな。誰か付き合いに一緒に死んでくれる人はいないかしら」と。そんな心情のままでアパートに帰ると、ベッドに潜り込んで鼾をかいているカーリーを見つけるのだ。そして、カーリーは「ミヨがベッドのへりに腰をおろすと、いきなり肩に手をかけて引き倒し、毛布の中に引きずり込んだ」のだ。

ミヨがこの男と死のうと思ったのはこの時である。何故この男が選ばれたかは当のミヨにもわからない。が、この男なら一緒に死ねる。この男と死んでやろう。いい相手が見つかった。そう思ったのだ。それはもう本能としかいいようのない感情の導きであった。多分この男の持つ何かがどこかでミヨの持つ何かと相通ずるものがあり、長い道中をゆく連れとしての気安さをこの男の中に発見したのかもしれない。死んだ亭主のもとにいこうとは思わなかった。もうそんな資格もない。嫉妬深かったあの亭主が受け入れてくれるとはとても思えなかったし、たとえ受け入れてもらったにせよ朝から晩まで喧嘩ばかりするに決まっている。天国があるかないかは知らないが、たとえあったにせよそこでまた夫と鼻をつきあわす気はしなかった。

ここには、道づれにする男カーリーとの対決はない。二人の対峙するドラマは完全にズラされており「本能としかいいようのない感情の導きであった」と、自己の内部のドラマさえ避けられるのだ。

しかし、ここにこそ大きなテーマがある。この内部のドラマの喪失さえ強いられる一人の女の無残さこそが大きなドラマである。沖縄に生まれ、沖縄で生きる「ミヨの歴史」は「沖縄の歴史」なのだ。

2　両作品の比較

「嘉間良心中」と「伊佐浜心中」には違いと相似点がある。両作品を比較してみると【表1】のようになる。

【表1】両作品の比較

	項目	嘉間良心中	伊佐浜心中
1	心中する女性	屋富祖キヨ	渡名喜ミヨ
2	年齢	58歳	40歳
3	家庭環境	夫と別れ30代になった娘たちとも会うことがない。	嫉妬深い夫は死亡。中学3年生と1年生の子どもを叔母に預けている。
4	心中の方法	ガス	不明？
5	出身地	津堅島	久高島
6	心中する男性	サミー。18歳の少年兵。	カーリー。30歳半ば。酔って上官を殴って逃走。
7	心中する相手	サミーでなければならない。	だれでもいい。
8	時代	70年代末か80年代初頭	日本復帰直後
9	心中場所	嘉間良の自宅アパート	伊佐浜の自宅アパート
10	作品の構造	第三者の語り	第三者の語り

両作品の際だった違いの一つは、主人公キヨとミヨの年齢の違いである。嘉間良心中の主人公屋富祖キヨは58歳、伊佐浜心中の主人公渡名喜ミヨは40歳だ。この18歳差の年齢が作品の展開に必然的な彩りを添える。

例えば屋富祖キヨにとっては、心中に到る理由が不退転の決意で述べられる。老境に達したキヨにとって若いサミーと共に歩みだす新しい生活は再生への希望の一歩であった。だがサミーの希望とは重ならない。もろくも崩れ去った希望は心中することによって徹底的に閉ざされるのだ。

それに比して伊佐浜心中の主人公渡名喜ミヨにとっては、心中は希望にはならない。むしろ絶望を表現する究極の手段なのだ。また心中の相手はだれでもよかった。カーリーはたまたま選ばれた男に過ぎない。過去に私を買ってくれた男というだけなのだ。

もちろん渡名喜ミヨにとっても屋富祖キヨにとっても、人生の辛酸をなめ尽くした日々は同じように辛く苦しいものであった。その日々を厭世的な気分で埋葬し未来を閉ざす方法として心中が選ばれるのだ。

だが、両者の心中に向かうベクトルは明らかに反対方向への生と死の清算である。屋富祖キヨは閉ざされた未来を自覚して清算し、渡名喜ミヨにとっては過ぎ去った過去を清算する方法としての心中だ。したがって屋富祖キヨにとっては、心中する相手のサミーが必要であり、渡名喜ミヨにとっては、本質的にだれでもよかったのだ。

また、両作品の相似する部分は意外と多い。例えば心中者はウチナーンチュの娼婦と、はぐれ者の米兵のカップルである。娼婦の女性はいずれも津堅島と久高島という本島中部に近い離島の出身である。さらにいずれの女性にも結婚歴があり子どもがいる。また、いずれの女性も夫とは死別、もしくは離別しており、今は一人でアパートで暮らしている。そして作品の時代は1970年代から80年代にかけての時期である、ことが上げられる。もちろん、今は家族や親族と疎遠の関係にあることも同じである。このことは、同じ生活の基盤を有し、同じ貧しさの背景を有していることを想定させる。

この中でも、特に「嘉間良」と「伊佐浜」という土地の有する記憶の共通性を上げることもできるだろう。両方共に作者の意図的な場所の選定であるはずだ。

嘉間良は終戦直後、米軍の収容所が設置され、米軍はこの地域をコザと呼んでいたといわれている。嘉間良は当時のコザの中心であり、ここから基地の町コザがスタートして繁栄していく縁(ゆかり)の土地である。70年代は裏寂れた様相を呈していたかもしれないが、紛れもなく基地の町コザの歴史を刻印した土地だ。

伊佐浜は1950年代の土地闘争のシンボルとも言われる土地だ。米軍はそれこそ銃とブルドーザーで住民の土地を収奪し、軍事基地を建設する。伊佐浜では激しい抵抗が展開された悲劇の土地だ。いずれの作品とも、沖縄の戦後史で大きな刻印を刻んだ記憶の土地である。この記憶の土地へ、両作者とも無関心ではなかったということだろう。

3　作品が照射するもの

(1)　悲劇は戦争だけで終わらない

心中事件と言えば、小説家太宰治の心中事件が思い出される。1948年6月13日、太宰は当時人気作家であったが愛人山崎富栄と共に玉川上水へ入水心中する。38歳という若さでその生涯を閉じる。太宰は玉川上水以外でも2回の心中事件や数回の自殺未遂事件を起こしたとされている。なぜ数回の自殺未遂をも繰り返した果てに、愛人との心中を図らなければならなかったのか。その理由について明確な答えはまだ得られていない。

太宰の作品の中には、自殺をほのめかすような言葉が数多く散見される。玉川上水で引き上げられた太宰と愛人の遺体は、お互いが帯で固く結ばれていたという。愛人の遺書には彼を愛してやまない想いが綴られていたものの、太宰の遺書には、妻を誰よりも愛していると記され、妻子に対する想いと相反する自分の性分を呪う気持ちを吐露するものであったとも言われている。太宰の鋭い感性や人生への絶望感を想像することは容易でない。人間とは実に不可解で不可思議な存在であることを思い知らされるだけだ。

ところで、「嘉間良心中」と「伊佐浜心中」に登場するそれぞれの女性の心中の意志は明確だ。極端な言い方をすれば沖縄の戦後が生み出した悲劇の例である。米兵に強姦される沖縄の女性たちの悲劇を反転させ、強姦されない女性を演じた二人の女性の悲劇である。その行為には米兵を道連れにするのが最も効果的な演者になれるのだ。しかし、このことによって悲劇は消失するわけではない。

沖縄の戦後は特異な時代だ。冒頭にも概述したが悲劇が幾重にも織りなされた戦後である。亡国の民となり、耕す土地さえ奪われる。企業や会社が奪われた土地に興隆するわけでもなく、生活を営むには基地労働者として働くか米兵相手の商売に励む以外にない。戦後は否応なくB円やドル経済で現金が必要な社会になる。働き手の多くの父や兄が戦死し、家族を支えるには若い女性の力がどうしても必要になる。売春の行為に及ぶ理由は幾つも探すことのできる社会が、戦後沖縄社会の特質の一つでもあったように思われるのだ。太宰のように漠然とした理由で心中するのではない。再生の決意が叶えられず、過去の人生を断罪できずに否応なく心中に追いやられるのだ。この沖縄の歴史の裏面史とも言うべき隠蔽された女の歴史を、この両作品は可視化したとも言えるのだ。

(2) ルオーじいさんのようには生きられない

15歳で日米開戦を迎え、19歳で終戦を迎えた茨木のり子の詩の一つに「わたしが一番きれいだったとき」という高名な詩がある。反戦への思いが溢れた詩だが、この詩を「嘉間良心中」の屋富祖キヨと、「伊佐浜心中」の渡名喜ミヨはどのように口ずさむだろうか。私には大好きな詩の一つだが、この詩を彼女らの日々に重ね合わせることは容易に想像できない。終戦時、屋富祖キヨは23歳、渡名喜ミヨは5歳の少女であった。

わたしが一番きれいだったとき／街々はがらがらと崩れていって／とんでもないところから／青空なんかが見えたりした／／
わたしが一番きれいだったとき／まわりの人達が沢山死んだ／工場で　海で　名もない島で／わたしはおしゃれのきっかけを　落としてしまった／／
わたしが一番きれいだったとき／誰もやさしい贈り物を捧げてはくれなかった／男たちは挙手の礼しか知らなくて／きれいな眼差だけを残し皆(みな)発っていった／／
わたしが一番きれいだったとき／わたしの頭はからっぽで／わたしの心はかたくなで／手足ばかりが栗色に光った／／
わたしが一番きれいだったとき／わたしの国は戦争で負け

た／そんな馬鹿なことってあるものか／ブラウスの腕をまくり卑屈な町をのし歩いた／／
わたしが一番きれいだったとき／ラジオからはジャズが溢れた／禁煙を破ったときのようにくらくらしながら／わたしは異国の甘い音楽をむさぼった／／
わたしが一番きれいだったとき／わたしはとてもふしあわせ／わたしはとてもとんちんかん／わたしはめっぽうさびしかった／／
だから決めた　できれば長生きすることに／年とってから凄く美しい絵を描いた／フランスのルオー爺さんのように
ね

沖縄で戦後を生きる女性や少女はルオーじいさんのようには生きられないのだ。青空に美しい絵を描くことは叶わぬことなのだ。少なくとも屋富祖キヨと渡名喜ミヨは、1970年代の半ば、貧しい島を出て家族のために身を売らなければならなかった。心中する理由は家族を養うためであったにもかかわらず、気がつけば家族を失っていたのである。

4　土地の記憶を照射

沖縄には「おなり神（をなり神）」という信仰が存在する。「おなり」は姉妹の意で、沖縄全島にみられる古代信仰で現在にも垣間見られる。男が旅に出たり船出したりするとき，姉妹から手拭や毛髪をもらい受けて出かけると，それが旅の安全を守護してくれると信じられている。沖縄の古謡オモロのなかには，おなり神をうたったものがある。姉妹の霊が兄弟を守護するというのだ。先の大戦の際も、多くの出征兵士たちが千人針のみならず「おなり」の毛髪を守り神にしたと言われている。おなり神は沖縄の歴史と女の歴史を象徴した信仰と言うこともできるだろう。

しかし、この心優しい信仰も、国家権力の横暴な行為の前に効力を失い、犯され続けてきた戦後の女性たちの祈りは至純さを喪失して崩壊した。現在もなお、優しいおなりたちの悲鳴が土地の記憶として幽閉されているのだ。

沖縄の戦後とは、まさしくおなり神を撃退された戦後である。米軍基地のある沖縄は、異文化の装束を纏った米兵に蹂躙される。日本国家の政治と文化権力に破壊される。未消化の戦後、あるいは終焉のない戦後は、今なお継続しているのだ。

5　文学の力

(1)　首里城の焼失

2019年10月31日未明、「首里城」が炎上した。正殿、南殿、北殿を含め、多くの建造物と文化遺産が消失した。2

019年11月8日現在、いまだ出火原因は解明されず、失われた文化財の全容も明らかになってはいない。その消失を惜しむ声は県内だけでなく、海外からも寄せられている。

首里城は世界遺産として登録されていただけでなく沖縄県民の心の拠り所であり誇りとする史跡でもあるからだ。沖縄の歴史は弱小国家の悲しい歴史である。その悲運の歴史の中心に、いつも首里城があったのだ。

今一度思い出してみる。かつて沖縄県は琉球王国と呼ばれる島国であった。15世紀の半ばから明治政府の傘下に組み込まれる1879年までの約450年余もの間、首里城は琉球王国の政治文化の中心であった。琉球王国は「万国津梁（ばんこくしんりょう）」の精神を掲げて周りの国々と交易を重ね、豊かな繁栄を築いていた。もちろん小国であるがゆえに大国や時代の荒波に翻弄された。

1609年には薩摩に侵略され傀儡（かいらい）政権となる。1879年には明治政府により琉球王国は解体され沖縄県となる。その後、先の大戦では唯一地上戦が行われ県民の4分の一の人々が犠牲となる。戦後は日本国から切り離され亡国の民となり米軍政府統治下に置かれる。1972年には日本復帰を勝ち取るが多くの県民が希望した基地のない復帰ではなく、現在もなお新基地建設が強行されている。今日までもなお沖縄においては戦後は終わらないという状況にあるのだ。

崩れ落ちる首里城正殿や、天空からの映像で灰燼に帰した無残な痕跡は私たちに何を語っているのだろうか。未だ県民の多くは茫然自失の体でいるとも言えるだろう。

今年の初めから「琉球漢詩研究会」を立ち上げてくれた友人の誘いに応じて末席で学習を重ねている。琉球王国の士族たちは、実に才知に長けておりインテリジェンスに富んでいる。漢詩に関する豊かな知識と巧緻な技法、しなやかな感性から紡がれる言葉は琉球王国の豊穣な文化を彷彿させる。

また首里城宮殿では中国からの冊封使を歓待する組踊の宴も開催されていた。組踊の初演は1719年尚敬王の冊封式のときで「二童敵打」と「執心鐘入」が演じられたという。首里城はまさにその舞台でもあったのだ。首里城は首里王府のシンボルだけでなく、今では平和のシンボルであり時代の困難に負けないウチナーンチュのシンボルにもなっていたのだ。

また琉球王国時代の首里城には「聞得大君（きこえおおきみ）」が君臨した。「聞得」は大君の美称辞で、「君」は「カミ」の意で、従って「大君」は神の最高者という説がある。

聞得大君は琉球王国最高位の権力者である国王のおなり神に位置づけられ、国王と王国全土を霊的に守護する者とされた。そのため、主に王族の女性が任命されている。琉球全土の祝女の頂点に立つ存在であり、命令権限を持った。ただし祝女の任命権は国王に一任されていた。また、琉球最高の御（ウ）嶽（タキ）である斎場（セーファ）御嶽を掌管し、首里城内にあった十御嶽の儀式を司ったとされる。

　消失する首里城を見て悲鳴を上げたのは、それを見ている県民だけでなく、歴史の彼方に降臨した聞得大君や宮廷の女官たちもまた私たちの脳裏で悲鳴を上げたのではなかろうか。

　ところで、だれもが愛したこの首里城を、先の二つの心中事件に登場する屋富祖キヨと渡名喜ミヨは、多くの県民と同じように深く愛することができただろうか。途方もない想定だと思われるが興味ある仮定である。

　このことは、心中するキヨとミヨは沖縄を愛し得ただろうかと問うことにも繋がるはずだ。強姦される女の悲劇を逆手に取って、心中という加害の手段で沖縄島に君臨する米兵を死の道連れにする。なんともはや痛ましい結末が走馬燈のように蘇る。

(2) 文学の力

　翻って文学の力について考えてみる。表出される文学作品が時代に真摯に対峙する姿勢から生まれるとすれば、両作品は時代を証言する力になり得ているように思う。個人の愛憎の世界や悲しみの拠点を深く凝視する姿勢が文学作品を生み出す拠点に成り得ることを両作品は例証したのだ。

　また弱い民衆の人生や悲劇は、ときの権力者によって多くは隠蔽されることが多い。あるいは意図的に忘却される。この歴史に抗(あらが)うように弱い民衆に寄り添って紡がれた作品が両作品であろう。文学の営為の一つは、確かにこの作業に根ざした営みであるように思われる。

　さらに、土地の力、土地の記憶を掬う力もまた文学の力であるはずだ。伊佐浜も嘉間良も意味のある記憶の土地だ。戦争時も戦後も沖縄の地は、多くの死者たちの物語を吸収し続けてきた。この物語を普遍化して呪縛を解き放たねばならない。ここに時代から飛翔する文学の力もあるように思う。

　沖縄文学の担い手である表現者たちは、近代も現代も沖縄の自立と沖縄文学の自立を求めて呻吟し努力してきた。二つの心中物語、「嘉間良心中」と「伊佐浜心中」は、この挑戦が続いてきたことを例証し、なおも続くことを示しているように思われるのだ。

【注記】

1 『沖縄文学選—日本文学のエッジからの問い』2003年5月1日、勉誠出版194頁。

2 『新沖縄文学62号』1984年12月30日、沖縄タイムス選考評186頁。

3 注1に同じ。

第三章　崎山多美の提起した課題

豊饒の芽甲、或いは沖縄文学の課題
――「ゆらてぃく　ゆりてぃく」を手がかりにして

1　はじめに

2000年下半期、第百二十四回芥川賞候補作が、2001年1月9日、発表された。文芸誌『新潮』『文学界』及び『群像』に発表された6作品で、黒川創「もどろき」、青来有一「聖水」などが候補に挙げられている。『群像11月号』に発表された崎山多美作品「ゆらてぃく　ゆりてぃく」は、候補の対象にはならなかった。

「ゆらてぃく　ゆりてぃく」は、これまでの芥川賞の受賞作品のレベルに劣るものではない。むしろ沖縄文学、ひいては日本文学の可能性を豊富に蔵した刺激的な作品であり受賞の可能性は大きいと、ひそかに期待していただけに残念であった。

考えてみると、この結果は私個人の好みの問題だけではなく、沖縄文学の限界と課題を示しているのではないかとも思われる。もちろん、同時に日本文学の膨らみと、その可能性をも示唆した豊穣な作品ではなかったかという思いは、いつまでも消失しない。沖縄の小説史のなかで、それこそ新世紀へのエポックを画する記念碑的な作品であったと思われるのだ。それゆえに、新たな世紀の出発に際して、この作品の有する豊饒の芽甲を明らかにし共有する作業は、あながち無意味なこととは思われないのである。

2　作品の梗概

「ゆらてぃく　ゆりてぃく」の冒頭は、次のような魅力的な書き出しで始まる。

ヒトが死ぬと、通夜の後、遺骸は焼いたり埋めたりせずに、イカダカズラを全身に巻きつけ陽の昇る寸前に海へ流す、というのが保多良ジマにおける葬送の儀式である。

屍は、やがて海面を染め始める朝日に晒されつつ、波に揺られゆられ、或るモノは隣ジマとの境界域あたりに横たわる海溝の水底深く沈んでしまうが、すっかり沈みきるには重量の足りないオンナ子供病人などは、いったん沖へ流されはするものの、海溝を少し越えたところでゆるく渦を作り、保多良ジマの北海岸へ向けて逆流する潮の流れに巻き込まれ、再びシマに巡り還る。ぶよぶよにふやけた遺骸は魚などのエジキとなり、目玉を抉り抜かれ、手足の一方がなくなったりする、というムザンな姿で海岸に辿り着く。そのまま浜辺にうち捨てられ、干あがり風化するうち、骨の髄まで砂にまみれてしまう、のだそうだ。

「ゆらてぃく　ゆりてぃく」は、過疎の島、架空の保多良ジマが舞台の作品である。保多良ジマは、八十歳を過ぎた老人だけが住んでいる死にゆく島である。百十七歳のジラー、同志（ドゥシ）のタラー、サンラーが主な登場人物だ。ジラーがドゥシのタラー、サンラーに、浜辺で目撃した不思議なできごとを話す体裁を有しながら物語は進行する。ジラーが見たものとは、波打ち際に泡立つ無数の泡つぶの踊りである。それは保多良ジマ近海で飽和したヒトダマが行き場を失い、溢れて水中から弾きトバされた現象であるのだが、泡は波の引いた砂上へ渡り、やがて百五十センチほどに膨らみ、水の像、女の姿になる。剥き出しになった水の乳房がぷたぷたと揺れて、ジラーに迫り、ヤワ肌を押しつけてくる。さらに、保多良七不思議の話が、彼らの間で次々と交わされていく……という物語である。

3　作者と作品の特質

(1)　崎山多美について

崎山多美は、1954年、西表島で出生している。たぶん、このことが崎山多美の文学を生み出す大きな原動力になっている。もちろん、島を離れることによって島を発見したのであるが、自らのアイデンティティーを模索する崎山多美文学の主要テーマは、島からの脱出と発見なくしては語ることができないほど密接な関係を有している。

崎山多美は、島を離れ、琉球大学を卒業した後、新沖縄文学賞佳作を受賞した「街の中で」をスタートに小説作品を発表し続ける。以後「ゆらてぃく　ゆりてぃく」に至るまで、発表された主な作品は、次のとおりである。

1979年　「街の中で」（新沖縄文学賞佳作）
1981年　「狂風」（九州芸術祭文学賞沖縄地区優秀作）
1988年　「水上往還」（第19回九州芸術祭文学賞最優秀作・芥川賞候補）
1990年　「シマ籠もる」（芥川賞候補）
1994年　「くりかえしがえし」（砂子屋書房）
1997年　「風水譚」（『へるめす』一月号）
1999年　「ムイアニ由来記」（砂子屋書房）
2000年　「ゆらてぃく　ゆりてぃく」（群像11月号）

これらは、いずれもが青春期に襲われた自らのアイデンティティーを探し出そうとする苦悩と彷徨の軌跡が色濃く反映された作品である。それは、頑固なまでに固執される一貫したテーマである。

しかし、その頑固さは、深く人間を洞察する視点を鍛え、沖縄社会の有する共同体の軋轢や、その中で生きる人々の姿を描き、普遍的な世界まで押し上げる力量を生み出した。この力量は、「水上往還」「シマ籠もる」などの作品に結実し、高い評価を得て、芥川賞候補作となったのだ。これまでも、またこれからも注目を集め、将来を期待される作家の一人であることに間違いない。

(2)「ゆらてぃく　ゆりてぃく」の有する豊饒性

「ゆらてぃく　ゆりてぃく」は、崎山多美文学の一貫したテーマを共通に有するものであるが、その方法においては大きな転回を見せた作品である。ここには、沖縄文学のみならず、日本文学にも大きなインパクトを与える示唆が豊かに溢れていると言っても過言ではない。豊饒性の主なものについて、箇条書きで述べると次のような点になるだろう。

①文学言語の拡大・方言の使用の特異性と可能性

本作品の特質の中でも、最も際だった試みの一つとして挙げられるのが作品中での方言の使用である。方言使用の特異性は、そのまま地方言語の文学作品への使用の可能性をも切り開くものだ。

特異性の一つは、従来のように方言に漢字を当てたり、逆に漢字に方言のルビを振ったりすることだけではなく、脚注なしで、また意訳なしで、生のままに会話に使用していることにある。まるで村芝居のせりふのようにストレートなのである。

また表記にも新しい試みがある。たとえば「アギじゃびヨー」「エぇー、ジラぁ」などと、カタカナと平仮名を混ぜた表記が意図的になされている。さらに地の文にも、方言のリズムと語句を頻繁に使用している。たとえば、「比較的元気のあるイキガらが、今日（チュ）ーや此方（クマ）、明日（アチャ）は彼方（アマ）、と顎で行き先を示しつつ、気の合った同志（ドゥシ）グァを訪ねたずね、歩き（アッチャ）アッチャするのだった」などである。このような試行を実にけれんみなくやりおおせているのである。方言に限ったことではないが、言葉が自由に乱舞している文体は、小説作品を読む楽しさを教えてくれるものだ。

②言語体系への異化作用

本作品は、方言の使用方法を大幅に拡大しただけでなく、日本語の言語体系へも一矢報いたものである。日本語は、平仮名、カタカナ、漢字の三文字を使って表記がなされるのであるが、その使用方法をこれまでの概念を覆すことによって、文脈の中で新たな意味を有して立ち上がらせているのである。たとえば、「イタミ」「カレガレとした仲」「かんけいを絶つ」など、多種な語句が漢字・平仮名・カタカナ表記のセオリーが無視されて表記されている。また、句読点の打ち方にも独特な工夫がなされ、「〜である、そうな。」などと、意味の屈折を誘っている。さらに、修辞表現の拡大がなされ、独特な擬声語・擬態語・比喩表現などが随所に見られる。たとえば「水の乳房がぷたぷたと揺れる」「水の泡粒がもぁもぁとうごめき立ち上がる」などである。これらの表現は、文脈の中で従来もっている言葉の意味を微妙にズラし、屈折や膨らみを有して立ち上がっているのである。換言すれば、まさに新しい崎山多美言語の創造である。このことは、日本語の体系を解体していく試みであると同時に新しい文体を生み出していく試みでもある。

③昔語りのスタイルの導入

文学空間や文体を広げる試みとして、昔語りのスタイルを導入したことも特徴の一つに挙げられるだろう。もちろん、このスタイルも、従来の語り口を微妙にズラして使用される。「〜なのだそうだ。」「〜である、そうな。」「深く熱い思いであった、とか。」「〜なってしまった、ということだ」などである。軽妙で、かつ余情を含んだ話体を思わせる語り口の文体は、現代の小説空間に、異様な新鮮さと緊張をもたらすものである。

④幻想的な作品世界

幻想的な作品世界を開示していることも、この作品の特徴の一つである。それは、人物設定や人物名のユニークさに拠って立つところが大きい。作品に登場する保多良ビトは、すべて八十歳を越える老人ばかりである。シマの最長老は百十三歳、また物語を織りなす中心的人物のジラーは百十三歳である。このようなヒトビトだけが百三十名も一つところで生活する島など、当然どこにもない。生活の方法、ものの考え方、葬儀の方法、その他、日常的な生活空間も時間も超現実的な設定がなされる。人物名も、ジラーの他に、タラー、サンラー、ウミチル、ナビィなど、かつて沖縄で使用されていたと思われる呼び名を冠している。

この方法は、フィクションの力を借りて現実を再構築するだけでなく、幻想的な空間を創造するためになされたものであろう。しかし、このような空間こそが、まさに現代文学に欠けていた空間なのである。

⑤フィクションの可能性を示唆

小説はフィクションである。そのフィクションの多様な方法と可能性を示してくれたのが本作品だ。同時にフィクションの楽しさをも十分味わわせてくれる。

小説は、巧妙な入り子型の空間を作って展開される。架空の島・保多良ジマや高齢の登場人物など、小説の舞台設定そのものがフィクションであるが、さらに登場人物によって語られる「保多良七不思議のパナス」などは、劇中劇のように新しいフィクションとなって挿入される。明らかになってくるジラーの恋人ウミチルの出生譚など、幻想的な作品世界の中に、さらに幻想的な作品世界が織りなされていくのである。

　このような構造で完成された作品空間に接するとき、縦横なまでに小説の特質を駆使した作者の計算ずくめの微笑が見えてくるような気がするのだ。

⑥内容の風刺性

　保多良ジマのヒトビトの生き方や考え方は特異である。このことがそのままで現代社会への風刺性を有している。一つ一つのフレーズのみならず全体の物語の寓喩性と併せて、まるで芥川龍之介の「河童」を連想させる。たとえば「子供を生まないのが美徳」「成るようになったその状況を丸ごと受け入れるのが自然である」「婚姻という制度も、家を守るという道徳倫理も慣習も、あって無きに等しい保多良」「制度やしきたりには疎遠で、遺言を墨守する」……そんな保多良ビトの世界は、漠然と自明なものにしてきた制度や頑固な現代ビトの概念を揺さぶるのである。

4　作品の有する課題

　作品世界が有する豊饒性は、実は同時にその限界性と表裏になった世界でもある。それゆえに多くの作家たちが遠ざけてきた試みなのであろうが、崎山多美は多くの作家たちが逡巡したその世界に一擲（いってき）を投じたのである。

　本作品によって浮かび上がってきた文学作品の、特に沖縄文学の有する課題について、あえて箇条書きにすれば次のような点があげられるだろう。

(1)　地方の風土・文化・物語をどのように作品化するか。

　地方を舞台にした作品は、当然地方の言語、文化、風俗、モノで語った方がよりリアリティをもつ。しかし、中央の文化圏からすると、必ずしも、そうとは言えない。そこをどう突破していくか。ジラー、サンラー、タラー、ナビィ、ウミチルなどの登場人物の設定も含めて大きな問題提起の一つである。

(2)　方言使用の限界と課題

　地方の文化の具体的な現れの一つは言語である。その言語をどのように使用して、作品世界のリアリティと、読者の理解との融合をはかっていくか。地方言語を小説作品の中に使用することによって、意味の伝達が大きく損なわれることになるが、それをどう乗り越え可能にしていくか。これもまた大きな課題の一つである。

　ただ、今回の「ゆらてぃく　ゆりてぃく」は、繰り返し述べるが、地方言語の枷をも取り払って新しく「崎山多美言語」とも呼ぶべき言語世界を切り開いているところに、大きな試みの新しい胎動を感じるのだ。

地方言語の作品世界への導入は、何も崎山多美作品に始まったことではない。たとえば東峰夫の作品「オキナワの少年」は、まさに地方言語を赤裸々に取り入れた文体が文壇のセオリーを打ち破ったのであった。沖縄方言の使用は、山之口貘の方法から、東峰夫を経て、今、崎山多美の世界にまで到達したと思われる。

ただ、方言の使用という大きな規範で括るとすれば、三者の間にそれほど大きな相違はない。だとすれば、「オキナワの少年」が芥川賞を受賞し、「ゆらてぃく　ゆりてぃく」は候補作にもならなかったのは、なぜか。この二つの作品の評価を分けた理由はどこにあるのか。新たな課題も浮かび上がってくるが、今は二つの作品の方言使用の例をのみ、次に示しておく。（或いは、この二つの作品の方言使用を比較して類似性と相違性を明らかにすることは、崎山多美の新しい文体を創出する必然性を解き明かすことと同じ程度に、興味のあることではある）

①「ゆらてぃく　ゆりてぃく」（タラーがジラーに尋ねる場面の会話）

水(ミジ)の踊(ウドゥ)イんじ云せー、珍(ミジ)らさんやぁ、ジラぁ
それで(あんし)、何(ヌ)ーなたが
其(ウ)ぬ、ミジぬウドゥイんじ云せーや。

②「オキナワの少年」（冒頭の書き出しの部分）

ぼくが寝ているとね、「つね、つねよし、起(う)きれ、起きらんなー」と、おっかあが揺すり起こすんだよ。「ううん……、何(ぬ)やがよ……」目をもみながら、毛布から首を出しておっかあを見上げると、「あのよ……」そういっておっかあはニッと笑っとる顔近づけて、すかすかのごとく言うんだ。

(3)　幻想物語の中でのリアリティの問題

作品が、あまりにも現実とかけ離れすぎているがゆえに、作品をおとぎ話の世界にさせ、「遠野物語」のような不思議な奇談、怪奇譚と化して読まれるとすれば、現実を殴打する文学作品のベクトルは弱まるのではないか。作者の意図も減じてしまう恐れがある。その損失をどのように補うか。現実と非現実を繋ぐ「幻想のリアリティ」とも呼ぶべき方法を、どのように構築し、開拓していくか。これも一つの課題であろう。

(4)　フィクションの限界性

小説はフィクションである。しかし、同時にリアルな現実をも構築しなければならない。逆説的な言い方になるが、そのフィクションで構築した細部の現実を信じてもらわなければ、小説の力は半減するはずだ。ここで評価の分かれるとこ

ろであろう。それでもフィクションの側に偏って作品を構築するか。あるいはフィクションを手放して現実をとるか。困難な選択であるが、崎山多美は、前者を選択したのだ。

(5) 創作態度と作品の普遍性

崎山多美の作家としてのテーマは、自らのアイデンティティーを模索するところにある。自らの存在理由や意義を模索し続ける作家であり、そのための主要なアプローチが出自の島であったり、沖縄の言語や沖縄そのものであったりするのだ。換言すれば共同体としてのシマを主題にして書き続けてきた作家といっていい。

だが、このような個人的視点は、どこまで普遍化できるか。「ゆらてぃく　ゆりてぃく」も、これまでの主題の延長線上にあることは間違いない。方法としては、これまでの手法をディコンストラクトした斬新な世界を創出した。しかし、創出した世界があまりにも現実ばなれしているがゆえに、言語遊戯の世界、カタルシスの世界ではないか、と穿った見方をされる危惧がある。そうなれば、やはり作品の読解は正しくなされたとは言い難い。個人的な拠点を、どのように普遍的な拠点として獲得するか。これも崎山多美のみならず沖縄の作家たちにかせられた乗り越えられるべき課題であろう。

崎山多美は、『新沖縄文学82号』（１９８９年）の「特集・沖縄小説の現在」で、自らの創作態度について、次のように述べている。

「書くことは、基本的にエゴだと思う」

「対人関係がうまくなく、未消化のようにたまっていたものを書き連ねる」

「言葉を意識したのは本島に来てから。言葉の訛りの中に、宮古と八重山と中部とがメチャクチャに入っている。自分の言葉はおかしい。自分は何処か。自分は何処でもない。不安。何もないことから私は始まっている。あの島は自分の何かであっていいのではないか。それならここを作品化していいんじゃないか」

「何を書くかというよりも、書いていて気持ちのいいというのがありますよね。自分が酔える。それを信じるしかない。その中で広がったり、縮んだりすればいい」

もちろん、10年ほども前に語られた姿勢が、今日までも変節することなく持続させられているかどうかは定かではない。或いは述べられた創作姿勢は変わっているかもしれない。しかし、個人的な根拠を普遍的な課題にまで押し上げる姿勢と作品の普遍性とは、問われてしかるべき課題であろう。

5　今後の課題

今年は、21世紀の始まりの年である。沖縄の小説の歴史は明治40年（1907年）代以降と言われているから今日までおよそ百年が経過したことになる。この間、地理的、政治的状況の中で、長く文学的にも辺境の地であり続けてきた。それゆえに、沖縄文学はいまだ伝統らしい伝統もなく、発展途上とも言えるであろう。

しかし、私たちはこの時期に、又吉栄喜の「豚の報い」や目取真俊の「水滴」を手に入れ、崎山多美の「ゆらてぃく　ゆりてぃく」をはじめ、様々な言語実験を有した作品を読むことができるのは幸せなことかもしれない。

新しい百年の始まりに当たって、文学に関わる者の問題意識として、これらの作家の問題意識を同時代を生きる者として担い、また発展的に継承していくことが重要なことのように思われる。ここから次の一歩が始まるのだろう。

だが、同時に、発展的な視点でこれから訪れる時代の中での文学と今後の課題を考える視点も忘れてはならないだろう。たとえば情報化時代と呼ばれる状況に対峙する文学表現のあり方、ネット文学と呼ばれる状況とそのことと連動して現れるであろう地域言語の行方と言語の均一化、あるいはインターネットの普及により、文学受容の仕方にも変化が訪れるものと思われるが、その一つとして読者参加型の作品の登場も、さほど遠い未来のことではないように思われる。

このように、さまざまな現象が出現してくることが予想される時代の中で、私たちはまた私たちなりに、目前の課題を見据えることも、重要な営為であるはずだ。

以下は、新しい時代の中で、予測される主な課題を述べたものである。

(1)　テーマの深化と拡大

小説作品のテーマとしての「沖縄」の重要性は、新時代になってもいささかも減じることはないだろう。しかし、同時に脱沖縄のテーマの作品の創出と構成を模索してもいいのではなかろうか。個人のアイデンティティーも、沖縄のアイデンティティーも、複眼的で多様な視点で描くことによって、ますます深化させ際だたせることができるはずだ。

(2)　方法の実験と小説の再定義

情報化が進み、遺伝子工学やクローン技術が実用化される時代に突入すると、当然人間の捉え方も違ってくると思われる。家族の概念や夫婦の概念は、新しい規範を要求されるだろう。変容した21世紀の人間や状況を描くには、当然これまで以上に斬新で大胆な方法意識が求められる。常に、時代に拮抗し、時代を先取りする文学の創造が意図されるべきである。

(3) **沖縄文学の再定義**

21世紀末には、或いは沖縄文学という範疇は消失しているかもしれない。しかし、沖縄に拠点を置いて文学する者にとっては、沖縄文学という概念は繰り返し問われ続けられるべき概念である。ただ、その問いかけは、従来のように、ウチナーに在住する作家が書いた作品であるとか、沖縄をテーマにした内容の作品であるとかいう枠組みでなく、もっと違った尺度からの鳥瞰的な位置づけがなされてもいいように思われる。たとえば世界文学の中の沖縄文学、日本文学の中の沖縄文学、或いは辺境の文学、東アジアの文学、マイノリティ文学などという、新たな尺度と規範の導入もあり得るのではないか。

(4) **ウチナーグチ文学の可能性と実験**

ウチナーグチは、たしかに一地方の言語である。が、ヤマトグチもまた世界的な視野に立てば一地方の言語でしかない。このような発想に依拠すれば、すべてをウチナーグチで表記する文学作品が登場してきても可笑しくはない。それが不可能なら、方言のリズムに乗っ取った新しい言語を創造することもできる。少なくとも、擬態語や擬声語、比喩表現などの創出は可能であるはずだ。その試みは、日本文学の可能性と、言葉の可能性を、十分に担っていくことのできる試みになるはずだ。

(5) **優れた批評活動の活性化**

作家の努力と同じように、批評家の努力もまた沖縄文学の豊饒さを育んでいくものと思われる。有名・無名の作家たちの美質を見いだし、内包する可能性を発信する批評は、文学の発展に不可欠のものである。沖縄文学を支援する批評活動を活性化させる試みは、不断に続けられねばならない。批評に耐えうる作品は数多くある。「ゆらてぃく　ゆりてぃく」などは、すでに日本文学の概念をも揺さぶる芽甲（がこう）を有しているはずだ。

(6) **21世紀文学のあり方の模索**

ネット文学と呼ばれる文学シーンが登場してから、それほどの歳月を経ていないにも関わらず、今日ではすでに様々な試みがなされている。21世紀の文学は、紙上の文学とインターネット上の文学との両輪で、作品が享受されていくような気がしてならない。このことは、一方で沖縄の枠組みを取り払った文学のありようを問題意識として持続していくことが大切だということだ。

たとえば、ネット文学の隆盛は地域言語の衰退に拍車をかけるかもしれない。或いは世界的な規模で言えば、地域言語の一つである日本語の衰退にさえ拍車をかけるかもしれない。新しい「ネット言語」の登場が画策され、さらにネット上での読者参加型の文学表現が、加速度的に流行していくかもしれない。このような中で、文学とは何か、言語とは何か、と絶えず問い続け、文学を自明なものとはしない姿勢が、新しい文学を生み出していく拠点になるような気がする。

崎山多美の初期作品は、出生の島を舞台に、壊れていく島の文化や浸食される自然に着目し異を唱える作品が多かった。これらの成果の一つが芥川賞候補作ともなった「水上往還」などであろう。この視点がさらに「ゆらてぃく　ゆりてぃく」に結実し、現在は文化の集大成である言語に向かって発展的に継承されているように思われる。それも、文字言語だけでなく、音声言語をも取り込んだ果敢な文学言語へ「崎山多美言語」を携えての挑戦である。土地の文化の消失や破壊への困惑と抵抗は、文化の収斂ともいうべき言語の再生に向けられているように思われるのだ。

このような視点からも、崎山多美が提起した課題はラジカルであり、挑戦している文学世界は先験的な試みであると思われるのだ。

6「ゆらてぃく　ゆりてぃく」以降の近作3編

崎山多美の近作3編は、さらに言語実験が先鋭的になされた作品となっている。そして、これらの作品群は、さらに沖縄を相対化し日本を相対化する視点を獲得して深化しているように思われる。作品のあらすじと特質は次のとおりである。

(1)「月やあらん」(2012年9月、なんよう文庫)

本作品は難解な作品だが重要な課題を提出した作品だ。作品のあらすじは、東の空に現れた月を見ていた「わたし」の前に、月は「土にまみれた丸太のような、自らで動く物体」になり、「ヒトの声でヒトのコトバを発する」「奇態な風体のヤカラ」になる。「わたし」は編集工房で働く友人高見沢了子から〈仕事上の引継ぎ〉を依頼されるのだが、高見沢は姿を消し、「わたし」の前では次々と不可解な事が起こる。例えば『自叙伝』を書いたと思われる元従軍慰安婦を探し当てると80歳のプリムン(狂女)であったり、編集工房からは「白い丸太に見えるぐるぐる巻きの原稿の束が、十二本もごろごろと転がり出てきたり」、狂いの境地に入りかけた「わたし」の前に様々な声を投げかけるマブイの行列が現れたり等々だ……。

本作品は、崎山多美が担ってきた「文字」と「声」の有効性と格闘する表現者の根源的な試みの一つを具現した作品であるように思われる。それは可能性よりもむしろ「文字」や「声」の有する他者への伝達の不可能性を示しているように思われる。例えばその一つに「年増女」の「遺言」を述べる場面があるが次のように記される。

この声が、アタシの願い通り、ドゥシンチャーへ聞き届けられる日が来るのかどうか、残念ながらアタシ自身が確かめることは、できない。というのも、ミドゥンミッチャイ解散後の混乱でこのテープがゴミクズと化すやもしれぬし。また別の事情で、知らずにこのテープが抹消される可能性もなきにしもあらず、だし。或いはまたそれらの危惧をクリアし、幸いこの声が目当てのドゥシンチャーへ聴きとどけらるるも、語りの主旨が伝わることなく一笑に付される可能性も大かと思われ、ゴミクズと化すも良し、一笑に付されるも良し、どう相成るとも全てはこのアタシの語りの負う運命とかんがえ、あとは、聴き手の、せんさいかつ寛容なる想像力にすべてを委ねるほかはなく、ただ、アタシは、止むにやまれぬ思いゆえ、この声をしたためるのみ〰〰〰。

やや自嘲的な感慨だが、それでもなお、人は、「マブイたち」に「名」を与え、その意味＝「答え」を求めるべく、「文字」や「声」と格闘しつづけるのだ。この不可能性の課題を聴き取る役割を編集人の高見沢了子に託したのだろう。答えのない答えを求める営為は、作者の姿とも重なるのである。

(2)　「うんじゅがナサキ」(『すばる』2012年12月号)

作品は「届けモノ」と、「海端でジラバを踊れば」の2項立てで構成されている。「届けモノ」の項のあらすじは、若い女性のもとに、二つの届けモノがある。一つは、得たいのしれない「声」の届けモノだ。作品の書き出しは次のように始まる。「あの声はいつも、起きがけか出かけしなのわたしを呼び止めるようにして、やってくる」と。声に従ってその日の仕事を休んだわたしに、二つ目の届けモノがある。「宛先も差出人の名前もない包み」を玄関先で渡される。包みには何冊かのノートが入っている。表紙には「記録z」「記録y」「記録x」……と記されている。戸惑うわたしの目の前の茶封筒の中から、「一枚のフロッピィ」が落ちてくる。ここで、この項は閉じられる。

2項めの「海端でジラバを踊れば」は次のように展開する。わたしは、「Z」と記されたファイルの「墓地に立つ」の一文に促されて墓地を探しに出かける。途中、海端で六つの人影に出会う。六つの人影に声をかけたことで、私と彼らとの「関係性が生じ」、一緒に「ジラバブドゥリ」を踊ることになる。人影は踊りながら何かを祈っているようでもある。突然、彼らは「来る、来る」と言って、わたしに「ヒンギレー」(逃げろ)という。わたしは、何が来るのか確かめることもなく背中を押されるように逃げだす。背後に怒号のようなヒトの悲鳴を聞きながら逃げる……。気がつくと目の前に見慣れた町並みがあり、わたしは、いつものわたしに戻っている。この項の終わりは次のよう記されている。「わたしは、潮水と泥で汚れたショルダーバッグから、メモ帳とボールペンを取り出す。そして岩礁の上での出来事を綴り始める」と。

　崎山多美の小説世界は、何も語らないことによって、何かを多く語っているような気がする。研究者にとってその「何か」を探すことは批評意欲を喚起する格好の作品となるのかもしれない。ところが一般読者にとってはやや解読が難しい作品だ。読者の対象をどこに置くか、文学作品の存在の意義を問う、あるいは考えさせられる作品である。

⑶「ガジマル樹の下に」（『すばる10月号』２０１３年）

　「ガジマル樹の下に」は重く大きな問題提起を含んでいる。主人公の「わたし」が死者の声を聞き取ろうとする物語だが、作品には様々な仕掛けが秘められているように思う。「わたし」は、突然チルーという名を冠せられて聞き取られる側の世界へ投げ込まれる。そこは「荒れ狂うヌチたちを、心のかぎりウユエーして、なぐさめよう」とする世界だ。

　目の前にひめゆりの乙女たちを連想させる三十人近くのミヤラビたちが現れる。ところがミヤラビたちは「鬚のイキガ」の振り上げた腕に激変する。「ミヤラビたちの細い身体は折れてしまいそう」に「もだえだす」。「わたし」は叫ぶ。「みなさーん。アナタたちの身に、いったい、なにがあったというのですかぁー。伝えたいことがあったら、コトバにしてくださぁい。是非、ぜひ、そうしてくださぁい。そうしてくれたら、わたしが、ここに書き留めますから」

　しかし、ミヤラビたちは「ひく、ひくひくひく、きしむような壊れかけるような、堪えかねる悲憤の隙間から漏れてくる嗚咽にも聞こえる音」を上げながら海を望む断崖へ向かう。「うーみ、ゆかばぁ……の韻律にのってスローダンスの歩みをするミヤラビたち」。

　「わたしはミヤラビたちの背のむこうの海に向かって、ありたけの喉を張り上げ」て叫ぶ。『情け(ナサキ)無(ネ)ーん海(ウミ)ぬぅ、我(ワ)ン渡さと思(ウム)てぃ、手(ティ)舞いすさぁ』。ミヤラビたちが一瞬踏みとどまり、ゆっくりとわたしを振り返った。手舞い、すさぁ、の余韻に溶け込むようにミヤラビたちは顔をほころばせ、笑みを含んだ幾つもの目がわたしを見ている。まって。行かないで。ミヤラビたちへ伸ばしたわたしの腕が、しゅんかん、何者かの手によって押し返され、わたしの足はぎりぎりのところで踏みとどまり――。」……と記されて、わたしは現実の世界と思われるガジマル樹の根元に放り出される。わたしは一冊のノートを手に取る。表紙には「記録y」と書かれている……。

　物語のあらすじは、おおよそこのように展開される。この展開の中で重く大きな問いかけは様々な場面でなされる。多くは死の記憶の継承の仕方に収斂されるようにも思われる。

例えばわたしがチルーと呼ばれることによってミヤラビたちと重ね合わせられる。「記録y」は「ひめゆりたち」の記録のようにも思われるし、「チルー」は女体を陵辱された辻の女たちを表象しているようにも思われる。

「彼女たちのキズとイタミは眼に触れる身体のどこかに、ではなく、人の目では見ることのできない場所に隠されてある」というキズとは何か。またミヤラビたちが「シャツと下着を脱ぎ捨て、上半身をすっかりはだけ」て「モンペ一つの姿」になって海に向かう行為は何を表しているのか。「戦争」と対峙される「文化」か。何が伝わり、何が伝わらないのか。行かないでと、ミヤラビたちへ伸ばしたわたしの腕を押し返す手は、いったい何者の手なのか……。様々な問を立てながら様々な解答を想像することは読書の醍醐味の一つでもあろう。

本作品は想像力を喚起し、いくつもの解釈を可能にする多重的な意味を持った作品のように思われる。同時に両者の世界を開示する特徴的な作品でもあるような気がする。

沖縄戦の犠牲者としての「ひめゆり学徒隊」、身を売る者としての「チルーたち」、様々な形で抑圧されてきた「女たち」の魂を鎮め、抑圧する者たちに対して抵抗し批判する。「沖縄の女」として小説を通して声を出し続ける崎山多美が、このメッセージを、比喩を散りばめた知的な力で構成した小説がこの作品のように思われる。

崎山多美は、今、沖縄の現在と過去と未来を同時に生きている作家のように思われる。過去を生きるとは、沖縄の戦争体験を始め土地に埋もれた記憶や言葉を掘り起こすことであり、現在を生きるとは沖縄と日本本土との間にあるミゾ（文化・歴史・言語）を凝視することである。未来とは文学言語の可能性を模索し、文学の枠組みを揺らし、未来の文学作品創造への示唆をも含んでいるということだ。

また、崎山多美の言語実験が目指しているものは、文学を相対化するだけでなく、沖縄を相対化し日本国家を相対化することであるように思われる。むしろその意図を具現化する試行が言語実験であるように思われるのだ。もちろんその先に浮かび上がってくるものは、記憶を隠蔽し歴史を捏造する国家権力の姿である。崎山多美の現在は、この困難な営為を言葉の力によって担っていく決意を示しているように思われるのだ。

【注記】

本稿は、約20年前の2001年8月1日に発行された『なんぶ文芸』創刊号に収載された論考を一部表記などを改変し、さらに補遺として「6　近作3編」を新たに加えて収載した。

第四章　沖縄文学の多様性と可能性

1　「九州芸術祭文学賞」受賞作品と作家たち

○はじめに

生きることとは、たぶん様々な疑問を抱いて日々を過ごすことだろう。人はどこから来てどこへ行くかは、人口に膾炙（かいしゃ）された言葉だが、一人の人間にとってこの問いは絶対無二であり、答えも唯一のものだ。世界の人口はおよそ77億と言われているが、同じ軌跡を歩む者は二人といない。また二度と繰り返すこともできないのだ。

文学とはこの問いに真摯に対峙し、深く考えて文字言語として定着させる営為かもしれない。沈黙と思考を経て己が手に入れた唯一の問いと答えを言葉を媒介にして他者と共有する。或いは生きることの不安を解消し、確固たる存在の証しとして文学という得体の知れない世界へ身を置き、遠くから共鳴する鐘の音を待つ。耳を澄まして待っても、いつまでも鐘は鳴らないかもしれない。それでも文学に取り憑かれた者にとって、鐘の音の誘惑は永遠と同義語だ。来世で鳴ろうとも、孤独な営為に陥って聴覚を失おうとも、己を明日へ牽引する力になる。文学の存在理由の一つは、極めて個的な理由を根拠にするこの地点にあるのかも知れない。

沖縄という土地は、特異な歴史を体現し特異な言語文化を有している。鳥瞰的な視点に立てば、どの土地にも特異な歴史や文化はある。個別的な違いがあるとすれば、その土地に生きる人々が悠久な尺度を有してどのように自らの土地の歴史や文化を理解し、どのように継承するかの違いであろう。この自覚が強ければ強いほど多様な土地の歴史と文化を浮かび上がらせることができるはずだ。

沖縄の文学表現者たちもまた、多様な沖縄を発見し、唯一無二の問いと答えを手に入れようと努力している。同時に手に入れた答えをどう表現するか、言葉と対峙し多様な文学表現を生み出している。

本稿では、「九州芸術祭文学賞」の沖縄地区優秀賞を受賞した作品を読むことでこの格闘の実態を浮かび上がらせてみたい。「九州芸術祭文学賞」は、公益財団法人九州文化協会が九州・沖縄各県、福岡市・北九州市・熊本市の3政令指定都市との共催で運営して公募する新人賞である。年に1度募集され、応募資格は九州（沖縄を含む）在住者に限られる。また同賞は中央文壇への登竜門の一つとなっている。九州各地区から選考された優秀作品が中央審査で最優秀賞を受賞すると、文芸誌『文學界』での掲載が約束され、多くの読者の目に留まる。実際、最優秀賞を受賞した目取真俊の「水滴」はこの経緯を経て芥川賞を受賞した。それだけに各地区ともレベルの高い作品が受賞作として選ばれる。

第一回の公募は1970年であった。以来2020年の今日までで第50回を数える。沖縄地区優秀作が中央で最優秀作を受賞したのは7作品ある。又吉栄喜の「ジョージが射殺した猪」（第8回・1977年度）、崎山多美の「水上往還」（第19回・1988年度）、仲若直子の「犬盗人」（第20回・1989年度）、中村喬次の「スク鳴り」（第22回・1991年度）、目取真俊の「水滴」（第27回・1996年度）、佐藤モニカの「カーディガン」（第45回・2014年度）、平田健太郎の「兎」（第49回・2018年度）である。錚々たる顔ぶれだ。もちろん他にも佳作を受賞するなど、多様な沖縄を描く多様な文学作品を生み出している。なお、「九州芸術祭文学賞」は、沖縄では小説作品を対象とした公募の文学賞としてはもっとも長い歴史を持つ。

本稿では1970年を第1回とする区切りを援用して10年ごとに作品を紹介し、沖縄文学の特質と動向を考察してみたい。なお、受賞作品と作家については巻末の「付録2　沖縄文学三賞の受賞作家と作品一覧」を見てもらいたい。

(1)　1970年代＝沖縄社会を描く力ある作家たち

この期の特徴は、3人の作家が2度ずつ受賞していることが挙げられる。長堂英吉、横山史郎、宮里尚安だ。また、その後の活躍を予感させる力ある作家が登場している。又吉栄喜は芥川賞作家へ飛躍し、長堂英吉は後に新潮新人賞、芸術選賞を受賞した。横山史郎は90年代には本名の勝連繁雄で再び2度受賞し、宮里尚安は現在までも創作を続け、さらに沖縄エッセイストクラブの会員として活躍している。

この期の作品は、いずれも沖縄社会を描こうとした力作だ。土地の歴史、土地の伝統文化の現在を描こうと試みている。沖縄戦と戦後の沖縄を描いたのが長堂英吉の「帰りなんいざ」「我羅馬テント村」だ。又吉栄喜の「ジョージが射殺した猪」はベトナム戦争のころの米軍基地の兵士の苦悩や沖縄の人々との関わりを描いた作品である。本部茂の「造作」は日本復帰を挟んで揺れ動く時代の世相を描いた。横山史郎の「回帰」や宮里尚安の「大将の夏」は土地の伝統的な文化や慣習を描いた作品である。唯一の例外は屋嘉部久美子の「弔いの後で」で沖縄でなくても成立する恋愛小説である。

また、この期の沖縄は72年の日本復帰を挟んだ過渡期である。それゆえに、当時の情況や復帰反復帰の論争など、政治的な出来事を描いた作品の創出もあるかと思われたが、受賞作品には直接これらの状況を描いた作品はない。このことも新しい発見であった。まだ十分に対象化されていないということかもしれない。

長堂英吉の2作品「帰りなんいざ」と「我羅馬テント村」

は次のような作品だ。

「帰りなんいざ」は、表題から「帰りなんいざ沖縄へ」をイメージし、外地からの引き揚げ者を主人公に想定したが逆だった。「帰りなんいざ米国へ」がテーマで、アメリカ民政府総務局渉外課長シューメーカー中佐を主人公にした作品で、米国の沖縄統治の矛盾や弊害に気づいた民政官の苦悩と苛立ちを描いた作品である。

渉外課長シューメーカー中佐の仕事は、米国人とウチナーンチュ（沖縄人）との間で起こったトラブルや苦情を処理することである。沖縄に派遣されてから15年、この仕事を始めてから8年余の歳月が過ぎている。持ち込まれる苦情は米国人の方が多いが、ウチナーンチュ側からの苦情もあり、米国の沖縄統治に疑問を抱き、気が滅入ってしまう。何度か配置転換を望んだが叶わなかった。

作品はウチナーンチュ洲鎌清太郎が持ち込んだ手紙による依頼を中心に展開する。清太郎は65歳。妻トシは死んでしまったが、かつて貧しさから米兵に身体を売って生活していた。米兵との間にできた子どもミノルを抱えてトシは清太郎と結婚した。ミノルが4歳のときだ。もう10年ほどの歳月が流れている。ミノルは清太郎になつき、清太郎もミノルが可愛くてしょうがない。トシが死んだあとも二人の父子は手を携えて生きるのだが、清太郎は貧しく、島で砂糖樽を造る仕事も無くなってしまう。今では那覇に出て来て馬車を引き汚物回収の仕事をしている。ミノルは健気にも家事の手伝いから汚物回収の仕事まで手伝っている。清太郎はそんなミノルが不憫でならない。ミノルの将来を考えて、清太郎はシューメーカー中佐に、トシを捨ててアメリカ本国に帰った清太郎の父親捜しを依頼する。父が見つかりミノルを引き取ることに応じてくれるという約束を取り付ける。あとは、中学を卒業したミノルが本国へ旅立つばかりである。

しかし、清太郎は虚勢を張るもののミノルを手放したくはない。ミノルは清太郎の生きがいでもあったのだ。ミノルもまた清太郎を残してアメリカ本国へ行きたくはない。清太郎は交通事故と見せかけて自殺をする。ミノルは一人残された狭い部屋で清太郎の遺骨を供養する。様子を見に来たシューメーカー中佐の自動車にミノルは身を隠して背後から石を投げつける。

これが作品のあらすじだ。この親子の愛情やシューメーカー中佐の苦悩を通して、アメリカの沖縄統治の矛盾を描き、「帰りなんいざアメリカへ」とシューメーカー中佐の感慨に至る物語が本作品である。

本作品は作者長堂英吉の特質がよく現れた作品だと思う。その後に発表される「エンパイア・ステイトビルの紙ヒコーキ」（１９９３年）に繋がるアメリカ男性のウチナーンチュに対する優しい視点や、トシや清太郎親子の日々に寄り添う温かい視点が顕著である。この視点は後に新潮新人賞を受賞した「ランタナの花の咲く頃に」（１９９０年）に繋がっているはずだ。

「我羅馬テント村」は終戦直後の難民収容所が舞台である。戦争が終わっても悲劇は続く民衆の沖縄戦を２家族の悲劇を通して描いている。発想が新鮮で文学的な表現や仕掛けも随所に見られ、作者の文学的才能を彷彿させる。

　作品は基地に侵入したウチナーンチュの男を、駐留軍のマクファーレン中尉が虫けらのように射殺する場面から始まる。射殺された男は波照間幸吉。妻と下の息子を戦争で喪い、８歳ほどになる上の息子のたけると二人で難民収容所「我羅馬テント村」で暮らしている。幸吉は息子の飢えを満たすために食糧を盗みに基地の中に侵入したところを射殺されたのだ。

　たけるは父親の死を知らずに、言いつけられたとおり、テントの中でひたすら父親の帰りを待つ。やがては餓死した腐乱死体がテントの中で見つかる、というのが一つめの悲劇だ。たけるの父親を待つ健気な心情が詳細に描かれる。

　二つめは、狩俣呉勢（かりまたこぜい）の家族を襲った悲劇だ。呉勢は夫が北支へ出征したがまだ帰還しない。そんな中で三人の娘と八歳の息子良平を必死に育てている。ところが長女のサヨが米兵に強姦され妊娠し赤子を出産する。呉勢はすぐに赤子を湯船に漬けて溺死させる。この赤子を「犬の子」と偽り、毛布で包んで息子の良平を連れて浜辺に埋めに行く。穴を掘って埋めようとすると、殺した筈の赤子が息を吹き返していた。呉勢は赤子の命が愛おしくなって育てることを決意する。

　この二つの家族の物語が、交互に織りなされる。エピソードとして湧田の婆さんの家族の悲劇も挿入される。湧田の家族は戦争で両親をはじめ多くの人々が精神を病んでいて家族の信頼が揺らぎ崩壊している。戦争が終わっても悲劇は終わらない沖縄の人々の戦後の物語がこの作品である。

　本部茂の「造作」は、復帰前後の基地の街の世替わりを描いている。主人公は山城太郎とツル夫婦。時代は１９７２年の復帰前後で場所はある市中の歓楽街。二人は「山城屋旅館」の看板を掲げ、売春をしている女たちへ部屋を貸して商売している。周りには同業者も多い。ところが復帰になって「売春禁止法」が適用されることになり、表だってこの商売ができなくなった。そこで実態を隠した模様替えをしてバーや居酒屋の看板を掲げることにした山城夫婦や周りの同業者の慌て振りを描いたのが本作品だ。

　作品のタイトルになっている「造作」とは、部屋の改装とか、リフォームの意味で使われる言葉のようだ。世替わりに対面して「造作」に走る大人たちの姿は滑稽でもある。太郎はこの商売を続けていいものかどうか、いくらかの悩みを持ち葛藤も抱いているが妻のツルは生きるためだと割り切って大工や太郎を指図し逞しく生きている。この対比が面白い。ドタバタ騒ぎの中に作者の批判精神が投影されているようにも思われる。

横山史郎の「回帰」は沖縄社会の特質を描いた作品だ。表題の「回帰」は故郷への回帰を示す言葉である。故郷から村八分のようにしてはじき出されたアソウの一家が、親族のツル婆さんのカジマヤー祝いなどを機縁にして、再び故郷へ受け入れられる物語を、長男であるアソウの葛藤と躊躇(ためら)いを通して描いた作品である。

村八分の原因はアソウが親族の期待を裏切ったことが機縁になるのだが、作品は村八分にされたことを描くのではなく、その状態を離脱して回帰していくアソウの家族や村人の動向、そしてアソウの心情にスポットが当てられる。父が病に斃れ、母や、弟、妹までが村の家を出る。村の家はやがて壊され、その敷地に有力者の家が建つ。アソウは東京へ出て好きな絵を学び、学校の先生として帰ってくる。アソウに同情した村の娘サキと結婚し、サキの祖母であるツル婆さんのカジマヤー（97歳の長寿祝い）の祝宴に招かれ、老人たちと酒を酌み交わしながら、知らず知らずのうちに、祝いの席は和解の席に変わっていくという物語だ。

この日常は、だれもが体験する沖縄社会の特性を浮かび上がらせているように思う。村八分にされながらも父親は村の家で息を引き取りたいと思う。あれこれと村人へ文句を言いながらも、長男のアソウへ村に再び住む家を建てて欲しいと懇願する。妻のサキの母親も、反対を押し切って結婚したサキを許し、いつの間にか母親同士は心を開いて元の鞘に収まる。この緩やかな沖縄社会や人間関係に抵抗するものの、主人公のアソウまでもいつしかその輪の中で踊っていることを知るのである。短い作品だが、カジマヤー行事の具体的な描写と相俟って、沖縄社会の特質に焦点を当て見事に描き出した作品だと言っていいだろう。

作者横山史郎は土地の記憶、風土の「心」に耳を澄まし目を凝らす作家なのだ。本作が収載された作品集『記憶の巡歴』（1972年）の「あとがきに」に次のように記している。「わたしにとって、記憶を想像（創造）的に生きる、ということは、未来を予祝することと同じに思われた。それは、むろんわたしの渇望と表裏をなすものであった。そして、わたしだけの儀式めいた行為であったのかも知れなかった」と。

屋嘉部久美子の「弔いの後で」は、大人の恋愛物語である。作品は一人の女性、私（雅美）が語り手になる。沖縄の70年代は復帰反復帰に大きく世論も分断され、様々な思惑が揺れる中で日本復帰が実現する過渡期である。しかし、本作品にはこのような時代はまったく反映されない。ひたすらに男と女の愛の姿を追求した作品である。

主人公の雅美は小田切伸郎という恋人がいる。二人は周囲が認める恋人同士で結婚の約束をしている。ところが小田切伸郎にはかつて佐久間有希という恋人がいた。佐久間有希は失恋を機に自殺を図るが命を取り留める。

小田切は雅美と生きることを誓うが、雅美にとって自分が幸せになることは佐久間有希を不幸にした代償であることを折に触れて思い出す。この苦痛に耐えきれず、雅美はやがて小田切伸郎との結婚を諦めて別の土地で暮らす決意をする。この結末に至る心情を主人公の雅美自身が語る作品だ。

小田切伸郎と雅美の心情が切迫感を有する言葉で次々と交わされる。このことが作品全体に緊張感を生んでいる。「弔いの後で」とは、小田切伸郎が有希との愛を弔った後のことなのか、雅美が小田切との愛を断念した後のことをさすのかは定かではない。いずれを意味してもいいように思われる。雅美の微細な心情を表現しているとは言え、「愛するがゆえに別れる」というテーマは、多くの文学作品で見られる常套的なテーマだ。また私たちの周りにも生起する出来事のように思われる。それゆえに、他の土地で再生する物語に、もう一つ新鮮でオリジナルな視点が欲しいようにも思われた。

又吉栄喜の「ジョージが射殺した猪」は九州全体でも最優秀賞を受賞した。作品は沖縄に駐留する米軍基地の兵士ジョージと友人のジョン、ワイルド、ワシントンが、Aサインバーでホステスを陵辱する場面から始まる。兵士たちはアメリカからやって来た新兵だが、ベトナムにいつ派遣されるか分からない。死の不安に苛まれる日々の中で、既に精神は病んでいる。

作品の新鮮さは、基地の中の兵士を強者としてステレオタイプに描くのではなく、自明として疑わなかったその常識を反転させて描いたことにある。心優しいジョージが老人を射殺するほどに変えられていく軍隊のシステムの闇と狂気を明らかにしたことにある。人間を猪と喩えさせ、黒い固まりと喩えさせ、人間の精神を破壊する軍隊のシステム。ここには米兵も日本人もない。弱い人間がいるだけだ。この狂気のシステムに取り込まれた米国の一兵士ジョージの物語が本作品である。文学の力を感じさせる短編だ。

宮里尚安の「大将の夏」は村の祭りで躍動する少年の心理を描いている。作品は3つのパーツから構成される。前半は宮古島と思われる島の豊年予祝を祈願する祭りの場面で、踊りや唄が奉納され村全体が祭りに高揚する様子が描かれ臨場感がある。中盤は祭りで行われる少年たちの綱引きにかける責任感や緊張感を一人の少年にスポットを当てて描いている。村を東西に2分し、少年たちが二手に分かれて対決する。それぞれ「ユヌス」、「サンナン」と呼ばれる総大将がいて、その配下に3〜4名の大将がいる。運営も方法も少年たちに任されていて3〜4日に渡るときもある。ユヌスという総大将に選ばれた1人の少年の心理を詳細に綴る。本作品のタイトルにもなった「大将の夏」を描いている。

後半部にあたる三つめの部分は、ユヌスに選ばれた中学2年生の少年の性の目覚めを、村共同体の古い慣習などを織り交ぜながら描いている。少年の姉ユリは、中学を卒業すると母から裏座を与えられる。姉の寝床に村の青年の一人マツが夜這いに来る。少年は二人の行為を盗み見る。膨らみ始めた乳房を持つ姉の肉体への恋慕もあり、姉ユリが犯されるのを心配して、親しくしている男やもめのヤマじいに助けを求めに行く。ヤマじいは「そんなもんは放っとけばいいんじゃ」「そんなふうにして男に触れられながら女は成長していくのだ」と諭す……。

ヤマじいは、少年の人生への指南役として様々なことを教えてくれる。しかしヤマじいも、クニ後家に性行為を求めた後に村から姿を消す。村の祭りや大人たちの姿を通して成長していく「大将の夏」を描いたのが本作品であろう。

(2) 1980年代=女性の活躍が顕著な時代

1980年代は、女性の活躍が顕著な時代である。この10年間の受賞者はすべて女性だ。まずこのことが特筆されるべきことだろう。本賞だけでなく「新沖縄文学賞」の80年代の受賞者も、受賞作なしの年もあるが9人の受賞者のうち6人は女性だ。文学の分野における80年代はまさに女性の時代であったと言うことができる。

崎山多美と仲若直子が2度ずつ受賞している。二人の作品「水上往還」と「犬盗人」は九州でも最優秀賞に輝いた。さらに「水上往還」はその年の芥川賞候補作にもなる。

本賞が60枚という短編小説であるがゆえに、いずれの作家の作品も手際よくまとめられているという印象が強い。さらに共通項として、女性の視点から描いた家族のあり方や、夫婦のあり方を問う作品が多いように思われる。もちろん、家族や夫婦のあり方、親子の関係を問う物語は、文学が担ってきた普遍的なテーマである。このテーマに女性作家たちの独自性はどのように現れているか。このことを省察することが肝要になるだろう。

仲若直子の「海はしる」は、島に生きることを喜びとしながらも家族を作れなかった少女の物語だ。作品はある島が舞台である。島には中学校や高校はないから小さな島であろう。そこで産まれ育ったサチが島を出て中学で学び戻って来る。サチにはこの島だけが自分に似つかわしいと思い、仲間たちがさらに進学や就職のために島外へ出て行くのを尻目に島で両親と暮らし始める。就職先も島の小学校の給仕の仕事を得て一所懸命働く。

ところが、16歳になったサチのお腹が大きくなる。村人からは「父なし子」を孕んだと蔑まれる。父親に殴られ母親に同情されながら身を隠すように裏座に移り住む。やがてお腹の子は、単身赴任してきた校長先生の子だということが分かる。校長先生は辞職し、サチも仕事を辞める。このサチの心情が、島に伝わる「アカオモテ祭り」の神事を背景に細やかに綴られる。島は共同体としての秩序を守っていくためには、島の掟を犯した者には容赦ない仕打ちを与える。サチは祭りの日に、神事を司る村の男衆に制裁される。村人が歌う神歌を聞きながらまどろむ中で海鳴りを聞く。作品の最後は次のように記されて閉じられる。「終わらない祭りの声をかき消すように、サチの軀中に海鳴りが響く。様々な思いが湧き、引き裂かれていく。サチは、地面を這いのぼってくる海鳴りだけを聞いた。この海鳴りの中に引き込まれ、大きな海の流れに乗り、波のうねりそのものになっていくような気がする。サチの軀が海と一つになってたゆたう」。

身ごもった子どもは産まれるのか、流産するのか、サチの家族はどのように作られるのかは曖昧だ。

仲若直子の作品は、この作品だけでなく、島を舞台にした作品が多い。何者かに突き動かされて島を出て、何者かに急かされるように島に戻ってくる。島で生きることは、仲若直子の中で大きな作品のテーマとして位置づけられているように思う。

もう一つの仲若直子の作品「犬盗人」は、犬盗人に象徴される母親の心情を詳細に描いている。作品は子犬を盗んだ犬盗人である自分と、10年前に離婚して1歳半になる子を捨てた自分、そして子犬を奪われた親犬の姿を重ねて、主人公である「私」の微細な心情を綴っている。ここには人間と人間を繋ぐ絆の脆さ、家族や親子を繋ぐものは何なのかが問われているように思う。

主人公の「私」は七年ぶりに東京から故郷へ戻って来る。私は市街地にあるアパートを借りて住むことにする。私は17歳のときに家を出て20年が経っている。私の母は、姉と私を産んで追い出されるようにして家を出た。祖父母は跡継ぎの男の子が産まれるのを望んだからだ。父は私たちを捨てたのだ。父は外の女性との間に産まれた男の子を引き連れて家に戻り新しい家族を作る。祖父母も死に、私は故郷に帰って来たが、私の住む場所は父の家ではない。母と姉は、同じ村にある別の家で暮らしている。私もアパートを借りねばならなかった。

私は東京に出て同郷の東原育郎と結婚し男の子を産んだ。東原育郎は長男で家を継がねばならず、さかんに故郷へ帰ろうと私を誘った。私は帰郷を拒む。結局私と東原育郎は離婚し、手放したくなかった1歳半になる我が子を連れて、夫は故郷へ戻った。私は子捨ての印象を強く持ち続ける。夫は再婚し、子が産まれ我が子と一緒にこの村で新しい家族を作って住んでいる。私はこの故郷に、小さな仕事を見つけて戻って来たのだった。男の子を産めずに家を追い出された母、男の子を産んでも家に戻れない私……。

雨降りの日にアパートに引っ越したのだが、窓から眺める親子連れの犬を見て、びしょ濡れの子犬を一匹盗んでアパートに連れ帰る。風呂を浴びせ食べ物を与えて育てることにする。やがて子犬は私になつき身をすり寄せてくるようになるが、時々「子を返せ」と、親犬の寂しそうな鳴き声がアパートの近くで聞こえてくる。

私は、母や私を捨てた父の家の前で立ち止まる。また、私が捨てた子を育てている元夫の家の前で立ち止まる。しかし、どこの家にも入れない。スーパーに出かけた際に自転車に乗った男の子がじっと私を見ていた。私が捨てた子のように思われて、この子が通う校門の前で待ち伏せるが男の子は現れない。子犬がアパートを抜けだして行方不明になる。私は必死に探し回るが見つからない。私は夢を見る。私の背後でじっと立っている男の子が、子犬を抱いている……。私は、夢から覚める。遠くから母犬の鳴き声が聞こえてくる。作品はここで閉じられる。

この作品の示すものは、もはや明らかであろう。父に捨てられた私、子を捨てた私、二つの物語が示すものは家族の物語であるはずだ。「犬盗人」は発想のユニークさとタイトルの奇抜さとが相俟って長く記憶に残る作品になった。

崎山多美の「狂風」は家族を作ることの不安を描き、清原つる代の「夜の凧上げ」は作った家族を守る主婦の姿を描いている。

「狂風」の主人公のさと子は小学生相手の学習塾講師で大学のころに民俗研究会のサークルで知り合った信夫と同棲生活を送っている。信夫は卒業後、旅行社に勤めたが「半年前にプイと止め、泡盛の店でアルバイトをするようになっている」。信夫からはプロポーズされたわけではない。

作品は、さと子が生まれ故郷のN島を訪ねる離島航路の航空ターミナルの場面から始まる。N島には祖母マカトがいる。「島へ渡らなければならない特別な理由はなかった。唯、街の生活感の不安がとりつくろう術を知らぬままに巣くっていくのを意識している自分自身を見ているだけであった」と記されるように、さと子は得体の知れない不安定な心情に揺れ動いている。そんなさと子が、1泊の島への旅を終え、信夫の勤めている店のある歓楽街を酩酊しながら彷徨い歩き回った末に、生きる希望を再び取り戻す作品だ。

作品のタイトルになった「狂風」とは、島を吹き渡っていた風であり、街を吹き渡っている風であり、さと子の心に吹き渡っていた風であろう。この風を、さと子は発見し、手なずけることができたのだ。さと子に宿る生や未来への漠然とした不安や苦悩する心理を詳細に描いたのが本作品であろう。

清原つる代の「夜の凧上げ」の主人公は亜里江、30歳の主婦だ。夫の典昭は新聞記者で二人には小2の息子を筆頭に3人の男の子がいる。亜里江と典昭は奄美の出身で、奄美で結婚したが、今は沖縄本島に移り糸満の高原ハイツに住んでいる。ところが家計は逼迫している。それは夫の典昭が「金銭感覚ゼロの男だからだ」。典昭はクラシック音楽が好きで「レコード蒐集と片っ端から買い込んでくる書籍類のために、亜里江はこの十年間、どれほど泣かされたか知れない」のだ。

そこで亜里江は、夜の仕事をして家計をなんとか助けようと決意する。夜の街へ行き、面談まで行い、採用が決まるのだが、「ストッキングを穿いてきてはいけない」などのマネージャーの言葉や、亜里江に寄せる子どもたちの明るい笑顔、そして夫の優しさに気づいて、翻意する。この顛末を描いたのが本作品だ。時系列的に展開する作品はテーマも明確で分かりやすい。

作品のユニークさは幾つかある。一つは作品の背後に奄美の出身者に対する沖縄県民の差別意識を浮かび上がらせたことだ。二つめは近所に住む奄美出身者のマヂルお婆の家族と対比して亜里江の家族を描いたことにあるだろう。マヂルお婆の娘の美知子はバー勤めをしていて羽振りのいい生活をしている。ところが、その美知子がパトロンである男同士の争いに巻き込まれて大怪我をして入院する。正月にもインスタントラーメンを啜り、母親の居ない子どもたちやマヂルおばあに同情して亜里江は雑煮を持ってゆく。単純な構図の対比だが、このことにより作者のメッセージは明確になる。三つめはドストエフスキーの小説「罪と罰」の登場人物ソーニャを登場させ娼婦になってお金を稼ぐか、貧しくとも自尊心を失わずに気高く生きるかと問い、深く亜里江の内面世界を省察したことにあるだろう。

作品のタイトルになった「夜の凧上げ」は、美知子の二人の娘が、母親不在の正月に凧揚げをすることから名づけられたものだ。この場面を次のように描写して作品は閉じられる。「辺りに漂っていた夕餉の匂いが急に濃くなる。どこを向いても明るい窓が並び、家族の談笑が満ち溢れている中で、美知子の家だけが物音一つしない。ポツンと一軒だけのけ者になって見える。空には月も星もなかった。孤独な姉妹の揚げる凧だけが白々と闇に舞い、周囲の冷笑を跳ね返さんばかりの陽気な歓声を、寒夜に谺させていた」と。

山里禎子「内海の風」は、戦前の沖縄の共同体社会を描いたものだ。作品は、「内海を七つの集落が囲んでいた」という1行から始まる。その一つの村に7歳になる久江が住んでいる。久江は昭和11年の生まれだというから、作品の時代は昭和18年だろう。7歳の久江を主人公にして、村の様子や大人たちの日々が描かれる。つまり「内海の風」が吹き渡る戦前の沖縄社会の村人の暮らしを描いたのがこの作品と言えるだろう。

焦点は二つある。一つは久江の母親ハナの物語だ。ハナは婚約中に夫を病で失いながらも身ごもっていた久江を産む。久江は母親と一緒に祖母の家に伯父と併せて4人で暮らす。働き者の母には再婚の話も舞い込むがハナは頑としてそれを払いのけ、久江と一緒に生きていくことを選ぶ。この揺るがない姿を描いたのが一つ。

二つめは、祖母の家に出入りしている平助の物語だ。平助は牛を育て牛車を引き近くに住んでいるが、「アー、アー」と声を発するだけで言葉が話せない。男やもめの暮らしを続けている。久江は平助が大好きである。この平助が、やさぐい（夜這い）をしているという噂が持ち上がる。久江は平助が犯人でないと信じている。結局は犯人に仕立てられたことが明るみに出るのだが、このことの顚末を描いたのが二つめのエピソードだ。

作品の舞台となった昭和18年というと、その前年には真珠湾攻撃が行われ戦争が開始されている時代だ。作品には戦争の足音はまったく聞こえない。久江も友達の春子らと一緒に明るく遊び回っている。併せて村の祭事や法事の様子が、村人の相互扶助の精神で牧歌的に描かれる。このことに作者の強い関心はあるようだ。

翻って、なぜこのような作品を描こうとしたのか。憶測に過ぎないが、作品が発表されたのは１９８３年で復帰後10年目である。作品の舞台は１９４３年だ。この二つの時代には、単なるノスタルジアに終わらない作品世界の意図を現しているようにも思われるが定かではない。作品そのものに痛烈な時代批判が含まれていると考えることも、許される読書の楽しみの一つだろう。

仲原りつ子の「束の間の夏」は、敗戦から8年目、１９５3年の夏の沖縄を描く。沖縄は、米軍政府統治下にあり、戦争の傷跡がいまだ人々の心を蝕んでいる貧しい沖縄だ。

主人公は7歳で小学校1年生のひろ子。那覇市与儀の市場近くに住んでいる。父はコザの警察署に勤める大三、母はひろ子を産んですぐに亡くなった。ひろ子は祖母に育てられたが、今は祖母も亡くなり父親との二人暮らしだ。寂しさに負けずに友達の春子やまゆみや良雄らと明るく遊び回っている。時々、チルーおばさんが世話を見にやって来る。チルーおばさんは、戦前、辻に勤めていたジュリ（遊女）だったが戦争中に父に命を救われた。その恩返しだとして父娘の世話をみている。

ひろ子の家の裏庭に建つ別棟の家に、るみ子姉さんと妹の明美が引っ越してきた。夏休みに入ったすぐの日曜日だ。二人は戦争で親兄弟をすべて亡くしている。妹の明美は「チーグー（発話障害者）」で言葉が話せない。ひろ子より二歳ほど年長者だが、学校にも行っていない。友達もいない。父がこの二人の姉妹に同情して、ただ同然で貸してやったのだ。二人が越して来てから去って行くまでの「束の間の夏」の出来事を描いたのがこの作品である。

ひろ子は、すぐに明美と友達になる。るみ子姉さんは、明美をなんとか学校に行かせたいと米軍基地内でメイドとして働いている。やがてるみ子姉さんの所に白人と黒人の兵士が出入りするようになる。二学期が始まり、明美も学校に通えるようになった。ところが白人の兵士が、るみ子姉さんに黒人の恋人がいることを知り刃物沙汰になる。止めに入ったひろ子の父親も殴り倒される。

父親は、二人を部屋から追い出す。るみ子姉さんは悔しそうに父親につぶやき嗚咽をもらす。「明美がチーグーになったのは、壕の中でジャパニー（日本兵）に口を押さえられて……」「親もいない私たちは、こうするよりほかに生きていく術はない」「誰でもみんな、手を汚して生きているじゃない」と。

るみ子姉さんと明美は黒人兵サムの車に荷物を積んで出て行く。明美は、ひろ子のお気に入りだった人形をひろ子にプレゼントする。「明美と仲良くしてくれたのはひろ子ちゃんだけだったさ。ありがとう」というるみ子姉さんの言葉を残して……。

この作品の大きな骨子は、るみ子姉さんと明美の物語だろう。しかし、この二人の未来に幸せが待っているかどうかは定かでない。黒人兵サムとの生活は新たな不幸の始まりであるかもしれないのだ。

だが、1953年の沖縄の人々の不幸は、この二人だけの不幸に終わらない。作品の随所に挟まれるエピソードは戦争を生き抜いてきた大人たちの体験であり、不安な戦後を生きる人々の姿である。少女が米兵に強姦されるなど、占領下の沖縄の悲惨な日常だ。ひろ子の家の向かいに住む友達の良雄家族の物語、艦砲の傷跡が身体に残るチルーおばさんの物語、貸本屋のおじさんの物語、そしてひろ子の家族の物語、どれもこれも1953年の沖縄の夏の風景だ。るみ子姉さんや明美にだけでなく、ひろ子や良雄にも、明るい未来が待っているとは限らないのだ。それが「束の間の夏」の風景だ。このことを教えてくれる作品のように思われる。

山入端信子の「龍観音」は極めて特異な作品だ。主人公の「私」坂口倫子は25歳。二十歳で結婚し五歳年上の夫坂口和夫がいる。作品は冒頭から夫の部下、二十歳の石井雲也を誘惑する場面から始まる。一方的な恋心を募らせて肉体関係を持とうとするストーカー行為だ。「私は知能犯のように彼をものにする計算」をして接近する。雲也もやがて色仕掛けの誘惑に負けて倫子と身体を重ねるようになる。二人の間に子どももできる。雲也は夫と別れて欲しいと懇願するが「私」は断り続ける。二人の間にできた男の子は「龍」と名付けられる。

「龍」は幼い頃に死んでしまう。「私」は龍の幻影を抱きしめながら、時には一緒に空を飛ぶ。龍は記憶の中で逞しい18歳の若者になる。「私」は「次に生まれてくるときは龍観音の中の菩薩になり、雲と風と波に取り巻かれ龍と一緒にいたい」として作品は閉じられる。

作者は、倫子というデフォルメされた主人公を作り上げて、倫理観や社会の規範を揺らす作品世界を作り上げたように思われる。倫子の行為が象徴するものは、夫婦という制度、親子という規範、家族の関係や日常の営み、さらに性行為の意味さえも自明なこととせずにディコンストラクト（脱構築）する。既成の秩序や規範の破壊であろう。これらの行為の先に倫子が摑み取ろうとしている世界は、自立と再生の物語だ

ろう。（詳細は「山入端信子論」参照、本誌264頁収載）

白石弥生の「生年祝」は、真っ正面から沖縄の風習である古稀祝いを題材にした作品だ。主人公の周子は沖縄に嫁いで20年になる。夫の信夫とは東京で結婚したが3年前に離婚した。高校生の長男を筆頭に3人の息子がいる。正式な離婚をしたにも関わらず、祖母のトヨは、孫を呼び寄せ、お小遣いを与えて可愛がり、周子も依然として嫁のように扱う。それが周子には鬱陶しくてたまらない。

トヨは自分の古稀祝いに是非、周子親子を参加させたいと思う。トヨや親族にはそれが自然な振る舞いなのだが、周子には理解できない。この生年祝を焦点に当てながら作品は展開する。ユーモアを漂わせながら、沖縄社会の一面が切り取られ、葛藤しながらも沖縄社会に馴染んでいく周子の心情が微細に描かれている。（詳細は「白石弥生論」参照、本誌273頁収載）

金城真悠の「やまたん川」は、家族の崩壊と再生を描いた作品である。主人公は40代の主婦のひろ子。二人の息子がおり、長男の和彦は東京の大学へ進学し次男の道夫は高校2年生だ。道夫も早く家を出たがっている。家庭の中が息苦しく既に崩壊しているからだ。理由は外資系会社に勤めている父親信明の浮気のせいである。信明は家を空けることが多く、たまに帰って来ても両親の「冷たい戦争」が続いているからだ。夫の浮気相手の桂子に赤ちゃんができる。夫は赤ちゃんを引き取って育てて貰いたいという。理由は桂子が恋人の米兵を追ってアメリカに行くというからというのだ。信明の理不尽な申し出に、ひろ子は猛然と反対し拒否するが、やがてはこの子を育てることを決意する。

様々な人間模様を描きながら人生の喜怒哀楽を受け入れて生きる境地に至る主人公ひろ子の生き方を描いた作品である。ひろ子の決断には、故郷で再会した幼馴染みの美代の生き方が影響したものと思われる。それゆえに説得力があり、リアリティがある。故郷には、やまたん川という名の川がある。山ぼたんの咲く川のことで、それを短く言い慣わした川だ。その川で美代に再会する。

ひろ子は幼いころに両親を亡くし、山の麓の小さな集落で祖父母に育てられる。美代は両親を戦争で亡くし、親戚に引き取られていた。二人は境遇が似ていたので大の仲良しだったのだ。美代は中学に入ってからグレてしまい、基地のある街でアメリカ兵相手の商売をしていると聞いていたが故郷に帰って来ていたのだ。

やまたん川で水浴びをしている美代の子どもは5人、さらに2人は学校に行っているという。「子だくさんの大金持ち」だと美代は明るく快活に笑う。水遊びをしている一人の子はもうすぐ1年生だが脳性麻痺だという。美代はこの子にも「頬をすり寄せてキスをする」。

故郷の実家に住む叔母が美代の話をしてくれた。「誰の子か分からない子を二人も産んだが、事故でいっぺんに亡くしたこと」「骨を納めに故郷に来たが親戚中に反対されて持ち帰ったこと」「村外れの竹屋敷に住むうすのろの健一に見初められて結婚したこと」「やもめ暮らしの健一には4人の子どもと、寝たきりの母親が居たこと」「健一と結婚して次々と子どもを産んだこと」「年寄りだけの住む村で子どもの声がするのは竹屋敷だけだと村人に歓迎されていること」「美代が7人の子どもと親の面倒を見ながら忙しくても明るく生きていること」、そんな話だった。

ひろ子は、美代のことを思い次のように述懐する。「家族全部が美代に頼り切っているのだろう。ここまで来るには山のような悲しみと苦労があったに違いない。それを見事に乗りこえ、貧しくても肩寄せ合って生きる幸せを手に入れた」。それに較べて「生活費をろくに入れてくれない、自分勝手だ、と夫の欠点だけにこだわってウジウジと徒に時間を過ごして来てしまった自分が恥ずかしい」「広い空の下ではたくさんの人間がそれぞれの人生を織りなしていて私もその一部にすぎない。何をクヨクヨ思い悩むことがあろうか。人間は心の持ち方次第で自分が幸せになり、周囲をも幸せにしてあげられる。こんな当たり前のことを長い間忘れていた」と。

途中で挿入されるひろ子と元爺との交流のエピソードも心憎い。元爺とは散歩の途中で出会ったのだが仲良しになり、近くにある元爺の畑で一緒に野菜を作っている。元爺は兵隊で満州まで行ったこと、戦中戦後に授かった6人の子どもを一人も欠かさずに育て上げたことなどを話してくれた。

野菜や小さな虫たちと親しむひろ子の心情や、婆さんと二人で悠々自適な生活をしている元爺の生き方も、ひろ子の決意に至る伏線になっているのだろう。夫信明の父親が戦死していることも、信明の生き方を作る伏線になっているはずであり、用意周到に張り巡らされた伏線が説得力のある作品を生み出している。

崎山多美の「水上往還」は、過疎となった故郷の島が舞台だ。作品は1989年上半期の芥川賞候補にもなった。続いて1990年下半期にも作者の作品「シマ籠る」が芥川賞候補作になる。両作品とも受賞には至らなかったが興味深く読める作品だ。

「水上往還」は次のような書き出しで始まる。

背の方が俄に明かがりざわめき立った。何者かが水上を這い追って来る気配に、ぎくりとして振り返った。霞んだT島の岬で巨大な火玉のごとくに夕陽が燦めき、目に飛び込む。光の粒子が瞳に溢れ弾け散った。瞼を何度も瞬いているうちに、やがて陽は辺りの水面を朱色に染めあげ水に馴染んでゆく。

これは、T島から故郷O島へ向かう主人公明子が、小型漁船からの風景を描写したものだが微細な表現は見事である。本作の魅力の一つは、散りばめられたこのような表現に数多く出会うことにもある。読者にとっては新たな風景の発見であり認識の変容にも繋がっていく。

作品は主人公の明子と父親の金造、そしてカーレ爺さんがT島からO島へ渡り、O島にある今では廃屋に等しい実家から祖母の位牌を街へ持ち出すまでの顛末を描いたものだ。

かつて明子の家族はO島に住んでいた。父親は過疎の波に堪えられずに祖母の反対を押し切って街へ移住する。祖母は街に馴染めずにすぐに島に帰還する。祖母は「私が死んでも私の位牌を島の外に持ち出すな」と遺言する。母親はその遺言を守り、島に住む中森のハツ婆さんに家の管理と位牌を守って貰っている。祖母が死んでからもう17年にもなる。

父親は街に出ると病を患い闘病生活を続けている。実家に長く置いた祖母の位牌が気になり、島から位牌を持ち出すためにO島へ行くことを思い立つ。病を抱えてのO島行きで、娘の明子が同行することになる。T島からはO島出身のカーレ爺さんの小型漁船をチャーターして島に渡る。父親は過疎の島を捨てるように街へ出たがゆえに島のだれにも会いたくない。

ところが、作品は意外な展開をする。一つめは母親がハツお婆に連絡していたおかげで位牌は滞りなく持ち出す用意ができた。二つめは日帰りのつもりが、ハツお婆やカーレ爺の勧めで、祖母マカト婆をもう少しゆっくりと島別れをさせるために、翌朝に出発することにする。

三つめは、寝付かれない明子は、カーレ爺の船に乗り、海の側からO島の村々を眺め、カーレ爺の昔話を聞く。そして最大の予想外の出来事は、帰りの漁船で父親が大事に抱えた位牌を明子が奪って海に投げ捨てることだ。投げ捨てられた位牌を呆然と見ている父親へ、「明子は、自分でないものの意志によって言わされているという引き攣った声を上げ」て次のように言う。「これは、阿っ婆の気持ちなんだから。どんな供養よりも、こうするのが何よりの阿っ婆の希いなんだから」と。

明子は、なぜこのような行為に出たのだろうか。この行為を理解することが作品の理解にも繋がるだろう。例えば、文字通り阿っ婆の「島から位牌を持ち出すな」という遺言を実行したままでだと答えることもできるだろう。また、カーレ爺に案内されて知ったO島の人々の苦難の歴史への共感が、このような行為を取らせたようにも思える。あるいは父を悩ませているものの正体が「位牌」そのものなのだ。

作品は、T島を午後6時20分に離れてO島に渡り、翌朝5時40分にO島を離れてT島に向かう海上での位牌を投げ捨てるまでの短い時間の出来事を描いたものである。だがこの短い時間に明子は島の悠久な時間と空間を体感したものと思われる。そして、位牌を投げ捨てる行為は、終わりではなく、すべての始まりのようにも思われるのだ。

(3) 1990年代＝二人の芥川賞作家の登場

1990年代の沖縄の文学シーンにおいて最も特筆されるべきことは、戦後世代の二人の作家の芥川賞受賞だろう。又吉栄喜の「豚の報い」が1995年下半期第114回芥川賞を受賞する。続いて1997年上半期の第117回芥川賞では目取真俊の「水滴」が受賞した。又吉栄喜は「ジョージが射殺した猪」（1978年）で第8回九州芸術祭文学賞、「ギンネム屋敷」（1980年）で第4回すばる文学賞を受賞し、その衝撃的な作品世界は私たちを魅了していた。目取真俊も「魚群記」（1982年）で第11回琉球新報短編小説賞を受賞し注目されていた。「水滴」は第27回九州芸術祭文学賞受賞作品だが、そのまま芥川賞の受賞にも繋がった。シマクトゥバをも駆使しながら、沖縄の文学者たちの大きなテーマである沖縄戦の記憶の継承を新鮮な着想とシュールな手法で描いた作品で大きな感動と示唆を与えた。

また、勝連繁雄が「霧の橋」と「神様の失敗」で2度本賞を受賞した。70年代に横山史郎のペンネームでも2度受賞しているので合計4度目の受賞になる。このことも特筆されていいだろう。

さらに、この期の多くの作品が、沖縄という土地の特質を色濃く反映した作品であることも、特質の一つとして挙げていいだろう。つまり、沖縄の作家たちが生みだした作品は、沖縄でなければ生まれなかった作品であるということである。

例えば目取真俊の「水滴」も沖縄戦の記憶の継承をテーマにしているし、またこの期の受賞作「遺念火」「霧の橋」「妖魔」は戦後、米軍基地があるがゆえの基地の街に纏わる物語である。さらに沖縄の伝統文化や習俗を題材にした作品が「カジマヤー」「スク鳴り」「告別式」であると言えるだろう。

目取真俊の「水滴」の主な登場人物は3人だ。沖縄戦を生き抜いた70歳の徳正（とうしょう）と妻ウシ、そして徳正の従兄弟の清裕である。作品は次のように始まる。

徳正の右足が突然膨れだしたのは、六月の半ば、空梅雨の暑い日射しを避けて、裏座敷の簡易ベッドで昼寝をしている時だった。五時を過ぎて少しは凌ぎやすくなっており、良い気持ちで寝ていたのだが、右足に熱っぽさを覚えて目が覚めた。見ると、膝から下が腿より太く寸胴に膨れている。あわてて起きようとしたが、身体の自由がきかず、声も出せない。ぬるりとした汗が首筋を流れた。

やがて、冬瓜（スブイ）のように膨れた徳正の右足の親指が裂け、水滴がちょんちょんと滴るようになる。妻のウシは村の診療所の医師を呼んで診てもらうが原因が分からない。医師は大学病院で精密検査を受けることを勧めるがウシは大学病院が嫌いである。滴る水をバケツに溜めて、庭先にこぼしているが、こぼした箇所の草木が若々しく生い茂っている。従兄弟の清裕がこの水に強壮効果があることに気づき「奇跡の水」として売り出し金儲けをする。

やがて徳正の傍らに夜な夜な兵士の幽霊がやって来る。次々と現れては徳正の親指にしゃぶりつき喉の渇きを潤して消えていく。兵士たちはガマ（洞窟）で生死を共にした戦友たちだった。その中の一人に同郷の戦友石嶺の姿を見つける。石嶺は共に師範学校で学び鉄血勤皇隊員として行動を共にした仲である。徳正は戦場において傷ついた石嶺をガマに置き去りにして南部へ逃走したのだ。それも女子学徒隊員の一人宮城セツから預かった乾パンと水を石嶺には渡さずに自分が飲み食べたのだった。

徳正は、近隣の学校からの依頼で戦争体験を語って謝礼を貰っている。石嶺を見捨てたことや自分の都合の悪いことは誤魔化して語ってきたのだ。石嶺の恨めしげな視線に耐えきれなくなって、徳正はやがて赦しを請う。すると石嶺も戦友たちも現れなくなって徳正の足も元どおりになる。「奇跡の水」の効用も失われて清裕は顧客から袋だたきにされるという物語だ。

芥川賞受賞作という注目された作品なだけに、この作品をどう読み解くかについては多くの批評家や研究者たちが様々な見解を述べている。ここでは尾西康充（三重大学教授）の評を紹介しておこう。尾西康充は自著『沖縄　記憶と告発の文学―目取真俊の描く支配と暴力』（２０１９年）で、「冬瓜は決して消失するこのない（徳正の）罪悪感の喩えである」として、徳正と石嶺の使うウチナーグチと標準語に注目して、極めて興味深い論を展開している。

二人のあいだで規範性の高い言葉が選ばれたのは、日本軍では琉球方言の使用が禁止されていたことなどもあるが、怒りを感情のままにぶちまけるのではなく、あえてヤマトの言葉を使って、ヤマトによる支配の加害性を、ヤマトに向かって告発しようとする意図があったのではないか。（中略）死者は本来、沈黙を保ったまま何も語らない。「ありがとう。やっと渇きがとれたよ」という反応を得られたものの、石嶺の赦しは徳正自身の無意識の願望の投影であったともいえ、ウチナーグチでもヤマトゥグチでも決して伝えることのできない、それらからはみ出した領域に、死を痛哭する生者の哀しみが存在するのである。

目取真俊の「水滴」は、尾西が指摘するようにウチナーグチとヤマトゥグチを巧みに使い分け、同時にシュールな手法を用いて沖縄戦の継承の仕方に警鐘を鳴らした作品であろう。それは、この方法でしか語ることのできない沖縄の人々の痛みと苦しみに苛まれる現在を描くことに繋がり、この現在を文学の言葉で掬いあげる果敢な挑戦を行ったのが本作品であるように思われるのだ。

勝連繁雄は「霧の橋」と「神様の失敗」で1994年と1998年の2度受賞した。ペンネームの横山史郎から数えると3度目と4度目の受賞である。4度受賞した作家は勝連繁雄以外にはいない。高く評価されてもいい作家だ。

「霧の橋」は、米軍基地と村とを結ぶ橋に纏わる物語である。この橋は、戦前には村と村を結ぶ丸太木を架けた簡素な橋だった。戦争が終わると対岸の村は土地を奪われ米軍基地になる。米軍は電柱ほどの大木を架け、今では基地と村とを結ぶ橋になっている。この橋を渡って村人は米軍基地に忍び込み「戦果」を上げる。時にはフェンスンに囲まれたかつての自分の土地を眺め溜息をもらす。逆にこの橋を渡って米軍の兵士たちもやって来る。村にはモウバルと呼ばれる売春街もできた。米兵は村に女を囲い、村人に富と不安をもたらす。橋は時々壊れるが、だれかによって壊されているかもしれないとの噂もある。

作品は戦争を体験した村の少年松田大輔が、40年後の現在からこの橋に纏わる少年期の記憶を蘇らせる形式をとって展開される。大輔の家族もかつては米軍基地に囲まれた土地に住んでいたのだ。主な登場人物は大輔の他に遊び仲間の宮原盛一、盛一の父の清松、そして遠い親戚の喜名朝徳だ。盛一の父の清松はヨシエ姉さんに裏座を貸し、そこにミスター・ハーリーが通って来る。少年の盛一はヨシエ姉さんが大好きで柔らかい腿に顔を埋めては甘えている。

喜納朝徳は防衛隊からの生還者だ。粗野のところがあり、橋を壊しているのは朝徳ではないかという噂もある。朝徳の先祖は五代前に首里からこの村に移り住んだが、戦争で家族は妹のアサコーと朝徳以外はみんな死んでしまった。アサコーもアシバー（遊び人）たちに輪姦されショックで家を飛び出している。朝徳は三線が上手な大輔の父親から三線を習うことを思い立ち、エイサーで地謡（じかた）をつとめたいと思っている。

大輔に立ち上がってくる記憶は1950年ごろのことだ。朝鮮戦争が勃発し米軍基地は緊迫している。兵士と地元の青年たちとの喧嘩も頻繁に起こる。幾つもの記憶が蘇ってくる中で印象深い記憶の一つは、朝徳に誘われて、かつて自分が住んでいた土地を見るため基地内に侵入するが、MPに捕らえられたことだ。またミスター・ハリーの車が傷つけられ、朝徳の仕業に違いないと思った清松さんと朝徳が喧嘩になり、「自分の妹もパンパンをしているくせに」と言われ、朝徳が清松さんの腿にナイフを突き刺したこともある。さらに大輔家族の戦争中の記憶も語られる。その一つに牛小屋に隠れていたところ、まだ幼かった弟の敏彦が泣き出して米兵に気づかれたが、このことが幸いして牛小屋もろとも焼き殺されそうになるところを危うく助かったことなどがある。

圧巻は、村の間道を米軍基地と対峙するかのようにエイサーが道ジュネーをしながら踊る場面である。地謡には大輔の父と朝徳が加わっている。大輔はエイサーの隊列に次のような感慨を覚える。「エイサーの周りには何か濃密な、生命感のある響きがあった。だれもかも貧しく、暗く混乱した時代の中で、お互いの利害の対立も多かったが、喜怒哀楽を共感する律動感があった」と。

エイサーの隊列が「橋」のたもとに到着すると不安に思った米軍はMPを出して橋の向こう側にバリケードを作る。朝徳はそれを挑発するかのように橋を渡って三線を弾く。MPは朝徳を押し戻すが、朝徳も負けずに何度も声を張り上げて三線を弾くのだ。

それから数日後、朝徳が基地内で射殺される。「夜中に基地内に侵入しようとしてガードに射殺された」と米軍は発表したが、だれもがその死に不審の念を抱く。「エイサーの時の、橋の上での彼の行為に関係があるらしい」とか、「モウバルにやって来る兵隊たちへの彼の嫌がらせが恨みを買っていたんだ」とか、「朝徳の妹をもて遊んだアシバー(遊び人)たちが、朝徳の復讐を恐れて兵隊に頼んだらしい」とか、「いや、あれは清松さんが頼んだのではないか」という噂まで飛んだ。

朝徳の死後、橋が何者かによって放火され燃え上がる。村人は、だれもが朝徳が橋を壊しているんだと思っていたから驚いた。明らかにガソリンの匂いが残る放火であった。米軍は必死になって放火犯を捜したが犯人は見つからなかった。

これが大輔の橋に纏わる記憶である。実は、放火犯は盛一と大輔の二人であったのだ。盛一は「ミスター・ハリーが来なければいい」「ヨシエ姉さんを一人占めにしたかった」のだと後日振り返る。大輔は盛一と行動を共にした理由をうまく説明できない。「あの橋が、村人の運命を左右する何かであるような気がしていた」のだ。

さて、この作品をどのように読み取ればいいのだろうか。作品には作者の無数の意図が秘められているように思う。あらゆる風景や人物に多くの意味を象徴させているようにも思われる。基地と対峙する伝統文化の力としてのエイサー。或いは「霧の橋」はあらゆる障壁の異称で、越えられない「橋」をいかにすれば越えられるのか。「霧の橋」であるだけにその存在さえ曖昧な私たちの心に秘められた橋なのだ。極めてオーソドックスな文体であるが、作品からは普遍の域に達する鋭い文学の力を感じるのだ。

勝連繁雄のもう一つの作品「神様の失敗」は、時代に先行する作者の目が生みだした作品のように思われる。勝連繁雄は多才な顔を持つ。詩人として2002年に詩集『火祭り』で「第25回山之口貘賞」を受賞、また横山史郎のペンネームで小説だけでなく、山之口貘に関する評論など、示唆的な論稿を多数発表した。さらに琉球古典音楽野村流師範として活躍し、組踊の脚本も書き高く評価され舞台化もされた。琉球芸能に関する著作も数多く文学と芸能面での受賞歴も多い。文学作品からは研ぎ澄まされた先鋭な表現者意識が感じられ、郷土芸能に関する書物からは深い郷土文化への造詣と豊かな愛情が感じられる。

「神様の失敗」は、「小ガミ島」という架空の島が舞台である。この島に25、26歳ほどの若い女性が連絡船から降り立った。島のおばあたちに愛想良くあいさつするが、おばあたちはユミと名乗るこの女性をだれも知らない。実はこの女性は、島の東江松助、佐代の次男健太で、女になって帰省したのだ。この女性を巡る騒動を描いたのが本作品である。

健太は中学を卒業すると故郷を離れ東京で暮らしていたが、性転換をして10年振りにユミとして里帰りしたのである。両親ももちろんのこと、島のおじいおばあや同級生たちもびっくりする。ユミは島の人々から好奇な目で見られ、両親は肩身の狭い思いをするが、健太は堂々としてむしろ誇らしげにユミを生きる。

やがて母親の佐代は、健太の覚悟を知り、女になった健太の寂しさに理解を示し「あんたが、一番幸せな道を選んだらいいさ」と観念する。ユミは言う。「わたし幸せよ。不思議なほど幸せよ。だって自分の心に正直に生きていけるような気がしているんだもの」と。

しかし、島の同級生たちは母親とは違う。ユミとなった健太をからかい、おっぱいを触り、スカートを捲る。ユミは東京での辛い記憶も蘇る。

お母の佐代が、ユミを島の御嶽に連れて行く。村の神に恕(ゆる)しを請い護(まも)って貰うためだ。そこには小さな木橋もある。豊穣祈願を兼ねた神事の祭りの際、その年に選ばれた島の女たちが儀式として渡るために設けられた橋だ。人の道に外れた行いをした女は橋を渡ることができずに落ちてしまうと言われている。その橋をユミは渡ってみせる。「ね？　母ちゃん、見たでしょう？　わたし変じゃないでしょう？」「島の神様はわたしを認めてくれているのよ」と言って笑う。「ただ悲しいのは、母ちゃん父ちゃんを、悲しませていることだ」と。

佐代は、もうユミの心を追いつめるのはやめようと誓う。東京へ帰る日が近づいた夕暮れの浜辺で、佐代は美しいユミの姿を見る。「白いシャツにこれも白いパンタロンという白ずくめのユミ」が「まるで白鳥の化身か何かのように立っていた。その妖しさに佐代がしばらく立ち尽くしていると、ユミが子どものように砂浜を駆けて来た」。その姿に佐代は冗談とも本気ともつかない口調で言う。「あんたは誰なのかねえ？」「不思議でならないさ」と。

この作品を作者の先行的な問題意識が生みだした作品と思うのは、男から女になった健太に驚く村人の姿をユーモアを交えて描きながらも、人間とは何か、親子とは何か、家族とは何か、幸せな人生とは何かを、性差に限定せずに本源的な問いとして提出したことにあるからだ。さらに対立的な思考ではなく、開発に揺れる過疎の島、御嶽を拠り所とする伝統文化の息づく島を舞台にして、二項対立の枠組みをも横断する思考の方法を導入したからだ。

勝連繁雄は、幅広い題材やテーマを身近な生活の中から浮かび上がらせる。広い空間と長い時間を自らのポケットに忍ばせている希有な作家と呼んでいいだろう。

さて、戦後、米軍基地ができたがゆえの基地の街に纏わる物語の一つが「霧の橋」であったが、この期の作品「遺念火」「妖魔」もまた、基地あるがゆえに生まれた作品である。

瑞城淳の「遺念火（イニンビー）」は、戦後の基地化された沖縄の不条理を描いている。作品の時代は終戦から3年後の1948年ごろだ。主人公は8歳のボクで、シゲと呼ばれる少年だ。南洋のパラオで終戦を迎え本島に引き揚げて来た。

シゲの家族は父が召兵されたが、生死が不明のままである。ちる小（グゥアー）と呼ばれる母と兄とボクの3人が生き残った。ボクは戦争中、機銃で受けた頭の傷が時々痛み出す。母は父の生還を信じている。ボクたちの家族は村の比嘉さんの物置小屋を借りて住み、日雇いや借り受けた土地を開墾し必死に暮らしている。ボクも兄も母の手伝いをする。村の男は基地内から物資を盗むなどの戦果をあげ、若い女は辺野古のバー街でパンパンとして働いている。

お母の開墾した土地がやっと肥沃な土地になり、芋を植え付けて収穫ができるようになった。喜んだのも束の間、地主から土地を返せと責められる。約束が違うのではないかという母に、代わりに未開の土地を貸してやると言われる。母は男親がいないせいで理不尽な要求をされるのだと悔しがる。

そんな母に、さらに不幸が重なる。夫の太郎が生還しているが、あろうことかコザで新しい所帯を持って娘まで産まれているというのだ。このことをボクの友達の陽子の母親から告げられる。お母はこの噂を涙を流して聞き留めるが、やがてボクを連れて真相を確かめるためにコザに行き、太郎に会うことを決意する。

コザへ行く客馬車の中で、村の老婆から慰められる。「太郎に女がいても、子どもが居ても生きていればこそのことなんだ。太郎を責めるのではなく、二人の子どもを立派に育てていることを自慢するんだよ」と。黙って聞いていたお母の目に明るい光が宿る。ボクはお母の涙を振り払った顔を見て安心するのだが、なぜお父がボクたちの所に帰って来なかったのかの謎は解けない。

ところで遺念火（イニンビー）とはこの物語に挿入される次のような出来事を表している。

前川ビラのイニン火は、黒人兵に強姦された村の若い女が首を吊って死んだ一本松の辺りから出ていた。坂道の上の方から降りてくるイニン火は、その黒人兵を逮捕しようとした沖縄の警察官が殺されて埋められた山の辺りから出ていた。二つのイニン火は坂道の上からと下の方から、それぞれ動き出し求め合うように近づいて、一緒に下に向かって降りる。そして女が首を吊った松の木の枝でもつれるように燃えて消えた。ニーニーたちは、「警官が、女の綱を外して助けようとしているのだ」と言った。

遺念火は、戦争で負けた沖縄の姿を示すまさに不条理への怒りであり告発の象徴であろう。しかし、この遺念火は、お母の悲劇とどのように結びつくかは一切示されない。夫に裏切られたお母の悲劇もまさに戦後の不条理な出来事の一つであろう。

翻って考えるに、戦争が生みだした不条理は、関連性がなくとも、どこにもかしこにも、ぽつぽつと闇の中で一つ一つの悲しみや怨念の火を放っているということなのかもしれない。ここに作者のメッセージがあるのかもしれないとも思われた。

崎山麻夫「妖魔」も沖縄でしか書かれなかった作品だろう。軍事基地あるがゆえに土地を奪われ、見返りに土地代を得る軍用地主の悲劇を描いた作品だ。土地代を当てにした損得や利権を巡る争いで家族の絆が崩壊する。軍用地主であるということだけで家族は壊れてしまう。転がり込んでくる金で、家族は遊興にふけ、働くことの意義や人間としての喜びや幸せの価値観をも見失ってしまうのだ。この負の側面に作者はスポットを当てて描いている。（詳細は「崎山麻夫論」参照、本誌279頁収載）

「カジマヤー」「スク鳴り」「告別式」は、沖縄の伝統文化や習俗を題材にした作品だ。まず、玉城淳子の「カジマヤー」は、まさにカジマヤーを迎える家族の物語である。「カジマヤー」とは97歳の年に行われる生年祝いのことだ。沖縄に長く伝わる伝統行事で、この年で幼児に還るということで「風車」などを作って親族、一族で盛大に祝う行事として定着している。当事者は赤いチャンチャコなどで着飾ってオープンカーに乗り、村を一周して村人の祝福を受ける。村人もまた長寿をあやかるのだ。

主人公は「私」と記される咲子。咲子は20代の女性で父の司法書士事務所を手伝っている。咲子の視点からカジマヤーを迎える祖母ウシおばあ、両親、兄夫婦、そして姪たちまでを含めて4代に渡る家族の振る舞いや心情を描いた作品である。

ウシおばあは、カジマヤー祝いを迎える直前に転んで足を捻挫する。粗相もするようになる。人前に醜態を晒したくないと、いったん決めていた盛大な祝いを取り止め、家族だけでの祝いにしようと父が決断する。母はこのことに反対し盛大なカジマヤー祝いをして上げるべきだと主張する。私は父の意見に賛成する。

ウシおばあは、いよいよ物忘れも激しくなり，粗相も頻繁にするようになる。母がなんとかオムツを穿かそうとするが頑固に抵抗する。ウシおばあは、若い頃から「ガンクー（頑固者）」と言われていた。自らの老いを認めようとしない。毎日おねしょをしても「我んやあらん」と認めない。這った後には、「下着からぽとぽとと滴が落ちて床を濡らしている」。母はその後をモップ掛けする。

地域の人々は、会う人ごとにウシおばあの盛大なカジマヤー祝いを期待していると述べる。ウシおばあも自分の祝いは、いつになるかと楽しみにしている。咲子はウシおばあと母のやり取りを見て、うんざりする。

ある日、小学校の3年生を筆頭に3名の姪たちがウシおばあに言われたとして部屋いっぱいに97個の風車を飾り付けてみんなを驚かせる。ウシおばあも「美（チュ）らさよ」と感激している。母も「老人をオムツから解放しよう」という新聞記事を見て、自分の頑なな態度を反省する。そしてもう一度家族会議が開かれて、盛大なカジマヤーを開催することに決まる。

オープンカーでのパレードが盛大に行われ、予定通り300脚余の椅子が並べられた会場でのパーティーが司会者の合図で開始される。咲子は、ふと「おばあがもうすぐ私たちの知らない雲の上の世界へ旅立って行くのだろうかと考えて、思わず目頭が熱くなった」。

宴会の途中、ウシおばあは母に言う。「シズ、しっこ」と。おばあの声がマイクに拾われて会場に流れ笑い声が溢れる。この場面で私（＝咲子）の心情は次のように描写される。


ふと、私は笑っているお客さんひとりひとりの眼差しがなんだかとても温かく感じられることに気がついた。不意に、

「あんたのおばあでもあり、私たちのおばあでもあるわけさ」

と言った中村のおばさんの言葉が蘇った。

いつの間に、笑い声が拍手の音に変わっていた。その拍手が会場の隅へ移動していく母と車椅子のおばあに対して送られているものだということはすぐにわかった。


この物語は、カジマヤーを通して老いを迎える者、老いを拒む者の心情を詳細に捉えた作品であろう。同時にだれもが死を避けることができないとして老いを受け入れる心境になった咲子の成長譚として捉えることができるようにも思われる。いずれにしろ、カジマヤー以外のできごとや時代の背景は一切書き込まず、カジマヤー祝いの開催に至るまでの家族の顛末、これ一本で作品を作り上げたのは見事である。

中村喬次の「スク鳴り」は、戦後石垣島の浦島（裏石垣）へ入植した人々の苦難の歴史を逞しく描いている。生活臭が

あり、躍動感のある作品に仕上がっている。

　作品の工夫の一つは、「スク漁」という季節の風物に、家族や共同体が力を合わせて生きることの喜びを託したところにある。スクが浜辺に寄ってくる描写、それを網で掬おうと待ち構える人々の描写は、作品に緊張感をもたらしている。ちなみにタイトルになった「スク鳴り」とはスクがイノー（環礁）を越えて湾内に入ってくるときの地鳴りにも似た幻の音のことを言うようだ。

　二つめの工夫は小学6年生の少年悠介の視点から村人の様子やスク漁を語ったことである。この視点が少年の新鮮な発見や躍動感を生み出し、読者にも同じ体験を与えている。

　三つめは少数の家族に焦点を絞って村の様子を描いたことである。一つめの家族は主人公悠介の家族だ。祖父母に父母、そして悠介と中3年生の姉の三代に渡る6人家族である。祖母の「つね」は「最初の夫と二人の息子を戦争で喪い、じいじも新妻を日本軍の流れ弾で死なせた」過去を持つ。じいじより10歳も年上のばっちゃまの呆け症状を含めてそれぞれが背負ってきた歴史や今が語られる。父の妹は開拓村でマラリアを罹って死亡した。

　二つめの家族は、隣りに住む40歳の男やもめの勇（いさむ）やっちいの家族だ。勇の父親の亡くなった勇作と祖父の彦じいは、入植当初から苦労をした仲だ。息子の勇やっちいが今では父親に替わり、悠介の家族と喜怒哀楽を共にしている。スクを取るのも一緒である。三つめの家族はダンパチヤー（散髪屋）の名嘉真長吉の家族だ。長吉は畑仕事中に足を怪我してやむを得ず松葉杖をついてダンパチヤーを開店した。息子の忍は悠介の同級生で遊び仲間である。この3家族の物語に、開拓村の歴史を象徴させて描いたのである。それぞれの今は、この村に入植したそれぞれの家族の歴史を自ずと体現し浮かび上がらせている。

　作品には先島地方を襲った「明和の大津波」のエピソードやスク鳴りを取材するカメラマンをも登場させてリアリティをもたらせている。これらの現実とニライカナイの神からの贈りものだという「スク鳴り」という神話的な世界を融合させて絶妙な味わいを出している。

　伊禮和子の「告別式」は、鋭い問題提起で波紋を投げかける作品だ。同一人の告別式が一つ屋根の下の二つの会場で同時に行われる。戦後沖縄の混乱した社会を背景に、家族のあり方を新鮮な着想で描いた作品だ。

　主人公の茂子は大柄で明るい女性だ。言動も男勝りで粗野であるが、同じ村の4歳年下のインテリで島の娘たちが憧れる大城正賢との結婚話が持ち上がる。茂子は積極的にアタックして結婚し三男二女の子どもを授かる。

　夫の正賢は一中在学中に召集されたが生還した。茂子と結婚して、印刷会社から実入りのいい軍雇用員に職場を変えて働く。戦前に学んだ英語をいかし軍でも重宝され「自動車修理工場」の主任になる。やがて独立して基地外に「大城自動車修理工場」をスタートさせ、さらに「中古自動車販売所」を運営する。正賢の信望は厚く、会社は発展し多くの従業員を抱えるようになる。やがて周りの人々から推されて市会議員に当選する。

　正賢は会社の事務員で18歳も年下の波子に好意を抱く。波子は茂子と違い、上品で標準語も流暢に話す。波子は正賢の好意を受け入れ、いつしか二人は夫婦のように人前でも振る舞うようになる。波子は選挙運動を手伝い、当選会場にも姿を現し奥さんとして周りの人々からあいさつされる。

　正賢は工場近くに新しい家を新築し、波子に子どももできる。茂子の所には、正賢からの遣いとして弁護士や後援会長などが離婚調停に来る。多額の金と土地家屋はそのまま茂子のものになると聞いて茂子は承諾する。「艦砲の喰え残さー」として結婚した二人の家庭は解消されるが、義母のツルはそのまま茂子と一緒に住む。

　正賢は市会議員としても信頼を得て、三期当選し市議会議長にもなるが56歳の若さで逝去する。その知らせを、茂子は波子が生んだ長男賢一から電話で受け取る。茂子は通夜の席で波子を罵る。「あんたが死なせたようなもんだよ。あんたがウチと無理矢理別れさせたからに。正賢を苦しめたからよ」と。そして「ウチが葬式出すからね」と宣言する。

　地元二紙には一人の故人の二つの告別式の案内が出る。二つの告別式が同じ建物の「瑞泉の間」と「鳳凰の間」で執り行われる。弔問者は戸惑うが、「同じ故人ですからどちらでやってもいいんじゃないですか」「ボクはこっちですが家内は向こうなんです」と言いながら香炉台へ向かう。弔問者の途絶えた「瑞泉の間」に黒い蝶が紛れ込む。黒い蝶は死者の魂の化身と言われている。それを見て茂子は「正賢の魂がウチにお礼を言いに来た」と胸を熱くする。息子の正仁は「父ちゃんが余計なことをしたと抗議しに来た」と思う。

　茂子の言う「女の意地」が騒動を起こすのだが、この二つの告別式に託された作者の思いは大きいものがあるように思う。個人的な「女の意地」だけには終わらない沖縄社会全体への貴重な一擲になっているように思う。

　下地芳子の「義父からの手紙」は、人物造型が際立つ家族の物語である。「義父からの手紙」は優しさや愛情のこもった手紙ではない。夫へ金を無心する手紙だ。それも我が儘で理不尽な手紙である。義父の身勝手さに崩壊した義父の家族、そして崩壊しつつある息子夫婦の関係を描いた作品だ。逆説的に言えば、このことによって家族の大切さを浮かび上がらせた作品と言えるかもしれない。

　作品の冒頭は、主人公の貞子、真吉夫婦の元へ、義父徳次の故郷であるY島の老人ホームから徳次の死を知らせる電話が鳴る。徳次の死を聞いて、「終わった」と夫の真吉は言葉を漏らす。貞子は言葉が出ない。

真吉はY島へ行き、徳次を火葬し遺骨を持ち帰る支度を始める。貞子は夫がY島へ行っている間に、徳次から受けた数々の仕打ちを思い出す。徳次は、時々貞子夫婦が住む本島中部の街にやって来て、おべっかを言い、あるいは脅すように金を無心する。徳次は貞子が真吉と結婚する前に、すでに義母と離婚していた。離婚の原因はすべて徳次の側にあり借金攻めに遭った義母は、四人の子どもを抱えて「もう私の命はあんたの為に使いたくない」と言って縁を切ったのだ。

電話を受けY島に行った夫の真吉からは、火葬した骨を持ってすぐに帰る予定であったが、意外にも老人ホームの人たちや、父の属していた宗教団体の人々が手厚く告別式を開いてくれたとの連絡が入る。他人に好かれる父の側面があったことを真吉は知る。そして「台風に向かって文句を言っていた親父が好きだった」少年のころの思い出なども蘇る。「あんなに面白い人はそうそういない」という会葬者の声にも嬉しくなる。

貞子も改めて義父の人生を振り返る。そして次のような感慨が湧き起こってくる。「ふと、真吉から聞いた話を思い出した。ガラサと言われながら家族とともに生きていた頃の義父が、島の光の中で生き生きと浮かんだ。この島で培われた止むに止まれない義父の何かが、自分には見えなかったのかもしれない」と。

作品からは、どうしようもない身勝手さで家族を翻弄した義父の姿を通して、人間の弱さや生きることの哀切さが伝わってくる。そして、徳次の造型や、翻弄される貞子、真吉夫婦の造型にはリアリティがある。ここに作品の大いなる魅力がある。

清原つる代の本賞二度目の受賞作品「みんな眠れない」もユニークだ。主人公は東京からリュックを担ぎ、南の海辺の村へやって来た学生和生で、村での数奇な体験を描いた作品だ。

作品の冒頭は、和生が海辺の村に到着し、泳いでいる5、6人の女性の姿を見ている場面から始まる。若い女性かと心をときめかした和生だが、みんな老婆だった。この村は老人の多い村だったのだ。そのうちの一人の老婆、村オサのマスおばあに誘われて一夜の宿を取ることになる。するとマスおばあが言うには、村のショウヒチヲジが夜な夜な夜這いをして恥さらしになっている。娘の琴絵が町に夫や子どもを置いてやって来てこの行為を止めようとしているのだがどうしても止められない。琴絵は憔悴しきっている。村のみんなも不安で眠られない。病院に入れようとするけれど承知しない。今では村の女だけでなく隣村まで夜這いをするようになった。そこで若いあんたに見張りをして現場を押さえてもらい、警察へつき出すか病院へ入院させたいというのだ。和生は当初は断るのだが、いつの間にか引き受けることになる。そして琴絵の家に寝泊まりしてショウヒチヲジの様子を窺う。

ショウヒチヲジも和生が居るために用心していたが、やがて隣村に出かけて行く。和生は跡をつけ、夜這いの現場を押さえる。下半身を晒したまま逃げ出したショウヒチヲジを崖っぷちまで追い詰め、一押しして殺してしまうのだ。

さてこの物語を、作者はどのような意図で描いたのだろうか。読者の一人である私には、人間の有する狂気と正気をボーダーレスにする衝動や罪業を描いたように思われる。一つは、ショウヒチヲジの夜這いで、一つは和生がショウヒチヲジを追い詰めて殺人に至る行為である。もちろん、後者の方がインパクトが強い。知らず知らずのうちに環境に染まっていき、正義を振りかざし、最後には殺人にまで至る。或いはこの行為は人間の誰もが有する陥穽ではないか。この顛末をミステリアスな展開で描いたのが本作品のように思えるのだ。

(4)　2000年代＝題材・テーマの広がり

沖縄の新しい世紀は、「第26回主要国首脳会議」（沖縄サミット）で幕を開けた。2000年7月21日から23日まで名護市の万国津梁館（しんりょうかん）を主会場にして主要国の首脳が沖縄に集結したのである。議長の森首相をはじめアメリカのクリントン大統領、ロシアのプーチン大統領ら9か国の首脳が顔を揃えた。首脳会議では、IT＝情報通信技術の普及が主な議題となり、21世紀の経済成長に欠かせない原動力として、ITの活用を進めることで一致した。クリントン大統領は「沖縄は日米同盟のために大きな役割を果たしてきた。今後も基地の整理縮小を進め、沖縄の人たちと良い関係を保ちたい」と述べたのだ。

わずか3日間の夏の夜の夢のような会議だったとはいえ、開催に県は長い歳月をかけて準備してきた。それゆえに県民の多くも、この会議を大規模なイベントのように熟知していた。また3日間に、大統領夫人たちは積極的に県民と交流を重ねた。大統領もまたそうであった。柔道好きなプーチン大統領は柔道着を着て、地元の青少年と交流した。テレビでしか見たことのないフランスのシラク大統領、イギリスのブレア首相、ドイツのシュレーダー首相など各国の首脳の姿を身近で見ることができたのは、県民にとって大きな驚きであった。世界は手の届く距離にあったのである。

ところで、この会議開催の波紋が沖縄の作家たちが紡ぎ出す文学作品へ影響を与えたとは思えない。またこのことを意図的に背景にしてテーマを選んだ作品に出会ったことはない。しかし、この時期から作品世界は広がりを見せ始める。題材やテーマも世界の舞台へ拡大されるとでも譬えていいかもしれない。香深空哉人（かふかからやん）の「シャイアンの女」がそうであるし、仲村オルタの「ビューティフル・ワールド」にもこの兆しが見られる。

一方で、人間の有する深い闇を凝視する作品も登場する。

哲学的思考を展開した玉木一兵の両作品「背の闇」と「コトリ」、そして河合民子の「八月のコスモス」には日常の世界から人間の亀裂を透視するラジカルな作品だ。さらに沖縄戦を題材にした松原勝也の「勝也の終戦」、何気ない生活の日々から、不安や希望を見つける伊波希厘の両作品「にらいかないほどこに」と「放し飼いのプリンス」、前田よし子の「フリーマーケット」、そして、砂を愛する男を描いた実験作、大城貞俊の「サーンド・クラッシュ」がこの期の受賞作品だ。

香深空哉人（かふかからやん）の「シャイアンの女」は、極めて興味深く共感の大きい作品である。作品の舞台は米国ワイオミング州の州都シャイアンである。主人公の武三はイリノイ州立大学の大学院で学ぶ沖縄からの留学生で、仲間からターキーと呼ばれている。シャイアンはルームメイトのディックの故郷である。

テストが終了した休暇を利用してディックやディックの両親から招待を受けて10日間の予定でシャイアンを訪ねる。父親のルイスは嘉手納基地に3年間勤めていたことがあり、母親のパトリシア共々沖縄では喜屋武（きゃん）という友人ができ、とても世話になったという縁もあって沖縄からの留学生ターキーに好意を抱いて大歓迎してくれた。

1週間ほど経ったころ、ターキーはルイスから思いがけないことを告げられる。キャンという老いを迎える年齢ほどの街娼が現れて男に身体を売って日々を過ごしている。キャンは沖縄でアメリカ兵と結婚してシャイアンにやって来たが、今は離婚されて寄る辺もなく売春をして暮らしを立てている。婦人会の副会長を務めるルイスらが募金を集めて沖縄へ送り返そうとしているのだが、キャンに会ってみる気はないかと。

ターキーはすぐに同意する。実は、ターキーはアメリカへ留学する際に故郷宮古島の実家に一時帰省したのだが、近所に住む喜屋武ハルおばあから、結婚して米国へ渡った娘のテルのことが気になってしょうがない。消息を確かめてくれないかと依頼されていたのだ。老婆にとってはアメリカ本国の広さをどのような地理感覚で理解しているのだろうかと苦笑するのだが、その女が幼いころに見たテル姉でないかと思われたからだ。ハルおばあもテル姉も貧しさゆえに苦労を一身に背負った人生を歩んでいたのだ。

ターキーは不安と畏れを抱きながらも、煙草ほどのはした金で身体を売っているという女を探し出して女の前に立つ。その女は、やはりテル姉であった。ターキーは、「盥に溜まった雨水をひっくり返すような調子で島の言葉を吐きだして」テル姉に話しかける。多分８００字ほどにもなるであろう宮古島の方言を記した結末部はクライマックスで圧巻である。ターキーの迸る思いは宮古島方言にならざるを得なかったのだろう。ターキーの言葉を聞いた女を描写する最後の1行は次のように記される。「女は溢れる涙を拭おうともせず、僕が押し付けた三百ドル札を握ったまま、突っ立っているばかりだった」と。

ターキーの心に芽生えた国境を越えた同郷人への哀感、貧しさゆえに強いられた境遇への共振、米兵に身を寄せて貧しさから抜けだそうとした沖縄の特異な歴史への視線、いずれもがターキーの思いへ読者を共感させるのである。沖縄文学が国境を越え、世界的規模の視野へ広げた画期的な作品の一つだと言えるだろう。

仲村オルタの「ビューティフル・ワールド」も、海を越える国際的な視点を持った恋愛作品だと言っていいだろう。新鮮な着想で男のロマンを描いた作品だ。新鮮な着想とは主人公（司）とキューバ移民の系譜を持つパトリシアの偽装結婚の顚末を描いた作品であるからだ。

司は広告写真家を辞め、東京から沖縄へ戻って来る。パトリシアはCIAと思われる恋人ジュードと米本国を離れ沖縄へ渡って来る。ジュードもパトリシアもキューバ移民の祖先をもつ。ジュードは必ず戻って来るとパトリシアに言い残して中東と思われる任地へ旅立つ。しかし、半年余が過ぎてもジュードは戻って来る気配がない。消息も不明になった。それでもパトリシアはジュードの言葉を信じている。パトリシアが沖縄へ残るためにはビザの申請が必要だ。司はサルサ・バーでダンサーとして踊っているパトリシアと出会ったのだが、窮状を救ってやるために二人は偽装結婚をする。その日々の中で、司のパトリシアに対する恋心が日増しに深まっていく。その日々を詳細に描いたのが本作品だ。

司の心理描写が抜群にいい。パトリシアに対する恋愛感情は、やや観念的で自己増殖していくようにも思われるのだが、男のロマンであり夢でもあろう。日本文に随所に英文のルビも振られるがこの方法も新鮮だ。

パトリシアやジュードはこの世界は狂っているとして、新しい世界への脱出を志向する。パトリシアは司に次のようにいう。

「変な世界だと思わない？　持っている、強い者がすることは何でも正義になる。持たざる弱い者はただ挫かれる。情報操作がいつのまにか横行している。権力者は嘘をついても平気でいる。ジュードはずっとその権力に加担してたのよ。人が死んでいくのを何度も見たし、仕方なく人を殺しもしたらしいの。それが嫌になったの。権力者の犬であることに嫌気がさしたのよ」と。

これに対して、司は違うと思う。この世界は「ビューティフル・ワールドだ」と言うのだ。司の独白は次のようになされる。

「東京で負け犬の烙印を押され、オレは島に戻って来た。好きだった写真も嫌になり、カメラを手にすることもなくなった。オレ自身がどうなってもいいように、この世界もまたどうなってもよかった。もう一度、この世界と関わりを持とうと思うきっかけをパトリシアがくれた」と。そして青空を眺め、「ああ、世界はなんて美しいんだろう」と嘆息する。

「世界はこんなに無垢で美しいのにオレは何を見ているのだろう。何処にいるのだろう」と。そして次のように思う。

パトリシア、見てごらん、世界はこんなに美しいんだよ。司は心の中でそう呟いた。声に出すことはできなかった。手を伸ばしたが、彼女の身体に触れることはできなかった。司は息を飲んだ。でもどうすることもできなかった。

世界は醜いとするパトリシアと、世界は美しいとする司との対決は巧妙に避けられている。それだから、物語は幕が上がったままで閉じられる。パトリシアが隠し持っていた「ジュードの拳銃」の役割も、二人の恋の行方もまだ定まらない。これからが本番だ。そんな余韻を残して夢見させてくれる作品である。

河合民子の「八月のコスモス」は、人間へ向かう視線の深さを感じさせる。作品のタイトルの醸し出す浪漫的な世界とは違って、私たちの身近な日常世界に潜む愛や家族や人間のあり方をデフォルメして問いかけた物語である。

主人公の由布は「閉経の年齢を迎え」たが夫と平凡に暮らしている。一人娘の由紀は結婚しやがて初孫を迎える。ところが、娘の由紀は夫との間にできた子どもではなく、夫の弟である龍造との間にできた子どもである。

夫との結婚前から龍造との肉体関係は続いていた。夫に「子種がない」ことは姑も知っていて、龍造との子どもであろうと疑っているが、夫の子どもとして可愛がる。

一方、龍造は自分の子どもだとは知らない。独身を続け由布との関係を兄に隠れて続けている。これだけでも不穏な人間社会の闇を見せられた思いがする。ところが、30年余も龍造との関係を知らないと思っていた夫は、実は知っていて家族が壊れないことを第1に考えて由布と弟との行為を見守っていたことを由布は知る。

由布は孫が産まれるという直前に、龍造との関係を清算し家族を捨てて身を隠し一人暮らしを始める。半年余も経ったころ、娘に電話をして無事孫が産まれたことを確認して、一人で大好きな海辺に行く。8月に咲いていたコスモスは散り、「ツワ蕗が大きな葉を広げてまっすぐに伸びた茎に黄色い花が咲いていた。強い風に煽られても、すぐに顔を上げるように太く逞しい茎に可憐な黄色い花は守られているように咲いている」として作品は閉じられる。コスモスの花もツワ蕗の花も由布自身を象徴するかのようなエンディングだ。

本作品は女である由布の側から、愛とは何か、また愛されるとは、どういうことなのか、家族とは何か、を問い、人間とはどのような生き物かを問いかけたラジカルな作品になっているように思う。男二人との関係に、もう一つの物語が作れるような気がして、深い広がりのある作品のように思われ興味深かった。

また、弟には「龍造」と名前が付されているのに、なぜ「夫」には名前が付けられず「夫」とのみ記されるのか。このことも興味深いことだったが、謎は解けなかった。

玉木一兵の「背の闇」と「コトリ」の両作品は、哲学的思考に充ちた作品だ。筆者は上智大学文学部哲学科を卒業しているが学歴も影響しているのだろうか。生きるとは何かを正面から問うた作品である。

２００３年の受賞作「背の闇」は人間の内奥に巣くう「闇」をマジックリアリズム的な手法で凝視した作品である。このための実験的な工夫が様々に用いられている。その一つに、清明祭に行った順造に父の霊が入り込むことである。順造は父になり、父が順造になって「背の闇」の正体を探すことになる。

２００９年の受賞作「コトリ」も読み応え十分な作品だ。作品は長年連れ添った女を亡くした男が、死期を求めて徘徊する物語だ。男の名は前作と同じく順造。順造はこの世とあの世の境を求めて徘徊する。順造の心に去来する生死の概念や現実の風景が、観念的にならずに、また平凡にもならずに、抑制された筆致で展開されている。両作品とも小説でしか描くことのできなかった人間の内奥の不安や闇を見事に形象化した作品だと言っていいだろう。（詳細は「玉木一平論」参照、本誌２８９頁収載）

松原勝也の受賞作「勝也の終戦」は、戦前、戦中、戦後の沖縄の状況が、少年勝也の視点から語られる。作品は、この視点を設定したところに新鮮さがあり、貴重な時代の証言としての文学の力を考えさせ、作品としても成立している。作者には松原栄というペンネームもあり、応募歴も長く筆力も安定している。縦横に作品世界を作り上げる想像力も豊かなものがあり、紡ぎ出す作品世界は細部に確かなリアリティがあり読者を裏切らない。余計な解説をせずにテーマやドラマさえも読者に委ねながら確かなイメージを読者に植え付ける。この作品もその一つである。

伊波希厘の両作品「にらいかないはどこに」と「放し飼いのプリンス」は、日常生活に忍び寄る不安な日々の中から希望を見つけようとする作品だ。平凡な日常から人間の内面のドラマを見事に掬い挙げている。

「にらいかないはどこに」は、沖縄を離れ、東京の大学に進学した主人公玲奈が、「にらいかない」という名のバーを見つけ、店長の宮良という同郷の男に恋心を抱く物語である。玲奈には、再婚した両親と異母弟の翔君が郷里にいるが、際だって特異な日常があるわけではない。玲奈の継母の聡子、玲奈をいつも励ましてくれる叔母の可南子、友人の千尋など、登場人物もありきたりである。ところが、卒業を控え、東京で就職しようか島へ戻ろうかと迷っている玲奈の前から、突然宮良の姿が消える。そして、再び現れたとき、周りの人々の不可思議な人間模様や人生のドラマが浮かび上がってくるのである。

平凡な日常生活を小説に仕立てるのは難しい。しかし、この困難な作業を、作者は担える力があるように思う。日常の中に息づく内面のドラマをしっかりと見据え、沖縄に伝わる「ニライカナイ伝説」をモチーフにして生きることの意味を問うた作品だ。

「放し飼いのプリンス」は、私立の進学高校でカウンセラーをしている佐伯玉青（たまお）のもとに、山城雄大という体調を崩しがちな生徒のカウンセリングが依頼されるところから物語が展開する。雄大の心に巣くう孤独感を見据えながら、佐伯玉青もまた幼い頃に母性を喪失した自分自身の体験を蘇らせる。二人で出掛けた森の中で、幻とも現実ともつかないインナーチャイルドの風景が立ち上がってくる。作品は、複雑多様化する現実の中で、見えない傷を負った人たちが再生していく姿を描いているが、この作者の心理描写には力があり、表現にも安定感がある。

前田よし子の「フリーマーケット」は、沖縄の今を逞しく生きる人々の姿を共感を持って描いた作品だ。主人公は、大学受験生で3浪の「ぼく（太一）」である。太一は沖縄市のゲート通りに住んでいて予備校に通っている。両親はゲート通りでスーベニヤ（お土産品店）を営んでいるが、一時の好景気は過ぎ去り閑古鳥が鳴く時代になった。太一は両親が東京での親戚の結婚式へ参加し、信州大学へ進学した兄を訪問するために家を留守にした際に、土日に開催される白川のフリーマーケットへ参加することを思いつく。これまでも両親やゲート通りの商売仲間たちはフリーマーケットで品物を並べて売っていたのだ。

2軒隣で質屋を営んでいる上地さんの横に店を構え、家にある玩具などを並べて売ることにする。上地さんは一人住まいである。音楽が好きで、自宅の2階を音楽好きな若者たちへ無償で提供し、楽器を使用させている。

上地さんは40年余もゲート通りで商売をしてきて、今では60歳を越えている。一人で住んでいる訳を太一は知っているが、寂しさを抑えて楽しそうに商売している上地さんを太一は傍らで垣間見る。

上地さんだけではない。フリーマーケットで店を構えているおばさんたちはだれもが哀しみを振り払って明るく逞しく生きている。太一は、上地さんやおばさんたちから、値段の付け方や品物を売るコツまで教えてもらう。上地さんやおばさんたちが、自らの生活体験から手に入れた言葉や、客との丁々発止のやり取りを目の前にして、太一は心が洗われる思いがする。上地さんは、周りの商売仲間から所望され、得意な三線を店前で披露して客をもてなす。

作品の最後の場面は、大阪から来た客の一人が、沖縄の戦友から教わった曲だとして「軍人節」をリクエストする。上地さんは戸惑うが、向かいで店を構える多美さんらの応援を得て、しんみりと歌い、演奏する。頭上を横切る飛行機の爆音に一時演奏を中断させられるが、太一はこのシーンを次のように結ぶ。

それにしてもなんという歌声だったろう。生まれてこのかた、これほど感動的な歌を、そして演奏を聞いたことがなかった。それはまさに天上からの声だった。いや、それでは言葉が美し過ぎる。むしろ墓場からの、英霊たちの怨嗟の声、断ち切れない煩悩の声といったほうがあたっているかも知れぬ。それはなんとも説明のつかない感情だった。コンサートのあいだじゅう恍惚として小刻みにからだを震わし続けていた。（中略）こんなことは生まれてはじめての体験だった。

ここでの太一からは、受験浪人生としての苦しみや苛立ちは吹っ飛んでいる。それだけではない。上地さんやおばさんたちからも、基地の街で生きる苦悩や悲しみは吹っ飛んでいる。互いに苦労を分かち合い励ましながら豊かな心を持って生きている沖縄の人々への敬意を表す作者の思いと、人々の背後に大きな悲しみの世界があることを、語らないことによってより多く語っているような作品である。

(5)　２０１０年代＝新鮮な方法と持続される志

２０１０年代の特質は、崎浜慎と平田健太郎の2度受賞が挙げられる。二人合わせると4度になり10年間の半分近い受賞になる。

さらに受賞者の多くが、すでにいくつかの受賞歴があり活躍が顕著な作家たちであることも特徴に挙げられるだろう。文学に対峙する揺るぎない情熱と持続する志が優れた作品を生み出しているように思われる。崎浜慎や平田健太郎を含めて、當山忠、富山陽子、田場美津子、伊波雅子、国梓（くにし）としひでらの作家がそうである。

そうであるだけに、彼ら自身が文学との格闘によって新たに獲得した新鮮な視点や方法の実験を試みた作品が多くあるように思われる。また沖縄文学の共通のテーマである沖縄戦の記憶の継承や基地被害の課題をリメイクした作品の登場も心強く思われた。

崎浜慎の最初に注目された作品は、２００７年の琉球新報短編小説賞を受賞した「野いちご」である。以来、文学との格闘を持続させ着実に作品を発表し続けている。２０１１年の受賞作「子供の領分」は、基地の町に住む少年を描いた作品である。基地の町でバーを経営する父親を持つ少年が、やがて沖縄から脱出しオーストラリアに移住する。少年のころ親しくしていた友人の死を知らせる友人の妹に答える六本の手紙で作品は構成されている。手紙の中で描写される沖縄に住んでいたころの人々の姿が読者の想像力を喚起する。

2016年の受賞作「夏の母」は、沖縄戦の悲劇を継承する文学の方法の一つを示した作品だ。主人公を戦争体験者の孫の世代に設定し、三世代の登場人物の心理が細やかに描かれる。戦争体験者の祖父母、戦後生まれの母、そして「私」と人物の造形を際立たせ、人間の弱さと強さの物語が静かに織りなされている。（詳細は「崎浜愼論」参照、本誌312頁収載）

平田健太郎の2013年の受賞作「墓の住人」は、個の世界を突き抜けて生と死の普遍的な世界をも照射する作品である。また、タイトルもユニークで、安定した筆力は温かいぬくもりを感じさせる作品世界を作り上げている。

墓は、沖縄に生まれ育った人々にとって死者の宿る場所であるだけでなく、戦時中には避難場所にもなり生きる場所でもあった。そんな墓に見知らぬ男が住んでいるというのだ。ここから物語りはスタートする。墓は主人公の「ぼく」の先祖を弔った墓で、「ぼく」が確かめに行くと、なるほど墓庭には洗濯物が干され、携帯用のガスコンロもあって男の住処になっている。墓は3年前に亡くなった父の退職金で造ったものだ。男に出て行くようにと言うと、素直に謝って出て行く。ところが出て行ったはずの男が再び戻って来て、今度は墓の蓋を開けて中に住みついているというのだ。

作品は、その男と主人公との関わりが基軸になって展開する。その中で父や伯父の人生を浮かび上がらせ、墓に対するウチナーンチュの思いをも描いていく。また「ぼく」を含めて登場人物の日常生活もしっかりと描いておりリアリティのある作品になった。

2018年度の受賞作「兎」は認知症を患った老人を介護する施設で兎を飼ってアニマルセラピーをすることを企図した人々の思いと顚末を描いた作品である。職員と老人たち、そして兎たちとの交流は穏やかな筆致で描かれる。時宜を得たテーマである。さらにこの日常世界の彼岸に、もう一つの風景と多様なテーマがあることを窺わせる作品である。例えば施設に収容された老人の一人に宮森小学校のジェト機墜落事故の際に飼育係の少女であった人物を配している。認知症のせいで徘徊癖もある老婆だが、逃げ出した兎を当時少女であった自らの記憶と重ねて必死に保護しようとして探し出すことに奔走する。ここには戦争や戦後の基地被害という記憶を浮かび上がらせて作品世界を豊かなものにしている。またこのことが、沖縄の現在を考える作品としての意味をも彷彿させる重厚な構成になっている。文章にも淀みがなく、随所に挿入される情景描写も巧みで細部にリアリティがある。作者の創作の姿勢は、生活の場所から離れないリアリティある作品世界を構築することにあるのだろう。

繁殖能力の高い兎は、どのような状況にも負けない逞しい生命力の発露を暗示し、フェンスから逃げ出すことも、また逃げ出した雄兎が雌兎の群れに交じって身を隠している描写で終わる結末も、なんとも微笑ましく味わい深い余韻を残す作品である。

當山忠の作品「桟橋」には、時代を超えた象徴性がある。「桟橋」というタイトルも、人間がそれぞれに抱えている闇、過去の傷ついた体験を象徴するものとして効果的である。人は「桟橋」にたたずんで過去を思い、未来への飛翔を夢見る。ところが、主人公の耕一は、少年のころ、桟橋で溺れ、助けようとしない父親の冷たい視線を脳裏に刻み込んで成長する。そんな過去を背負いながら生きていく主人公の記憶や体験のトラウマからの脱出を描いたのが本作品だ。

作品のユニークさは、この苦悩を耕一自らが語るのではなく、耕一に嫁いだ妻沵子(あきこ)の視点から語ったことだ。この視点を獲得することによって、作品世界は独尊的にならずに広がりと深みをもたらしているように思う。

語り手の沵子は、東京の大学で学んでいるころに大学のコンパで耕一と知り合った。耕一は沖縄本島の南にあるK島の出身で、沵子もまたさらに南にある島の出身である。沵子は耕一にプロポーズされて受諾、一緒にK島に戻って来る。姑のハルおばあとの三人暮らしが始まる。

ところが、耕一には父親常吉から受けた桟橋での行為が強いトラウマになって、その後の父親との関係もうまくいかないままに父親は死んでしまう。現在もこの闇の記憶に悩まされているのだ。この記憶を耕一は妻の沵子に秘密にして解決しようとする。その方法が霊的な能力を持った女子高生ミーヨの力に頼ることであった。沵子は夫耕一の不可解な行動に戸惑うが、徐々にこの秘密が明らかになってくる。この展開がスリリングな物語を作り上げている。そして沵子にとっても、K島の桟橋は自らの現在と過去や未来を考える場所になるのだ。

登場する人物の個性も際立っており、家族、夫婦、親子の普遍的な人間関係のあり方をも考える射程を有した作品になっている。また、「母と娘は手旗信号を忘れた兵士のように唇を噛んだまま黙っていた」「沵子は自分が雨の中で芽吹き始めている植物のような気がした」など独自な比喩表現も散りばめられており、文学的なセンスの良さを感じさせる作品でもある。

伊波雅子の「与那覇家の食卓」は、軍用地主として生きる人々の姿を、タイトルが示すように、与那覇家の家族の日常世界に取り込んで描いた作品である。重いテーマであるにも関わらず、政治的な世界に陥り拘泥することなく、敢えて軽快なテンポの文体を使用し四代に渡る悲喜劇を描いた力量には感服する。

作品は東京で10年間の会社勤めをして沖縄に帰って来た若い女性主人公、泉の視点から描かれる。軍用地として土地を強奪された祖父母の怒りと悲しみ。軍用地料という定期的な収入に仕事を捨て酒に溺れる父。土地から得た資金を運用しアパートを建て、せっせとエステに通う母。成人した兄は少年時代の逞しさを失い、仕事をやめ、家でごろごろと毎日を過ごしている。主人公もまた、東京での仕事を辞めて戻って来た。二百坪の屋敷を構えた豪邸で過ごす与那覇家の人々の日常が、それぞれの生き方を露わにして描かれる。成長するにつれて軍用地主という裕福な生活に取り込まれ、働くことを放棄し、蝕まれていく精神と生活の現状は、まさに基地を抱えて生きている沖縄の人々の姿の一端をも示したものだろう。幼いスポーツ少年の甥の「お金がなくなったらどこから届く」という言葉に愕然とする少年の母親。無垢な少年期、少女期を「家族の黄金期」として描き、年を重ねるごとに生きる意欲を喪失していく与那覇家の人々。この展開にユニークな視点があり、方法の新鮮さもあるように思う。

富山陽子の「金網難民」は沖縄の伝統文化や習俗と、現代の米軍基地とを巧みに織り成した作品である。巧みさはそれだけではない。主人公果南の少女時代と大学生となった70年代の現在を往還する作品の構図、さらに幼なじみの拓海とともに、拓海の可愛がっている山羊を金網の基地の中に放すファンタジックな世界と現実の融合、これらの世界が破綻することなく描かれている。独創的なタイトルと併せて記憶に残る作品だ。(詳細は「富山陽子論」参照、本誌302頁収載)

田場美津子の「ガイドレターと罰点」は、作者にとって久々の快作であろう。田場美津子は1985年に「仮眠室」で第4回海燕新人文学賞を受賞した経歴がある。「仮眠室」は戦争で血縁者を失い、一人取り残された女性が中絶をする心理を戦争の記憶と重ねて描いた味わい深い作品であった。

今回の「ガイドレターと罰点」は、戸籍の死者に×点を付ける表示を天罰と受け取る作者の着眼が生み出した作品だ。この発想だけでも文学になり得ると思う。さらに死者から死者への手紙をガイドレターとして沖縄戦の実相に迫り、曾祖父までの四世代にわたる物語が展開される。多くの死者たちのプロフィールが謎解きのように究明され読者の緊張感を最後まで持続させる。人間の生きた証しは何によってなされるか。重く大きいテーマまで到達した魅力的な作品である。

国梓としひでの受賞作「ダンシング・ボア」はタイトルもユニークだが作品世界もユニークだ。基地被害や軍用地料で生きる人々を題材にした作品だが、従来の方法をディ・コンストラクト(脱構築)して描いている。ダンシング・ボアとはダンスをする豚のことだが、マジックリアリズムの手法をも駆使した軽やかな文体は決してメルヘンの世界へ陥っている訳ではない。軍用地料を資金にしてパチンコに明け暮れる若い男女の登場人物は、人格を破壊される危機をも孕んだ日々を過ごしている。基地被害に侵食される日々からの脱出にもがいている。そんな実存的な世界が、軽やかな二人の会話から対比的に浮き彫りにされる。二人の日々はリアリティがあり、若々しい文体と相俟って強烈なインパクトがある。

笑って読んで、胸熱くして閉じる作品世界はタイトルと共に印象深い。

ブラジル移民を先祖に持つ佐藤モニカの登場は新鮮な出来事だった。佐藤モニカの両親は千葉に住んでおり、結婚を機に沖縄に移り住んだようだが、沖縄という異郷の暮らしから、一族の歴史や、沖縄や文学の力を考える視線は、沖縄文学の世界を広げる営為にもなっているように思われる。

佐藤モニカの受賞作「カーディガン」は沖縄に住む主人公カスミのもとにブラジル日系四世のいとこのルイスが訪ねて来る。カスミは日系三世の母に頼まれ、ほぼ初対面のルイスの沖縄観光の相手をすることになる。ルイスには性同一性障害の悩みがある。戸惑いながらもルイスと関わり自分のルーツを再確認していくカスミと、カスミと関わりながら自らの二つの性に懸命に向き合おうとするルイスとの四日間の交流を描いている。

作品は謎解きのように徐々に輪郭を鮮明にする。二人の交流が実に自然でリアリティがある。優れた比喩表現も随所に見られ文章に力がある。作品に使われる「カーディガン」などの小道具にも多義的な意味が宿っていて文学的なセンスを感じる。エンディングでは人生についての哲学的な思索が提示されるが押し付けがましさがなく心地よい着地である。

○おわりに

沖縄にある何が、表現者たちの文学への志を持続させているのだろうか。逆に表現者たちの何が、沖縄の記憶として刻まれていくのだろうか。或いは、沖縄とはまったく関係のない個的な理由こそが文学の営為なのだろうか。とすれば、それはどのような理由なのか。

本賞の受賞作品を読みながら、絶えず私に問いかけてきた内部の声である。それは時には対立項を望まない問いとして立ち上がることもあったが、答えは無数にあったと言えばいいのだろうか。この無数にあった声を集めたのが本稿になったのかもしれない。

作品はいずれも読後に感動を呼び起こし多くの示唆を与えてくれた。それは豊かに生きることの示唆になり、沖縄を考える新たな指標になった。本賞は1970年にスタートして今年で50回目を迎える。第2回は受賞作なしだが、49編の作品には49とおりの示唆があったと言っていいだろう。

沖縄の近現代思想史の研究者であり、多くの人から惜しまれて逝去した屋嘉比収（やかびおさむ）（沖縄大学助教授）は、沖縄の戦後について次のように述べている。[注1]

沖縄では「戦後への問い」は過去に対する問いではなく、

「沖縄の現在」に対する問いと直結している。沖縄では、「戦後」を問うことは「現在」を問うことであり、「沖縄の現在」を問うことは、「沖縄の戦後」を問うことを含意している。そのことは、戦後六十年を経ても巨大なアメリカ軍基地がいまなお沖縄本島の中央部に存在し、さらに日米両政府によって新たなアメリカ軍基地の建設計画が強行されようとしている今日の沖縄をめぐる政治的状況が如実に示している。

沖縄はいつの時代にも厳しい状況がある。県民の多くが苛酷な試練に対峙している。文学はこの試練に真摯に向きあうときに生まれてくるのだろう。そして、沖縄では常に言葉の力が試されている。この挑戦と模索が、ラジカルな躍動をも生んでいるはずだ。この一つの成果が本賞の作品群であろう。これらの作品を紹介することが本稿の目的の一つであるが、沖縄文学への手引きになれば幸いである。

【注記】

1　中野敏男、屋嘉比収、他編著『沖縄の占領と日本の復興―植民地主義はいかに継続したか』２００６年12月15日、青弓社、15頁。

2　本稿を執筆するに当たって、作品は九州文化協会が発行している『九州芸術祭文学賞　作品集』（1〜50）をテキストとした。

2 「新沖縄文学賞」受賞作品と作家たち

○はじめに

大城立裕は沖縄県初の芥川賞作家である。受賞した年は日本復帰前の１９６７年。作品は「カクテル・パーティー」で、１９５０年代から60年代の米軍政府支配下にある沖縄の現状を描いたものだ。以来、齢90余になる今日まで、持続的に作品を発表し、沖縄の戦後文学を牽引している。このことは、だれもが認めることだろう。その一つの例が、沖縄の文学者たちを対象にした県内の文学賞の選考委員を長く引き受けてきたことが挙げられる。

沖縄で注目される文学賞で、長い歴史をもち、かつ中央の文学界で活躍する登竜門としての役割を担ってきた文学賞は三つある。私はこの三賞を「沖縄文学三賞」と名付けているのだが、一つは１９７０年に開設された九州文化協会主催の「九州芸術祭文学賞」である。他の二つは地元新聞社が主催する賞で、一つは１９７５年に開設された「新沖縄文学賞」、他の一つは１９７３年に開設された「琉球新報短編小説賞」である。

大城立裕は、この三賞の選考委員としていずれも発足当初から関わり、約30年続けてきた。この三賞だけではない。ハンセン病元患者の療養施設「沖縄愛楽園」自治会が発行し続けた文芸誌『愛楽』でも小説やエッセイ部門の審査員となり、毎号丁寧なコメントを寄せ長く激励を続けてきた。また「具志川市文学賞」などをはじめとする自治体や県が主催する単発的な文学賞にも関わってきた。敬意を表する活躍である。

「新沖縄文学賞」と「琉球新報短編小説賞」は、30回の節目の年に、主催者の企画に応じて論考を寄せている。前者は『新沖縄文学賞』の30年」と題して『沖縄文芸年鑑２００４年』に収載されている。後者は「琉球新報短編小説賞の30年をかえりみて―成長し続ける覚めた目　本格的恋愛小説に期待」と題して『沖縄短編小説集―「琉球新報短編小説賞受賞作品」第２集』の冒頭に収載されている。

二つ共に受賞作品のテーマや題材に沿って作品を分類し内容についても言及している。前者が受賞作品と佳作を含めた分類であるが、後者は受賞作品のみの分類になっている。

ちなみに、「新沖縄文学賞」の佳作まで含めた分類は「土俗・故郷・カルチャーショック」「基地・都市」「家族」「異郷」「愛」「少年」「その他（自衛隊、青春、想像妊娠、ガン看護）」の７項目である。「琉球新報短編小説賞」の受賞作品の分類項目は「沖縄戦」「基地」「民俗」「愛」「少年」「都会」「外来」「マイノリティ」「家族」の９項目である。

本稿では、大城立裕の分類を参考にしながら項目を立てて受賞作品を紹介したいと思う。もちろん対象は大城立裕の30回を上回り、２０１９年までの45回に渡る受賞作品であり、佳作を割愛しているがゆえに大城立裕の項目とは違うことになるのはやむを得ないことだろう。

(1)分類（案）と分類から見えてくるもの

私の分類（案）は左記のとおりだが、作品後の数字は受賞年を示す。なお2項目に属する作品もあるが、巻末の「付録2、受賞作品一覧表」をご参照願いたい。

【表1】「新沖縄文学賞」受賞作品のテーマごと分類

1	2
戦争と平和（沖縄戦・自衛隊など） 仲村渠ハツ「母たち女たち」１９８２年 目取真俊「平和通りと名付けられた街を歩いて」１９８６年 富山陽子「フラミンゴのピンクの羽」２００９年	**国際的な視野**（外国が舞台・基地・外国人との交流） 吉田スエ子「嘉間良心中」１９８４年 玉城まさし「砂漠にて」１９８８年 加勢俊夫「ロイ洋裁店」１９９６年、 国梓としひで「爆音、轟く」２００７年 松原栄「無言電話」２００７年 森田たもつ「蓬莱の彼方」２００８年 佐藤モニカ「ミツコさん」２０１３年 松田良孝「インタフォーン」２０１４年

3	4
沖縄アイデンティティーの描写と追求（土着・文化・民俗） 新崎恭太郎「蘇鉄の村」１９７６年 喜舎場直子「女綾織唄」１９８５年 山城達雄「窪森」１９９８年 真久田正「鱬鯤」２００１年 大嶺邦雄「ハル道のスージグァに入って」２００９年 高浪千裕「涼風布工房」２０１８年	**日常に潜む不安と希望**（家族・恋愛など） 仲村渠ハツ「母たち女たち」１９８２年 山入端信子「虚空夜叉」１９８４年 徳田友子「新城マツの天使」１９８９年 後多田八生「あなたが捨てた島」１９９０年 清原つる代「蟬ハイツ」１９９３年 知念節子「最後の夏」１９９４年 竹本真雄「燠火」１９９９年 金城真悠「千年蒼茫」２００２年 玉代勢章「母狂う」２００３年 月之浜太郎「梅干駅から枇杷駅まで」２００５年 国梓としひで「爆音、轟く」２００７年 美里敏則「ペダルを踏み込んで」２００８年 森田たもつ「蓬莱の彼方」２００８年 伊波雅子「オムツ党走る」２０１１年 伊礼英貴「期間工ブルース」２０１２年 長嶺幸子「父の手作り小箱」２０１５年 黒ひょう「バッドディ」２０１５年 儀保祐輔「Summurr Vacathion」２０１７年 中川陽介「唐船ドーイ」２０１８年 しましまかと「テラロッサ」２０１９年

5	**青春の彷徨（少年・少女）**	照井裕「フルサトのダイエー」1987年 赫星十四三「アイスバーガール」2004年 梓弓「カラハーイ」2016年
6	**歴史物・時代物**	上原利彦「黄金色の痣」2007年
7	**その他**	

(2)分類ごとの作品紹介

①戦争と平和（沖縄戦・自衛隊など）

沖縄戦を主なテーマにして受賞した作品は3作品。仲村渠ハツの「母たち女たち」、目取真俊の「平和通りと名付けられた街を歩いて」、富山陽子の「フラミンゴのピンクの羽」である。3作品はそれぞれ特異なアプローチを有して沖縄戦を描いている。「母たち女たち」は自衛隊をキーワードにして沖縄戦を浮かび上がらせ、「平和通りと名付けられた街を歩いて」は老婆の戦争体験と皇太子来沖を絡ませて戦争の悲惨さを浮かび上がらせる。「フラミンゴのピンクの羽」はエクレアというお菓子が結びつけた二人のひめゆり学徒の物語をとおして未来への希望を語っているように思われる。

◇「母たち女たち」仲村渠ハツ（1950年生）

作品は、先の戦争で多くの肉親を失い今なおトラウマに悩まされている祖母たち母たちの世代の苦悩、さらに今日の若い戦後世代が自衛隊基地の建設に悩まされている沖縄の現状を、女たちの戦争体験や日常を描くことで明らかにしようとした作品のように思われる。

主人公は役場に勤める二人の女性ミサと和子。二人とも25歳で高校の同級生。ミサは高校教師と結婚の話が持ち上がり相手に好意を抱くが、自衛隊への勧誘を積極的に勧めている相手にやや躊躇いを覚える。そして、母の希望で戦争体験のトラウマに悩まされて気が触れたカマドおばあを家で引き取ることになる。

和子は職場で組合活動に力を入れているが、弟が高校を退学して自衛隊への入隊を希望している。この二人の女性の心情や家族の関係を丁寧に描きながら、沖縄の置かれた現状を描いていく。

ところが、二人の女性の心情や家族関係を丁寧に描こうとするがあまり家族だけでなく親族たち、そして職場の友人たちが名前を冠せられて数多く登場する。戸惑ってしまうが、しかしそれだからこそ作品のタイトルを「母たち女たち」としたのだろう。そして作品のよさは、一方の考えだけに偏することなく対立する考えをも提示しながらドラマのある作品として展開したことにあるだろう。

もちろん作品のメッセージは明快である。戦争犠牲者への哀悼と平和な島沖縄の建設だ。例えばミサが高校教師との結婚を諦める際の心情は次のように記される。「何とも思わない。家族全員を戦争で失って30何年も一人で生きて来て、戦争の匂いを敏感にかぎつけて、その苦しさを思うと正気でいられなくなった人に対して何とも思わないなんて、こんなきれいな笑顔があってもこの人は本当に冷たい人なんだなあとミサは思った」と。

◇「平和通りと名付けられた街を歩いて」目取真俊（1960年生）

快作である。舞台を現代に置きながら過去の戦争の悲惨さや天皇の責任をも含めて糾弾した射程の長い作品だ。

物語の展開は小学5年生のカジュ（一義）が役割を担うが、中心人物はカズの祖母ウタおばあと、かつてウタおばあが商売をしていた平和通り市場のフミおばさんの二人のように思う。

作品は、カジュが不審な男に付け回される場面から始まる。理由は復帰後に那覇市民会館で開催される「第××回献血運動推進大会」に出席するために皇太子夫婦が来沖するからだ。カジュの家は会場に近い与儀にある。ウタおばあは平和通りで商売をしていたが老いて商売を辞め徘徊が始まり自分の汚物を手で摑みべたべたと周りを汚している。その徘徊を止めるためだった。ウタおばあだけではない。皇太子夫妻に汚いものは見せられないと、平和通り入口で盥（たらい）に魚を並べて売っているフミおばさんも、衛生上不潔だから、その日だけでもいいからと店じまいを命じられる。フミおばさんは頑として聞き入れない。

ウタおばあや、フミおばさんや、近所に住むマカトおばさんらの悲惨な戦争体験が語られる。ウタおばあは、防衛隊にとられた夫の栄吉が戦死し、カジュの父親である正安以外の子どもたちも避難先の山原で死んでしまう。ウタおばあをはじめ、戦争で夫を失い平和通りで露天商をしながら子育てに励んだ多くの寡婦たちと一緒に励まし合いながら生きて来たのだ。魚を商っているフミもウタのように強く生きたいと思う。

ウタを外出させるなという圧力は正安の職場までやってくる。ウタは正気を失ったと思われる言動の中でも、死んだ子どもたちの記憶を蘇らせ、子どもたちのためにと徘徊し食べ物を集める。正安は苦汁の中で部屋に釘（くぎ）を打ちウタを閉じ込める。

平和通りで商いをしているおばさんたちも、カジュの周りの大人たちも皇太子夫婦の来沖を歓迎する側と反対する側に二分される。フミおばさんは反対の側だ。歓迎の旗を配りに来た区長に次のように言い返す。「カンゲーイー？　えっ、あんたねー。戦で兄さんも姉さんも亡くしたんでしょう。よく歓迎なんかできるね。私はあんたのキク姉さんに阿旦葉で風車作ってもらったこと今でも覚えているよ。優しくていい姉さんだったさ。それがどうね。女子挺身隊に駆り出されて、まだ遺骨も見つかってないんでしょう。あんた、あんなにキク姉さんに可愛がられて貰ったのに……」と。

いよいよ、大会当日を迎える。カジュはウタおばあを苦しめ、お父を苦しめている姿を見て、「あの二人がやろうとしていることを邪魔してやりたい」と思う。二人とは皇太子夫婦だ。それは「沿道で日の丸を振っている大人たちに紛れて車を待ち受け、二人の顔に思い切り唾を吐きかけてやることだ」。ところが、カジュよりも先に一人の老婆が飛び出してきたのだ。この場面は次のように語られる。

> 「おばー」
>
> それはウタだった。車のドアに体当たりし、二人の前のガラスを平手で音高く叩いている、白と銀の髪を振り乱した猿のような老女はウタだった。前後の車から屈強な男たちが飛び出し、ウタを引きはがすと、あっという間に皇太子夫婦の乗った車を取り囲んで身構えた。路上に投げ出され帯がほどけて（中略）両側から腕を取られながらも、ウタは老女とは思えない力で暴れまくる。（中略）男の拳がウタの顔を打つ。
>
> 「ウタ姉さんに何するね」
>
> 制止する警官を振りほどいて、フミが刑事どもに体当たりを喰らわせる。フミの力強い怒号やけたたましい悲鳴があたりを揺るがせ、くもった空に一直線に放たれた火の矢のように人垣の中で高らかに指笛が上がる。（中略）停車していた二人の乗った車があわてて発進する。（中略）怯えたようにウタを見ている二人の顔の前に、二つの黄褐色の手形があるのに気づいた。それは二人の頬にぺったりと張り付いたようだった。

カジュは、警察から解放されたウタおばあを連れて山原へ行くことを思いつく。バスの中から米軍基地が見える。バスに乗ったウタは静かに眠っている。「薄く開いた目をかたつむりが這ったあとのように銀色の膜が覆っていた。顎が落ちて、顔が長くなったように見える歯のない口から涎が糸を引いて垂れ」ている。「蠅がしつこくウタの目に留まろうとする」。カジュは蠅を追いながらウタの額が冷たいのに気づく。手を握ると手も冷たい。作品は次のように閉じられる。

> 「おばー、山原はまだかなー」
>
> 基地の緑は目に眩しく、カジュの身体はうっすらと汗ばむくらいだったが、ウタの手はいつまで経っても温かくならなかった。

ウタおばあの死が暗示され、それに気づかないカジュの幼さが示され、基地の中の沖縄が暗示される。

作品は沖縄戦から続く沖縄のひどい現実を描いたもののように思われる。戦争の悲惨な記憶を忘却し、戦争の責任をも隠蔽する大人社会。この現実に果敢に立ち向かうウタおばあーとフミおばさん。国家や社会のレベルからでなく個人の体験や記憶のレベルから翻す反旗。孤軍奮闘するウタおばあやフミおばさんの生き方を引き継ぐであろうカジュに希望を見いだすも、幼さゆえのあやふやな期待。米軍基地の現在までを取り込んだ巧妙なエンディング。まさに沖縄が抱える重いテーマを浮き彫りにした作品だと言えるだろう。

◇「フラミンゴのピンクの羽」富山陽子（1960年生）

「フラミンゴのピンクの羽」もユニークな作品だ。主人公の「私」は芽衣。高校3年生で栄町にあるケーキ屋「フラミンゴ」でアルバイトをしている。入口のガラス窓にはピンクの文字で店の名前と大きなフラミンゴの絵が描かれている。そこに決まったようにやって来るおばあちゃんがいる。閉店前の安くなったエクレアを買いに来る百子さんだ。百子さんは、ひめゆり学徒隊の生存者で、エクレアは学生時代にみんなで食べた思い出のお菓子であったのだ。

作品はエクレアが二人の元女学生を結びつける奇跡の物語として展開する。沖縄戦の悲惨な記憶を語り継ぐ作品には様々なものがあるが、本作品はエクレアを鍵にして、過去と現在、現在と未来をうまく繋ぎ合わせて希望の物語を作ったとも言えるだろう。（詳細は「富山陽子論」参照、本誌302頁収載）

② 国際的な視野（基地・外国人との交流）

この分類に該当する作品にも傑作が多い。沖縄の戦後文学を代表する作品の一つだと思われる吉田スエ子の「嘉間良心中」は、基地の街で米兵相手に売春をしている初老の女性の貧しさと寂しさを、米兵と一緒に心中する行為をとおして見事に表現した。その他、加勢俊夫の「ロイ洋裁店」、国梓としひでの「爆音、轟く」、森田たもつの「蓬莱の彼方」などは、沖縄でなければ生まれなかった作品であろう。換言すれば沖縄文学の特質を担った作品だと言える。

他にも佐藤モニカの「ミツコさん」、松田良孝の「インタフォーン」など多様な視点で多様な作品を紡ぎ上げている。

◇「嘉間良心中」吉田スエ子（1947年生）

作品は基地の街を舞台にしている。時代はベトナム戦争の好景気が終わった70年代末か80年代初頭だと思われる。この街で二十年余も娼婦を続けてきたキヨと脱走兵サミーの物語だ。

キヨは夫と別れ、今は一人暮らしで58歳。初老の域に達したキヨに、声を掛ける兵士たちも少なくなった。

そんなキヨのもとに基地を脱走してきた18歳の少年兵サミーが転がり込んできた。サミーの若い肉体と「まぐわい」ながら、「キヨは自分の中の老いた細胞が、若い命に出会い蘇生され、再生されていくような気がする」。

ところが、サミーは半年も過ぎると部隊に帰りたがった。

キヨはなんとかサミーを手元に置きたい。明日、出頭するというサミーの言葉に、キヨは生まれ島の津堅島へ逃げて一緒に暮らそうと誘う。サミーはそれを拒絶する。キヨは心中を決意する……。

老いた娼婦、屋富祖キヨの孤独が、感情を排した乾いた文体で淡々と綴られる。少年兵サミーに寄せる心情が痛いほど伝わってくる作品だ。（詳細は第Ⅱ部第二章「吉田スエ子と長堂英吉」参照、本誌122頁収載）

◇「砂漠にて」玉城まさし（1948年生）

作品の舞台はリビアのゴビ砂漠だ。沖縄文学の多様性に今さらながら驚かされる。

主人公の「私」（＝伊礼）は、沖縄の企業「久茂地組」に勤めている。久茂地組が、リビアにおける日本企業の国際的な石油採掘プロジェクトチームとして参加することになったのだ。ゴビ砂漠のど真ん中にあるギブリという町近くにある油田地帯から地中海のシルテ湾に面した原油の積み出し港ラスラヌフまで、約600キロのパイプラインの敷設工事である。久茂地組は、現地における労働者の宿舎などの建設に当たることになった。まず、第一陣として十人の社員が出発する。その一人が「私」だ。会社での盛大な壮行会と、空港での家族一族の激励を受けて「私」はゴビ砂漠へ向かう。

到着して3日め、「私」は、現地になれた森根さんの先導でギブリからジャロの町までの150キロの行程をジープを連ねて、日本からやって来る職人の出迎えに向かうことになる。ところが、変わりやすい砂漠の天候の中で、砂嵐に巻き込まれて森根さんのジープを見失ってしまう。視界が遮られた猛烈な砂嵐の中を、「私」は必死に道標を探すが、方位さえ分からなくなってしまう。リビア人は砂嵐のことをギブリと呼んでいるのだ。

作品は、砂嵐に巻き込まれた「私」の砂漠からの脱出までの戦いを多くの頁数を当てて描いている。途中で方位計が壊れ、予備の燃料も底をつき、食料もない。砂が口にも目にも飛び込んでくる。動き回ることをやめ、ジープの中で寝袋に入って三晩を飢えと寒さと絶望と死の恐怖にさらされながら過ごす。やっと四日目の朝、砂嵐が弱まる中を、方向を定めてジープを走らすが、途中で燃料が切れる。熟慮の末にジープを降りて歩き出すことにする。炎天下の元、やがて倒れた「私」は意識を失うが、駱駝をひいた少年アリに助けられる。この顛末を描いたのが本作品だ。

砂漠の中で、死の恐怖と戦いながら、必死に生きる術を考える「私」。朦朧とした意識の中で沖縄に残してきた妻子のことを思い出す「私」。自らの生き続けたいという意志力の限界や体力の限界について、「私」の体験した「砂漠にて」の苦悩が詳細に語られる。思わず砂漠からの脱出を応援したくなるほどだ。

作品は緊張感のある文体で展開される。体力を回復した

「私」はジャロのホテルに宿泊し、日本からの職人たちを待つが、市場でアリと再会する。アリの友達の売る卵をアリに勧められて全部買うことにする。どの地でも人々は与えられた命を懸命に生きている。それだからこそ命は尊いのだ。このことを、市場の人々や、妻子の記憶、そして「私」の死闘で浮かび上がらせた作品のように思われる。

◇「ロイ洋裁店」加勢俊夫（１９５５年生）

作者加勢俊夫は新潟県の生まれ。作品は、沖縄の基地の町に住むインド人ロイ・クマール・シャルダンの38年間の沖縄生活を描いている。沖縄文学の中では基地の兵士やアメリカ人を描いた作品は多いが、基地の外で働くインド人やインド人家族を描いた作品は本作以外に見当たらない。極めて特異な作品だ。

ロイは、嘉手納空軍基地から沖縄市側へのゲートがある「空港通り」で38年間も「ロイ洋服店」を営んできた。ロイのオキナワ行きと38年余の経緯についてまとめれば次のようになる。

「ロイはインドボンベイで生まれた。父の知人のテーラーで仕立ての見習いをする。手先の器用なロイは、めきめき仕立ての技術を身につけた。バフナと結婚してボンベイの繁華街の一角に小さなテーラーを構えた。息子や娘も産まれた。ところが三人目の赤ん坊を抱えたままバフナが交通事故に遭い、赤ん坊は死に、バフナは三週間の安静状態から生還した。それからバフナは偏頭痛の持病を抱えるようになる。ロイも元気がなくなり客足が遠のき借金が膨らんだ。かつて見知らぬ老人がやって来てオキナワは景気がいい。自分の店で働いてみないかと誘われたことを思い出し、バフナたちを残し老人を頼ってオキナワへ行く決意をする。まとまった金が手に入ったらすぐにボンベイに帰るつもりだった。

オキナワは老人が言うようにベトナム景気で賑わっていた。やがてロイはインドへ帰るのではなく、オキナワへ家族を呼び出し、空港通りで「ロイ洋服店」を開業した。しかし、ベトナム景気が衰退すると客足も減り、今では仕立ての仕事がなくなり既製服を店内に並べて売るだけになった。そして、ロイも働く意欲を失って憂鬱な気分で閉店することを考えるようになる。そんなロイの洋服店に黒人兵の強盗がやって来る……」という物語だ。

ロイの息子のアルーが北谷のHタウンに支店を持つという光明はあるが、雨降りの情景とロイの心情が重なって、なんとも重苦しいトーンで作品は展開される。作品の顛末には作家の技巧が凝らされているので紹介は控えておくが、沖縄にある米軍基地が好景気や不景気を呼び、このことに翻弄される人々の人生をインド人の仕立屋を通して描いた作品だと言えよう。そして、本作品は沖縄文学の特質である国際的な視野を有した文学作品の一つになるはずだ。

◇「爆音、轟く」国梓としひで（１９４９年生）

作品は、主人公の勝男が若い海兵隊員に暴力を振るわれる夢の場面から始まる。勝男だけでない。父親の裕助の頭上にも金槌が振り下ろされ鮮血が飛び散る。悲痛な叫び声を上げたところで傍らの妻の礼子に起こされる。勝男と礼子はアメリカへ向かう飛行機の中にいた。窮屈な椅子に凭(もた)れたままで勝男は夢を見ていたのだ。

二人はアメリカのサンディエゴに語学留学をした娘の沙織が、アメリカの商社マンと結婚し、出産日が近づいたので招かれたのだ。娘婿のマックが空港まで迎えに来てくれた。案内されて郊外にある海兵隊基地の病院で娘に面会する。娘も元気で明日の出産予定日を前に、勝男も礼子も初孫を迎える喜びに浸っていた。

ところが、マックは商社マンではなく、海兵隊員だということが明かされる。この真相を契機に勝男の態度は一変する。実は勝男の父親の裕助は23年前、長年勤めていたバス会社を退職し、タクシーの運転手をしていた。勤務中に数人の海兵隊員に襲われて金銭を強奪され頭を殴打されて半死の重傷を負ったのだ。集中治療室から奇跡的に生還したものの、以来、裕助は後遺症に苦しみ、てんかんの発作を起こしパーキンソン病に悩まされる。主治医は脳細胞がダメージを受けていて事件の影響でこの症状を誘発しているかもしれないという。母親の朝子を若くして亡くし、父は必死で働いて一人息子の勝男を育てたのだ。父は間もなく痴呆を発症し、事件から5年で言葉を失い、歩くこともできなくなり、施設に入院し死を待ち続けるだけの日々になった。妻の礼子も必死に父を看病してくれたが、13年前父は亡くなった。この記憶が蘇ったのだ。犯人の海兵隊員は今なお逮捕されずに、このアメリカの地のどこかで生きているのだ。このことの不条理さに勝男は怒りを静めることができなかったのである。

勝男は娘の出産にも立ち会わず、マックには父の事件を告げ娘と別れてくれと訴える。マックは「オトウサン、ダメデス、サオリ、アイシテル。コドモ、アイシテル」と告げられる。しかし、勝男の気持ちは変わらない。お祝いに駆けつけたマックの両親に会うことも拒否する。妻に宥(なだ)められるのだが、どうしても海兵隊を恕す気になれずに妻を残して一人沖縄へ帰って来る。

やがて、妻の礼子も帰省する。時代は「9・11テロ」後で、アメリカがイラクへの攻撃を開始した時期だ。イラク兵やアメリカ兵に毎日、数百人の死者が出ている。そのイラクへマックが派遣されることが決まった。

父が半死の重傷を負ったのはベトナム戦争のころで、勝男は当時の米兵の心情へ思いを巡らす。また、少年のころ、ジョージというハーフの少年が近所に住んでいたことを思い出す。娘の沙織は軍人の妻としての覚悟を語っていたのだ。

嘉手納基地から、爆音が轟き、F15イーグル戦闘機が勝男の頭上を飛んでいく。勝男は、墓前の父へ許しを請う。「親父、ごめん、もう時効だよなあ」と。そしてマックの無事を祈るのだ。

作品は、勝男の心情を詳細に描いていくが、予想もしない出来事に次々と襲われる。勝男は頑なな心をなかなか転じ得ないが、結局は一人の人間の命の重さに気づき、幸せを祈らずにはいられなくなる。この視点が世界を繋ぐ視点になるのだろう。このことを教えてくれる作品だ。

◇「無言電話」松原栄（1938年生）

本作品の舞台は北京だ。主人公は北京在日大使館の守衛をしている若い伊豆見勝雄。29歳の妻房子と、二人の子ども由紀子と勝也を伴って、東京にて勤めていた大手の警備会社から北京大使館の保安要員として派遣される。順調な大使館勤めであったが、やがて無言電話に悩まされる。無言電話は勝雄の職場にも自宅にもかかってくる。この真相を突き止めるまでの経緯を描いたのが本作品だ。

無言電話は、来中した日本の大平総理大臣が日本人学校を訪問することになり、その際に学童を代表して花束を渡す役に娘の由紀子が選ばれたことから始まる。やがて上司の妻が自分の娘が選ばれなかったことに嫉妬して嫌がらせをしたことが分かるが、物語はこれだけでは終わらない。この顚末と重なって、ロシアと日本との漁業交渉の際の機密が北京の大使館から漏洩されたとする事件が重なる。勝雄が疑われて真相の解明がなされていく。スリリングな展開が作者の安定した文章力に支えられて進んでいく。見事な作品だ。

感心することは多いが、なかでも北京大使館での日々が詳細に描かれており、その中で様々な人間模様を浮かび上がらせたことだ。作者は北京大使館に勤めたことがあるのではないかと思われるほどにリアルに描かれる。さらに大使館勤務の日々だけでなく、北京の町並みや風景までが詳細に描写される。

沖縄文学の視線は、確かに海を越え、国際的な事件をも取り込みながら展開する豊かな文学世界を作り上げているのだ。このことの証拠にもなる一編である。

◇「蓬莱の彼方」森田たもつ（1959年生）

「蓬莱の彼方」は、戦後間もないころの宮古島を舞台にした台湾との密貿易を題材にしている。ここでの外国人とは蓬莱島と呼称される台湾人のことをさす。島の女性大城カナと台湾出身の父をもち母方の日本名を名乗った山本富之助の悲恋を中心に複雑に入り組んだ人間模様を解き明かすミステリアスな作品だ。

作品は二つの物語が交互に織りなされて進行する。一つは現在の物語だ。宮古島の商工会議所に勤める「私」（来間）のところへ上司を介して消息不明になっている山本富之助の息子、久男捜しの依頼が持ち込まれる。富之助はカナとの間に久男を授かっていたが、密貿易が発覚して台湾へ逃げる。様々な事情から再び宮古島の土を踏むことができずに台湾で結婚する。富之助は、今は高齢で余命幾ばくもない。台湾人の妻との間にできた息子の一人呉萬水という実業家が、異母兄、久男を探して父の悲願を叶えてやりたいと依頼したのだ。今は県外で暮らしている久男の消息を尋ね当てる途次でカナと富之助との間を引き裂いた様々な事情が明らかになっていく。

二つめの物語は過去の物語だ。「私」の祖母文江が語るカナの物語である。行く当てを亡くしたカナ母子を、祖母は経営している「くりま食堂」の2階に住まわせたことがあったのだ。カナと富之助の二人がどれほどに愛し合っていたかが祖母の口から語られる。土地の権力者によって狂わされた二人の人生だ。

この二つの物語が、国境を挟んだ悲恋物語として縒り合わされるのである。富之助は久男との面会が叶わずに病院で息を引き取るのだが、呉萬水は異母兄の久男と感動的な出会いを成し遂げる。人間の情愛の間には国境はボーダーレスになり、壁があるとすれば、この壁をも人間が作り出すのだということがよく分かる作品になっている。

この作者の特質の一つは、物語をつくることのうまさにあるように思われる。謎解きのように展開するミステリアスな作品構成。人物造形の確かさと仕掛けの巧妙さ。ディテールを描く筆力の確かさ。ホロリとさせられるツボを得た感動的な人間の悲喜劇。本作以外にも「メリークリスマス every-body」（琉球新報短編小説賞）など、出身地の宮古島を舞台にした作品群は、題材もテーマも多彩である。

◇「ミツコさん」佐藤モニカ（1974年生）

ミツコさんとは主人公「私」の祖母だ。語り手の「私」はモンちゃん（時にはモニカ）と呼ばれている少女だ。ミツコさんはブラジルに住んでいる。モンちゃんのお母さんは一族の期待を担って日本へ留学した。日本で結婚し「私」を生んだ。ミツコさんは私の小学校の入学式と重なった弟の出産に立ち会うために来日する。私も何度かブラジルへ行ったことがある。弟が1歳になったときに、「私」は夏休みを利用してミツコさんを訪問する。この夏休み期間中の「私」のブラジルでの滞在を描いたのがこの作品だ。

少女のモンちゃんの視線は、ピュアで微笑ましい。これが作品の魅力になっている。「私」から語られる一族との関係やブラジル滞在期間中の行動は具体的で詳細である。このディテールに人生の大きな世界が透視され託されているように思う。ここに二つめの作品の魅力がある。

ミツコさんが赤ん坊のときにミツコさんの家族はブラジルに渡ったのだが、曾祖父母の苦労、祖父母へ引き継がれた努力、今ではミツコさんの一族は豪華な大理石のフロアをもつ家に住む成功者だが、モンちゃんの目は粉飾を脱ぎ捨てて喜怒哀楽を示す人間の姿を描く。猫を13匹も飼っているミツコさん、ミランダ叔母さんの娘、マリアとの交流など……。

沖縄文学は、外国を舞台にした作品が多いことも特徴の一つであるが、本作品もその一つである。本作品の特異性は、語り手を機知に富んだ少女の視点に置き、人間世界の永遠の深層にまで届く広い世界を象徴させて描いたことにあるだろう。沖縄の文学シーンを大きく広げた1作である。

◇「インタフォーン」松田良孝（1969年生）

本作品の大きな特徴は「分かりやすく」「読みやすく」「楽しい」ことが挙げられよう。だからと言ってライトノベル的な軽さではない。テーマは重く人間の存在の基盤を問うている。「日本人」や「台湾人」や「ウチナーンチュ（沖縄人）」の区別は、何を基準になされるのだろうか。住む場所か、血の繋がりか。ここでは祖母が台湾人でも与那国で生まれたから「沖縄人」だという若い女性と、沖縄に住んでいてもルーツは台湾だから「台湾人」だというおばあちゃんが登場する。単純な図式で問われても答えの見つけにくいラジカルな問いである。それを「分かりやすく」「読みやすく」「楽しい」と思わせるユーモアを交えながら隙のない文体で作品化したのだが本作だ。斬新な越境文学の登場の予感さえする。

斬新さは主人公の設定や文章だけではない。主人公「私」の勤める職場がビル管理会社で、各ビルのエレベーター等に取り付けられている隠しカメラから送られてくる映像モニターを見て状況を把握する。文明の利器を取り込んだ作品世界でもあることだ。この現代的な職場と不変なテーマとを融合させたところに作品のユニークさがある。

感心するところは他にも多い。国境を越える試みは、人と人とを繋ぐ象徴として「インタフォーン」が用いられる。同時に台湾で巻き尺代わりに使用される「魯班尺」も多義的な意味を付与されて使用される。登場人物も思いきり整理されている。主人公である石垣島出身の女性で二十歳の「私」（ケイ）と職場の同僚のおばさん、私の高校時代の同級生のユミ、そしてインタフォンで繋がったおばあちゃん。この4人の登場人物で広く深い世界を描いたのだ。国境をボーダーレスにする新しい沖縄文学の広がりを感じさせる作品である。

③沖縄アイデンティティーの追求と描写（土着・文化・民俗）

沖縄アイデンティティーの追求と描写は、文学というジャンルに魅了された近代以降現代に至るまでの沖縄の表現者たちにとって大きな課題の一つである。この課題を様々な方法で試行し実験してきた。ここには沖縄が歩んで来た苛酷な歴史や出来事、政治の荒波に翻弄された小国の軌跡や辺境の地の悲哀も射程にあったはずだ。

もちろん最も大きな関心は、人々の日々の生活の転変である。異郷の地の文化と衝突して変わるものと変わらないもの、大きな政治権力に対峙し反発するものと融合するものを見定める。当然、この行為の多くは生活の中でしか現れないだろう。沖縄の人々の日々の生活を描写する中で、引き継がれていく慣習や心の拠り所、あるいは自然に淘汰され浮かび上がってくるものが、沖縄のアイデンティティーをかたどるものだと言えるのかもしれない。

日々の生活を描く中で、土地と同化した人々の姿を描いたのが「蘇鉄の村」や「女綾織唄」だろう。また、「窪森」では開発と保護を巡って沖縄の人々が大切にしてきたものが示される。「鱎鯳（ざん）」では、土地に伝わる伝説と豊穣を予祝する神行事が重なって描写される。さらに「涼風布工房」では伝統工芸に魅了される人々の日々を描いている。いずれも、沖縄アイデンティティーを描写するのに手の届く作品のように思われる。

◇「蘇鉄の村」新崎恭太郎（1940年生）

作品は新沖縄文学賞の最初の受賞作品である。第1回は受賞作なし。第2回の受賞作が本作品で、第3回から7回目まででさらに受賞作なしと続く。この間に挟まれた受賞作品で興味深く読んだ。選考委員は島尾敏雄、大城立裕、牧港篤三である。

作品の手法は今日から考えると取り立てて新しさはないが、ウチナーグチ（方言）を作品に取り込んでいる。しかしこの試みは作者自らが受賞コメントで述べているようにややぎこちない。漢字に読み仮名でウチナーグチのルビを振っている。例えば次のようにだ。「梅干しでも有たれば……。しかたのないことやさ。すぐに常春（ハル）とアヤーメーに食（を）さ上げれ」

これを見ても分かるように日本語までぎこちなくなり、カタカナか平仮名のルビの使い分けも曖昧である。

しかし、沖縄の戦後の状況は、よく描けているように思う。首里士族の末裔が戦争で県外に疎開し、戦後、妻の実家のあるヤンバルと思われる村に2年ほど暮らす。その暮らしぶりを小学校2年生の常次の目をとおして描いた作品だ。

村は、戦前も戦後も相変わらず蘇鉄を食し、中毒死者が出るような貧しい村だ。生きるために若い女性が米兵に身体を売って生活を立てざるをえない村。ここに首里士族の末裔儀間常真の家族が移り住む。誇り高い祖母のアヤーメー、必死に働く母親ミツと娘のトヨ、学問が好きで村人からも敬愛の目で見られ灸を施すことのできる家長の常真、病んで裏座に臥せたままでハブに噛まれて死んでしまう次男の常春、アメリカ軍に勤めている三男の常夫などの人物を配し、主人公常次の交友と家族の交流を通して、戦後沖縄の状況が巧みに描かれるのだ。

登場人物や村の家族をもう少し整理して登場させてもいいかなとの感想を持つが、アメリカ兵に身を売る女性に対する少年の性の目覚めも導入されて作品世界を広げている。

少年はアヤーメーや常春兄の二つの死を体験し「死のもたらす悲しみや寂しさまで感じる」ようになる。アメリカ兵に身を売る憧れの女性に屈折した愛憎を感じながら、生きることのためには仕方のないことだと父から諭されて、父親のいないこの女性の家族を理解しようとする。社会の不条理さや生きることの切なさへも思い至る少年の成長を描いた作品のように思われる。最初の受賞作から沖縄でなければ生まれない沖縄文学の特質を背負った作品であると言えるだろう。

◇「女綾織唄」喜舎場直子（1938年生）

本作品には、たくさんの女たちの物語が詰まっている。それも辛い物語だ。それでも女たちは前を向いて生きていく。限られた紙数で4世代に渡るヤンバル女たちの悲しみと逞しさを見事に描いている。

主人公の「私」（＝中村由紀）は40余歳。ヤンバルから都会に出て就職した。30歳のころ、会社の上司に言い寄られて子どもを妊娠し堕胎した。今は自衛隊員と称する福岡県出身の若い男西村隆之と同棲し結婚を約束している。物語は男の行方を尋ねて、由紀のアパートに警察官がやって来る場面から始まる。男は何をしたのだろう。突然姿を消したが由紀は男との子を宿している。捨てられたのだろうか、不安が増してくる。

後半部で男は結婚詐欺の常習者で騙されたことが明らかになるのだが、由紀はこの不安や悔いや様々な心情を抱えて「悶々としていることに疲れ」「帰巣本能とでも言おうか」母や祖母の住むヤンバル行きのバスに乗る。

当初、由紀は村の女たちの視線を気にするが、やがて辛くても励まし合って生きている女たちの姿に触れて前向きに明るく生きていこうとする由紀の姿を暗示して作品は閉じられる。

この由紀の物語が作品の中心をなすドラマであることは間違いない。同時に配された母や祖母や曾祖母の物語も強く印象に残る。例えば母ミヨは結婚した男金城幸雄が戦死したという知らせを受けて周りの縁者の強い勧めに逆らえず夫の弟の幸弘と結婚し主人公の由紀を産む。やがて幸弘も戦場に駆り出される。戦時中には避難小屋で日本兵に強姦され食糧を強奪される。戦争が終わると幸雄の死は誤報と分かり、兄弟二人とも生きて帰ってくるのだ。

祖母の物語も辛い。祖母のカマドは92歳。ミヨと一緒に芭蕉を植えて育てているが、ミヨは芭蕉布工房に勤め、カマドは芭蕉布になる糸を紡いでいる。カマドは10歳のとき、貧しさ故に那覇の遊郭に尾類（ジュリ）売りされた。数年後、身ごもった子を村で出産する。その子がミヨだ。カマドは父親である男のことを一切明かさない。様々な苦労を背負って生きて来たカマドの由紀を励ます言葉は説得力がある。これもまた作品の大きな魅力である。

曾祖母にも、貧しさ故に娘のカマドを尾類売りしなければならない物語がある。曾祖父はハブに足を噛まれ、思うように畑仕事ができなくなる。飲んだくれになり畑は荒れ放題、蘇鉄を食べながら暮らしを繋いでいたが、母子の別れの場面は哀切極まる描写が冴えている。「女綾織唄」とは芭蕉布を織るだけの意ではなく、それぞれの女性たちの人生を織る意でもあるのだろう。

カマドおばあの由紀を励ます言葉には次のようなものがある。「一人者に、男ぬ居ティン、何のとがん無いーんサ。気にすなケー」「男も知らんで年取ったら生まりたる甲斐ネーラン」「沖縄の人は自殺なんかしないサ。どうにか生きていくヨ」「一反のバサーが織り上がるまでの苦労は、女の一生と同じ、それ以上だね。半端な女には出来ない仕事さ。ウッチェーヒッチェー、手塩に掛けて仕上げるのよ」「同じさ。いろいろな苦労して、その度に良い女になっていくさ」

臼太鼓（ウスデーク）の古謡が流れる村の共同体の優しさが全編を包み、人々を包みこんでいる作品だ。

◇「窪森」山城達雄（1936年生）

語り手は少年の市郎。市郎の住む村のウタキ（御獄）の役割をしている「窪森（くぶむい）」を、リゾート地として開発するか、それとも保護するかを巡っての両派の対立を描いた作品だ。

この題材やテーマは、沖縄の作者たちには何度か扱われてきたが、本作品の特質は語り手を少年に置いたこと、そして保護するために村に伝わる多くの土着文化、民話、伝説などを暗示しながら浪漫的に描いたことだろう。

保護派の代表的人物は市郎の祖母であるマカトおばあだ。マカトおばあの奮闘振りを描いた作品であるとも言える。マカトおばあは言う。「神畏りいしぇ、物習れぇぬ本どぅ。窪森や村人達の魂やさ」と。神を畏れるのは物事を習うことの根本だ。窪森は村人の魂の宿るところだとの意味だろう。この拠点からマカトおばあは窪森へ市郎を伴ってウガン（御願）を繰り返すのである。

窪森を壊すなという知らせに、村に伝わる「精魔（セーマ）」を登場させ、ネズミやハブをも登場させる。ハブに開発派の典善が噛まれ、応急処置としてカミソリで咬傷部を切り裂き、毒を吸い出す部分は圧巻である。

市郎の母親世津子が、ユタ（巫女）になる予感を思わせる伏線を張り巡らしたり、市郎の父親が典善に出会ったことが後半部で明かされたりするドラマチックな趣向が凝らされていて展開も工夫されている。ただ、挿入されたエピソードがインパクトが強いのに比して、賛成派や保護派の対立の論拠が弱いように思われる。論理的な対決もないし、賛成派の村長も、開発をまだ諦めないぞと伝言を伝えるだけで、なぜ諦めないかには言及しない。窪森の開発や保護については、問題を先送りされただけで、何も解決はされていないのだ。もちろんこのことを作者は承知しているだろうが、語り手を少年市郎においたことによって浮かび上がってきた作品の特質であるように思われる。

◇「鱬艮（ざん）」真久田正（ただし）（1949年生）

「鱬艮（ざん）」とは、ジュゴンのことである。作品の舞台となるのは八重山諸島の一つの海辺の村だ。この村には古くから豊穣を祝う神行事としての「ニーリ祭」と、村人に伝わる「ざん伝説」がある。ざん伝説は「妊娠した女の匂いを嗅いでざんが寄って来て村に幸せをもたらす」というものだ。だから、ざんをむやみに捕獲してはいけないのだ。この伝説の再現と村の神行事のニーリ祭を重ねた後半部のクライマックスに向かって作品は展開される。

村には「ざん屋」と呼ばれる家がある。琉球王国の時代には国王にざんを献上していた唯一の漁師屋で南風盛（はえもり）の爺さんの家である。爺さんは漁師をしながら、今は村に一軒しかない民宿を経営している。ここに妊娠3か月の孫娘の紀子が那覇からやって来て身を寄せる。紀子は同棲していた男が死亡したので島に帰って来たのだ。紀子の母親のみっちゃんはかつてミス八重山にも選ばれたほどの美人で紀子を産んだ後、本島に渡り、今は自由な生活を謳歌している。この「ざん屋」を舞台に物語は展開される。

紀子に続いて、東京から梶山という小説家とピーター・マルロールという世界的なダイバーがやって来る。役場職員の新垣の協力を得ながらのジュゴン調査のためだ。民宿に宿泊して南風盛の爺さんにも協力を依頼するが、爺さんはジュゴンが島に寄りつかなくなるのではないかと危惧して協力を断る。新垣は紀子に好意を寄せている。

やがて爺さんの誤解も解けて、村のニーリ祭の時に、紀子は海に浸かりざんを呼び寄せる。ざんは雌雄2頭でやって来て村人の前で雌のザンが出産して子連れで沖へ帰って行く。それから間もなく海に浸かった紀子にも陣痛がやってくる。渚では女たちの招福の「世乞い踊り」が始まるというフィナーレだ。

作者真久田正は、海の好きな八重山諸島出身のヨットマンである。それゆえにか島の行事や海に関する知識は豊富で作品にリアリティを与えている。村に伝わる神話を現代の神話として蘇らせた作品だと言えるだろう。

◇「ハル道のスージグァに入って」大嶺邦雄（1963年生）

「ハル道のスージグァ」とは、「農道に繋がる小道」の意だろう。主人公の高良雄介は瓦職人である。葺き替えが必要な家はないかと営業で村を回っている。ハル道のスージグァで、瓦屋根の補修の必要だと思われる家を見つける。訪れると一人住まいの女性（神谷ツル）の家で、歓待され手料理までごちそうになる。ツルは小さいころ、ブラジル移民をしたが体が弱く、戻って来て、戦災を免れたこの祖父の家に住んでいるという身の上話まで始める。那覇の農連市場で野菜を売って生計を立てているという。ツルは雄介に赤瓦の修理をお願いする。

雄介は翌日、ツルの了解のもと、ツルが農連市場に出かけている間に補修箇所の確認をするために天井裏にのぼる。そこで古びた甕（かめ）を発見する。覗いてみると幼い子どもの干からびた遺体が入っていた。驚いて天井板を突き破って落下する。そこで気を失う。

気を失っているところを、ツルの姪の上原清子に助けられる。あたりを見回すと、ツルの家は消えている。清子の話では、確かにツルがかつてこの地にあった家に住んでいたが火災で家もろとも焼け死んだという。このとき甕の中の子どもの遺体も発見されたが、遺体の身元は分からなかったという。

ツルは遺体の傍らに「マツ」と書いた「パッチ」を置いて雄介に知らせたのだ。遺体はツルがブラジルへ渡る前の幼なじみのマツで、ツルはこのことを知らせるために天井屋根にのぼることのできる瓦職人の雄介を選んだのだ。雄介と清子はこのように推理する。物語は一種の怪異譚だ。

しかし、怪異譚では終わらせない工夫がなされている。ブラジル移民のツルの一生や、幼なじみのマツ少年の物語の背景に戦争を置いたことなどだ。そして何よりも雄介と神谷ツルの出会いを温かく描いている。初対面にもかかわらず古き良き時代のウチナーンチュ（沖縄人）の交流が浮かび上がってくる。

赤瓦の風景、屋敷内に設けられた死者を粗末にしない拝所、瓦職人の心情、他者に対する心遣い、作者が描いたこの日常の風景のどれもが作者のメッセージであるように思われる作品だ。

◇「涼風布工房」高浪千裕（１９７１年生）

主人公の「わたし」はもうすぐ30歳になる。高校を卒業後、島を出て東京へ行き、大学を卒業後アパレルメーカーに就職し、出会った浩樹君との結婚を控えている。その前に有給休暇を活用しながら故郷の「上布」を織るために島に帰省する。「私」は「涼風布工房」を経営する斎藤麻子59歳に弟子入りする。麻子は岩手県出身で、物語は斎藤麻子と「私」との関係を縦軸に、その他の登場人物の有する様々なエピソードを横軸にして織りなされる。エンディングには、斎藤麻子の死を配して、故郷の岩手県を離れ、島の魅力に取り憑かれて上布を織りながら自由奔放に生きた人生を眩しく振り返る。「私」もまた浩樹君の故郷である長崎へ嫁ぐのだ。見事な構成をもった作品である。

登場人物は、すべてが魅力的だ。そしてそれぞれの物語がエピソードとして挿入される。斎藤麻子をはじめ、都会を離れて島に住み着いた森田さんや山本君、「私」の両親や祖母や、認知症を患った祖父の死、島で生きる人々の暮らし……。どれもが島の風を受けてもう一つの物語として立ち上がってくる気配を十分に感じさせる奥行きがある。

終末部分に次のような「私」の問いかけがある。「麻子さんは自分らしく生きただろうか。生きられただろうか」と。「私」もまた、自分らしく生きるために、命の鼓動を求めて島に帰省し、自らの過去を振り返り、未来を織りなす決意をしたのだと思われる。
麻子さんとの思い出の品である「宝貝」を握り、海に向かい祈りながら12個の宝貝を投げるエンディングは海や波との会話も織り込まれて印象に残るシーンになっている。

④日常に潜む不安と希望（家族・恋愛など）

文学の普遍的なテーマに、家族や恋愛があることはだれもが知っていることだろう。家族の中での親子や夫婦関係、恋愛の中での愛憎や葛藤は、人間へ喜びや不安を与えてきた。換言すれば人間の原初の姿へ立ち返らせ、赤裸々な感情を交感することのできる場であるとも言えるだろう。古今東西、家族や恋愛を描いた名作は多く、読者を感動させ生きる勇気をも与えてきた。

「新沖縄文学賞」でも、受賞作の分類項目で最も多いのは、家族や恋愛をとおして、日常に潜む危機や不安、そして喜びを描いた作品である。私の分類では38作品中その半分の19作品を数える。中でも２０１０年代は8作品がこの項目に分類できる。ここでは、さらに「家族」「恋愛」「その他」に区分して概観してみたいと思う。

「家族」に分類される作品には、「母たち女たち」「新城マツの天使」「蝉ハイツ」「最後の夏」「千年蒼茫」「母狂う」「爆音、轟く」「ペダルを踏み込んで」「蓬莱の彼方」「オムツ党走る」「父の手作り小箱」などが挙げられる。この中で「母たち女たち」「爆音、轟く」「蓬莱の彼方」は他の項目で記述したのでここでは省略し他の作品について紹介したい。

◇「新城マツの天使」徳田友子（１９５１年生）

主人公の新城マツはもうすぐ70歳。夫正太郎との間に6人の男の子を授かった。正太郎は戦死、6人目の息子正六は避難中の墓で生まれた。マツも弟の亀吉と合わせて９人姉弟の大家族であったが2人だけが残った。マツの戦後は6人の子どもを抱えてスタートする。苦労の尽きないマツの人生を喜怒哀楽を交えた生活者の視点から描いたのが本作品だ。

マツは小さな雑貨店を営みながら戦後を生きる。苦労もあるが笑いもある。マツの心身は健康で、気持ちはいつも明るく大らかだ。この性格がマツの小さな雑貨店を継続させている。

マツは次のように思う。「人生は、華やかな祭りであればあるほどいい。たくさんの人がいて、たくさんの行事があり、人の心を根こそぎ揺すぶる冠婚葬祭があればあるほどいい」「マツは何も無いより、何かがあったほうが、何十倍と人は幸せなんだと信仰のように思い込んでいる」と。

そんなマツは人一倍末っ子の正六を愛したが、成人した正六は家を出て消息不明になる。長男の信一郎が正六を探しに東京へ出かけるが、内地嫁と一緒になって帰って来て、また東京へ戻る。他の4人の息子は、みんな軍に勤めて所帯を持っている。マツは一人で暮らしているが、そんなマツのところにある日、若い娘がやって来て、正六の子どもだとして生後2～3か月の女の子「正美」を押し付けて立ち去っていく。一人ぼっちだったマツの家が、にわかに賑やかになる。4人の息子の子どもたちも、自分たちの従妹(いとこ)だといって入れ代わり立ち替わり幼い正美をあやしに来る。「マツはもう一人ぼっちではなかった。正美と名付けられたこの女の子はマツの日々を華やかにする天使であった」。マツが赤ん坊を背負って商売を続け、庭に立っているところに、やがて正六も戻って来るという物語だ。

作品には不幸を幸せな日々に転換するウチナー女たちの逞しい姿がある。その逞しさは歳を重ねても萎えることがない。この姿に、私たちは逞しさ以上の「ある何ものか」を発見し感動する。

挿入されたエピソードの一つに、マツの家に泥棒が押し入る場面がある。金の無い家でマツからおにぎりをご馳走になった泥棒は、マツの下着に手を伸ばし身体にのしかかる。この場面の方言での二人の問答が痛快だ。

「ぬうすが?」「なーむん、くーてん、からちょーけー」「あきさみよーなー、わーむのー、なげーちかてーねーらんむんぬ、からさらんしが」「くーてんどゅ、やっさい」「なー、でーじするむぬん、なー、ちかーらんしが」「試し、しんでぃ、んだな?」「わねー、なーやがてぃ七十どー」と。二人の結末も笑えるのだがなんともはや愉快だ。作品は終始、この大らかさを失わない。無名の人々の生活の匂いに溢れる作品だと言えるだろう。弟亀吉のエピソードや挟み込まれた犬のエピソード等も趣深く、読書の楽しみも十分に味わえる新鮮な作品に仕上がっている。

◇「蟬ハイツ」清原つる代(1947年生)

那覇近郊の新興住宅地「月城ハイツ」に住む母親の季絵が主人公の物語。季絵には離島便のパイロットの夫と一人息子の垣男がいる。夫は留守が多く、垣男は腕白盛りの幼稚園生。垣男にとって月城ハイツは探検の場所だ。友達と一緒になって遊び回っている。

ある日、垣男の帰りが遅くなり、不安になった季絵が一所懸命垣男を探すが見つからない。ハイツは迷路になっており、近くには危険な場所も数多くある。季絵の不安は高まっていく。季絵の息子捜しの奮闘振りを描きながら、その途次に垣男の友達や友達の家族のこと、季絵の過去の思い出や様々なエピソードが挿入されて作品が展開される。

とりわけ、垣男がいなくなった不安が、日常に潜む危機や生きることの脆さの象徴として寓喩的に描かれるところに作品の特徴がある。例えば月城ハイツが、蟬ハイツと呼ばれ、多くの蟬がやかましいほどに鳴いているが、はかなく短い蟬の命が強調される。土砂降りの雨でハイツの一角が崩れ、せっかく手に入れた住宅が崖下に流されてしまいそうになった家族がいる。またハイツの地下には戦時中に多くの住民が逃げ込んだガマがあり、犠牲になった人々の白骨が埋まっている、などだ。

垣男が突然行方不明になったことに暗示されるように、私たちはだれもが突然襲われる不安や危機と隣り合わせに生きている。平常時には自覚はないが、このことが突然剝き出しになって現れるのが私たちの日常なのだ。ここに作品の意図があるように思われる。見事なタイトルと併せて印象深い作品になった。

◇「最後の夏」知念節子(1940年生)

「最後の夏」とは、主人公芙美が母親ミトと共に迎える最後の夏のことだ。ミトは二十歳のときに大阪に渡り50歳の時に帰郷する。一人娘の芙美が小学校6年生に上がる春だ。その日から30年余が経過しミトは85歳になった。芙美も結婚し、貨物船に乗り込んでいる夫と一人娘の千夏がいる。千夏は大学生になっている。この三代に渡る母娘の日々がミトの死を看取る緊張した時間の中で描かれるのが本作品だ。

作品は入院したミトを芙美が看病している病室の場面から始まる。芙美によってミトの人生が回想される。ミトは戦前に大阪で松造と結婚する。敗戦によって同郷の人々は沖縄へ帰って行くが、ミトは大阪に残り松造の帰還を待つ。しかし、松造の戦死公報が届き、ミトも芙美を抱えて故郷である沖縄に帰って来る。親族の手を借りながらも、ミトは芙美を育て健気に生きていく。トタン葺きの粗末な小屋から出発したミト母子の生活は貧しさを極める。粗末な家が台風に飛ばされそうになるのを必死で守ろうとする母娘の描写は印象に残る。

ミトと同室に入院している95歳になるカメおばあの励ましも温かい。大学生の娘の千夏も、幼いころの祖母の思い出を蘇らせ真摯に介護する。その中で日々、衰弱していくミト、そしてやがてミトに死が訪れるのだ。

登場人物は少なく、場面もほぼ病室に限定されているが、登場する人物はすべて優しく互いへの思いやりに満ちている。避けられない死と必死に戦う姿は、人間が生きることの厳粛ささえ漂わせてくれている。

◇「千年蒼茫」金城真悠(1943年生)

圧倒的な共感を持って読み終えた。主人公は、ミトおばあで92歳。ミトおばあの人生が振り返られ老いの境地、死を迎える境地が力強い筆致で描かれる。生きることの悲しさと素晴らしさ、命へのいとおしさと尊厳さを、壮大なタイトルへ託して展開した。共感の大きい作品である。

ミトの家族は戦争で死んだ長男の賢一、7年前に脳溢血で亡くなった夫の徳三、それから仕事場の事故に巻き込まれて死んだ次男の孝治である。したがって今は一人暮らしだ。山の裾野にある小さな集落で過ごした90年余の人生が振り返られる。

夫の徳三は結婚後、本土へ出稼ぎに行ってミトの知らない女との間にできた子ども賢一を連れて帰って来る。やがて戦争に巻き込まれて長男の賢一は中学生の身で学徒兵として戦争に取られて戦死する。ミトは産まれたばかりの孝治を必死に守って戦乱を生き延びる。徳三の人生、フィリピンで全滅した徳三の長兄家族、ブラジルに渡った次兄家族、そしてミトの家族、自分の子でなかった賢一への思い、次男の孝治は、戦後ヤマト嫁さんと結婚するがヤマトに逃げられるも二人の間にできた唯一の孫を育てる。面倒見のいい区長の和男、そして近所の竹屋敷と呼ばれる家に住む頭が鈍い源一と千代夫婦。二人は日中でも気が向けば「媾う」夫婦で、その場面を村人の多くに覗かれる。「千年も命を繋いできたか」とミトが振り返る波瀾万丈の人生。ここに新たに死んだ賢一の実の母、中山直子が終の住処を求めてやって来るのだ……。

　様々な人々が織りなす様々な人生、様々な愛の形……。それが筆者の人間へ向かう愛情と、力強い筆力によって展開され、鮮やかに浮かび上がって来るのである。

　ミトは、村に住み着いた中山直子の死を看取り、自らの人生に自らで区切りを付けようと自死する決意を抱いて海へ向かう。マダラ呆けの兆候の現れたミトの脳裏をよぎる最後の回想場面は次のとおりだ。

> 海は水色が重なって沖に行くほど青が濃くなり、遙か遠くは仏壇の香炉と同じ色になっていた。
> 陽光を弾いて波がキラキラと眩しい。
> 眺めていると空と海が交じりあってミトに迫ってきた。自分も早くそこに溶け込みたい。（中略）
> 　胸の高鳴りは続き、これまでに通り過ぎてきた様々な出来事が次々と浮かび上がってきた。
> 　目を閉じて更にじっとしていると、行きたいと願った場所も逢いたい人たちも全てが自分の内で浮かび上がってくる。
> 　私の軀の中には天も地も、昔もこれから先も、全部が詰まっているのか。
> 　ミトは目を開いた。
> 　雲が無くガランとした空を鳥が一羽突っ切った。
> （中略）ミトはゆっくりと立ち上がったが混乱していて、どこに歩を進めれば良いのか解らない。

「千年蒼茫」……、タイトルも含めて見事な作品だと思う。本作品はその年の優れた短編作品を集めて刊行される『文学２００４』（２００４年4月28日、日本文藝家協会）に収載された。

◇「母狂う」玉代勢章（１９４７年生）

　老いた母の進行する「ほうけた」世界を描いた作品である。老老介護や認知症患者の介護が今日の課題となっている現状を鑑みると、いち早く作者の鋭い臭覚でこのテーマを作品化したと言えよう。

登場人物は極めて簡素化され、多くは「ぼく」と「母」の会話で作品が進行する。語り手のぼくから見た母親やぼく自身の不安や葛藤を深く掘り下げた作品だ。したがってディテールの描写に力がある。母の言動やぼくの不安がズームアップして描かれる。母親を通して人間を愛することの普遍的なテーマを提出した。タイトルと併せてインパクトのある作品だ。

作品の特質は、会話文に例示される心地よいテンポの文体にもあるが、狂気の世界へ取り込まれているのは、あるいは自問するぼくの世界にもあるように思われる。ぼくの夢が冒頭から頻出するが、夢と現実をボーダーレスにし、反転させる現実は、あるいは母のほうけた世界以上に不安な世界でもあるはずだ。このことをも暗示し、作品に広がりをもたらせているのも本作品の魅力である。

◇「ペダルを踏み込んで」美里敏則（1950年生）

作品は、老爺と孫の心温まる交流を描いている。思わずホロリとさせられるが、作者は感情に流されずに抑制の利いた端正な文章で二人の姿を描いている。

作品の舞台は宮古島で、会話は宮古島の方言でなされているのも特徴の一つである。主人公の源一爺さんは妻を心筋梗塞で喪って一人暮らしである。一人娘の弘美は、高校卒業後、源一爺の反対を押し切って東京で就職したが、3年後に憔悴した姿で帰って来る。お腹には赤ちゃんを宿し、だれの子かと問い詰める源一爺さんに答えることもなく出産する。弘美は必死に子育てに励むが、やがて精神に異常をきたし、病院へ入院することになる。ここから源一爺さんと孫のユカリの二人の生活が始まる。

源一爺さんは戦争中に学徒動員され、友人の勇三と一緒に広島の軍事工場で働いたことがある。爆心地から離れていたとはいえ、被爆したのではないかという不安も大きい。一緒に帰って来た勇三は性的な不能を訴え妻を娶ることもなく死んでしまった。源一爺さんも体調が思わしくない。被爆の影響が子どもの弘美や孫のユカリに現れはしないかと心配している。

ユカリは間もなく小学校1年生になる。ませた口を利くようにもなった。源一爺さんは、入学準備をするために電動自転車にユカリを乗せて町に出かける。ペダルを踏み込んで坂道を越え、入院している娘の弘美をも見舞う。ユカリは、「小学校1年生になるんだよ」と母親に甘えるが、母親の弘美は全く感情を表さない。

源一爺さんは隣家のトヨ婆さんや友人たちの助けを借りながら、ユカリの成長を見守る。入学式の日に、ユカリは新入生の代表として壇上に登り、「一生懸命勉強します」と宣誓する。母親の弘美が病院を脱走して式場を覗いている姿を見かけるが、すぐに病院の関係者に連れ戻される。病院名の入った車を源一爺さんがじっと見つめる場面で作品は閉じられる。
冒頭に自転車の手入れをする源一爺さんの姿を描き、終わりに病院車に乗せられて不機嫌な顔をして座っている弘美の姿を描いて作品は閉じられる。巧妙な構成と、日常生活から遊離することのない世界がリアリティを創り出している。そんな中で、源一爺さんの孫をあやしながらの温かい奮闘振りと、ユカリの健気な姿を描いたのがこの作品である。思わず、「頑張れ！」とエールを送りたくなる作品だ。

◇「オムツ党走る」伊波雅子（1953年生）

読書中に笑い、読書後にホロッとする。だれにも訪れる老いを、愛と笑いで演出した作者の力量には感服だ。

時代は現代、場所は老人ホーム「がじゅまる」。登場人物は大正10年生まれの大城絹子を中心に、老いた石川カメ、山田トシ、ハル、千代など個性豊かな老人たちを配して描かれる。

大城絹子は元教員だが、認知症の兆候が現れてオムツを必要とする年齢になった。しかし断固拒否、自らの老いを認めない。自由を求めて老人ホームからの脱出を試みる。この顚末をベテラン介護士赤嶺和子や姪の知子、ハルおばあの曾孫モニカを配し、老人たちの人生の軌跡にも触れながら描いてゆく。彼女たちの処世術や自己主張をユーモラスに、そして温かく描いた作品だ。

作者は深刻な時代の深刻な課題を、だれもが体験する日常に引きつけて描くことに巧みである。九州芸術祭文学賞を受賞した「与那覇家の食卓」（2012年）も米軍基地問題を一家族の「食卓」に上げて描いた。観念的であるよりも具体的な日常世界に引き寄せて描くのである。

「オムツ党走る」も、老いや介護という現代の重い課題を、躍動するタイトルに象徴されるようにテンポのよい文体を駆使して実に爽快に痛快に描いた。現在の風景をも取り入れてリアリティを持たせ、沖縄文学には数少ない「笑い」を演出した。ユーモラスな表現は人物だけでなく、ディテールを描く表現にまでデフォルメされている。これが一層笑いを誘う。老婆たちの愉快な言動に、終始笑って、時々ウルウルするのが本作品である。

◇「期間工ブルース」伊礼英貴（1964年生）

主人公は「オレ」（比嘉光）だ。33歳になるが、昭和が終わるころに高校を卒業し、以来、出稼ぎの期間工として東京と沖縄を往復しながら働いている。老舗のパン屋から、ディスコのボーイ、歓楽街のバーテンダーまで様々な仕事に就くが、やがて大手家電メーカーの下請け会社から何度も呼ばれるようになる。

作品は「オレ」の独白の体裁をとり、平成12年に福島県出身の28歳の女性佐藤詩緒と競馬場で出会い、恋をし逃げられるまでの出来事が中心になって展開される。

詩緒に逃げられた後、翌年の平成13年にも会社から呼び出しがかかって上京するが、米国で起きた同時多発テロと重なり、会社の商品の需要が落ち込んで解雇される。出稼ぎの期間工の弱い立場に気づき、「将来のことを本気で見据えながら、仕事を探さなければいけない」「もっとしっかりしなければ、ナンクルナランドー」と沖縄へ帰る飛行機の中で白い雲を見つめながら言い聞かせる場面で作品は閉じられる。

この顛末の中で、沖縄の実家では父親が死亡し、営業していた食堂を「オレ」が引き継ぐ努力をするが結局無理で、今は母親が引き継いでいる。

また沖縄からやって来た同じ期間工仲間との交流や、パチンコやスロットマシーン、競馬にはまり込んでいくオレの日々をユーモラスに軽快に描いていく。オレは「ナンクルナイサー」と考える楽天的なウチナーンチュだ。詩緒と出会い、詩緒と恋をし、詩緒に逃げられても、へこたれる様子がない。詩緒には、会社の浴槽が汚された「脱糞事件」や、飛び降り自殺をした期間工の「幽霊騒動」を面白おかしく語るのだ。

作品の意図は、やや曖昧だが、期間工の日々を描きながら、当時の社会の様子や若者たちの日々を浮かび上がらせることにあるようにも思われる。一見、ユーモラスな事件や人間関係を描きながら、深刻な時代のどうしょうもない闇を「ブルース」と喩え浮かび上がらせているようにも思われる。笑いのテロとも思われる余韻を残す作品だ。

◇「父の手作り小箱」長嶺幸子（１９５０年生）

作者の長嶺幸子は糸満市の生まれで、「遅れて表現活動に参加した」と述べる「南涛文学」同人である。主宰者の長堂英吉さんの指導や同人相互の弛(たゆ)まぬ研鑽で、めきめきと頭角を現してきた作家だ。

受賞作「父の手作り小箱」は、幼少のころ離婚した両親の生き様を、成人して35歳になった娘の視点から描いている。酒におぼれた父に引き取られた娘は、一刻も早く父の元を飛び出したい。東京で出会った男と結婚をして、今は二人の娘にも恵まれて広島で暮らしている。そんな娘の元に、一人暮らしの父の死が伝えられる。娘は愛憎を抱きながら郷里沖縄に戻って来るが、父の遺品の中に手作りの小箱を見つける。その小箱の中には、父の別れた妻に宛てた手紙や、妻からもらった手紙が大切に保管されていた。そこには娘の知らない離婚の真相や、父の母に対する思いが隠されていた。母も自分たちを捨てたのではないことが分かるが、会いたいと思った母はすでに他界していたという作品だ。

物語の展開も文体にも破綻がなくとても整っている。しかし、整っているだけに読後のインパクトがやや弱いのが惜しまれた。

「日常に潜む不安と希望」の分類項目の中で「恋愛」に分類したのは、「虚空夜叉」と「あなたが捨てた島」の2作品である。

◇「虚空夜叉」山入端信子（1941年生）

「虚空夜叉」は、三つのオムニバス作品で構成されている。一つ目の題目は「赤児」、二つは「褐色の雫」、三つ目は「胚胎」だ。

「赤児」に登場する人物は二十歳の明美と四十歳の有三が中心だ。明美は十六歳の年に家出して四年間の都会生活を送る。四年間の都会生活で明美は「酒と麻薬と男」に溺れ、身も心もずたずたに引き裂かれて故郷である小さな漁村に帰ってくる……。

現実を越え、デフォルメされた三つのオムニバス作品はたぶん多様な解釈ができるだろうが、自立と再生への模索と挑戦がテーマの一つであるようにも思われる。（詳細は「山入端信子論」参照、本誌264頁収載）

◇「あなたが捨てた島」後多田八生（しいただやよい）（1959年生）

主人公は看護師の朝子。場所は石垣島と思われる。朝子は高校の頃から相思相愛で将来を誓った恋人の「聡明」がいた。しかし朝子には死んだ両親に代わって老いた祖母を世話しなければならなかった。聡明と一緒に島を出るわけにはいかなかった。行く末を嘆いて心中をも試みたほどの仲であったが、聡明は島を捨てて出て行き、朝子は島に留まった。13年も前のことだ。

歳月を経て、朝子は看護師になり島の病院へ勤務する。島で知り合った今井は、県外からやって来た。絵を描くことが好きでスキューダイビングのインストラクターをしている。意気投合して年明けには結婚の約束をしている。朝子の親戚は大歓迎だ。職場の人々もこのことを知っている。

ところが、かつての恋人聡明が朝子が勤める病院へ医師としてやって来た。突然の再会だ。朝子の心は揺れる。今井の優しさを理解しながらも、同時にいまだに聡明を強く愛している自分の心に気づくのである。この二人の男性の間を揺れ動く心を詳細に描いたのが本作品だ。そして本作品のユニークさは、単なる恋愛物語として終わるのではなく、島を出ることの意味、島に残ることの意味をも問いかけ、人間としての存在のありようまで射程を伸ばしていることにあるだろう。

聡明はアメリカへ研修に出かけることが決まる。朝子は自分の思いを伝えるために聡明のアパートを訪ねる。雨の中、立ち尽くす二人のラストシーンは映画のワンシーンを想起させるほどにロマンチックである。

分類項目「日常に潜む不安と希望」の中で「その他」の分類として「燠火」「梅干駅から枇杷駅まで」「バッドディ」「テラロッサ」「Summer Vacation」「唐船ドーイ」の6作品を挙げておく。

◇「燠火」竹本真雄（1948年生）

作品は、沖縄文学の中でも特異な作品であろう。ハブに象徴される暴力への幻想と憎悪を描いているように思われるからだ。ここには確かに作者にしか描けない世界があるように思われる。

作品はある島での物語。「私」（＝信一）は小さな出版社を経営しているのだが、そこに元警察官の狩俣（かりまた）虎夫がやって来て、出版を考えている原稿を渡される。そこには、一人の少年（下地春一）が関わった未解決な事件が語られている。引き込まれるように原稿を読むが、春一は小学校のころの友人で、この事件には「私」も関わっていたのだ。この顚末がミステリアスな緊張感を持って描かれる。

殺された男はアカと呼ばれ、「私」の母親のかつての恋人であった。母親はこのことが原因で日常的に父親の暴力を受けていた。「私」も「お前は本当の子どもではない」「塵捨て場から拾ってきた」と父親からけなされる。「私」はやがてアカを殺せばすべてが解決するのではないかと思い、竹竿に潜ませたハブを床下に隠し置く。実はこのハブは春一によって毒のないヘビに取り替えられ、新たに春一の手によって同じ手口でアカの寝床に毒を持ったハブが送り込まれるのである。

作品世界を際立たせている特異性は二つある。一つは殺人の武器にハブを使ったことだ。このことによって殺人は土着の共同体の有する愛憎を象徴することになる。あるいはハブによってすべてが解決するという少年の有する暴力（殺人）への過剰な幻想を育み、憎悪さえ執念深く増殖される象徴とされるのだ。

もう一つは、短い作品に実に多くの物語を手際よく描いたことである。一つの物語は主人公である少年信一の物語、二つ目は父親から暴力を受けている友人春一の物語、三つ目は信一の両親の物語、四つ目は友人春一の両親の物語、そして五つ目は、元警察官狩俣虎夫の物語だ。いずれの物語も暴力が悲惨な陰影を帯びて行使され、作者は最後までこれらの登場人物を手放さない。これらの物語が「熾火」というタイトルにも繫がっているのだろう。ユニークな作品世界をもった興味深い作者の登場を印象づける作品である。

◇「梅干駅から枇杷駅まで―ゆいレールに乗って」月之浜太郎（1949年）

なんとも奇抜なタイトルだ。選考委員の一人中沢けいは「この作品でまずいのはタイトルぐらいだろうか？」「もう少しましな名前を作者は作品に与えるべきだった」と選考評で記している。私にはタイトルも含めて趣向を凝らした味わい深い作品だと思われる。

作品は小さな出版社で編集長をしている「私」（＝神谷）が友人の佐久間から、大学時代にお世話になったN教授が体調を崩して入院している。見舞いに行ったらどうかと勧められる場面から始まる。N教授は見舞いに来た「私」に頼み事を繰り返す。例えば自宅の本棚にある「宮本常一の『土佐源氏』をコピーして持って来てくれないか」とか。その頼み事が繰り返されてN教授が亡くなるまでの話である。

「私」の視点から語られるこの平凡な話に、玄人好みするような作品の味付けをしているのは三つある。一つは「先生との交流」、二つめは「依頼された作品」、三つめは「モノレール駅」だ。この三つが①から⑭までの駅名と依頼作品名との項目を立てて、うまく搦(から)めながら展開される。ここに作品の妙味がある。先生の含蓄ある話が、時にはユーモラスに紹介され、時には老いた妻の待つ自宅のことが寂しく描写される。依頼された作品は、展開される筋とは関係ないが妙な共鳴音を奏でる。あるいは作品のタイトルだけが示されて、まったく触れられない箇所もある。しかし、モノレール駅は作品にリアリティを出す効果をもたらしているように思われるのだ。

ちなみに駅名は「那覇空港駅」から「首里駅」まで順次に配されるが、先生が「梅干しを食べたい」と出会い頭につぶやき、また息を引き取る前に「蜜の滴る枇杷を食べたい」と漏らす言葉をタイトルにしたものだ。受賞作品としては極めて実験的な作品だが、安定した筆力に支えられて味わい深い特異な作品になっている。

◇「バッドディ」黒ひょう（１９７４年生）

作品「バッドディ」は、着想が面白く表現が豊かで魅力的な作品になっている。作者は１９７４年生まれの女性作家だが、「黒ひょう」というペンネームも奇抜でユニークだ。

「バッドディ」はその名が示すとおり「最悪の日」を迎えた若い女性の物語である。主人公は27歳の会社勤めの女性めぐみ。めぐみは日曜日を迎える前日の晩に、交際を続けていた男から、好きな女ができたからと別れを告げられた。二日酔いの頭でスーパーに朝食の買い出しに出かける。バッドディ第1弾だ。

そのめぐみの前に不審なオジイが現れる。オジイは戦争中に思いが遂げられなかった初恋の人が入院している介護施設に連れていって欲しいと懇願する。バットディの第2弾である。

めぐみはオジイの思いを遂げさせてやろうと協力するのだが、相手の女は認知症を患っていてオジイのことが分からない。めぐみは、突然、そのベッドの傍らで、戦場を逃げ惑う二人の姿を幻視する……、という仕掛けのある作品だ。

県民が体験した沖縄戦を新しい切り口から表現した新鮮な作品である。若い女性のめぐみとオジイの会話が吹っ飛んでいてとても楽しい。この着想や面白さに、時代を風刺する精神や登場人物が織りなす言葉の必然性などが意識的に加味されれば、作品はさらに深さと広がりを有するようにも思われた。

◇「Summer Vacation」儀保祐輔（１９８６年生）

本作品の手法は、とても斬新で魅力的である。まずインターネットの中でのシュートと弋奈(よくな)という男女の物語がスタートする。覆い被さるように夏休みに大学生の「ぼく」がアルバイトをしている塾に来る中学生たちの恋愛感情を交錯させた物語が展開される。そして「ぼく」の失恋が作品の背後にモノトーンのように散りばめられる。この3つの物語が互いに交差しながら違和感なく展開される。

　作品の主題はネット社会における居場所を巡る物語とも言えるだろう。シュートと弋奈の物語は、とりわけ斬新なのだが、舞台は沖縄のヤンバルが舞台で、弋奈はヤンバルクイナが化身した少女であるという設定だ。少女は森が軍事基地化され、生き物である仲間たちが死を強いられて生きる場所を奪われる現実に闘いを挑んでいる。

　中学生たちの日々は、ネットで疑似恋愛を創作したり、女の子をデートに誘ったりなど、友情や幼い恋愛感情やいじめなど、細やかな少年少女たちの感情の起伏がよく描かれている。そして「ぼく」の物語は友人に恋人を奪われた悲惨な失恋の物語である。

　この3つの物語に投影されているのは、いずれも自らの居場所を探ろうとして奮闘し、破綻する現代ネット社会の生きづらさと困難さであろう。この重い課題をスマートに描いたのが本作であろう。方法意識に裏付けられた作者の手腕は見事であり、今後の作品が大いに期待される作家である。

◇「唐船ドーイ」中川陽介（１９６１年生）

　本作品は新垣ジョージという私立探偵が主人公。住んでいるアパートの大家さんから、他のアパートに半年もの間、家賃を払っていない家族がいる。事情を調べて欲しいと言われて出会ったのが小学5年生の与那覇ダイキだ。ダイキの家庭は貧しく、ジョージはダイキから「じいちゃんが隠した宝探し」を依頼される。手掛かりは紙キレに書かれた1行ほどのメモだけ。この宝探しを巡って作品は展開される。

　沖縄文学で、私立探偵が主人公という作品は珍しい。シリーズ物に仕立てられる要素も十分にある。

　また少年の家族の貧困や、ダイキがハーフの少年であること、さらに探偵の新垣ジョージも青い目をもつ青年であることなど、基地の街コザを舞台にして展開される物語はドロップアウトした人々や暴力に陶酔する人物、さらに戦後の一時期賑わいを見せて現在は消滅した街「ニューコザ」などを織り込みながらテンポ良く描かれるのだ。

　ちなみに「唐船ドーイ」とは、カチャーシーなどで奏でられる軽快なテンポの民謡だが、ここでは、「嬉しいとき」や「やったね！」という意を込めた比喩として使われている。ジョージが事件を解決したら「唐船ドーイ」が鳴り出すのだ。この着想も新鮮である。イデオロギーにも囚われず、政治的な状況からも自由な新しい作品の登場である。

◇「テラロッサ」しまし　まかと（１９９１年生）

　「テラロッサ」とは地中海周辺の赤土のことだと作品中に説明がある。主人公は金城陸。陸は32歳になった。学生のころ地中海沿岸を旅行し、東京のレストランなどで勤めた後、様々な経緯を経て今は国際通りの路地裏にあるイタリアン居酒屋「タヴェルナ・テラロッサ」を経営している。開店1周年を祝って高校時代の友人たちがやって来る。作品の1本のストーリーは、若者たちの希望や交流、恋愛感情などを描いたことにあるだろう。

もう1本は、戦争体験で身内を失った84歳の老婆島袋カマの物語だ。テラロッサの近くには、かつて賑わった農連市場があった。陸が気づいたとき、カマはどこからか毎日のようにやって来てテラロッサ裏の土地を耕し野菜を育てていた。その野菜をテラロッサに無償で提供してくれる。陸とカマの親しい交流が続き、カマは陸に戦争体験を話し戦後農連市場で野菜を売って生きてきたことを話す。これが2本目のストーリーだ。

カマは戦争のとき9歳。母や弟を失い、戦場から右腕を失って帰還した父もやがて傷口が悪化して死んでしまう。疎開で辛うじて生きながらえた2人の姉と、それぞれ親戚の家をたらい回しにされる。カマは農連市場で野菜の行商をして生きる糧を得る。結婚をして子どもを得て必死に生きて来た人生だ。

若者の夢を追いかける日常と、夢を見ることさえなく必死に生きて来た老婆の日々が鮮やかに対比されて浮かび上がらせたのが本作品だ。そしてもう一つ、小説的な仕掛けがある。ある日、老婆は突然テラロッサの裏畑から姿を消すのだが、主人公金城陸の前に現れていた島袋カマは幻影ではなかったかという余韻を残して作品は閉じられる。この余韻が奥行きのある作品世界を作り上げている。見事なフィナーレだ。

⑤青春の彷徨（少年・少女）

少年少女の視点から見えるものには、特異な風景がある。いまだ人生の入口に立っているがゆえに、まばゆい未来が待っている予感に大きな期待を持つ。あるいは挫折や敗北さえも新鮮だ。憧れや挫折は青春の特権である。

逆説的な言い方をすると、青春を生きる少年少女の特権は虚飾のない精神を生きることであり、打算のない時間と空間に身を置くことだ。この世界は論理以前の感性に彩られた世界かもしれない。大人になるとは、この世界を失うことなのだろう。少なくとも、多々ある特権をうまく処理した者が賢い大人になるのだ。

青春をテーマにし、少年少女の視点を失わずに物語を作成するのは、必ずしもノスタルジーだけではないように思われる。だれにでも訪れる黄金時代を呼び寄せ、失ったものを取り戻そうとしているのかもしれない。フィルターとしての青春は、現在をも新たな世界として出現させてくれる鏡のようにも思われる。もちろん作者の数だけ、青春は呼び寄せられるのだ。

ここでは、照井裕の「フルサトのダイエー」、赫星十四三の「アイスバーガール」、梓弓の「カラハーイ」で登場人物に託された夢や韜晦や憂いを見てみよう。

◇「フルサトのダイエー」照井裕（１９６４年生）

フルサトのダイエーといっても沖縄のダイエーではない。東京近郊のT区に建てられたダイエーのことだ。主人公の「ぼく」は１９６４年生まれ。高校を卒業した後、3年前に沖縄にやって来た。時代は１９８７年とされているから23歳になる。この「ぼく」のもとへ兄が自殺したという知らせが届く。「ぼく」はゆうちゃんと呼ばれていた幼いころを思い出す。兄はマサヒコ、三つ年上だ。「ぼく」と兄は、両親が移り住んだ東京郊外のT区の新興団地で生まれ幼少期を過ごしたのだ。T区は、かつて川向こうの一面に田んぼが広がる農村地帯だった。

この田んぼでザリガニや蛙を捕まえる少年たちの冒険が始まる。団地の少年たちと土地の少年たちとの戦争ごっこもある。やがて田んぼがブルドーザーで均され、ダイエーが建つ商業地区に変貌していく。兄との確執もあり、ぼくはだんだんと暴力的になっていく。兄は結婚もするのだが外部（環境）の変化に馴染むことができなくて自殺する。ぼくも必ずしもうまく対応できたとは言えないだろう。

本作品は、郊外の田園地帯が開拓され新興団地ができ、さらに商業都市が建設される場所や時代を背景に、そこで成長していく幼い少年の物語を描いたと言っていいだろう。外部の変化がどのような形で人間の精神に影響を及ぼすのか。深刻なテーマでもある。その風景を、少年期の黄金時代の冒険談と、成長後の彷徨で照らして描こうと意図した作品のように思われる。

作品の主眼は少年期を描くことにあったようで、団地を出たぼくの日々や、兄の苦悩はほとんど描かれない。暗喩を多用した文体はやや理解しづらい箇所もあるが、時代の課題をいち早く察知した作者23歳の作品である。

◇「アイスバーガール」赫星十四三（１９７４年生）

作品は高校卒で大学受験浪人をすることになった美咲の居場所探しの物語である。ありふれたテーマだが、作品には様々な工夫があり、小説を読む楽しさを味わうことができる。

まず語り手である美咲の設定がユニークだ。美咲は予備校生で道端でアイスクリーム売りのアルバイトをしている明るい少女だ。この少女の性格のままに文章もテンポよく進む。なんとも心地よい。

美咲は飛行機に乗ったことがない。アイスを売りながら上空を飛ぶ飛行機に乗って島を出ていくことに憧れている。飛行機は居場所探しの象徴にもなっている。仲良しでホームレスの元さんにあっちの世界へ行く幻の飛行機がやって来ることを知らされ、この飛行機に一緒に乗ろうとする。途方もない展開だが不思議とリアリティがあり違和感はない。

あっちの世界に行こうとする美咲を翻意させるのは事故で亡くなった実父母と姉が現れたからだ。また幻の飛行機が飛び立つ日は、美咲の疑問に答えて両親から養父母であることを打ち明けられた日だった。青春という時代を生きる美咲の友人たちとの交流も含めて、このことの顚末が様々な伏線を張り巡らされてミステリアスに織りなされていくのだ。

この島を離れて暮らしたいという美咲の青春時代の衝動や憧れは、見知らぬ世界へ旅立つ飛行機に乗る冒険談と重ねられる。また実父母と姉の幻影が脳裏に刻まれていた不安は、養父母の愛情によって救済される。「私は変われるだろうか」という不安と期待は、都会の大学に入学する新たな旅に預けられることを予感させて作品は閉じられる。

まさに青春の息吹と憧れが、夢と現実を交錯させながら用意周到な舞台で展開された作品であると言っていいだろう。

◇「カラハーイ」梓弓（1980年生）

小説「カラハーイ」は、着想も展開も面白い作品だ。作品の舞台は現在の伊是名島。飛行機が大好きな13歳の遼太が主人公である。ある日遼太は、特攻隊の生き残りだという青年朔也と出会う。朔也は戦時中になくしたカラハーイ（方位磁針器）を探しにこの世にやって来た。恋人「すずな」から貰った大切な宝物だ。遼太もカラハーイを探すことを手伝うが、それは意外な場所から発見される。米寿を迎える年老いたニシ先生が大切に持っていたのだ。実はニシ先生は朔也の生まれ変わりの姿であるというオチが付く。

朔也の世界と遼太の世界を繫ぐものとして「大凪」が使われる。「大凪」が前触れとなって過去が現実の世界へ出現する。また朔也とすずなの関係が、こちら側では遼太と明香里の関係に重ねられる。この作りも巧妙である。作品は「マジカルな世界」（選考評・山里勝己）で展開されるのだ。

ただこの着想と展開はやや強引すぎるようにも思う。嘘が透けて見えるのだ。戦死した朔也のこの世での姿がニシ先生というのが強引だし、朔也という幽霊の登場になんの違和感を持たない遼太の心情も不可解だ。なぜカラハーイなのかについても想像力は喚起されず、遼太の使う方言もたどたどしい。少年の遼太がなぜ方言なんだろうという疑問も感じざるを得ない。かろうじてリアリティを感じるのは遼太と明香里の瑞々しい恋の世界である。

しかし、文学作品はフィクションであるがゆえに、この着想と展開が許されるのである。またフィクションであるという特質を有効に使った作者の文学的才能には大いに将来を期待させる。作者の繊細な感性を発見し、文学の可能性を考えさせてくれるファンタジックな作品でもある。

⑥歴史物・時代物

歴史物・時代物での受賞作品は上原利彦「黄金色の痣（クガニイルアジャ）」一作品のみである。圧倒的に少ないと言っても過言ではない。

本賞のみならず、「沖縄文学三賞」の他の二つの賞でも受賞作はゼロだ。沖縄という土地は波乱に富んだ歴史をもっている。時代に翻弄された人々の労苦を思えば、文学作品として、もっと表出されていいようにも思われるが原因はよく分からない。

　もちろん、少ない理由を幾つか推察することはできる。一つは沖縄にとって、常に過去よりも現在が苛酷であるということだろう。目前の苛酷な現在こそが作品化するに値する緊急な課題であったように思われる。実際、戦後は、米軍政府の統治下で基本的な人権さえ奪われる時代が長く続いたのだ。沖縄に駐留する米兵に婦女子が強姦され、基地建設のために先祖の土地が強奪される現状に、沖縄の戦後文学の歴史では、沖縄戦を描いた作品さえ批判された時代があったのだ。政治と文学のテーマは、米軍基地がなおも存続し建設される現状に対して、今日までも沖縄文学の大きな課題になっているのである。

　二つめは、沖縄戦による歴史的書物の焼失である。それは公文書のみならず、私的な記録としての日記や個人の蔵書も焼き払われたものと思われる。歴史物・時代物を書く貴重な資料の喪失である。

　三つめは文字表記の資料としての文物が極端に少ないことも挙げられよう。沖縄県における文字の使用は遅く、また多くは琉球王国の役人のみに使用されたもので、一般大衆の多くは文字で記録し表現する日常は習慣としてなかったように思われる。さらに四つめは言葉である。多分、中世期・近世期から近代を経て現代に至るまで、方言としてのシマクトゥバが日常会話を成立させていたであろうし、村一つ違えば人々の往来が困難なこともあって多様なシマクトゥバが存在することになった。離島の多い本県では文字表現としての標準語の成立は困難であったものと思われる。

　いずれにしろ、沖縄文学の新しい課題として、歴史物・時代物の作品が少ないということを指摘してもいいだろう。もちろん受賞作以外には、活躍する作家たちの手による歴史を題材にした優れた作品が幾つかある。例えば大城立裕の「小説琉球処分」「さらば福州琉球館」、長堂英吉の「黄色軍艦」、そして池上永一の「テンペスト」「黙示録」などだ。

　沖縄の表現者たちにとって、自らの故郷である琉球・沖縄の歴史を再度見つめ直し、新しい歴史を発見し作品化することは表現者の貴重な営為になるように思う。それゆえに上原利彦の「黄金色（クガニイル）の痣（アジャ）」は貴重な受賞作品になった。

◇「黄金色（クガニイル）の痣（アジャ）」上原利彦（1955年生）

　作者上原利彦は「沖縄市戯曲大賞」などの受賞歴がある。今回も豊かな想像力を駆使して魅力ある作品を作り上げている。

　作品は、琉球王国第2尚氏を築いた尚円の出自の島伊是名を舞台にして描いたものだが、作品のユニークさはマチガニ

（尚円）を主人公にしたのでなく、尚巴志を倒して国王になるとの野心を抱く人物「カナ」を配したところにあるだろう。

「カナ」は少年のころ、巫女と思われる祖母から「足に黄金色の痣」を持つ者が現れ将来国王になるであろうと予言される。それが自分だと信じ、そのための立ち居振る舞いを身につけ剛毅な青年に成長する。ところが、なかなか「黄金色の痣」は現れない。

一方で、もう一人の人物マチガニには神の声が聞こえる。この神の声に従って行動をすると幸せが訪れる。村人の信頼も厚く、美しい妻「タマイ」を嫁にする。若い青年たちの嫉妬や羨望をも浴びながら豊かに暮らしている。このマチガニに、ある日神の声が呼びかける。「島を出よ、ウフジマ（大きい島＝沖縄本島）に乗り出せ」と。

マチガニは今度もこの神の声に従う。ウフジマを目指し船を漕ぐマチガニの足には「黄金色の痣」の吉兆がくっきりと浮かび上がっている、という物語だ。

西暦1436年（琉球王代尚巴志17年）、当時の村人の姿が生き生きと描かれていて物語の構成にも破綻がない。老いたカナがなおも吉兆が現れるのを待ち続け、気が触れた老人として描かれるが、人間の野心と強欲をも射程に入れた作品ということになるだろう。

○おわりに

沖縄の作家たちは、今を真摯に表現する。過去を描いても今の沖縄の状況に倫理的であろうとする。このことは多分、沖縄の表現者たちの特徴の一つであろう。

例えば琉球大学教授の比屋根照夫は「沖縄にとって戦後とは何だったのか」と問いを立て、沖縄戦の記憶について次のように言う。「（沖縄戦の記憶は）単に歴史上の抽象的な議論ではなく、自らの生き方の岩盤・アイデンティティーに触れる問題だった」と。[注1]

本稿で概観した作品は42作品。受賞者の2度の応募は認められていないこともあり、多くの作家たちが登場し、多様な作品を生み出している。この中には沖縄でなければ生まれなかったであろうと思われる作品も数多く存在する。沖縄の波乱に富んだ歴史と苛酷な現状は、表現者にとっては僥倖と言えるかもしれない。

奮闘している多くの作家たちへ、また作家を目指している人々へエールを送りたい。このためにこそ本稿もあるのだから。

【注記】

1 比屋根照夫『戦後沖縄の精神と思想』２００９年4月30日、明石書店。

2 本稿で取り上げた受賞作品は、第1回から18回までは沖縄タイムス社から発行された文芸誌『新沖縄文学』をテキストにし、第19回から32回までは『沖縄文芸年鑑』に収載された作品をテキストにした。第33回以降は「沖縄タイムス」新聞紙上に掲載されたものをテキストにした。また、近年の受賞作品は「タイムス文芸叢書」として新書版が出版されているので、これらの新書版をテキストにした。

3「琉球新報短編小説賞」受賞作品と作家たち

○はじめに

「琉球新報短編小説賞」は1973年、琉球新報創刊80周年を記念して創設された。応募資格は沖縄県出身者および県内在住者で未発表作品に限られ、規定枚数は400字詰原稿用紙40枚である。

「琉球新報短編小説賞」には受賞作品を収載した作品集がある。第1集は第1回から20回までの受賞作品を、第2集は第21回から30回までの受賞作品を収載している。第31回以降第48回を迎える2020年までの受賞作品は、掲載された当時の新聞紙上で読むことができるが、作品集は資料的な価値もあり、第3集の発行が待たれるところだ。

ところで、当初から選考委員として関わってきた芥川賞作家の大城立裕が、第2集の冒頭に「琉球新報短編小説賞の30年をかえりみて—成長つづける覚めた目　本格的恋愛小説に期待」と題して、玉稿を寄せている。本賞の作品を理解するのに大いに参考になる。

大城立裕は、歴代の選考委員や賞の経緯についても述べており、最初20枚の募集であったのを、新報社へ進言し第4回から40枚にしたとする。そして第30回までの受賞作品を、「他人から見ると納得いかないところもあるかもしれませんが」と謙遜し9種類に分類して示している。「沖縄戦」「基地」「民俗」「愛」「少年」「都会」「外来」「マイノリティー」「家族」だ。

さらに、沖縄の小説には三つの柱が考えられるとして次のように述べている。[注1]

> 沖縄の小説というと、だいたい三つの柱が普通考えられます。一つは沖縄戦。その体験が文学作品にどう生かされるか。それから基地の問題。基地の中で生きるとはどういうことかということ。さらに民俗学的な題材。大体その三つが挙げられる。さらに言えば、世界中で普遍的なテーマであることところの恋愛をどのようにとらえて書いているかということがあってもいいでしょう。

大城立裕は分類項目にそれぞれ作品を割り当てる。そしてその項目や分類した作品について紹介しているが、本稿ではあえてその項目にはとらわれずに年次順に作品を紹介したい。30年からさらに20年近くが経過したのだ。移りゆく時代と共に変化する作品の傾向があるのか。このことにも興味があるからだ。また、1973年に発足した本賞は、日本復帰後から今日までの約半世紀、沖縄文学を牽引してきた具体的な場所でもあったからだ。
なお、受賞作品と作家については巻末の「付録2　沖縄文学三賞」の受賞作家と作品一覧を見てもらいたい。

(1)「琉球新報短編小説賞」受賞作品と作家たち

①1970年代

◇1973年「骨」嶋津与志（1939年生、玉城村）※終わらない戦後・終われない沖縄戦の悲劇と痕跡

本作は、第1回受賞作品である。20枚という枚数の中で終わらない戦後、終われない沖縄戦の悲劇と痕跡を見事に焦点化した作品と言っていいだろう。

作品は、戦後27年ほど経った那覇市郊外の丘陵地にマンションを建てる工事が始まった。ところがブルドーザーで整地を始めると人骨が出てきた。元地主の比嘉カメおばあがやって来て言うには、この土地には沖縄戦の死者たち千名ほどの死体が埋められているというのだ。その目印としてガジュマルの樹を植えたから確かだと言う。掘り起こしてみるとカメおばあの言うとおり遺骨が次々と出てきた。工事人の一人鎌吉は遺骨を拾いながら遺骨さえ戻らない戦死した父のことを思い浮かべる。骨が出たことを秘密にし、工期の遅れを気にして強引に作業を進める現場主任に対峙するかのように鎌吉はなぎ倒されることになったガジュマルの大木の葉を千切り、草笛を作って鳴らす。この場面で作品は終了する。

作品は、冒頭は第三者の視点で語られ、途中から工事人鎌吉の視点に変わっていく。この工夫の中で様々な課題が提示される。一つは、沖縄戦の悲劇の場を開発という名目で破壊していくことの是非。二つ目は工事人たちの間で交わされる会話を通して暗示される記憶の継承の必要性と空無化、三つ目はカメおばあや鎌吉の体験した具体的な沖縄戦の悲劇の痕跡の隠蔽である。鎌吉の母は戦場で二歳になった我が子を殺したのだ。さらに死者たちの魂が宿っているガジュマルだとして、倒すことに必死に抵抗するカメおばあの姿に暗示される沖縄の伝統文化や信仰の対象物の破壊の是非などである。

小説という手法を駆使して、沖縄の戦後の現状や沖縄戦の継承のあり方について鋭い問題提起を行ったのが本作品であろう。この現状は、あるいは戦後74年の今日にも色褪せることのない極めてラジカルな視点であるようにも思われるのだ。

◇1974年　受賞作なし

◇1975年　受賞作なし

◇1976年「カーニバル闘牛大会」又吉栄喜（1947年生、浦添市）※だれが最も沖縄を象徴しているか

作品は基地内の闘牛大会を舞台にした。ウチナーンチュ（沖縄人）の闘牛がアメリカ人の自動車を傷つけてしまったことで、自動車の持ち主である「チビ外人」は激怒し闘牛の持ち主を罵倒する。それを大勢の群衆が取り囲んでいるが、ただ見ているだけでだれも助けようとはしない。やがて大男

のマンスフィールドが出てきて、非はチビ外人の側にあることを諭すと、チビ外人は車もろとも去って行くという物語だ。

作品には多くの象徴された表象がある。アメリカ人だけでなく沖縄人の言動をも幾つかのパターンに分けて象徴させている。また闘牛にさえ、時には沖縄人を象徴させ、時にはアメリカ人を象徴させているように思われる。筆者はこの企み（たくら）を作品に仕掛けたのだ。この企みが、その後に発表される作品の登場人物たちを人種や男女を問わず、平等に全方位的に描く手法に繋がっていったように思われる。読者にとっては、だれが最も沖縄を象徴しているか。なにが最もアメリカ支配を象徴しているか。詮索する楽しみを手に入れることができる作品である。

◇1977年「銀のオートバイ」中原晋（1949年生、本部町） ※ディテールに宿る登場人物の鬱屈した心情

作者の中原晋が世に問うた唯一の作品だ。受賞後、作者には小説作品の発表はなく、英文学研究者としてアカデミックな世界で顕著な活躍を続けている。受賞は28歳の時だがディテールに宿る登場人物の鬱屈した心情を見事に描いている。

作品は「アメリカハーニー」（アメリカ人の愛人）と世間から蔑まれる叔母（政代）の姿や心情を、叔母の庭の芝刈りでアルバイト賃を得て、「銀のオートバイ」を買うことを夢見る大学受験浪人生の「ぼく」の視点から描いている。叔母は「あのひと」と呼ばれ三十九歳、恋人ハーリーはベトナム戦後に精神に異常をきたして死んでしまう。それ以来、あの人は高台にある外人住宅に独りぼっちで住んでいる。あの人の孤独と、あの人に淡い愛憎の屈折した恋心を寄せる「ぼく」の心情がディテールに託された描写の中に見事に浮かび上がってくる。

多彩な比喩表現を駆使した文体も魅力的だ。ときにはたたみかけるような短文を連ね、ときには冗長な一文で複雑で鬱屈した心情を描写する。あのひとは、と語り出す文体も詩的で文学的抒情に溢れている。

最終場面は、「ぼく」が手に入れた銀のオートバイに、あのひとが跨がって疾走する場面だ。

> （あのひとが）とつぜん身を起こしてオートバイに跨がった。あのひとが銀の一二五CCを全速力で走らせたのだ。胃袋につき刺さるような音が出て、その一瞬あとにはあのひとはセカンドからサードへ俊敏にシフトして突っ走った。
> だれかを追いかけてゆく速さだ。どうしようもなく大きいなにかに挑むときの速さだ。
> 風に激しく髪が揺れた。
> あのひとはカーブを曲がりきれずに石垣に突っ込んで行った。そして銀の光の一瞬の閃きの中でアスファルトにたたきつけられた。

余韻の残る終末だ。あの人の母親は、戦争が終わって五年後に亡くなっていた。ぼくの母や幼いあの人を残してだ……。

本作品には語られない多くの物語が内蔵されている。そして、確かに沖縄の戦後が生み出した作品だということが分かる。あのひとは、「アメリカハーニー」と呼ばれた多くの女性たちの辛い内面世界を表しているようにも思われるのだ。

◇1978年「ロスからの愛の手紙」下川博（1948年、横浜市） ※登場人物の心理描写が秀逸

作者は下川博。受賞当時30歳。作品は二人の女性の生き方を対比的に描きながら展開するが心理描写が抜群にいい。どの時代にも、どの国でも、若い女性の有する普遍的な人間愛憎の域にまで到達しているように思う。

一人は又吉登美子、会社勤めで不倫関係にある上司との別れ話が持ち上がっている。もう一人は前島でバーを経営している金城末子。二人は中学校のころの同級生で、登美子は進学組の優等生、末子は就職組の「落ちこぼれ」だった。その二人が30歳近くになって末子の経営するバーで偶然に出会う。登美子は上司の吉田の東京への転勤が決まって「疲れる話」をしていたのだ。登美子は末子にとって憧れの同級生だった。

それから、末子のやや強引と思われる誘いにのって、登美子はバーにやって来て互いに思い出話などに興ずる。多くは末子からの一方的な話だが、そのなかで、末子には知り合ったアメリカ兵と結婚してロスアンゼルスに渡り新婚生活を送っていたというのがあった。楽しい日々は続いたが末子はどうしても英語を上手に話すことができずに、やがてノイローゼになって、医者から沖縄に帰った方がいいと言われて帰って来たというのだ。英語が上手に話せるようになったらすぐにロスアンゼルスに戻るという。しかし、1年余も連絡がないのは捨てられたのと同じだと、登美子は厳しく諭す。

登美子は、結局上司と別れることになる。登美子の上司との別れ話に末子は涙を流す。「捨てられたもん同士仲良くしましょう」という登美子の言葉に、末子は「私は違う、別居しているけれど、（捨てられたのではない）愛し合っている」とムキになる。

末子は、ロスアンゼルスにいる夫ドナルドに手紙を書き、それを登美子に英訳して貰うことを思いつく。相手を気遣う愛情のこもった手紙を、登美子は意地悪く書き直す。「私を捨てたら死んでやるから」と。

やがてドナルドから愛情のこもった返事が来る。「僕は毎日一所懸命働いている。だから、来夏までには君を迎えに沖縄に行けるだろう。僕だって君が必要なんだ。死なないでくれ、愛しの末子よ！」と。

ところが登美子は、末子へ次のように伝える。「来年の夏にアメリカ人と結婚する。君との離婚の手続きを弁護士に任せてある。君も沖縄で結婚して幸せになってくれ」と。やが

て堪えきれず泣きだした末子に登美子は次のように言う。「しょうがないよ。沖縄の女は不幸が似合うさね、泣くのはよせばいいさあ」と。

自分をも慰めるようにいうこの言葉で作品は閉じられる。「しょうがない」と自らの不幸をも重ねて引き受ける登美子と、「しょうがない」ことに抗う末子の二人の女性の心理描写にはリアリティがある。「私」より頭の悪い末子が幸せになって、「私」が不幸になることが許せないかのように展開する物語には人間の内奥に宿る嫉妬心や愛憎のドラマが微妙な陰影を持って描かれる。そして二人の人物像には、この時代の沖縄の状況が色濃く投影されているように思われるのだ。

◇１９７９年「帰省の理由」仲若直子（１９４８年、石垣市）※帰省の「理由」探しの物語

作品は30歳の「私」のモノローグで展開される。「私」は6年振りに故郷へ帰省する。だが、帰省の理由は「私」にもよく分からない。よく分からない茫漠とした登場人物の心理、曖昧模糊とした名指しがたい世界、これを表現するのが文学だとすれば、本作はまさにこのことの証左となる作品だろう。

本作では、帰省の理由でなく、むしろ出郷の理由が詳細に描かれている。このことが丁寧に書き込まれているがゆえに、出郷の理由を反転すれば帰省の理由になるのかもしれない。作者の意図はここにあるのかもしれないと考えてみたくもなる。いずれにしろ「私」の帰省の「理由」探しとなったのが本作だ。

主人公の「私」は結婚して6年が経っている。娘の「すみか」が産まれたがすぐに離婚した。すみかは夫の元に居る。父や祖父母も死んでしまっている。母もまた離婚し「私」を連れて婚家を出た。今は一人「サチ洋裁店」を営んでいる。母と帰省した「私」の二人で正月のお雑煮を食べる場面から作品はスタートする。

「私」は、母の人生、私の人生を省みる。「私」は考える。「今度の帰省を思い立ったのは何故だろう。三十という自分の年齢に、それは関係があるのかもしれなかった。区切り、ということを私は考えていた。が、それは漫然とした思いであった。人生に対する漠然とした後悔と焦りのようなものであった。（中略）しかし、それだけではないという思いに、私はひどく固執していた」

このように「私」は「私」が固執しているものが何かを省察していく。帰省した故郷で、初恋の人との再会や、親族縁者への愛憎が語られる。そして作品の終末で帰省の理由は次のように語られるのだ。

> 私はまた、今度の帰省の理由を考えようとした。
> 理由などないように思えた。自分の辿って来た後を振り返って見ることが、どんなに嫌でも、ふと気がつくと、自分の後を振り返った時、そこに見えるのは、自分と関わり、

過ぎていった他人ではなく、血のつながった人たちであった。

帰って来たときからずうっと感じ続けているあの鬱陶しさも実はその辺に原因しているかも知れなかった。

（中略）そしてまた、少女の頃、母の中の眼に見えない影を漫然と恐れながら、母のようには生きたくない、と思った私自身、自分の落とした影にこだわり、それを引きずって行かなければならなかった。

捨てた者も、捨てられた者も、引きずって生きて行かなければならない影は同じであった。そして、いずれにしても、一度引きずった影は今さら自分から引き離し、追い出すことは不可能だった。

帰省の理由は、「私」がこのような境地に至るところで閉じられる。それは初恋の人の運転する車の中で獲得した境地だが、新しい人生が始まることを予感させるエンディングでもある。

②1980年代

◇1980年「デブのボンゴに揺られて」比嘉秀喜（1952年生、宜野湾市） ※特異な視点で復帰前後の沖縄を描く

作者の比嘉秀喜は、1994年に我如古修二のペンネームで第29回「北日本文学賞」を受賞する。受賞作「この世の眺め」は登場人物は少ないが、背後に多くの人物の物語が暗示された読み応え十分の作品である。

本作「デブのボンゴに揺られて」は、1972年日本復帰前後の沖縄の状況を特異な視点で描いている。重いテーマでありながら、ユニークな題名と併せて読後に長く記憶に残る作品だ。

作品は沖縄女と結婚した米兵フレディ・タウンゼントの物語。フレディさんはルイジアナの出身。高校卒業後安定した収入を得るために入隊し、沖縄にやって来た。ベトナム戦争にも派遣される。音楽好きなフレディさんは軍でバンドを結成してクラブで演奏し、兵士たちへくつろぎの場を提供する。妻となる沖縄女、恭子と出会ったのもそのクラブだ。フレディさん29歳のころである。二人は急速に親しくなる。恭子から子どもができたらしいと告げられると、フレディさんは除隊を決意し、恭子と一緒に故郷に帰り家族水入らずで暮らそうと決意する。ところが恭子は頑としてその誘いを拒否する。そうしているうちに子どもが産まれ、恭子は私生児として出生届を出す。フレディさんはついに根負けし、日本に帰化する。

除隊したフレディさんは、絨毯（じゅうたん）を洗うクリーニング屋を開業する。米国へ帰る友人からただ同然で譲り受けたアメリカ製のボンゴ車に揺られながら絨毯の集配や注文を取りに行く。フレディさんは8年間、デブのボンゴに揺られて働いた。

会社は最盛期には二十名余の従業員がいたが、やがて同業者が数多く現れ採算が取れなくなった。復帰後、資金繰りが苦しくなりついに店を畳む決意をする。

語り手の「ぼく」（健二）は大学を卒業したばかり。そんな会社の残務整理のために雇われたアルバイト学生だ。フレディさんと一緒にデブのボンゴに揺られて基地内の住宅を回っている。

作品の特徴は、フレディさんの物語を「ぼく」の視点から描いたことにあるだろう。また沖縄女性や米兵を、被害者や加害者としてステレオタイプに描くのではなく、むしろそれを反転させ、逞しい沖縄女性と気の優しいアメリカ兵という描き方に新鮮な視点がある。

作品は沖縄でなければ生まれなかった作品だろう。基地あるがゆえに国籍を異にする男女が出会い、喜びも悲しみも共にする。まさに沖縄の戦後の一コマを描いた作品である。

だが、作品にはフレディさんの今後も奥さんの恭子さんを含めた家族の未来も見えてはこない。それは復帰後の沖縄の未来を暗示しているようにも思われるのだが、穿（うが）った見方であろうか。

◇1980年「お墓の喫茶店」玉木一兵（1944年生、本部町）※精神障がい者の世界をシュールな手法で描く

本作品は、精神障がい者の世界をシュールな手法で描いた作品である。主人公の昭は精神病院の相談室に勤務している。ある朝、病院の宿直部屋から外に出ると舞い上がった新聞紙が足に絡みついた。求人欄のコーナーに「お墓の喫茶店オープン／新会員求む／但し狂人に限る／入会希望者は電話▽▽○○○○まで／狂人連盟事務所」とある。

昭はこの記事が気になって狂人連盟の事務所に電話する。メンバーから集会に誘われて出かけることにする。教えられた場所は桜坂の路地裏にある巨大な亀甲墓だ。そこが集会所の喫茶店であった……。

作品は着想が奇抜でユニークである。同時に、作品全体が辛辣な寓話になっているように思われる。（詳細は「玉木一平論」参照、本誌289頁収載）

◇1981年「約束」仲村渠ハツ（1950年生、浦添市）※若い男女の約束の行方

作品の書き出しは次のように始まる。「Kさん、約束の五年が来ました。五年経って今の気持ちだったらKさんの島へ行くというあの約束の五年が来ました」と。この約束の経緯と顚末を描いたのが本作品だ。

語り手は、主人公の「私」。主な登場人物は「私」と友達のヨシ子、そしてKだ。「私」とヨシ子は那覇に住んでいる。ヨシ子は東京に行って本土の人と結婚したが離婚して子どもを連れて戻って来た。ヨシ子は「沖縄人と日本人は違う」と言い、すっかり沖縄びいきになっている。そして、「沖縄が離島見放したらおしまいだよ」と言い、八重山へUターンし

た青年の雑誌記事を見つけて、応援しに八重山へ行こうと「私」を誘う。「私」もヨシ子の誘いに共感して八重山に行く。そこで出会ったのがKだ。

Kは、母親や父親を見る「私」の眼差しから、自分の最もよき理解者になってくれると思い島で一緒に暮らすことを所望する。Kの突然の申し出に「私」は躊躇うが、Kはさらに次のように言う。

「考えるだけ考えて悩めるだけ悩んで五年たったら俺に答えを教えてくれ。そして5年たって今の気持ちだったらこの島に来てくれ、な、約束してくれ」

Kさんの声があまりに切羽詰まっていたので私はつい「約束します」と答えていました。

それから、5年後、「私」はKの島を訪ねるのだ。5年後の「私」は恋をし、島を捨てて那覇へ出てきた男を好きになる。「島を捨てた人間を好きになる事はKさんに対する重大な裏切りである」と分かっている。結婚を申し込まれた私は「Kさんに会って自分の気持ちを決めなくてはならない」と し、また「正直にすべてを打ち明けてKさんの言葉に従おうと思って」島を訪ねるのだ。

ところが、訪ねてみるとKは民宿の娘と結婚していた。「私」は「これで島を捨てることができると思いました。五年間考え抜いて今こそやっと島から自由になるのだと思いました」として作品は閉じられるのだ。

若い男女の約束の波紋と功罪が、当時の時代の雰囲気を取り込みながら、うまく表現されている作品だ。

◇1982年「一九七〇年のギャング・エイジ」上原昇（1959年生、コザ市）※ギャング・エイジが象徴する沖縄の物語

作者は上原昇。受賞当時は琉球大学四年次に在籍中であった。作品は、1970年の沖縄本島中部、アメリカのハウジング・エリア近くに住む沖縄の少年たちと、米国少年たちとの抗争の日々を、沖縄側の少年のボスである「ぼく」が、十年以上も前の出来事として懐かしく回想し、米国少年のボスであるジャーニーに語りかける構造をもった作品である。

作品は次のように始まる。

ジャーニーよ。あの時、不意にどこかへ行ってしまったお前は、今どうしているのだろう。ぼくらはいつかおまえを徹底的にやっつけようと激しい憎悪を燃やしていたのに、なぜかおまえが突然姿を消した時、一人の大切な親友を失ったように感じたのだった。

1970年、当時語り手の「ぼく」は小学校の五年生。沖縄には巨大な米軍事基地があり、フェンスで囲まれた米軍族の住宅エリアがあった。金網でできたフェンスは、上部に鉄条網が取り付けられ外部からの侵入を防ぐために外側に向けて折られている。まるで、沖縄県民が外部であるかのように。

本作品はフェンスの内と外の少年たちが、それぞれの正義と威信をかけ対等に攻撃し反撃し合う様子を描いた作品だ。沖縄の少年たちは学校へ行く際に、フェンスの傍らを通らなければならない。アメリカの少年たちから身を守るために集団登校をするのだが、スキをつかれて被害に遭う者も出てくる。沖縄の少年たちも、報復としてアメリカの少年たちをおびき出して集団でリンチを加える。その攻防を描いた作品だ。そして、ボス同士のケンカを申し入れた「ぼく」にジャーニーも真剣に受けて立つ。ところがその三日後に、決闘が行われることなくジャーニーは姿を消すのだ。

このフェンスを挟んだ少年たちの闘いは、卑怯は許さないとして互いに暗黙の了解がなされて対等な闘いがなされる。それゆえに、この物語が象徴するのは沖縄の物語である。つまり、ギャング・エイジの闘いが象徴するものは二重写しになった大人社会への風刺や皮肉の物語でもある。沖縄の現実をいつまでも変えることのできない大人社会への批判や寓喩性が、この作品の背後にあるように思われるのだ。

本作品も、まさに沖縄の土地が生んだ貴重で特異な作品の一つであるように思われる。

◇1983年「魚群記」目取真俊（1960年生、今帰仁村）※性への夢想と隠蔽される真実

芥川賞作家目取真俊の初期の作品である。少年の「僕」（マサシ）を主人公にした物語だ。人間であるがゆえに避けることのできない生と死に加えて、少年の性への夢想をテラピア（魚）と台湾女工に象徴させて描き、強烈なインパクトを与える作品だ。

テーマへの鋭い切り口もさることながら、作品に散見する対象の微細な描写は、生理的な表現と譬えてもいいほどに詳細で魅力的である。例えば冒頭に記述されるテラピアの「瞳孔」は次のように記される。

僕は今でも指先にはっきりとあの感触を思い出す。張りつめた透明な膜の危うい均衡の奥で青から藍、そして黒へと鮮やかな色彩の変化を見せていた魚の瞳孔。それは見つめるだけで僕を未知の領域へ下降させてゆく深い不安に満たされた標的だった。

このテラピアの瞳孔をススキの茎で作った矢で射るために、テラピアが近づいて来るのを仲間たちと腹ばいになってじっと待っている場面から作品は始まる。川の対岸には、村の男女や台湾からやって来た若い女工たちが働くパイン工場がある。村の男たちは、台湾女工たちの宿舎に忍び入り性行為を重ねているという噂もある。その行為を盗み見るのも少年たちの冒険の対象だ。マサシがテラピアの瞳孔を愛撫し恍惚と

した境地に至るのは、台湾女工の色白い肌を撫でる性行為への夢想と憧れを象徴しているようにも思われる。つまりテラピアが表象しているものは生と死を繋ぐ性の比喩であるようにも思われる。

マサシたち少年は、警備員の目をかいくぐり女工や村の男たちとの行為を盗み見て隠微な快楽を手に入れる。マサシは一人の愛らしい女工Kと親しくなる。微笑みを浮かべたその女工Kから不良品のパイン缶詰を貰うこともある。ところがある晩、女工の部屋に紛れ込んで身体を重ねている男は、パイン工場で働いているマサシの兄であったのだ。

父は、パイン工場へ近づくなとマサシを恫喝し叱責する。女工たちが季節労務を終え引き揚げて行く晩に、あの愛らしい笑顔のKの部屋へ忍び入り、マサシは残り香を嗅ぐ。突然、部屋のドアをノックする音がしてKの名前が呼ばれる。マサシは身を竦める。やがて男は立ち去るが、Kの名を呼んでノックした男は父親であったのだ。

台湾女工を巡る大人たちのどす黒い欲望をマサシは見ることになる。それも肉親である兄と父の姿をとおしてだ。それはまた、自分にも宿るものであったのだ。マサシの女の肌に触れてみたいという欲望は次のように表現される。

> 夜毎僕を苦しめるその欲望のざわめきが、彼女の目を初めて見た時に吸い寄せられるように触手を伸ばした。他の女工達とは違ったもの悲し気な瞳の深さが、魚の眼球が呼び起こす指先のあの感触を焼けつくように蘇らせた。言いようのない恐れが僕の肉体の奥で不安定な球形を造り、それを貫こうとする激しい衝動の予感が、彼女の存在を今まで味わったことのない強烈さで感受させた。

一人の少年が、大人になる途次で見たものは、兄の影、父の影だけではない。人間の押さえがたい性への欲望と同時に、隠蔽される真実であったのだ。

◇1984年「鬼火」山入端信子（1941年、名護市）

※ユニークな発想で愛の不在と渇望を描く

作者山入端信子は、同時期に「虚空夜叉」で「新沖縄文学賞」を受賞する。「虚空夜叉」と同じように、本作品もユニークな発想で特異な作品世界を展開している。作品は産まれなかったお腹の胎児と死んだ母親が言葉を交わす世界だ。

母親は妻子ある男との不倫関係で子どもを身ごもるが、父親である男に海で殺される。殺された女と産まれなかった胎児が「鬼火」となって海中から父親への思いなどが語られる。着想の面白さが物語を作り、母親の心情の微細な描写が、殺された女の復讐劇という単純な世界を凌駕している。（詳細は「山入端信子論」参照、本誌264頁収載）

◇1986年「迷心」白石弥生（1946年生、長野県）

※沖縄社会への違和感と同化

作者の白石弥生は長野県出身。沖縄社会に根付いた「ユタ（巫女）」への信奉は、大きな違和感を有して作者を襲ったのであろう。「迷信」を「迷心」として、ユタと沖縄の人々との関わりを描いた作品だ。

主人公は23歳の悠子。長野で生まれ育ったが沖縄県出身の青年康男と結婚し、沖縄に移り住んだ。

悠子は、何かにつけてユタの所に行きハンジ（判示）をしてもらう姑キヨの行動が不可解である。ところが悠子の夢に死んだ母親貞代が何度も現れる。貞代は沖縄に嫁いだ悠子のことが気がかりなのかもしれない。悠子はキヨに黙って、キヨと同じようにユタの所にハンジをしてもらおうと決意する。

悠子をとおして現れる異文化への違和感と同化が新しい沖縄の発見をうかがわせてくれる作品だ。（詳細は「白石弥生論」参照、本誌273頁収載）

◇1987年「見舞い」香葉村あすか（1943年生、福岡県）※ウチナーンチュとして生きる本土嫁の葛藤

主人公は日本海を目前にして育った桐子。沖縄の青年政徳と結婚して本土嫁として沖縄へやって来る。母親の猛反対を押し切っての結婚だった。

3年が経ってお腹には新しい命が宿るが、母親が懸念したとおり、桐子にはどうしても沖縄の生活に馴染めない。夫の政徳は三男で二人の兄がいる。次兄の政貴は本土嫁を貰って帰郷したが嫁の道子は精神を病んで入院している。

政貴はそんな妻と一人娘の厚子を長兄の政英キヨ夫婦に預けて行方が知れない。長兄の嫁のキヨを初め、夫の政徳や政英も当然のようにこの事態を受け入れて道子と厚子の世話をする。「同じ本土嫁でしょう」ということで桐子も当然のことだと言わんばかりに入院している道子の「見舞い」に行かされる。このことを含め、当然だと思っている親族の言動に、桐子は理不尽さを覚えて、ことごとく反発してしまうのだ。

桐子にやがて赤ちゃんが産まれる。赤ちゃんが姪っ子の厚子と同じように沖縄の日々になれていく夢をみる。この夢を契機に「沖縄が分からなくてもウチナーンチュになれる」「ウチナーンチュになるのに理屈なんて必要ないよ」という夫政徳の励ましの言葉などを思い出し、やがて穏やかな気持ちを獲得していくというハッピーエンドのストーリーだ。この境地に至る桐子の戸惑いと葛藤が作品のテーマだろう。

作品の特質の一つに、沖縄での日々に違和感を覚える度に、故郷での5歳上の恋人悟との思い出が挿入されることがある。幼いころから二人で砂山を駆けて遊んだ日々が懐かしく思い出される。結婚することも夢見た悟との日々は、沖縄での日々と対比的に語られて、桐子の現在の心情を描くのに効果的な役割を果たしている。同時に他者を愛することは、出自の土地は関係ないとする愛の普遍的な意味を問い、作品に広がりをもたらせてくれているようにも思われる。

◇1988年「シンナ」知念正昭（1951年生、本部町）

※少年が見た生と死の現実

シンナとは奇妙な名だが村外れの場所を示す地名のことだ。シンナについて主人公辰夫の母千代は次のように言う。「シンナにはね、昔から普通の死に方をしなかった人たちの墓があるんよ。事故とかね、自殺とか、赤ん坊の時に亡くなった子どもとかね、そんな人たちがみんなそこに納められているの。（中略）不治の伝染病に罹った人たちもみなシンナに置かれた。（中略）村に起こる不幸なことをみんなそこに閉じ込めようとしたんだね」と。辰夫は村のこのような歴史を知らずに、シンナは海を眺める景勝の地であるがゆえに、時々そこにやって来ていたのだ。

辰夫は中学3年生。父を亡くし母との二人暮らしだ。作品の冒頭は仲のいい友人の幸一と村の様子や村人のことを噂する場面から始まる。馬車引きの善一翁、正気を失って呆けたように座っている真牛婆など。幸一は真牛婆の姿を見ながら次のように言う。「あんなにして生きていて何の意味があるんかやー」と。幸一の父は入退院を繰り返し、今は自宅療養をして母親と幸一が面倒を見ているのだ。

辰夫は自宅で母親からシナちゃんの噂を聞く。シナちゃんは縁者の徳松おじの一人娘で都会の大学に進学したが、学生運動に身を投じている男子学生と恋仲になり大学を中退、村に戻って来ているという。徳松おじも娘が教員になって幸せな家庭を築いてくれると思っていた夢が破れる。そんな傷心のシナちゃんと、偶然シンナで再会する。辰夫との思い出を語るシナちゃん、母親と二人暮らしの辰夫を励ますシナちゃん。幼いころ恋心を抱いた年上の女性シナちゃんは相変わらず素敵な女性だった。そんなシナちゃんがやがてシンナの断崖から飛び降り自殺をするのだ。

村人の生と死が少年の目前で鮮やかに進んでいく。さらに作品の特異性はシナちゃんの死と対峙させて、父の従弟である源三の死も描かれることだ。源三は酔って辰夫の家にやって来ては、母の千代に愚痴をこぼし、くだを巻く傍若無人な男だ。辰夫は見かねて、「出て行け！」と叫んだことがある。その源三が酔って溺死する。その死体を辰夫は盗み見る。銀蠅のたかる醜い死体だ。

作品は、シナちゃんが崖を飛び降りる姿を見たと、村人が騒然として崖下や海の中を探し回る。辰夫も海辺へ出かけるが、村人の「女の遺体が見つかったぞ！」という声が上がる。辰夫はその声に背を向けるように涙をこぼし、つぶやきながら駆け出す。作品は次のように閉じられる。

「シナちゃんの死に顔はきっと綺麗だ、きっと綺麗だ。……だってシナちゃんは自分が生きようとしたもののために死んだのだから……源三や他の人たちとは違う。絶対違う」

不思議な確信が辰夫の胸を満たし、その確信がまた自分の未来をも貫いてあることを予感し、辰夫はおののいた。

辰夫が「おののいた」ものはなんだろうか。傍若無人な男源三にも、心優しいシナちゃんにも死は容赦はしないことの発見だろうか。もちろん、未来を生きる辰夫自身にもだ……。このことによって作品は深く広い普遍的なテーマにも達しているように思われる。

作品は生や死に思いを巡らすものの、決して観念的な世界に陥るのではなく、村人の生きる姿から乖離しない。ここに安定した筆力と併せて作品の魅力もある。村の詩的な情景描写や、輪郭のはっきりした登場人物の造型などと併せて、記憶に残る作品の一つになった。

◇1989年「故郷（クニ）の花」比嘉辰夫（1953年生、北中城村）※語り手の曖昧さと作品の奥深さと

作品は次のように始まる。「私は、海辺の家に戻ってきた。夢ではない。忘れようもない、なつかしい山々と、いま私は再会している。およそ八カ月ぶりに見る家も、いまはひどく懐かしい気がする」と。

語り手は「私」だ。ところが、語り手は時には戦場となったパラオのジャングルを彷徨う「祖父」になっていくようにも思う、がそれも確かでない。また祖父は4人の男の子を戦争で喪うが、語り手の「私」は行方不明になっていた「五男」の「常夫」のように思われる。が、それも不確かだ。常夫は大阪に出稼ぎに行ってダンプの運転手になったが衝突事故を起こし、会社をクビになって職を探している。妻のユキと幼い子を祖父母の住む実家に預けている。時代はベトナム戦の終わったころとされるから、常夫が孫であれば辻褄が合う。しかし「私」は戦場で叔父の死も体験しているから孫のはずがない。五男の息子であれば二人の常夫が登場することになる。或いは八か月ぶりに懐かしい故郷に帰ってきた常夫は家族と一言も会話を交わさないのだから肉体を失った「マブイ（魂）」だけが帰って来たのかもしれない。としても、どの常夫か。単純な年齢合わせや時代合わせが単純ではない。作者の単純なミスとも思われない。作者の物語構成の意図や、登場人物相互の関係が最後まで私には謎解けなかった。選考委員も「難解な作品」と評しているが、不思議な作品である。

作品のテーマは戦争を語り継ぐことなのか。また家族の関係の脆さや不安を剔出したものなのか。このことも判然としない。「故郷の花」とは、嫁のキクが「戸口から差し込んでくる朝日に反射してキラキラ光る小さなひまわりの花」のことを指しているようだが、この花は「わし」や「わしら」と名乗る祖父が、パラオのジャングルで見た花だ。しかし、祖父とおぼしき人物は沖縄戦で墓に潜んでいて日本軍に追い出されているから、「わし」や「わしら」は祖父ではない何者かかもしれない。

物語は、時間軸や場所を跳び越え、また人間関係をもニュートラルにしながら果敢に紡がれていく。重層した幾人もの幾つものエピソードが紡がれているようにも思う。それにしてもか、あるいはそれゆえにか、このことが奥行きのある魅力的な作品をも紡ぎ出している一因でもあるように思う。

③１９９０年代

◇１９９０年「父の遺言」いしみね剛（１９４９年生、与那国島）※少年と病気の父とのピュアな交流

本作は沖縄文学全体を見回しても特異な作品だ。登場人物は「私」と「父」の二人だけである。それだけでない。父も「私」も名前は冠されない。場所も時代も設定はないのだ。

作品は「私」が小学校に上がったばかりのころ、父は病が重くなり部屋に籠もるようになる。畑仕事ができなくなった父は、部屋で縄をない、小刀を巧みに使用して細工物を作るようになる。「私」はそれをじっと見ている。やがて父は、縄のない方や蓑笠の作り方などを「私」に教えるようになる。

父は亡くなるが、病に伏して何年後に亡くなったかは定かでない。作品は後年になって、「私」が父との交流を思いだして語り手となって作り上げられるのだ。

作品の紡がれる空間は父が病に臥した狭い部屋だけである。生命が凝縮された空間で、そこから外に出ることはない。換言すれば、父との交流は一切の夾雑物が混入しないピュアな空間と時間の中で行われる。それは死を運命づけられた父との緊張感の中での交流であり悲しみが凝縮された時間の中での交流である。

父の教え、父の言葉を聞き漏らすまいと身構える「私」。父もまた死の予感に怯えながら必死に何事かを伝えようとする。例えば、生きることの尊さなどが無言のやり取りの中で浮かび上がってくる。狭い部屋での二人の微細な行動や心情の描写は、逆にそれゆえにか大きな空間と時間を獲得して普遍的な世界に到達していると言っていいだろう。

この作品の手法や方法は、沖縄文学のシーンをさらに広げる貴重な財産になった。しかし、作者の意図はどこにあるのか、また私のこのような読解は独りよがりのものではないか。この不安を払拭できずに読了した作品だ。

◇１９９１年「梅雨明け１９４８年初夏」武富良祐（１９４１年生、那覇市）※終戦直後の少年たちの日々

作品タイトルの一部になっている１９４８年は終戦後から３年目だ。この年に生きる少年たちの日々を描いたのが本作品だ。

主人公のミノルは小学校の1年生。大人たちが様々な分野で復興に精を出す一方で、子どもたちもまた新しい秩序を築き、新しい生活を始めていくのである。

登場人物がとにかく多いのが本作品の特徴でもあろう。名前を冠せられて登場するのは子どもたちだけではない。老若男女、次々と登場するので面食らってしまう。しかし、この

ことは作者の意識的な作為のようにも思われる。多くの人々がそれぞれの役割を担いながら戦後は始まっていくのだ。換言すれば名前を冠せられて登場するだけで意味が担わされるのだ。

多くの人物が登場する中で、物語は枝葉を削ぎ落とされて、ミノルのグループのシンイチ、サトシと、いじめっ子のゲンイチ、ヨシカズらの3人組との対立と決闘に向かって展開される。そこにトモさんという「難しい病気」に罹って自宅療養をしている高校生ほどの年齢の人物がからむ。

ミノルは血縁関係のない「バアちゃん」に育てられているのだが、ゲンイチのグループに苛められるので学校をサボることもある。学校をサボってビー玉遊びをしているときに雨戸を開けたトモさんから声をかけられ親しくなる。学校に行くと学級長のシンイチから理不尽な苛めをしているゲンイチのグループをこらしめるために決闘に誘われるのだが、乗り気がしない。そんな中、トモさんが死んでしまう。トモさんの伝言を、トモさんのお母さんから聞く。「友だちと何かあるんだったらさ負けちゃだめだよ。いつまでも一人でクヨクヨしたら駄目」と。ミノルは決意する。「明日は学校に行ってシンイチにオレも決闘やると言おう」と。

理不尽な悪を許さないとするミノルの、大人への階段を上る決意と成長をタイトルに込めて明るく描いたのが本作品であろう。少年の世界が少年の視点で描かれた作品である。

◇1992年「白いねむり」加勢俊夫（1955年生、新潟市）※祖母の最期を看取る希望と絶望

主人公の修一は30歳前後の年齢である。沖縄に住んでいるが、故郷は北国のN市。N市に住む母親から90歳になる祖母の病状が悪化し、死が近いかもしれないとの電話があり、故郷に帰って入院中の祖母キミの世話をする。キミは4人部屋に入院しており、ハナ、トキ、マツエといずれもキミと同じ高齢の入院者だ。登場人物には、さらに看護師の服部さん、小山医師、そして介護する家族の姿を配しながら、老々介護、あるいは心身の機能が低下していく老人たちの死を迎える現状を鋭く描いた作品だと言っていいだろう。

看護師や介護士の手を借りながら入浴する老人たちの姿を微細に描いた場面は圧巻だ。「人間」と「物」との境界すら曖昧になった老人たちの日々は、だれもが行きつく場所とはいえ衝撃的な場面である。

タイトルとなった「白いねむり」という文言が文中に出てくることはないが、作品の魅力は、このタイトルを死を暗示する言葉として昇華させた作者の力量にもあるだろう。また沖縄での体験として八重山の小さな島で「精神薄弱」な息子を世話しながら明るく元気に暮らしている98歳のヨシおばあの姿を随所に思い出して挿入したことにもあるはずだ。このことによって人間が生きるということの意味や死ぬことの意味を相対的に浮かび上がらせている。

ヨシおばあの言った意味不明の言葉「石は越えられるけれどよお、人は越えられないよお」が効果的にリフレインされ、キミの病状を説明する小山医師の言葉以上に記憶に残る言葉になっている。

◇1993年「針突をする女」河合民子（1950年生、那覇市）※比喩としての針突など

作品は男女の恋愛世界を描いたものだが、この世界の比喩として「針突（ハジチ）」や「ウミのホーミブシ」などが援用されている。

主人公は真喜志君子。ショーンと呼ばれる金城に恋をする。ショーンは赤提灯を下げた「アップル」という飲み屋を経営している。その店へ仕事仲間に誘われて飲みに行ったのが始まりだった。君子とショーンはその日から身体を重ねる仲になる。そこへ友人の明美が東京から帰郷する。君子は明美をショーンに紹介したことを後悔するが、ショーンは明美とも関係を持ち、二人の女を愛したいという。このことを君子は許すことができない。

君子の家系は首里士族である。祖母は手に「針突」をして誇り高く生きていた。文様は女陰を表すかのような「ウミのホーミブシ」だという。「私」はショーンを自分だけのものにしたいがゆえに、その証として自らの指に「針突」をする。しかし、自らの思いが叶わないと知った君子は、針突をした小指を包丁で切り落とすというストーリーだ。

女の情念の深さと愛することの誇りを「針突」に託した作品であろう。やや理解しづらい部分もあるが緊迫感のある展開の作品である。

◇1994年「ウンケーでーびる」玉城淳子（1950年生、宜野湾市）※孫の視点から描かれる旧盆行事

作品の内容は、タイトルが示すとおり。毎年巡ってくる盆行事のウンケーに携わるおばあの様子を孫の視点から描いた作品だ。

孫の絵美は中学1年生。おばあが中心になって執り行われるウンケーからウークイまでの3日間の盆行事を、時系列を追って描写する。おばあの姿はどの家でも馴染み深いもので、おばあを介して盆行事がテンポの良い文章で展開される。近くに住むトクおじいがウークイの日に逝去する以外は、特にインパクトのあるドラマが挿入されるわけではない。どこの家にも訪れる日常が、リアリティのある描写で描かれる。

作品の特質を強いて挙げれば沖縄の土着文化の継承を祖母、両親、子と三世代の人物を配して、限られた枚数に小説として手際よくまとめたということだろうか。おばあの会話部分に使用されている「シマクゥトバ」も効果的である。祖先崇拝を第一義に考え、あの世とこの世を繋いできた沖縄の信仰世界が、おばあの姿に託してうまく描かれた作品だ。

◇1995年「マズムンやーい」安谷屋正太（1971年生、平良市）※土地の精霊と交流する少年たち

主人公の「私」（平良芳希）は27歳で女性。東京に和人という婚約者がいる。独身最後の夏を出身地である宮古島で過ごそうと帰省する。偶然にもその日は同期会が開催される日で、誘われて出席する。そこで幼馴染みの仲間たちと再会する。記憶は一気に過去に飛び、小学校3年のころに悪ガキ7人組で島のウタキ（御嶽）で出会ったマズムン（魔の者）と遊んだ日々が蘇る。

作品は現在と過去を往還しながら展開する。軽やかなテンポの文体と、土地の言葉や少年たちの日常の会話文を多用した文体は爽やかで澱みがない。三人称で始まった文体は、マズムンと出会った一夏の思い出を語る際には、いきなり一人称になる。この切り替えが作品の魅力にもなっている。強引な手法が目立つものの、土地のマズムンを題材にした作品は小説でしか描けないだろう。それを見事に作品化にした力量は痛快で快哉を叫びたくなる。

後半部で、マズムンから貰ったモーモー（宝貝）が過去の記憶の象徴としてだけでなく現代の思い出を作る象徴として7人組の手のひらに降りてくる。成人してもピュアな心を失わない悪ガキ7人組にはきっと新しい神話が紡がれるはずだ。ピュアな少年たちの心に触れ、読後に爽やかな風が吹き渡る痛快な作品である。

◇1995年「エッグ」後藤利衣子（福岡県）※現代に対峙するシュールな寓話

沖縄文学には珍しいシュールな寓話作品だ。妊娠7か月の「私」（赤嶺洋子）が駝鳥の卵ほどの大きさの卵を産む。卵の中に「私」の赤ちゃんがいるかもしれない。必死に温めて孵化する日を待つ。異常な事態に戸惑いながらも、「私」は別れた男（雅彦）を呼んで卵の孵化のさせ方を学ぼうと思う。雅彦も興味を寄せ、二人で卵を孵化させようとする。ところがある日、二人の留守中に猫が忍び込んで卵を割ってしまう。よく見ると卵は卵ではなく白い石であった、という物語だ。

手の込んだ仕掛けだが、読書中にほとんど違和感はなかった。作品の冒頭に哺乳類のカモノハシが卵を産み子どもを母乳で育てる夢を見る。「私」がカモノハシになった夢から作品はスタートする。そしてテンポよく進む文章で「私」が卵を産んで奮闘する物語が展開される。登場人物は整理され、雅彦と雅彦の母、「私」と「私」の弟だけだ。もっとも弟は障がい者で施設に入居しているので話題の中で登場するだけだ。また、障がいのある弟を持っていることにより、雅彦の母親から別れさせられる理由になる。名前を冠せられて登場するのはわずかに3名だけだ。

しかし、卵は「私」に様々なことを教えてくれる。雅彦は「今度は本当の子どもを産んだらいい」と優しい言葉をかけてくれた。卵を産むことで「私」は身体の中に溜まっていたどろどろとしたものを吐き出し、卵を育てることで、命を育み、命を慈しみ、他人を愛することの尊さを学ぶ。卵は赤ちゃんを孵化させることはできなかったが、新しい「私」を孵化させたのだ。本作品は現代を生きる私たちの寓話として見事に成立しているように思われる。

◇1996年「出棺まで」伊禮和子（1940年生、具志川市）※ディテールに宿る人間模様

妻治子の死を看取り、「出棺まで」の様子を夫良介を語り手にして描いた作品だ。

治子は、良介の戦友である上里高志との間に雪子という子どもがいた。良介は戦友の遺品を届けるために治子の元を訪れる。治子に一目惚れして頻繁に治子の元を訪れることになるが、治子の義母の勧めもあって結婚する。雪子は義母が引き取り育てることになる。

一方、良介と治子の間にも、多美子と誠という二人の子どもが産まれる。良介は牛を育て売買をしているが、やがて治子はリューマチで身体が不自由になり長く床に伏すようになる。良介は、裏座で伏している治子のうめき声を聞いたが、そっと覗き見て気になりながらも牛小屋に行く。この間に治子は死んでしまう。ここから出棺までの様子が、良介の心情を中心に微細に描かれる。

良介は医者を呼び、治子の死を確認する。我が子を含めた3人の異父姉弟へ連絡する。親族も続々と集まって通夜の準備が行われる。良介は、うめき声を聞いたにも関わらず牛小屋に出かけた自分の行為は治子を見殺しにしたことになるのではないかという罪の意識にとらわれる。他方で、治子と過ごしてきた歳月を振り返る。戦友上里高志に対するコンプレックス。雪子と我が子を比べると、すべての点で雪子が優っていることへの嫉妬、そして自分自身の治子への嫉妬、10年も寝たきりの治子の身代わりを求めるかのように続いた戦争未亡人好江との肉体関係、治子の葬儀後には家を新築して好江を妻に迎えようという将来の生活設計に頭を巡らす。突然の治子の死を不審に思った雪子に詰め寄られて激怒する良介、通夜の席での来訪者との闘牛談義……などなど、どのエピソードにもリアリティがあり、人間の愛憎が巧みに託されている。

出棺の日は土砂降りの雨になるのだが、治子の病床にはいつも金魚鉢が置かれていて2匹の金魚が泳いでいた。玄関の傘立てに手を伸ばそうとして、その金魚鉢に気づく。作品は次のように閉じられる。「手の先には見覚えのある青い縁取りの金魚鉢があった。中には金魚の姿はなかった。金魚鉢は手に取ると白く透きとおって雨に同化した」。

治子の死を含めた象徴的な表現であるが、この描写も含めて、ディテールに宿した人間模様は見事なまでに小説という場で人間世界を構築している。

◇1997年「ダバオ巡礼」崎山麻夫（1944年生、本部

町）※戦争の後遺症をダバオを舞台に展開

作品はフィリピンのダバオが舞台だ。ダバオの慰霊祭に参加する金城晴夫の物語である。晴夫は父親がミンダナオで徴兵され戦死していた。母親からはダバオの山中を逃げ回る際に、生まれて間もない妹を置き去りにしたことを聞かされていた。その妹を探すための旅でもあった。

語り手は「私」（町田）だ。「私」は30年振りに春夫に再会する。「私」は伯父がフィリピンで戦死。年老いた母の代わりに墓参団に参加したのだ。晴夫は2学年年上で足が悪く、「私」が小学校3年生のとき以来の再会だ。「私」は晴夫の妹捜しに付き合わされることになる。

戦争体験をどのように作品化し継承するか。沖縄の表現者の共通の課題へ一つの示唆をも与える作品である。（詳細は「崎山麻夫論」参照、本誌279頁収載）

◇1997年「コンビニエンスの夜」松浦茂史（1969年生）※日常に忍び寄る得体の知れない不安

コンビニエンスは、現代を象徴する商売であり建造物であろう。このコンビニエンスを舞台に作品は展開される。

主人公は津嘉山宏明、両親は教師で本人も大学を卒業して公務員になったが、辞めてコンビニエンスに勤めて5年になる。そこに新人のアルバイト店員天久（あめく）がやって来る。生意気な新人で、この新人店員とのやり取りが作品の中心であり、すべてといってもいい。

天久の言葉は宏明を「先輩！」と呼び、なれなれしい若者言葉でテンポ良く展開される。作品も天久が店員になった日から時系列的に展開されて分かりやすい。特に波乱のあるエピソードが挿入されるわけでもなく、コンビニエンスで繰返される日々が淡々と描かれる。やがて宏明も、この新人天久の明るい性格がどこか憎めなくなっていく。この心情の変化をさりげなく描くことが作品のテーマと言えるのかもしれない。天久が採用されてから退職するまでの期間の宏明との交流を描いたのが本作だ。

宏明は、なぜ公務員を辞めてコンビニエンスで働くようになったのか、と天久に問われて次のように答えている。「分からない。とにかく夜が怖かった。ほかの人はみんな眠っているんだと思うと何か自分一人だけ取り残された気分になってくる。そんな時、ふと思ったんだ。夜中でも起きてる人がいるってな。コンビニでは夜中でもだれかがいるんだって。そうすると不思議に気持ちが落ち着いたんだ」と。

日常へ忍び寄る得体の知れない不安、このことも作者が作品を書く動機の一つになっているのかもしれない。

◇1998年「ゆずり葉」神森ふたば（1950年生、宮古島市）※父の死と自らの再生と

主人公の麻子は30歳前の女性で、地元の小さな新聞社の写植工である。宮古島と思われる島で父亀吉との二人暮らしだ。母は亡くなり、三人姉妹だが二人の姉は嫁ぎ那覇に出ている。

老いた父の世話を末娘の麻子が行ってきた。親族にも感謝されている。その父、亀吉が突然亡くなった。鍬を片手に畑の中で倒れたのである。この父の死を物語の発端にして七七忌までの法事の最中に展開される３人姉妹の様子や親族の関わりを描いたのが本作品だ。

　作品が平凡になるのを避けて幾つかのエピソードが挿入される。一つ目は昭和天皇の崩御と時を同じくして父が亡くなること。二つめ目は父の遺産を巡って二人の姉が理不尽な要求をしてくること。三つ目は職場の同僚に麻子が求婚されて新しい生活を始めることを予感させること。そして四つ目は葬儀の際に行われる島の習慣としてカカリヤ（シャーマン）などを登場させたことが挙げられるだろう。この工夫が作品世界に広がりをもたらせている。

　タイトルの「ゆずり葉」は作品の冒頭と結末に登場し、父の死と麻子の結婚による再生を象徴するものとして援用されている。父は河井酔茗の「年ごとに／ゆずりゆずりて／譲り葉の／ゆずりしあとに／また新しく」という言葉が好きで、庭にヒメユズリハの樹を植えて大切に育てていた。作品は麻子がヒメユズリハの樹を見ながら、求婚されたことを思いだし、父の言葉を思いだしながら次のように閉じられる。「父の言葉が今でも聞こえてくる。よく見ると墨絵のような景色の中に、羽子板の羽根を思わせる新芽が、大空に向かって力強く芽吹いていた」と。ゆずり葉に象徴されるいのちの継承や希望を描いたのが本作品であろう。

◇１９９９年「三重城とボーカの間」古波蔵信忠（宜野湾市）※生き別れた母との再会物語

　本作品は、幼くして生き別れた母との再会の物語だ。沖縄芝居でも感涙を誘う題材として何度か扱われてきた。親子の愛情は小説の普遍的なテーマでもある。感情に凭（もた）れない端正な文章が作品を格調高く仕上げている。

　主人公は60歳に達した初老の「私」（秀男）。アルゼンチンから一時帰省した80歳余の母と対面する物語だ。父はフィリピンで麻栽培をして成功するが現地の女などを数名囲って死亡する。母は父に愛想を尽かし、秀男が２歳の時に離別、幼い秀男を祖母に託してアルゼンチンに渡る。祖母に育てられた秀男は、22歳のとき、85歳になった祖母が亡くなる。現在は妻と大学生になった息子を筆頭に３人の子どもがいる。そこに「世界のウチナーンチュ大会」に参加するために、アルゼンチンから老いた母親が養子のエレーナと一緒に来沖する。エレーナから、母親が秀男との面会を希望していることが伝えられる。秀男は、自分を捨てた母親に面会することを逡巡する。結局は再会することになるのだが、秀男の揺れ動く心と行動が微細に表現され、この作品を味わい深いものに仕上げている。

　タイトルの三重城（みいぐすく）は、那覇港近くにある地名だが文中では次のように記されている。「商港の出入り口に位置する三重城は古来、島の聖地だ。フィリピンで死んだ父の霊は祖母の存命中、島の習慣に従って、そこで迎えられている」と。そしてボーカとは、アルゼンチンの港の名で、母親の乗った船も那覇港から出港しボーカに着いたことが示される。秀男は母親に会う前に、この縁(ゆかり)の地を訪れる。期せずして母親も三重城を訪れていた。そして二人の出会いの後、二人揃ってボーカへ旅立った場所を訪れる。三重城とボーカの間にあるホテルへ、秀男は老いた母を背負って戻る場面で作品は閉じられるのである。

「三重城とボーカの間」には、たぶん多くの意味が象徴されているのだろう。父と母の間の意にもなるし、流れた多くの歳月の意にもなる。また作品には「母を訪ねて三千里」のマルコ少年の逸話が通奏低音のように一貫して流れているように思う。マルコ少年の物語は、秀男が戦中の租界地で女教師から聞いた話だ。この悲しい物語が陰影になって母との再会の場面を作り上げている。普遍的なテーマを独自の視点で展開した新鮮な作品である。

④　２０００年代

◇２０００年「戦い、闘う、蠅」てふてふＰ（１９７６年生、南城市） ※メタファーとしての銀蠅と祖母

本作品は世紀が変わる２０００年の受賞作品である。タイトルもユニークであるがペンネームもユニークだ。作品もまた同様にユニークであり、沖縄文学では異質の作品だ。

主人公は大学生の「わたし」（美香子）で、卒業したらデパートに就職する。美香子は６歳のころから祖母に預けられる。祖母は蠅叩きで銀蠅を叩くように美香子の頬を叩き厳しく躾(しつけ)る。高校３年生の時に祖母が亡くなり、母と暮らすようになるが、母との暮らしに窮屈を感じ、大学入学と同時にアパートでの一人暮らしを始める。ところが死んだはずの祖母が現れ、蠅叩きを振り上げて美香子を叱咤する。美香子はなんとかして祖母の支配から逃れようと思い、逆襲を思いたち、デパートへの就職直前に巨大な銀蠅の絵を描くことを思い立つ。しかし、このことも祖母にばれて絵は粉々に飛び散る。その後、すぐに銀蠅のタトゥー（入れ墨）を身体に彫ることを思いたち、痛みを堪えて乳房の上にタトゥーを彫る。そして入社当日、意気揚々とデパートに行く。

結末は次のように締めくくられる。「エレベーターの扉が開き、わたしは足を踏み出す。これからはわたし自身が戦闘蠅、わたしが闘い、わたしが好きなように振る舞っていく。敵を蹴散らしていく。鏡に映ったわたしが微笑んだ。目は青く輝き、どこか野性的なすごみがある」

「わたし」はイメージチェンジし、髪を短く切り、目には銀蠅の目と同じように、眼鏡から青いコンタクトレンズに換えたのだ。なんともはや、奇想天外な物語で、面白い。テンポ良く刻まれる文体は主人公が男かと思わせるほどで痛快で

ある。おばあと「わたし」の「たたかい」は、ウチナーグチで交わされるのだが、これも絶妙な味を醸し出している。

楽しく読んだ後には、自然に銀蠅が表象するメタファーへ思いが飛ぶ。当然、銀蠅は「わたし」のことでもあるだろうが、もう一つ「祖母」のメタファーでもあるはずだ。祖母が表象するものは秩序であり、権力であり、規則であり、道徳であり、その他「自由」や「個性」と対極にある諸々の規範であろう。作品はこれらの「枷」を自明なことにせず、大胆な手法で対峙し、若々しく躍動する息吹を保持しながら描いた作品であると言えるだろう。将来を嘱望されたてふてふPは、2013年、病で逝去する。享年37であった。

◇2001年「マリン　カラー　ナチュラル　シュガースープ」松田陽（1978年生、大阪市）※「アメジョ」たちの日々を独白で描いた作品

作者は松田陽（あきら）。1978年大阪市生まれ。作品は次のように記されて始まる。

私は何人の米兵と付き合い抱かれただろう。私は普天間ベースの米兵のコンパニオンとして、彼等にカクテルを作るバーテンとして、退屈で、女に飢えた男の現地限りの女として、何人の米兵と出逢っただろう。

語り手は、このような日々を送る「アメジョ」と称される「私」＝ユマ。ユマの語りで、彼女たちの日々が赤裸々に描かれる。白人兵よりも黒人兵が好きな理由。アメジョになった「私」の理由。そして「リナ」「ナナ」などのアメジョ仲間の日々が飾らない素朴で生理的な視点から独白される。この語りの衒いのない大らかさが作品の魅力であろう。

ただ読者には、「ユマ」や「リナ」や「ナナ」の日々は、特別な日々のように思われる。誤解を恐れずに言えば、彼女たちがアメジョを代表しているようには思われない。また当然のことであるが沖縄の若い女性たちを代表しているようにも思われない。あくまでも彼女らの個人的な体験を小説世界に取り込んだだけのように思われる。

そうすると、そこに作者の意図もモチーフもあるように思うのだが、それは漠然としてよく分からない。タイトルである「マリン　カラー　ナチュラル　シュガー　スープ」に込められた思いにヒントがあるのかと思考を巡らすがよく分からない。もちろん、よく分からないままの作品を否定するつもりはない。それが小説作品の有する特質の一つだとも思われるからだ。

作者は、確かにアメジョたちの日々を綴った作品世界を描いている。読者の好悪の感情を掻き立てて記憶に残る強烈な世界だ。だが作者は、そのアメジョたちの生き方にも、またアメジョたちを取り巻くアメリカ兵にも憎悪の感情は抱いていない。説教じみた人生訓も記述しない。淡々とユマは独白し、作者も背後へ退いている。このような世界が、沖縄に存在することを小説世界で作り上げたのだろう。それを沖縄の痛みと感じるか、幸せな僥倖と捉えるかは読者の判断に委ねられたのだと考えていいだろう。

登場人物は、アメジョと取り巻く米兵たちだけだが、そこに作品の長所も短所もあるように思う。彼女たちが、米兵相手の生活をしていることに対する、両親や家族の思いは排除される。彼女たち個人の事情だけが明かされる。また彼女たちも米兵も複数の人物が登場するのだが、すべて同質の顔をもっていて、個性が際立たない。読者としては魅力的な登場人物が発見できない不満がやや残る。しかし、黒人兵と沖縄を重ねてみることでまた新たな作品の顔が浮かび上がってくる。若い作者の意図を考える衝動に駆られる作品だ。

◇2002年「南風青人の絵」国吉真治（1958年生、読谷村）※重いテーマを相対化する小説の力

作品は1970年のニューヨークが舞台。ニューヨークで開かれたアジア美術展覧会に出品された沖縄の画家南風青人の絵「空き屋と少女」を巡るドラマだ。その絵には「空き屋」はあるが「少女」が見えない。少女はどこにいるんだ、少女を探せ、との謎解きがニューヨークの新聞記者ハーバート・バイオネルを中心に展開される。題名に秘められた真相がミステリアスなタッチで解明されていく作品だ。

読んでいて、とても面白い。軽快な文体で展開される一枚の絵の謎が、秘められた戦争の残酷さを相対化して読後に爽快感さえ与えてくれる。作者の発想と自由自在に作品を展開する想像力には小説の力を思い知らされる。沖縄の文学シーンをも相対化する力を秘めたユニークな作品だ。

選考委員の一人辻原登は次のように賞賛している。[注2]

まず小説の舞台をニューヨークに設定したこと、それによって、あの戦争がはるかな距離と時間性を獲得して、神話的な舞台背景として利用できることになった。

つまり、ひとつひとつの切実な問題、沖縄戦も基地問題も、ベトナム戦争も日本の戦争責任も、勝者も敗者も、あるいは日系米人強制収容所の問題も、異化されてひたすら物語の自在な展開のために奉仕するものとなった。

物語が、認識や抵抗の手段でなく、音楽のように、読み、聞く喜びのために存在するなら、作者がこの自由、自在を獲得することは重要だ。国吉氏の作品は、まさにそのような物語となっている。

作品の展開は、謎が謎を呼び、絵の中に少女が見えると称する人々も登場するが、絵に関するニューヨークの人々の感慨は素直で嫌味がない。嫌味はないが作者の視点はもっと大きな視点でパロディ化しアイロニー化しているように思われる。

絵の真相は、戦争で久々に帰宅した少女が荒れ果てた我が家を呆然と眺める意を込めて「空き屋と少女」と題された作品であったのだ。つまり少女は絵の外にいたのである。

◇2002年「ブルー・ライヴの夜」大城裕次（1973年生、名護市）※基地の町で生きる人々の物語

作品は基地の町で生きる人々を描いたものだ。舞台はジャズバー。フィリピンからやって来たマスター兼ジャズピアニストのミゲルさんの人物造型が極めて魅力的で印象深い。さらに殺人罪の汚名を着せられそうになってジャズバーに逃げ込んで来る米兵の物語にもリアリティがある。それに比すると主人公の「僕」やボーカリストのケイコさん、その他の登場人物の造型がやや弱いようにも思われる。

しかし、作品は基地の町を描くだけでなく、もう一つの膨らみを持っている。「僕」はジャズバーに通っている無職の青年だが、「僕」の自分探しの物語としても読むことができる。むしろこのことが作品を貫く物語の本流のようにも思われる。「僕」は米兵がらみの事件や事故が起こっても次のように考える。

> でも結局は、僕にとっては関係のないことだった。ミゲルさんたちの輝かしい黄金時代も、今の様々で複雑な基地の問題も、何のリアリティもない。ジャズは廃れているのがあたり前だし、有刺鉄線も常にあるのが普通だ。世間が騒いでいるのも僕には遠い吼え声にしかすぎない。
>
> （中略）自分にはリアリティがない、いつも宙に浮いているようで地に足がついていない、まるで幽霊みたいだなと僕は自嘲気味に言い聞かせてみたりした。

そんな「僕」が、逃亡兵に対するミゲルさんの優しい接し方を見て次のように独白する。

> ミゲルさんのように、何かを信じることも大切かもしれない。
>
> ひどく疲れていたがなぜか足取りは軽かった。明日、アメリカ行きのチケットを探しに行こう。心ではすっかりジャズプレイヤーの自分を想像していた。

物語はこのようにして閉じられるのだ。基地の町に住み、生きる意欲や希望をなくした青年が、同じく基地の町に住み夢を追いかけ、ジャズプレイヤーとして誇り高く生きているミゲルさんに共感し、自分も夢を追いかけて努力しようと決意する物語である。

しかし、物語の展開がやや都合良くできすぎている部分もある。またジャズプレイヤーを目指してアメリカに渡ると決意する「僕」の音楽の技能も曖昧である。また逃亡兵を探しに同じ晩に二度も同じ刑事がやって来るのも不自然だ。さらに逃亡兵が流暢な日本語を話すという設定も無理があるように思われる。
もちろん、基地の町の廃れたジャズバーを舞台にして、米兵をも含めて様々な人間模様を描いた作品は、沖縄でこそ生み出すことのできる作品のようにも思われる。ここに作品の特異性もあるのだろう。

◇2003年「窓枠の向こう」垣花咲子（1984年生、浦添市）※崩壊した家族の物語

作者は受賞当時10代の大学生。歴代最年少の受賞という。作品は崩壊した家族を描いている。リアルに冷静に筆を運んでいる。構成もしっかりしていて優れた才能を感じる。何よりも一つの家族に焦点を当てながら、「窓枠の向こう」で暮らしている多くの家族の日々をも想定させ、普遍化された作品として創出されていることが、作品の長所として挙げられるだろう。
主人公は大阪の大学に入学したばかりの「ぼく」（孝順）だ。姉清美と両親の4人家族である。父と母は2年前から別居生活をしている。父の日常化した暴力が原因だ。父はよそに女を作って出て行ったが、母から離婚の目途が付いたと知らされて一晩だけの予定で沖縄に帰る。作品は帰省する飛行機の中での場面から始まる。一泊二日の帰省の中で、父と母、姉とぼくの四人家族が崩壊した理由やそれぞれの過去を蘇らせ、現在を凝縮して描いている。

登場人物は思い切って他の人物を排除し、この4人に焦点を当てる。姉は、怒号や暴力に晒される家族の日々が嫌になり、堪える母に抗い、外を出歩き、男遊びの日々が続く。高校三年生の時には子どもができて中絶する。「ぼく」は母を庇うがゆえに父から恒常的な暴力を受ける。両親の離婚後、「ぼく」は母の籍に留まり、姉は「父が可哀想だから」と父の籍を選ぶ。
「ぼく」は母の寂しさを想定しながら、3か月振りに帰ってきた我が家を眺めて次のように思う。

ぼくは、少し離れた所からアパートの隅々を見渡した。（中略）ベランダに干された色とりどりの洗濯物や布団の類は、そこに生きる人々の息遣いをこちら側に伝えてくる。思えば十八年間も住んでいたのに、こんなにまじまじとアパートを眺めるのは今日が初めてかもしれない。一体この建物の中にはどれだけの人が住んでいて、どんな思いで日々を送っているのだろう。うちのアパートだけじゃない。周囲に立ち並んでいる一軒家だってそうだ。ここから見渡せる窓の分だけ、そこにはさまざまな人間のさまざまな思いが渦巻いているのだろう。うちもその中のひとつに過ぎないのが、眺めてみるとよく分かる。

「ぼく」は、母から「戻って来て、一緒に住もう」と誘わ

れるが、大阪で大学を続けることを選ぶ。「窓枠の向こう」側には、さまざまな家族があり、さまざまな人生があることを理解したからだと思われる。

◇2004年「花いちもんめ」もりおみずき（1945年生、宮古島市）※「カム（神）の目」を持つ少女と、身体の不自由な少年との交流を描く

本作品について選考委員の大城立裕、辻原登の両氏ともに「美しい小説である」と述べている。確かにそのように思う。作品は「カム（神）の目」を持つ少女と、身体の不自由な少年との交流を描いたもので、全編少女の優しさに満ち溢れている。

主人公の時子は小学校5年生。カンダカファ（神がかった子）で、将来、他人の悩みや苦しみを引き受けることのできるユタ（巫女）になるはずだと、隣に住むユタの「あきオバア」から期待されている。時子の母親は、時子の幼いころに亡くなってしまったが、以来、役場に勤める父親と二人暮らしで優しい少女として成長する。

そんなある日、東京から病気を患った息子とその母親がやって来る。妙子さんと息子のカケルだ。役場に勤める父の世話で二人はあきオバアの家に住むことになる。カケルは身体に障がいがあり、毛布にくるまれ、顔だけ出して寝たきりである。時子は、母親の妙子さんから頼まれてカケルの友達になり、話し相手になる。外出することのできないカケルに、時子は「タマス（魂）遊び」を教えてやる。目を閉じて想像すると、タマスがその場所に行くことができるのだと。時子は、村の様子や周りのことをカケルにいっぱい話し聞かせて、カケルのタマスを自由に戸外に連れ出す。カケルにも笑みがこぼれる。

カケルの家から戻る途中、時子は初潮を迎えギンネムの木の下でうずくまる。それから海水に下半身を禊ぎ大人の女になる。大人になることの不安や怖れに思わず声を上げ、死んだ母の姿を追い求める時子の寂しさも描かれる。

時子は父親がカケルの母親と親しくしているのを見て嫌な気分になる。カケルの世話するのは自分だけだと言い聞かせる。死の恐怖に耐えているカケルの寂しさを思いやり、母親の妙子さんに止められているにも関わらず、カケルに海を見せてやりたいと、小さくなったカケルの身体を抱きかかえて海へ向かう。

浜辺に着いたタケルは感激して海を眺める。そしてやがてつぶやく。「人は死んだら海に還るんだってね」「ぼくも死んだらここから行くんだね」と。時子の脳裏に、「カケルが欲しい」花いちもんめの歌が流れる。カケルを逝かせまいとする最後の場面は次のとおりだ。

「カケル、うちのなかにはいっておいで。いつもいっしょにいよう。いっしょに大きくなろう。いっぱいいいろん

なことをしよう。いろんなところにいこう。いっしょに生きていくんだ。ふたりでそう信じたら、できるんだよ」
時子はカケルの目をのぞきこんだ。カケルの目に吸い込まれていく。ウチはカケルを生むんだ。時子はカケルを自分のなかに閉じこめるように目を固くつぶった。（以下略）

作品は、ややファンタジックな展開もあるが、人間の無償の優しさが時子の行為を通して描かれる。島の優しさと人間の優しさを読者に届けてくれる。やはり選考委員の述べた「美しい小説だ」と言う評に改めて納得する。

◇２００５年「前、あり」荷川取雅樹（１９６７年生、宮古島市）※殺人事件を扱ったハードボイルド作品

本作は沖縄文学には珍しい殺人事件を扱ったハードボイルドな作品だ。しっかりとした文体で次々と先を読みたくなる犯人捜しの物語だ。

主人公は40歳になろうかという年齢の「私」。少年のころシンナーを吸うなどの不良少年で人を殺した。罪を償って社会に復帰したが、その罪に苛まれ、周りの人々からも前科者として扱われる。沖縄を離れて愛知県の自動車整備工場に就職したけれどうまくいかず、今は故郷の島に住む兄から帰ってこいと言われ、島のリサイクル工場で働いている。この工場の従業員松川富夫が殺された。当然前科のある「私」が疑われ、警察からの執拗な事情聴取が行われる。「私」はアリバイを疑われ、嫌になって島を出て行くことを決意するが、容疑者が浮かび上がる。犯人は兄の建設会社に勤める奥原真治ではないかというのだ。奥原はかつての不良仲間だった。奥原は富川との間に金銭を巡るトラブルがあり殺害したのだというのだ。そして作品の後半にどんでん返しがある。「私」が殺したと思っていた男は、実は奥原が殺していたのだと。この罪を私は担ったのだ。

ハードボイルド作品としての仕掛けは他にも幾つか見られる。私の更生資金は兄からではなく奥原から振り込まれたものであったのだ。用意周到に巡らした伏線にも違和感がなく快作である。ただ「前　あり」の作品のタイトルの意味が容易に理解できなかった。最終行に私が新たな殺人を実行しようとする暗示がある。

また、殺す相手は「私」に罪を着せた奥原か、それとも強欲で陰険な刑事の金城か、はっきりしない。「前　あり」とは、さらにもう一つの殺人事件があるということか。それとも、私の一歩一歩の苦しい日々が、常に終わらずにその先に「前があり」新たな物語が展開されてきたということか。はっきりしないが、これが、本作品の目指すところなんだろうとも思われた。

◇２００６年「菓子箱」當山陽子（１９５９年生、那覇市）※文学の力を確信する作品

「菓子箱」は、小道具としての菓子箱が絶妙な役割を果た

している。作品は東京から沖縄に来た女主人公石井澪が、島で生きる人々の姿に触れて、人を繋ぎ人を生きさせる温かい「絆」に気づく物語だ。

澪は東京の出版社に勤めるキャリアウーマンだ。ある日、職場のデザインアシスタントの順ちゃんが郷里のお菓子を差し出す。澪は驚く。菓子箱には見覚えがあった。かつての恋人、拓海が手土産にと持って来てくれた同じ菓子箱であったからだ。順ちゃんと拓海が同じ故郷であることを知る。

連休を利用して順ちゃんの故郷への社内旅行が計画される。澪も数名の同僚と一緒に順ちゃんの故郷へ行くことになる。職場の仲間たちは島に着くと順ちゃんと一緒に早速海へ行く。澪は皆と別行動を取り、ホテル周辺を散歩する。近くの公園の向かいに小さな画廊を見つけて入って行く。そこで一枚の絵を見て思わず立ち竦む。かつての恋人拓海の描いた絵と同じデザインの絵であったのだ。一つの菓子箱を機縁にして父子が繋がり、恋人同士が繋がり合う姿を描いた作品である。

（詳細は「富山陽子論」参照、本誌302頁収載）

◇2007年「野いちご」崎浜慎（1976年生、沖縄市）

※夢を援用して老婆の人生を爽やかに描く

本作品は、90歳になったウシおばあの物語だ。ウシおばあの人生を、メタ小説的な視点から慈愛を持って眺めている作者の大きな目が包んでいく。人々のだれもが有する生々流転の人生を温かく受け入れる視線だ。

生きるとは何かを問う重いテーマを扱っているが、老婆の見る夢を援用して爽やかな読後感さえ覚える作品に仕上がっている。（詳細は「崎浜慎論」参照、本誌312頁収載）

◇2008年「メリー・クリスマス everybody」森田たもつ（1959年生、平良市）※心優しい振り込め詐欺師たち

振り込め詐欺を題材にした作品である。騙す方も騙される方も心優しい人々で、沖縄文学には少ない喜劇の側面を強調して作品を作り上げている。受賞歴も多い作者の力量に改めて感服する。

騙す方は4人。まず一人目は福島のいわき出身で25歳の三平。漁師の息子だが父親は海で遭難死、「漁師の息子は漁師になれ」が父親の願いだったが、板前になりたくて東京の調理師学校へ入学。しかし、母子家庭の貧しさゆえに長くは続けることができず、今はバーテンダーをしている。故郷には「三年やって駄目だったら、いつでも戻って来ていいからね」と言って、送り出してくれた優しいお袋が一人で待っている。お袋はどこから工面してきたのか入学金だといって封筒をテーブルに置いてくれた。もう七年経ったが帰るに帰れない。

二人目は英雄（ひでお）。三平の勤める店にやって来て、「いい顔だ」と三平を誉めて劇団への入団を勧める。劇団とは実は詐欺師グループのことで、40代の英雄がリーダーだ。三人目は英雄の愛人ルミ奈、大声で笑う明るい大柄な女性である。四

人目は勝則。オカマで明美という名を持つ。妖しい雰囲気を持っているが、勝則はかつて本物の劇団に所属していたことがあるという。電話での応対や声音の演技指導が勝則の担当だ。この四人が台本を造り詐欺になる訓練をして振り込め詐欺を始めるのである。

騙される方は初老の恵介鈴子夫婦。恵介は建材会社を定年退職し、今は市役所で夜警をしている。鈴子は（たぶんファーストフード店と思われるが）店長からレジ係を任せられたと得意がって大ニュースだと恵介に報告する。都はるみが大好きな60代のおばさんだ。二人には一人息子の拓郎がいる。拓郎は故郷を離れ東京のデザイン会社に勤めていた。毎年クリスマスの時期には帰省していたが、勤めていた会社が3年前に潰れた。「途中で投げ出さず、もう少し東京で頑張れ」「弱虫を産んだつもりはないよ」と鈴子は激励したが、それを機に拓郎は帰らなくなり、連絡も付かなくなった。

この夫婦に滅多に鳴らない電話が鳴った。鈴子は電話に飛びつく。「お袋、おれおれ」／くぐもった声だった。／「拓郎?」／「あっ、そうそうおれ、タクロウ」。ここから詐欺師たちの連係プレーが始まる。タクロウは事件を起こしたと告げ、被害者でOL役のルミ奈に代わり、刑事役の英雄が事件を詳しく説明し、弁護士役の勝則にリレーされていく。

タクロウ役の三平は涙を流している。鈴子を「お袋」と呼んだことで、久し振りに故郷で一人で暮らしをしているお袋のことを思い出したのだ。漁師の父を亡くして以来、励まし合って生きて来た母親との日々が蘇る。

台本どおり、電話は最後にまた三平に戻る。「お袋」にいくら振り込めばいいかと問われて、指1本を立てた英雄に「千円か?」と尋ねる。首を振る英雄を見て「1万円」と答える。それを聞いて「英雄はテーブルに突っ伏した。ルミ奈の細い目は点になり。勝則は台本に顔を埋めた」

実は鈴子は、電話が振り込め詐欺だということに気づいていた。拓郎は「お袋」なんて言わない。「母さん」というのだと。鈴子も電話の声に息子の拓郎が東京で苦労している姿を思い浮かべたのだ。「1万?　ずいぶん少ないんだなあ」という夫の言葉に、うなずきながら1万円札を渡す。

エンディングは、実際の拓郎が数年ぶりに我が家にやって来た場面で閉じられる。鈴子はジングルベルを聞きながら手を合わせる。「神様、仏様サンタさま、電話のあの子のこともどうか幸せにしてやってください」と。

作品はハッピーエンドで終わるのだが、登場人物のすべてが無類の優しさを備えている。英雄も結成したばかりの詐欺グループを解散して、ルミ奈と一緒に故郷へ帰ることを決意する。特に4人の詐欺師たちの言動がコミカルに描かれていて笑いを誘う。なんともはや温かい気持ちに包まれて読み終われる作品である。

◇２００９年「回転木馬」大嶺則子（１９６０年生、具志川

市）

※手の込んだ新奇な恋愛小説

「回転木馬」は、恋人の猛が、響子と一緒に乗りたかったメリーゴーランドの回転木馬だ。ところが漁師の猛は海難事故で死んでしまう。婚約も交わし結婚の準備をしている最中だった。響子はあまりのショックで精神を病んでしまう。

それから数年後、響子は勤めていた商社へ出勤する。自分が働いていた受付には別な女子職員が笑みを浮かべて座っている。響子は数年が過ぎ去ったことを知らない。また自分が気が触れていることも自覚していない。「7時半に家を出る」という書き出しで始まる作品だが、迷惑がられた響子は会社の人に追い出される。今では自ら設けた「会社のビルのすぐ横にあるベンチ」が受付場所になっている。そこに毎日出勤している。そして猛との出会いや、懐かしい日々を思い出すのだ。これが一つ目の新奇な設定だ。

猛が亡くなってからもうすぐ7年忌を迎える。しかし、響子には時間の感覚がない。道行く人々を猛を奪う恋のライバルと見なし、鏡に映る自分の姿をも嫌な女と錯覚する。両親は死亡し、唯一の肉親、姉の多恵が、響子の面倒を見ている。姉も嫁いでいて子どももいるので、四六時中面倒を見られるわけではない。

猛とは、友人の理恵に誘われた劇団で出会い恋に落ちた。漁師という職業を持つ若者の演劇に対する関心に興味を持ち、虜になったのだ。

歳月は過ぎていく。いつまでも響子は、猛への思いを捨てきれない。猛の死さえ信じていない。猛に会うために「回転木馬」を探す。そこへ行けば猛に会えるのだと思い、道行く人々へ尋ね回る。いつしか響子は猛と回転木馬に乗っている。猛は言う。「回転木馬が止まったら、別々の世界で暮らしていこう」と。猛の姿が薄れていく。「回転木馬は次第に速度を落とし、やがてカタリと停止」する。

二つ目のトリック。その後に拍手が一斉に湧き起こる。実はこの恋愛譚は、舞台で演じられた劇であったのだ。響子が立ち上げた劇団『海』の旗揚げ公演である。

そして三つ目のトリックは、脚本を書いたのが紛れもなく響子であったことだ。観客の中には「お世話になった病院の方々」「涙を流しながら手を叩いている多恵の姿」もあるのだ。夢と現実、正気と狂気の世界が曖昧になる。真実はどちらの側にあるのかも分からなくなる。

このように入り組んだ恋愛譚が示しているものは、現実と夢、夢と舞台の境界を曖昧にすることであるように思われる。つまり、人間と人間を結びつける絆は（たとえば恋愛も含めて）極めて儚（はかな）く曖昧なものであること、それゆえに極めて大切なものであることの両端を示唆しているようにも思われるのだ。

⑤2010年代

◇2010年「バンザイさん」島尻勤子（1959年生、石垣市）※奇想天外な手法で描く家族の物語

本作は心温まる家族の物語である。手法が奇想天外で幽体離脱（体外離脱）したフミの魂が主人公である。ユニークな作品だ。フミは80歳。病に臥して12年になる。夫の耕平は8年前、オートバイ事故で死んでしまっている。優しい一人息子の芳博と嫁の佐和子、孫の清香に手厚い看護を受けている。医者や看護師も往診に来る。そのフミが死を迎える直前に幽体離脱して魂が空中を飛び、自分を手厚く看護してくれる家族を眺めて感謝し、家族と過ごした懐かしい過去を回想する物語だ。

フミの家族は、不幸に負けずに力を合わせて生きてきた。晩婚の芳博が子どものいる佐和子を嫁にしたいと言ったときは、耕平もフミも驚いたが温かく迎えた。孫の清香は耕平やフミに甘え、今は結婚して2歳の「ゆとり」という男の子もできた。息子夫婦だけでなく、清香夫婦も「ゆとり」と一緒にフミを看護してくれる。フミの魂は、同じく幽体離脱した6歳の少年ユウイチの魂とも出会う。ユウイチは母が再婚し、再婚した「おじさん」に「ボコボコにされて」死んでしまうのだ。フミは、迎えに来た夫の魂に、感謝して幸せな人生だったと回顧する。

その一つがバンザイさんのエピソードだ。バンザイさんとはバンザイをしている恰好で両手を広げて聳えているセンダンの大木のことだ。フミが悪阻で苦しんでいるころ、耕平に連れられて励まして貰った場所だ。以来、二人は時々バンザイさんに会いに出かけた。今ではバンザイさんの周りは公園になった。「バンザイさんの木の下で、弁当を広げる家族連れや、蟬捕りをする子どもたちもいて、バンザイさんの周りは賑やかになった」

フミはバンザイさんの上空で、耕平の迎えを待つ。我が家では子や嫁や孫が、優しい言葉をかけてくれている。「ゆとり」が兄ちゃんになるよ、とフミに声を掛けている。それを聞きフミは耕平にいい土産話ができると、幸せな気分のままでバンザイさんの上空を漂う。そして最後の1行「さあ、出かけよう」として作品は閉じられる。

なんともはや、読者も幸せな気分に誘い込む作品だ。幽体離脱の手法で描かれた作品世界に何の違和感もないから不思議である。選考委員の一人、湯川豊はこの作品について次のように延べている。[注3]

「『バンザイさん』は幸福感を描いた小説であり、それは悩みや悲しみをテーマとする以上に難しいことでもある。ただひたむきにそれを実現しようとした作品を、私は受賞作として強く推した」と。

◇2011年「二十一世紀の芝」東江健（1971年生）
※浄水器販売人と老夫婦の交流

作品は伊江島が舞台。主人公「僕」（＝佐野）は浄水器の販売人。離婚した両親が、再度一緒に暮らすようになったことに反発するように、高校を卒業後、実家を出た。２年ほど東京の自動車工場で働いたが、沖縄に戻り、まがい物の浄水器販売会社に就職した。

離島担当の「僕」は、伊江島で老夫婦の古堅さんに出会い、浄水器を褒めちぎって売りつける。「僕」は後ろめたさを覚えるのだが古堅さん夫婦は疑うこともなく購入してくれた。それだけではない。「僕」が訪ねる度に息子のように歓待してくれる。この両者の交流を描いたのが本作品だ。

作品の魅力の一つは、古堅さん夫婦の造型が実にリアルでウチナーンチュらしいことだ。縁者でもない「僕」を佐野さんと親しく呼び、家に招き入れて「かめーかめー（食べて食べて）攻撃」でもてなし、お土産まで押し付ける。「僕」は戸惑いながらも歓待を受けるようになる。

古堅さん夫婦には本島に息子夫婦と孫がおり、時々帰省するのを楽しみにしている。偶然にも鉢合わせた「僕」は慌てて退散するが、息子に追い掛けられ、両親を騙し、まがい物を売りつけたと怒鳴られ殴打される。老夫婦はこのことを知らず相変わらず優しく接してくれる。

古堅さんが、庭で孫を遊ばせるために芝生を植えるという。孫が怪我しないようにと、小石を一つ一つ丁寧に拾っている。芝生は、購入するのではなく米軍基地のフェンスからはみ出している芝生を剝がして植えるという。「僕」も手伝わされるが、雑草が混じっていて困難なことが分かる。

ところが、次に訪ねてみると、雑草を一つ一つ取り払って庭に芝生が植えられている。芝は力強く根を張っているが、田植えみたいなやりかたで、のんきに植えていることに驚き、「時間がかかるでしょう」と尋ねる。この場面は次のように描かれる。

「あんたよ、那覇から辺戸岬まで歩いて行く方法分かるねえ？」

沖縄本島の最北端である辺戸岬までは、那覇から百二十キロくらいある。分かりませんと僕は答えた。

「北に向かってよ、一歩一歩あるくわけさあ。方向さえ合っていれば、いつか着くさあねえ。まずは歩き出さんと、二十一世紀になってもどこにも行けんよ」

古堅さんの言葉が、砂が水を吸うように、すうっと心に染み込んだ。なんだか胸につかえていたものが溶けて消えたような気がした。

「……そうですね。でも古堅さん、もう二十一世紀ですよ」

「はあ、いつからよ？　ああ、二〇一〇年からねえ？」

「いえ、二〇〇〇年からです」

「あんな早くからだったねえ？」

僕らは声をあげて笑った。笑いながら僕は、うっすらとにじんできた涙を古堅さんに気づかれないように手で拭った。

この場面は、古堅さんの素朴な人柄が際立っている。同時に「二十一世紀の芝」は、軍事基地に占領されている父祖の土地を奪還する小さな努力を暗示しているようにも思われるのだ。「僕」は、これを機に実家に戻り、見失っていた人生への航路を一歩一歩、着実に歩んで行くことを決意するのである。

◇2012年「シーサーミルク」野原誠喜（1986年生、那覇市）※柔軟な発想で作り上げた斬新な物語

これが若者の特権だろうと思われるほどである。柔軟な発想で作り上げた作品世界だ。それも日常から逸脱する夢物語なのだが、沖縄の伝統文化と今日の時代を見事に融合させリアリティを失わない。フィクションである小説つくりの手際よさを遺憾なく発揮した作品だ。

主人公は広告会社の若い社員「私」。仕事が終わって帰宅途中、バイクに跨がってサングラスを掛けたおじさんに声を掛けられる。「シーサーミルク、飲まないね?」「シーサーミルクを飲むとね、頭が良くなるんだよ」と。シーサーのミルク? 私はそんないかがわしいモノなんか飲まないと断るのだが、おじさんは執拗に勧める。「百四十万人の中から選ばれたわけよ、お兄さんは」とか「値段もただだよ」と言われて、「私」はこれ以上断り続けるのは時間の無駄だと思い、試飲するのを承知する。するとおじさんは、「あちゃあ」と声を出し、クーラーボックスにシーサーミルクがないことを確認して一緒に取りに行こうという。「私」はおじさんからヘルメットを渡されていつの間にか後部座席に跨がっていた。

オートバイのエンジンは「時々ポップコーンが弾けるような音を立てた」が、やがて南部の断崖に辿り着く。そこからさらにロープを伝わって降りていき、ガマ（洞窟）の中にシーサーミルクはあるという。「私」はこわごわ降りていくが、洞窟の中には玉座のような派手な椅子にでっぷりと太ったおばさんが座っている。赤い服を着たおばさんは、極道の妻を思わせる口調とハスキーな声で、「私」にシーサーミルクを勧める。自分たち夫婦は、人間の姿をしているが、実はシーサーだというのだ。

おばさんは腰帯を解き、着物を脱ぎ始めた。胸には八つのおっぱいが付いている。それを揺らしながらシーサーミルクを生のまま飲むのがいいと迫ってくる。ぼくが断ると、おばさんやおじさんは、シーサーに対する現状を説明する。かつてシーサーたちは島を襲ってきた地震や悪疫やドラゴンと闘ってきた、しかし今ではシーサーのことを知らない人間が増え、島を守るシーサーたちも少なくなってしまった。ドラゴンは絶えず島の様子を窺っている。このままだと島が危ない。それで広告会社のあんたにシーサーの普及に一役かってもらいたい。シーサーミルクを飲んで美味しさが分かり、島の人々へ伝えて貰えたらみんながシーサーの存在に気がつくだろうと。

やがて「私」は何だかそんな気がして渡された牛乳瓶のシーサーミルクを飲む。「おいしい！」と思わず声をあげたところで目が覚める。「私」は会社の長椅子で仮眠を取っていて夢を見ていたのだ。

苦笑をして、気分を落ち着かせようとすると、自分の唇の上に、牛乳を飲んだ跡の「ミルクひげ」が付いている。そんなはずはないと思い、鏡を覗き、給湯室の冷蔵庫を開ける。シーサーミルクの瓶がびっしりと並んでいる。おまけに、冷蔵庫の扉には小さなメモが貼ってある。「お兄さんへ　シーサーミルクのPR、よろしくお願いします」と。最後に、こんなオチまで付くのだが、全編ユーモアに溢れて物語は進行するのだ。

「私」の狼狽や、「おじさん」「おばさん」との会話は微笑ましくウイットに溢れている。作者の自由な想像力と作品の構成力は、文学の面白ささえ会得させる。作品全体が寓話であり風刺であろうが、焦点となった作品のメッセージを敢えて抜き出すと、おばさんの語る次のような箇所に収斂されるだろう。

言葉で表現するのは難しいんだけど、簡単に言うと、シーサーっていうのは人間のシーサーに対する想像力をエネルギーにして生きているんだよ。そして、そのエネルギーによって人間の目には見えない世界の敵と戦っていてね……。だから、この島の人間との関係を回復しないことには、あたしたちは消えてなくなっちまうのさ。

私たちは目に見えるものを信じ、目に見えないものは疑ってしまう。慌ただしい現代の世相のなかでは特に目に見えない物には想像力が働かない。「本当に大切なものはね、目に見えないんだよ」という、サンテグジュペリの「星の王子様」の言葉が蘇ってくるようだ。

◇2013年「キャッチボール」照屋たこま（1985年生、石川市）※軽快なテンポで描く家族の物語

主人公は「俺」。俺の家族の日常を軽快なテンポで描いているが、特に俺と親父との関係を、ぎくしゃくとした関係から和解へ至る俺の自分探しの物語と重ねて展開したところに作品のユニークさがあるだろう。

俺の名前は喜屋武三弦（きゃんみつる）。父親は三線職人だ。父親の思いが「三弦」の名前にも投影されている。俺は23歳、三線なんかに目もくれずに野球少年として小学校4年生のころから大学を卒業するまで野球漬けの日々を送ってきた。大学卒業後の今は、役所の臨時職員として「生活保護受給者の面談や受給

額の審査に立ち会う仕事」をしている。周りの先輩たちからは、公務員採用試験を受けて正式な職員になれと激励されているが、俺はストレスを抱え、だらだらと日々を過ごしている。夢はプロ野球選手になることだったが、夢が頓挫し、「いったい俺は何がしたいんだ」「もう夢なんか見ない方がいい」と思っている。当然、家族との仲もしっくりいかない。特に、かつてはキャッチボールの相手をしてくれた親父とも小言の言い合いだけになっている。

そんな日々に、かつての野球部の先輩からエイサーの地謡(じかた)をやってくれと強引に頼まれる。三線は弾けないからと断るのだが、「お前の家は三線屋だろう」「あと一か月ある。練習する期間もあるから頑張れ」と押し付けられる。俺は親父に三線を教えてくれとお願いするが、断られる。ただ、これを使えと一丁の三線を渡される。

俺は不満を漏らしたものの一所懸命、三線の教本である「工工四」を覚え、テープを聴いて練習する。親父から渡された三線は、親父が最も大切にしている三線で良い音色のでる三線だと、母親が教えてくれた。俺は必死に練習する。そして次のような感慨を覚える。

> ただひたすら音を追い掛ける日々。それは、白球を追い掛けていた日々とよく似ていた。指が攣(つ)りそうなほど疲れても、どこまで演奏していたのかわからなくなるほど同じフレーズを繰り返してみても、投げ出したい気持ちを覆い尽くす何かがそこにはあった。それは忘れてしまっていたやる気とか、情熱だったのかもしれない。

やがて俺は、先輩の依頼に応えてエイサーの地謡をして三線を弾くほどに上達する。その前に、結婚することを、我が家の仏壇のおじいおばあに報告に来た従姉妹(いとこ)家族の前で、父と一緒に祝いの三線を弾くことになる。すると、俺と親父の三線に合わせて嬉しそうに「手拍子を叩く従姉妹とその婚約者。カチャーシーを踊り出すおばさんとその孫たち。その後ろでおじいとおばあの遺影が微笑んでいる」として、作品は次のように閉じられる。

> たどたどしい俺をサポートする親父のしっかりとした演奏に、俺は初めてグローブで白球を掴んだ瞬間の光景を思い出していた。
> なぜ忘れてしまっていたんだろう。
> 「三弦(みつる)!　できたじゃないか!」
> そんな親父の嬉しそうな声が、かつてしっかりと俺の耳に届いていた。
> 悔しい気持ちや、苛立つ心は真実で、何一つ変わっちゃいないけれど、それでも俺は今この瞬間に親父から投げられた何かを、きちんと返そうと心に決めた。

なんともはや爽やかで明るいエンディングだ。三線の音色がどこからか届き、太鼓の音が鳴り、思わず踊り出したくなるフィナーレである。

◇2014年「モヤシのヒゲ取ります　一袋十円」伊礼英貴（1964年生、□）※我が子に対する老母のひたむきな愛情

主人公は、老母の貞子74歳。モヤシのヒゲを取るのは、死んだと思われる次男の秋雄がぼんやりと傍らに現れたからだ。秋雄は東京へ行きデザイン会社に勤めていたが入社3年目で退職。不動産会社へ勤め直したものの、やくざのような仕事をしているのではないかと不安になっていたが、やがて生死が不明になった。その秋雄の生霊と思われる薄い人影が、貞子がモヤシのヒゲを取るときに現れたのである。

また夢にも幼いころの秋雄が、モヤシのヒゲを取っている貞子の傍らで愛らしい笑顔を浮かべて座っていた。以来、貞子は秋雄に会うために、ボランティアのような金額一袋十円で、表向きは忙しい主婦たちの手助けをするとしてモヤシのヒゲを取ることを思いついたのである。我が子に対する老母のひたむきな愛情を描いた作品だが着想がユニークで、タイトルが素朴で面白い。

貞子は10年前に夫を脳梗塞で亡くし、今は長男の春雄夫婦と一緒に暮らしている。春雄はモヤシのヒゲ取りに専念する母親を見て呆けの兆候ではないかと気にする。貞子の脳裏に子どもたちの幼い頃の様々な思い出が蘇る。幼い秋雄が、買ったばかりの冷蔵庫を白いキャンバス代わりにして似顔絵を描き「母ちゃんだよ」と言って得意がっていた顔も思い浮かぶ。ヒゲ取りを手伝いに来た幼馴染みの和子には本当の訳を話す。

人づてに本当の訳を知った春雄は、貞子に真偽を問いただす。貞子は素直に認め、秋雄に会うのが嬉しいと言う。春雄は貞子を諭す。秋雄は25歳の時から行方不明で警察へも捜索願いを出したが見つからなかった。秋雄は死んだんだと。

それからしばらくして、貞子は自宅で倒れる。春雄が発見し救急車を呼ぶ。脳卒中かと疑われたが、加齢と過労とストレスが原因だと診断される。倒れたときに貞子は夢を見る。川向こうに死んだ夫や両親が現れる。その川を渡ろうとするのを幼い秋雄が手を引いて止める。最後の一文は次のようにまとめられる。「貞子は自分の左手をじっと見つめる。その掌に幼い秋雄の温もりを思い出そうとするが、そこに幼子の柔らかい手の感触が蘇ることはなかった」と。

貞子にとって、モヤシのヒゲを取りながら我が子の生霊が現れるのを待つ日々は、幸せな日々であったのだろう。老いてもなお、我が子への愛情が増していく母親の内面を新鮮な発想で見事に描いた作品である。

◇2015年　受賞作なし

◇2016年「隣人」芳賀郁（はがかおる）（1979年生、東京都）※隣

人との日常、そして沖縄

主人公の歩実はもうすぐ30歳。東京から沖縄に嫁いできた。ところが夫の信秋は昨年死んでしまった。今は6階建てのマンションに一人で住んでいる。姑の幸代からは一人住まいは寂しいだろうと気遣われ一緒に住もうと誘われている。歩実はその申し出を受け入れるか、そのままマンションに一人で住み続けるか、それとも実家のある東京へ帰るか、迷っている。その迷いに光明をもたらすのが、マンションの両隣りに住む隣人だ。

左隣には島袋さん母子が住んでいる。母親は雑誌の編集長をしているキャリアウーマン。娘は進学校に通う高校2年生のあかり（灯里）。弟も一緒の3人家族だ。右隣には引っ越して来たばかりの金城シャルロットさんが住んでいる。金城さんはフランス人の父をもつハーフだ。この3家族が金城さん自らが開催する引っ越しパーティの日から親しく会話を交わすようになり、見えなかった互いの日常が浮かび上がってくる。

島袋さんは、勤めている雑誌社で沖縄戦の特集を企画して編集長の座を降ろされる。酔って愚痴をこぼし悔し涙を流す島袋さんを金城さんが慰める。島袋さんの亡くなった夫は新聞記者をしていたが軍事基地のある沖縄の現状をいつも憂えていた。やがてアル中になり自殺をしたのだ。夫や自分の怒りは沖縄人として当然の行為だという島袋さん。娘のあかりは、そんな母親に冷ややかに言う。「お父さんみたいになりたいわけ?」と。

しかし、あかりにもストレスがあるのだろう。隠れて煙草を吸っている。亡くなった歩実の夫と一緒にベランダに並んで、よく外を眺めていたと金城さんに教えてもらう。真偽を尋ねるとあかりはあっさりと肯定した。夫との関係が歪んだ妄想になって歩実を苦しめる。

金城さんは、アメリカ人とのハーフだと間違われて何度も不愉快な思いをしたという。それでもスナックを経営して明るく逞しく生きている。金城さんはその明るさで一気に隣人の垣根を跳び越える。歩実はあかりと夫の関係、そして金城さんの明るさを思いながら次のように考える。「（夫にとってあかりは）ただの隣人ではなかったことがわかる。いつのまにか人は、誰かの隣人となり、ただの隣人ではなくなるのだろう」と。

あかりは、歩実が自分のことを誤解しているのではないかと思い、誤解を解くために煙草を吸っている理由と歩実の夫との関係を話す。「タバコの明かりはお線香をあげているのだ」「あの家々に住んでいる人々の、祖先みんなが沖縄戦に巻き込まれ、犠牲になっているのだから」と。亡くなった歩実の夫にも問いただされたときの答えだという。そして夫のことについては次のように言う。「高校の合格祝いにお金を旦那さんから頂きました。素敵な人だったのに、亡くなってしまった。悔しかった」と。

歩実は、マンションに留まることを決意する。あかりに留まる理由を問われて答える場面は次のとおりだ。


「うん、よくはわからないけど、今はただ、隣人たちが好き。今ここに、ここの隣人たち、灯里ちゃんや金城さんがいてくれること、共に過ごせることに感謝している。本当にありがたい。ありがたくて胸が痛む」

「なんで胸が痛むんですか?」

「あなたたちの話や想いに惹かれていることに、胸が痛む」

「うちらの話って?」

「沖縄のこと、沖縄を愛している話や、その想い。その愛が深ければ深いほど、想いが熱ければ熱いほど、私は、沖縄でのあの悲惨な戦争を、沖縄戦というあってはいけなかった言葉を、いつもどこかに探してしまう」


隣人という視点は、何も作品世界に援用される視点だけではないだろう。私たちは隣人を通して私たち自身を見ることができるし、私たち自身を知ることができる。こんな思いを喚起させるほどに、日常世界へしっかりと足を着けた作品である。同時に作品の題材が大きな物語から、それこそ小さな物語としての「隣人」へ移ってきた象徴的な作品のようにも思われる。

◇2017年「火傷の傷と子守歌」石川みもり(1986年生、うるま市) ※母親になる不安と葛藤を描く

作品は、母親の記憶と格闘しながら、よき母親になろうと努力する若い女性の不安と葛藤を描いた作品だ。今日の世情を考えると極めて現代的なテーマであり同時に「いのち」を生み育む女性にとって存在の根源に向き合う普遍的なテーマでもある。

主人公の美華子は、かつて母親から虐待を受け腕に煙草の火を押しつけられた記憶がある。この記憶に苛まれながらも、周りの人々の励ましを受け、我が子と向き合おうと努力する。日常の何でもないできごとを文学作品に仕上げるには極めて特異な技量が必要だろう。

このことを作者は人間としての優しさで支えている。己と他者を深く洞察し主人公の苦悩する内面に温かく寄り添っている。登場人物の造型にも隙がない。何よりも文章に破綻がない。丁寧な記述には豊かな文学的才能を感じさせる。個的な世界を普遍的な世界まで昇華した確かな作品である。

◇2018年「風の川　水の道」石垣貴子(1960年生、石垣市) ※命を慈しむ文学の力

文学の効用は様々であろう。百人の作家がいれば百の理由があるに違いない。また百人の読者がいれば百の読後感があるだろう。例えば、多様な効用や多様な読後感の一つに、私

たちの平凡な日常がかけがえのないものであることを教えてくれることもあるはずだ。本作品「風の川　水の道」はこのことを教えてくれる。

作品は取り立てて大きなドラマも仕掛けもあるわけではない。一家の主婦である35歳の八恵子が、夫の仕事の都合でかつて自分が住んでいた町へ移り住む。10歳になったばかりの娘沙耶と一緒だ。

娘と同じ年ごろにこの町に住んでいた過去の記憶が、優しさの滲み出るような文章で書き進められる。友達のチズちゃんとの思い出を中心に女の子から母親になる日々の変化。この成長の軌跡が無理のない展開で描かれる。

「幸せがあると死ぬのが怖くない」「水に運ばれてくる花を待つ人生」など、作品に託したメッセージが、記憶を蘇らせる方法と見事に噛み合った。書き出しもエンディングもいい。何よりも文章がとてもいい。

テーマの一つは「記憶」であろうが、何気ない日常の中に埋もれている珠玉の時間と命を発見する作品の力に大きな可能性を感じた。

◇2019年、受賞作なし

○おわりに

フランスの高名な哲学者であり批評家であるロラン・バルト（1915年～1980年）は、今なおも読み継がれる「作者の死」というカリスマ的な論考を書いた。作者、すなわち近代に誕生した「人格」「経歴」「趣味」「情熱」などによって作品を創造する主体が、死を迎える＝空無化されることでエクリチュールが始まるとしたのだ。つまり作品は作者＝人格に支配されたものではないとし、「書く」こととは作者が言葉を語るのではなく、言葉自体が語るものであると論じたのである。

また、それゆえに書かれるテクストは、無数にある文化の中心からやって来る引用の織物であり、ゆえにエクリチュールは作者の意図を解読するためのものではなく、多元的に対話を行い、パロディ化し、異議を唱え合うものとなるのだと主張したのである。

こうしたテクスト論におけるエクリチュールの本当の場とは、それを構成するあらゆる引用が一つも失われずに記入される空間、すなわち書かれたものすべてを読もうとする「読者」なのであり、「作者の死」とは、多様な読み方で解釈をする「読者の誕生」への移行によってもたらされるのだとしたのだ。

例えば、バルトの著書『物語の構造分析』（１９７９年11月15日、花輪光訳）では次のように記述される。[注4]

語り手と登場人物は本質的に《紙の存在》である。ある物語の〈生身の〉作者は、その物語の語り手といかなる点でも混同しえない。語り手の記号は物語に内在し、したがって完全に記号学的分析にかけることができる。（38頁）

現代の書き手は、テクストと同時に誕生する。彼はいかなることがあっても、エクリチュールに先立ったり、それを越えたりする存在とは見なされない。彼はいかなる点においても、自分の書物を述語とする主語にはならない。言表行為の時間のほかに時間は存在せず、あらゆるテクストは永遠にいま、ここで書かれる。（38頁）

このようなテクスト論は、読者の数だけ作品の多様な読みを認める「容認可能な複数性」と呼ばれ、本文そのものの消失を意味する。そして読者個人の読みは絶対唯一のものとなり、他者にとって「還元不可能な複数性」へと発展し、作者や作品の価値を無効にしたのだ。

ロラン・バルトは、なぜこのようなことを目論んだのか。田中実は著書『小説の力』（１９９６年）で次のように解説している。[注5]

バルトはなぜこのようなことをもくろんだのか。ヨーロッパ・フランスの文明の根にキリスト教の「神と三位一体の理性、知識、法」が生き、これに対抗するためには、テクストに「究極的意味」を与える〈本文〉を殺さなければならなかったからである。人は無限に重なり合った文化や文明、習慣の枠組みなしに生きることはできない。ロラン・バルトは文学作品に解読は存在せず、読みはアナーキーであると捉えることによって、近代文明の制度、思考の制度を積極的に攪乱し、これを解体しようとした。それが彼の批評行為だったのである。

さて、日本復帰後の翌年１９７３年に開設された「琉球新報短編小説賞」の受賞作品を第1回から２０１９年第49回までを概観してきた。本稿の「おわり」の冒頭にロラン・バルトの言説を紹介したのは、私もまたバルトに倣って言えば「容認可能な複数性」の読みからくる読後感を記したに過ぎないという脚注を記すべきだと思うからだ。換言すれば私だけの独尊的な読後感であるという不安を払拭できないからである。既述した私の紹介文は、私だけの読みであると共に、私の読みで浮かび上がってきた作品の多様な読みの一つに過ぎないからである。このことを私自身も再度厳しく確認したいと思うからだ。

翻って受賞作品全体の読後感は、多様な沖縄、多様な文学作品との出会いへの感謝である。この半世紀で、時代の変遷と共に大きく変化する作品の傾向が見られるだろうかという仮題を用意しての読みの試みであったが、特にはなかったように思われる。作品を創出する側の作者個人の問題意識の相違であり、この意識は時代の潮流をつくるパラダイムとは、なり得なかったように思う。

１９７０年代は、団塊の世代の活躍が著しく、第1回受賞者の嶋津与志以外の受賞者である又吉栄喜、中原晋、下川博、仲若直子は、すべて団塊の世代である。受賞当時の70年代にはちょうど30代に突入した問題意識旺盛で壮健な世代である。

１９８０年代は、日本復帰から10年余、パスポートが廃止されて本土との往来も自由になった時代だ。沖縄に嫁いで来た二人の女性、白石弥生と香葉村あすかの作品は、沖縄という土地に根付いた文化に接する違和感と戸惑い、そして和解へ至る心情を日常の生活レベルから掬いあげた作品である。

１９９０年代は、方法意識が顕著な作品が多かった。多彩な題材を多様な方法で描いた作品群である。特に「父の遺言」や「エッグ」は方法的な実験作の感を強く持った。また、対極に沖縄という土地に根ざした物語も多く創出された。「梅雨明け　１９４８年初夏」「針突（はじち）をする女」「ウンケーでーびる」「マズムンやーい」「出棺まで」「ダバオ巡礼」「三重城とボーカの間」などはこのテーマが顕著である。

２０００年代は、多様な人間を描く多様な作家たちの登場である。いずれの作品もユニークで個人的な作品世界を確固として築いていた。この傾向は、２０１０年代にも引き継がれていると考えていいだろう。沖縄の状況は、多様な貌を持ち、多様なアプローチが可能であるとも言えるのだろう。沖縄の複雑な状況は、沖縄の表現者にとって、或いは僥倖と言えるかもしれないのだ。

本賞の受賞全作品の読後に強く感じた印象の一つに、文学は、だれのものでもない。作者自身のものなんだという感慨がある。文学の効用も、文学の役割も、文学の力も、作者の数だけあるのだ。ロラン・バルトが「作者の死」を論じたのをなぞって言えば、「読者の死」もまた作者にとっては自明なことなのだ。沖縄の作家たちは、このことを矜持として、中央文壇にも負けないダイナミックな躍動を続けているように思われる。

物語について、次の二人の批評家の言説を紹介して本稿を閉じたい。一人は、再度ロラン・バルトに登場して貰おう。「作者の死」を論じたバルトだが物語については、いつでもどこにでも永遠に存在するとしてその重要性を論じている。他の一人は、米国の医療社会学者でアーサー・W・フランク（１９４６年〜）の言葉である。

まず、ロラン・バルトは、前掲の著書『物語の構造分析』（１９７９年）で次のように述べている。

物語は、あらゆる時代、あらゆる場所、あらゆる社会に存在する。物語は、まさに人類の歴史とともに始まるのだ。物語を持たない民族は、どこにも存在せず、また、決して存在しなかった。あらゆる社会階級、あらゆる人間集団がそれぞれの物語をもち、しかもそれらの物語は、たいていの場合、異質の文化、いやさらに相反する文化の人々によってさえ、等しく賞味されている。物語は、良い文学も悪い文学も区別しない。物語は、人生と同じように、民族を越え、歴史を越え、文化を越えて存在するのである。

ロラン・バルトの言葉は、私たちを勇気づけ鼓舞するものでもある。

一方、もう一人の社会学者アーサー・W・フランクには、著書『傷ついた物語の語り手――身体・病・倫理』(2002年、鈴木智之訳)がある。この中で物語について次のように述べている。[注6]

物語とともに考えるということは、その物語に参加することを意味する。それは自分自身の思考の中に物語に内在する因果性の論理や、その時間性や、語りのテンションを取り入れることである。(中略)他者の自己物語は私自身のものとはなりえない。しかし、私は、その微妙な陰影を感じ取り、その筋立ての変化を先取りすることができる程度には、その物語との共鳴を高めていくことができる。

しかし、何よりも重要な問題は、いかにして他者の物語と共に、思考しうるかということよりも、いかにして自分自身の物語とともに思考しうるかにある。

さて、アーサー・W・フランクに倣(なら)えば、私たちは自分自身の物語を書き、自分自身の物語を読んできた。それは、一方で物語の力を信じているからである。困難であっても沖縄で生きることを誇りとすることで、沖縄文学は未来にもあり続けるであろう。新しい書き手は、今後とも途切れることなく登場し、私たちの人生を豊かな世界へ導き刮目させてくれるはずである。

【注記】

1 『沖縄短編小説集―「琉球新報短編小説賞」受賞作品第2集』2003年5月31日、琉球新報社。
2 注1に同じ。
3 琉球新報紙面掲載選考評。2011年1月24日。
4 ロラン・バルト『物語の構造分析』花輪光訳、1979年11月15日第一刷、2014年12月15日、第26刷、みすず書房。
5 田中実『小説の力』1996年2月2日、大修館書店。

6　アーサー・W・フランク『傷ついた物語の語り手―身体・病・倫理』鈴木智之訳、２００２年３月15日、ゆみる出版。

※追記

本稿を執筆するに当たって作品のテキストは、第1回から第20回までの受賞作品は『沖縄短編小説集―「琉球新報短編小説賞」受賞作品』（１９９３年9月10日、琉球新報社）、第21回から30回までは『沖縄短編小説集―「琉球新報短編小説賞」受賞作品　第2集』（２００３年5月31日、琉球新報社）を使用した。第31回以降の受賞作品については、その都度発表される琉球新報紙面に掲載される受賞作品をテキストにした。

第五章　胎動する作家たち

○はじめに

アウシュビッツから奇跡的に生還した詩人にパウル・ツェランがいる。両親も殺され、すべてを奪われ、残ったのは言葉だけだったとし、沈黙を経た言葉を研ぎ澄まして詩を書く。それから25年後、１９７０年の4月、パリ・セーヌ川に入水自殺をする。壮絶な人生を送った詩人だ。

彼の残した言葉に次のようなものがある。[注1]

もろもろの喪失のなかで、ただ「言葉」だけが、手に届くもの、身近なもの、失われていないものとして残りました。

（中略）しかしその言葉にしても、みずからのあてどの中を、おそるべき沈黙の中を、死をもたらす弁舌の千の闇の中を来なければなりませんでした。（中略）わたしはこの言葉によって詩を書くことを試みました。（中略）自分の居場所を知り、自分がどこへ向かうのかを知るために。自分に現実を設けるために。（１０１頁）

詩は、おのれみずからのぎりぎりの限界において自己主張するものです。それはみずからの「もはやない」からみずからの「まだある」の中になおも存続しうるために、みずからを呼び戻し連れ戻すのです。

この「なおまだ」はただ一つの語りかけであるかもしれません。つまり、単なる言葉ではなく、（中略）現実のものとなった言葉、ラディカルではあっても同時にまた言葉によって画される境界や言葉によってひらかれる可能性を記憶しつづけるところの個人的なしるしを帯びた、解き放たれた言葉なのです。（中略）詩は、ひとりびとりの人間の、姿をとった言葉であり、そのひたすら内面的な本質から言って現在であり現前であるのです。詩はひとりぼっちなものです。道の途上にあります。詩を書くものは詩につきそって行きます。（１２３頁）

パウル・ツェランの言葉は、詩についてのものであるが、重く衝撃的でさえある。もちろん、文学に携わる者への敷衍化した言葉として受け取ることも可能である。ここから分かることは、言葉だけが最後の砦であり、詩はひとりぼっちであり、孤独な営為であるということだ。

それでもツェランは言葉に期待した。「詩は、言葉の一形態であり、いつの日にかはどこかの岸辺に――おそらくは心の岸辺に――流れつくという（かならずしもいつも期待にみちてはいない）信念の下に投げ込まれる投壜通信のようなも

のかもしれません」と。[注2]

パウル・ツェランにとって、詩は起死回生の言葉であり、アウシュビッツを蘇らせ、アウシュビッツを生きるためのものであったのだろう。

言葉の持つこの特質や、文学の有する孤独な営為を担いながら、私たちもまた自らの言葉に、必敗の覚悟と、はかない希望を託してツェランのいう「投壜通信」のようにどこかの岸辺に届くことを夢見る以外にないのかもしれない。

しかし、ひそかであれ、言葉に希望はあるのだ。沖縄の作家たちはこの希望を抱いて孤独な営為を歩んで来たように思う。それぞれの孤独の位相に沿って言葉は紡がれ、作品を作り上げてきたのだ。それゆえに、作品は多様な沖縄を描き、多様な文学を生み出してきたようにも思われる。

本章では6人の作家を取り上げる。6人は「九州芸術祭文学賞」「新沖縄文学賞」「琉球新報短編小説賞」の三賞をいずれも受賞している。また、このことを取り上げる基準にした。山入端(やまのは)信子、白石弥生、崎山麻夫、玉木一兵、富山陽子、崎浜慎である。

彼らの中には、近年、作品の発表の途絶えた作家もいるが、多くは活躍中の作家である。

紹介する作品は、三賞を受賞した作品のみを対象にするが、それでも彼らの奮闘した軌跡は、沖縄文学の軌跡でもあり現状をも十分に示しているはずだ。

【注記】

1　パウル・ツェラン『パウル・ツェラン詩文集』飯吉光夫編・訳、2012年2月1日、白水社。

2　右に同じ。

1　山入端信子論
――自立と再生、或いは破壊と解放

⑴　果敢な実験作の表象するもの

山入端信子の作品の読後感は圧倒的だ。文学が「毒素」を含むものであるとすれば、まさにこのことを体現した作品と言えるだろう。ここで論の対象とする作品は「虚空夜叉」（1984年、第10回新沖縄文学賞）、「鬼火」（1984年、第12回琉球新報短編小説賞）、「龍観音」（1985年、第16回九州芸術祭文学賞沖縄地区優秀賞）の受賞作品である。三作品のいずれも強い個性と果敢な実験が試行された作品である。

三作品が開示する作品世界の共通点は、安定した筆力に支えられてシュールな手法で私たちの面前に提示されていることだ。多様な物語を紡ぎ出す着想の面白さは新鮮な感動さえもたらす。前衛的な実験作が対象とする世界は、だれもが有する日常生活で遭遇する不安や危機である。このことが具体的な男女の関係を通して描かれる。男女の関係や人物像はデフォルメされ、時には不気味であり、時には象徴的である。

この関係は逆のベクトルも成立する。つまり具体的な男女関係を描くことを通して、日常生活の不安や危機を透視する。この方策として前衛的な手法が試行されるのだ。

ところで、山入端信子はシュールな手法で形而上的なテーマを扱うが、作品世界は生身の人間から離れない。人間の有する孤絶感、性愛、不確かな言葉、憎しみ、欲望、家族……等々、だれもが抱える日常の世界でラジカルな問いが発せられるのだ。これらの世界を根源から揺さぶる喜怒哀楽の世界が山入端信子の対象とする作品世界である。喩えて言えば人間存在の奏でるシンフォニーに耳をそばだて目を凝らす。様々な楽器が共鳴し全体の音楽を作るように、人間社会も様々な個性が関係し共鳴し合って作られていくのだ。

ただし、山入端信子の関心は全体として完成されたシンフォニーにあるのではない。全体に埋没させてはいけない個性にスポットをあてているように思われる。換言すれば、人間の、特に女性の自立と再生、そして秩序の破壊と規範からの解放への挑戦が山入端信子の作品世界の特質であるように思われる。

かつて「百年の孤独」を書いたガルシア・マルケスは次のように述べていた。[注1]

文学、とりわけ小説には一つの機能があることが分かってきました。幸か不幸か、その機能は破壊的とでも言えばいいのか、ともかく、私の知るかぎり、優れた文学が既成の価値観を称揚するようなことは皆無なのです。優れた文学には常に、既成のもの、当然として受け入れられているものを破壊し、新たな生活形態、そして新たな社会を打ち立てよう、言ってみれば、人間生活を改善しようと志向するのです。

山入端信子の作品世界には、この言葉を思い出させる世界が、確かにあるように思われるのだ。

(2) 三作品の世界

①「虚空夜叉」

「虚空夜叉」は、三つのオムニバス作品で構成されている。60枚以内という短編作品の公募であるにも関わらず、この方法を選択して果敢な挑戦を試みた。このこともユニークさの一つである。

一つ目の題目は「赤児」。登場人物は20歳の明美と40歳の有三が中心だ。明美は16歳の年に家出して4年間の都会生活を送る。4年間の都会生活で明美は「酒と麻薬と男」に溺れ、身も心もずたずたに引き裂かれて故郷である小さな漁村に帰ってくる。

母の経営する海産物料理のレストランを手伝っていたが、このレストランで明美は有三に出会う。有三は親孝行者で40歳になるまで老母と暮らしていたが、老母も亡くなり、今は一人暮らしだ。明美は有三を見たその日から、有三に目をつける。明美は妊娠していたのだ。それを隠して有三と結婚し、有三に父親になって貰うための魂胆だった。

人のいい有三は、20歳の年の違いを気にしたものの喜んで明美と結婚する。明美がオムツを縫っているのを、「これは、なんだ?」と有三は尋ねるが、明美は答えをはぐらかす。この日から、有三は蠅叩きを始めるようになる。家の内外の蠅を脇目も振らずに趣味のように叩き始める。明美は気味悪くなるが有三はやめようとはしない。明美の不安はだんだん高じていく。明美は夢を見る。老婆が取り上げてくれた赤児は人間ほどの大きさの蠅である夢だ。

臨月に入って陣痛が始まり、有三に病院へ連れて行ってくれるよう頼んだが、要領の得ない有三の対応にいらつきながら、車の中で破水しそうになる。病院に着き、明け方近くになって男と女の双子の赤ちゃんを産む。男の子は死産。女の子も奇形で産まれるが2日後に死ぬ。明美は思う。「赤児が死んだのは有三が殺した何十万という蠅の祟りではないか」と。それとも「有三が呪いをかけたのではないか」と。

それから数日後、明美は花を買って、二人の赤児が葬られた墓に行く。すると奇怪な光景を目にする。有三が墓から引き出した双子の遺体に無数の蠅がたかっており、有三はその蠅を蠅叩きで叩いているのだ。やがて有三は明美に気づき「蠅が多くて……」と奇妙な笑顔を浮かべる。ラストシーンは次のようになる。

「明美は身体の震えを感じながら、足下の花を拾い、無言で蝿のたかっている双子の死体の上に置いた。飛び散った蝿が花にたかった。気がついてみると、明美は嗚咽を漏らしながら新聞紙の丸めたものを手に持ち、有三といっしょになって蝿を叩いていた。その夜、明美は有三をきつく抱きしめて眠った。赤児には気の毒なことをしたと思ったが……」と閉じられる。

現実を超え、デフォルメされた二人の行為は、たぶん多様な解釈ができるはずだ。例えば有三にとって、蝿を叩くことは自分の子でない赤児の産まれるのを拒む行為のメタファーであるようにも思われる。明美も最後に、わが子の遺体にたかる蝿を叩くのだが、蝿になった自分自身を叩いているのかもしれない……などと。

二つ目の題目は「褐色の雫」。ここでは蝿でなくごきぶりが登場する。書き出しは次のように始まる。「腹痛で会社を休んだ桂一は額に青筋をたて口を歪めてしゃがんでいた。淳子はそんな夫をみても動揺することはなく、朝日をじかに浴びたような晴れやかな気分だった」と。

桂一と淳子は嫁いだ娘を持つ50歳に近い夫婦だ。しかし、二人の仲は冷え切っている。桂一に女がいることも淳子は知っている。腹痛の原因はあるいはごきぶりのせいではないかと思い出してもいる。ごきぶりが醤油の瓶に入っていたが、淳子は「褐色の雫」と名付けたその醤油を使ったのだ。そのせいであれば「傑作だ」と、笑みさえ浮かべる。

淳子は桂一を家に残してレストランで昼食を取り、喫茶店をはしごする。若い男と出会い、喫茶店の奥の暗い部屋で身体を愛撫される。淳子は嫁いだ娘の百合子を産んだとき、帝王切開をした。桂一はその傷跡を「むかでのようだ」と触れることさえ拒んでいる。若い男はその傷跡をも丁寧に撫で下腹部に指を這わせる。

淳子は、捕まえたごきぶりを醤油瓶に一つ二つと入れ足していく。桂一が出張で家を留守にした日に、ごきぶりを捕まえて剃刀で後肢、前肢、胴体と切り刻んでいく。そして作品は次のように終える。「淳子は奥に引き返し、アルバムを開くとバラバラになったごきぶりを桂一の写真の上に振りかけた。パズルのようにひび割れた桂一の顔が笑っている」と。

なんとも不気味な作品だ。だが、淳子の行為の象徴する世界は大きい。淳子が抱えている闇は桂一への憎しみだけではないように思われる。読後の余韻が長く残る作品だ。

三つ目の題目は「胚胎」。胚胎の意を辞書でひくと「身ごもること、転じて物事の起こる要因を持つこと」と記されている。ここで使われる動物は「鶏」である。主人公の玲子には叔母がいる。母親がわりに玲子を育ててくれた。玲子は叔母の家にいるとき、毎日のように鶏肉を食べさせられた。叔母はレストランを経営しており、鶏が病気だと知るとすぐに殺して羽を毟り、叔母一家の胃袋へ落ちた。勧めた叔母のレストランでも、毎日鶏がらスープを食べた。厚司と結婚したのを機会にレストランを辞めたが、叔母は毎日のように鶏肉を持ってやって来る。

厚志の子を身ごもると、叔母は言う。「堕ろしなさいよ、あんたの母の家系は気違いなんだから」と。厚志も「子どもはいらない」と言う。玲子は、二度、三度と身ごもる度に一人で病院へ行きこっそりと「始末」した。

厚志と叔母は肉体関係がある。二人はこのことを玲子に隠すこともなく振る舞う。玲子の心情は次のように記される。「玲子は常に傍観者、怪我のない場所に陣取って沈黙を守るだけ。叔母も夫も好きだという顔をして」と。

他方で、叔母が持ち込んだ3本のチキンに、玲子は叔母のミヤコ、夫の厚志、そして玲子と自らの名前を付けて、腸を裂いて夜光塗料を流し込むことを夢想する。塗料は3色。病人のような黄、気違いのような赤、死人のような青と。そして互いにしゃべらせると、どんなことを話すのだろうかと考えながら。

玲子の日々は、働くこともなく無気力で鬱陶しく繰り返される。そんな日々の玲子の心情は次のように記述される。「すっかり暗くなり信号の明滅だけに包みこまれてくると、単純な安っぽい色が身体にしみていくようで妙に落ち着かない。光に身体が溶けていくような髪の毛一本残さず消え入るような、いま腰掛けている自分が嘘のような、居場所がないのだ、というつかみどころのない不安に」苛まれる日々だ。

玲子もまたこの無聊を慰めるかのように外に愛人がいる。愛人から呼び出しの電話がある。会いに行くまでの心情は次のように記される。自宅で風呂を使う場面と、途中の路上で感じた心情である。

玲子は台所と隣り合わせの風呂場へ入った。洗濯機の水が異臭を放っている。その中に脱いだものを放り投げながら、玲子は身体の芯まで汚水に浸っていくような気がした。腐った水に浸っていく衣類に肉体がくっついたまま。

身体を打ちつづける水飛沫が次々と壊れていくのを見ていると、玲子はニタッと笑い、それがオトコであれば、と思う。オトコの肉体がその雫のように溶けていく。そんな期待だけのために、オトコを抱き、そしてオトコに抱かれているのではないか、とふとそんな思いが玲子の胸をかすめる。

同じ恰好の建物が数珠つなぎになった間を玲子はヒールの音をたてて歩いた。開け放たれた家の中はどこもかしこもテレビの画面が動いている。コンクリートの箱の中に箱があって、その中に影の生きものたちが動く、なんでもない光景、それが突如として空恐ろしくさえなる、どこもかしこも同じドラマを演じている、自分もまたみんなと同じことをくり返しているだけかも知れない、と玲子は苦笑する。

句点のなかなか現れない読点を打つだけで繋がる文体の特徴は、韜晦し崩壊する自らの複雑な心情を吐露するに、うまくマッチしているように思われる。男に抱かれたあとの心情は次のように記される。

しばらくすると男の重さと汗とぬめりが肌にしみ、背と畳の間もじっと汗ばんできた。玲子は、中味の抜け出たばかりの蝸牛の殻の中を這い廻っているような不快感に捉えられていながら、抜け出せないもどかしさを覚えた。そこに来る途中、何げなくみたマーケットの前にガラス張りのオーブンがあった。その中に串刺された首のない丸鶏がいくつかぐるぐる廻っていた。まるでオンナたちが腹を膨らまし、足を拡げているみたいに。枯葉色にこんがり焼けていた。そんな光景が終始男の腹の下で蠢き、ジュッジュッと音を立てて熱い脂をしたたらせる。男は動きつづける、何か深い意味を模索してでもいるかのように。

「虚空夜叉」を構成する三つのオムニバス作品は、自らの居場所がない不安、自立と再生への模索と挑戦が、テーマの一つであることが、容易に理解できるように思われる。

②「鬼火」

「鬼火」は「虚空夜叉」が「新沖縄文学賞」を受賞した同じ年の1984年に、「第12回琉球新報短編小説賞」を受賞した作品だ。ここにも作者のユニークな発想と特異な作品世界が展開されている。その一つは産まれなかったお腹の胎児と死んだ母親が言葉を交わす作品世界を作り上げたことだ。

母親は妻子ある男との不倫関係で子どもを身ごもるが、父親である男に海で殺される。殺された母親と産まれなかった胎児が「鬼火」となって海中から父親への思いなどが語られる。そこには、生きることの意味、命の尊さ、他者を愛すること、自分を愛することの大切さと虚しさが投影され、単純なストーリーの中で切々と語られる。着想の面白さが物語を作り、母親の心情の微細な描写が、殺された女の復讐劇という単純な世界を凌駕している。

主人公の女性は祐子。相手の男は一彦だ。一彦は交番に勤める警察官で祐子の家はその後ろにあった。母親が死んでから祐子は一人住まいだ。祐子と一彦との関係を祐子は次のように語る。「一彦との関係は一年目は淡い夢、二年目は相対する福木の葉のように、三年目四年目は血の塊を流して過ぎた。そして五年目、夢もラブも血も含んだ膿を抱えた瘡蓋ができた」と。

祐子はすでに一彦との子どもを二度掻爬していた。今度も掻爬するつもりで産科医院に行ったが、そこで偶然にも一彦の妻を見た。一彦の妻も同時に身ごもっていたのだ。「妻である女は産み、自分には産めないことが納得できなかった」。一彦は今度も掻爬しろ！　と迫ったが、祐子はそれを拒否した。

そんな日に祐子は一彦に海に誘われる。二人で以前に来たことのある海だ。久し振りに海風に吹かれ甘い恋心が蘇ってきた。子どもを堕ろさなくてよかったと思う。一彦はお腹にも手を触れてくれた。一彦に、綺麗な魚を見ようと誘われ、さらに珊瑚礁の浮かぶ岸まで背負われる。幸せな陶酔感の中で、祐子は手足の先にしびれを感じ始める。やがて強い睡魔に襲われる。海に入る前に車の中で飲んだコーヒーに毒が入っていたのだと思う。「眠ってはいけない」と必死に抵抗するが、身体の自由が利かない。舌も回らなくなる。「底のない恐ろしさに足をばたつかせながら、潮水が喉の奥をロープのように突き抜けていくのを感じた。カッと眼を見開いたとき、一彦に頭を押さえつけられていた。瞳孔に光がいっぱい入ったとき、一彦の恐ろしい形相をかいまみた気がする」と。

産まれることのなかった胎児は男の子。祐子は「ボウヤ」と語りかける。祐子の骨とボウヤの骨は海の底。小さな生きものたちが頭蓋骨の穴を通り抜ける。祐子とボウヤは岩礁に挟まれたままだが、やがて岩礁のトンネルを抜け、青い「鬼火」となって海面すれすれを飛んでいる。ボウヤは「ママ」と甘える。ボウヤの言葉は漢字以外はカタカナで表記される。この無機質な文字が効果的な表記になり、母子の応答がなんともはや慈愛に満ちたものになっている。それゆえに悲しみも増幅されるのだ。例えば次のようにだ。

——あそこから近づいてくる人がいるでしょう、あれがボウヤのパパよ。

祐子はまたしても涙を流した。

——パパナラ、ドウシテ、泣クノ？

——だってパパは約束どおり来てくれたもの、嬉しいからよ。

——呼べバ、イイノニ。

——呼んでもきこえはしないよ。パパには私たちの姿はみえないの。でも足をひっぱることはできる。ボウヤは頭を押さえるんだよ。

なんともはや、愕然とする会話だ。やがて近づいてくる男はパパではないことが分かるが二人の鬼火は男を海中に引きずり込む。そして二つの鬼火は囁きあい、妖光を放ち天空へと舞い上がるのだ。この作品もまた、シュールな手法で愛の不在と渇望を描いた作品だと言っていいだろう。

③「龍観音」

主人公の私、坂口倫子は25歳。20歳で結婚し5歳年上の夫坂口和夫がいる。作品は冒頭から夫の部下、20歳の石井雲也を倫子が誘惑する場面から始まる。一方的な恋心を募らせて肉体関係を持とうとするストーカー行為だ。

「私は知能犯のように彼をものにする計算」をして接近する。雲也もやがて色仕掛けの誘惑に負けて倫子と身体を重ねるようになる。二人の間に子どももできる。やがて雲也は夫と別れて欲しいと懇願するが「私」は断り続ける。二人の間にできた男の子は「龍」と名付けられる。

夫の和夫は「龍」を自分の子のように育てる。しかし、それは表面だけかもしれない。和夫は倫子と雲也の関係を知っているように思われる。そして和夫もまた愛人をつくり、男の子を産ませるのだ。

「龍」は幼いころに死んでしまう。「私」は龍の幻影を抱きしめながら、時には一緒に空を飛ぶ。龍は記憶の中で逞しい18歳の若者になる。「私」は龍に抱かれるときにこそエクスタシーを感じる。「坂口が私の躰を突き抜けたとしても、それは龍以外の何ものでもなかった。声を上げたとき、私の躰をつらぬくのは18歳になった龍なのだ」。「私」は「次に生まれてくるときは龍観音の中の菩薩になり、雲と風と波に取り巻かれ龍と一緒にいたい」として作品は閉じられるのである。

さて、この物語からどのようなメッセージが読み取れるのだろうか。このような問いを立てることさえ野暮なことのようにも思われる。倫子のストーカーまがいの行為は、常軌を逸している。リアリティの感じられない世界だ。倫子の愛欲も感情も妄想も思念も大胆に描かれるが、倫子は完全にデフォルメされた人間像である。ここに作品を読み解く鍵があるのだろう。それほどまでにして作者が描きたかったものこそがテーマになるはずだ。

作者は、倫子というデフォルメされた主人公を作り上げて、倫理観や社会の規範を揺らす作品世界を作り上げたように思われる。倫子を通して男女の秘められた欲望と闇を描き明るみに曝すのだ。倫子は自由である。倫子は規範をもたない。倫子は龍のように自由に空を飛ぶ。愛欲や自分の乳房さえ夢想の中で空を飛ぶのだ。

倫子の行為が象徴するものは、夫婦という制度、親子という規範、家族の関係や日常の営み、さらに性行為の意味さえ自明なこととせずにディコンストラクト（脱構築）するのだ。既成の秩序や規範の揺さぶりと破壊である。

これらの行為の先に倫子が摑み取ろうとしている世界は意外と大きい。少なくともその一つは自立と再生への希望だろう。あるいは、倫子の物語は破壊と解放の物語だと言い換えてもいい。窮屈な社会で、窮屈なままで自足するか。それとも、断念し諦念した世界に閉じ籠もるか。倫子の行為が問いかけているものは、既成の秩序やモラルを自明なものとせず、このことの意味と無意味さを問うているように思われるのだ。この方法として、小説世界で創り出した一人の魔性の女、その名も「倫理」を脱ぎ捨てた「倫子」であるように思われるのだ。

そう考える根拠は文中にも幾つかある。例えば、雲也が、坂口と別れて欲しい、遠い所で一緒に暮らそうという誘いに対して、倫子は次のように答える。「なぜ、いま以上のものを求めようとするの？　一緒になってしまえば世の中の形式に、はまっただけのことじゃないの」と。

結婚についての自らの考えは次のように表明される。「初々しい彼の魅力を、夫婦という奇怪な単位で潰したくないというのが私の本音だ」と。倫子にとって、夫婦とか結婚とかという制度は「奇怪な単位」にしか過ぎないのだ。

そしてまた次のようにも言う。「坂口と私、私と子供、子供と雲也、雲也と私、それらすべてが指で踊らされる指人形のようなものに似ている。等間隔をおいて正面だけをみつめている」と。これらの言葉は読者を挑発する言葉として意図的に置かれたもののような気がするのだ。

もちろん、社会の制度や規範は容易に破壊し刷新できるものではない。倫子の行為の行く末は、倫子にも、また作者にも杳として分からないはずだ。

作品の結末は次のようになる。「子供の頃に、あの天空に光る虹は本当は龍なんだよと教えられたことがあった。／——追い駆けても追い駆けても、あの虹、逃げていくよ。と美知子がいっていた。／あの日、鮮やかに弧を描いて天空に横たわっていたのは、龍、あなたなんでしょう？　／昼下がりの浴室で私の乳房を愛撫するのも」と……。

(3)　日常世界へ回帰する視点

ここで取り上げた三作品は、同時期に発表された作品だ。「虚空夜叉」と「鬼火」は１９８４年、「龍観音」は１９８５年である。同じ時期に書かれた作品かどうかは定かでないが、強い問題意識、実験的な方法意識は共通して見られるものである。

「虚空夜叉」の三つのオムニバス作品に登場する「蝿」「ごきぶり」「鶏」へ仮託された愛憎の世界の象徴性、母子の死者が語り合う構造を持つ「鬼火」、そしてデフォルメされた主人公倫子が作り出す「龍観音」の物語。いずれもリアリティを越えた実験作と言っていいだろう。

さらに作品世界は、三作品とも夫婦や親子、男や女、家族の関係が保持する日常の闇を果敢に描いている。作品が発表された１９８４年は沖縄が日本復帰して12年後、戦後文学の出発を飾った沖縄戦や基地被害のテーマは山入端信子の作品世界には現れない。いわゆる大きな物語と譬えられる政治や戦争や国家のあり方などを問うテーマは、後景からさえも姿を消しているのだ。

三作品に限定してのことであるが、山入端信子の関心は、イデオロギーやスローガン的な作品ではなく、日常の個の世界にこそあるように思われる。特に男女の関係のきしみを凝視し不可視な闇を浮かび上がらせる。戦争や基地被害を告発するのではなく、個々人の有する闇の中にこそ文学の豊かな土壌があるのだと言わんばかりである。

このことは、例えば近代期に活躍した夏目漱石が好んで描いた作品世界と類似している。漱石は男女の三角関係に焦点をあて、個の自立とエゴイズムの問題を浮かび上がらせたはずだ。山入端信子の作品世界は、漱石の世界とどのような類似点や相違点があるのか。読後に興味を覚えたことの一つである。例えば直感的な印象だが、方法としては、夏目漱石が極めてリアリティを重視した作家であったのに比して、山入端信子はシュールで実験的な手法を模索し、果敢に挑戦しているように思われる。そして、女性の視点から直接的な性の営みをも相対化する。漱石には有することのできなかった妖艶な世界だ。あるいはこの世界を深く掘り下げることで、政治をも含む大きな物語に遭遇する可能性をも含んでいるように思われるのだ。

ところで、１９８０年代は、沖縄の文学史上において、女性の作家たちが次々と登場して活躍した時代である。例えば「九州芸術祭文学賞」の沖縄地区優秀賞の受賞者は80年代の10年間をすべて女性作家が受賞した。「新沖縄文学賞」も９人の受賞者のうち6人が女性作家である。その一翼を担った作家の一人が山入端信子であろう。

山入端信子が体現した規範への違和感、生と性からの超克を模索した実験的な作品群、これらの作品には、いまだ作者の新鮮な認識に驚愕するフレーズが数多く散見する。

１９８０年代、女性としての性をも意識しながら、強い個性と新鮮な手法で作品を創出し、沖縄文学の世界を豊穣な世界として拡げてくれた作家の一人が山入端信子であったのだ。

【脚注】

1　ガルシア・マルケスとバルガス・ジョサの対話『疎外と叛逆』寺尾隆吉訳、２０１４年3月３０日、水声社。

【対象テキスト】

「虚空夜叉」１９８４年、第10回新沖縄文学賞。
「鬼火」１９８４年、第12回琉球新報短編小説賞。
「龍観音」１９８５年、第16回九州芸術祭文学賞沖縄地区優秀賞。

2 白石弥生論
――土地の文化の証言としての文学

沖縄は1972年に日本国に復帰した。先の大戦後の27年間、沖縄は無国籍の民であった。もちろん。かつては琉球王国と呼ばれる小さな島国であった。日本が鎖国を続けた幕藩体制をやめ、開国に大きく舵を切った近代期、急激に力をつけていった明治政府に琉球王国は武力で侵攻され解体させられる。1879年（明治12年）のことであった。以後、明治政府の傘下に組み入られて沖縄県として出発する。その後は日本国の1県として運命を共有し、先の大戦では日本本土の防波堤として県民の多くが身を挺し、犠牲になったのだ。

しかし、1945年の敗戦後、唯一の地上戦が交わされた沖縄県は、米軍に占領され続け、土地は武力で収奪され軍事基地の島となる。日本国が敗戦後の荒廃から立ち直り新憲法が公布され、復興への道を歩み始める時期に、沖縄の人々は県民という呼称を剝奪され、土地は強奪され、住む場所を追い払われて路頭に迷うのだ。

1951年には日本国と連合国との間でサンフランシスコ条約が締結され、さらに日本と米国との間で日米安保条約が締結される。国際法上も沖縄は日本国から切り離され、日本国憲法の恩恵に浴することもなく、米軍政府統治下の無国籍の民となるのである。

戦勝国の米軍政府は、隣国で勃発した朝鮮戦争などの危機的な状況を勘案しながら、沖縄の地において軍事優先の統治政策を推し進めていく。このために土地の強権的な収奪だけでなく、沖縄の人々の基本的な人権は踏みにじられ、命さえもが粗末に扱われる。そんな中で、人々の大きな願望を結集して1972年に日本復帰を勝ち取ったのだ。しかし、軍事基地を撤去して平和の島の建設を祈願する多くの人々の願いとはかけ離れた復帰であった。

このような戦後の出発の状況一つ取っても、沖縄の歴史は日本本土の歴史と重ならないことが多い。また、今なお沖縄には多くの米軍基地が存在し、基地被害と呼ばれる事件事故が頻繁に起こり、沖縄の人々の命や生活を脅かしている。この現状も日本本土との違いの一つであろう。さらに、沖縄は政治的な状況の違いだけでなく、日本本土から海を隔てた辺境の地であるがゆえに、多くの土着の風習や文化の違いを生んできた。このことが近代期における本土からの差別や偏見を生んできた原因にもなった。

また琉球王国の時代には、日本本土よりも、むしろ清国との頻繁な貿易や交流もあり、文化面でも大きな影響を受けてきた。沖縄の文化土壌には中国の文化土壌が色濃く影響していることは、よく指摘されることである。

ところで、1972年の日本復帰は、新生沖縄県に大きなヤマト文化の波が押し寄せてきた生活レベルでの事件でもあったのだ。外国扱いされたパスポートが廃止され、日本本土との自由な交流が可能になる。交通機関や科学の発達は、戦前以上に人々の往来を加速させる。沖縄から本土へ渡り定住する者、本土から沖縄へやって来る者、様々な人間が様々な目的をもって27年間の壁を突き破り自由に往来する。人間の往来は、当然変容した異質な文化との往来と衝突を引き起こす。

復帰後の1980年代は、沖縄文学のシーンにおいて女性作家の活躍が顕著な時代である。そして、その多くの作品が政治の世界から日常の世界へシフトされていく。戦争体験や基地被害の告発は題材として後退し、身辺で起きた男女間や家族間でのトラブルや、日常の不安、不条理な世界を描いていく波動が起こる。

その原因の一つは、復帰によって変貌していく沖縄社会の日常があるように思われる。復帰反復帰の論争が激しく飛び交った70年代の政治的喧騒は終息し、変貌する日常の風景が凝視されるのだ。ドルから円経済への切り替え、島の開発と観光キャンペーン、古い慣習の撤廃と保持、男女間の自由な恋愛と核家族への傾斜、大型店舗の沖縄進出、ファッションや言葉遣いなどを含めて、日々は小さな変化と大きな変化をくり返しながら積み重ねられていく。町並みや海岸線まで変容し、人々の培ってきた価値観まで異質な文化の波を浴び、過渡期の様相が呈されるのである。

この変化が最もよく見えるのは、家庭の主婦かもしれない。あるいは社会のひずみや矛盾は、最も弱い存在の人々に大きく襲いかかるとも言われている。80年代に活躍した女性作家たちの多くは、この時間と空間の中で自らの視点からの表現テーマを選んだのである。

前置きが長くなったが、その一人が白石弥生である。白石弥生は1946年の生まれで、長野県の出身。沖縄へ移住した理由は定かでないが、作品が発表された80年代、作品の中では20年ほどが経過したとの記述が数箇所に見られる。復帰前後に沖縄の男性との結婚を含め、何らかの事情で移住して来たのだろう。異郷の土地からやって来た白石には、時代の波に翻弄される沖縄社会だけでなく、伝統的な土地の文化や慣習は自らの故郷に比して異様に映ったのだろう。書くことに関心を示し始めた白石にとって恰好の題材となったのである。1986年には、「九州芸術祭文学賞」「琉球新報短編小説賞」「新沖縄文学賞」の三賞すべてを白石の作品が受賞する。まさに白石弥生の独壇場となったのである。

※

白石弥生の作品の舞台は、すべてが沖縄である。沖縄へ海を渡って嫁いで来た「ヤマト嫁」の視点で描かれる。沖縄の人々の有する信仰、風習、土着文化である。その多くは信州長野の地で白石が身につけた価値観で照射される。

もちろん文化に優劣はないが、白石の描く作品世界は、沖縄の人々が長く有してきた伝統的な文化や慣習への違和感や苛立ちである。異郷の地で培った「異眼が照射する沖縄の慣習」とでも総括することが可能な作品世界が展開される。あるいは若い世代の有する価値観が先行する先輩世代の有する価値観と衝突する軋轢（あつれき）である。

このことは、白石自身の価値観を揺さぶったのであろう。同時に沖縄の人々にとっても自明としてきた自らの文化に対する新たな「気づき」を示唆してくれる有効な視点になったはずである。そして、白石がこれらを通して最終的に到達しようと試行した世界は、理想的な家族像を描くことであったように思われるのだ。

家族を構成する夫婦や親子関係は、新しい時代にどうあるべきか。親族や地域共同体の中で、新たに誕生した核家族の中枢をも担う一家の主婦は、どのように振る舞ったらよいのか。全編を貫通するテーマは、未来を見据えた家族のあり方であるように思われる。それゆえに作品は、普遍性を持つテーマになり得たのだ。

１９８６年に「第14回琉球新報短編小説賞」を受賞した「迷心」は、ユタ（巫女）の世界を描いた作品だ。沖縄社会に根付いたユタ社会への人々の傾倒は、大きな違和感を有して白石を襲ったのであろう。

主人公は23歳の悠子。長野で生まれ長野で育ったが、沖縄出身の青年康男と結婚し、沖縄に移り住んだ。時代は復帰後、数年を経ており場所は中の町だ。悠子には１歳になる男の子彰がいる。彰は生まれる２か月ほど前に病死した長野の実母貞代の生まれ替わりだと噂されている。

悠子は、嫁ぎ先の姑キヨが、何かにつけてユタの所に行きハンジ（判示）をしてもらう行動が不可解である。ところが、悠子の夢に母親が何度も現れるようになる。母親は悠子の事が気がかりなのかもしれない。悠子にとって母親は自分の分身のような存在であったのだ。悠子はキヨに黙って、キヨと同じようにユタの所にハンジをしてもらおうと決意する。

ただし、作品の特徴の一つにもなるのだが、ユタの所へ行く前に、本土から沖縄へ出張してやって来た女性霊媒師の元を訪れる。霊媒師と沖縄のユタを比較しながら作品は展開される。悠子は沖縄のユタは優しいと思う。そしてユタにもいろいろあることが分かり、ハンジだけでなく母親の霊がのりうつるユタがいることを知る。そのユタの所へも行ってみようかと思案するところで作品は閉じられる。

二つめの作品は「生年祝（トシビー）」だ。「第17回九州芸術祭文学賞沖縄地区優秀賞」を受賞した。「生年祝（トシビー）」も真っ正面から沖縄の風習である古稀祝いを題材にした作品だ。

主人公の周子は沖縄に嫁いで来て20年、夫の信夫とは東京で結婚したが３年前に離婚した。高校生の長男を筆頭に３人の息子がいる。正式な離婚をしたにも関わらず、祖母のトヨは、孫を呼び寄せ、お小遣いを与えて可愛がり、周子を依然として嫁のように扱う。それが周子には鬱陶しくてたまらない。トヨは自分の古稀祝いに是非、周子親子を参加させたいという。トヨや親族にはそれが自然な振る舞いなのだが、周子には理解できない。この生年祝を焦点に当てながら作品は展開する。

ここでの作品の特質は、沖縄社会での男たちのだらしなさも並行して描かれる。夫の信夫には姉の栄子と弟の信治がいる。しっかり者の姉の栄子に較べて弟の信治はだらしなく、愛想を尽かした嫁の和枝は周子より先に離婚している。かつての夫であった信夫は賭け麻雀に明け暮れトヨの元にお金を無心に来る有様だ。

周子は「生年祝い」に親族と一緒に記念写真に収まることに最後まで抵抗する。祖母の着飾った衣装を見て、「まるでピエロのような恰好をした姿だ」と嘆息する。いつか「忠告してやらねばならない」とする周子の思惑と違い、いつのまにか祖母を中心にした集合写真に並ばされ、ピカッとフラッシュがたかれる場面で作品が閉じられる。

同じ年に「第12回新沖縄文学賞」を受賞した作品「若夏の来訪者」も他の2作品の舞台設定とほぼ同じである。信州生まれの瑶子（ようこ）は、沖縄に移り住んで20年近くになる。結婚した相手の康一と2年前に離婚して、中学生になる二人の息子がいる。離婚後も我が家の嫁として姑の仲西ハツと康一の従姉の夏江に何かと干渉され励まされている。瑶子の実母は15年目に故郷の信州で病死し、母親の生まれ替わりだとして長男の裕が生まれた。ここまで書くと「生年祝」とほぼ重なる設定だということがすぐに分かる。違いは「生年祝」と違い、実父が登場してくることだ。この実父を「若夏の来訪者」として描いたところにある。

作品の中で実父は明治43年の生まれで、生死の境を彷徨った満州での戦争体験もある。母は百年余も続いた老舗の旅館の女将で父は婿入りをした。母を亡くした後、父は息子の周二の家族に面倒を見て貰っている。周二は古くなった我が家を建て替えようとするが、父は頑固に反対する。父を沖縄に呼び寄せ、説得して欲しいと頼まれて瑶子は父を呼び寄せる。父は、母を失った後、片時も酒を放すことのない飲んだくれになっていた。沖縄滞在中の父の姿を、長野と沖縄の風土の中で鮮やかに描いたのが本作品だ。

沖縄にやって来た父にとって、沖縄の地は異郷であるが、沖縄の風土の中で父の家族を愛する姿が巧妙に描かれる。また、登場人物の造型はいずれもリアリティがあり、今にも自ら動き出しそうである。特に父の造型は際だっており、親子の会話、孫にかける言葉、飲んだくれの父の鬱々とした寂しさは、日常世界に表出する人間存在の悲しみとして見事に描かれている。そのために配されたウチナーンチュの日常も過不足なく見事なコントラストを見せて描かれたと言っていいだろう。

※

白石弥生の作品を読むと、文学は土地が生み出すものではないかと思われるほどだ。言葉は生活が生みだし生活が作る。白石の言葉は、異郷で暮らす一人の女性の感慨を紡いだものだが、作品は土地の文化の証言になっている。

「新沖縄文学賞」を受賞した「若夏の来訪者」は、後に芥川賞を受賞した目取真俊の初期作品「平和通りと名付けられた街を歩いて」と同時受賞である。選者は両作品を同等に高く評価している。1986年刊行の『新沖縄文学』70号に、両作品と併載された「受賞者のことば」も初々しい。

目取真俊は次のように述べている。「表現するということは、自己の限界を確認することだ。書かれた作品に対する満足感は、わずかの内に過ぎ去り、後は日を追って増してくるやりきれなさと不満に耐えるばかりだ。そこから抜けだし、これまでの限界をのりこえ、新たな限界を見据えるために再び創作に向かおうとする。それは転げ落ちる岩を山上に運び上げようとするシーシュポスの行為に似ている」と。

他方、白石弥生は次のように決意を述べる。「5年ほど前に文学（小説）とめぐりあったとき、闇の中に一筋の光を見つけた思いがした。しかし、それまで文学などとは無縁の生活で書くということがほとんど初めての経験、というなさけない状態だった。（中略）なにものの背中にもなり得なかった私だが、今はただ『書く』背中になりたいと願うのみである。だが、とほうもない大山の麓で、その偉大さに恐れをなして立ち竦んでいる」と。

目取真俊との同時受賞は、白石弥生にとって大きな励ましになったのか、逆に大きなプレッシャーになったのかは定かでない。ただ1990年代以降、2010年代になっても、発表された白石の作品に出会わないのは寂しい限りである。

異郷の地で感じた土地の文化への違和感は、長い歳月の積み重ねで馴致（じゅんち）され、自らが同化してしまったのだろうか。

しかし、ニーチェも伊波普猷（いはふゆう）も次のような趣旨の同じ言葉を述べている。「汝の立つところを深く掘れ、そこに泉あり」と。

白石の作品には、概観したように当初から沖縄が歩んで来た大きな歴史は射程に入っていない。また、ヤマト嫁の視点で留まっているようにも思われる。しかし、ここにこそ白石のユニークさはあったのだ。立っている足下の井戸を深く掘り、ラジカルな視点を有して、掘り出したものを吟味すれば、必ずや新たな文学の普遍のテーマを発掘することができるはずである。もちろん、このことはそれほど容易なことではないだろう。

時代は、それぞれの社会の文化や価値観を人間の生活に刻み込む。人間の社会を変容させる。換言すれば、普遍の域に到達する先鋭な意識とベクトルを持たなければ、作品は時代の流行に埋没してしまうのだろう。
　この課題は白石弥生という一人の作家が担うものではなく表現する者が等しく担うアポリアな問いであろう。この懸念が杞憂に過ぎないこと証明するためにも、沖縄の地で奮闘する多くの表現者たちは、果敢な努力を続けているはずである。

【対象テキスト】
「迷心」１９８６年、第14回琉球新報短編小説賞。
「若夏の来訪者」１９８６年、第12回新沖縄文学賞。
「生年祝」１９８６年、第17回九州芸術祭文学賞沖縄地区優秀賞。

3　崎山麻夫論
――闇を照射する想像力と構想力

(1) 繊細で豊かな想像力

崎山麻夫の作品の完成度は群を抜いている。円熟した作品群は安定した文体に支えられて読者に安心感と静かな興奮を呼び起こす。まるでハーメルンの笛のような魔性と魅力を有する魔笛である。

崎山麻夫が「沖縄文学三賞」を受賞したのは1996年と1997年だ。96年には「闇の向こうへ」で「新沖縄文学賞」、97年には「妖魔」で「九州芸術祭文学賞」、同年「ダバオ巡礼」で「琉球新報短編小説賞」を受賞する。「妖魔」は沖縄地区優秀賞だけでなく、九州でも最優秀賞を受賞して高く評価された。崎山麻夫は1944年の生まれであるから作品発表当時は52歳。作品はその前に書かれたとしても、何事かをなすには円熟の年齢と言えるだろう。作品は緻密に推敲され隙がない。

このように思わせる理由はいくつかある。その一つは安定した文体からくるものだ。一定のリズムをもって流れる文章には淀みがない。ウチナーグチを無理に使うこともなく、修辞を弄することもない。読者もまたイメージを寸断させることなく、安定した作品世界で飛翔させることができるのだ。正確な笛の音に導かれ、歩幅を整えながら未知の世界へ入っていけるのだ。

この力を誕生させる二つめの拠点は、巧みな作品の構成力である。3作品とも謎解きのような緊張感を持って読み進めることができる。作品の詳細な紹介は次項に譲るが、「闇の向こうへ」は米兵に強姦された少女の身元が明かされる伏線の仕掛けが巧妙だ。謎が解き明かされると新たな物語が牽引されて立ち上がる。

「妖魔」は、「私」を脅かした「黒い人影」は読了後に妖魔であったことが分かる。この妖魔こそが家族を壊し家族を脅かした正体であったのだ。「ダバオ巡礼」は、戦争で娘を失った真実がどんでん返しのように後半部で明かされる。この構想力が、挿入された多くの物語と共鳴しあって強い衝撃を有して読者の記憶に刻印されるのだ。

これらの構想力を支えているのは、作者の繊細で豊かな想像力だろう。このことが第三の特質になる。人間はだれもがみな社会的な関係性の中で生きている。他者との関係性のひずみが作品のテーマになることも多い。小説はフィクションで、他者を装うことが可能な世界である。しかし、だれもがうまく他者になれるわけではない。他者になるためには豊かな想像力と人間への温かい眼差し、そして日頃から培われた繊細な洞察力が必要であろう。それはまた、多分に多くの知見にも支えられているはずだ。崎山麻夫にはこの能力が十分に備えられているように思われるのだ。

さらに私たちを共感させ、敬服させる特質がある。それは作品の対象となる題材だ。崎山は、意図して沖縄の負の歴史に向きあって作品を作り上げているように思われる。例えばそれは沖縄戦の記憶であり、基地被害という沖縄の特殊な事情による悲劇である。右記の三編には、この題材が正面から扱われているのである。

(2) 負の歴史に向かう作者の姿勢

崎山麻夫の三作品は、いずれも沖縄であるがゆえに生まれた作品で、同時に書くことの必然性のある作品だ。崎山は、このことを沖縄で生きていく表現者の使命として己に課しているように思われる。三作品は次のように展開される。

①「闇の向こうへ」

「闇の向こうへ」は、米兵に強姦された少女の悲劇を描いているが、悲劇は瞬時に終わる苦しみではない。過去に埋葬される記憶でもない。悲劇は少女の成長と共にますます強固になって蘇り少女を拘束するのだ。少女だけではない。家族までもが被害者であることが強調される。いや作者の視線は、村共同体の悲劇として取り込まれる。それはまた沖縄の悲劇である。「闇の向こうへ」は「闇の向こう」でも際限なく続く悲劇を描いている。脱出路はないのだ。それを引き受けて生きる家族を照射し、沖縄の負の遺産の実体を明らかにしたのが本作品だと思われる。

主人公の亮子は40代の女性教師である。亮子には県庁に勤める律儀な夫、良一がいる。子どもも成長した娘が二人いる。亮子には三人の兄弟と一人の姉英子がいる。英子が中学生になり亮子と一緒に留守をしていた時に、一人の米兵が部屋に上がり込み、逃げ遅れた英子を強姦する。これが家族の悲劇の始まりだ。

作品の舞台は先島である。島人の多くがこの事件を知り、英子は人々の憐憫の眼差しと軽蔑の眼差しに晒される。その眼差しは家族にも向けられ、三人の兄弟は中学を卒業すると島を蹴るように出て行くのだ。

巧妙な構想は、ここから出発する。亮子には、悲劇に堪えながら自堕落な生活を続けているように見える姉英子が気になってしょうがない。英子は5年前に夫を亡くし、一人息子の進と一緒に暮らしている。亮子の元へ金を無心に来ることもある。

一方、亮子は、時々病院へ行くほどの頭痛に悩まされている。結婚後も1年もの間、夫の良一に身体を触れさせない。良一は、妻の潔癖症によるものだと理解していたが、やがてことの真相が明らかになる。米兵に強姦されていたのは、姉の英子ではなく妹の亮子であったのだ。小学生の亮子を被害者とすることに耐えかねて、両親は姉妹を説き伏せ英子を身替わりにしたのだ。

事件は村を駆け巡るが、亮子にも英子にも、村人がどのように噂しているかはよく分からない。二人はいつも不安に晒されて生きている。亮子は事件の真相を村人は知っているのではないかと思い、村人と会うことを極力避けている。やがて不安や頭痛に耐えかねて夫の良一に真実を告白する。

この告白を機に物語はさらに動き出す。夫の良一にも若いころのおぞましい記憶が蘇ってくる。妻の亮子の米兵に犯される姿態と重なって、少女を買春した記憶だ。出勤途中、目前の少女たちのミニスカートからはみ出た脚を見て妄想に苦しみ、妻の顔が少女の顔と重なって良一を苦しめる。二つめの物語が進行する。やがて精神のバランスを失った良一は、亮子の問いに買春の過去を告白する。亮子は「あなたも米兵と同じね」と軽蔑の眼差しを向けるようになる。

二人に蘇った過去の記憶が交錯して二人を闇の中に引きずり込むのだ。このときの良一の心情は次のように語られる。


病院へ行くとすれば精神科だろう。しかし、自力で回復したい。それで治るにしろ、治らないにしろ堪えていくしかない。悪夢や幻覚、あるいは妻の私に対する嫌悪が、昔の私の行為に起因するものである以上、宗教にすがるわけにはいかないし、精神科の薬にも頼りたくない。私は少女の人格、人間性を冒瀆した。私は畏れ、それから目をそらしてきたが、米兵による事件を契機に内向していた畏れが吹き出したのだ。


ここで言う「米兵の事件」とは、実は亮子のことではない。直接的には1995年に実際に沖縄で起きた事件をさす。1995年9月4日、沖縄県に駐留するアメリカ海兵隊員2名とアメリカ海軍軍人1名の計3名が、12歳の女子小学生を拉致し、集団で強姦した事件である。

米兵らは基地内で借りたレンタカーで、沖縄本島北部の商店街で買い物をしていた12歳の女子小学生を拉致する。少女は粘着テープで顔を覆われ、手足を縛られた上で車に押し込まれ、近くの海岸に連れて行かれて強姦されたのだ。沖縄県警は、数々の証拠から海兵隊員の事件への関与は明らかであるとして、同年9月7日に逮捕状の発付を請求した。しかし、日米地位協定によって、被疑者の身柄を拘束して取調べるという実効的な捜査手段を採ることができなかったのだ。

このような米兵の特権的な取り扱いによって、事件の捜査に支障をきたしていたことから、沖縄県民の間でくすぶっていた反基地感情が一気に爆発する。沖縄県議会、沖縄市議会、宜野湾市議会をはじめ、沖縄県内の自治体において、アメリカ軍への抗議決議が相次いで採択される。同年10月21日には、宜野湾市で、事件に抗議する県民総決起大会が開催され、大田昌秀沖縄県知事をはじめとする約8万5千人（主催者発表）の県民が参加した。この契機となった事件を指す。

作者はこの事件を取り込んで作品にリアリティを持ち込んだのだ。実際、同種の事件は戦後植民地然として米軍政府に統治されていた沖縄では、数多く起こっていたのだ。そして多くが亮子の事件のように加害者を告発することもなく、事件そのものも隠蔽されてきたのだ。

作者の崎山麻夫は、沖縄のこの現実にスポットを当てて浮かび上がらせたのである。事件は事件としての処理だけで終わるものではない。深く被害者の精神の内奥まで突き刺さった毒矢として長く家族や関係者を苦しめていくのだと。

ところで、亮子と良一は、互いに過去の「病」を抱えて生きてきたことを知るが、それですべてが終わるわけではない。むしろ始まりなのだ。それぞれの病が二人の関係性の中で突出するもう一つの新しい病として出現する。例えばそれは夫婦間の信頼性の喪失であり、性行為への躊躇いとしても現れる。沖縄の負の歴史を抉る作者の想像力は、深く重い主題を浮かび上がらせる。

しかし、作者の想像力は「闇」を照らしたが、作品は「闇」を突き抜けることはない。「闇の向こうへ」の光明や特効薬は見いだせないままで作品は閉じられる。あえて言えば、作者はそれでもなお生き続けることが重要だとしているように思われる。「闇」に葬られた真実は作者のみならず、人間の等しく担う課題として、むしろ大きく浮かび上がって来るのである。

② 「妖魔」

「妖魔」も沖縄でしか描かれなかった作品だろう。軍事基地あるがゆえに土地を奪われ、その見返りに土地代を得る軍用地主の悲劇を描いた作品だ。土地代を当てにした損得や利権を巡る争いで家族の絆が崩壊する。いや、軍用地主であるということだけで家族は壊れてしまう。転がり込んでくる金で、家族は遊興に高ずる。働くことの意義や人間としての喜びや幸せの価値を見失ってしまう。この負の側面に作者はスポットを当てている。

作品の語り手は軍用地主の息子祐介。軍用地料を管理している「親父」の元には年間3千万円ほどの土地代が入る。土地代は、親子、姉と弟の人生から汗水流して働くことの喜びを奪いとり、刹那的な享楽に溺れる人間を作り出す。親父は特飲街にバーや飲食店を道楽で数軒構えている。さらに趣味の三線とゴルフにうつつを抜かし、妻の文子にも愛想を尽かされ離婚される。しかし、若い妻純子を囲い、子どもまで産ませている。

語り手の祐介には、兄の幸清と姉の恵利子がいる。兄は東京での大学在学中にも派手に遊び回り勉学には身が入らない。帰郷して結婚し娘もいるが、賭けマージャンで多額の負債を背負い込み、その度に親父に補填して貰っている。父親とはすでに勘当されたも同然の険悪な仲だ。姉の恵利子は喫茶店を経営しているが着飾って友達と遊ぶのに夢中だ。恵利子の夫は、恵利子への軍用地の利権の相続を当てにしている。語り手の祐介は県庁職員だ。教員の貴子と結婚した祐介が、辛うじて家族の紛争を治める仲介役を担い、父や兄姉の壊れつつある家族の関係を維持している。

そんな中で親父が倒れて病院に入院した。遺産はすべて若い妻、純子に譲るという。遺産の相続を当てにしていた恵利子は激怒する。借金に追い立てられていた兄幸清は、見舞いに来たのに親父に追い払われ、やがてやんばるの山で首を括る。遺品や遺体の引き取りに警察から電話が入る。両親は幸清の遺体の引き取りを拒絶する。祐介が遺体の引き取りに一人で行く決意をした場面で作品は閉じられる。

作品には、この展開の中でも計算された構成と幾つかの巧妙な仕掛けがある。一つは祖父の戦争体験と土地を奪われて悲嘆にくれるエピソードを挿入したことだ。二つめは親父の妻、文子が「金が腐るほどある」という親父の元を去って趣味の琉球舞踊の道場を開き、今では多くの弟子たちに囲まれて幸せに暮らしていることを対比的に描いたことだ。三つめは、他の登場人物と違い、親父には名前が冠されていない。最後まで「親父」のままで登場するが、なぜそうしたのかは謎である。四つめは自殺した兄幸清が被害者であることを明確に提示したことだ。祐介の問いに幸清は答える。「俺、根気がないんだ。何をしてもすぐに飽きる。（中略）マージャンをしているときだけが生きている感じがするんだ」と。ここには軍用地料で人格や価値観を破壊された兄の姿がある。

そして五つめは祐介が幼い頃、自宅の仏壇の前に座っていた得体の知れない黒い人影を見たというエピソードである。祐介は「妖魔」と名付けている。この場面は次のように描かれる。

一人で留守番をしていると、気が狂れて髪を振り乱した巨体の男が突然家の中に上がり込むと、仏壇の前に座り、カッと目を見開いたまま動かなくなった。祐介は恐怖のあまり外に飛び出し、震えながら物陰から様子を窺っていた。そのうち巨体が牛ほどの黒い影になり、いつの間にか消えていた。

息子の遺体を引き取らないという両親の言葉を聞いて祐介は次のように思う。「意外な言葉だった。祐介は子どもの頃見たあの妖魔の影が目の前を通り過ぎるのを感じた。幸清が哀れだった。もっとも快気祝いの場から幸清を追い出したとき、彼らと幸清の縁は切れたのだ。一人で兄貴を連れて帰ろうと思った」と。

もちろん、家族の縁を切ったのは妖魔である。仏壇の前に座っていた妖魔とは何者か。祖父か、親父か、兄の変わり果てた姿か。それとも祐介が予見した未来の幻影か……。作者は妖魔の実体を様々に想像することを読者に委ねている。「妖魔」を作品のタイトルにもした。もちろん妖魔とは「軍用地料」の比喩であるとすることも一つの解答であろう。沖縄の負の歴史に見つめる表現者の敢然とした憤りと醒めた目がここにはある。

③「ダバオ巡礼」

「ダバオ巡礼」は、戦争の悲しみを描いた作品だ。戦争の悲しみは、生き延びた人々の生活をも拘束し、大きな禍根として永遠に続くという大きなテーマを提示している。

語り手は50歳前後の「私」、町田だ。「私」は母の兄、いわゆる伯父がフィリピンで戦死していた。母は毎年墓参団の一員として参加していたが、高齢になったために「私」が参加することになった。この墓参団で30年振りに二つ年上の先輩、金城晴夫に出会う。晴夫は父がフィリピンで戦死し、幼い妹を母がフィリピンの山中に置き去りにしたいう過去を持っていた。晴夫自身も足が湾曲していたが、山中を逃げ惑う際、母に背負われてきつく縛られていたために血の巡りが悪くなり、その後遺症だということだ。戦後、母親は晴夫の脚を治療するために多くの病院を訪ね歩いたが、治すことが叶わずに死んでしまった。晴夫のダバオ巡礼の旅は、父の霊を供養するだけでなく、山中で置き去りにした妹、晴美を探す旅でもあったのだ。晴夫の妹捜しの物語が、この作品の中心である。

晴夫はフィリピンに到着すると、墓参団から離れて妹を探すために通訳を雇い、単独行動をする。毎年のことで、ツアーの責任者岸本はこのことで困っており、晴夫の妹捜しに同行することを「私」に依頼する。晴夫もまた、妹捜しを手伝って貰いたいとして、このことを承知する。

晴夫は、歓楽街で働いている妹と同じ年頃の娘を見つけては母親と容姿が似ているとして、自分の妹だという。当事者は、境遇が違うと否定するのだが頑として受け入れない。娘の母親を訪ねても自分が産んだ子だというのだが、晴夫はお構いなしだ。晴夫の妹捜しは、戦中に日本人にひどいことをされたとして協力する者も少なく、中には晴夫を棒で叩く老婆もいる。晴夫はその行為にも四つん這いになり堪える。

晴夫の妹捜しは町の噂にもなっている。そんな中で一人の協力者エルバートが登場する。自分の妹はヘレンと名付けられているが、戦後に父が山中から拾ってきた日本人の子どもで晴夫の妹と境遇が似ている。ヘレンは癌で入院していて余命幾ばくもないが、会ってみないかというのだ。晴夫は勇んで病院へ行く。会うとすぐに「晴美!」と妹の名を呼んで抱きついた。ヘレンの戸惑いなどお構いなしだ。「晴美と俺、似ているだろう? 兄妹だもんな」と「私」に同意を求める。ヘレンは激しく頭を振って戸惑っている。「私」は「どちらとも断言できない」「勘だけで決めるのはまずいですよ。しっかりした証拠があるとか、血液型、DNA鑑定とか、調べる必要があるんじゃないですか」と進言する。途端に晴夫は私を睨み付け不機嫌になり邪険にする。結局晴夫は通訳やエルバートらと相談して。ヘレンの入院費とエルバートへの援助を申し出てフィリピンを後にする。

沖縄に帰って来て、母にこのことを報告すると、母は晴夫や晴夫の母親トミさんのことを話してくれた。母親同士は墓参団で親しくなり、二人とも身内をフィリピンで亡くしていたという似ている境遇から、沖縄へ帰って来てからも親しく交流していたというのだ。晴夫の母親は、娘をジャングルに置き去りにしたことを悔やんでいたこと、晴夫の足は自分のせいであるとして、なんとか治してあげたいと奔走していたこと、晴夫が母親思いの優しい息子であること、また母親の七七忌が済んだ後、晴夫が母親のタンスを整理していたら、赤ちゃんの服から年を追って若い娘の服まで女の子の服がいっぱい出てきたこと、晴夫は結婚もせずにレストランでコックとして働き母親と一緒に暮らしてきたこと、母親の気持ちを汲み取って妹捜しをしているのではないかということ、などの話だった。

そして、死の直前に晴夫の母親が、見舞いに行った「私」の母親へ話していた決定的なことも……。娘を置き去りにしたのではない。「娘の首を絞め」て殺したというのだ。すると晴夫はこの世に存在しない妹を捜し続けていることになる。「私」は衝撃を受けるが、次のように作品は閉じられる。

私は、タモガン山岳を思い出した。今でこそ穏やかな山並みだが、当時はジャングルだ。いろいろな小動物が潜んでいる。後のことを考えると不憫に思ったのだろうか。

「でも、なぜ母さんに告白したんだろう?」

「分からない……、トミさん、秘密を抱えたまま娘のところに行けないと思ったんじゃないかしら」

晴夫はヘレンに援助を続けるだろう。真贋は問題ではない。ダバオでの無謀とも思える行動が如実に示している。母子二代にわたる巡礼はこれからも続くのだ。

作品は前2作と同じように、巧妙な構想が企図されている。母親の隠していた真実が最後の場面で明らかになること、語り手を「私」としたことで、晴夫の言動を客観的に描く視点を確保できたこと、戦争の悲惨さを外地であるダバオを舞台にして描いたこと、晴夫とのダバオ行きは30年振りの再会だとして、少年期に出会った二人の関係を伏線にしたこと、などが上げられるだろう。

この構図の中で、晴夫の小さな個の物語は、戦争と人間を問う大きな物語に作り上げられていくのだ。戦争は戦後までも続き、傷つけられるのは人間の肉体だけではない。精神も大きく傷つけられるのだ。その典型が晴夫であったのだ。

(3) 土地が生み出す文学の力

土地が生み出す文学の力に着目しているのは、何も崎山麻夫だけではない。昨今のノーベル文学賞受賞作家らも自らの出生の土地の歴史、文化に着目して作品を書いている。例えばアイルランドの詩人W・B・イエーツや「百年の孤独」を書いたコロンビアの作家ガルシア・マルケスらは自らの国や出生の土地に根ざした詩や物語を紡いできたのだ。

さらに近年では、2019年受賞者のオルガ・トカルチュク（ポーランド）、2015年のスベトラーナ・アレクシェービッチ（ベラルーシ）、2014年のパトリック・モディアノ（フランス）、2013年のアリス・マンロー（カナダ）、2012年の莫言（中国）、2011年のバルガス・リョサ（ペルー）ら、多くが出自の土地に寄り添い土地の物語を紡いできたのだ。

スベトラーナ・アレクシェービッチは「チェルノブイリの祈り」でチェルノブイリの原発事故を描き、パトリック・モディアノは「1941年　パリの尋ね人」で戦時中にユダヤ人狩りに協力したフランス国家権力の横暴を描いた。アリス・マンローは「林檎の木の下で」でカナダに移民してきた一族の歴史を描き、莫言は「赤い高粱」で中国内陸の村に侵攻して来た日本軍に対峙するゲリラの姿を古い因習をも交えながら赤裸々に描いている。彼らの作品のように、自らの足下を凝視することによって文学の普遍的なテーマに到達することは、もはや自明なことだと言っていいかもしれない。

また沖縄が生んだ4名の芥川賞作家の受賞作品もすべて沖縄の地が舞台である。沖縄でなければ生まれなかった作品としての特質を色濃く有している。例えば1967年に受賞した大城立裕の「カクテル・パーティー」は1950年代から60年代の沖縄が舞台の作品である。1972年に受賞した東峰夫の「オキナワの少年」もまたその時代の沖縄を描いている。当時の沖縄は日本国家から切り離されてアメリカ民政府の統治下にあり、軍事優先の統治政策によって県民の基本的人権は抑圧され剝奪されていた。この時代の実態の告発や沖縄の地の置かれた状況の中で生きる人々の苦しみや模索を描いたのがこれらの作品である。

また、1995年の下半期には又吉栄喜の「豚の報い」が受賞し、1997年の上半期には目取真俊の「水滴」が受賞した。「豚の報い」は沖縄の伝統的な文化や風習を背景に人間が力強く生きる姿を描いた作品である。「水滴」は沖縄戦の記憶をどのように継承していくかという課題を鋭く提起した作品だ。いずれも、沖縄であるがゆえに書くことの必然性を有した作品であり、沖縄の人々にとって共通する重要な課題でもあった。この課題を深く考察することによって文学の普遍的なテーマに到達したのである。

崎山麻夫の作品も、概観したように沖縄という土地に根ざした作品である。沖縄という土地の記憶と真摯に対峙して紡ぎ出された作品だ。負の遺産であるがゆえに時には隠蔽され、時には埋葬され、時には闇に葬られる出来事である。この闇を照射する想像力と構想力を駆使して、崎山麻夫は小説という言葉の力を借りて表現していると言ってもいいだろう。

崎山が、この三作品を発表したのは１９９６年と１９９７年である。この年は又吉栄喜と目取真俊の芥川賞受賞のニュースに沖縄中が沸きたった年に重なっている。二人の受賞作家と同じく、今一人、同じ課題を抱え奮闘していた作家が崎山麻夫であったことを、私たちは沖縄の文学史に刻まなければいけないように思われる。

(4) 文学の未来

崎山文学の可能性は、沖縄文学の可能性でもある。もちろん可能性という言葉には不確定な要素が多い。文学の可能性と言うときも例外ではない。時代や状況の変化により価値観の変化も余儀なくされるであろう。さらに混沌とした時代の中で、文学そのものが変容することも十分にあり得ることだ。

また、文学表現は個的な営為を拠点とするが、時代のスポットを浴びることもなく、孤独な営為のうちに閉じられることも多い。作者は、時には虚無的な心に浸食され徒労感にも打ちのめされるはずだ。作者の営為は、大海に漕ぎだした小舟の一漕（ひとこ）ぎに過ぎないのかもしれない。航海の途中には嵐にも出遭うし転覆もする。対岸はいつまでも見えないのだ。

これらの災難や報われない営為を、作者はどのように乗り越えているのだろうか。或いはこれらの陥穽から這い出した者だけが作家になり得るのだろうか。このような問いを立てて答えを思案してみることも文学の未来を考える一つのアプローチになるような気がする。そのためには、自明にしない問いを日々新たに刷新して獲得することが必要になるだろう。或いは問いよりも先に書き続けることこそが、すべてを解決する糸口になるのかもしれない。或いは、自らの表現者としての価値観を、結果ではなくプロセスで評価する新規な座標軸を自らの内部に作る潔さが求められるかもしれない。

沖縄で生きる表現者には何が求められているのか。逆に表現者は沖縄に何を求めているのか。沖縄は常に過渡期である。沖縄の不安は沖縄で生きる者の不安と重なる。この不安は沖縄と自らを凝視すればするほど大きくなるようにも思われるのだ。

芥川賞受賞作家の小野正嗣は、著書『ヒューマニティーズ　文学』（２０１２年4月26日）の中で、「書くこと」について、また「文学者の営為」について、次のように述べている。

> 文学は「どこでもないところから」届いてくる「声」だ。（中略）この「どこでもないところ」はわれわれが自分で

しかない自分と言い換えることもできるだろう。（中略）自分という檻、自分の「いま、ここ」から、やみくもに土を掘るようにして逃れようとするときに、その存在を垣間見せてくれるものである。（中略）

「どこでもないところ」とは、われわれの「おのれ」が不確かに揺れるときに、つまりわれわれがわれわれ自身に対して、そして自分の生きている人生とのあいだにどこかしら、ずれや隔たりを感じているときに、その隙間から漏れ聞こえてくる声によって、その存在を感じとられずにはいられないところである。書くという行為は、何よりもその声に耳を傾けることなのではないか。（90頁）

文学は巣を作ることに似ているが、その巣は必ずしも居心地のよいものではない。むしろ、そこに身を置く者をたえず不安にする。書くことによって自らの巣を作ろうとする者は、しかしそこに安住の地を見出せない。だからこそ一方で他の活動にすみかを求めて、書くことを永遠に決別する者がおり、他方では執念深く書きつづける者がいる。その意味で作家とは、書くことのほかに居場所を持てない不器用な動物なのかもしれない。いつかは探し求めている平穏なねぐらが見つかるかもしれないとがむしゃらに穴を掘りつづける謎めいた悪い動物なのかもしれない。（131頁）

小野正嗣の言葉は辛辣であるが、一方では表現者へのエールにもなろう。崎山麻夫の表現世界は、このことの解答になっているように思われるのだ。

沖縄で生きる私たちにとって、崎山麻夫の提示した作品世界を自らを鼓舞する選択肢の一つとして考えることができるように思われる。そして、私たちにとって文学の未来を創造する術は、生き続けこと書き続けること以外にないように思われるのだ。

【対象テキスト】
「闇の向こうへ」１９９６年、第22回新沖縄文学賞。
「妖魔」１９９７年、第28回九州芸術祭文学賞沖縄地区優秀賞。
「ダバオ巡礼」１９９７年、第25回琉球新報短編小説賞。

4　玉木一兵論
――磨かれた知性の慧眼（けいがん）と文学への情熱

(1)　長い活動歴と高い評価

玉木一兵が「お墓の喫茶店」で「第8回琉球新報短編小説賞」を受賞したのは１９８０年だ。それ以来、ほぼ10年ごとに作品を発表し、いずれもスポットを浴びてきた。１９９２年に「母の死化粧」で「第18回新沖縄文学賞」、２００３年に「背の闇」で「第34回九州芸術祭文学賞沖縄地区優秀賞」、さらに２００９年に「コトリ」で「第40回九州芸術祭文学賞沖縄地区優秀賞」を受賞する。なお同作品は中央の審査会においても佳作を受賞した。

「コトリ」の発表からさらに10年後の２０１９年には作品集『私の来歴―玉木一兵短編小説集』の出版がある。２００６年にも８編の短編作品を収載した『燭光』を出版しているから２冊目の作品集だ。

玉木一兵は小説作品だけでなく、詩集や戯曲、エッセイ集の出版歴もあり活動歴の長い多才な作家であることが分かる。戯曲では「さらば軍艦島」（『新沖縄文学55号』１９８３年）が印象深く、詩集では『三十路遠望』２０１７年が一人の表現者の履歴も垣間見えて興味深かった。

玉木一兵は１９４４年本部町の生まれで、上智大学文学部哲学科を卒業。帰郷して長く玉木病院で精神科ソーシャルワーカーとして勤務する。作品にはこの職歴も大きく影響を与えているように思う。また、この職歴の体験が生みだした作品として『精神病者の詩魂と夢想　森の叫び』（１９８５年）の編著がある。病者の詩やエッセイなどが収載されているが、大きな衝撃を受けた記憶は今なお生々しい。

玉木一兵の履歴や活躍については１９８５年までであるが、同書の奥付に記載された「著者紹介」が詳細であり、次のように記載されている。

玉木一兵（たまき　いっぺい）

１９４４年沖縄県に生まれる。本名、昭道（しょうどう）。１９６８年上智大学文学部哲学科卒。その年の秋、琉球少年院に就職、４年間勤める。１９７２年、日本復帰の年に精神科医の兄玉木正明、島成郎、玉代勢昇らと共に玉木病院創設に加わり、以来十余年医療相談業務に携わる。傍ら「那覇高文芸」の知友当間実光さんらの同人誌「石敢當」により小説を２、３篇発表、３号で筆を折る。

１９７７年、仕事の経験をバネにして精神障害体験を持つ有志を促して同人誌「音」を主宰し10号まで発行。〈医療を受ける側〉の心情と論理を世に問う。その活動の線上で自らも精神障害者の身辺に題材を求めた作品を発表。１９８０年「お墓の喫茶店」で第８回琉球新報短編小説賞を受賞する。1981年小説修練会「二月の会」を又吉栄喜(第8回すばる文学賞)らと発足、自己研鑽の場として今日に至る。

著書に戯曲「さらば軍艦島」(劇団創造上演、新沖縄文学55号)、『神ダーリの郷』(NOVA出版)がある。現職、精神科ソーシャルワーカー。

現在では、この活躍や履歴に、さらに1985年以降の約35年余の文学履歴が加わることになる。玉木一兵の作家像は巨大な足跡を示す表現者としての貌が浮かび上がって来るはずだ。

ここでは、上記に示した4作品をテキストにして、作品の紹介と作品論の域をはみ出ることがないよう留意しながら拙稿をまとめてみたい。

(2) 受賞4作品の紹介

①「お墓の喫茶店」

本作品の創出には、作者の関心や履歴が色濃く影響しているだろう。もちろん、小説はフィクションであるから、作者から離れてそれ自体をテクストとして理解することが肝要である。このことは自明のことだが、作者玉木一兵のスタートになった記念すべき作品で、精神障がい者の世界をシュールな手法で冷静に描いている。

主人公の昭は精神病院の相談室に勤務している。ある朝、病院の宿直部屋から外に出た昭に、舞い上がった新聞紙が足に絡みついた。紙面の一部が光っているので手にとって読んでみる。求人欄のコーナーだ。「お墓の喫茶店オープン/新会員求む/但し狂人に限る/入会希望者は電話▽▽〇〇〇〇まで/狂人連盟事務所」とある。

昭は普段どおり相談室で勤務する。入院患者や外来患者の様子が描写される。ヒロ、カツ、ヨシ、マサヨシ、エザカ、ノリヘイ、など個性溢れる人々の様子が紹介される。

やがて、新聞の記事のことが気になって狂人連盟の事務所に電話する。会員になるためには「狂人もしくは狂人あがりか、あるいは狂人の生き方を認めた上で支援する意志のある人」だという。メンバーの集会に誘われて、昭は集会に出かけることにする。

教えられた場所は桜坂の路地裏にあるという。訪ねてみると巨大な亀甲墓がありそこが集会所の喫茶店であった。集会はすでに始まっていて、議論は沸騰していた。「われわれが狂人として処遇されているこの現代の苛立たしい状況に対して、また冷たい世間とそれを支えている権力構造とその権力をバックにわれわれをがんじがらめにし苦しめている精神病院長その人物に対して、一矢報いる時がきた。それには第二案の病院長誘拐計画が最も適当であると考えます」と。

しかし、結論は割れて紛糾していた。誘拐拉致するだけでは生ぬるい。「病院長誘拐殺害計画」でなければならないと。結局は「殺害する」ことに決定される。計画が細かく練られる前に、新入りの昭の入会可否が検討される。病院へ9年間勤めている昭に対して手厳しい質問が会員から飛び交う。昭は最後に次のように答弁する。「皆さんの話をきいているうちにどうやら小市民的な保身の気持ちが薄れてきて逆に加担の意志が固まってきました」「わたしも災いが縁者に及ぶ場合には発狂を演じて皆さんと同様の処遇に甘んじたいと思います。その節はよろしくご支援ください」と。メンバーは一斉に立ち上がって拍手を送る。

「病院長誘拐殺害計画」は昭も加担して計画どおりに進められる。クロロホルムを嗅がせて拉致した病院長をカーフェリーで伊平屋島に運び、砂山に埋める計画だ。肩まで埋められた院長は口も封印されている。無力になった院長に向かって次々と罵声が浴びせられる。例えば次のようにだ。

「あんた、竦(すく)んでいる蛙たちに向かっていったっていうじゃない。〈きみたちは怠け者です。だから頭の中の畑は草ぼうぼうになっているのです。荒れた畑は手入れしなければなりません。雑草を刈り取り耕さなければなりません。それがわたしの仕事です〉なんていったっていうじゃない。おふざけでないよ、全く」

そして院長の最後を悼んで祈り、みんなが輪になって、院長に代わり次のように唱和する。

「全能なる国家と善良なる市民社会から委ねられた強権をフルに活用し、わたしは数千人の狂人どもの頭の中の雑草を刈り続けてまいりました。お陰様で財産と名誉を同時に手に入れることができました。それはひとえに発狂した人々を拘禁し強制治療することを望んでおられる市民各位の絶大なる支援の賜ものと厚くお礼申し上げます。わたしは今理不尽に捕らえられ穴の中に埋められています。数人の恩知らずの狂人どもの造反によりここにあえない最期を遂げるものです。どうか法治国家の正義の名においてこれら狂人どもの犯罪性をあばき出し厳正な処罰を与えることを切に望む者です」

そして最後の1行、「今、小さな牢獄を支配したひとりの男が死んでいくのだ」と記して作品は閉じられる。

この作品は、玉木一兵によって書かれることが可能になった作品であろう。唯一、玉木一兵のみが書くことのできる作品かもしれない。着想が奇抜でユニークであるだけではない。シュールな方法と体験から止揚する現実の手触りが微妙に調和して、不思議なリアリティを感じさせる作品になっている。

もちろん、作品全体が辛辣な寓話になっている。病者に対する偏見は私たちの内部に巣くうものだ。その偏見を病者の側に身を寄せて再考を促したのである。

玉木一兵は、磨かれた知性の慧眼を有して私たちの日常の彼方にある「異郷」を手繰り寄せ、フィクションとしての小説の力を援用しながら寓話としての物語をつくる作家として出発したように思う。もちろん、「異郷」はだれもが有する「故郷」でもあるのだ。

②「母の死化粧」

本作は巧みな私小説だ。前作が「お墓の喫茶店」というシュールな設定と方法を用いたのに対して、「母の死化粧」は母親の死を看取る家族の日々をリアルに描いた作品である。肉親の死は、だれもが避けることのできない体験となるが、その日々を詳細に描いている。リアリティがあり普遍の域に達している。私も両親を失った体験があるので、細部の描写に当時を想起させられ身につまされる作品であった。

作品は、次のように書かれて始まっていく。

「1990年12月3日母は病院で他界した。風邪ひき後の体長調整のためのほんの短期間の入院のつもりだっただけに、急逝の感は拭えなかった」と。

語り手は息子の順造。母が他界するまでの家族の思いや母の人生が、順造の目を通して描かれる。

順造は8人兄姉の第7子。精神病院に勤めている。東京で知り合い結婚して20年余も連れ添った妻は、長男と長女が東京の大学へ進学したのを機に東京へ居を移した。妻と順造との間には大きな溝ができている。順造もアパートを借りて一人住まいをしているが、家には高校3年生の次男が一人で居る。

母は、1年前から首里の高台にある高層マンションでトートーメー（位牌）と一緒に暮らしていた。その経緯は次のように述べられる。

「母は昭和の初年頃沖縄女子師範を出て同じ師範出の父と結婚し八人の子どもを産み育てた。太平洋戦争末期の『鉄の暴風』と呼ばれた沖縄戦では、一高女で学ぶ15歳の姉を頭に四人の子どもをひきつれ、祖母の手をひいて生きのびた。戦後には戦後の苦労が待っていた。三十数年の小学校の教員生活を終え、五十半ばで引退した時には心臓を悪くしていた。九年前に父に先立たれ後、長男夫婦と一つ屋敷にすみわけていたが、心情的には一人暮らしだった」

母が一人暮らしをしたい、という意見に家族の皆が従ったのだ。長男には子どもがいなかった。このことも母の不満を生んでいた。そこで「何か身辺に不都合があったり自分の身体の具合が悪いと『ちょっと来れないね』と順造に声がかかった」のだ。

母への思いは、第七子の順造の位置からは兄や姉の「家族経営の景色がよく見える」として、順造だけでなく長男や次男嫁をはじめ、複雑な肉親への愛憎が詳細に記述されるのだ。

ある日、台風が来るとして不安に駆られた母が、順造を呼んで高層マンションで一夜を過ごす。過去の記憶を紡ぎながら話し合う母子の会話はしみじみとした情感に満ち溢れていて記憶に残るシーンだ。

母が病院へ入院し死を迎える瞬間の緊張感。通夜の晩の抑制された悲しみ。母の遺体を取り囲むようにして座った兄姉。「母でなくなった母」の死化粧を施す時間。

さらに順造の脳裏に蘇る母との様々な出来事。母方の先祖の位牌の継承者が決まったとして母に付き添い訪ねた今帰仁(なきじん)の母の実家。また、その地に住む親族の素朴な歓待。沖縄で生きる者のグソー世に思いをやる死生観などが作品世界へ広がりと深みをもたらしていくのだ。

そして何よりも大きな発見と共感は、洗練された文章のたたずまいに文学的な才気を感じることだ。その幾つかは、例えば次のような表現だ。

母もまた老いてますます長男「種」の幻想に心根をおさえこまれるようになってきていた。逝くというのは地上の血縁の糸にひっぱられてそれをバネにして弾けていくのだ、というような言い方をしていた。

シマの中部G市の境界に建つ国立大学のおかげで、周辺の土地は高騰した。その波及効果で砂糖黍畑の端々から学生向けの貧しいアパートに変貌していくさまは、どこか中学生の身体の変化のように不安定だった。

カーラジオがこの島の中南部の甘蔗の尾花がそろったことを告げていた。島はこの季節を迎えると平地という平地は丘の裾から海縁までが一面に白い絨毯を敷きつめたように変貌する。その景色は地が天にすいよせられ、天と地の境が溶けて一体となり、あわい幽冥界の趣をたたえ、見る者の心を魅了した。

母の性格を言い当てようとすると判然としない。母は父という明確な輪郭を持った川を流れてきた水だったような気がする。主義主張は父が持ち、母はそれにつき従っただけ。それでいてどこか川の輪郭を越えている趣があった。

(傍線はすべて引用者)

このような文章に触れることも、読書の喜びであろう。さらに、作品に秘めた作者の謎めいた意図を想像することも読書の楽しみである。本作品では高層マンションに一人で住む母の設定、宇宙飛行士の帰還と打ち上げに関心と不安を示す母親の様子、この二つの仕掛けは、刺激的な謎として読後にも残る余韻である。

③「背の闇」

本作品は前2作とがらっと趣向を変えた作品だ。人間の内奥に巣くう「闇」をマジックリアリズム的な手法で凝視した作品である。いや、マジックリアリズム的世界は「お墓の喫茶店」ですでに援用していたし、自己の内面を凝視する視点は「母の死化粧」で遺憾なく発現されていた。そう考えると、二つの作品の有していた手法やテーマを発展的に踏襲した作品であると評したほうが相応しいかもしれない。もちろんここには存在論的な闇の深さが、観念的な作品に陥ることを避け、現実世界に踏みとどまる工夫が様々になされている。

主人公は「自己探求癖」の強い順造で、冒頭部に次のような記述がある。

> 自分で描いた自画像と似顔絵描きの手になった肖像画、恐らく二つの絵の何処かに自分の納得のいく自分が居るに違いない。自分というものは探し始めるといつも何処かへ雨散霧消する厄介な代物で、他人の眼に映るその姿は、その時々の他人の摑んだ影に過ぎないとも思えた。
>
> （中略）二つの絵の中に流れていった時間の曖昧さは目下順造が肩越しに感じている闇の中に、背後から溶け出して我が身が崩れていくという感覚と、何処かで一元化して有るような気がした。街の似顔絵描きに自分を晒した日から更に十年の歳月が流れて、現在がある。還暦を目前にして順造は人の一生が膨大な闇から生まれ、再び闇の中に消えていく一条の閃光のようなものと思いなす自覚が深まった感があった。一条の閃光の灯る時間の長短が、宿縁に染められた各人の一生の長さに思えるのである。

作品は「闇」の正体を探る物語である。このための実験的な工夫が様々に用いられる。その一つに、清明祭に行った順造に墓庭で父の霊が入り込んだことが挙げられる。順造は父になり、父が順造になって「背の闇」の正体を探すことになる。声音や仕種までが父になり親族を不思議がらせる。順造自身もこのことを自覚する。父や母の面影が刻まれている兄弟や甥姪の顔立ちを眺めている順造は「父が順造の目を借りて眺めているのに気づいたのである。その瞬時、順造は背後に父がかぶさってきたのを感じた。背に負うたようでもあったし、等身大の父の影が背後から、自分の中心に忍び込んでしまったように感じられた」。「背の闇」とは自分だけでなく順造に宿った父の闇ともなるのである。父が順造の肉体を借りて自らが生きて来た「時間」の意味を探すことになる。

もう一つの工夫は、墓庭で出会った小学校4年生の少年（長兄の一人息子）と二人で闇の正体を探すことである。少年は生意気でませた口を利くが、順造の少年への問いや少年からの問いが、現実からの遊離を避ける役割を果たしている。もちろん少年はデフォルメされた人物で、父の記憶を導き出す先導の役割を担う。

順造と少年は清明祭の場である墓庭を離れて首里に行く。散策の途中、天蓋のない壁面だけの建物に出会う。「細雨にまぶされた薄闇」の中で、順造は「闇に映る幽かな光芒は、明らかに自分の心中に居座っている父の、遠い記憶に光源をもつもののように思われた。順造の眼を借りて父が、何かをまさぐっている感覚が充ちてきた。その順造の前に現れた石扉の奥の暗がりに「巨大なトンボの眼球状のスクリーン」が現れる。「あっ、お祖父さんが映っている」と少年が声を上げる。

ここからが、三つ目の工夫だ。大型スクリーンには父の若かりし頃の姿が映し出される。最初は昭和15年1月27日午後2時、本部町渡久地の拝所に集結した9名の青年たちの姿だ。その中に角刈りをした父の姿がある。無音の字幕スーパーが流れるのに同調するかのように「愛馬行進曲」が流れてくる。拝所に向かって整列した面々の中から父が一歩前に進み出て「宮城遙拝、黙祷」と号令をかける。

それから、次々と父の記憶をあぶり出すようにスクリーンに父の過去が浮かび上がる。例えば昭和19年の那覇港埠頭、一隻の学童疎開船の様子が浮かび上がる。長兄と次姉が疎開船に乗っている。父は当時、沖縄師範女子部附属大道国民学校の教頭だった。学童疎開を唱導した責任者の一人であったのだ。

次の画面は、昭和20年3月23日午後10時。ひめゆり学徒隊が映し出される。校長が訓示を垂れている。父もひめゆり学徒隊と行動を共にして南風原（はえばる）陸軍病院へ行く。

その次の場面は、校長の命令でひめゆり学徒隊と離れて「御真影」と「教育勅語」を護持し、小脇に風呂敷包みを抱えて山原（ヤンバル）に逃避行する父の姿が映し出される……。

その後も、順造は自分の中に入り込んできた父の意志に突き動かされて行動をする。少年もまた「順造の背の闇から誕生した物の怪然」として行動する。

順造に侵襲し、順造の肉体を借りて父が自らの過去を振り返るように、順造もまた父と同じく思考し、自らの現在をあぶり出す。父はどのように怒涛の時代に向かい、どのように堪えたのか。どのようにして時代の呵責（かしゃく）から解放されたのか。

山原にある父の生まれたムラを少年とともに訪ねながらも様々な思考を巡らす。少年に宿る父の血縁や親族の生き方をも透視しながら、また妻と別れ、和さんという女性と同居している現在の自分をも射程にいれながら、順造は自らの背の闇にだけではなく父の背の闇にさえ存在の意味を問う。あるいは父は時流に乗って生きていこうとする進取の気性に富んでいたが、自分だけのために生きる心の用意がなかったのではないか。父の生き方の陥穽がここにあるのではないか。自分もまた父と同じ穴の狢（むじな）ではないかと……。

山原の地に造られた祖父や先祖代々の人々が眠る三基の墓を前に順造は次のように述懐する。

この三基の墓もいつか朽ちて、元の土塊に戻るときが来るだろう。父が何者で在ったかという問いも、自分が何者で在るかという問いと同じく無明の闇の底に消えて行くに違いない。人は皆それぞれの血縁の死者達と背の闇に繫がれて時代を生き、現在を生きている気がする。本島中南部に移り住んだ人々が新墓を自分の身辺に買い求めて置こうとする執着心は、背の闇から遠い時間に繫がろうとする尊崇心と表裏一体のものかも知れない。

作品は、73歳の古稀を迎えて他界した父が、50代半ば琉球政府の移民課長で南米視察に行ったときのメモを記した日記の一節で閉じられる。それは茫々たる大地に生きる人々の人生が大河をなして流れる川のように、幾千里も幾時間も重ねられて個の人生が刻まれ引き継がれていく悠久な時間を暗示しているように思われるのだ。

このように、本作品は前作の「母の死化粧」に現れた私小説的世界のリアリズムから、一転して空想小説とも思わせる実験的な意欲に満ちた作品になっている。この設定が興味深い。作者は片方の頭脳に現実を描く筆をもち、もう一方の頭脳に夢を描く筆を持って物語を展開したようにも思われるのだ。それはたとえば往還する現実と空想、横溢（おういつ）する知性と個性とでも言い換えられる文学への情熱である。

もちろん、作品の魅力は着想のユニークさだけにあるのではない。作者の慧眼によって発見された人生の箴言のような認識にもある。散在する新鮮なフレーズが私たちの認識をも揺さぶるのだ。同時にどの作品にも共通して見られる洗練された文体の魅力である。文体だけで作品を読ませる文学の可能性さえ感じさせる。本作は小説でしか描くことのできなかった「背の闇」を見事に形象化した作品だと言っていいだろう。

④「コトリ」

本作品も前作品「背の闇」と同じ主題を担っているように思われる。手法も同じで、空間や時間を跳び越えて往還するシュールなマジックリアリズム的手法で「闇との交流」「霊との交流」「女との交流」「あの世との交流」などが展開される。

主人公は順造で、「母の死化粧」「背の闇」と続いている。順造の設定は、ほぼ同じ造型でなされるので「順造もの」と名付けてよい作品群と言えるかもしれない。

本作の順造は、前作「背の闇」の父にタイムスリップして演じられる。戦時中を生き、戦後小学校の教壇に立った父に憑依した順造である。

本作品の特徴は、「背の闇」が父の人生を通して自らの人生を凝視する方法を用いていたのに比して、父に生き写しになった順造が、「女」や「墓」や「あの世」などを形而上学的な世界を探索する重要なアイテムに使用していることだろう。

玉木一兵の作品では「女」が重要な役割を担ってよく登場する。女たちは主人公を照射す鏡のような役割を担っている。「お墓の喫茶店」では狂人事務所の事務局員であるキョウコさん、「母の死化粧」では女としての母、「背の闇」では妻と別れて同居している和子さん、「コトリ」では和子さんと似たような設定のなされた「女」である。

「コトリ」の女は、時には「闇の形」になって順造の傍らに座っている。この女たちの登場によって順造の抱えた闇は照射され溶解するのだ。あるいはこの設定によって闇は現実から離れない日常世界のもつ普遍的な課題として浮かび上がってくるようにも思う。

本作品は六章で構成されているが、一章の書き出しは、次のようになされる。

> 順造は、今日も、闇を手でまさぐるように歩いていた。歩くことに心地よさを覚えるようになったのはいつ頃からだったか。(中略)
>
> 順造は立ち止まって考えた。生きとし生けるものを存在せしめている闇の意図が、その個体の中でほどけてしまえば、それぞれの個体は内部から解体し、本源の闇に還っていくだけのものか。人とて同じ存在者。そんなふうに考えると、人とはなんと寂しい生き物であることか。順造は長い溜息をついた。

この闇が、歩くことによって次々と変転して考察され、女との関係によって照射されるのである。

順造はまた歩き出した。人は誰しもいつかは死ぬと思っている。しかし、死ぬと決まるまではその自覚も実感もないのが普通である。闇の意図で縫合されているものが、綻んで解体し闇に侵され、ついには闇に没することを死と呼ぶならば、死とは何処か眠りに似て、安楽な気分で受け入れられる気にもなってくる。この世とは、今生きている人だけのものではなく後から来る人たちの為に、明け渡さなければならない舞台のようなものか。

順造は女と二人、墓の話や死後の話をよくする。「東京などの大都市では、手頃の他人の墓を選んで、お参りする振りして縁者の骨壺をいれるらしいよ」とか、「何処か門構えの立派な家の前に骨壺を置いておくと、それを拾ってちゃんと育てて貰うことを期待している」、それを「託骨」と言うとか。また「樹木葬」の話をして女が興味を示し、順造は「石になりたい」として、二人で石を建てる場所を探しにさえ行くのだ。

順造は考えた。ほんとはあの世とは、己の心中の想いの中に存在するもので、時々この世の眺めがあの世のものであるように見えるのは、心中のあの世の眺めをこの世に重ね合わせて見ているからではないかと。闇の優しさに身を委ねていると、今そのことがよくわかる。（中略）闇の解体力が、今まさに順造の心中で、この世とあの世を一元的にとらえているのだ、と思えた。己の中に今、この世とあの世が共にある。

この境地は、順造が到達した突破口の一つであろう。ここに至るまでの逡巡が、作品の主要な展開であるはずだ。

女は死に、順造は女の選んだ木を探し当て、壺の骨片を埋める。順造はその傍らに石碑を建てる。順造は、女との問答を続けながらなおも一歩一歩、歩き続ける。「やがて女の幻声との心中問答は、自他の区別を失って、独語と化した」

それから順造は「あいつ」の所に行く。「あいつ」は病院の中にいるが判然としない。「あいつ」は己の分身のようでもあるが二人して屋上庭園に出る。二人は真っ正面から対峙し、あの世の話をするが、あいつの姿はいつの間にか消えている。

「順造は、あいつの影が背中で腹話術を操って発している詩の欠片を聞き取った。『墓即是家、彼岸、此岸の中』」。この言葉は「この世は、あの世か……」という順造のつぶやきに繋がるはずだ。

順造は、さらに歩き続ける。とある市街地の突端の夕暮れの海浜公園を歩いていると、子を抱いた若い女と出会う。夕餉に誘われて女の家に行く。女が料理を作っている間、順造は幼子にせがまれて絵本を読んでやる。子が復唱する。「赤子は、闇から孵る闇の贈り物。老人は、闇に還っていくこの世の戦士」。女の声が聞こえる。「もうそろそろ、いいわよ」と。順造は夕餉の支度ができたことを知らせる女の声のようにも思うが、永眠を誘う女の声のようにも思う。もちろん、赤子も女も順造が見た幻影である。眠気を振り払って目を開き天井を見上げると、女の部屋の中空にあった裸電球は消えて、青天井には弦月が冴え冴えとかかっている。

最終章では、死んだ女が再び現れ、「この世の眺めは、あの世の眺めか」と順造と問答する。何度かくり返される順造の認識だ。順造は死地を求めて抱えていた筵を芝草の上に敷き仰向けになる。作品は次のように閉じられる。

順造は己の心中で、己の身を止め金にして、天から地に吊り下げられていた命の振り子が、この世からあの世へ、コトリと一振り振れた気がして、深い眠りに落ちた。

本作品は読むだけでなく、読む者を議論に誘う不思議な媚薬をも有している。「この世の眺めは、あの世の眺めか」という順造の到達した境地は、「生と死の境界は、どこにあるのか」「人々の記憶へ残る残像は生と死を分かつ尺度になり得るか」という新たな問いを誘発する。アポリアな問いは、普遍的な作品世界を作り出す契機になることを証明した作品でもあるように思われる。

(3) 作品の特質と傾向

玉木一兵の4作品には幾つかの共通する特質と傾向が見られる。主な特質をあげれば、その一つは、磨かれた知性の慧眼と文学への情熱だ。それは文学部哲学科を卒業したという学歴が示唆しているようにも思う。作品は弛まぬ人間観察が生みだした世界のようにも思われるのだ。また長く精神病院へ勤務していたという職歴に負うところも大きいかもしれない。

二つ目に、玉木一兵の文学者としての姿勢に常に見られるのは弱者への視点だ。あるいは弱者からの視点だ。「お墓の喫茶店」にはこの特質が顕著である。

また文学への情熱は、芥川賞作家又吉栄喜らと「二月の会」を結成し、文学への修練を図ったこと、さらに職場で有志を募って同人誌『音』を発行したことなどからも推測することができる。何よりも約半世紀に渡って表現活動を持続的に行っていることからも肯われることである。

三つ目は、生きるとは何かが常に問われる作品世界だ。それは同時に死とは何かという疑問と表裏になって現れる。この問いは人間にとってラジカルな問いであり形而上学的な問いだ。また普遍性を有した文学の問いでもある。このために作品は此岸と彼岸を自由に往還する構造を有することが多い。現実と空想、生者と死者が多くは飛び交い作品世界を彩るのだ。

四つ目は卓越した比喩である。このことは文体に宿る文学の力を示しているようにも思われる。ディテールを描く表現の力と言い換えてもいい。新鮮な比喩は対象を凝視する作家の眼の力が生み出すものであろう。逆説的な言い方をすれば、この力に秀でた者が作家になるのかもしれない。この拠点から描かれた作品世界が、読者にもまた新たな認識と発見を提起するのだ。

五つ目は手法の広がりである。例えば近作に見られる霊との交感や、マブイ(魂)との交流には頻繁にマジックリアリズム的手法が使用される。マジックリアリズムとは、魔術的リアリズムのことで、「日常にあるものが日常にないものと融合した作品に対して使われる芸術表現技法で、主に小説や美術に見られる」とされている。作品例としては近年の芥川賞受賞作品『百年泥』(石井遊佳)などが挙げられるようだ。『百年泥』では「通勤ラッシュを避けるために空を飛ぶ」「百年に渡って蓄積された泥から人が姿を現す」など、不思議な表現が度々登場する。「非日常的」なことを「日常的」に描く手法のようである。幻想的な出来事を表現する技法であるが、夢や幻覚ではなく、現実に起こった神話的な出来事を表す時に使われるようだ。

玉木一兵の作品にもこの手法が多く見られる。言及した4作品のなかでは「母の死化粧」以外の三作品はいずれもマジックリアリズムの手法を援用した実験的・意欲的な作品である。

例えば「お墓の喫茶店」では、題名が示すように大きな亀甲墓が喫茶店になり、ここに精神を病んだ人々が集合し議論を交わす場になっている。「背の闇」でも死んだ父親が主人公の順造と共に背の闇を背負って登場する。墓の壁が大きな目玉のスクリーンになって父親の姿や過去を映し出すことなど現実にはあり得ない。また順造と一緒に行動する小4の少年も現実には存在しないデフォルメされた人物像である。「コトリ」もまた同じ手法と同じテーマで、あの世とこの世を往還する。ここでは時間も空間も簡単に跳び越えられるのだ。換言すれば、生と死を問う形而上学的テーマを扱うために、作者玉木一兵が援用する手法のように思われるのだ。

沖縄の作家で、マジックリアリズムの手法で作品を作り出している作家は多くはない。池上永一が顕著な例だが、池上がその手法を用いてエンターテインメントの世界を切り拓いたのに比して、玉木一兵は純文学の世界でこの手法を援用している。この手法は玉木一兵にとって、存在の闇を探求するには必要な手法として獲得されたように思われるのだ。1980年に発表された「お墓の喫茶店」から数えれば、すでに40年余も前から援用した手法ということになる。

(4) 沖縄文学の牽引者

文学の力については、多様な視点から多様な力が考えられるだろう。玉木一兵の作品に寄り添いながら、文学の「場」をキーワードにして考えてみても幾つかの力が容易に思い浮かぶ。アトランダムに述べると、一つは思考の「場」としての文学の力である。思考の実験の場となるのが文学の世界である。二つ目はもう一人の自分の生きる「場」としての文学である。自分の分身を他者としてデフォルメし、創造した作品世界で二人目の自分を生きることができるのだ。叶わなかった夢を虚構の世界で成就させるのである。三つ目は時代と対峙する「場」としての文学である。時代に対する憤怒や悲哀は人間として生きる上で避けがたいものだ。この格闘の場が文学の場となるのだろう。

四つ目は生きる痕跡を刻む「場」としての文学である。青春期の挫折、壮年期の喜び、老年期の不安など、いずれもが1回限りの命を生きる人生の痕跡だ。消しがたい軌跡であると同時に消し去りたい記憶でもある。この葛藤の場としての文学だ。

五つ目は世界へ情報を発信する「場」としての文学である。

メディアが発達し情報化の時代と呼ばれて久しい今日、ローカルな拠点は同時にインターナショナルな舞台にもなる。自らの文学は世界を獲得することも可能なのだ。

さらに六つ目は言葉の力を試行し、言葉を創造する「場」としての文学である。言葉の初源の機能に立ち返り、思考する言葉、伝達する言葉、対話する言葉を探すことは、文学者としての喜びにも繋がるはずだ。最後に七つ目は、歴史を刻む証言の「場」としての文学だ。自らの歴史は普遍化されると国家の歴史に通底する。国家の歴史は世界の歴史の一貫だ。文学の場は、やや誇大して言えば人類の歴史を刻む場でもあるのだ。

翻って考えるに、この場は、玉木一兵のみに還元されるだけでなく、沖縄文学もまたこのような場を有しているように思う。玉木一兵は玉木一兵にしか書けない世界で沖縄文学の流れを造っているのだ。

玉木一兵の作品は、一つの川の流れとして未開の地を切り開き、沃野を作り、文学の可能性と多様性を示しているように思う。確かに沖縄文学に広がりをもたらし、未来へ牽引している作家の一人である。玉木一兵の創出した作品世界を一つの川の流れとして、沖縄文学は多くの支流と合流しながら胎動を繰り返し未来へ向かって流れていくはずだ。

【対象テキスト】
「お墓の喫茶店」１９８０年、第8回琉球新報短編小説賞。
「母の死化粧」１９９２年、第18回新沖縄文学賞。
「背の闇」２００３年、第34回九州芸術祭文学賞沖縄地区優秀賞。
「コトリ」２００９年、第40回九州芸術祭文学賞沖縄地区優秀賞。

5　富山陽子論
――希望をつくる文学の行方

(1)　作品の特質

富山陽子は1959年生まれで那覇市出身。沖縄文学三賞をすべて受賞した6名の作家の一人である。ちなみに受賞者は山入端信子（1941年生）、白石弥生（1946年生）、崎山麻夫（1944年生）、玉木一兵（1944年生）、崎浜慎（1976年生）、そして富山陽子だ。

6名の作家は、それぞれが特異な作品世界を有している。興味深い先行者たちは、読書の醍醐味を大いに味わわせてくれる。富山陽子の作品の特質は、希望をつくる文学の力を示してくれる。絶望的な状況の中でも光明を見いだすフィクションの力を信頼しているように思われる。

富山陽子の受賞した3作品は、すべて沖縄が舞台である。沖縄はいつの時代でも厳しい政治的な状況がある。それは自らを凝視すればするほどに生きるに困難な時代だと言い換えてもいい。沖縄特異の基地被害に悩まされる現状があり、沖縄戦のトラウマに苦しむ人々がいる。開発や文明の名の下に破壊される自然や、日本本土の人々との価値観の相違やアイデンティティーへの侵犯がある。この困難な時代の沖縄の空間と時間を舞台にした作品が富山陽子の作品である。ここを拠点にして様々な人間模様が描かれるが、いずれの作品にも人間を信頼することを基盤に置いた優しい風が吹き渡っている。登場人物には悪人は登場しない。すべてが善人で織りなされる物語は、優しさやヒューマニズムに溢れている。それは作者の人柄の投影のようにも思われる。

富山陽子は、長く特別支援学校の国語教師として活躍した履歴をもつ。特別支援学校とは、周知のとおり心身にハンディをもった児童生徒が学ぶ学校である。ここには教育の原点があり生きることを学ぶ児童生徒と教師の絆は強いものがあるとも言われている。富山はここで弱者に寄り添う視点を培い、人間を温かく見守る希望の隘路（あいろ）を見い出したように思われるのだ。この体験を一つの視座として、富山陽子は多様な沖縄の多様な物語を生み出しているのだ。

(2)　受賞作品の世界

富山陽子の受賞作品は、「菓子箱」（2006年、第34回琉球新報短編小説賞）、「フラミンゴのピンクの羽」（2009年、第35回新沖縄文学賞）、「金網難民」（2015年、第46回九州芸術祭文学賞沖縄地区優秀賞）の3作品である。本稿ではこの3作品をテキストにするが、2006年から13年間での3賞の受賞である。この歳月は持続的に創作活動と向きあってきたことの証でもあろう。また3作品とも方法や題材が必ずしも重なるわけではない。このことからも多様な作品を紡ぎ出す力を有している富山陽子の非凡な才能を窺うことができるはずだ。

① 「菓子箱」

「菓子箱」は、小道具としての菓子箱が絶妙な役割を果たしている。作品は東京から沖縄に来た女性主人公石井澪が、宮古島か石垣島（あるいは沖縄本島でもいい）と思われる島で生きる人々の姿に触れて、人を繋ぎ人を生きさせる温かい「絆」に気づく物語だ。沖縄を描くに「他者」の目を導入し、沖縄人だけを登場させることの多い従来のパターンを打ち破るユニークな設定である。

作品は主人公の澪の視点から語られる。澪は東京の出版社に勤めるキャリアウーマンだ。同僚の拓海と恋仲になる。澪は記事を書き、拓海はイラストや絵画が得意でデザイン担当だ。つきあってから3年後、拓海の描いたポスターが国際的なコンクールで金賞を受賞、それを機に拓海はフリーになってアメリカに渡ることを決意する。拓海が澪の前から去ったのは7年前だ。この7年間で澪は逞しい女性編集者に成長する。

ある日、職場のデザインアシスタントの順ちゃんが郷里のお菓子を差し出す。澪は驚く。菓子箱には見覚えがあったからだ。かつて拓海が手土産にと持って来てくれた同じ菓子箱だったのだ。順ちゃんと拓海が同じ故郷であることを知る。

澪は、その日から菓子箱にまつわる拓海との懐かしい日々を思い出す。菓子箱は拓海とのスナップ写真、映画のチケットの半券など、大切な思い出の品々を入れる宝箱になっていた。拓海もまた同じ菓子箱に宝物を入れていると言っていた。初めてある人に誉められた大切な絵を入れていると。ある人がだれかは明かさない。

連休を利用して順ちゃんの故郷への社内旅行が計画される。澪も数名の同僚と一緒に順ちゃんの故郷へ行くことになる。それは拓海の故郷でもある。拓海は少年のころから母親一人に育てられ、父親はいないという。東京の大学で学びたいという拓海の希望を叶えるために、母親は経営していたスナックを手放し資金を調達する。すべてを拓海のために捧げて、52歳の生涯を癌を患って閉じていた。

職場の仲間たちは島に着くと順ちゃんと一緒に早速海へ行く。澪は皆と別行動を取り、疲れた身体を少し休めた後、ホテル周辺を散策する。近くの公園の向かいに小さな画廊を見つけて入って行く。そこで一枚の絵を見て思わず立ち竦む。そんな澪の元へ老人が近寄り優しく声をかけられ茶を勧められる。その絵は「息子のデッサンを真似て私が色づけして描いた」というのだ。館内にはさらにもう一つ、赤児を抱きしめた母子の絵もある。息子が産まれたときに描いたものだという。「もう描く力は残っていないよ」という言葉に老人の人生を思いやる。

突然、老人がカップを落とし、傍らで苦しそうに胸を押さえてうずくまった。澪は救急車を呼んで病院へ付きそう。やがて小康を取り戻した老人は迷惑をかけたことを詫びる。併せて画廊に戻り、画家仲間のナカムラリョウコの名刺がある。彼女への連絡を依頼される。澪は画廊へ戻るが、そこで同じ菓子箱を見つける。その中には拓海の絵のデッサンが大切に保管されていたのだ。

病院へ戻り、やって来たナカムラリョウコから老人の身上話を聞く。拓海の父親であることを確信する。老人は、母親が手放したスナックを買い戻し、画廊に仕立てていたのだ。

東京に戻った澪は、店の写真を古い友人に託して拓海のもとへ転送して貰う。やがて拓海から父の画廊で個展を開くという葉書が届く。澪は、葉書を大切な菓子箱へ仕舞う、という作品だ。

やや複雑な展開だが違和感はない。十分に伏線を巡らしたリアリティのある作品に仕上がっている。昨今、人間関係の希薄さが叫ばれる状況下で、一つの菓子箱を機縁にして父子が繋がり、恋人同士が繋がり合った姿を描いている。

あるいは作者の視線はもっと先を捕らえているのかもしれない。人間関係の希薄さや濃密さを突き抜けてさらにその先を見据えているのかもしれない。ある機縁を契機に飛翔する希望の誕生だ。抽象的で摑み所のない希望を、フィクションの力で、具体的な菓子箱へ可視化し象徴化した作品のように思われるのだ。自らの身辺のだれもが有する日常の風景を契機にして、だれもが有することのできない発想を飛翔させる力が富山陽子を作家にしているのだろう。

② 「フラミンゴのピンクの羽」

「フラミンゴのピンクの羽」も手際のよい作品だ。ここでは菓子箱の代わりに「エクレア（菓子）」が多くの人々を結びつける役割を担う。

主人公の「私」は芽衣。高校3年生で栄町にあるケーキ屋「フラミンゴ」でアルバイトをしている。入口のガラス壁にはピンクの文字で店の名が書かれ、大きなフラミンゴの絵が描かれている。そこに決まったようにやって来るおばあちゃんがいる。キャリーバッグに凭れながら、閉店前の安くなったエクレアを買いに来る百子さんだ。

芽衣にも老人ホームに入所している春子おばあちゃんがいる。ママが東京の大学を出て就職し、2歳の芽衣と二人だけで故郷へ戻って来たとき、芽衣親子を応援してくれたのが春子おばあちゃんだ。以来3人だけの女所帯で暮らしてきたが、芽衣は春子おばあちゃんに育てられたようなものだ。そんな春子おばあちゃんも今では認知症を患い、老人ホームに入所している。

また芽衣には近所に住む一つ年上の幼馴染みのケンちゃんがいる。ケンちゃんとはピアノ教室でお友達になったが春子おばあちゃんの焼くポーポーが大好きで、よくピアノの練習帰りに我が家に寄ってポーポーを美味しそうに食べていた。ケンちゃんはピアノも上手で勉強もよくできた。ケンちゃんはお父ちゃんの転勤で引っ越していったが、東京の大学の医学部へ合格したはずだ。

ここまでは巧妙な舞台設定である。ここから物語は動き出す。ある雨の日を境に百子さんがフラミンゴへやって来なくなったのだ。心配した芽衣は栄町のおばあちゃんたちへ、百子さんの住まいを尋ね回るのだが、だれも知らないと言う。偶然にも自宅近くのコンビニでケンちゃんと再会する。大学を辞めてプータローをしているというケンちゃんに百子さん探しを手伝って貰う。ケンちゃんが住所を探し当て、二人でエクレアを手土産に百子さんの家を訪ねる。だれも居ない。思案にくれていたところへタクシーが停まり、百子さんが教え子だという聖子さんに導かれて下りてくる。百子さんは案の定、雨降りの日に玄関で足を滑らせて足首を捻挫して病院通いをしていたのだ。

二人に案内されて家へ上がる。百子さんは貰ったエクレアを仏壇に供える。聖子さんがエクレアにまつわる百子さんの過去を教えてくれる。百子さんは、ひめゆり学徒隊の生存者で、エクレアは学生時代にみんなで楽しく歌った歌詞に出てくる思い出のお菓子だという。そのお菓子を、学友たちとの集合写真の前にお供えしていたのだ。聖子さんが百子さんの思いを教えてくれる。

歌の中に出てきたあこがれのお菓子。エクレアは先生にとってそれ以上のものなのでしょうね。きっと少女時代の夢、希望、そういったものの象徴なのでしょう。何もかも戦争で奪われた中で、あの歌を歌っているときだけが夢見る少女に戻れた。いつしかエクレアを仏壇にお供えすることが先生の習慣になりました。いつも歌を一緒に歌われて、それがお友達への一番の供養だと考えられたのでしょうね。

ここから奇跡はさらに広がる。百子さんが口ずさんだ歌は春子おばあちゃんが、ポーポーを焼くときやおやつを作るときにいつも口ずさんでいた歌だったのだ。春子おばあちゃんも百子さんと一緒に、同時代を生きたひめゆりの生存者であったのだ。

百子さんは、それからひと月後、発作を起こし救急車で搬送された病院で静かに息を引き取る。百子さんは生涯独身で親戚も少ないと聞いていたが告別式には大勢の参列者がやって来た。40年余の教員生活で関わった仲間や教え子たちが集まったのだ。

奇跡はなおも続く。百子さんから預かったという女学生時代の記念誌のアルバムを、芽衣は聖子さんから受け取る。この中に百子さんと春子おばあちゃんのセーラー服姿の一緒の写真が収められていた。ケンちゃんが、栄町近くにある小学校の塀の植え込みの中に、二体のセーラー服姿のブロンズ像があるのを見つけたと教えてくれた。そこには百子さんと春子おばあちゃんが通った女子師範と一高女があったのだ。ケンちゃんも感慨深そうに次のように言う。

「百子さんは、たった一個のエクレアのためだけじゃなくて、きっと自分自身のためにもこの道を歩きたかったんだよ」

ケンちゃんの言葉は風に乗って辺りの木々を揺らす。

「この道を歩くことで、百子さんは夢と希望に胸を膨らませていた女子高生に戻れた。元気になれるおまじないだよ。あの歌と同じさ」

「歌?」

「あの歌を歌っていたときの百子さんの顔覚えているか? 目をきらきらと輝かせてまっすぐに前を見つめて……。芽衣のおばあちゃんだってきっとそうだったと思うよ」

ケンちゃんが合格した大学を辞めたわけが分かった。自分が進みたい道は医学の道ではなくて音楽の道だったことが分かったからだと。その決意を芽衣に告げ、ケンちゃんはパリへ旅立つことになる。芽衣はケンちゃんのために、施設から春子おばあちゃんを呼び、聖子さんを呼んで我が家で壮行会をすることを思いついた。おばあちゃんに、ケンちゃんの大好きなポーポーを作ってもらおうと思ったのだ。おばあちゃんは台所に立ち、見事にポーポーを焼く。

ケンちゃんがやって来る。ケンちゃんはぱくぱくと美味しそうにポーポーを食べる。ケンちゃんに、出発の記念にショパンの曲を弾いてもらう。いつしか、曲はあのパリジェンヌの歌になっていた。おばあちゃんがケンちゃんの傍らに座ってピアノを弾いたのだ。百子さんから貰ったアルバムには「ピアノの上手な春子さん」と記していた。おばあちゃんと一緒にみんなで声を合わせてパリジェンヌの歌を歌う。作品の最後の場面は次のようになる。

――百子さん

私は百子さんの名を呼ぶ。百子さんとおばあちゃんとひめゆりの少女たち。私たちはしっかりと繋がり合った。みんなおばあちゃんを囲んで歌っている。私には聞こえる。弾むような澄んだ歌声。私には見える。キラキラと輝く瞳とピンク色に染まるとびっきりの笑顔。

大合唱はいつまでも止まない。私たちが命の輝きを絶やさない限りいつまでも響き渡る。

ボンジュール、巴里娘(パリジェンヌ)たち!

なんともはや爽やかなエンディングだ。エクレアが二人の元女学生を結びつけた奇跡の物語である。

ひめゆりの学徒の戦争体験を描いた作品は他にも様々な作品がある。本作品はエクレアを鍵にして、過去と現在、現在と未来をうまく繋ぎ合わせた。記憶を飛翔させる希望の物語とも言えるだろう。この特異な視点は富山陽子でなければ得ることのできなかった視点であり、それゆえに富山陽子にしか描くことのできなかった作品のように思われる。

もちろん過去とはひめゆりの少女たちの物語であり、現在とは芽衣やケンちゃんや栄町のおばあたちの物語である。そして未来とはフランスに旅立つケンちゃんや大学受験を控えた芽衣の物語である。

挿入されたエピソードは、どれも温かい。ケンちゃんの大好きなポーポーの話や、「あめふり」の歌を歌うと雨が降るよ、とおばあちゃんに言われて、遠足の前には絶対に歌わなかった幼いころの芽衣の話。そのどれもが微笑ましい。

ひめゆりの学徒の物語は、優しい風の中でピンクの羽を広げる。しかし、この悲しみは確実に次の世代へ引き継がれていく。静謐なレクイエムとでも譬えられようか。ここから先にさらにフラミンゴのエクレアは、若者の夢を飛翔させ、希望の羽を広げ、戸惑う若者たちを先導してくれるはずだ。ここにも作品のオリジナルな工夫が感じられる。

また、文章は首尾一貫して読みやすい。余計なものが削ぎ落とされてピュアな文体が次々と奇跡の物語を紡いでいくのだ。ここには、多分に人間の善意を信頼している作者の一貫した姿勢がある。この姿勢が生みだした作品のようにも思われるのだ。

③「金網難民」

「金網難民」は、「菓子箱」での受賞から9年後に発表された作品だ。前作との比較的な言いかたをすれば、「菓子箱」の単線的な物語が複線的な物語になっている。「フラミンゴのピンクの羽」を経て、作者の視点はさらに社会的な関心へと広がりを見せている。多彩な登場人物は、沖縄が抱える多彩な課題を浮かび上がらせ網羅した作品となっている。もちろん、人間を信頼し希望をつくる富山の文学的な拠点は踏襲されている。

作品は果南と拓海という二人の小学生を主人公にした。少年少女時代の二人の冒険譚と大学生になった果南の現在とを自由に往還する手法を用いている。それも沖縄の激動の時代であった日本復帰を挟んでの果南の物語であり沖縄の物語だ。

作品には「常に祈る人であった祖母」が登場する。金網の向こうにある祖先の墓に手を合わせ、拝所に手を合わせる祖母。拓海の父は金網の外でヒージャー食堂を経営している。頻繁に米兵もやって来る。

本作品では山羊が重要なアイテムになる。山羊を育て山羊を殺して料理するが、育てた山羊にミミコと名前を付けて愛情を注いでいる拓海は、金網の向こう側へ山羊を放して自由にしてやろうと果南と二人で実行する。金網の下に穴を掘っているところを米兵に見つかる。米兵はミミコを引き取り二人の望みを叶えてやる。

果南と拓海がよく出かける1銭マチヤの大城のおじいは右足首がない。お友達の亜美は「あいのこ」だ。これだけの登場人物を配しただけでも沖縄の抱える大きなテーマが垣間見えるはずだ。

まず、一つ目は侵食される沖縄のアイデンティティーだ。拝所や墓に向かって祈る祖母の行為や山羊が表象するものは沖縄だろう。二つ目は沖縄戦である。大城のおじいは沖縄戦で右足首を失い、祖母の兄は戦争の犠牲になった。三つ目は基地だ。あいのこの亜美は一銭マチヤの留守を預かっていたおばさんから「アメリカーは出て行け」と罵られる。四つ目は730の交通変更に象徴される日本復帰だ。そして五つ目は金網に隔てられて金網の傍らで金網難民として成長する少年少女の鬱屈した心情である。いずれもが大きな物語をつくる胚芽を有しているはずだ。限られた60枚の枚数で描くには、欲張りすぎると言えば欲張りすぎる登場人物の多彩さである。これを作者は焦点を絞りながら絶妙な案配で仕上げている。作者の手腕が十分に発揮された作品とも言えよう。

作品は、小学生の果南が上空を飛ぶ米軍機の金属音に目を閉じ、耳を塞ぎ、うずくまる場面からスタートする。爆音のすさまじさに足下の草が揺れるのを止め、蝉の鳴き声が止まるほどだ。青空に「ナイフを突き刺すような光を放って」米軍機は消えていく。

作品の終わりは、大学生になった果南が久し振りに故郷に帰って来て、バスの中から金網の向こうを眺める場面だ。

「緑色の芝生の上に兵舎や倉庫が見えた。果南の視線はそれらを見下ろす恰好になる。きれいに整地された中を長方形の建物が等間隔に並んでいる。まるでおもちゃの箱のようだ。停まっている米軍機も車両もプラモデルのようだった。そして大切な場所と自分たちとを遮断した金網、墓参りもままならなかった。憎らしいそれも今や果南の足下にある」

大学生になった果南には、かつて金網の向こうにあると思えた自由は錯覚でしかなかったのだ。米軍機も車両もおもちゃのプラモデルのように見える視点を確保したのである。ミミコを預けた米兵も幻影ではなかったかと、記憶が曖昧になっている。このような記憶に揺さぶられている中で、果南は基地の中で蠢く白い山羊を見つけて作品は次のように閉じられる。

――ミミコ！

果南は愕然とする。生きていた。ミミコは生きていた。祈りは無駄ではなかったのだ。

幾つかの光の輪が果南の目の前を過ぎる。祖母の祈る姿。森を駆け抜ける拓海の姿。あの兵隊の穏やかな眼差し。それらが力強く跳ねるミミコの姿と重なりあい、その輪はますます輝きを増した。

鈴の音が辺りいっぱいに響き渡っている。その輪は白く輝きながらまっ青な空へ吸い込まれていった。

謎の多いエンディングだ。ミミコの登場は唐突過ぎるが、ミミコに金網難民として生きる沖縄の人々の逞しい姿を重ねて見ることができるように思われる。作者の作品の傾向からすると、ここに絶望的な状況の中でも希望を失わずに生きるウチナーンチュの姿を投影しているようにも思われるのだ。また米軍機も車両もプラモデルとして見ていた作者の思惑をミミコの登場で反転させ、新たに絶望的な現実を再登場させたようにも思われる。さらに鈴の音や光の輪は、沖縄の人々の平和を祈る姿の象徴であるようにも思われる。

いずれにしろ、米軍機の金属音に耳を塞いだ少女時代のプロローグからこのエンディングまでの間で、登場人物らの有する様々な物語が織りなされるのである。またタイトルにつけた「金網難民」の四字熟語は、作者の創造語であるが、多分多義的な意味を有して使用されているはずだ。ここに作者の優れた言語感覚を感じる。同時に記憶に残る言葉となった。

(3)　文学の力

文学に社会的役割があるのだろうか、と考えることがある。答えることが困難な問いで、同時に答えが幾つにも分散する問いでもある。獲得した答えが堂々巡りをするメビウスの輪のような問答が繰り返され、自らの思考にたじろぐこともある。

米国コーネル大学教授で「ソシュール」や「ロラン・バルト」に関する書物を多数出版しているというジョナサン・カラーは自著『文学理論』（荒木瑛子、富山太佳夫訳、２００３年）で、文学について次のように述べている。

文学とはある種の注意を引く言語行為ないしはテクスト上の出来事であると結論できるかも知れない。文学は情報を提供したり、質問や約束したりする言語行為とは、対照をなしている。ほとんどの場合、読者が何かを文学として扱うようになるのは、文学にからむとみなされているコンテクストにおいて――詩の本とか、雑誌の一節とか、図書館とか、本屋とかで――その何かを見つけたためなのである。

なかなかに示唆的な言葉だが、このことは自明なことのようでもあるし、新しい発見のようでもある。やはり文学とは何か、文学の力とは何か、を問うとき、多様な答えが用意されていると考えたほうがいいのだろう。

沖縄文学の役割はなんだろう、と条件を課して先輩諸氏の作品を読んでも、一つの答えに収斂することは困難だ。ジョナサン・カラーのように整理して結論づけることは困難である。

例えば時代の証言としての文学があり、時代の告発としての文学がある。政治のあり方を問う大きな物語としての文学があり、家庭の幸せを願う小さな物語としての文学もある。過去に向かう作品もあれば未来に向かう作品もある。内閉する言葉もあれば闘う言葉もある。文学作品は読者の数だけ多様な読みがなされるのだろう。あるいは作者の数だけ多様な試行がなされるのだと言っていいかもしれない。

富山陽子の文学作品はいずれに属するのだろうか。この問いにも容易に答えることは困難だ。受賞した三作品の中にも多彩な題材があり多くのテーマが網羅されている。しかし、注意深く読むといずれの作品にも共通するメタファーがある。それは時代の閉塞状況に対峙する方法を示していることにある。あるいは生きることを牽引する光明を示していることだ。それは希望と置き換えてもいい。作者の人生の軌跡や長い思考を経て手に入れた文学の力だと思われる。富山陽子の作品には希望の明かりが灯っているのだ。

それは作者が試行してきた文学的営為の現在の到達点のようにも思われる。絶望の中で、この小さな希望の隘路の果たす役割を作者は信じているように思われる。それはまた、人間を信頼する作者の揺るぎない視点から生まれたものだと思われる。

この視点を培ったのは、作者の家族など身の回りの人々からだろうか。あるいは特別支援学校で関わった教えた子たちの投げかける微笑みからであったのかもしれない。これらが作者の優しい人柄をつくったのだろう。

富山陽子は今、確かに人間を信頼し希望の光を虚構の力で作る文学の営為を実行しているように思われる。しかし、富山陽子の現在は進行中なのだ。文学の持つ他の役割や他の方法を示してくれる可能性は無限にある。希望を可視化する作家としてさらなる高見へ挑戦するか。あるいは希望と対極にある絶望を描く作家として変貌するか。どちらの可能性も大いにある。

私たちは絶望を可視化したドストエフスキーのような作家がいたことを知っている。かすかな光明に縋った太宰治のような作家がいたことも知っている。だが、富山陽子の文学の行方は、だれも知らない。それだからこそ期待はますます大きく膨らむのだ。

【対象テキスト】

「菓子箱」２００６年、第34回琉球新報短編小説賞。

「フラミンゴのピンクの羽」２００９年、第35回新沖縄文学賞。

「金網難民」２０１５年、第46回九州芸術祭文学賞沖縄地区優秀賞。

6　崎浜慎論
――記憶の力・文学の力

(1)　短編小説の名手

崎浜慎は今日の沖縄文学を担う作家の中でも明らかに短編小説の名手の一人であると冠していいだろう。沖縄の3文学賞を総ナメにしただけでなく、いずれの作品も一読して完成度の高さに驚くのだ。若くして老成したと思われるほどである。

崎浜慎は1976年沖縄市に生まれた。日本復帰後に誕生した若い世代である。衆目を集めた最初の作品は「野いちご」で、2007年「第35回琉球新報短編小説賞」を受賞した。ちょうど満30歳の年齢に到達した年である。以来、2010年には「始まり」で、「第36回新沖縄文学賞」（新聞掲載の際は「森」に改題）、続いて2011年には「子どもの領分」で「第42回九州芸術祭文学賞沖縄地区優秀賞」、さらに2016年には「夏の母」で「第47回九州芸術祭文学賞沖縄地区優秀賞」を受賞した。2000年代に登場し、今日までも継続的に活躍している新進気鋭の作家の一人である。

短編小説の名手と冠する理由は持続的な創作活動や受賞の履歴に収斂されることだけではない。作品の題材が多方面に渡り、かつ多様な視点から作品を創出する力量にもよる。その処理の仕方が手際よく鮮やかなのだ。

特に秀でた特質の一つは、記憶を蘇らせる文学の可能性について追求しているところにある。記憶そのものの意義を問う思考の深さの魅力だ。その思考の深さを思い切り収斂化し、それを単純化して文学作品として完成させるスマートさだ。それゆえに行間に潜んだ幾つもの物語が浮かび上がってくる。短編小説であるが、多くの人物の物語を読んだ満足感をも手に入れることができるのだ。

幾つもの記憶を蘇らせる行為は、換言すれば居場所を求める文学の挑戦とも言えよう。だれもが孤独であり、だれもが生きることに不安を覚えている。この弱い私たちの心に寄り添い、多様な視点で孤独や不安の拠点へ思考の錨を降ろす。それを優しい言葉で掬い挙げるのだ。現実や過去の出来事から真実を透視する力の秀逸さを備えた作家である。

この文学的営為は、若くしてオーストラリアに留学した体験がもたらしているのだろうか。あるいはフォークナーやカフカを愛読しているという読書履歴が、このような方法を生みだしたのだろうか。作家の資質を培った拠点を想像することも蠱惑的な作業になるのだが、本稿では、記述した四つの作品を紹介し、そこに現れた崎浜慎の表現者としてのテーマや姿勢について考えたいと思う。このことは今日の沖縄文学の前線を明らかにすることにも繋がり、可能性をも示唆することに繋がるように思うからだ。

(2) 受賞作品の紹介

①「野いちご」

本作品は、90歳になったウシおばあの視点から描かれる。ウシおばあの人生を、メタ小説的な視点から慈愛を込めて眺めている作者の大きな目が包んでいく。人々のだれもが有する生々流転の人生を温かく受け入れる視線だ。生きるとは何かを問う重いテーマを扱っているが、爽やかな読後感さえ覚える作品に仕上がっている。

雨がしとしと降った夜には、明け方に必ず同じ夢を見る。目が覚めるまでの間にいろいろな夢を見ているはずだが、何を見たのか床に起き上がって考えてみてもそのきれぎれしか浮かんでこない。

これが、作品の書き出しだ。もちろん夢を見るのはウシおばあ。夢は60年前の風景や、洪水に飲み込まれて亡くなった二人の息子、戦死した叔父や、病死した夫などの夢だ。特に夢の中で10歳にもならないウシが、もう今では名前も思い出せない女の子と野いちごを採っている夢を頻繁に見る。ウシは夢中になって崖から落ちる。その光景に脂汗が浮かび声を出そうにも声が出ない。そんな夢を繰り返し見るのだ。実際ウシはその時、崖から落ちて片足が不自由になっている。

ウシは、夢の話をひ孫のちさとに、よく話してやる。ちさとは生まれたときから口が利けない。ウシの枕元に座ってウシの顔を覗きながらじっと聞いている。ウシの家の近くには、ちさとの両親である孫の隆と嫁の香が住んでいて、寝たきりになっているウシの様子を見にやって来る。寝込んでばかりで歩かないとよけい足が不自由になっていくよ、と忠告されるのだが、その言葉を幼いころのウシが寝込んでいる祖母に言ったような気がする。祖母も寝たきりであった。

その祖母が時々やって来て、じっとウシの前に座っていることがある。ウシには夢と現実の境目が分からなくなっている。祖母は空を飛んで消えて行く。祖母の棺の前に座っている幼いころの夢もある。寝ぼけて隣村まで歩いていって家族を心配させた記憶もある。ウシは、一人でも訪ねて来るちさとの前で、自分の夢や過去のことを熱心に話すようになる。この設定で作品は動き出すのだ。

ウシは何度も夢を見る。ちさとが深夜にやって来て、枕元でイヤフォーンを耳に入れてラジオを聞いているのを見て、ウシも新しい世界を知る。ちさとと一緒に森を歩き、空を飛ぶ夢を見る。ちさとの深夜の外出を、孫の隆や香に忠告すると、ちさとはずーっと家にいたという。いよいよ現実と夢の境が曖昧になる。

そんな中、ウシは二人の子どもの命日に、隆夫婦とちさとと一緒に墓参りに行く。墓庭で食べるお菓子にいちごの甘い味を思い出す。お菓子を食べることさえできなかった幼いころ、いちごを採った風景が目の前に浮かぶ。
ちさとと一緒にイヤフォーンを耳に入れると、二人一緒に空を飛ぶことができる。ちさとは空を飛んでいる間は口が利ける。手にしているのはＩＰＯＤ（アイパッド）だ。ちさとは透き通った声でウシを案内する。ウシも何度か空を飛ぶ間に余裕が出てきて、今の町並みに過去の風景を重ね合わせて、ちさとに得意になって説明する。
ウシは、隆や香に起こされて目が覚める。「いくら起こしても、目を覚まさなかったんだよ、寝言ばかり言い続けて」と隆は告げ、ほっと胸を撫で下ろしている。ちさとも心配そうにウシを覗いている。やがて、再びウシは眠気に襲われる。目の前に緑の野の風景が広がっている。紫色の実をつけたいちごが辺り一面に広がっている。そこには亡くなったみんなが笑顔を浮かべてウシを待っていた。手招きされてウシは母親と父親の間に座った。戦争で死んだ叔父は泡盛を飲んでいる。ちさとがやって来て野いちごをウシの前に差し出す。差し出された鮮やかな色の野いちごをウシは口の中に入れる。作品はウシの姿を描いて次のように閉じられる。

ゆるやかに吹いてくる風のなか、自分の周りで楽しげに話をささやき交わす人たちのざわめきをまざまざと感じながら、ひとりほほえんでいた。
自分には時間はいくらでもある、これから一人ひとりとゆっくり話をしていこうとウシは思い、立ち上がって、まずは手を彼女の方へと伸ばしているふたりの息子たちのところへ向かった。

この作品に対する３人の選考委員の評は次のとおりである。
（２００８年1月22日琉球新報）

大城立裕：「野いちご」は九十歳に近い老女が死期を迎えて自分の生涯や家族のことを思う意識を、夢を援用して描いたものである。意欲作といってよく、夢の描写の細かさに想像力、したがって才能の豊かさを観たいが、夢と現実との境界が分かりにくいのは効果を狙ったものであるにせよ、私にはその断片の数々が、脈絡がなさすぎて煩わしかった。

又吉栄喜：夢なのか現実なのか、過去なのか思考なのか、判然としない世界だが、要所要所ハッとさせながら先を読ませ、人が年をとり頭が混濁した時に、たしかにこのような風景が見える、と読者を認識（あるいは錯覚）させるリアリティを獲得している。この世の天国のような野いちごが、亡くなった家族全員を呼び寄せ、生者と一緒くたにしている。実際に認知症に罹った病状を披露しているような気配があり、とりとめもなく宙に浮いている感じもしたが、野いちごがしっかりと作品の重石になっている。この作品を受賞作に推した。

湯川豊：受賞作の「野いちご」は断然一頭地を抜いており、崎浜慎さんの想像力は手ごたえのある小説世界をつくりだしている。ウシという九十歳に手が届こうとしている老女が主人公。老女が孤独の夜にたびたび見る夢は、喜びでもあると同時に老女の心と体をおびやかすものでもある。少女のウシが浜辺の野原一面にある野いちごを摘む。夢中になって摘んでいるうちに高い崖から転落し、足を折る。少女時代に実際にあったこの体験が、何度も何度も夢に現れてそのためにイメージが少しずつ変わっていく。人生の終わりに近づいている老女には意識の混濁があり、その内面に往来するイメージはどこまでが体験でどこまでが妄想なのか判然としない。揺れている。その揺れのなかに生きながら、最後は野いちごの幸福のイメージが老女を大きく包み込む。台風に飛ばされる大きなオバァの話、もの言わぬ孫娘との不思議な交流など、エピソードが密度の濃い表現のなかであざやかに生きている。このオバァものの変種は、どこへ出しても恥ずかしくない秀作だと思った。

私にもこの作品は、極めて象徴的な作品だと思われる。随所に秘められた暗喩は作品世界を広く深くしている。足の悪い老女と口の利けない孫娘、空中を自由に飛びまわる自由とアイパッドがなければ交流できない不自由さ。少女時代の過去と重なって繰り返されるウシおばあの人生。変わってゆくものと変わらないもの、いずれもが愛おしく、人の営みである。この営みを素直に受け入れる境地を、作者はウシおばあに託して描いたのではないかと思われるのだ。

例えばウシおばあが祖母を亡くしたときの感慨は次のように綴られる。「人が最期にああいう笑みをもらすことができれば、しあわせなんじゃないかとウシは最近思うようになった」と。

また、ちさとと空を飛んでいる時に、失った街の光景と現在の光景を重ねながら説明するウシおばあに、ちさとは「みんな、いなくなっちゃったんだね」と、ぽつりとつぶやいた。ウシおばあは、ちさとのつぶやきに次のように思いを巡らす。

そうか、みんないなくなったのか、とウシはあらためて思った。かろうじてむかしの面影をとどめている所もあったが大部分はウシの知らない街へと変貌していた。そこにかって住んでいた知人たちは、いまではウシを除いてみんないなくなってしまった。喉の渇きを覚えた。いったん意識すると苦しいくらい渇きで喉元が熱くなってきて、早く帰ろうとちさとに言いかけたが、振り向くと彼女の姿が見えない。置いていかれたとあせってしまい、右左、上下を見回してもぽっかり宙に浮いている自分以外の人影はなく、この広い空間のなかでどこにも進めないのではないかと恐怖にうちひしがれて、その場にたたずんだ。ますます苦しくなってきて自分の血でもいいから喉をうるおしたいと思ったときに、また野いちごの味がよみがえってきて、それを食べるためだったら何をしてもいいと思った。

空を飛ぶ自由も、結局は一人で生きる孤独感を自覚させることになるのだ。

それにしても、野いちごが象徴するものは何だろうか。作品の持つ寓喩性と同時に、野いちごが暗喩する世界もまた限りなく広い。例えば甘さと危険を併せ持つ人生の象徴なのか、とも思われる。しかし、そうであっても、それを全て受け入れるウシおばあに託された境地は、示された人生を爽やかに生きる作者の覚悟さえ投影されているように思われるのだ。

②「森」

「森」もまた、崎浜慎の豊かな文才を示す作品である。死者が蘇り、生者と共に暮らす生活空間の設定は新鮮だ。もちろん、このことは小説でしかできない工夫である。33歳の主人公「彼」の視点から、生と死の重いテーマが扱われる。記憶をキーワードにして家族の解体と成立を描いた作品だろう。人間の営みを多方面から描くことの力量を示す作品になった。

主な登場人物は33歳の「彼」と高校の同級生で役場に勤める祐二、さらに恋人のカナと母と弟だ。父は森で行方不明になったが、カナと母と弟の三人は死者である。母が死んで20年にもなるのだが、母と弟は3日前に、当時のままでこの世に蘇り、彼の食事を作ったり身の回りの世話をしたりする。二人は20年前、車にはねられて死んだのだ。恋人のカナも死者であることを彼は知っているが、普通にセックスをし、いずれは結婚をしたいと思っている。

役場に勤める祐二は、町長の判断で蘇った死者たちに出生届を出させて税収の増加を目論んだため、役場の窓口は死者たちで溢れ混雑している。祐二には妻との間に3人の子どもがいて狭いアパートで暮らしている。

「彼」は母の死後、叔父のマモルさん夫婦にひきとられ今も庇護を受けていて仕事はしていない。役場近くの居酒屋で時々祐二と一緒にお酒を飲む。多くは祐二のグチを聞くためだ。この時空で物語は展開される。だが作者の周到な伏線は作品世界へ違和感を覚えさせせない。リアリティのある物語が進行する。

まず「彼」とカナとの出会いが語られる。3週間前に役場近くのバーでカナと出会う。カウンターに座りテレビを懸命に観ているカナに、彼女もまた母親と同じようにこの世での不在の時間を埋めようとしている死者であることが分かる。カナをアパートまで送り届け、やがてカナのアパートを夜ごとに訪ねる恋仲になる。死者であるカナとの交流、母や弟との日々は、生前と同じような温もりをもたらすが、微妙な違いも感じる。

彼は思う。「たとえ彼女が死者であろうといいではないか、と彼は思った。カナを抱いたときの温もりは本物で、それだけが大切に思えた」。そして20年前に死んだ母親と弟に対しては「死んだときの年齢と外見はまったく変わらなくても、内面の変化は見た目ではわからないのではないか」「もはやこのふたりはおれの知っているふたりではなく、まったくの他人と考えた方がいいのではないか」と。

家族には違いないが、20年も経った今は赤の他人ではないか。妙な疎外感をも感じながら、不思議な家族は、家族としての営みを続けていく。カナにもまた母親と同じ懐かしい匂いを胸元に感じながら抱き合って眠る。

しかし、やがて彼は自分の生きている場所がどこか分からなくなっていく。死の世界か、生の世界か、どちらの側にいるのだろうかと。母と弟が亡くなったあと、彼に暴力を振るった父は森に一緒に入り、彼を置き去りにして姿を消した。それが現実なのか夢の中の出来事だったのか、夢と現実の境界、死と生の境界が曖昧になっていく。

そんな中で、彼は死を思い、家族を思い、失踪した父を思う。記憶を手繰り寄せ、過去を考え現在を考え未来を考える。「死ぬというのはそれほどたいしたことではなく、森の奥へと進んでいくうちに、いつの間にか温かい世界から遠く離れ、別の世界へ移行することではないか」「そもそも意味なんて考えるのばかばかしいことなのかもしれない。彼と父親との関係事態が理不尽なことの連続だった。彼はそれを受け入れるしかなかったのだ」と。

カナとの関係も、カナが出生届を出すという決意の前で再度自らの意志を確認する。「生者と死者という垣根はあるにせよ、体を重ね合ってお互いを慰め合うということに何ら支障はなかった」「家を出てカナと暮らす。蠱惑的な考えだった」に取り憑かれ、一歩を踏み出そうとする。

このことに母親が反対する。「死人と付き合うなんて私は反対よ」「死人との間に生まれる子どもがかわいそう」と。そして「なぜ死んだ人間が生き返ってきたのか、おれにはわからないよ」という「彼」の言葉に、死者も生者もその理由を真剣に考える。母は答える。「理由なんてわからないけれど、私は生き返ってよかったと思っているわ」と。

生者の暮らす日常に死者が現れ、死者と共に暮らす日常になるというユニークな手法で生と死の意味が問い直され、家族の役割が問い直される。夢と現実の境をボーダーレスにして、生と死の狭間で、家族の重圧や解放が模索される。生きることに必要なものは何なのか。家族か、記憶か、それとも、紙切れ1枚の出生届なのか……。問いはもはや、家族と生きることの意義を照射するだけでなく、死者と共に生きることの意義をも照射する。

ある日、「彼」は嫌な夢にうなされて目を覚ますと横に寝ているはずのカナがいなかった。上着を来て外に飛び出す。白い影が歩いている。カナだ。カナは深夜の森の中に入っていく。追いつくと、カナは笑顔を浮かべて消えていった。森の中で次々と死者たちが現れる。死んだ弟、母親、育ててくれた叔母など。彼は森を抜けだそうと必死に走り出すが、迷ってしまい、なかなか抜け出すことができない。息を整え、正面のブナの木を見るとだれかがそこにいる。作品は次のように閉じられる。

「木陰の男は背中を彼に向けて立っている。巨大な男だった。その広い背中にはもちろん見覚えがあった。伸ばした手は男の腰にしか届かない。男がゆっくりと振り返る」と。

男の素性は謎のままだが、あるいは父親の姿かも知れない。あるいは「彼」自身の影かもしれない。なぜ男を登場させたのか。このことによって、作品は生きることの寂寥感に彩られたエンディングになっていくように思う。

もちろん、このエンディングは多様に解釈することができよう。いや男だけでなく、作品に登場する他の人物もまた多様な意味を象徴しているように思う。例えば、死者たちは家族のあり方を象徴し、カナが示すものは一つの愛の型の提出だろう。また森は生死をも飲み込む人生をも象徴しているようにも思われる。そして、それらを通して問われている大きなテーマは、生きるに必要なものは何か、という作者の用意周到に準備した問いであるように思われるのだ。

③「子どもの領分」

「子どもの領分」は、崎浜慎の方法意識が新たに試行された書簡体の小説だ。オーストラリアに移住して永住権を取得した「僕」の視点から、25年ほど前の少年時代の日々が回想される。それは米軍基地のある沖縄での日々だ。大城立裕や東峰夫が基地のある沖縄を描いて芥川賞を受賞した作品と同じ題材を扱っているが、これらの作品を新鮮な方法意識でディコンストラクト(脱構築)した作品のように思われる。

作品の梗概は次のようにまとめることができるだろう。主人公の「僕」は沖縄を離れオーストラリアに住んでいる。オーストラリアの永住権を取得した30代半ばの青年だ。友人の利久の妹から手紙を受け取る。利久がイラク戦争で、イラク側の兵士として米兵と闘い戦死したという知らせだ。「僕」はこの手紙をきっかけに利久と過ごした少年時代の日々を思い起こす。利久は小学生のとき両親が離婚して横浜から転校してきたのだった。

「僕」の父は軍用地主だ。アメリカ兵向けの飲み屋を数軒持っている。働くこともなく昼は闘牛などを見て遊んで暮らしている。「僕」が住んでいる場所はアメリカ兵向けの飲み屋街の近くだ。利久と一緒によくその周辺で遊んでいた。特に恵里という女性が働いている店はお気に入りだった。利久も「僕」も、米兵とのハーフとして産まれた美しい二十歳の女性恵里に淡い恋心を抱いている。その店は、「僕」の父親が経営している店で、恵里は父親に囲われた女だった。

ある日、利久に基地の中に潜り込もうと誘われるが、「僕」は不安と恐怖で断ってしまう。結局利久は一人で基地の中へ侵入するが、「僕」は利久を見送った後、恵里の店へ行く。アメリカの雑誌を捲っていると、恵里が覗き込んできて、アメリカに行きたいという。「僕」は恵里の寂しさを思いやって泣き出してしまうが、恵里の胸に抱かれて慰められる。

ある日、恵里の店で利久とおしゃべりしていると、酒の匂いをさせた父がやって来て、恵里を2階へ誘う。父が恵里に何をするのか、「僕」も利久も理解できるが、「僕たち」は何もできない。さらにまた別の日、父が知らない男と一緒にやって来て、突然新しい店を別の所に作るから、恵里に引っ越しをするようにと伝える。父は無意識のうちに「僕」が飼っているタウチー(軍鶏)を撫でようとする。驚いたタウチーに手の甲をつつかれる。父は怒ってタウチーを蹴り飛ばし、さらに痛めつけようとする。そんな父に利久は拳銃を突き付ける。

利久は拳銃を持ったまま、「僕」はタウチーを脇に抱えて店を飛び出す。逃げ出した「僕たち」を父が怒りをあらわにして追ってくる。追われた「僕たち」はフェンスの破れ目から基地の中へ逃げ込んだ。大人たちは追ってくることができない。基地の中に逃げ込んだ「僕たち」は、自分たちが自由になったことを知る。タウチーが勇ましく駆け出す。「僕たち」もタウチーを追うように笑顔を浮かべどこまでも走り続けた。

このようにまとめることができようか。これらが「僕」の記憶だ。この記憶が利久の妹に送った6つの手紙で語られるのだ。

ところで、この物語の中で作者が照射し浮かび上がらせた課題は多い。逆説的に言えば、沖縄や沖縄で生きることの多くの課題を「子どもの領分」を援用しながら抉り出して見せたのがこの作品だとも言えよう。大きく浮かび上がって来る直感的な課題を幾つか列挙すると次のようなものがある。

一つは、記憶との闘いだ。記憶の継承は沖縄の表現者たちの重要なテーマの一つになっている。もちろん沖縄戦の記憶だけではない。戦後70年余に渡る土地の記憶だ。それは個人の記憶でもあり、同時に共同体としての記憶と重なることもある。

記憶について、「僕」は次のように語る。「たぶん、僕たちは産まれた街の記憶に一生しばられて、どこにいても自由でいることはできないのではないでしょうか」「確実に憶えていると思っていたことは実は曖昧で、経験したこともないのに自分のことと取り違えたりと、記憶ほどあてにならないものはないのではないか」「一時期だけ利久と共有した子供時代の記憶というものが今になってよみがえってくるのが何か得がたい物に思えてきて、僕はそれを貴重なもののように反芻しているのです。そうすることが僕の現在にどうつながるのかも判然としないままに……」。記憶は「僕」にとって、自己の存在と関わるラジカルな課題として繋がっているのだ。

二つめは、「子供の領分」という設定から描いた作品世界の着想だ。「子供の領分」とはやや抽象的な言葉だが、作品中には利久の行動や大人の視点と対比されて、明確な区別が示唆される。「異質なものを排除しない」「言いたいことがあれば声に出す」「周りのことを気にせずに背筋をまっすぐにのばして歩く」「自分の前だけを見つめてまっすぐに」などだ。さらに基地をながめる視線は「基地のフェンスに穴を開けて忍び込む」「基地の中にもぐりこんでアメリカ人の子供と友達になった」「クリスマスケーキをご馳走になった」「基地は広いぞ、お店もたくさんあるんだ、目を輝かせて言う」などに繋がっていくのだ。

そして、この視線が自明なものとされる概念を破砕する逆転の思考を生みだしていく。例えば、作品の後半で父に追い掛けられてフェンスの中に逃げ込んだ「僕」がフェンスの中にこそ安全な場所があることに気づく。作品のクライマックスとも思われる箇所の表現は次のように記述されている。

僕たちのすぐ前をタウチーが走っていました。今までこんなに速く走るのを見たことはありませんでした。広い基地の中で開放的な気持ちになったのでしょう、これが本来のタウチーだと思わせるような力強さがみなぎっていました。

利久が笑っています。そのうち僕も笑い出しました。それが抑えきれなくなって、二人とも大声で笑いながら走っていました。僕たちはどこまでも走りつづけました。僕が住んでいる狭い街が背後に遠のいていく。父や母、恵里、そして僕自身のことまでがどうでもよくなってくる……。僕たちを取り巻く世界は広くて、そのつもりになれば行けないところはないのだという思いが胸の中にあふれました。

「子供の領分」からは、恵里の悲しみや恵里の寂しさにも共感できる。大人たちがセックスの対象として恵里を見る視線と違い、恵里もまた貝殻などを集める子供の目を持っていることが理解できる。また、「僕」がタウチーを愛情込めて慈しみ育てているのに対して、父親には息子が飼っているたんなる一羽のタウチーに過ぎない。さらに子供の視点を援用すると、オーストラリアで見かけるアボリジニと沖縄の大人たちが重なって見える。玄関先で酔っていびきをかいて寝ていた軍用地主の父や飲み屋の店先で朝まで寝ていた大人たちは、オーストラリア政府から保護されて酔って路上で寝ているアボリジニの姿と重なる。万引きをしたアボリジニの少年たちの目は暗然としている。少年のころの利久も「僕」も同じ目をしていたのではないか。その目から逃れるために、「僕」はオーストラリアに移住し、利久はイラク戦争に参加する兵士へ志願したのではないか。様々なことが自明なこととされずに頭を巡るのだ。

　三つめの課題や特質は、一つ一つの手紙が織りなす多くの人々の物語が存在することである。一つ目は恵里の物語だ。米兵とのハーフの子として生まれ、祖母に育てられ、僕の父に囲われた女となり、米兵のマイケルという恋人を得ても、祖母を捨ててアメリカに渡るわけにもいかない。やがて「僕」が東京の大学へいたころ、結婚してメキシコへ渡ったとの噂を聞く。二つ目は恵里と出会った米兵マイケルの物語だ。マイケルはノースダコタの農家の息子だが、恵里と出会い恵里へ求婚する。アメリカへ渡るのが嫌なら、沖縄に残ってもいいと決意するのだが、除隊後交通事故で死んでしまう。三つ目は軍用地主として生きる父と、父へ嫁いだ母の物語だ。四つ目は沖縄を離れ東京の大学を出てオーストラリアへ渡り定住することを決意する「僕」の物語。そして五つ目はイラク戦争へ志願し米兵へ銃を向けて戦い死亡した利久の物語だ。そのいずれの物語も重く想像力を喚起し大きな物語へ発展する予兆を内包している。そして、これらの物語に登場する人物が志向するものは、自らの居場所や安心感を求める人間としての普遍的な渇望だ。例えば「僕」の場合は次のように語られる。

　僕は勉強がしたいわけではなく、母に言われたから意欲もなく塾に通っていただけなのです。何不自由のない家庭に育った僕は、それに満足していたかというと、そうでもなく、逆に早く家を出たいと思っていたのでした。学校すら行きたいと思っていなかったのです。しかし、僕は反抗せずに通いました。成績は良かったのです。当然のように僕は優等生とみなされて、そうなると、僕の本当の居場所はこんなところじゃないと感じながらも、その役柄から外れることに居心地の悪さを覚える始末でした。

　僕は基地の街から那覇に出て、その後本土に住みました。そしていまはオーストラリアを最後の居住地として暮らしているのですが、住む場所を変えるたびに、自分自身が希薄になってしまうような思いにとらわれることがありました。ふつうは経験を重ねるごとに人間は成長していくものだと考えがちですが、そんなことはありません。もともとあった自分というものを削っていっているような、そんな感慨におそわれるのです。自分が年を重ねるごとに、場所を変えて新しい生活を始めるごとに……。

私には、作家崎浜慎は、多くの新鮮な課題を発掘するだけでなく、夢を追って旅する若いノマドのように思われる。それはまた、決して隊商を組まない単独行の旅である。もっと端的に言えば、記憶と現在を繋ぐ営為を課して立ち止まらない旅人の姿である。

④「夏の母」

「夏の母」は30歳の「私」（千夏）が主人公の作品である。作品の舞台は集団自決の島と設定されている。時は今だ。母は評判の悪い遊び癖のついた少女で村人からも将来は間違いなくワルになると噂されていた。母は千夏を産んで島を離れる。千夏が2歳のときだ。千夏は父親違いの母の兄である伯父夫婦に育てられる。

千夏が10歳のころ、母は死んだ祖母の遺品を整理するとの口実で一時期島に戻って来る。作品はこのときに千夏の脳裏に刻まれた母との交流が中心になる。そこに祖母の戦争体験が挿入される。千夏は現在は本島で生活をしており、本島の大学を卒業して結婚し子どもも一人居る。育ててくれた今日(きょう)子(こ)伯母さんは50代で亡くなり、祖母も千夏が8歳のときに亡くなった。

作品の主なテーマは三つある。一つは戦争の記憶の継承であろう。他の二つは母親の自分探しの物語で、もう一つは、家族の形の探求であろう。いずれも文学の普遍的なテーマである。

祖母の戦争体験は残酷なものだ。夫は中国戦線に従軍して死亡し、息子と娘は自らが掘った壕の中で死亡した。残ったのは下の息子の3歳になったばかりの伯父一人だけだった。集団自決の島で、身を寄せ合っていた多くの人々が命を絶ったが、祖母は山中に自力で掘った穴に潜んでいたがゆえに、家族全員の死を免れたのだ。戦後、祖母は一人残った息子を抱え、屑鉄拾いをしながら生き継ぎ、やがて再婚して母を産むのだ。

しかし、晩年の祖母は夢にうなされる。死者たちが祖母を責めるというのだ。この時の描写は次のようになされる。

> ある時期から、祖母は見えないものが見えると口にしだした。一人で奥の座敷にいるときなど、死んだ人が隅に座ってじっと自分をみつめているという。衣紋掛けにかかっている着物や浴衣などをしばらく見ていると、しだいに膨れ上がってきて、それは人の形をとる。死んだ人たちは祖母が見知っている顔ばかりで、しきりに彼女を責める言葉を投げつけてくる。

このように、祖母の戦後は決して穏やかなものではなかったのだ。やがて祖母は痴呆の気を現し、よその畑や山を徘徊するようになる。そして死を迎えるのだ。

もう一つの母親の自分探しの物語は、島を脱出する行為によって現される。「黙々と仕事をするおばあちゃんの愛想のない生きかたに反発して」、さらに「結婚するのも島の人間」「高校生にして自分の一生が見えるような気がして、こわくなってきて、島を出て、もっと大きなところで暮らそう」と島を飛び出すのだ。母は「東京に出て演劇をしたい」として上京する。

母からは千夏の元に絵はがきが届く。「母が旅行に行った各地から送られて来た。国内の温泉地やハワイ、ブラジルからも届いた」のだ。しかし、演劇をしながら東京で暮らしているというのは母の作り話で、実際には那覇の繁華街で働いていたのである。

三つ目のテーマである家族の形についての模索は、死んだ伯母の記憶として次のように語られる。

> おばが私の母親だった。しかし、お母さんと呼ぶ習慣はなく、私はいつも今日子おばさんと呼んでいた。だからといって、わたしたちの間に垣根があったわけではなく、実の親子といってもよかった。おじ夫婦に子供がいなかったということもあっただろう。
>
> 私が熱を出して寝込んだとき、おばは布団のそばに座り夜通し私の手を握ってくれた。そんな体験を通して、血のつながった本当の母など求める必要はないのだと私は学んできたのかもしれない。

これが私の脳裏に去来する家族の形だ。

ところで、戦争の記憶の継承については、本作品で二つの意欲的な試みがあるように思う。一つは、3世代に渡る記憶の継承の物語にしたことだ。祖母の戦争体験は、祖母が掘った避難壕をアイテムにして、千夏の母や、伯父に繋がり、千夏に繋がっていく。20年前の10歳のころには母に案内され、20歳のころには伯父に案内されて壕の前に立つ。千夏は、祖母が二人の子供を亡くし、伯父と二人で生き延びた壕を前にして「祖母の時間はこの壕の中で止まっている」という感慨を覚えるのだ。

二つ目は、壕の前で母が語る祖母の体験が、生と死とのコントラストをなして見事に演出されていることだ。壕は当然戦争を想起させる。対比的に壕の前に映る日射しや風の音、蝉の鳴き声や虫たちの羽音は生を象徴する。当然母の息遣いは命そのものだ。ここに光明もある。作家の微細な配慮や仕掛けが投影されているように思えるのだ。

> 十歳だった私と母はかつてこの壕の前に立った。額に汗を浮かべ、タバコを吹かしながら、祖母の話をしてくれた母。常緑樹の葉叢の間を日射しが垂直に降りて、地面のあ

ちらこちらに白い斑点を散らしている。先ほどまで喧しかった蟬の声は遠のき、近くにいる虫の羽音の鈍いうねりが聞こえ、ときどき梢を揺らす風の音が混じる。山道を上ってきた勢いと興奮で母の額と頬は明るく輝いている。

祖母を憎んでいた母は、すでに祖母を許している。祖母が当時、壕の中から通気孔として開けた穴から射し込む月明かりを希望の明かりとして見ていたように、母も「私」も、命の光と声を聞いたのだ。

(3) 記憶と文学

崎浜慎の作家としてのイメージは、単独行を自らに課した若いノマドの姿に似ていると先に書いた。隊商を組まない一人旅のノマドだ。それはまた、未踏の砂漠を旅する復帰後世代の若いノマドである。表現者としての現在進行形の営為は、乾いた土地に様々な不安と違和感を覚え、同時に新鮮な驚きと多様な世界を発見する喜びにも出会うはずだ。これが崎浜慎を作家にしているように思われるのだ。

そして崎浜慎の作家としての重要な課題の一つは、記憶と現在を繋ぐ架橋を創ることを自らに課しているようにも思われる。記憶の継承や記憶の力の試行は沖縄文学の大きな課題の一つである。

もちろん、ここでいう記憶は沖縄戦の記憶のみを指すのではない。日常世界で手に入れた様々な場面での様々な記憶をさす。記憶のトラウマは人々の数だけ多様であるはずだ。多様な記憶へ様々なアプローチを示してくれているのが崎浜慎の文学だ。換言すれば、文学の場で記憶の意味を本源的に問いかけているとも言えよう。

さらに特筆されることは、記憶の継承という沖縄文学が背負った王道を歩みながら、臆することなく果敢に様々な表現の実験をしていることだ。例えば「野いちご」に見られる老婆の夢を援用したメタ的手法、「森」に見られる死者たちの蘇り、「子供の領分」で採用された書簡体小説、「夏の母」で援用した記憶を繋ぐ生と死の象徴的手法、いずれもが飽くなき表現への関心と、文学の力の追求を示しているように思われるのだ。

「記憶」について、終生にわたって両親のホロコースト体験を追い、人間の罪業の拠点を探ろうとした表現者にエヴァ・ホフマンがいる。彼女は1945年ポーランドで生まれ、ホロコーストを体験した両親の下で育つ。日々の両親の沈黙や、時に発せられる過去の悲惨についての語りに、戸惑いながらも次第に彼らの体験を引き継ぐことを使命として考えるようになる。

「記憶」について、エヴァ・ホフマンは自著『記憶を和解のために―第二世代に託されたホロコーストの遺産』（早川敦子訳、2011年）で次のように述べている。

死者はその行為によって何を与えられるわけでもなく、私たちとてそれは同じだ。しかし、死んだ者を心の中に留めることをやめてしまって、彼らとの象徴的な関係を保つことができなくなるなら、私たちが人間であることの価値が減じてしまうのだ。記憶するということは、他者の具体的な存在や彼らから何かを得ようとすることではなく、彼らの人生がいかに大切なものであったかに思いを深くする行為なのだ。（171頁）

「記憶」という言葉は、歴史と回想への願望とノスタルジアをも意味している。別の表現で言えば、「記憶」への注視は、戦後世代が歴史について深く思考し、自己との関係性を探ることで、私たちの時代を襲った恐ろしい恐怖を孕む出来事をいまいちど捉えなおそうとする表現そのものだと言えるだろう。

しばしば記憶の偏重が感情過多に陥り、辟易するような観念性と倫理を招くことがあったとしても、私たちはやはりそこで二十世紀特有のホロコーストという負の記憶に行きあたらざるをえない。しかし、「記憶」は決して永遠には続かない。過去から引き出された意味は、現在においてずっと持ちこたえうる足場としての力を持っていないのだ。（254頁）

もちろん、ホロコーストのみに、記憶の重要性は適用されるのではない。当然私たちの住む沖縄の地が背負った負の遺産を、どのように蘇らせどのように未来へ継承するか。このこともやはり大きな課題である。文学の担った避けがたい使命と言えるかもしれない。記憶は永遠ではないのだ。

ところで、記憶には、それ自体のまやかしも幻惑もあるだろう。エヴァ・ホフマンが言うように、記憶は「ずっと持ちこたえる足場としての力を持っていないのだ」。

しかし、土地に埋もれた死者たちの言葉を拾い上げ、開示されなかった死者たちの記憶を拾い上げることは、極めて重要な文学的営為の一つであろう。この営為を拠点とする文学作品は、たとえ虚構の作品世界であれ、あるいは真実に負けない力を示し得るかもしれないのだ。

記憶を問い続ける方法は、それこそ無数にあるように思う。過去から現在を撃つ視点だけでなく、現在から過去を撃つ視点も重要かもしれない。さらに現在から未来を撃つ知性のベクトルも必要だろう。それこそ複眼的な視点を多くの知見で培うことも大切なことだ。

常に記憶の力を問い返し、文学の力を思考する。多様な視点と多様なベクトルを模索し、文学の永遠の力を問い続けるならば、私たちの文学的営為は硬い石をも穿つ一滴になり得るかもしれない。この挑戦を崎浜慎の文学世界は示しているようにも思われるのだ。

【対象テキスト】
「野いちご」２００７年、第35回琉球新報短編小説賞。
「森」２０１０年、第36回新沖縄文学賞。
「子どもの領分」２０１１年、第42回九州芸術祭文学賞沖縄地区優秀賞。
「夏の母」２０１６年、第47回九州芸術祭文学賞沖縄地区優秀賞。

第Ⅲ部　沖縄文学への視座

第一章　芥川賞受賞作品と沖縄

受賞作品世界と沖縄への射程力

○はじめに

私が読書に夢中になったのは、おそらく小学校3年生のころからだ。かすかな記憶の痕跡として蘇る幾つかの断片がある。そこは仕切られた教室の半分の空間で、大きな飾り棚の中に並べられた本を、手前のガラス戸をがらがらと大きな音を軋ませながら横に押し開いて手に取る。そんな本棚が四つほど繋ぎ合わせて並べられていた。

本棚の裏は農機具を置く場所になっていた。鍬やスコップにこびりついた土の匂いが飾り棚の上を跳び越えてやって来た。教室を開けて風を呼び込むと、その風と共にぷーんと匂ってきた。匂いには化学肥料や腐った草木の匂いも混じっていた。そこが学校が設置した図書室だった。現在は廃校になってしまったが、当時は小中学校の併置校であった。それゆえに棚の中には低学年向けの図鑑や絵本から、童話、偉人伝、物語、小説など、様々なジャンルの本が無造作に並べられていた。

もちろん、図書室には司書や専任教員は常駐していなかった。私には棚に並べられた本を選別する知識も基準もなく、目についたものを片っ端から読みあさった。ファーブル昆虫記、安寿と厨子王、内村鑑三、牧野富太郎、リンカーン、ガリバー旅行記、宮沢賢治童話集など、幾つかの愛読書も見つかった。図書室以外に私の居場所はなかったのだ。

1957年4月、小学校3年生に進級した私は、学校長職にある父の赴任地である沖縄本島北部の最も小さな学校S小学校へ転校したのである。小中学校全生徒合わせて64人、私は3学年が一緒の複複式のクラスの3年生であった。同級生は7人で、一つ上の学年は3人だった。

S小中学校のあるS村は陸の孤島とも言われていて、いまだ電灯も水道もなかった。もちろんテレビもなく、転校生の私には娯楽としては読書以外になかったのだ。山に分け入って捕まえてきた蝶の名前や珍しい植物の名前を図鑑で見つけるのも楽しかった。また、釣り上げた魚の名前を調べるのも楽しかった。

高校生のころには、私の読書は、詩集や小説など多くは文学書に傾いていた。太宰治の作品の虜になったのもそのころだ。大学のころも、教職についてからも、私の読書欲は衰えなかった。学生のころから読書グループを作ったり、卒業後も読書サロンと称して本についてのおしゃべりをする時間に埋没することは楽しかった。10年ほど前からは、気の合う仲間たちと読書ノートをネット上で交換しあった。

何が私を読書に向かわせていたのだろう。問い詰めれば幾つかの答えは出るだろう。また己を納得させる答えも見つかるはずだ。いずれにしろ読書の時間は贅沢な時間で想像力が喚起された。現実を忘れたが、同時に現実に斬り込む刃にもなった。

読書について詩人の長田弘は次のように述べている。[注1]

> 2000年、3000年と続いてきた本の文化の中で、あるいは本を友人とする人間の生活の中で人間が本の中に見てきたものは、21世紀の初めに立っているわたしたちが本に求めているようなものだけでは、必ずしもなかったはずです。本を通して、本に書かれていないものを想像するちから、あるいはその本によって表されているものではないものを考えるちからを、わたしたちは長い間、本から得てきたのだったからです。
>
> 本という文化が長年かかって培ってきたものは、本に書かれているものを通して、そこに書かれていないものを想像させるちからです。今日、わたしたちの社会がぶつかっている問題は、書かれていないものを必要とする考え方をなくしてしまったことに起因している、そのためにとまどっているように思われるのです。(17-18頁)

まことに味わい深い読書論だが、もちろんこれだけには留まらないだろう。文学が多様であるように読書の考え方も自らの体験から培った読者の数だけの読書論があるはずだ。

今日では、読書の楽しみの一つは、芥川賞受賞作品、直木賞受賞作品を読むことにもある。このことは選書の目安にもなったのだが、書くことに関心を持つようになってからは、一層この傾向が強くなった。作者の方法意識や作品に見られる沖縄への射程力などに興味があった。10年ほど前からは、読後感を読書ノートに記すようにもした。

本稿は2020年から遡って10年間23編の芥川賞受賞作品について、読書ノートを基底に据えながら、「芥川賞受賞作品と沖縄」をキーワードにして、文学とは何か、小説の力とは何か、さらに沖縄文学とは、あるのかないのか等、再度考える契機にしたものである。

なお、巻末の付録に「4　芥川賞受賞作家と作品一覧」として10年間の一覧表を添付している。ご参照願いたい。

1　芥川賞受賞作品（2020~2011年）

(1)　2020年上半期　高山羽根子「首里の馬」

本作は久々に沖縄を舞台にした待望の芥川賞受賞作品だ。沖縄を舞台にした受賞作品は1990年代半ばの沖縄の作家、目取真俊や又吉栄喜の受賞作品以来だから、約四半世紀振りになる。それも小説として独創的な発想で興味深い作品だ。沖縄の政治的・文化的な情況へ真っ正面から向き合っているわけではないが、（沖縄で）生きることを励まされる作品だ。

作品の時代は今、場所は浦添市港川。主人公は未名子で沖縄で生まれ沖縄で育った20代中半ばの女性だ。未名子が住む港川の古い民家に、県外出身者の民俗学研究者の順（より）さんがやって来て、その民家を資料館にする。順さんは老いて研究の第一線からは退いているが、沖縄を始め、国内をフィールドワークして集めた資料や文物などを雑多に詰め込んだ資料館だ。資料館は入場料を取るわけでもなく見学者もいるわけではない。倉庫のような役割をしている建物だ。

未名子は幼少のころ母親を亡くし、人と交わることが苦手だが、父親と散歩の途中、この資料館を発見し、ここが居場所になる。順さんの許可を得て独自に資料の整理を始めた。以来10年ほどになる。未名子は今では資料にタグをつけ、時代や場所などに区分けしてコンピュータにデータとして入力している。この設定で物語は動き出す。

作品のもつ独創的な発想や展開として興味深かった箇所は数多くあるが、一つは未名子の仕事と、そこで知り合った世界の知識人との交流の様子である。未名子は東京にあると思われる親会社から沖縄で採用された一人社員でコンピュータの前に座り、世界各地の人々と繋がり、クイズのような謎かけの問いを発して答えを得る。この奇妙な仕事の設定も興味深いが、繋がった人々は、皆孤独で何らかの傷を持っており闇を背負っている。しかし、だれもが生きることに真摯である。彼らの発言や生き方に作品のメッセージが託されているように思う。作品の魅力の一つはこの交流にある。

例えば、未名子が抱く生きることへの不安、日常生活に襲ってくる恐怖、無意味と思われる目的のない資料館でのデータ作成、これらについて、彼らは「生きること」「存在すること」に意義のあることを述べ、未名子を励ます示唆的な言葉を連ねる。

その一人、どこかの国の男性ヴァンダは、国や権力や民衆の持つ知識の意義について話す。どこかの国の女性ポーラは幸せな家族の力について、さらに中東或いは中央アジアに住む青年ギバノは戦争に苛まれる絶望的な日々の中での希望について話す。「ひどい戦争の中で、狂わないで暮らす生き方」「僕は、長い殺し合いで、進化した一番新しい人間だ」と語る。みんな孤独に苛まれているが一条の光明を見いだしている。彼らの言葉は未名子の今をも照射し勇気づける。もちろん読者も勇気づけられるのだ。

二つめの特異性は、ある日、未名子の家の庭に「宮古馬」がやって来ることだ。未名子は憔悴しきった「宮古馬」を手厚く介護する。一時は警察に届けるが、やがて警察は引き取り手のない厄介モノとして子ども相手の公園「ふれ合い牧場」に預ける。ふれあい牧場でも厄介モノとして扱われている「宮古馬」を、未名子は用意周到な計画で盗みだし、洞窟を馬の住み家にして飼うことにする。洞窟はかつて沖縄戦の時には、民衆の避難場所になり、集団自決の場所にもなったところだ。ここから背景にあった沖縄の自然や歴史や文化が前景に押し出されてくる。

沖縄という場を必要としない前半のコンピュータの仕事が反転して、沖縄という場が必要な物語が開始される。宮古馬や、洞窟、資料館をアイテムにして浮かび上がって来る。さらに順さんの死を娘の途（みち）さんと看取り、南の島に辿り着いた母親順さんの生き方などを浮かび上がらせて、記憶や記録の継承などの意義、未名子の沖縄に対する思いや生き方などが照射される。

順さんは全共闘世代で、弱い者に寄り添い、民俗学に没頭し研究会を立ち上げては学び続け、資料を収集して来た順さんの生き方について娘の途さんは次のように未名子に語る。

> 母はある程度は独自の方法でなにか人々の生きる在りかたみたいなものを模索していたんだと思う（中略）なにより、なにかを学び続けること、知識を蓄えることをこそ信じる。社会にいるあらゆる人を自分の思う理想によって傷つけてはならないこと。母はこの集団を作ってからはずうっと声を潜めて、基本的には興味を持ってやって来た人としかやり取りをしなかった。

未名子もまた、資料館のデータを作ったこと、記憶を継承し記録するこの意義について次のように省察する。

> 事実として記録し続けていれば、やがてどこかで補助線が引かれ、関係ない要素同士であっても思いがけぬふうにつながっていくのかもしれない。
>
> だから、守られなくちゃいけない。命と引き替えにして引き継ぐ、のではなく、長生きして守る。記録された情報はいつか命を守るかもしれないから。（中略）
>
> この島の、できる限りの全部の情報が、いつか全世界の真実と接続するように、自分の手元にあるものは全世界の知のほんの一部かもしれないけれど、消すことなく残すというのが自分の使命だと、未名子はたぶん、信念のように考えている。

未名子は「首里はレイテ、硫黄島に並ぶ太平洋戦争で最も激戦が起こったとされる地だ」とし沖縄に寄り添う。「かつて島に暮らす人たちが絶望していたとき、その周りに広がっている景色は、地獄だった。（中略）およそ人がこのあと生きていくようなことがまったくできなさそうな風景の中で、生きていくことができないという絶望さえ吹き飛んで、唯一の武器として持っている手榴弾を口にくわえないものがどこにいるんだろう」と。未名子は、資料館のデータを、ヴァンダやポーラやバギノにも送信する。

作者の未名子に託した沖縄に寄り添う視線は有り難く、未名子の言葉は、沖縄で沖縄を生きる人々への励ましになる。知的な方法と知的な工夫で沖縄を舞台に展開した作品の久々の誕生を歓迎したい。

(2)　2020年上半期　遠野遙「破局」

主人公の名前は陽介。大学4年生で監督に請われてラグビー部のコーチをしている。3年次にはキャプテンだった。最終学年になって部活を引退し就活に励んでいる。陽介の第1希望は公務員で採用試験に合格するために受験勉強中である。物語は陽介を語り手「私」として展開する。

陽介はラグビー部で鍛えた筋骨逞しい若者だ。ルールを守り、礼儀正しくマナーを重んじる。生真面目である。それを監督に認められたのだ。陽介はこのことを周りの人々との関係でも厳しく自らに課して対応している。陽介は、やや自己中心的で独尊的な若者だが、自らが築きあげた価値観に忠実である。

陽介の恋人麻衣子も大学4年生で就活に忙しい。将来は政治家になる夢を持っている。現在陽介との恋人関係は解消中だ。そんな陽介の前に、初々しい入学生の灯(あかり)が現れる。陽介はマナーを忠実に守りながら灯とセックスするほどの仲になる。

ところが、かつての恋人麻衣子は大人社会の誘惑に夢の実現を躊躇い、新しい灯という恋人ができた陽介とのよりを戻したいと思う。灯は陽介が麻衣子と再びよりを戻したと誤解して別れていく。ラグビー部の監督は、陽介のただひたすら強くなることを強いる指導の方法に違和感を覚えやがて疎んじるようになる。自らが作り上げた価値観で他者との関係を判断し、構築するがゆえに他者との関係が「破局」する。この顛末を描いたのが本作品だろう。

考えてみると、私たちは、何かを拠り所にしなければ生きていけない不安を抱えて生きている。しかし、他者もまた他者の作り上げた価値観で行動するのだ。

陽介にとって彼ら3人の行動は不可解に映るだろう。しかし、彼ら3人もそれぞれのよすがとする価値観を持っているのだ。この衝突を描いたところに作品の深さがあり、このことを最後まで自覚しない陽介のノーテンキさに、作品のメッセージがあるのだろう。また、陽介や麻衣子や灯の背後にいるはずの家族は一切描かれない。このことが孤独をさらに深くし、関係の脆さを浮かび上がらせているように思う。

本作品は、私たちの住む社会や人間関係の脆さが、八方塞がりのアポリアな課題としてあることを抉って見せたように思われる。緩やかなドラマはボディブローのように、じわりじわりと効いてくる。

(3) 2019年下半期　古川真人「背高泡立草」

読後にやや地味な印象を受ける作品だが、作品の展開の仕方や方法に瞠目すべきものが多い。その一つに平戸という土地と家族というキーワードを基軸にして現代と過去が交互に織りなされることだ。

作品は現在の福岡から始まる。実家のある長崎平戸の島に渡り、祖母の住む家近くの納屋の前に生えた草（背高泡立草）を刈りに、親族（叔父叔母や姉妹）が一緒になって出掛ける話だ。物語はその顚末をベースにして平戸に住んでいた先祖の物語が交互に織りなされる。

先祖の物語は取り立ててインパクトのある物語ではない。また、草を刈りに行く現代の時間を生きる親族の関係や描写にも、私たちの日々が新しく捉え直される発見や認識が示されるわけではない。どこにでもある家族や姉妹の関係や風景である。

しいて言えば、人の住むこともなくほぼ使われることのない納屋の前の草をなぜ刈るのか。その行為が示すものは、先祖の過去を蘇らせ現代を生きることの大切さを喩えているようにも思われる。が、このメッセージもそれほど強くはない。

日本文学の現代は、やはり沖縄の基地被害や差別的な現状に寄り添ったものではない。このことに改めて気づかされただけだ。この国の文学は、この国の弱者にスポットを当てる作品を書くことが、遠ざけられているようにさえ思われる。

作者はなぜこの物語を書いたのだろう。選考委員はどこにこの作品の意義や新鮮さを見つけたのだろう。納屋や雑草や、雑草を刈り取ることは何を象徴しているのだろうか。それは「土地の記憶」を掘り出すことの大切さだと考えられなくはない。選考委員の評を読むのが待ち遠しい。

また「ヘノコ」と記して、「ヘノコはちんぽこの意味やぞ」と、蘊蓄を垂れるのは、作品の文脈からどんな必然性があるのか理解に苦しむ。新基地建設で揺れる沖縄の「辺野古」を念頭に置いた言葉だと思われるが、作者は弱者を傷つける言葉への想像力が欠けているようにさえ思われる。

(4) 2019年上半期　今村夏子「むらさきのスカートの女」

今村夏子の作品との初めての出会いだが不思議な魅力を持った作品である。作品は次のように展開される。

近所に住む「むらさきのスカートの女」と呼ばれる女性のことが、気になって仕方のない「私」は彼女と友達になるために自分と同じ職場で働くように誘導する。職場は豪華ホテルの清掃員だ。「私」は身近にやって来た「むらさきのスカートの女」を観察し続ける。なかなか職場に馴染めないだろうと思われた「むらさきのスカートの女」は意外にもあっさりと溶け込んで好意を持って迎えられる。ところが、職場の上司である妻子ある所長と恋仲になり、職場のみんなから疎んじられるようになる。やがて「むらさきのスカートの女」は所長と仕事上のことでトラブルになり、所長は過ってアパートの手すりから階下に落ちて死んでしまう（と思わせる）。そしてその場に居合わせた「私」は用意周到に「むらさきのスカートの女」を現場から逃亡させる、という顛末だ。

どこにでもあるような女の職場のエピソードが、淡々と語られて終末を迎えるのだが、読書中に「?（はて）」や違和感や不可解さを溢れるほどに感じた作品だ。ところが読了後には不気味さがどっと溢れてくる。

まず一つは、語り手である「私」は「赤いカーディガンの女」と名付けられる。「赤いカーディガンの女」の「私」は、ストーカーまがいの語り手で、「むらさきのスカートの女」と一緒のバスに乗ることを執拗に試みたり、所長とのデートを観察するために二人を追い掛けたりする。このことに二人は気付かないはずはないのに、作品は「むらさきのスカートの女」に常につきまとう「私」から終始一貫して語られる。この違和感はテンポのよい軽やかな文体によっていつの間にか霧散させられているから不思議だ。リアリティのないこの語り手の設定も作品の特徴の一つであろう。

二つめは「むらさきのスカートの女」の変貌である。周りからも不気味な目で見られ距離を置かれていた「むらさきのスカートの女」は所長と不倫の関係に陥るや同僚から批難される普通の女に変貌する。嫉妬や痴話喧嘩も展開される。その挙げ句に、所長を殺してしまったと誤解し殺害現場から逃亡する。そして今度は「赤いカーディガンの女」の「私」が「むらさきのスカートの女」の立つ位置へするりと入り込むのである。ここに作品の魅力とテーマも忍び込んでいるのだろう。こんな不可思議な展開で作品は閉じられる。だれもが、他人の生活を覗きたくなるような「赤いカーディガンの女」であり、だれもが他人から理解されない「むらさきのスカートの女」であることを、作品は物語っているように思われる。

また、「むらさきのスカートの女」は「日野まゆ子」という名前を持ち、「私」は「権藤」という名前を持っていることが明かされるが、語り手の「私」は、終始「むらさきのスカートの女」と呼名する。ここにも作品を読み解くカギが隠されているように思う。

いずれにしろ、ディテールに違和感を感じながらも全体として不気味なインパクトを感じる不思議な作品が、今回の芥川賞受賞作品のように思われる。

(5)　2018年下半期　上田岳弘「ニムロッド」

かつて上田岳弘の小説「私の恋人」を読んで新鮮な驚きを覚えたことがある。タイトルからは想像もできない文学の新しさだった。私小説的な世界からは截断された長い時間と空間に生きる人間をSF的な手法で描いた作品で、ヨーロッパで生きたクロマニヨン人と東京で生きる現代人とを邂逅させ、知的に構成した作品で、人類への希望と絶望を語ったものだった。

今回の芥川賞受賞作品「ニムロッド」も、やはり知的な力で織りなされた作品で、「私の恋人」と同じように人類の希望と絶望を語ったものだ。前作との違いは現実の世界で進行しているかも知れない物語でリアリティがあるということだ。

主な登場人物は3名。仮想通貨ビットコインをネット空間で「採掘」するぼく・中本哲史。ぼくの恋人で中絶と離婚のトラウマを抱えた外資系証券会社勤務のキャリアウーマン田久保紀子。そして小説家への夢に挫折した同僚で今は東京から離れて名古屋でデータなどのやりとりをしているニムロッドこと荷室仁だ。

作品は、ぼくとニムロッドの語りで構成されて進行する。ニムロッドは、ぼくへメールを送り、社会や会社に馴染めない現在の心境を語る。ぼくは恋人田久保紀子との関係の中で、仮想通貨の世界で奮闘する現在を語る。

二人の語りの中にシステム化していく社会や取り替え可能となった人間の現在と未来が浮き彫りにされる。ニムロッドのメールには、冒頭に「飛べない飛行機」のコレクションが挿入され、時には作り上げた小説の主人公が語り出す。もちろん、田久保紀子もぼくへ語っている。

本作品は、「知的に破砕される個の夢と未来」の物語のように読み取れる。作者の上田岳弘は、個を失った現代のシステムの中で、未来においても個を回復する手立てがないことを文学の世界で比喩的に語っているように思われる。

(6) 2018年下半期　町屋良平「1R1分34秒」

文学にはどのような力があるだろうか。例えば今日、沖縄の人々には辺野古新基地建設の賛否を問う深刻な状況がある。戦後73年余、政治と文学の課題を背負ってきた歴史がある。並行して文学の自立を模索してきた歴史がある。このような状況の中に今回の受賞作「1R1分34秒」を置いてみる。文学の意義を改めて考えさせられる。多様な文学のありかたを許容するものの、文学そのものの目指す方向や日本文学の求める現在を考えさせられる。作品は沖縄の現状からは、ほど遠いものだ。

作品は一人の若いボクサーの内面が執拗に詳細に描かれる。「ぼくは……」と語られるモノローグ作品だ。「ぼく」は勝つことにこだわらない優しい男だ。対戦相手に友情を感じることもある。ぼくは、次のように語る。

「自分じゃなく、世界を変えたい。自分の目のレンズを濁して世界を修正するのはもういやだ」（102頁）と。そうであればどのような方策があるのか。読者には最も興味のあることだが、このためのメッセージは届いてない。

⑺　２０１８年上半期　高橋弘希「送り火」

暴力は突然やって来る。理由はない。それゆえに恐怖だ。暴力は日常の世界を一瞬のうちに非日常の世界へ変える。この暴力は、国家権力が強いる戦争の仕組みや特質にも似ている。このことをひしひしと感じさせる作品である。

作品は当初中学校を舞台にして展開される暴力を描く。それがやがて大人社会へと移行する。一瞬のうちに少年たちは暴力の渦に巻き込まれ、容赦なく被害者として位置づけられる。暴力は無慈悲だ。相手を選ばない。同時に加害者がいつでも被害者に反転する。

日常に潜む暴力への恐怖。その破壊力を示したのが本作品だと思う。ただ、この世界にどのように対処すればよいのか。このことこそが私たちが知りたいことであるが、このことのヒントや暗示は見つけにくい。

作家の島田雅彦は好意的に次のように述べている。「予定調和の通用しない世界の理不尽な暴力には静かに躍動するコトバで対抗するしかない」と。

⑻　２０１７下半期　若竹千佐子「おらおらでひとりいぐも」

本書は次のように書き出される。「あいやぁ、おらの頭このごろ、なんぼがおがしくなってきたんでねべが　どうすっべぇ、この先ひとりで、何如にすべがぁ」

このように語り出す主人公は桃子さん、夫を亡くしたおばあちゃんだ。この桃子さんが、失意の中でも、結婚生活（夫）から解放された晩年の人生を明るく楽しく、自由に生きる光明を見いだす姿を、ユーモラスに描いたのが本作品だ。カバーのキャッチコピーは「青春小説の対極、玄冬小説誕生！」と銘打っている。

最も興味深いのは作品の手法としての語りの方法だ。語り手は多様に変化する。「桃子さん」と述べる第三者の語り手がいて、桃子さん自身がいる。さらに桃子さんは幾つもに分裂して、幼い頃の桃子さん、夫と出会った頃の桃子さんが容易にタイムスリップして語りだす。さらには桃子さんの内面の声を語る「無数の柔毛突起」たちが登場する。「頭の中には大勢の人がいる」のだ。これらの語り手が、縦横無尽に作品世界に登場して、時にはしんみりと、時には底抜けに明るく、そして多くは東北弁で、「あいやぁ」と語り出すのだ。

桃子さんは、夫を失った後の人生を次のように語る。「もう今までの自分では信用できない。おらの思ってもみながった世界がある。そごさ行ってみって。おら、いぐも、おら、おらで、ひとりいぐも」と。

私たちもまた、「あいやぁ」と叫んで、こんな小説があってもいいのだと快哉を叫びたくなる。ちなみに「おらおらでひとりいぐも」は宮沢賢治の詩「永訣の朝」のトシ子の言葉だが、宮沢賢治については一切触れられていない。

(9)　2017年下半期　石井遊佳「百年泥」

作品の舞台は現代のインド、チェンナイだ。作品は次のように書き出される。「チェンナイ生活三カ月半にして、百年に一度の洪水に遭った私は果報者といえるかもしれない」と。

まず、この書き出しに違和感を覚える。2015年にチェンナイを襲った大洪水は269人の死者を出し、数十万人が孤立して救い出される大惨事となった。悲嘆に暮れたであろう罹災者や死傷者のことを想像すると「私は果報者」という作者の姿勢に首をかしげる。土地の痛みに寄り添わない傲慢な表現者の態度だ。もちろん、主人公は作者が作り出した架空の人物であるが……。

作品は、この大洪水で「都会のドブ川の、とほうもない底の底まで攪拌され押し合いへし合い地上に捧げられた百年泥」の中から、生者たちの宝物が現れ、死者たちが当時の姿のままで出現し、現代の生者たちと肩を抱き合い思い出に興ずる。作者の言葉を借りればそんな「けったいな小説」だ。

現実から遊離した不思議な企みは、死者たちが甦るだけでなく、羽根を付けて空を飛んで出勤するエリート社員たちも作り出す。こんな発想は面白いが、物語の世界がこの奇抜性に安易に凭れすぎているようにも思う。

作者は「大学生の頃から小説を書き始め、以来100作近く書いた」「私は世界を文学で表現するという業の持ち主。書くのを辞めるのは人間をやめること」と、受賞インタビュー（2018年1月18日）で豪語するが、文学をどのように考えているのだろうか。私には、本作品の受賞は、インドという土地の力に拠るところが大きいように思われる。たぶん作者は、新人作家にしては小説を作るのに手慣れ過ぎているのだろう。この「業」がどのように展開するか、興味深いことではある。

(10)　2017年上半期　沼田真佑「影裏」

作者沼田真佑（1978年、北海道生まれ）は、本作が唯一の作品で、本作で「文学界新人賞」を受賞、さらに「芥川賞」の受賞までに至ったという。読後の印象は、評価が困難な作品だというのが正直な感想だ。

物語は、震災前の東北に転勤となった主人公「私」が、同僚の日浅に好感を抱き釣り仲間として付き合うようになる。しかし、突然、日浅が退職して冠婚葬祭の会員を募る会社に就職して入会の勧誘をする営業をしていることが分かる。

日浅は、震災で大津波が襲った日に消息不明になる。津波に飲み込まれたのではないかと不安になった主人公は、日浅の実家に父親を訪ね、捜索依頼を出すことを強く要請する。父親はそれを拒み、日浅の隠されていたもう一つの顔（例えば父を騙して四年間学費をもらい受けていたことなど）が浮かび上がってくる、という作品だ。

プラス評価の点は、日浅に限らず、人間は他人に知られたくない隠された「影裏」を背負って生きていること。主人公である「私」も同性愛者である「影裏」がある。それが壊れ暴露されていく過程を、震災という強い破壊力を持つエネルギーを背景にして描いたことにあるだろう。

マイナス評価は、作品の展開や登場人物像の分かりにくさにある。日浅と主人公の登場する場所や時間が、何の説明もなく描かれるので、「だれが」「いつ」「どこで」「何をしているのか」が分かりづらい。もちろん小説は説明ではないが日記のように綴られる「私」のモノローグは不明瞭で違和感が拭えない。

二つ目は、主人公の言動の不可解さだ。日浅の捜索を、初対面の父親に凄むように要請する態度は全く理解に苦しむ。息子に裏切られたと落胆する父親に「たかが学歴詐称でしょう」と啖呵を切るように迫る態度などは、物語を作るのに性急すぎるのではないかと思われるほどだ。

また、「私」がなぜ日浅にこれほど執着するのか、「私」が震災で負ったであろう心の傷は全く記載されることも暗示されることもない。肝心なところでの難読漢字の使用や、必要な箇所で改行を行わない表記の方法には困惑さえ覚えた。

いずれにしろ、文学界新人賞も芥川賞も受賞する作品なんだから、きっと優れた作品なんだろう。選考委員の選評を早く読んでみたいという思いと同時に、私自身の持つ文学観が新しい文学作品の登場を理解し得ないほどに古びているのだろうかという不安を持った。そんな感慨を持たせる作品だ。

⑾　2016年下半期　山下澄人「しんせかい」

本作品への共感は少なかった。小説は物語ではない。登場人物の内面を描くものなんだ。という自明の定義に納得するものの、読後の感動は小さかった。

ストーリーは単純だ。19歳の主人公スミトがなんとなく北海道富良野にある俳優や脚本家を養成する演劇塾に入る。そこには「先生」がいて「谷」と呼ばれる場所で肉体労働をし、共同生活を営みながら「先生」から多くのもの学んでいく。スミトは第二期生で十数名の仲間のうちの一人だ。そのスミトが演劇塾で2年間の共同生活を営む中で出会う人々や、残してきた恋人との別れなどを19歳の目線で描いている。

スミトは、大した決意もなく何気なく入門したので、そこで出会う人々との深刻な人間関係や対立のドラマは生まれない。恋人であったかどうかも分からない彼女との別れであるから悲壮感も寂しさも大きなものではない。そんな人物が変わったのか、変わらなかったのか、よく分からない日常の中での「しんせかい」の芽生えと発見を描いたのがこの作品だ。

たぶん作者の意図はそのような人物を描くことにあるのだろう。周りの人々から孤立しているのかどうかも分からずに、あてもなく漂う人間。しかし、生きている実感を、無意識の中でつかみ取ろうとしている人間。そんなスミトの泣くに泣けない、叫ぶに叫べないモノローグ小説である。

作品中、スミトの前に黒い闇の存在としての「影」が現れるが、スミトの不安や実存の深い闇を象徴する通り魔的な存在として登場する。この手法は、第150回芥川賞受賞作、小山田浩子の「穴」と類似する手法のように思われる。「影」は、主人公を不安に陥れる仕掛けとして登場する「穴」と同じ役割を担わされているかのように思われる。そんな仕掛けや、訳の分かりにくさから言えば、いかにも芥川賞らしい作品である。

受賞作を収載した単行本には、次のような長いタイトルの作品も併載されている。「素直に言って覚えていないのだ、あの晩、実際に自殺をしたのかどうか」。この作品は大学受験で上京してきた若者の受験前夜の不安な心理がモノローグで語られる。読者は、語り手の「覚えてない」ことにつき合わされる覚悟が必要だ。それは「しんせかい」の語りと同様な世界である。

(12)　2016年上半期　**村田沙耶香「コンビニ人間」**

本作の読後の爽快感は格別だ。歯切れのよい文体、コロンブスの卵のような着想、ユーモラスな文章、作者は物語ることも、物語を作ることも手慣れた才能を惜しみなく発揮している。難解な語彙を使用し難解な思想を開示するのではない。むしろ平易な言葉を使用して私たちが住んでいる日常の風景を切り取り織りなしていく。そして物語全体が風刺の効いた文明批評になっている。それだけに読みやすいし、理解しやすい。どこにでもある風景を、木の葉の表裏のように色彩を反転させて価値を逆転して見せてくれる。まるで「現代版イソップ物語」のような印象を受ける。

帯文を紹介しよう。「(主人公はコンビニに勤める) 36歳の未婚女性古倉恵子。大学卒業後も就職せず、コンビニのバイトは18年目。これまで彼氏なし。日々食べるのはコンビニ食、夢の中でもコンビニのレジを打ち、清潔なコンビニの風景と『いらっしゃいませ!』の掛け声が、毎日の安らかな眠りをもたらしてくれる。ある日、婚活目的の新入り男性、白羽がやってきて、そんなコンビニ的生き方は恥ずかしいと突き付けられるが……」

主人公、古倉恵子の生き方がそのまま現代を批判する寓喩になっている。そして、白羽に影響され、コンビニをやめて変化を求めるが、最終的には変化を拒否して収束する物語が「うさぎとかめ」ならぬ「現代版イソップ物語」となっているのである。

もちろん、主人公古倉恵子の造形は、ややデフォルメされた人物設定であり、それは小説の常套手段である。むしろ人物設定に余計なものを剃り落とした潔さが、この作品を面白くしている。古倉恵子も白羽も潔いほどに単純である。

作品は、一方では自己変革の物語と読み取ることもできよう。「私」は変われるのか。変われないのか。軽やかな文体と着想で、実存の闇をユーモラスに照らしだす。このことをもう一つの譬えで言えば、ドストエフスキーの「現代版　罪と罰」である。軽快な文体だが、深刻なテーマを担っている作品であるということもできるだろう。

⒀　２０１５年下半期　滝口悠生「死んでいない者」

受賞作に相応しい面白い作品だと思う。しかし、インパクトは弱く、テーマにも、表現の技法にも、物語の展開にも、特に新鮮さを感じない。そこに良さがあるのだと言われれば、はい、そうですね、と納得する作品ではある。

物語は、老人の死の通夜の席に子や孫がやって来る。その人間模様を通夜の晩の時間の中で描いている。それぞれの登場人物を語る語り手は曖昧だ。第三者だと思って読んでいると、ところどころに「自分」という言葉が入り、登場人物自らが語っている場面もある。それが特徴になり違和感になる。次の二人の選考委員は、むしろそこを高く評価している。

○小川洋子：「『死んでいない者』を語っているのは誰なのか。もしかしたら滝口さんにも正体は分からないのかもしれない。その不親切ゆえに生じるあいまいさを、私は魅力と受け取った」

○奥泉光：「自在なかたりの構成が小説世界に時空間の広がりを与えることに成功している」「総じて手法はうまく生かされ、死者も生者も、老人も子供も、人間も事物も等しく存在の輪郭を与えられ、不思議な叙情性のなかで、それぞれが確固たる手触りを伝えてくる。傑作と呼んでよいと思います」

読みにくさが、傑作になるという主張だ。それもありなのかと思う。「死んでいない者」というタイトルは、やや説明的過ぎるのではないかと思うが、読了後には、それしかないな、という印象だ。

作品のフィナーレで、孫たちが夜中に川に入り、尻を濡らすという行為があるが、それが何を象徴しているのか、私には理解できなかった。あるいは理解しなくてもいいのだろうか。「生きている者」たちの行為は、どれも理解し難い行為の集まりであるということなのか。

⒁　２０１５年下半期　本谷有希子「異類婚姻譚」

語り手は妻の「私」である。「私」の視点から、夫との日常が語られていく。夫婦は外国に新婚旅行に行き、持ち家があり、「私」が専業主婦であるというわけだから、不自由のない生活をしていると言えるだろう。むしろ裕福な生活をしていると言っていい。この設定から、微妙に作品世界は現実離れしていく。主婦や夫の生活の輪郭が曖昧だ。

「いつの間にか夫婦の輪郭が混じりあって」一つのものになる、かと思いきや、妻の「私」は次のように叫ぶ。「あなたはもう、旦那の形をしなくてもいいから、好きな形になりなさい」と。すると夫は、「一輪の山芍薬」の花になったという話だ。まさに「異類婚姻譚」である。

かつて、日本の戦後文学史で、第一次戦後派と呼ばれた世代の後に、第三の世代と呼ばれる一群が登場した。「戦争体験」の作品化から「日常の危機」へと称して、テーマを日々の生活や、夫婦、家族の問題を取り上げた時代があった。本作を読んで、その時代の作品を記憶に蘇らせた。ただ、前世代との違いは、前世代が、最後まで「夫の形」をし、「妻の形」をして戦っていただろうと思われる作品世界から、いとも簡単にスキップして夫を「山芍薬」にする潔さである。

日本の文学は、この世界を享受するほどに成熟したというべきであろうか。私には、よく分からない。エンディングは爽やかだし、「芍薬」の隣に植えた「竜胆」も存在感が増している。読後の爽快感を味わえるのも確かだ。

しかし、舞台で展開される一時のマジックを見るような感想をも持った。所詮、この作品世界は、作り物である。作者の想像力の産物である、というような感慨だ。それは生活臭のない、生きる輪郭が曖昧な作品だからではないかとも思われるのだ。

それにしても作者は、夫を「芍薬」にしたり「藁」にしたりと、軽快なマジックを披露しているが、安易にその世界に寄りかかない方がいいのではないかとも思われる。葛藤の世界に留まり、苦悩の世界に留まり、言葉の力を獲得する。このことも読者の共感を得られる姿勢だと思うからだ。

⒂　２０１４年下半期　小野正嗣「九年前の祈り」

受賞作を収載した単行本には、受賞作品の他、短編3作品が収められている。本書が出版されたあとに、タイミングよく収載された一つの同作品が芥川賞受賞となったようだ。

受賞作「九年前の祈り」は、若い女性を主人公にした物語だ。九年前、大分に住んでいた主人公は、地元のおばさんたちと一緒にカナダ旅行をする。カナダで知り合った男性との遠距離恋愛が始まり、カナダ男性は東京に職を求めてやって来る。女主人公も上京して二人の結婚生活が始まり男の子を出産する。しかし、男に愛人ができたことを理由に、女主人公は男と別れ、息子を連れて再び育った土地（大分県の県南の小さな漁村＝浦江）に戻って来る。九年前、カナダで障がいを持つ子の幸せを祈っていたおばさんのように、女主人公もまた、息子の成長や自分の人生を見つめながら祈り、生きる意味を考える……、というような作品だ。

作品の扉には、「兄、史敬に」捧げると記載されている。他の3作品もそうだが、生まれた土地に生きる、無名の人びと、その人びとの暮らしを温かく描いている。もう少し強調して言えば土地から生きるエネルギーを貰っている。

作者の受賞インタビューがネット上に掲載されていた。作者は前衛的な作品を書いていたようだが、インタビューの中から目に付いた2点を記しておこう。
○小説は土地に根ざしたもので、そこに生きている人間が描かれると思うんです。あらゆる場所が物語の力を秘めている。それを切り取って書くことが、普遍的な力を持つと。世界の優れた文学は、個別の土地や人間を掘り下げて描くことで普遍的になっていると思います。蒲江もおもしろい、特殊な場所ですよね。僕が大好きな文学はそういうもので、特別な世界を描きながらも普遍的なものにつながる。大好きな世界です。
○弱者という言葉をつかうのはおこがましいですが、辱しめられたり、しいたげられている、困難を抱える人たちはいます。そういう不可思議なものに目が向いてしまうのが、文学や芸術かと思う。そういう人たちの存在に注意を傾けるのが文学だとも思いますし、僕にとっては自然な傾きなのかもしれません。

⒃　2015年上半期　又吉直樹「火花」

受賞作はお笑い芸人「ピース」の一人である又吉直樹の作品。文学界2月号に発表された作品だ。

作品の時間は現在。主人公は漫才をしているお笑いコンビ「スパーク」の一人徳永である。徳永が他の漫才コンビ「あほんだら」の神谷と出会い、先輩芸人として師と仰ぐ。神谷から、自分の伝記を書けと言われ、深いつき合いが始まっていく。自分の芸人としてのあり方も含めて、神谷の漫才に賭ける思い、真摯な漫才師の苦闘が描かれる。「笑わす」とは、どういうことなのか。なぜ「漫才」をやるのか。命を削るようにして言葉と闘っている彼らの日常があぶりだされる。主人公徳永の漫才に賭ける思いや、人と違うことをやらなければ漫才界で生き残れないとして苦闘する神谷の言動は、普遍的な人間の生き方や姿に到達していて、いい作品に仕上がっている。

花火の打ち上がる箱根の場面から始まり、前座として舞台に登場する「スパーク」や「あほんだら」の漫才が披露され、芸人たちの思いが披瀝される。小説の終わりも箱根の花火の打ち上げの場面で閉じられる。徳永と神谷の遍歴が途中に挟まっているのだが、徳永は漫才を辞め、神谷は、さらに人々を笑わそうとして豊乳の手術をする。彼ら二人の生き様を通して、人間とは悲しい存在であり、あほんだらな存在であり、いとおしい存在であるという感慨が読後に残る作品である。

⒄　2014年上半期　柴崎友香「春の庭」

志賀直哉の「城の崎にて」を、田中実が自らの編著書『文学が教育にできること―「読むこと」の秘鑰』（2012年）で絶賛している。理由は幾つかあるが、一つ目は「物語から脱却した小説だ」ということだ。つまり、物語（＝ストーリー）に寄りかからない小説、筋のない小説、プロットを凌駕した小説だということだ。二つ目は、語り手の心象を語る語り手を俯瞰するもう一人の語り手、メタ語り手の視線を有した作品であるということだ。その視線が、小動物の死を語りながら、自らの死（病）を乗り越えて温泉宿に宿泊しているメタレベルの語り手の視線として獲得されているという。[注2]

柴崎友香の受賞作「春の庭」を読んで思い浮かんだことは、田中実のこの論考のことだった。「春の庭」は物語らしい物語はほとんどなく、「私」と隣人の日常は進んでいく。その日常は、一見透明な日常のように思われるが、「私」や隣人の愛し憧れる「春の庭」には死体が埋まっていることを知らない日常でもあるのだ。

前半は、読むのに窮屈であったが、読み進めていくほどに味わい深く、何かが起こるであろう予感も十分に感じさせるスリリングな作品であった。物語の面白さではなく、物語のない世界の面白さで、玄人好みする作品かもしれない。

受賞作についての選考委員のコメントは宮本輝の評がしっくりいった。「街、路地、そして人々の暮らしが匂いをもって立体的に浮かび上がってくる」と評している。

受賞作について作者本人は「今の世界を認識するのに、揺るぎない世界という見方では捉えられない。いろんな人が見た認識を書き、読み手が揺らぐような形にできないかと考えた」とコメントしている。

⒅　2013年下半期　小山田浩子「穴」

日常に潜む危機、それをカフカ的な手法で暗示した世界である。例えばカフカの「変身」、サルトルの「嘔吐」のような実存主義的な作品を読後に思い出した。そのような世界を描いたのが本作品「穴」かなとも思われる。

作者が描く作品のディティールにはリアリティがある。登場人物の造形にも全く違和感がない。しかし淡々と進んでいく日常の中で、人物相互の関係は脆い。一つのネジを外すと、全てが崩壊するような関係だ。また、だれもが生きている実感を持ちあぐねている。夫は携帯に頼り、義母は息子に頼り……と。しかし、頼る者のない人々の存在は、存在自体も希薄になる。それを手に入れようとすれば、「穴」に落ちる以外にない。その闇を凝視し、得たいのしれない者と向き合い、生きることを考える。「穴」は再生の場所（方法）かもしれない。あるいはその行為こそが生きるということなのだ……。

たぶん、細部にちりばめられた事物や関係は、多様な意味をも暗示している。受賞作品が収載された単行本には他に二つの短編作品も収載されているが、二つともそのように読めるような気がした。日常の細部を描きながら、そこに潜む暗部、闇……。そんな世界で人は如何に生きるか……。純文学的な世界を古風な手法で蘇らせた作者の登場。そんな印象を持った。

⒆　２０１３年上半期　藤野可織「爪と目」

作者藤野可織は、かつて「文学界新人賞」も受賞しており、年齢も33歳というから力のある作家なんだろう。しかし、今回の「芥川賞」受賞作品の評価は、私には容易にはまとまらなかった。やや混乱しているというのが正直な感想だ。

良さをあげれば、東日本大震災に接しても「恐怖はつるつるとあなたの表面を滑っていった」とあるように、物事だけでなく、他者に向かうにも深く向かうことのできない、或いは向き合おうとしない、現代人の悲劇を描いているようにも思える。「あなた」と呼ばれる主人公が、作品の冒頭で「きみとは結婚できない」と言われても「はあ」と返事をする。このことが「あなたにはどうでもいいことだった」というような人間関係を構築する「時代の風潮」とでも名づけられる他者への向かい方の悲劇である。

父親もそのような意味で、妻にも「あなた」にも、真摯に向き合うことはない。妻もまた、ベランダのガラス越しにしか夫を見ていない。そのような人々の作る家族の脆さが、しっぺ返しを食らわされるように象徴的に描かれる。「あなた」もまた、他者に向き合うよりも自らの「目」に向き合うことが大切で、その目から逆襲されるのだ。

他に良さをあげれば、「目」と「爪」に、多義的な意味を持たせた象徴的な手法だろう。そして3歳の「わたし」の視点から「あなた」を語らせる着想の巧みさだろうか。

しかし、同時に違和感も拭えない。例えばかつての「芥川賞」受賞作品が持っていたヒューマニズムとか、感動とか生きる勇気とか、あるいはストーリーの面白さは、本作品からは微塵も感じられない。受賞作品の評価は、着想の奇抜さと小手先の技術に偏重しているようにも思われる。

また払拭しがたい作品へのもう一つの違和感は、「わたし」の怒りの向かい方がどうしても理解しづらいことだ。たとえば、なぜ「わたし」の憎悪は父親に向かわないのか。また、なぜ、「わたし」は、母を殺したかもしれないという過失に向き合わずに、「あなた」に向き合うのか。「わたし」の過去は爪を噛む行為だけに収斂していいのだろうか。3歳の娘に「あなた」を断罪する知能があるのだろうか。もし、それが可能とすれば、なぜそのベクトルは父親へは向かわないのか。無頓着な「あなた」がなぜ、「hinako＊mama」のサイトに向かうのか。些事を詳細に描くことがどのような意味を持つのか……。多くは混乱のままだ。

総括的に言えば二つ。かつて文学は、截然とは分けられない曖昧な部分にこそスポットを当てて表現してきた。しかし、今は截然と分けられる世界を曖昧なものにすることに文学の力を認めようとしているのだろうか。二つ目、この作品のキーワードは「ガラス板」であるように思われる。それは、どの家庭のベランダにもある「ガラス板」であり、「あなた」の目を覆うコンタクトレンズに象徴される「ガラス板」である。

(20) 2012年下半期　黒田夏子「abさんご」

作者は黒田夏子。受賞者が史上最高齢の75歳ということと、横書きで平仮名を多用して「誰もが親しんでいる書き方とはいくぶん異なっている」（蓮實重彦）ということで話題を集めているが、私にはあまり馴染めなかった。

作品は、老いた語り手が過去を振り返り記憶の断片を織りなしていくのだが「夢のような美しい世界」（作品カバー表記）と評されるような感動はなかった。たぶん、この世界から人生における大切なものや美しいものを読み取るべきなのだろう。また本作品は、表現方法の特異性と作品の醸し出す世界が合致した成功作なのかもしれない。

しかし、老人の懐旧談につき合わされているだけで、文学の面白さや刺激的な世界観の認識等は見出せなかった。表記の必然性や、タイトルに表象される作品の内容にも理解が及び難く、これが日本文学の現在であるならば、「沖縄文学」はますます異質なものにならざるを得ない。そんな感想を得たというのが偽らざる読後感だ。

お勧め度も低い。ますます芥川賞は、若者に文学離れを助長するのではないかとさえ思われる作品である。もちろん、言葉の解体や再生を試行する作者の実験は興味深かった。

(21) 2011年上半期　鹿島田真希「冥土めぐり」

「冥土めぐり」とは大仰なタイトルを付けたものだと思う。主人公奈津子から見た家族との過去は「冥土」と名付けたいほどのものであったのだろうか。そのように名づけるほどの客観的な視点をもっているのであれば、なぜ冥土から脱出しようとしなかったのか不思議である。私には、作品のテーマは主人公を含めて自らを客観視する他者の目を持たない人々の悲劇の物語であるように思う。小説が妙に生活臭を帯びていながらも、一方でリアリティのない観念的な作品であるように思われるのは、この不思議さが醸し出しているようにも思われる。

物語は主人公奈津子が、身体が不自由な夫太一と共に新幹線で旅に出るところから始まる。幼い頃の裕福な時代に祖父母や母や弟たちと一緒に旅した豪華ホテルに宿泊する旅だ。しかしそのホテルは、今では落ちぶれて1泊5千円ほどの安い値段で泊まることができる。その途次での夫との結婚のいきさつや、家族のことが回想される。特に母や弟に代表される家族の振る舞いは傲慢で、見栄や自尊心に彩られた理不尽なものである。その理不尽さの犠牲になったのが主人公の奈津子だ。

また夫、太一の病や太一に対する母や弟の対応も理不尽なものである。作品はその理不尽さと対峙する主人公の闘いと解放を描いたものだろう。

物語の展開や結末には、やや違和感を覚えるものの、奈津子の心情を描く表現力には説得力がある。このディテールには、大いに共感もし新鮮な発見もある。また随所に見られる内省的な問いかけには珠玉のような言葉となって私たちの内部に巣くう理不尽さを殴打する。逆説的な言い方をすれば、訳が分からない理不尽さや矛盾に人は苦しめられて生きるのだろう。このことを描くことに作者の目的はあったのではないかと思われるほどだ。

鹿島田真希は「芥川賞」受賞インタビューで次のように語っている。「理不尽を理不尽として書くだけではなく、理不尽を受け入れるところまで書いたのがこの作品における自分の成長だったかなと思います。理不尽を受け入れる人というのはどういう存在なのかを具体的な人間像として描いたことが」。

また次のようにも語っている。「人間がすごく不幸なのは国家や社会規模の『公的な不幸』を抱えながら、一人一人に固有な『私的な不幸』を抱えているところです。その公的な不幸と私的な不幸の比重というのは同じだと意識することが、うまく生きるコツかなと私は思います。たとえばいま、東北の震災がニュースで取り上げられたかと思うと、いじめで自殺する子どものニュースが報じられます。この二つの不幸は同じ比重だと考えるべきだと私は思うんです。不幸の大きさは、公的であろうと私的であろうと変わりません」

この言葉に触発されて沖縄を考えてみる。沖縄は公的な不幸と私的な不幸が重なることによって、2倍以上の不幸に苦しめられているようにも思われる。作者の脳裏に沖縄の不幸は透視されているのだろうか……。

(22) **2011年下半期　田中慎弥「共喰い」**

作品の舞台は昭和63年夏。主人公は17歳の男子高校生遠馬。遠馬は、父・円と、その愛人の琴子とともに川辺の街で暮らしている。円は性交の際に相手の女を殴ったり首を絞めたりする悪癖があり、そのために琴子の顔と体はあざだらけである。遠馬を生んだ母親の仁子は円の悪癖に堪えられず遠馬を円に託して家を出ていく。近くの川辺で魚屋をしているが、遠馬は仁子とも親しくしており魚屋へも頻繁に出入りしている。

遠馬は、一つ年上の恋人・千種と親しい仲にあり、SEXもするが、自らの中に流れる怪物的な父の血を怖れ、自分もまた千種に同じことをしてしまうのではないかと不安を抱いている。琴子は円の子を宿したことを告げ円の暴力から逃げることを遠馬に告げる。遠馬が千種と諍いを起こしていたころ、祭りの夜に千種が円に強姦されたことを知る。父を殺すと決意した遠馬の怒りを抑え、仁子が円を殺す。仁子は戦争中に右手を負傷し粗雑な義手を付けていたのだが、円の遺体には外れた義手にしっかりと包丁が握られ突き刺されていたのだ。

物語の顛末は、このようにまとめることができるだろう。全編、濁った川辺の水に象徴されるような重苦しいトーンで親子の愛憎、男女の愛憎劇が展開されるのだ。

それにしても、なぜ円はＳＥＸの時に女を殴りつけるのだろうか。10歳も年上の仁子さんだけでなく、琴子さん、街の女たち、そして遠馬の恋人千種までも殴り倒しＳＥＸするのだ。遠馬にも父と交わった女と寝た時、その兆候が現れる。

しかし、その原因も理由も明確には示されていない。男の快楽や愉悦のためだと暗示されるのだが、ここに、他の理由を考えさせるのが作者の意図なのだろうか。

私には、円に象徴される男の怒りは、理不尽なものに対する怒りや抗いと喩えてもいいように思う。殴られる女が象徴するものは、状況を受け入れる従順さであり快楽である。もちろんこの行為は、男女の個の世界では暴力であり悪である。

しかし、翻って考えるに、公の世界でもこの暴力は、悪であることを暗示したのではないかと思われるのだ。このことは同時に男の側の単純なまでの誤解であり、男の女に対する幻想に過ぎないことをも暗示したように思われるのだ。

いずれにしろ、川辺に住む小さな家族の物語が、欲望と本能のままに生きる人間の醜悪さを露呈させながら、母と子の絶望、そして若い男女の未来に小さな希望を点滅させながら織りなされたのがこの作品であると言えようか。

(23)　２０１１年下半期　円城塔「道化師の蝶」

「なによりもまず、名前があ行ではじまる人々に。／それからか行で、さ行で以下同文。／そしてまた、名前が母音ではじまる人々に。／それからｂで、ｃで以下同文。／諸処の規則によって仮に生じる、様々な区分へ順々に。／網の交差点が一体誰を指し示すのか、わたしに指定する術はもうないのだが、こうする以外にどんな方法があるというのだろうか」

このような書き出しで始まるのが、本作品だ。この後にⅠ、Ⅱ、Ⅲ、Ⅳ、Ⅴとして五つのエピソードが続く。しかし冒頭に述べたこの書き出しの意味を理解するのが困難で、以下に続く5つの物語とどのように関連しているのか理解することも困難である。また五つの物語が相互にどのように関連し合っているのかを理解するのも容易なことではない。関連しているようでもあるし、関連していないようにも思われる。また語り手は、複数の人物であるようにも思われるし、同一の人物として捉えることも可能なように思われる。

いずれにしろ本作品は、言葉のブランコが織りなす影絵のようにな作品だ。それゆえに文学の力を試行している実験作のようにも思われる。

Ｉのエピソードは「旅の間にしか読めない本があるとよ

い」と書き出され、「それは東京ーシアトル間を結ぶ飛行中のできごと」で、客席の隣りに座ったA・A・エイブラハム氏が「わたし」に語ったエピソードだ。エイブラハム氏は補虫網を持っており、「架空の新種の雌の蝶」を捕らえようとしているようだ。その蝶は「まさに道化師そのものだ」と言われ、「アルレキヌス・アルレキヌス」という学名があるというのだ。

Ⅱのエピソードは、「さてこそ以上、希代の多言語作家、友幸友幸の小説『猫の下で読むに限る』からのほぼ全訳となる。翻訳は「わたし」が行ったから、原文に存在しているとも言われる文章効果については失われてしまったはずだ」とはじまっているから語り手は「わたし」なんだろう。Ⅰのエピソードの語り手である「わたし」とどう繋がっているかは曖昧である。

Ⅲのエピソードは、「台所と辞書はどこか似ている」と始まって、料理の話が展開される、と思いきや途中から「フェズ刺繍」のエピソードになる。Ⅳのエピソード、Ⅴのエピソードは……。いやはや具体的な映像を思い浮かべるのは難しい。

芥川賞作品とはいえ、私にはこの作品の良さが理解できない。難解であると片付けるには申し訳ないほどの味わい深い文学世界が展開されているようにも思われる。

しかし、少なくとも沖縄の苛酷な状況や、基地被害に呻吟する沖縄の人々へ希望を与えるような作品とは思われない。いや多くの人々の共感を得るのは難しいだろう。文学は多様であることを改めて感じさせられた作品であり、このような作品が芥川賞を受賞し注目を集めるのかと新たに認識させられた。

作者円城塔は受賞の言葉で次のように述べている。味わい深い言葉であるだけに記しておく。「人にとっての現実とは途方もなく様々なのだと、この思いは年々強まり、勢いはむしろ増す様子です。してみると、遂には互いが生きていることさえ実感できぬ境地にいたるのではと身が震え、こうして生きる者があるのだと、証言を残す必要を感じるのです」(『文藝春秋』２０１２年3月号、４１７頁)

2　小説の力・文学の力

さて２０２０年から遡って過去10年間の芥川賞の受賞作品を概観した。この23の作品からは小説作品の有する多様性や作家の問題意識もいくらかは垣間見ることができるであろう。日本文学の動向を芥川賞受賞作品で見ることも本稿の目的の一つである。

しかし、考えてみると、これらの作品だけから日本文学の傾向や潮流を見ることはやはり困難なことかもしれない。そんな疑問がふつふつと湧いてきた。作品のテーマやあらすじを整理しながら萌した懸念だが、それこそ文学は多様であるからだ。

おそらく作品は、作者の思惑を超えて読者に届くだろう。あるいは作者の想像だにしなかった読者の読解が出てくるかもしれない。私が作品への感慨を語ってきたことも、固定的な作品の感想や評価ではない。私個人の読後の印象批評である。私でない者が語れば、違う23通りもの感慨が記されるはずである。

そこで、沖縄への言及や、「沖縄」というキーワードで作品を再度概観してみたいのだが、その前に「小説とは何か」「文学とは何か」「小説はどう読まれるべきか」などについて、幾人かの作者や文学研究者の見解を確認しておきたい。このことは23作品への新たな視点を獲得させるはずだ。

ここでは、ロラン・バルト、テリー・イーグルトン、ミラン・クンデラ、そして三島由紀夫、田中実の著作の中から、彼らの見解を後の作品比較や分析に生かせるかどうかの考察のよすがにしたい。

ロラン・バルトは1941年フランス生まれの文芸評論家である。近代文明の制度、思考の制度を積極的に解体し、一つのテキストに対して100人の読者がいれば100とおりの読みが成立するとした「容認可能な複数性」を提唱し、「読みのアナーキー」を創り出した。[注3]

ロラン・バルトは自らの著書『文学の記号学』(1981年)の中で次のように述べている。[注4]

文学は多くの知を背負っている。『ロビンソン・クルーソー』のような小説の中には、歴史、地理、社会(植民地)、技術、植物学、文化人類学(中略)、などに関する知が盛りこまれている。仮に何か極端な社会主義ないし蛮行によって、われわれの学問が、一つを除いてすべて教育の場から追放されることになったら、救い出さなければならないのは、文学の学であろう。というのも、文学の記念碑的作品のうちには、あらゆる学識が含まれているからである。まさにこの点で、文学はいかなる流派を名乗ろうとも、絶対に、断固として、実在論的(レアリスト)であると言うことができる。文学とは実在(レアリテ)なのである。つまり、現実を照らす光そのものである。(20頁)

テリー・イーグルトンは、1943年生まれのイギリスを代表する批評家だ。イーグルトンの紹介する英国をはじめとする世界的規模の文芸思想はとても刺激的である。イーグルトンの著書『文学とは何か―現代批評理論の招待』(1985年)は朱線を引きながら何度も読み返した。その中から1910年半ばから1930年代にかけて活躍したロシア・フォルマリストたちが提唱した文学の定義については、次のように紹介している。[注5]

文学を定義するのに、それが虚構なのかどうか、つまり「想像的」であるかどうかにこだわっていてはだめなのだ。それならば、文学を文学たらしめるのは、それがある特殊なやり方で言語を駆使しているかどうかで決まるとしたらどうだろう。この理論にしたがうと、文学とは（中略）「日常言語に加えられた組織的な暴力行為」そのものであるような文字表現である。日常言語を変容させ、それを凝縮するのが文学である、日常的な言語から逸脱するのが文学であるということになる。（4頁）

文学とは擬装された宗教でもなければ、心理学でも社会学でもない。それは言語の特殊な組織体である。文学はそれ独自の法則、構造、方法をもっており、それをそれ自体として、つまりなにかに還元することなく研究しなければならない。文学作品は思想を伝える道具でもなければ、社会的現実を反映するものでもないし、ましてや、なんらかの超越的真実を具体化したものでもない。文学は物質的事実そのものであり、その機能は、機械を調べるのと同じように分析することができる。文学を作り上げるのは言葉であって、対象とか感情ではない。したがって、文学の中に作家の精神の表出をみるのは間違っている。（5頁）

ミラン・クンデラは1929年チェコスロバキア生まれの詩人作家である。「プラハの春」で反体制作家の烙印を押され、活躍の場をフランスに移すが、ヨーロッパで最も注目される作家の一人であるという。小説作品には「存在の耐えられない軽さ」（1984年）などがある。著書『小説の技法』（2016年）の中で小説については次のように述べている。[注6]

あらゆる時代のあらゆる小説は自我という謎に関心を寄せると言っておきましょう。登場人物という想像的な存在を創りだそうとするや、あなたは必ず、自我とは何か、自我は何によって捉えられるのか、という問いに直面します。それは小説を小説として成立させる根本的な問いの一つです。（37頁）

さて、日本の側からは、実作者である三島由紀夫と、文芸評論家であり同時に教育現場で果敢な作品の読解の方法を提示している田中実の言説を取り上げてみよう。まず三島由紀夫は、『小説とは何か』（1972年）で次のように述べている。[注7]

小説とは何か、といふ問題について、無限に語り続けることは空しい。（中略）それはほとんど、人間とは何か、世界とは何か、を問ふに等しい場所へ連れて行かれる。そこまで行けば「小説とは何か」を問ふことが、すなはち小説の主題、いや小説そのものになるのであり、プルウストの「失はれし時を求めて」は、そのやうな作品だった。概して近代の産物である小説の諸傑作は、ほとんど「小説とは何か」の、自他への問ひかけであった、と云っても過言ではない。小説はかくて、永久に、世界観と方法論の間でさまよひつづけるジャンルなのである。その彷徨とその懐疑を失った小説は、厳密な意味で小説と呼ぶべきでないかもしれない。(119頁)

田中実は自著『小説の力—新しい作品論のために』(1996年)で挑発的な論を展開している。小説の読解について、次のようなラジカルな見解を述べているが、共感するところも多く刺激的である。[注8]

文学作品の〈ことばの仕組み〉、その構造は時代や文化の変遷に応じて変容し、読者の中にのみ浮かび上がる。読むこととは、客観的対象としての〈本文〉を読者の体験や感性に応じて自己の造りだした主観的な〈本文〉によって読んでいくことである。ならば、読まれた後の客観的対象としての〈本文〉は単なる物、活字でしかなく、読者の中には主観的な〈本文〉しか存在しない。読むとは自己を読むのであって、この客観的対象としての〈本文〉は読者の中では確かに消去されているのである。(中略)すなわち、読者にとって〈本文〉は到達不可能な《他者》であり、分析され、理解されることを拒否しながら、その拒否する〈本文〉との葛藤、対決が読者主体の殻をきしませ、変革させていくのであり、そこには〈自己内対話〉を超えた〈本文〉との対話が始まっているのである。私の言い慣れた言い方をすると、主観的な〈本文〉とは、〈私の中の他者〉にあり、この〈私の中の他者〉を倒壊させることで、読者の主体である〈私〉は了解不能の《他者》、〈私〉を超えるもの、客観的対象としての〈本文〉に向かっていくのである。

思うに、小説表現を了解不能の《他者》とし、小説の深層を掘り起こし、読者の内面を倒壊しつづけていくならば、その小説の固有の構造が解明されていくであろう。(18–19頁)

3　沖縄と芥川賞受賞作品

さて、これらの文学論や小説についての言説を援用しながら再び芥川賞受賞作品に注目してみたい。断片的なあらすじや提示したテーマの中からでも、これらをキーワードにすれば新たな作品の美質や可能性が浮かび上がってくるはずである。文学作品は多様であり、多様な読みが許容されることも芥川賞受賞作品は教えてくれる。

さらに田中実に倣えば主体的な読みが志向される時に「了解不可能な他者」を発見し、自己変革を迫られる作品として立ち上がってくることも教示された。作者も読者も文学の自立を希求し己の自立を図るのである。

ところで、先述した「芥川賞」受賞作品を沖縄の視点から考察すると、驚くことに、いや当然のことかもしれないが、沖縄を題材にした作品や沖縄をテーマにした作品は2020年上半期の受賞作「首里の馬」一編のみである。さらに10年遡って2001年からの受賞作品を対象にしても見当たらない。沖縄の作家目取真俊が芥川賞を受賞した1997年の「水滴」に出会って初めて沖縄が現れるのである。沖縄の作家自らが書かなければ沖縄は現れないのだ。このことをどう考えたらいいのだろう。作品の射程距離というのを否応なく考えさせられる。時間や空間を跳び越える文学の力についてである。

もちろん、沖縄の文学もまた多様である。表現活動に関心を持っている作家は目取真俊以外にも多数存在する。しかし、沖縄の作家たちは沖縄の状況や沖縄の歴史に無頓着ではない。周知のとおり、沖縄はかつて琉球王国という独立国家であった。それが1609年に薩摩の侵略を受けて首里王府は傀儡政権となる。さらに1879年には明治政府に併合され、琉球王国は解体され沖縄県が設置される。その後は、辺境に位置する沖縄県民として、中央からの差別や偏見に抗い、日本語を習得し、日本人になる努力を必死で続ける。その一つが先の大戦で日本国の防波堤として奮戦した沖縄における地上戦である。沖縄における24万人余の戦死者のうち、14万人が沖縄県民であった。当時の県民の4人に1人の犠牲者が出たことになる。

ところが、県民の犠牲は顧みられずに、戦後の沖縄県民は日本国から切り離され亡国の民となり、27年もの間米国政府に支配された植民地然とした生活を強いられる。基本的人権が踏みにじられ軍事優先政策の米国統治に反発して、1972年には日本復帰を勝ち取るが、復帰は県民の望んだ基地のない平和な島としての復帰にはならなかった。米軍は今日までも駐留し続け、日米安保条約を締結した両国の施策で沖縄は、ますます軍事基地の島として確定されつつある。辺野古に新基地が建設され、離島には自衛隊基地が着々と建設されつつあるのだ。

沖縄の表現者たちの共通の認識として、文学は多様であろうとも、沖縄に米軍基地が集中する現実の矛盾と、多くの県民が犠牲になった沖縄戦の記憶は脳裏から追放することはできない。この現実への対峙と沖縄戦の記憶の継承が沖縄の表現者たちの大きなテーマである。それゆえに婦女子が強姦される基地被害の実態を告発し発信し続けてきたのだ。

しかし、悲しいかな「芥川賞」受賞作品23編には、国策の矛盾に苛まれ苦しんでいる沖縄の歴史や現状を描いた作品は1編だけだ。昨年度の2019年度までとすると四半世紀の間、沖縄は、題材として芥川賞受賞作品には登場しなかった。このことは沖縄で生を受け沖縄で生きる者にとっては寂しい限りである。特に「芥川賞」作品を楽しみにして読書する県民にとって残念なことだ。

なるほど、沖縄について言及することは困難なことかもしれない。政治的なスタンスも含めて様々な理由があるだろう。しかし、この困難さを打ち破って欲しい。日本国家の戦争による負の遺産を背負って、高度経済成長の恩恵にも浴さずに、戦後70余年もの間呻吟してきた沖縄県民の痛みを共有する作品を生みだして欲しいと願うばかりである。このことによって沖縄問題も文学の問題となり、今を生きる課題としてスポットを浴びるようにも思われるからだ。

もちろん、政治的な側面だけの効用を期待しているのではない。真に文学の世界を広げ、言葉の世界を広げる可能性を、沖縄の土地は歴史の記憶として有しているはずだ。目取真俊が「水滴」で沖縄戦の記憶をテーマにした作品で受賞したのであるから、さらに受賞者が続かないのは沖縄の表現者たちの怠慢と力のなさが原因かもしれない。あるいはそのようなことを希望するのは短絡的で本土在住の表現者たちへの的外れで過重な期待かもしれない。だが読書好きな文学ファンとしては、昨今の芥川賞受賞作品への不満と違和感はここを拠点にしているのだ。

沖縄文学の特質は幾つもあげられる。一つには沖縄戦の記憶の継承を含んだ政治と文学の相克、二つには貧しさも一つの原因に挙げられるが、外国に移民したがゆえに外国を舞台にした作品や、基地あるがゆえに基地の米兵との交流と愛憎を描いた作品、三つ目に奪われたウチナーグチ（しまくとぅば）を共通語を使用する日本文学にどう取り込むかという挑戦、これらを大きな特質として上げることができるだろう。しかし、そのいずれの特質にも、2019年以前の四半世紀の芥川賞受賞作品では言及されることもなく、題材とされることもなかったのだ。

「水滴」で芥川賞を受賞した目取真俊は、沖縄戦を作品化することについて次のように述べている。[注9]

両親や祖父母から聞いた戦争体験は、私にとっては肉親の生きた歴史であり、掛け替えのないものです。これから先も、語っていたときの話し声や表情と一緒に私の中で生き続けるでしょう。私にとって沖縄戦を考えるとは、沖縄戦の実相を知るだけでなく、肉親の生きた歴史を共有し、生々しい記憶として生かし続けることでもあるのです。そのための方法の一つが、私にとっては沖縄戦を小説で書くことでした。（70頁）

私たちのすべきことは、個別の体験にしがみつくことでもなければ、実体験がないからわからないということでもないはずです。沖縄戦でなくとも、世界の各地で現在戦争が起こっていて、日本もそれと無関係ではないんです。

世界の問題、日本の問題、沖縄の問題、自分が生きている社会の問題を考えれば、必然的に戦争の問題も考えなければいけないんだという、そうした姿勢を持つ必要があります。（181頁）

さらに沖縄文学の果たす役割について、アメリカ文学研究者である元名桜大学学長山里勝己は、沖縄文化の特異性と価値をも述べながら、その可能性について次のように述べている。[注10]

沖縄の小説の中に潜在してきた言語の衝動と、それと表裏一体をなす言語の不安は、さまざまな実験を重ねた後、いまようやくある種のバランスを獲得しつつあるように見える。それはまた、沖縄の文化が「復帰」後に形成してきた新しいアイデンティティと密接に関連するものなのであろう。（中略）
しかし、文化の異質性、あるいはそこから生じる違和感は容易に消滅しないだろう。また、そのような異質性と違和感は、揺れ続けてやまない沖縄のアイデンティティの性格そのものをも暗示する。あるいは、沖縄の文学は、このような揺れ続ける自己のアイデンティティを見つめる中から生まれてきた、と言ったほうが真実に近いのかも知れない。そして、じつは、このような「ゆれ」こそが、沖縄文学が単一の眼差しに固定されず、多様な文化の豊かさに向けられた他者の眼差しを獲得することを可能にしたのではなかったか。そのような開放（＝解放）感と、多様性の豊穣さを示唆するものとして沖縄の文学が南からのシグナルを送り続けることを期待したいのである。（185頁）

○おわりに　文学の意義と役割

沖縄の自立や反国家の思想が模索されてから久しい。その起源は1972年前後の復帰反復帰運動の中での論争であったように思われる。その一人が川満信一であったはずだ。川満信一は1950年代の『琉大文學』で活躍した詩人思想家の一人で、今日にもなお刺激的な発言を続け私たちを鼓舞してくれている。

川満信一は自らの自立論について次のように述べている。[注11]

私の沖縄自立論は経済問題でもなく、「その方が心理的に楽になる」という地域的なエゴイズムに基づくものでもありません。沖縄は21世紀に向けて、世界に対しどのような役割が果たせるのかという問題を考えるのが沖縄の自立なのです。日米新ガイドラインによって、沖縄の基地が東アジアをはじめ中近東から世界全域をにらむ形で軍事機能を果たしていくというのは、生きていく上で許しがたい現実なのです。沖縄の基地から出撃した米軍がベトナム戦でくりひろげた人間の無残さは、身近な体験として、いまでも生々しく残っています。そのような歴史的体験から世界の人々に対して、特にアジアの人々に対してどのような役割を果たせるのかということを一生懸命考え、そのスタンスから外れないのが沖縄の自立なのです。（１９７頁）

私は数年前から韓国の作家や文学研究者と親しく交流を重ねている。その一つがソウル郊外にある慶熙（キョンヒ）大学に設立された「グローバル琉球・沖縄研究センター」との関わりがある。センター長に就任した沖縄文学研究者の孫知延教授に請われたものだ。

孫知延教授は大城立裕の作品を数多く翻訳して韓国の読者に紹介してくれている。このセンターのプロジェクトの一つに「済州島４・３事件」を舞台にした文学作品を日本語訳して刊行する企画がスタートしている。その作品には例えば玄基榮の作品「アスファルト」や金碩禧の「地鳴り」などがある。全３巻の出版計画で、私もスタッフの一員として参加している。私の役割は済州の言葉を「地方語」に翻訳することと日本語訳への協力だが、すでに「アスファルト」や「地鳴り」の翻訳は終了した。

済州島４・３事件は周知のとおり、先の大戦後に起こった悲惨な事件である。日本の植民地支配から解放された朝鮮半島南の沖に位置する済州島で起こった住民の虐殺事件だ。終戦後朝鮮半島は統一された国家としての独立を求めたが、ロシアに支配された北朝鮮と米国に支配された南朝鮮に分断される。この現状に対して済州島の人々は統一された国家を求め、分断国家としての独立に抗議する。国家権力は抗議を弾圧するために武力を行使し死者が出る。さらに、このことに抗議した島民たちを北朝鮮と内通したアカ（北朝鮮の共産党支持者）だとして、１９４８年４月３日、南朝鮮国防警備隊、韓国軍、韓国警察、朝鮮半島の李承晩支持者などが、１９５４年９月21日までの期間に引き起こした一連の島民虐殺事件を指す。政府軍・警察による大粛清は島民の５人に１人にあたる６万人余が虐殺され、また、済州島の村々の70パーセントが焼き尽くされたとされている。

この事件は、複雑な政治状況や人間関係が絡んで長く全容が明らかにされなかったが、２０００年に金大中政権のもとで４・３真相究明特別法が制定され、２００３年には韓国大統領に就任した盧武鉉が自国の歴史清算事業を進め、済州４・３事件真相糾明及び犠牲者名誉回復委員会を設置した。さらに２００６年同日の犠牲者慰霊祭に大統領として初めて出席し、島民に対して正式に謝罪するとともに事件の真相解明を宣言した。

この事件を背景にした済州島の作家や在日の作家たちの書いた作品を日本語訳して広く日本国民にも知らせようというプロジェクトだ。もちろん、戦争がもたらした負の遺産を検証しながら、日本や沖縄の人々と連携し、東アジアの平和、ひいては世界の平和を築くことを願う文学者や文学研究者の企図したプロジェクトである。

これらの作品は、同じく戦争の記憶を語る日本や沖縄の作家たちに大きな刺激と激励を与えることになるだろう。韓国から日本、沖縄へ、日本、沖縄から韓国へ、そして両国から世界へ、文学の力と文学の意義と役割を知らしめる貴重な営為になるはずだ。文学にも平和を構築する力がありその可能性の一つがあることを示してくれるはずだ。

芥川賞受賞作品は、文学の多様性を教え読書の醍醐味を教示してくれる。日本文学がどのような変貌を遂げ、どのような作品にスポットが当てられるのか。今後とも期待して注目し読んでいきたいものだ。


【注記】

1　長田弘『読書から始まる』2001年6月25日、日本放送協会出版会。
2　田中実+須貝千里編『文学が教育にできること』2012年3月31日、教育出版、収載。
3　ロラン・バルトの読みの戦略については、田中実著『小説の力』1998年2月20日、大修館書店が参考になる。
4　ロラン・バルト／花輪光訳『文学の記号学―コレージュ・ド・フランス開講講義』1981年8月2日、みすず書房。
5　テリー・イーグルトン／大橋洋一訳『文学とは何か―現代批評理論の招待』1985年10月22日、岩波書店。
6　ミラン・クンデラ／西永良成訳『小説の技法』2016年5月17日、岩波書店、37頁。
7　三島由紀夫『小説とは何か』1972年3月20日、新潮社、119頁。
8　田中実『小説の力―新しい作品論のために』1996年2月20日、大修館書房、18－19頁。
9　目取真俊『沖縄「戦後」ゼロ年』2005年7月10日、日本放送出版協会。
10　山里勝己「南のざわめき・他者の眼差し―沖縄文学の可能性」。『沖縄を読む』1999年4月30日、状況出版に収載。185頁。

11 川満信一「反復帰論から自立の思想へ」。『沖縄を読む』1999年4月30日、状況出版に収載。197頁。

第二章　ノーベル文学賞受賞作家の作品世界

土地の記憶を紡ぐ文学の力

1　はじめに

(1)　パトリック・モディアノとの出会い

パトリック・モディアノの作品『1941年。パリの尋ね人』を読んだのは2014年12月4日、今から6年ほど前のことだ。なぜこの作品を読みたいと思ったのか、今では理由を定かに思い出せない。偶然に本屋で手にしたのか、友人に勧められたのか、あるいはインターネットの検索ページで興味を覚えたのか。いずれであれ、これらの理由にノーベル文学賞受賞作家の作品であることを付け加えていたように思う。

それにしても読後の感銘は大きかった。それは作品世界から受ける感動と、作家としてのモディアノの姿勢から受ける感動の二つが相乗して私の脳裏に強く刻印されたのだ。

作品は、先の大戦でナチスに殺戮された家族の物語である。物語と言ってもフィクションではなく、殺された家族の経緯や消息を調べたドキュメントでノンフィクションである。ナチスドイツは、ユダヤ人を600万人から900万人も殺害したと言われている。日本人は支那事変から太平洋戦争まで310万人余の犠牲者が出たと言われているが、どちらも圧倒的な死者の数である。

作品の書き出しは、主人公であり作者であるモディアノが、1941年12月31日付けのパリの古い新聞に掲載された尋ね人の欄に目を留めるところから始まる。15歳の娘ドラ・ブリュデールの行方を捜して情報提供を求める両親からの広告文だ。両親の住まいが、かつてモディアノが住んでいた場所と近いことから、娘や家族の行く末が気になる。3人の消息を調べる困難な作業に10年ほどの歳月を費やすが、結果は娘と両親ともにユダヤ人であるがゆえにアウシュヴィッツの収容所に送られて殺されていたのだ……。

この結末に辿り着くまでの調査の記録がこの作品である。モディアノの前に浮かび上がってくるのは、ナチスの残酷さであり、ナチスに協力した国家権力やパリの人々の隠蔽された犯罪行為である。またモディアノの父もこの時代のパリを生きたユダヤ人だった。ドラ・ブリュデールの家族は死に、父は生き残った。そこには何があったのか……。モディアノの冷静で精緻な調査は、当時の残酷な時代に向きあった人々の勇敢な姿や、ずる賢く振る舞った人々の過去を浮かび上がらせる。この事実の力が、文学の力に転換する圧倒的な作品世界に胸が締め付けられるような感動を覚えたのだ。

さらに、このような作品を生み出すことこそが表現者の営為だと自負するモディアノの文学者としての姿勢にも、強い共感を覚えた。「文学を産み出す主要な原動力はしばしば記憶なのだ」[注1]と考えるモディアノの作家としての姿勢について、本書の翻訳者の白井成雄は「訳者あとがき」の中で次のように述べている。[注2]

モディアノは「人生は浜辺に残された足跡のようなもので、打ち寄せる波によってたちまち跡形もなく消されてしまうのだ」と意識し、そのようなかすかな足跡を捉えて形に残すのが作家の務めである、と考えていた。彼の作品の登場人物は、この世に何の支えも持たず、確固としたアイデンティティも確立しえず、根無し草のように生きる無名の存在であることが多く、そうした人物が漠とした薄暗がりの世界を生きてゆく。占領下のフランスという曖昧で陰鬱な状況のうちに自分の生の源である父親の姿を追い求め、そして占領下という時代に深く入り込めば入り込むほど、人間存在のはかなさ、不安定さ、ひよわさを意識させられ、不条理な世界に押し流されて生きていかざるを得ないごく平凡な人間に共感を抱くようになった、とも言えるであろう。

このようなモディアノの姿勢が具体的に表現されたのが本作品『1941年。パリの尋ね人』であったのだ。

ところで、モディアノは1994年に出版されたセルジュ・クラルスフェルトの『強制収容所移送者記録名——フランスから消えたユダヤ人児童』の著作にひどく感動したという。この著作は『強制収容所移送者記録名簿ーフランスから消えたユダヤ人』(1978年)の続編として上梓されるが、特徴は数多くの子どもたちの写真が掲載されていることだという。この著書を援用しながら、白井成雄は、さらに次のように述べる。[注3]

貧乏なユダヤ人移民労働者の娘ドラの人生などは、それこそ浜辺にうっすらと残されたかすかな足跡でしかなく、打ち寄せる波にたちまちかき消されてしまう類いのものでしかあるまい。しかしそのかすかな足跡を、かすかであればあるほど消されないように懸命に残し、忘却から守るようモディアノは務めた。そしてそれはまた、抹殺されてしまったあどけない児童の写真を前にして己の感じる絶望感・空虚感を少しでも埋める行為でもあったろう。

クラルスフェルトが1万1千人の児童一人ひとりにすべて写真をつけ、1万1千頁の本を出版したかった、と述べたことにモディアノは共感を示しているが、モディアノはもし可能なら1万1千冊の「ドラ」の物語を書きたいと思っているかもしれない。忘却に抗してドラの跡を追い求めつづけた作者の姿勢そのものも、本作品が読者の感動をさそう一つの大きな要因となっている。

平凡で無垢な人々の夢や人生を一気に奪ってしまう戦争、あるいは権力者の横暴。モディアノはこの暴力の犠牲になった人々の声を浮かび上がらせたのである。死者の言葉を探す。文学者の営為。文学の目的はこれに尽きると、まさに宣告しているようにさえ思われるのだ。

翻って沖縄文学も、戦後73年余、一貫して先の大戦で犠牲になった人々の無念さや埋もれた記憶を浮かび上がらせ、土地の記憶を継承することに大きなテーマを見いだしてきた。日本国の辺境の地で、それぞれの作品をそれぞれの方法で紡いできた。この営為をモディアノの言葉は励ましてくれているようにさえ思われるのだ。

(2) ノーベル文学賞作品を読む

パトリック・モディアノへの共感は、他のノーベル文学賞受賞作家への関心をも強く生み出していった。久しく外国文学を読むことを疎かにしていた私は、パトリック・モディアノによって再び外国文学の魅力に開眼させられたのだ。

学生のころに憑かれたように読んだドストエフスキーや、カミュ、カフカ、サルトル、ポール・ニザン、そしてランボーやロートレアモンのように、読まねばならない必読の書としてではなく、同時代の優れた小説を読むという密かな楽しみもあった。

振り返ってみると、私の関心は常に私が生きる同時代であったように思われる。この目的を叶えるためには、今回はまさにノーベル文学賞を受賞した作家の作品を読むことで得られるようにも思われたのだ。

また、私は学生のころと違って読書だけでなく自ら表現することにも関心を持っていた。それゆえに優れた同時代の作品を読むことは、どのようなテーマが小説作品に取り上げられているのか、また世界の小説作品の潮流はどうなっているのか、さらに小説の方法への関心が大きく芽生えていたのである。そのためには、まず過去10年間の受賞作家の作品を読むことから始めたいと思った。

作品を読了した今、私の脳裏に「土地の記憶を紡ぐ文学の力」という言葉が作品世界を貫く概念として強く刻印されている。反芻するが、このことは沖縄文学と共振する方向性やテーマでもある。

あるいはこの特質が、村上春樹を長く受賞候補者のみに留めているのではないかとさえ思われるのだ。つまり村上春樹の作品はスマートでありすぎるのだ。文学の言葉で文学作品を作り上げている。東京でもフランスでも成立する普遍的な物語世界である。しかし、ノーベル文学賞の受賞作品は、その多くの代表作が、土地の歴史や文化に根付き、特異な言語世界を援用しながら土地の記憶を紡いでいるように思われるのだ。

独尊的な結論からまず提示したが、この論拠となる具体的な作品世界を述べたのが本稿である。また、私自身の課題に対する興味や関心が生んだゆっくりとした読書がこの拙論を生んだと言ってもいいだろう。

2 受賞作家と作品

(1)最近10年間の受賞作家

最近10年間（2019年から2010年まで）のノーベル文学賞受賞作家を、国名と併せて一覧にしたのが【表1】だ。

ここでは小説作品を対象に論じるので、2011年度のスウェーデンの詩人トーマス・トランストロンメルと2016年度受賞者で米国のシンガーソングライター、ボブ・ディランは対象外とする。

もちろん、取り上げた作家の作品すべてが読める訳ではない。日本語訳された作品で、多くの評論家や読者諸氏が代表作の一つとして挙げている作品を1作か2作品、読んだだけの作品評に過ぎない。本稿は一人の読書好きの印象批評を拠点に置いたものに過ぎないことをまず断っておきたい。

受賞者は、一つの大陸に偏ることはなく、南米、ヨーロッパ、アジアと多くの国々に跨がっている。また男女比を見ても、オルガ・トカルチュク、スベトラーナ・アレクシエービッチ、アリス・マンローの3人は女性作家であり、取り立てて受賞者に性差の偏りはないように思う。

一覧表にしただけで、これらの特質が判然とするのだから、私の読後感も読書案内の視点の一つにはなるかもしれない。

【表1】最近10年間のノーベル文学賞受賞作家

年度	作家	国名
2019	ペーター・ハントケ	オーストリア
2018	オルガ・トカルチュク	ポーランド
2017	カズオ・イシグロ	英国
2016	ボブ・ディラン	米国
2015	スベトラーナ・アレクシエービッチ	ベラルーシ
2014	パトリック・モディアノ	フランス
2013	アリス・マンロー	カナダ
2012	莫言	中国
2011	トーマス・トランストロンメル	スウェーデン
2010	マリオ・バルガス・リョサ	ペルー

(2) 作品紹介

①2019年　ペーター・ハントケ

◇作品『左ききの女』（池田加代子訳、同学社）

2019年度のノーベル文学賞はオーストリアの文学者

ペーター・ハントケである。この作家について、ドイツ文学研究者の保坂一夫は「制度に挑みかかる反逆児」と題して新聞紙上で紹介した。要約すると次のようになる。[注4]

今年のノーベル文学賞がペーター・ハントケに決まった。衝撃である。散文、演劇、映画（「ベルリン・天使の詩」）の脚本などと活動領域は広く、受賞は当然なのだが、意外感は消えない。

ハントケは1942年ドイツ人兵士の父とスロベニア系の母との間に生まれた。戦後一時期ベルリンで育ち、封鎖直前にオーストリアの母の生家に戻る。（中略）。66年、大学時代に書いた小説「雀蜂」で作家デビュー。ある夏、主人公の語り手に生じたことがかつて読んだ小説との重なり合いを描いたこの作品以来、事実の圧倒的力とそれに対抗し真の自己と現実を把握しようとする意思との矛盾が彼の主要テーマとなる。

自分を発見し表現するためには外部世界を越えねばならない。文学はロマン主義的なものである。そう考える彼は事実性とそれを支える諸制度に挑みかかる。（中略）主体を無視して事実描写に自足する戦後リアリズム文学を「描写インポテンツ」と批判、（中略）戦後ドイツ文学のアンファン・テリブル（問題児）と評判になった。

以来、定住なき生活を送りながら、戯曲「カスパー」（68年）、小説「ゴールキーパーの不安」（70年）、「左ききの女」（76年）で人間関係と意識の亀裂を描いたが、母の自殺（71年）を機に、その母を描いた「幸せではないがもういい」（72年）や家族の過去をテーマにした「反復」（86年）で自己の出自を探り始める。それは過去への回帰ではなく自己探求の継承だった。彼はその後も小説「暗夜ぼくは静かに家を出た」（97年）、（中略）など、愛を求めながら終の棲家を見いだせぬ人間の孤独を描き、（中略）そして現在、身辺記録「夜、木陰の壁の前で」（16年）や小説「果物を盗む女」（17年）を発表、自分の「いま」と伝統とのつながりを見つめ始めている。（以下略）

ハントケは右記以外にも従来の演劇観をも批判し、またユーゴスラビア紛争での西側メディアの報道の偏りやNATOによる空爆を批判したともいう。この言動は親セルビア的であるとしてマスコミから集中砲火を浴びるが、一貫してセルビアやミロシェヴィッチ大統領を擁護する姿勢を崩していないという。[注5]これらのこと等を含めているがゆえに、紹介者保坂一夫に「制度に挑みかかる反逆児」と言わしめているのだろう。

ところで文学者としての軌跡は保坂一夫の紹介でその概要が理解できる。初期においては「主体」や「孤独」を対象として描き、本作「左ききの女」では「人間関係と意識の亀裂を描いた」と。その後母の自殺以降の後期においては、「己の出自を探り始め」、現在は「自分の『いま』と伝統とのつながりを見つめ始めている」と。

確かに、本作「左ききの女」は、「人間関係と意識の亀裂を描いた」ように思われる。換言すれば「日常に潜む危機」を描いたと言ってもいいだろう。この危機は多様な顔を有しているが、ここでは「孤独」と名付けていいだろう。夫婦であること、一人であること、人間であることの孤独からの脱出と解明がテーマであるように思われる。

作品には大きなドラマはない。ある日、八つになる息子を持つ夫婦が別れて暮らすことになる。女は30歳のマリアンネ。夫はブルーノで国外の出張から帰って来たばかりだ。マリアンネは息子と二人で夫を空港に迎えに行く。どこにでもある幸せな家族の日常だ。夫は妻と息子を深く愛している。その妻のマリアンネから、突然次のように言われて別れる場面だ。(20－21頁)

「私から離れて、ブルーノ。私を一人にして」

しばらくして、ブルーノはうなずき、両手を中途半端に持ち上げて訊ねた。

「もうこれっきり、ずっと?」

「解らないわ。ただ、あなたは私から離れていくだろうって、私を独りぼっちにするだろうって」

二人は黙った。

するとブルーノは微笑んだ。

「ちょっと、ホテルに戻ってテラスで熱いコーヒーでも飲んでくる。午後になったらぼくの荷物を取りに行くよ」

女は答えた。悪意は帯びていなかった。むしろ気遣わしげだった。

「とりあえずはフランツィスカのところに転がり込めると思うわ。彼女、同僚と別れたところだから」

「コーヒーを飲みながらよく考えるよ」

彼はホテルへ引き返した。女は公園を後にした。

なんともはや淡々とした描写だ。別れる理由は一切示されない。ただマリアンネが、夫のブルーノと別れたいと決意をして実行するだけだ。フランツィスカはマリアンネの友人である。ブルーノは出張から帰って来て、ホテルで妻のマリアンネと一夜を共に過ごし、朝の散歩に公園のベンチに出かけて淡々と別れ話をするのだ。引用部分はこの場面である。

このようにして二人は別々に暮らすことになる。それから後の日々のブルーノの感慨、マリアンネの感慨が淡々と綴られる。まるで孤独に慣れ、孤独を見つめ、孤独を乗り越える実験をしているかのようにさえ思われるのだ。

文章は、あくまで簡潔で細やかな心情の説明はない。政治的なメッセージを帯びた作品でもない。短編作品であるがゆえに登場人物も少なく興味深い物語が開示される訳でもない。所々に孤独を語る言葉が散見するだけだ。しかしこの言葉が実に味わい深く、記憶に残る作品になる。例えば次のような言葉だ。

しあわせになりたいとは思わない。せいぜい満ち足りた思いならば、してみたいと思うけれど、しあわせになるのが恐い。頭が耐えられないと思う。永久に狂ってしまうわ。さもなきゃあ死んでしまうか。それとも誰かを殺してしまうわ。(91頁)

今、私は誰とも会いたくないわ。誰かといっしょにいると、深刻な問題なんてないみたいな錯覚を起こすもの。(93頁)

孤独はひやっとするような、むかむかするような痛みを呼ぶわ。実体のない痛み。すると、自分がそんなにひどい状態になってないって教えてくれる人がほしくなるの。(141頁)

いずれもマリアンネの述懐だ。作品は、やがて二人の関係の回復を暗示しながら次のように閉じられる。

そんなふうに、皆は一緒に座っている。それぞれがそれぞれの座り方で。日常の生活は反省のあるなしにかかわらず、流れてゆく。すべてはおなじみの道を辿っているように見える。すべてが危険に曝される身の毛もよだつような事件が起ころうと、話すに足ることなどなに一つもないかのごとくに。人はそうやって生きてゆく。(156頁)

ペーター・ハントケはこのように日常を理解し、孤独を凝視したのだろう。後年の作品群「自分の『いま』と伝統とのつながりを見つめ始めている」作品がどのようなものか。興味が湧いてくる。

②2018年　オルガ・トカルチュク

◇作品『昼の家・夜の家』(木村榮一訳、新潮社)

2018年度のノーベル文学賞受賞者はポーランドの作家オルガ・トカルチュク。2018年は選考委員の不祥事で選考が見送られていたが1年遅れの選出である。

作品は彼女の代表作と言われている「昼の家・夜の家」を読んでみた。オルガ・トカルチュクは、1962年ポーランド西部、ドイツ国境に近いルブシュ県スレフフに生まれたと本書の扉カバーに紹介されている。作品はその出生の土地が反映されたと思われる国境の町「ノヴァ・ルダ」が舞台だ。

語り手は「わたし」で作家の分身だと思われる女性が伴侶

のRと一緒にこの町に住んでいる。Rの存在には特にスポットは当てられない。語り手の「わたし」が、この町に纏(まと)いつく様々なエピソード等の断章を繋ぎ合わせて土地の記憶を紡いだ作品だ。つまり、作品はつなぎ合わせのパッチワークのような体裁を有しており、一貫した物語のない様々な物語で構成されていると言っていいだろう。

例えば、マレク・マレクという自殺をした男の物語。例えばクリシャという銀行に勤める30代の女性の一目会っただけで恋をした男を探し歩いた顚末、また神に殉じた修道女クマーニスの物語、さらに旅の途次で国境線をまたいで死んだペーター・ディーターの物語、などなど土地に纏わる多くの物語が掘り起こされるのだ。

作品の背景となる時代はドイツやソ連などに脅かされる迫害の不安などが醸し出される時代であるがゆえに、土地に隠蔽された物語や、「わたし」のキノコ料理のレシピなどが織り込まれたさりげない日常の物語さえもが、多義的な意味を有して浮かんでくる。それぞれのエピソードは独立して成り立つが、同時にすべてが1枚のパッチワーク絵を完成させるピースの役割を担っているようでもあるのだ。

作品の魅力の一つは、全体を覆う詩的な文章にもある。作者特有なものか、翻訳者小椋彩の巧みな訳によるものかは定かでないが、作者のもう一つの小椋彩訳の作品『逃亡者』を読んだときもその印象は強かった。パッチワークの下地となった「糊」は明らかに多義的な意味を含んだ詩的な表現にあるように思われる。

ところで、タイトルとなっている「家」とは、何の比喩なのだろうか。それも「昼の家」「夜の家」とあるのだ。そのような疑問が、読書中に何度も浮かんできたが、私には「土地」や「人間」の比喩のように思われた。「家」に住む無名の人々の人生は、名もなく貧しくとも尊いのだ。小さな家々の物語は、その土地の物語であり、その物語を生みだし育んだ家とはまさに「人間」の比喩でもあるのだろう。それゆえに紡がれる断章は土地の歴史になり人間の歴史になるのだろう。

本作品について、小椋彩は巻末の「訳者あとがき」で次のように述べている。

チェコとの国境に程近い小さな町ノヴァ・ルダ周辺の山村に移り住んだ作家らしき主人公が、隣人たちとの会話や日常生活、地元に伝わる伝統を通して、土地の来歴を知り、人生の謎や神秘にふれる。自身の経歴と多く重なるという意味でこれまでになく「私的」なこの小説について、トカルチュクはあるインタヴューで「土地の記憶を記す、アーカイヴのようなものを実現させたかった」と述べている。

(376-377頁)

なるほどと肯われる。翻訳者小椋彩は「昼の家」「夜の家」についても次のように解説してくれる。

本書を構成する111の挿話は、主人公の日常生活、日記、伝説、聖人伝、料理のレシピ、隣人のうわさ話など、それぞれ独立したものでありながら、互いが緩やかに連関している。（179頁）

心理学の専門家であるトカルチュクは、人間を家や土地にたとえる。冒頭主人公が谷間の家々を俯瞰する夢をみることから始まって、人家や教会、修道院など、建築物の描写が頻出するが、これらが人間のメタファーであることに読者は容易に気がつく。「昼の家」とは人間の意識を、「夜の家」とは夢や深層意識をさしている。また前者は、現実世界や、世界の可視的な表面を示す一方、後者は、普段は目に見えない、しかし誰の日常にも確実に潜んでいる神秘をあらわしている。「人はみな、ふたつの家を持っている。ひとつは具体的な家、時間と空間を定められた家。もうひとつは、果てしない家。住所もなければ、設計図に描かれる機会も永遠に巡ってこない家、そしてふたつの家に、わたしたちは同時に住んでいるのだ」（378-379頁）

私の読後感も、翻訳者の読解と大きな差異はないように思う。改めて本作は小説の方法としても極めて刺激的であったことを記しておきたい。

③2017年　カズオ・イシグロ
◇作品『忘れられた巨人』（土屋政雄訳、早川書房）

作者のカズオ・イシグロは2017年度のノーベル文学賞受賞者である。多くの作品の中から最新作『忘れられた巨人』を読んでみた。巧みな比喩表現によるメッセージの明確さは、極めて示唆的であった。

作品のタイトル「巨人」は「記憶」の比喩だろう。作品のテーマは明確で「記憶の功罪」について焦点を当て、ファンタジックな寓喩性を帯びた物語にしている。その記憶は国家権力によって隠蔽され歪曲される記憶であると同時に、個々の夫婦や家族の愛情までをも含む記憶である。

作品はアーサー王の時代の古きイギリスが舞台になる。記憶を忘れる不思議な病を患った村の話から物語は進行する。その病はやがて国中に蔓延していく。原因は山上に潜む龍の息だという。その龍の息によって記憶を失われつつあるブリトン人の老夫婦が、愛する息子の記憶も失うのだろうかという不安から、家を出て行った息子に会いに旅に出る。旅の途次で様々な人々に出会う。大別すると、龍を殺して記憶を取り戻そうとするサクソン人と、それを阻止するブリトン人とに分けられる。図らずも老騎士の龍退治にまで付き合うことになった老夫婦の感慨と対応が作品を彩る。

記憶について、国の人々の見解も二分されている。記憶は取り戻したいが、取り戻される記憶は民族間の侵略と抵抗に明け暮れたサクソン人とブリトン人の血なまぐさい戦いの記憶である。この記憶を呼び戻すと、新たな戦いの火種となるに違いない。記憶を忘却しているがゆえに平穏な日常が保たれるのだ、と。

他方、記憶を忘却することは愛し合っていた個々人の確かな日々をも忘れてしまうことになる。それを潔しとして受け入れて生きていけるだろうかという不安になる。同時に、記憶を忘れなければ夫婦間で体験した嫌な出来事（例えば妻の若いころの不貞など）に悩まされ、強い愛情を育むことができないはずだ。老夫婦はこの危機の瀬戸際に立たされているのだ。

カズオ・イシグロは、繊細な筆致で緩やかに個人の記憶と国家の記憶の功罪を手繰り寄せていく。ファンタジックな手法で緩やかに展開する物語は時にはもどかしい。そして時にはリアリティにも欠けるように思われる。しかし、最終章で打ち出される老夫婦の感動的な決意に向かって物語は収束されるのである。

巻末に付された「解説」で書評家の江南亜美子は「（本小説は）六、七世紀頃のブリトン島（現在のイギリス）を舞台にし、しかもその物語はアーサー王伝説を下敷きにしたファンタジー小説の形式にのっとっている」が「夫婦の愛情を描いたラブストーリーでもある」と述べている。（484頁）

そして記憶に関してカズオ・イシグロは次のように語る。「記憶の曖昧さを曖昧な手探りそのままに描き出すことが、フィクションである小説には可能であり、また存在意義の一つだ」と（490頁）。

それを受けて江南亜美子は、さらに次のように記して解説を閉じる。私たちへの強い示唆になる。

記憶とは本来、する／しないで明確に二分されるものではない。人間が人間としてある限り、記憶はアイデンティティと密接に関わり、その人を形作る。霧によって視界と思考が不鮮明な世界にあっても、自分自身を取り戻すため、身命を賭しても冒険に出た老夫婦に付きしたがううちに、読者は真実と向き合うことの気高さと大切さに気づかされるのだ。記憶を巡る物語とは、人間の探求そのものである。『忘れられた巨人』はそれを小説的想像力によって私たちに力強く教えてくれる作品なのだ。（490頁）。

◇「私を離さないで」（土屋政雄訳、早川書房）

本作品もカズオ・イシグロの代表作の一つで、映画にもなった話題作である。

読後の印象は「忘れられた巨人」と同じだ。端正な文体、緻密な構想、ユニークな発想は、この作家の特質なんだろう。

描かれた作品世界も衝撃的で、じわじわとボディブローが利いてくる。抑制された文体の中に、命の尊さが切なく刻まれる。

物語は、次のような書き出しで始まる。「わたしの名前はキャシー・H。いま三十一歳で、介護人をもう十一年以上やっています」と……。

作品は、キャシー・Hの独白で展開される。キャシーは「提供者」と呼ばれる人々の世話をしている優秀な介護人だ。生まれ育った施設ヘールシャムの親友トミーやルースも提供者だ。キャシーもその一人である。

実は、施設ヘールシャムは、臓器提供のためのクローン人間として造られた人々が暮らしている施設だ。彼らは、大人になると、この施設を出て、臓器提供者としての自らの使命を果たして死んでいく。このヘールシャムが作品の主な舞台となる。子どもたちは、自分がクローン人間であることを知らない。この子どもたちの限られた人生を、なんとか有意義に過ごさせようとする人々の善意で、施設ヘールシャムは運営されている。無邪気に遊び、無邪気に恋をする子どもたち。しかし、この子どもたちには過酷な運命が待っている。その運命を、悲しみを堪えて見守る教師たち……。

やがて、大人になり、自分がクローン人間であることに気づいていく。この運命にどう抗い、どう生きていくか。作者の視線は、この強いられた人生を生きる人々と、彼らになんとか充実した日々を与えたいと奮闘する人々の姿を描いていく。作品には、大仰なドラマや振る舞いはないが、両者の間に交流する愛情と、過酷な運命を見つめる悲しみが抑制された端正な文体で描かれるのだ。

作品の世界は、キャッシーやトミーなど、クローン人間が主人公で、虚構の世界を舞台にして描かれるのだが、登場する人物はいずれも普通の人間としての感情を有している。それだけにリアリティがある。自分の命の源となった卵子提供者を捜し求める切ない心理、愛する人と共に生き続けたいと切望する男女の情愛への憧れ……。どれもが現在に存在する「人間」の物語のようでもある。実際作品の時代は、表紙裏に「1990年代、イギリス」と記される。ほぼ同時代の作品として読んでいいだろう。しかし、クローン人間の存在の不合理さと痛ましさに気づいた文明は、やがてクローン人間を造ることを取りやめるのである。この結末に至る物語が本書である。

カズオ・イシグロは作品のテーマを先に決める作家のように思われる。「忘れられた巨人」は記憶であるが、この作品は最先端の科学が生み出すクローン人間を題材にして命の尊さを浮かび上がらせた。問題意識やテーマが先にあって物語が構想され、作品の舞台や時代が設定されるかのように思われる。力業とも思われるこの文学的営為が、カズオ・イシグロの特質になっているのだろう。ノーベル文学賞の受賞は、この文学的営為が高く評価された結果であるはずだ。ただし「忘れられた巨人」でもそうであったが、ゆったりと流れる物語のうねりには戸惑い馴染むことが難しかった。このことは、あるいは日本文学とイギリス文学の持っている違いなのかもしれない。

④2015年　スベトラーナ・アレクシエービッチ
◇作品『チェルノブイリの祈り』（松本妙子訳、岩波書店）

本作は2015年度のノーベル文学賞受賞者スベトラーナ・アレクシェービッチの代表作の一つである。「岩波現代文庫」なので値段も手ごろで読みやすい。

作者は、ベラルーシの出身で1948年生。作品は1986年4月にチェルノブイリで起こった悲惨な原発事故の実態を200人余の人々から聞き取り、取材をした作品だ。事故に巻き込まれた多層な人々の声を集め、事故の様相を明らかにしたという意味では証言集であり、ドキュメンタリーである。小説ではないが、「文学」という分野で括ることができるだろう。

ただし作品の特徴は、事故の原因や実態を明らかにするということ以上に、その事故に巻き込まれた人々の生と死にスポットを当てているように思われる。名もない民衆の平穏な生活を一瞬にして奪った原発事故。愛する夫は帰って来ない。大切な人々が、目前で手の施しようもなく死んでゆく。徐々に身体に異変が表れ、顔は爛（ただ）れ、慌てて鏡を隠す肉親たち。原発の被災者たちは、国家や隣人からも排除され、人生が一変する。故郷の土地を追われ、家屋や財産を奪われ、目を盗んで生んだ子どもたちは奇形児になる……。

作者の視線は、このような被害を受けた同胞への愛と国家権力の理不尽な対応を明らかにする。極限状況下での人間の愛憎と悲しみに満ちた作品世界が描かれていると言っていいだろう。

昨年度のパトリック・モディアノ、その前年のアリス・マンロー、さらにその前年の莫言、もっと遡ればガルシア・マルケスも、自らの出生の地に寄り添って、土地の記憶や風土、そして時代との格闘を描いていた。本書も作者が産まれ育った土地で奇しくも発生した原発事故を土地の人々の悲しみに寄り添って描いている。文学の方向性や価値について、改めて考えさせられる極めて示唆的な作品である。

ここで取り上げられた多くの民衆の証言は、哲学的な思考に届く射程を有しているが、繰り返される証言も後半になると、小説を読むような緊迫感や想像力が希薄になって、やや物足りなさを感じるのは致し方のないことか。それにしても、被災者の肉親たちの愛情豊かな直裁的な証言は生々しく言葉の力というものに改めて感服した。

⑤２０１４年　パトリック・モディアノ

◇『１９４１年。パリの尋ね人』（白井成雄訳、作品社）

本書は２０１４年度のノーベル文学賞受賞作家パトリック・モディアノ（仏）の代表作の一つである。本屋では小説と思って手にしたのだが、小説ではなくノンフィクションだった。

モディアノは、「１９４１年12月のパリで発行された新聞の尋ね人の欄」を、47年後の１９８８年12月に読む。それは次のような記事だ。

「パリ。尋ね人。ドラ・ブリュデール。15歳、1メートル55、うりざね顔、目の色マロングレー、グレーのスポーツコート、ワインレッドのセーター、ネイヴィーブルーのスカートと帽子、マロンのスポーツシューズ。パリ、オルナノ通り41番地、ブリュデール夫妻宛情報提供されたし」

モディアノは、この記事のことが気になり娘と両親のことを調べ始める。オルナノ通りは、かつて自分が住んでいた所でもあったからだ。10年ほどの歳月をかけて調べていく中で様々な事実が浮かび上がってくる。結論から言えば、３名はユダヤ人で、ナチスによってアウシュビッツに送られ殺されていたのだ。

作品は、作者自身がノンフィクションと述べているとおり、ドラマチックに仕立てられているわけではない。取材によって明らかになっていく3名の人物の軌跡と結末が淡々と語られているだけだ。モディアノは、その途次で発見した様々なエピソードを拾い上げる。そして様々な感慨を述べる。例えば尋ね人の広告を出した両親のように、ある父親は「捕獲吏」に捕獲された娘を返してくれと必死に警視総監に訴える。明らかになるのはパリの権力者たちが市民の声に耳を貸さずに、ナチスに協力した姿だ。何万という調書は宛先に届けられずに破棄され、捕獲吏の名前も永久に分からない。そんな中、読まれることもなく倉庫の奥に置き忘れられていた幾百もの手紙が見つかった。このことについて、モディアノは次のように書く（１０４頁）。

ユダヤ人狩りに加わった警視、刑事たちは他界して久しく、その名は陰鬱にこだまし、古くさい皮革のような、消えた煙草のような匂いを発散する。（中略）何万という調書は破棄され、もう「捕獲吏」の名前も永久に分からないだろう。

だが保管文書中には当時の警視総監に宛てられた、返事のもらえなかった幾百通もの手紙が残されている。そうした手紙は半世紀以上打ち捨てられたままになってきた。まるで遠方の中継地の倉庫の奥に置き忘れられた航空郵便の郵袋のようだ。

今日、私たちはこうした手紙を読むことができる。宛先のご本人たちが目もくれようとしなかったのだから、当時まだ生まれていなかった私たちこそが、手紙の受取人であり管理人なのだ。

また本書には、権力の側に擦り寄った人々だけでなく、人間としての誇りを有し気高く生き、そして死んでいった人々の姿も淡々と浮かび上がらせる。その一つにドイツ人から「ユダヤ人の友だち」と揶揄された一群の女性たちがいる。このことについて、モディアノは次のように記載する。「十人ばかりの『アーリア系』フランス女性で、6月、ユダヤ人が黄色い星の着用を義務づけられた最初の日に、彼女たちもまた連帯の徴として、勇敢にも黄色い星を着けたのだ。そしてその着け方は占領軍当局の目に、奇抜でこれ見よがしのものと映った。(中略)全員が路上逮捕され、最寄りの警察署に連行された。(中略)そして、8月13日、ドランシー収容所へ送られた」と。

さらに、モディアノは、セーヌ河岸の古本屋で、6月22日の列車でドランシー収容所に送り込まれた男の最後の手紙を見つける。書き手は「ロベール・タルタコウスキー」。「私は今、1997年1月29日水曜日、彼の手紙を55年後に書き写している」として次のような手紙を紹介する。

おととい、出発のリストに載りました。心の準備はずっと前からできていました。収容所はパニック状態で泣いている人も多くいます。みな怖いのです。一つだけ困ったことは、ずっと前にたくさん頼んでおいた衣類がぜんぜん送られてこないことです。衣類小包引換券は出したのですが、間に合うように来るでしょうか? 母が心配しないよう、だれも心配しないよう願っています。元気で戻れるよう、できるだけのことをするつもりです。わたしの消息が途絶えても心配しないで下さい。必要があれば赤十字に問い合わせてみて下さい。(中略)千人近くが出発します。(中略)、昨日、ドイツ軍のドンカー大尉が収容所に来ました。みな気が狂ったように逃げ惑いました。知り合いの皆さんにはできるだけよそに行くように勧めてください。ここではどんな希望も捨てざるを得ませんから。最終的な出発を前にコンピェーニュに連れていかれるのかどうか分かりません。下着は送り返しません。ここで洗濯します。とても多くの人たちが卑屈な態度をとるのでぞっとします。あちらに到着したらいったいどうなるのでしょう。機会があったらサルツマン夫人に会ってみて下さい。(以下略)

本書に収載された死者たちの手記やノートは、胸が締め付けられるような悲しみを覚える。死を前に怯える者たち。日々の生活を継続し毅然と生きる者たち。死の予感を払拭して明日があることを信じて疑わない者たち。しかし、みんなみんな死んでしまったのだ……。

モディアノは、私たちに次のように語る。「もはや名前もわからなくなった人々を死者の世界に探しにいくこと、文学とはこれにつきるのかもしれない」と。

このようなモディアノの言葉や姿勢には共感が大きい。かつて私は「K共同墓地死亡者名簿」を書いたが、私の中にあった思いも無名の人々の無償の行為や、死者たちをあの世から呼び寄せることであった。[注6]

戦争の記憶の継承は、フィクションだけでなく、モディアノのような方法があるのだと発見した感銘は大きく新鮮だった。事実を文学の力とする方法だ。

モディアノは本作を次のように締めくくる。やや長い引用だが記しておこう。

あれから私が、彼女の痕跡をなんとか見つけようとしているパリは、あの日と同じようにがらんと静まりかえっている。私は人気のない街を歩きまわる。夕方、ラッシュ時、皆が忙しそうに地下鉄の入口に向かっている時でさえ、街には人気が感じられない。ドラが私の念頭から離れないのだ。ある界隈に行くと、彼女の気配がどうしても感じられてしまう。先日の夜は、北駅の近くがそうだった。

彼女がどんなふうに日々を過ごしたのか。どこに隠れていたのか、そして、最初に逃亡した冬の数ヶ月、新たに逃げ出した春の数週間、彼女は誰と一緒だったのか、私には永久にわからないだろう。それは彼女の秘密なのだ。哀れな、しかし貴重な秘密であり、死刑執行人も、布告も、いわゆる占領軍当局も、警視庁留置所も、収容所も、歴史も、時間も（私たちを汚し、打ち砕くもろもろすべてのものも）彼女から奪い去ることのできなかった秘密であろう。

「尋ね人の広告」が出されたのは1941年、モディアノがそれに気づいたのが1988年、以後10年近くの調査期間を経て作品が執筆されて上梓されたのは1997年。ドラの死は1942年。本作品はドラの死から55年も経過した一人の人間、パトリック・モディアノの悲痛な感慨なのだ。

◇『パリ環状通り』（野村圭介訳、講談社）

本作品は、パトリック・モディアノの一連の作品に見られるように戦時下のパリが舞台。テーマも同じ。ユダヤ人である父や、「私」自身のアイデンティティを、過去の時代下において見つめ直そうとする作品である。モディアノの初期の作品ということだが、方法は斬新で、目を見張った。作品は次のように展開する。

まず、語り手の「私」は、戦前に撮られた一枚の写真を見ている。そこには3人の男と一人の女が写っている。写真の中の人物の一人は語り手「私」の父親だ。「私」は、いつの間にかその時代にタイムスリップして登場する。「私」は過去の亡霊たちの世界へ入っていく。そこがまず方法的に面白い仕掛けの一つだ。

父や、仲間たちはナチス占領下のパリで身を竦めて生きている。もしくは「闇の世界」で生きている。ユダヤ人である父も「私」を他人に預け、「私」を駅で突き落として殺そうとする。その後、父は私の前から行方をくらます。そして10年の歳月が経って、父は「私」の前に現れる。いや「私」は父を発見し、父を見つめ父に寄り添うように生きていく。しかし、父は「私」が息子であることに気づかない。語り手である「私」は、父たちが生きていたパリの街で、作品に登場する息子の「私」に二重写しになって登場する。時間的にはあり得ないことだが、そこが面白い方法の二つ目である。同時に、語り手「私」が混同して読み辛い部分でもある。

三つ目。父は仲間内で、うだつの上がらない下卑た人物として描かれる。ユダヤ人であるということを隠して生きている。仲間たちに蔑まれても反抗しない。この世に存在しないかのような父。そんな父を「私」は愛情を持って描いている。父に同情し懐かしい父の姿を追い求め、重ねて「私」のアイデンティティを捜し求める。そんな「私」の複雑な心情を描く技法がこのトリック（二重写しの私）に託されたのであろう。

父は、最終的には仲間たちの密告によって身分が顕(あらわ)になり逮捕される。「私」は警察官に向かって「私の父親です」と名乗り出る。ここで作品は閉じられる。

作品の世界は、夢とも現ともつかない茫漠とした世界を描いている。このことは登場する人物にも当てはまる。皆が戦時下のパリの片田舎で、拠り所を失い、希望を失い、自堕落な生活に明け暮れている。その中でわずかばかりの希望を見出そうとする「私」の視線は痛ましい。そして、それは作者パトリック・モディアノが現在の閉塞的な状況をも含めて、担っていこうとする文学者の姿勢であるようにも思われる。

モディアノ文学について、本作品の翻訳者である野村圭介は「訳者あとがき」で次のように述べている。

「モディアノが占領時代に題材を求めつづけるのは、むしろこの混乱期に、人間の弱さやエゴイズム、時流に流され偶然に左右される人間共通のもろさや浅はかさが、きわめて鮮明に露呈されるからだ、と思われる。闇屋、密告者、卑怯者、追従者などといったアンチ・ヒーローこそ作者の想像力を強くかきたて、痛切な共感を呼ぶのだ」と。（189頁）。

⑥2013年　アリス・マンロー

◇作品「林檎の木の下で」（小竹由美子訳、新潮社）

2013年度のノーベル文学賞作家アリス・マンローの代表作とも言われている短篇集だ。読後の感想は今一つ満足度が弱い。最後まで読むことがやや難渋な作品であった。

作品は二部仕立ての構成で、第一部は作者の先祖がスコットランドからカナダへ移住するまでの何代にも渡る父たちの物語。第二部はアリス・マンロー自身を思わせる少女を主人公にした物語から老いた60歳の女性（マンロー）が登場する物語までだ。第一部に5篇、第二部に六篇の短篇作品が収められていて、それぞれ独立した作品としても読めるが、一本の時間軸に貫かれた一族の物語としても読める。

この物語が、私にはインパクトが弱く感動も少なかった。物語の面白さにも乏しく、この作品を読んだから私のものの見方や考え方が変わったとか、読んで得をしたとかという感慨もない。翻って考えるに、昨年度のノーベル賞受賞作家莫言の「赤い高粱」の方が毒気があり新鮮だった、という感慨まで引き起こす。

なぜ私の琴線に触れ得ないのか。一つには女の子の視点で描かれているからかもしれない。言い方を変えると大人になった女性の視点から一族の歴史が回想されて描かれているからかもしれない。興味や関心が男とは違い、おままごとのような、絵空事のような浮遊感がある。国の違いによって引き起こされる文化や歴史の違いと併せてリアリティが感じられないのだ。

二つには、訳文の巧拙さもあるようにも思う。どの短篇も村上春樹が訳した「ジャック・ランダ・ホテル」に及ばない。小説の仕掛けも、言葉の奥行きや言葉の深さも、弱いように思う。本作品の言葉は、説明の言葉として、あるいは描写の言葉として居座り続けているだけで、言葉に「艶」がない。

その他、作品世界は人間の内面のドラマを描くよりは、自然や風物を描くことに力点が置かれているようにも思われる。日本とカナダ・アメリカ文学圏の小説観の違いなのだろうか。言葉を盛る器としての小説に対する考え方の違いなのだろうかと、余計なことまで考えてしまう。或いは小説ではないのかもしれない。一族の歴史を脚色することなしに淡々と描いているからかもしれない。

唯一、傍線を引いて記憶に残したいと思った部分が一箇所ある。「人生の最高のときはいつだろう」と問われた父が、「今だな、俺は、たぶん今だ」と答える場面だ（２０２頁）。父は老いを向かえ、数々の夢を断念し、現実を受け入れる年齢に達している。そして、その理由を、父は「仲間と一緒だったからだ」と答えるのだ。私も「今だな、俺は、確かに今だ」と答えることができるだろうか。

考えてみると、本作品は感動はもたらさなかったが、文学のありようや、家族の歴史を小説に仕立てる方法や、表現の対象をどこに置くか等々、いろいろと考えさせる作品であった。そういう意味では記憶に残る作品の一つであったということは間違いない。

⑦２０１２年　莫言

◇作品『赤い高粱』（井口晃訳、岩波現代文庫）

『赤い高粱』は、2012年度のノーベル文学賞受賞者莫言の代表作の一つである。中国の「東北郷」という架空の地で日本軍に対抗するゲリラ部隊に参加した人々の暮らしや生き様を描いた作品だ。

高粱畑を踏み倒し、赤く血で染める日本軍の野蛮な行為を読むのは少し辛かった。「東洋鬼子が攻めてくる。同胞よ、立ち上がれ、武器をとれ、鬼子から故郷を守れ」と村人は歌う。日本軍は抵抗した捕虜を殺すのに、村の屠畜人を使い、見せしめにする。村人の面前で耳を殺ぎ、性器を切り取らせ、頭から皮を剝がせる。その場面は次のように描写される。「孫五は包丁を手にして、羅漢大爺の頭のめくれ上がった傷口から皮をはぎはじめた。刃がひそやかな音をたてて動く。孫五は念入りにはいでいった。羅漢大爺の頭皮がめくれて、青紫の眼球が現れた。突起した肉が現れた……」と。同胞の皮を剝いだ孫五は、やがて気が狂う。

ゲリラ部隊もまた、日本兵を殺し遺体を残酷に扱う。「埋めれば、俺たちの土地が腐る！　焼けば、俺たちの空が穢れる！　河へほうりこめば、日本へ流れつくだろう」と侮辱する。その場面は次のように描写される。「祖父は短刀を取り出して鬼子兵のズボンの前を一つずつ裂き、彼らの性器を残らず切り落としてから二人の荒くれ男を呼びつけ、それぞれの持ち主の口につっこませた。そして十数人の男が二人一組になり（中略）日本兵たちを担ぎあげ、はずみをつけて『日本の犬ーおさらばだー』と叫んで」遺体を河へ放り投げるのだ。

殺すのも殺されるのも辛い。凄惨な生き残り競争とも言うべき荒々しい物語が、頁を捲るたびに次々と押し寄せてくる。そんな残酷な行為が、高粱が生い茂る大自然の大地で繰り広げられるのだ。纏足（てんそく）をはじめとする村の風習や、ゲリラの隊長となった一族の歴史が、「むき出しの生の意志と赤裸々な本能のままに」克明に描かれる。巻末の解説を書いた明治大学教授の張競は『赤い高粱』について次のように書く。

（『赤い高粱』は）国民国家や民族の対立という現代性を介在させたとはいえ、残虐なまでの命の収奪は奔放な性行為とともに、生きる本能として捉えられている。しかも生の営みとして、あるいは避けられない宿命として表象されている。たとえフォークロアの中でも、同様の表現伝統は見当たらない。しかし、土地に深く根を下ろし、歴史の帳簿から消去された生のエネルギーは紛れもなく、広大な農村に生きる人々のものであり、中国文化のれっきとした部分であった。

莫言は1955年中国山東省で生まれ、『赤い高粱』の初出は1986年だ。作品は「紅いコーリャン」として映画化され、ベルリン国際映画祭に出品、金熊賞にも輝いている。

また莫言はガルシア・マルケスの「百年の孤独」に影響を受けたというが、マルケスが使用する「マジックリアリズム」の手法がどのように生かされているか、やや不透明であった。

◇作品⑧２０１０年　マリオ・バルガス・リョサ「緑の家」（木村榮一訳、新潮社）

作者マリオ・バルガス・リョサは１９３６年ペルーの生まれ。南米を代表する作家の一人で、１９７６年には国際ペンクラブの会長を務めた。１９８９年には大統領選挙に出馬し日系人のフジモリ氏に敗れた経歴を持つ。２０１０年度のノーベル文学賞受賞作家でもあり、本作品は代表作の一つとされている。文庫本７００頁余に及ぶ長編作品で難渋しながら読了した。

難渋した理由は長編作品であることだけでなく、むしろ作者の小説手法に拠ることが大きかった。それは意図的な手法であり作品の魅力にもなっているが、その特質をまとめれば、次の4点になるように思われる。

一つは登場人物たちの多さだ。作品の終末近くになってもプロフィールなしに次々と登場してくる。さらにフリオ・レアテギがドン・フリオと突然書き換えられる。南米の事情に疎い私などには表記された人名だけでは男女の区別もつかず、町や村の名前とも区別がつかないので混乱してしまった。

二つめは会話文をカギカッコ（「」）なしに例示し、それも複数人の会話が改行や会話者の説明なしに連続して綴られる。カギカッコなしは、作品の一部に使用されているから意図的な手法なのだろうが面食らってしまう。その意図が分からない。しいて挙げれば臨場感を醸し出し登場人物間の親密さの距離感を表しているのかなとも思われるが、最後まで作者の意図は理解できなかった。

三つめは語り手が何度も変化することである。第三者の視点で語られているかと思うと、登場人物自らが語り手になる。本書に織りなされた物語は実に自由に多くの人々によって語られるのだ。

四つめは作品の展開が時間も空間も自由に往還して語られることが挙げられるだろう。インディオの村ウラクサでの出来事かと思えばビウラの町での出来事であったり、現在の出来事かと思うと50年前の出来事であったりする。場面の説明や登場人物の関係も後出しじゃんけんのように経歴が述べられ、あるいは述べられないままで作品は展開するので戸惑ってしまう。だれとだれが結婚し、だれとだれが離婚し、だれとだれの子どもで、何名の兄弟がいるかなどという単純な家族構成さえも不透明だ。いや登場人物の女性や男性も複数の異性と性的な関係を結ぶがゆえに、私たちが考える家族という概念もノーマル化され把握が困難である。

このような特質を有するがゆえに読むのに難渋する作品である。だが、同時にこの特質が本作品の魅力にもなっている。

また他にも多くの新鮮な魅力と特質をあげることができる。

例えば日本文学の特質の一つである「私小説」的世界とは全く異なる作品世界の展開がある。それはインディオの村の歴史や新しい町の建設が、略奪を繰り返しながら人間の強欲と悲劇の歴史として長い時間の中で語られることだ。時間軸に沿って主人公である一人の人物の成長譚として語られる日本文学の小説世界からは遠く離れている。本作品では多くの登場人物のだれもが主人公でありえる物語が展開される。それがパッチワークのように織りなされて一つの大きな作品として完成されている。

総括的な言い方をすれば、本作品は土地に刻まれた記憶を対比的な手法で拾い上げて壮大な物語として展開したと言ってもいいだろう。土地の記憶は様々な角度から様々な様相を帯びて語られるが、その一つが人間の欲望が作り上げた娼婦の住む「緑の家」の興廃の歴史にも象徴されるのだ。

物語の冒頭は、インディオの村を襲う軍隊の描写から始まる。ランチと呼ばれる船に乗って軍隊は川辺から上陸し、森に住む異教徒のインディオの村を襲う。村を襲うのは軍隊だけではない。インディオ同士の衝突もあり盗賊の襲撃もある。収穫したゴムを略奪し人々を惨殺する。

また軍隊にさらわれた少女らは修道院に預けられ尼僧たちによってキリスト教徒にする「教育」をされる。そんな教育を嫌がって修道院から逃げ出す少女たちもいる。その少女たちを探すために軍隊と共にランチに乗り込む尼僧たちもいる。まさにこの場面から物語はスタートするのだ。

多くの人々が入り交じって展開する壮大な物語は未開と文明が交差する大きな歴史の渦の中で、土地に生きるたくさんの人々の愛憎を織り交ぜて縦横無尽に展開される。修道院と娼婦の家（＝緑の家）、悪党と善人、森の中のインディオと町に住む人々、少女と老人、富める者と貧しい者、健常者と障がい者……、だれもが主人公だと名指すことができる対比的な物語だ。悪党も善人も、神父もシスターも、流れ者も娼婦も、人間としての区別はない。等しく愛憎を秘めた幾多の人々の織りなす幾多の物語が本作だと言えるだろう。

読後に強く印象に残る人物の物語を挙げれば、その一人は無垢な少女のころにインディオの村から誘拐され、修道院でシスターたちに教育され、やがて修道院を離れて軍曹と結婚し、最後に娼婦の館の主となって「緑の家」を経営するラ・セルバチカこと、ボニファシアの物語を挙げることができる。

また「緑の家」に雇われた盲目のハープ弾きドン・アルセルモが、盗賊に殺害された農場主キローガ夫妻に養女として育てられていた少女アントニアと結婚する物語も捨てがたい。アントニアは盗賊に舌や目を刳り抜かれたが奇跡的に生き延びていたのだ。また密林で生まれてランチの船頭としての日々を送るアドリアン・ニエベスの物語、あるいはニエベスとの結婚も含め、様々な男との関係を有しながらも気丈夫に生きていくラリータの物語、そして町や村に住み着く流れ者の物語等々だ。

さらに、本作の主人公は人物ではなく、町や村であると譬えることができるかもしれない。インディオの村を焼きはらって白人の暴力により近代的なビルが建ち並んだ町が生まれる。他方で首狩り族の潜む密林の村の興亡、また人々の流入によって4軒もの「緑の家」が建つ砂漠の町の過去と未来……。「緑の家」が象徴するものは人間の欲望だけでなく、人間の歴史をも語っているはずだ。

また、作品に流れる主流音の一つに、登場人物のだれもが生まれた土地、育った土地への愛情を強く有していることが挙げられる。善人も悪人も、インディオも白人も、男も女も、土地への愛情を強く有している。それはインディオの少女たちが豊かな暮らしよりも密林の暮らしを望んで脱走することにも現れている。このことは、作者マリオ・バルガス・リョサの土地への強い愛情を示しているようにも思われる。

3　受賞作品の特徴と傾向

(1)　ガルシア・マルケスから、カズオ・イシグロまで

ガルシア・マルケスは、バルガス・リョサとの対話で、作家の責任について次のように語っている。[注8]

> 作家にとって第一の政治的責任は優れた作品を書くことだと思います。単に正確な、美しい文章を書くというだけでなくて、誠実に書く。いや、自分の信条に適（かな）うことを書くべきです。作家に対しては、作品の内部で特定の政治姿勢を表明せよなどと要求するべきではありません。靴屋に向かって靴に政治的内容を込めよなどというのは誰もいないでしょう。卑近すぎる例ですが、ともかく、文学を政治の道具に変えよと作家に求めるのは間違っています。私も含め、イデオロギーや政治的立場の明らかな作家の作品には、特に意図せずともそれが反映されるものです。

ところで、テクスト言語学を専門とする橋本陽介は自著『ノーベル文学賞を読む―ガルシア＝マルケスからカズオ・イシグロまで』（２０１８年）の中で、ノーベル文学賞受賞作家を紹介しながら、作品の特質や傾向について、次の４点を箇条書きにして示している。[注7]

①負の力がプラスに転化する

黒人差別や共産党体制下、アパルトヘイト、ナチズムなどによって抑圧されたことが強烈な文学を生み出している。人間は不幸で辛い体験をするほうが、語る欲望を爆発させるものらしい。平凡な日常からは圧倒的なパワーは生まれにくい。負の力で抑え込まれるほど反作用としての文学と

なる。（中略）

②エスニック性

ガルシア＝マルケスやバルガス・リョサの南米や、マフフーズのエジプト、バムクのトルコなど、よく知らない世界を描くものは、それだけでもおもしろい。価値観の違い、風俗の違い、出来事の違いなど、違いを楽しむことができる。

③越境性

カネッティ、ナイポール、ヘルタ・ミュラー、カズオ・イシグロなど、亡命や移民などで自国とは異なる文化で暮らしている作家も多く受賞している。これらの作家は、それぞれ特有の個人的体験を持っている。通常の人が経験していないことを経験していることは、小説を書くうえで有利に働く。また、文化を越えることによって、自然とその作品も文化を越えたものになる。

④小説言語

ただし、抑圧を単に告発するだけのもの、観念的イデオロギーから出発して組み立てられたような物語にはなっていない。あくまで自然でなければならない。また、異文化が描かれているとはいっても、外国人に向かっていかにも自分たちを解説しているようなものも、自分たちをただ絶讃しているようなものも、文学としては価値が落ちる。もちろん単に越境する経験があるだけでも優れた文学にはならない。本書を通じて紹介してきた作家は、誰もが独自の小説言語を持っていた。小説は言語でできている以上、言語表現についても優れていないと、一流とはいえないのである。

橋本陽介の提言は示唆的で興味深い。私が本稿で対象にしている作品は過去10年間の作品であるが、これまで述べてきたように、いずれかの作品がこの特質と明らかに重なっているはずだ。

(2)　土地の記憶を紡ぐ文学の力

パトリック・モディアノとの出会いから、一念発起してノーベル文学賞受賞作品を読むという行為は、私に期待以上の刺激や示唆を与えてくれた。読書の喜びでもあり、新鮮な表現世界との出会いは僥倖にもなった。

ここでは橋本陽介に倣い、敢えて私の言葉に換言して、私なりに発見し理解した作品の傾向や特質について、５つの項目でまとめてみる。

①フィクションとノンフィクションのボーダーレス化

「文学と何か」。受賞作品を読む度に沸き起こってくる感慨であった。たとえば、『チェルノブイリの祈り』は証言集であり、『１９４１年。パリの尋ね人』は、調査記録と喩えてもいい。明確なノンフィクションである。文学とはフィクションの喩えではないのだ。こんな自明なことに気づかされる特質と傾向の確認もあった。

②様々な方法の実験と試行

オルガ・トカルチュクの作品『昼の家・夜の家』はパッチワークのようにして編み上げられた作品である。見聞した小さなエピソードを集めて街の歴史にし人間の歴史にした。日本文学の特質の一つである「私小説」は、まさに日本文学のみの特質であることに今さらながらに気づかされる。世界の文学現場では様々な実験が繰り返されている。『左ききの女』は孤独を見極める実験作であり、『パリ環状通り』は過去に現代人がタイムスリップして生きる作品だ。『私を離さないで』は科学文明の先端を行くクローン人間を登場人物にし、『忘れられた巨人』では記憶を奪う龍を登場させた。

また、アリス・マンローの作品「林檎の木の下で」も独立した個々の短編作品の組み合わせで成り立っている。受賞作家は既成の方法や文学の概念に固執していない。文学を広い振幅で考えユニークな発想を武器にして文学の概念そのものをも揺さぶっているのだ。

③土地の記憶を掘り起こす言葉

記憶とは当然過去のことである。過去のことであるがゆえに、隠蔽され捏造される歴史がある。文学は闇に葬られた個々の歴史を掘り起こし、新たな記憶を誕生させることにあるかのようだ。『1941年。パリの尋ね人』はまさにこの類いの作品であろう。「林檎の木の下で」もカナダに移住してきた人々の土地の歴史だ。『昼の家・夜の家』『緑の家』も過去を知ることの大切さ、歴史を検証する多角的な眼力の必要性を教えてくれる。

④相手の心に寄り添う言葉

土地の歴史・文化・言葉を大切にするだけでは十分ではない。さらに必要なのは、その土地に寄り添う愛情だ。相手の心に届く言葉を探す作者の営為は、どれも感銘深く感動を生み出してくれる。『チェルノブイリの祈り』がそうであり、『1941年。パリの尋ね人』がそうであった。また荒っぽい作品であるが『赤い高粱』も日本軍に踏み荒らされる自らの土地を守る闘いであったはずだ。『昼の家・夜の家』『緑の家』『忘れられた巨人』『林檎の木の下で』もこの特質を有した作品である。

⑤文学がもたらす生きる力

この項目にはすべての作品が該当するだろう。文学の力は多様であるが、その一つに人間を励まし未来へ牽引する力があるように思う。感動や感銘は理屈でなく勇気を与え生きる力を育んでくれる。気に入った一つのフレーズが、世界を明るくしてくれるのだ。そしてこれらの言葉は、文学を作る言葉でなく、生活の言葉だ。あるいは作者の沈黙を潜ってきた日常の言葉だと言っていい。事実の力こそが強い文学の力を生み出す根源であるように思われるのだ。

さてこれらの特質を、ノーベル文学賞受賞作品の傾向として取り出すことができたが、この傾向が世界文学の潮流だとは安易に言えないだろう。しかし、世界文学を照射する視点の一つにはなるように思う。少なくとも日本文学の現在を照射する鏡にはなるはずだ。

また、ここには一つの例として村上春樹の作品と重なる部分もあれば異質な部分もあることが了解できるはずだ。異質な部分は、たぶん村上春樹は物語を作るのに知的でありすぎるのだ。それゆえに村上の文学世界は、普遍的な人間の物語であり、どの土地にも通用する物語である。土地の記憶を越えた人類の物語であり、文学の言葉が紡ぎ出した作品群であるとでも言えようか。

村上の作品からは間違いなく文学作品を読む醍醐味を味わえるであろう。しかし、土地の言葉や土地の記憶を紡ぎ出す傾向を有した作品は少ないように思う。もちろん私見ではあるが、文学の多様性がさらに力説されなければ、ノーベル文学賞の受賞は遠いようにも思われるのだ。

4　世界を繋ぐ文学の力

英語圏文学の翻訳者であり津田塾大学の教授である早川敦子は、自著『世界文学を継ぐ者たち—翻訳家の窓辺から』の中で、「21世紀を生きる私たちにとって、『世界文学』とは何だろう」という問いを立て、「世界文学の伝統は、いまや世界そのものの多様化を映し出すかのように、従来のニュアンスとは異なる多様な水脈を拓いているような気がする」と述べている。[注9]さらにこの見解に次のように付け加えている。

ひょっとしたら、世界を掌握しようとしていた権力構造が帝国主義の凋落とともに崩壊し、それまで抑圧されていた声が語られ始めたことと、どこかで関わっているかもしれない。例えば旧植民地から聴こえ始めた周縁の声や、ホロコーストの沈黙から生還者を通して生まれてきた言葉は、世界に新しい音色と色彩を招き入れたといえるだろう。世界文学は、大きなナラティヴではなく、小さな者たちの物語へ光を当てるものへと変わっていったのではないだろうか。このような意味で、新たな世界文学の風景が広がってきたと言えるだろう。

また本稿でも取り上げたマリオ・バルガス・リョサの文学観も興味深い。作品『緑の家』の巻末に付記された解説の中で、翻訳者の木村榮一がバルガス・リョサの小説観について次のように紹介している。リョサ自らの言葉の引用だが、「小説とは一作、一作が秘めやかな神殺し」だという。なんとも刺激的な言説だ。[注10]

小説を書くということは現実に対する、神に対する、神が創造された現実に対する反逆行為に他ならない。それは真の現実を修正、変更、あるいは廃棄することであり、それに変えて小説家が創造した虚構の現実をそこに置こうとする試みに他ならない。小説家とは異議申し立て者であり、あるがままの生と現実を受け入れがたいと考えるが故に、架空の生と言葉による世界を創造するのである。人がなぜ小説を書くかと言えば、それは自分の生に満足できないからである。小説とは一作、一作が秘めやかな神殺し、現実を象徴的な形で暗殺する行為に他ならない。

どうやら、古今東西の人間は物語を必要としきたようだ。もちろん、文学は物語の範疇を凌駕する。ノンフィクションである日記も、証言も、インタビューも、文学であることを、ノーベル文学賞の受賞作家たちは教えてくれている。広い振幅で誕生する多様な文学作品は、私たちの人生を豊かにし、啓発し、永久に楽しませてくれるようだ。

その共感域を援用すれば、文学はやはり世界を繋ぐことができるように思われる。それぞれの方法で言葉を選び、歴史に右顧左眄することなく、それぞれの土地の記憶を、己の記憶として組み立てる。そんな個的な営為が他人の心に届くのだろう。土地の記憶を紡ぐ文学は、世界を繋ぐ文学の力になり得るように思われる。

【注記】

1　パトリック・モディアノ『1941年。パリの尋ね人』2015年7月30日第5刷、作品社、181頁。
2　注1に同じ、176頁。
3　注2に同じ、185頁。
4　保坂一夫評論「ノーベル文学賞（下）」沖縄タイムス社、2019年10月18日掲載。
5　出典：インターネット「ウィキペディア」。
6　大城貞俊『G米軍野戦病院跡辺り』2008年4月25日、人文書館、収載。
7　橋本陽介『ノーベル文学賞を読む—ガルシア＝マルケスからカズオ・イシグロまで』2018年6月22日、角川選書、257-258頁。
8　ガルシア・マルケスとバルガス・ジョサとの対話『疎外と叛逆』寺尾隆吉訳、2014年3月30日、水声社。
9　早川敦子『世界文学を継ぐ者たち—翻訳家の窓辺から』2012年9月19日、集英社、12-13頁。
10　バルガス・リョサ／木村榮一訳『緑の家』1995年3月1日、新潮社、705-706頁。

第三章　国境をボーダーレスにする沖縄文学の特質と可能性

○はじめに

沖縄県はかつて「琉球」と呼ばれる島嶼王国であった。１２００年頃には各地に君臨する豪族が現れ、その中でも民衆から慕われ最も権勢を誇ったのは１２６０年頃に浦添地域を支配した英祖王統、さらに１３５０年頃に中山王に即位した察度王統である。

これらの時代を経て尚巴志が現れ琉球を統一したのは１４２２年頃だとされている。尚巴志は中山を拠点に第一尚氏王統を築く。その後１４７０年に金丸が王位を継承し、尚円と称して第二尚氏王統を存続させる。以来、１８７９年明治政府が「琉球処分」として王国を解体し「沖縄県」として明治政府傘下に組み入れるまでの４００年余もの間、琉球王国は尚氏の統治により続いていたのである。

琉球王国は小さな島国であったがゆえに様々な苦難に遭遇する。１６０９年には薩摩の武力侵略を受けて傀儡政権となるのもその一つである。しかし、尚氏王統はいつの時代にも近隣諸国と友好関係を結び、大海に船を駆って貿易を重ね、琉球史において「大交易時代」と称される時代を送るのである。この琉球王国の基本的な姿勢を示した言葉は「万国津梁」の精神だと言われている。その文言を刻んだのが「万国津梁の鐘」だ。

万国津梁の鐘は、１４５８年に琉球王国第一尚氏王統の尚泰久王が鋳造させた釣鐘で、刻まれた銘文に琉球の海洋国家としての気概が謳われている。かつては首里城正殿に懸けられていたが、現在は沖縄県の所有となり国の重要文化財に指定されている。

沖縄県庁の知事公室にもこの文言を模写した屏風が置かれ来客を迎えている。２０００年に開催された「沖縄サミット」の会場も「万国津梁館」と名づけられるなど、海外に雄飛する沖縄県民の精神の象徴として現代でも使われる。刻銘文は漢文で次のように始まる。

琉球国者南海勝地而鍾三韓之秀以大明為輔車以日域為唇歯在此二中間湧出之蓬莱島也以舟楫為万国之津梁異産至宝充満十方……

この白文を書き下し文にし、意訳すると次のようになるという。「琉球国は南海の勝地にして、三韓の秀をあつめ、大明をもって輔車となし、日域をもって唇歯となす。この二中間にありて湧出せる蓬莱の島なり。舟楫をもって万国の津梁となし、異産至宝は十方刹に充満せり……（意訳：琉球国は南海の景勝の地にあって、朝鮮のすぐれたところを集め、中国と日本とは非常に親密な関係にある。この日中の間にあって湧き出る理想の島である。船をもって万国の架け橋となり、珍しい宝はいたるところに満ちている……）」と。

ところで、冒頭に長々と琉球の歴史や「万国津梁」の碑文を紹介したのは、この精神が今日までも脈々と引き継がれているように思われるからだ。

沖縄文学の作品世界においても、この精神は様々に形を変えながらも沖縄文学の特質を担う一つになっているように思われる。換言すれば「国境をボーダーレスにする」文学世界である。本論考はこの精神を敷衍した沖縄文学の作品世界を「国際化」というキーワードで検証してみたい。そこにさらなる文学の可能性があるように思われるからだ。

1　沖縄戦後文学の特質

沖縄の戦後文学は、沖縄戦の体験を作品化することからスタートする。悲惨な地上戦を体験した沖縄の人々にとって、平和を願い二度と戦争を起こさないために、自らの体験した地獄のような日々や死者たちの無念さ、そして家族の幾人かを失った同胞の悲しみに寄り添う文学作品の創出から出発する。

ところが、沖縄県民は日本と米国との講和条約で日本国から切り離され亡国の民となる。郷土を灰燼に帰し山野を荒廃に貶（おと）しめた米軍の軍隊は、戦後も駐留し続けるのである。そればかりか新たな軍事基地を建設するために県民の土地を銃剣とブルドーザーで収奪したのである。

さらに米軍政府統治下の戦後沖縄においては、軍事優先の政策が施行され、ウチナーンチュ（沖縄県民）の基本的人権が踏みにじられる事件が頻発する。例えば米兵による婦女子への暴行事件や殺人事件、基地あるがゆえの航空機墜落事故や人命を奪う交通事故の続発。それだけでない。米軍に属する兵士や加害者は責任を問われることもなく免罪されて本国へ送還されたのだ。

それゆえに、戦後数年も経つと文学のテーマは過去の沖縄戦から、目前の現実を描くことに視点が移されていく。目前の現実を描く言葉の力が試され、政治と文学が大きなテーマになる。現状を脱するために日本復帰運動が高揚し、同時に日本国家を相対化する視点を獲得し、沖縄のアイデンティティーを模索するテーマの作品が創出される。このことの顕著な例がウチナーグチ（シマクトゥバ）の復権と見直しであり、基地被害や基地の兵士との交流を描いた作品群だろう。これらのテーマが沖縄の戦後文学の表現世界を作り上げていくのである。

翻って考えるに、沖縄の特殊なこの状況は表現者にとって特異な作品群を創出する要因になる。基地あるがゆえに基地と対峙せざるを得ない文学作品の創出は沖縄文学の特質の一つになるのである。

沖縄文学には、基地の兵士との愛憎の物語や基地の周辺で働く人々の悲喜劇を描いた作品が多く創出されている。基地の兵士を含め外国人である他者との接触や外国人との共同生活が作品世界に頻繁に登場する。

このことは、換言すれば異文化との接触であり沖縄の伝統的な精神世界との衝突でもある。これらの世界との衝突と葛藤、そして止揚もが沖縄文学の作品世界を作っていくのだ。

また沖縄は、戦前多くの海外移民をも生んでいた。その範囲は東南アジアのみならず、ハワイや南米、アメリカ本国にも及ぶ。まさに「万国津梁」の精神や、「イチャリバチョーデー(会えばだれもがみな兄弟)」と称されるウチナーンチュの精神が発露される舞台となったのである。

文藝評論家の川村湊は「沖縄文学の特質の一つは国際的である」という視点を示唆したことがある。[注1] また沖縄文学研究者の仲程昌徳は著書『もう一つの沖縄文学』で次のように述べている。[注2]

沖縄の作家たちが発表してきた小説には、沖縄を舞台にしていない小説が幾つもあった。別言すれば、海外が主な舞台になっている作品が幾つもあった。

例えば、抑留されたシベリアを舞台にした小説、ハワイでの捕虜生活を書いた小説、移民したブラジルの大地での生活を描いた小説、かつて住んでいた南洋を舞台にした小説、その他中国や台湾、インドネシアやフィリピンなどの国々や島々を舞台にした小説が、幾つも発表されていた。

長い間、沖縄の文学を探索してきて、沖縄を舞台にしていないそのような小説があることに気付いていた。(中略)海外を舞台にした作品群は、沖縄文学のなかで、一つの領域をつくるものになっているといっていい。それだけに、海外に取材した作品をまとめて呼ぶ言葉が欲しくなってくる。

それで思いついたのが「もう一つの沖縄文学」という呼称である。

仲程昌徳は、このように沖縄文学の広がりを紹介しているのである。

本稿では論ずる対象を沖縄の戦後文学に限定し、作品の舞台を沖縄に置いて外国人を描いた作品と、仲程昌徳のいう海外を舞台にして構築された「もう一つの沖縄文学」を対象にして具体的な作品を紹介し、その特質等を探ってみたい。もちろん管見に触れ得た作品のみであるが、ここには今日の課題である文学の国際化の視点と同時に、固有な歴史や政治に翻弄されてきた沖縄から普遍的な視点を獲得して世界をも相対化する沖縄文学の可能性を探ることができるような気がするのだ。

2　沖縄を舞台にして外国人を描いた作品

沖縄を舞台にして外国人を描いた作品には、外国人を主人公にした作品もあれば脇役にした作品もある。また少年を描いた作品もあれば老人を描いた作品もある。当然のことだが、描き方は多様である。

この背景には、終戦後も駐屯し続ける米軍兵士との交流や拡張され続ける米軍基地などの特殊な要因がある。基地に住む兵士や軍属たちは、当然基地の外に出て休暇やショッピングを楽しむ。沖縄の人々もまた基地の周辺にできた新興の町やゲート前の通りで商売を始め、米軍兵士や軍属との交流が行われる。そこには様々な人間の愛憎劇や悲惨な事件、あるいは幸せな家庭もが築かれるのだ。

沖縄文学の作品の特質について芥川賞作家の大城立裕は極めて興味深い指摘をしてくれている。大城立裕は県内の文学賞の選考委員を長年務めてきたが、その一つに「琉球新報短編小説賞」の選考委員がある。この体験から、「琉球新報短編小説賞の30年をかえりみて」として、次のように述べている。[注3]

沖縄の小説というと、だいたい三つの柱が普通考えられています。一つは沖縄戦、その体験が文学作品にどう生かされるか。それから基地の問題。基地の中で生きるとはどういうことかということ。さらに民俗学的な題材。大体その三つが挙げられる。（以下略）

そして、「基地」をモチーフやテーマにした作品として、「カーニバル闘牛大会」「銀のオートバイ」「ロスからの愛の手紙」「デブのボンゴに揺られて」「マリンカラー　ナチュラル　シュガー　スープ」「一九七〇年のギャング・エイジ」「ブルー・ライブの夜」の7作品を挙げている。

大城立裕が指摘したこれらの作品の他に、「新沖縄文学賞」「九州芸術祭文学賞」、その他各賞の受賞作品や文芸雑誌等に掲載された基地に関連する作品を挙げれば、【表1】のようになる。

これらの作品を読むことで、このテーマやモチーフで描かれた作品世界の内実を知ることができるはずだ。少なくともこれらの作品を指標にして沖縄文学の特質の一つである「沖縄を舞台にして外国人を描いた作品」を検証し可能性を探ることはできるように思われる。

なお、「沖縄文学三賞」の作品については、第Ⅱ部第四章で紹介している。ここでは重複を避けるために、内容については省略もしくは概略のみを紹介する。詳しくは第Ⅱ部をご参照願いたい。

【表1】沖縄を舞台にして外国人を描いた作者と作品

年	回	作者	作品
◇作品例1　琉球新報短編小説賞			
1976	4	又吉栄喜	カーニバル闘牛大会
1977	5	中原晋	銀のオートバイ
1978	6	下川博	ロスからの愛の手紙
1980	8	比嘉秀喜	デブのボンゴに揺られて
1982	10	上原昇	一九七〇年のギャング・エイジ
2001	29	松田陽	マリンカラー ナチュラル　シュガー　スープ
2002	30	大城裕次	ブルー・ライヴの夜
◇作品例2　新沖縄文学賞			
1984	10	吉田スエ子	嘉間良心中
1996	22	加勢俊夫	ロイ洋服店
2008	34	森田たもつ	蓬莱の彼方
◇作品例3　九州芸術祭文学賞			
1970	1	長堂英吉	帰りなんいざ
1977	8	又吉栄喜	ジョージが射殺した猪
2014	45	佐藤モニカ	カーディガン
◇作品例4　その他（文芸誌・単行本・その他）			
1967		大城立裕	カクテル・パーティー
1972		東峰夫	オキナワの少年
1980		又吉栄喜	ギンネム屋敷
1992		長堂英吉	伊佐浜心中
2006		大城貞俊	ウマーク日記
2014		大城貞俊	ハンバーガーボブ

3　作品例1　琉球新報短編小説賞受賞作品

(1)　又吉栄喜「カーニバル闘牛大会」（省略）

(2)　中原晋「銀のオートバイ」（概略）

作品は「アメリカハーニー」（アメリカ人の愛人）にスポットをあてた。ややもする世間から蔑まれるアメリカハーニーとなった叔母（政代）の姿を、叔母の庭の芝刈りでアルバイト賃を得て、「銀のオートバイ」を買うことを企図する大学受験浪人生の甥「ぼく」の視点から描かれる。叔母は「あのひと」と呼ばれ39歳、恋人ハーリーはベトナム戦後に精神に異常をきたして死んでしまった。それ以来あの人は高台の外人住宅に独りぼっちで住んでいる。あの人の孤独と、あの人に淡い恋心を寄せる「ぼく」の心情が、ディテールに託した描写の中で見事に浮かび上がってくる。

(3) **下川博「ロスからの愛の手紙」（省略）**

(4) **比嘉秀喜「デブのボンゴに揺られて」（概略）**

作品は沖縄女性と結婚した米兵フレディ・タウンゼントの物語だ。フレディさんは沖縄にやって来てベトナム戦争にも派遣される。フレディさんが妻となる沖縄女性恭子と出会ったのは29歳のころである。恭子から子どもができたらしいと告げられると、フレディさんは除隊を決意し日本に帰化する。

除隊したフレディさんは、絨毯を洗うクリーニング屋を開業する。米国へ帰る友人からただ同然で譲り受けたアメリカ製のボンゴ車に揺られながら絨毯の集配や注文を取りに行く。会社は繁盛していたが、やがて同業者が数多く現れ採算が取れなくなる。復帰後、資金繰りが苦しくなりついに倒産した。フレディさんは8年間、デブのボンゴで開業したクリーニング屋を畳もうとしている。

作品の特異性は、沖縄女性や米兵を、被害者や加害者としてステレオタイプに描くのではなく、むしろそれを反転させ、逞しい沖縄女性と気の優しいアメリカ兵という描き方に新鮮な視点がある。タイトルと併せて読後に爽やかさの残る作品となった。

(5) **上原昇「一九七〇年のギャング・エイジ」（概略）**

作品は、一九七〇年の沖縄本島中部、アメリカのハウジング・エリア近くに住む沖縄の少年たちと、米国少年たちとの抗争の日々を、沖縄側の少年のボスである「ぼく」が、十年以上も前のできごととして懐かしく回想し、米国少年のボスであるジャーニーに語りかける体裁で描かれる。

ギャング・エイジの少年たちの闘いは、大人社会への風刺や皮肉の物語としても成立している。沖縄の現実をいつまでも変えることのできない大人社会を、架空の物語である少年少女たちの闘いを通して描いたようにも思われる。

(6) **松田陽「マリンカラー　ナチュラル　シュガー　スープ」（省略）**

(7) **大城裕次「ブルー・ライヴの夜」（概略）**

作品は基地の町で生きる人々を描いたもので、舞台はジャズバー。フィリピンからやって来たマスター兼ジャズピアニストのミゲルさんや、殺人罪の汚名を着せられそうになってジャズバーに逃げ込んで来た米兵の姿を描いている。

基地の町に住み、生きる意欲や希望をなくした青年が、同じく基地の町に住み夢を追いかけ、ジャズプレイヤーとして誇り高く生きているミゲルさんに共感し、自分も夢を追いかけて努力しようと決意する物語である。

4　作品例2　新沖縄文学賞受賞作品

(1)　吉田スエ子「嘉間良心中」（概略）

作品は基地の町が舞台。時代はベトナム戦争の好景気が終わった70年代末か80年代初頭だと思われる。この町で20年余も娼婦を続けてきたキヨと脱走兵サミーが心中する物語だ。

老いた娼婦屋富祖キヨの孤独が、感情を排した乾いた文体で淡々と綴られる。寄る辺のないキヨにとってサミーとの生活は未来を夢見る起死回生の手段であったのだが、サミーの夢はキヨの夢とは相容れない。キヨの夢は崩壊する。キヨの自立も崩壊する。キヨの孤独と自立の困難さは沖縄の孤独と自立の困難さを暗示しているようにも思われる作品だ。

(2)　加勢俊夫「ロイ洋服店」（概略）

作品は、沖縄の基地の町に住むインド人ロイ・クマール・シャルダンの38年間の沖縄生活を描いている。

ロイはインドボンベイで生まれた。父の知人のテーラーで仕立ての見習いをする。手先の器用なロイは、めきめき仕立ての技術を身につけた。

ところが、妻のバフナが三人目の赤ん坊を抱えたまま交通事故に遭い、赤ん坊は死にバフナは三週間の安静状態から生還した。それからバフナは偏頭痛の持病を抱えロイも元気がなくなり客足が遠のき借金が膨らんだ。かつて見知らぬ老人がやって来てオキナワは景気がいい。自分の店で働いてみないかと誘われたことを思い出し、老人を頼ってオキナワへ行く決心をする。

沖縄にある米軍基地が好景気や不景気を呼び、このことに翻弄される人々の人生をインド人の仕立屋を通して描いた作品である。

(3)　森田たもつ「蓬莱の彼方」

本作品は終戦直後の宮古島市と台湾を結ぶ密輸貿易を背景に、運命に翻弄される台湾人の男、富之助と宮古島の女カナの悲恋を描いた作品だ。

この作品もまた、島を越え国境を越え「蓬莱の彼方」を見据えた作品の一つである。国境をボーダーレスにする沖縄文学の特質の一つを担った作品であると言えるだろう。

5　作品例3　九州芸術祭文学賞受賞作品

(1)　長堂英吉「帰りなんいざ」（省略）

(2)　又吉栄喜「ジョージが射殺した猪」（省略）

(3)　佐藤モニカ「カーディガン」（概略）

作品「カーディガン」は沖縄に住む主人公カスミのもとにブラジル日系四世のいとこのルイスが訪ねて来る。カスミは日系三世の母に頼まれ、初対面のルイスの沖縄観光の相手をすることになる。ルイスには性同一性障害の悩みがある。戸惑いながらもルイスと関わり、自分のルーツを再確認していくカスミと、カスミと関わりながら、自らの二つの性に懸命に向き合おうとするルイスの四日間の交流を描いた作品である。

6　作品例4　その他（文芸誌・単行本など）

【表1】では、その他（文芸誌・単行本などで発表された）の作品として6作品を記したが、「カクテル・パーティー」「オキナワの少年」は芥川賞受賞作品であり、また「ギンネム屋敷」にも多くの論考があるので、ここでは割愛し他の3作品を紹介する。

(1)　長堂英吉「伊佐浜心中」

作品は基地からの脱走兵カーリーと、基地の兵士を相手に売春をしている渡名喜ミヨの心中物語だ。カーリーとミヨを第三者の視点で交互に描いて展開する。

作品の特徴の一つは、二人の対決するドラマがないことである。ミヨは、かつての客の一人であったカーリーがベッドに入り込んでいるのを見つけて心中する格好の相手としてカーリーを選んだだけだ。

ミヨはこの商売が嫌でたまらない。「若いフィリピン女には太刀打ちできない」。子供の学資にと借金した金貸しからは追い回される。八方塞がりの状態である。死がいつも頭をもたげる。

そんな心情のままでアパートに帰ると、ベッドに潜り込んで鼾をかいているカーリーを見つける。カーリーは「ミヨがベッドのへりに腰をおろすと、いきなり肩に手をかけて引き倒し、毛布の中に引きずり込んだ」。死への思いは一気に高揚する。

沖縄に生まれ、沖縄で生きた「オンナの歴史」は、戦争や土地を強奪され、基地あるがゆえに刻まれる「沖縄の歴史」を暗示しているように思われる。

(2)　大城貞俊「ウマーク日記」

単行本『ウマーク日記』（2011年）は2006年11月から2007年11月まで218回にわたり琉球新報（夕刊）に連載された小説「ウマーク日記」をまとめたものだ。

物語は沖縄の戦後史を背景に、米兵と沖縄人（ウチナーンチュ）との間に生まれた双子の兄弟マークとジョージの人生を描いている。作品について小嶋洋輔（名桜大学国際学部教授）は次のように書評を書いている。[注4]

読後、沖縄の戦後に圧倒された。大城貞俊『ウマーク日記』には、沖縄が戦後たどった激烈な歴史がちりばめられている。

本作は米兵と沖縄女性の間に生まれた双子とその家族をめぐる物語である。それを第1部では双子の一人マークの日記として描き、第2部と第3部では、マークを中心にその家族である母春子、姉夏恵、アメリカに暮らす双子のもう一人ジョージに寄り添って描いている。そしてこの家族の物語の背景に沖縄の戦後史が置かれている。

終戦から1961年までを背景とする第1部には、占領、朝鮮戦争、宮森小学校米軍機墜落事件といった歴史がヤンバルに住む家族の人生に影響を与え、1968年から1970年代初頭が舞台の第2部には、ベトナム戦争とそれによって起きた事故や基地被害、そしてコザ暴動が、コザに居を移した家族を翻弄する。そして1975年から1990年代までを描く第3部には本土復帰、沖縄国際海洋博覧会といった歴史的事象が描き込まれている。

さらに本作はそうした大きな事件だけを描くだけではなく、いわば教科書に載らないような事象をも取り込んでいる。例えばロックバンド「紫」の曲を場面の背景で流すことは当時のコザの雰囲気を映すのに一役買っている。（以下略）

(3) 大城貞俊「ハンバーガーボブ」

「ハンバーガーボブ」は、2014年に刊行された大城貞俊作品集『樹響』に収載されている。基地を脱走してきたボブ・マクレーンを、二人の若い女性が住むアパートに匿（かくま）い、ペットのようにハンバーグを与えて同棲生活をする物語である。3人には、様々な過去があり葛藤があるが、3人の人物に米国、沖縄、日本を擬人化し、国家間の関係にまで象徴させようと試みられた作品である。

7 外国を舞台にした作品

さて、ここまで、沖縄を舞台にして外国人を描いた作品を概観してきたが、外国を舞台にして沖縄人や外国人との交流を描いた作品も、印象深い作品が数多くある。

仲程昌徳はこのような作品を「もう一つの沖縄文学」とネーミングした。沖縄の作家たちが発表してきた海外が主な舞台となった作品を指すが、ただし、仲程昌徳自身がこのネーミングに懸念や問題点も指摘してくれている。例えば移民地で沖縄出身の作家たちが発表した異言語での作品をも「もう一つの沖縄文学」と呼んでいいのだろうかという懸念である。仲程昌徳は次のように書いている。[注5]

海外での日本語、琉球語による表現活動は、多分移民一世や帰米二世で終わり、純二世以後になると、現地の言葉による表現になっていくに違いない。「ラッキー・カム・ハワイ」その他を書いたジョン・シロタや「オドリ」を書いたダーシー・タマヨセたちの英語で書かれた作品は、どうか。彼や彼女の作品に、沖縄人たちが登場していたにしても、彼や彼女の作品を沖縄文学と呼ぶことはないのではないか。

沖縄文学の広がりを考えていくと、いくつかの大切な問題に逢着する。呼称の問題はその一つで、迷いはあるが、沖縄の作家が、海外を舞台にして書いた小説の一群を、ここでは「もう一つの沖縄文学」といったことにしておきたい。

仲程昌徳は謙虚に語っているが、私もこの概念を継承したい。そして、ここで対象とする作品は沖縄の戦後文学であり、採択の基準として「沖縄文学三賞」(「琉球新報短編小説賞」「新沖縄文学賞」「九州芸術祭文学賞」)の受賞作品か、単行本化された作品を対象にしたい。もちろん、管見に入った作品のみで読了した作品であることはいうまでもない。

これらの作品を四つの地域を舞台にした作品に分類してみると【表2】のようになる。これらの作品群を「東アジアへの視点」「アメリカ・ハワイへの視点」「中南米への視点」「中東への視点」を持った作品として紹介したい。なお「沖縄文学三賞」の作品については第Ⅱ部第四章をご参照願いたい。

【表2】沖縄の作家が外国を舞台にした作品

発表年	作者	作品名	初出誌など
◇東アジアを舞台にした作品			
1949	大田良博	黒ダイヤ	月刊タイムス 第1巻第2号
1997	崎山麻夫	ダバオ巡礼	琉球新報短編小説賞
2003	樹乃タルオ	セカレーリヤ	コスモス文学新人賞
2007	松原栄	無言電話	新沖縄文学賞
2008	大城貞俊	ヌジファ	単行本収載
2013	大城貞俊	パラオの青い空	単行本収載
2019	又吉栄喜	仏陀の小石	単行本
2019	大城貞俊	海の太陽	単行本
◇アメリカ、ハワイを舞台にした作品			
1996	嘉陽安男	捕虜	『新沖縄文学』創刊号
1993	長堂英吉	エンパイア・ステートビルの紙ヒコーキ	『新潮』11月号
2002	国吉真治	南風青人の絵	琉球新報短編小説賞
2005	香深空哉人	シャイアンの女	九州芸術祭文学賞 沖縄地区優秀賞
2007	国梓としひで	爆音、轟く	新沖縄文学賞

◇中南米を舞台にした作品			
1985	大城立裕	ノロエステ鉄道	『文學界』2月号
2013	佐藤モニカ	ミツコさん	新沖縄文学賞
2015	佐藤モニカ	コラソン	『文學界』9月号
2018	池上永一	ヒストリア	単行本
◇中東を舞台にした作品			
1988	玉城まさし	砂漠にて	新沖縄文学賞

(1) 東アジアを舞台にした作品

① 太田良博「黒ダイヤ」

本作品の初出は1949年『月刊タイムス』第Ⅰ巻第2号だ。戦後最も早い時期に発表された小説作品の一つである。作者は太田良博。戦後ジャーナリストとして活躍し、牧港篤三との共著『鉄の暴風』（1950年）は民衆の戦争体験を集めた証言集だが、今なお読み継がれている。

本作品の舞台はインドネシアだ。時代は先の戦争を挟んだ前後の数年間である。沖縄の戦後文学の出発は、悲惨な戦争体験の継承をテーマにして、二度と戦争を起こしてはならないとする思いを作品化することから始まるのだが、ここにはそのような悲惨さはない。異国の地、インドネシアで出会った「黒ダイヤ」のような瞳を持った18歳の少年との出会いと別れを、「自分」の視点から深い愛惜と同時にノスタルジックに描いている。

少年の名はパニマン。パニマンはバンドン中学に在学中、現地人で構成される防衛義勇軍の幹部教育隊に志願してきた18歳の少年だ。「自分」は現地の義勇軍に日本語を教えたり、マレー語の通訳のような任務を持ったりした者として設定されている。

作品は原稿用紙にして四十枚ほどの短編で、パニマンと「自分」との出会いと別れを描いた作品である。特徴的なことは、二人の交流というよりも、パニマンに対する「自分」の一方的な好感をインドネシアの戦況や時代の変化とともに描いているところにある。

日本軍の敗戦によりインドネシアは混沌とした状況に陥る。防衛義勇軍も解散される。終戦直後の状況については次のように記される。

> 当時のバンドンは凡ゆる民族感情の接触摩擦の激しいところであった。日本軍、オランダ人、インドネシヤ、華僑、連合軍、その他中立国人の多角的な民族的表情の複雑したもつれの中にあった。（中略）バンドン市もジャワの他の都市の例にもれず革命の檜舞台となり、市を中心としてゲリラ戦が演じられていた。

「自分」は、そんな中、英国の進駐軍である印度のグルカ兵と戦い自国の独立のために革命軍に身を投じているパニマンの姿を見つけるのである。再会を果たした後、「自分」の元を去って行くパニマンの後姿に次のような感慨を述べて作品は閉じられる。

うら若いインドネシヤの少年。

美しい青春と純潔を民族のために捧げて血と埃りの中で銃をとってたたかう、傷ましくも健気なその後姿を形容のできない感慨をもって見送っていた。いとおしい気持ちが雲のように湧いてきて胸をしめつけ、自分はその後をフラフラと追っていきたいような衝動にフト駆られた。

あゝ……黒ダイヤ……。

目頭が熱くなった。

アシヤは立てり、われらは立てり。

われらの郷土を自ら守れ、

進め進め！

防衛の戦士！　アシヤの戦士！

インドネシヤの戦士。……

（中略）

一群の兵士たちが歌うその行進歌に沈痛な皮肉と哀傷を感じつゝ……、自分は呆然とその場所に立ちつくしていた。

作品は沖縄文学の視点を東アジアに向ける嚆矢（こうし）になった。作品の発表から70年余、この舞台と視点が継承され、豊穣の世界を獲得する小さな胎動が、今、始まっているようにも思われる。（※注：引用文中の「インドネシヤ」「アシヤ」など、表記は原文のままにした）

②崎山麻夫「ダバオ巡礼」（省略）

③樹乃タルオ「セカレーリヤ」

作者の樹乃タルオは1939年南洋諸島ロタ島で出生したという。作品の初出は同人誌『非世界』11号。本作で2003年コスモス文学新人賞を受賞、後に作品集『三月の砂嘴』（2010年）に収載された。

作品は過去の記憶を回想するスタイルを取っている。前半は、戦前戦中に住んでいた南洋諸島ボナペが舞台だ。カズちゃんと呼ばれる4歳の頃の「僕」の記憶から書き起こされ、戦争が終わった6歳までを描く。後半は、帰郷後、「南洋帰り」と呼ばれた少年期の回想だ。

「セカレーリヤ」とは、カナカ族の言葉で「こんにちは」という意味のようだが、ボナペで過ごした幼いころの日々はとても具体的で、当時の南洋へ移民した沖縄の人々の日々を連想させる。ボナペのキチー村のマングローブの生い茂る水上家屋に住んでいた日々から、内陸部のテーアン第三農場へ入植したこと、近くを流れるサミソン川で遊んだ日々、そして日本軍の兵士が島にやって来て男親たちは守備隊に召集され、どの家族も女所帯になって力を合わせて戦争を乗り越えたこと。やがて終戦を迎えて沖縄へ帰り、小学校3年生から中学生のころまでの日々の中での性の目覚め。ボナペの村で近所に住んでいた年上の少女セイコノネへの淡い恋心が語られる。作品世界を要約すれば「異郷の地ボナペの記憶と性の目覚め」とでも言えようか。これらのことが詩情豊かに描かれるのだ。

本作の特徴は幼いころの記憶や少年期の視点であるだけに、人生訓的な感慨や説教じみた言葉を排し、ピュアな視点で過去の日々が身近な衣食住の生活レベルの出来事として浮かび上がってくることにあるだろう。逆説的に言えば、それゆえにボナペへ移民した人々の日々が読者にも体験できるし、詩的な文章を生み出すこともできたのだろう。冒頭にボナペの村で泥に潜ったカニを捕るシーンがあるが、魅力的で象徴的なシーンである。

④松原栄「無言電話」(省略)

⑤大城貞俊「ヌジファ」

大城貞俊の作品「ヌジファ」はパラオが舞台の作品だ。「ヌジファ」とは、沖縄の古い習俗で「遺骨や遺体を移す際に、その場所に霊魂が残らないようにするための祈祷の儀式」である。作品は戦時下のパラオで死去した長兄の霊魂が、うまくヌジファができないで彷徨っている。成仏出来ない霊魂をユタ(巫女)の力を借りて沖縄へ連れ帰るまでの顛末を、家族の一人である正樹の視点から描いている。

鈴木智之(法政大学教授)はこの作品の意図を次のように捉えている。[注6]

日常的には必ずしも強く信じられていない民俗的宗教的な現実理解の様式が、このような形で彼の心に浸透し、行動へ駆り立てていくのは何故だろうか。それは、目前の不幸や困難に「理由」を与え、これを乗り越えていくための「手段」を提示する枠組みとして役立つからなのだが、これだけではまだ十分に説明がつかない。それと同時に、正樹と家族の生活史の中にあって、この儀礼の対象となる土地・パラオが、たまたま兄・俊一の亡くなった異国の地というにはとどまらない、情緒的な意味を担う場所であったことを見ておかねばならない。(中略)

父は召兵され母は子どもたちの手をひいて、ジャングルの中を逃げ惑うことになる。父は戦地で病に倒れ、ジャングルの野戦病院で「猿のように痩せた」姿を見せる。その幸福と災禍の双方の記憶を宿した場所として「パラオ」は語られている。

⑥大城貞俊「パラオの青い空」

本作も表題のとおりパラオが舞台の作品だ。ここでは戦争の責任や時代に翻弄される人間の命を見つめながら記憶の暴力に晒される人間の脆弱さを描いている。他方で認知症に煩わされる人々の闇の声を拾い上げることもこの作品の意図である。

作品は、戦前戦中をパラオで過ごした老女の独言で展開される。老女は周囲からは呆けが始まっていると思われている。その老女が長年連れ添った夫に自殺される。その自殺の理由が分からない。

夫はパラオで公学校の教師を務め、戦後も教育に携わって退職する。老女は、若い頃、夫と一緒にパラオで過ごしたその青春の日々に原因があるのではないかと探索する。夫を「あんた」と呼びかけながら夢うつつの中でその日々を辿り、自殺の真相を求めていくという物語だ。

⑦又吉栄喜「仏陀の小石」

本作は又吉栄喜文学には珍しく、主にインドを舞台とした作品だ。インドの聖跡ツアーに参加する安岡夫婦と同行するツアー客の苦悩を払拭し、救済や希望を見いだそうとする作品だ。

作品は、主人公と思われる若い小説家安岡義治と妻希代とが、救いを求めてインド聖跡巡りを決意することから始まる。二人はわが子をブランコ事故で亡くした罪の意識を払拭できないでいる。さらに夫義治の不倫を疑う妻希代との仲は崩壊し始めている。夫義治には小説を書くことの意味を求めて呻吟しているもう一つの苦しみもある。

また苦悩と自立の模索は二人だけのものではなくツアーに参加する全員がそれぞれに背負っているものだ。そして苦悩を際立たせる対立の構図は、時には先鋭的であり時には緩やかな日常の中でたゆたう苦悩である。

作品は沖縄の古い習慣なども取り込みながら、聖と俗、この世とあの世、生と死、男と女など、いくつもの構図が重なり同時進行的に展開される。この対立と救いの物語をインドを舞台にするという斬新な発想で描いたのが本作品である。

⑧大城貞俊「海の太陽」

大城貞俊の『海の太陽』も、沖縄文学では希有な題材のウミンチュ（漁師）を主人公にした物語である。シンガポールやインドなど、東アジアを射程に入れた作品になっている。

本作品については与那覇恵子（東洋英和女学院大学教授）が、共同通信の書評記事として配信してくれている。あらすじも述べられているので次に掲載する。[注7]

ヤンバルと呼ばれる沖縄本島北部の貧しいウミンチュ（漁師）の家に生まれた若者が、戦中の様々な苦難を乗り越え、新しい時代へと立ち向かっていく、その思いを描き出している。

亮太が12歳の時、漁に出た父親がサメに襲われ、遺体となって見つかる。一緒にいた兄も行方不明となり、働き手を失った一家は困窮を極める。15歳になった亮太は家族を支えるために漁業の盛んな糸満の漁師の家で前借金して働く「糸満売り」に出る。５年の年季は厳しいものであったが、漁の技法を磨き、同年配の雄次、洋子、隆との絆も生まれた。

亮太は、共に年季を終えた雄次と漁業での成功を夢見て、日本の漁船で賑わっていた英国領シンガポールへ渡る。ウチナー漁民も多く、充実した時間を過ごす。だが１９４１年12月８日未明、突然、英国軍に拘束される。太平洋戦争に巻き込まれたのである。日本の民間人捕虜約３千人が、シンガポールを含む英領各地からインドのプラナキラ収容所に移動させられ、２年後にはインド奥地のデオリ収容所に２千人余が送られた。

捕虜生活は苛酷で、日本人同士による差別や暴力も起きるが、小さな自治や助け合いも広がる。亮太にはひそかに思いを寄せていた洋子との再会や、兄との奇跡的な出会いもある。日本敗戦の通達を信じない「勝ち組」と、信じる「負け組」との対立が起き、暴動による多数の死者を出す。

帰国を果たした亮太が直面したのは、妹１人を残した家族の死である。読谷村出身の洋子も、家族全員を集団自決で失っていた。多くの死が記される一方で、米兵と結婚し米国で暮らす妹の旅立ち、亮太と洋子の新生活も語られる。故郷に建設された米軍基地。つらい境遇を引き受け、ウミンチュとして未来を自分で開こうとする姿がすがすがしい。生きる喜びを与えてくれる一冊だ。（以下略）

(2)　アメリカ、ハワイを舞台にした作品

①　嘉陽安男「捕虜」

作者は嘉陽安男。那覇市に生まれ、沖縄県立第二中学校を卒業。沖縄戦を一兵士として戦う。摩文仁の海岸でアメリカ軍に投降して屋嘉捕虜収容所からハワイ・オアフ島の捕虜収容所に連行された経験を持つ。

作品「捕虜」は、作者の分身と思われる主人公石川三郎が屋嘉の捕虜収容所からハワイの捕虜収容所に移送され、病を抱えて闘病生活を送るスコーフィールド陸軍病院を舞台に捕虜仲間との交流や、そこで出会ったアメリカ人医師や看護師、通訳の二世や、イタリア人捕虜アントニオとの出会いなどが描かれる。

作品の初出は『新沖縄文学』創刊号（１９６６年）だが、続いて第二号、第三号に発表された「砂島捕虜収容所」「虜愁」と併せて『捕虜たちの島―嘉陽安男捕虜三部作』として１９９５年沖縄タイムス社から単行本として上梓されている。「あとがき」は次のように記される。

苛酷な沖縄戦で生き残り、さらに五十年間も生き伸び得たことの幸せを、わたしは今までずっと、戦闘で死んでいった人たちの加護と信じてきた。あと何年生きられるか分からないが、生きている限り戦場に屍をさらした人たちの無念を思い続けることであろう。そして、その人たちに感謝しつづけることであろう。（２１８頁）

作品「捕虜」は死者たちの無念さを思い、平和を願う作者のメッセージであろう。同時にハワイを舞台にし、異国の人々との出会いを通じて、国際的な視野や思考を広げていく最も早い時期の作品である。例えば、次のような記述に私たちはもっと注目していいはずだ。

久保（二世の通訳）との話、アントニオとの話のあとで、摩文仁海岸の師範生のことを思い出したのは飛躍だった。だが、「若し、自分があのとき生きることの尊さを信念として持っていたら、もっと力強く説得して、あの三名も一緒に捕虜になるべきではなかったか」と後悔しているのは、久保やアントニオとの話の間に、無意識のうちに生きていることとの意義を見つけようとしていたからであった。（１４８頁）

コーメン（衛生兵）とナース（看護師）が忙しく立ち廻り、軍医が慌てて来、そして死体が運び去られる。その手順は前のときと同じであった。日本人の捕虜としてではなく、一人の重病の患者としてアメリカの病院は扱ってくれている。立ち働く軍医やナースやコーメンの表情には、一人の人間の死を見つめている厳粛な光がある。（１５４頁）

※引用文の（　）は引用者が脚注として補足した。

嘉陽安男の「捕虜」には悲惨な戦争への痛苦な反省と同時に、国際的な視野に立った人間社会の理想的な未来が見据えられているのだ。

②長堂英吉「エンパイア・ステートビルの紙ヒコーキ」

本作品は沖縄の戦後を描いた作品だが、作品の舞台を主にアメリカニューヨークに置いたところにユニークさがある。主人公は浜比嘉カナ。カナがニューヨークのホテルで夢を見て目を覚ますところから物語は始まる。カナは30年ほど前に沖縄コザ市で2年間ほど一緒に暮らしていたマイク・ボブコックを探しにニューヨークに来たのだ。その思い出が語られる。

マイクとカナが一緒に住むようになったのは戦争が終わって間もない昭和24年のころだ。カナは戦争で両親と妹をいっぺんに失い、終戦になると嘉手納基地でハウスメイドとして働いた。やがてマイクの家庭に配置されるが、マイクと妻サラの夫婦仲は悪い。妻サラの浮気などが原因だがサラは子供を連れてアメリカへ帰ってしまう。カナはやがてマイクに抱きすくめられ、基地の外で一緒の同棲生活をすることになる。

マイクは沖縄に来る前に立川に2年もいたせいか日本語が上手で親日派である。近所の人たちからも日本語の上手なマイクさんと呼ばれて親しまれた。彼は子ども好きで、町内会のラジオ体操に参加したり、近所の子どもたちを集めて野球チームを作り、その後援者になったりして親たちからも感謝される。

ところが、そんなマイクが、韓国釜山（プサン）への臨時勤務だといってカデナを発ち、そのまま消息を絶ったのだ。カナは領事館に願ってマイクの消息を調べてもらう。マイクは韓国から沖縄に寄らずに帰米してすぐに除隊し、半年ほどブルックリンにいたということだが詳細は分からず、行方はしれないということであった。

カナは通訳を雇いアメリカに渡りニューヨークでマイクを探すが行方は摑めなかった。その後なんの消息もなく歳月を過ごしていたが、突然、ニューヨークに住んでいる友人の楚南トシやニューヨークに旅行した友人から、「セントラルパークで物乞いをしているマイクに似た男を見た」という情報が入る。

カナは、マイクと始めた雑貨屋が時流に乗って成長し、今では支店を持つほどまでになっているスーパーの経営者である。カナは、思い切ってニューヨークにマイクを探しに行くことにする。

ニューヨークを舞台に、マイクとの出会いや二年間の充実した生活の日々が回想される。結局マイクを探すことはできなかったが、二人の夢であったエンパイア・ステートビルから、カナが一人で紙飛行機を飛ばすシーンで作品は閉じられる。

作品はとても叙情的でロマンチックである。作品の魅力は構成や舞台のユニークさだけでなく、風景の詳細な描写にもある。そして第三者の視点から「カナは……」と語り「マイクは……」と語る方法が一貫して持続され、沖縄の戦後の客観的な状況が浮かび上がってくる。もちろん、この方法が、カナやマイクの心情をほどよく語る方法としても役立っている。

沖縄を語るに、あるいは沖縄という特殊な政治的な状況に翻弄された人々の心情を語るに、外国を舞台にし、あるいは外国の人々との生活を描くことによって対比的に浮かび上がらせることができることを、この作品は見事に示している。

③国吉真治「南風青人の絵」（省略）
④香深空哉人（かふかからやん）「シャイアンの女」（省略）
⑦国梓としひで「爆音、轟く」（省略）

(3) 中南米を舞台にした作品

①大城立裕「ノロエステ鉄道」

本作品は、大城立裕が1980年代に『文學界』で発表した南米を舞台にした5編の作品の一つで、ブラジルを舞台にしている。他にボリビア、ペルー、アルゼンチンなどを舞台にした作品があるが、1989年に単行本『ノロエステ鉄道』と題して一冊にまとめられた。本作は表題になった作品である。

「ノロエステ鉄道」は移民一世の老女を「私」として語り手にした作品だ。今は夫も亡くしているが70年の移民生活の功労を日本政府が表彰するということで役人が彼女の元へやって来る。この進言に対して次のように述べて辞退する。「移民として自慢できるような生きかたをしてきたかというと、そうでもないのですもの。何のご褒美に値しましょう」と。このことの経緯が70年余の移民生活を振り返って語られるのだ。

大城立裕は、移民地で苦労をして汗を流し、子供を死なせた多くの移民者への限りない敬意と愛情を抱きながら本作品を書いたのだろう。世界のウチナーンチュ文学へ飛翔する豊かな視点である。

②佐藤モニカ「ミツコさん」(省略)

③佐藤モニカ「コラソン」

佐藤モニカはブラジル移民の祖先を持つ沖縄在住の新鋭作家だ。作品は2015年『文學界9月号』に掲載された。

作品のタイトルである「コラソン」は、ポルトガル語で「心」という意味のようだ。物語は中学2年生の少女(「私」)が母の故郷であるブラジルの片田舎の町を訪ねるが、その町を舞台に展開される。母は移民3世で、日本へ留学し日本人の男性と結婚して「私」を産む。しかし、父と母は、やがてうまくいかなくなり、現在は離婚寸前の夫婦だ。

「私」は休暇の間、ブラジルにいる叔母(母の妹)の元に預けられる。休暇中の滞在のはずが、両親からの呼び寄せもなく、滞在は延び延びになる。そんな「私」はこの町の人々の様々な生きかたを知る。「私」が目撃する人々の関係は、みんな父母と同じように崩壊寸前か、もしくは崩壊している。それを繕いながら生きている。

このことに気づいた「私」だが、どうしようもない。生きる上での大きな悲しみの波に揺さぶられながら生きる人間のサガや常態に、激しく動揺しながらも、「私」は前向きに生きていこうとする。象徴的な出来事として滞在中の「私」に初潮もやってきて、少女から大人の女性へ成長するという物語だ。

佐藤モニカの作品の特徴の一つは謎解きのように物語を展開するところにある。物語の先へ先へと読者を誘っていく。特に人物の設定や人物相互の関係は「おや?」と思わせるところから出発し、ベールを脱いでいくように「ああ、やはり」と思わせるようなテンポで展開される。この方法は彼女の戦略なのかは定かではないが、読者は迷いの中で立ち止まり、記述されていない闇を思考しなければならない。しかし、結果的には、このことによって、作品の深さや魅力が作り出されているように思われる。父祖の移民地を舞台にした作品だが、沖縄文学の新しいシーンを作り出す大きな示唆を与えてくれているようにも思う。

④池上永一「ヒストリア」

本作品は過去1年間で最も「面白い」と評価されたエンターテインメント小説に贈る文学賞「第8回山田風太郎賞」を受賞した。

作品の方法は、極めて斬新である。主人公知花煉は、沖縄戦に巻き込まれ瀕死の重傷を負いマブイを落とす。そのマブイが、ボリビアに飛翔する。九死に一生を得た知花煉は沖縄の地で逞しく生きていくが、密貿易に手を染め、共産主義者としてのレッテルを貼られ、米軍政府統治下の沖縄を脱出しボリビアへ渡る。

ボリビアに渡った知花煉は、マブイと再会し、一つの肉体に二つの性格を持った知花煉に変身する。一人の知花煉はゲバラと出会い、南米各地の革命に遭遇し、もう一人の知花煉はコロニアオキナワでウチナーンチュと共に開拓に励む。それぞれに波瀾万丈の物語が織りなされるのだが、沖縄が本土復帰したことを知り、大富豪となった知花煉が里帰りする。しかし、その沖縄は、今なお米軍基地に蹂躙されていた。知花煉が生まれた故郷は、米軍の実弾射撃訓練の標的にされていたのだ。

知花煉は叫ぶ。「やめてえっ！　もう撃たないでえっ！」と。南米の騒乱は一段落したのに、沖縄は陵辱され続けていたのだ。そして最終行、「現在も、私の戦争は終わっていない」として、単行本629頁の長編小説は閉じられる。

(4) 中東を舞台にした作品

① 玉城まさし「砂漠にて」（概略）

本作品の舞台はリビアのゴビ砂漠だ。主人公の「私」（＝伊礼）は、沖縄の企業「久茂地組」に勤めている。久茂地組が、リビアにおける日本企業の国際的な石油採掘プロジェクトチームとして参加することになった。ゴビ砂漠のど真ん中にあるギブリという町近くにある油田地帯から地中海のシルテ湾に面した原油の積み出し港ラスラヌフまで、約600キロのパイプラインの敷設工事である。

「私」は、現地になれた森根さんの先導でギブリからシルテ湾に近いジャロの町までの150キロの行程をジープを連ねて、日本からやって来る職人の出迎えに向かうことになる。ところが、変わりやすい砂漠の天候の中で、砂嵐に巻き込まれて森根さんのジープを見失ってしまう。「私」は砂漠の中で、死の恐怖と戦いながら、必死に生き抜く術を考える。

作品は緊張感のある文体で展開される。意識を失って倒れた「私」は、駱駝を引いた少年アリに助けられる。体力を回復した「私」は、ジャロの市場でアリと再会する。アリの友達の売る卵を勧められて全部買うことにする。どの地でも人々は与えられた命を懸命に生きている。それだからこそ命は尊いのだ。このことを、アリや市場の人々や、妻子の記憶、そして「私」の死闘を通して浮かび上がらせたのが本作品である。作品の舞台はどこであろうとも、人間を描き、命の尊さを描くことが、文学の普遍的な営為であることを教えてくれる作品だ。

○おわりに

「博士の愛した数式」で、私たちにも馴染み深い芥川賞作家小川洋子は、「誰もが物語を作り出している」として次のよう述べている。[注8]

自分が小説を書き続けてきて最近思うのは、物語は本を開いたときに、その本の中だけにあるのではなく、日常生活の中、人生の中にいくらでもあるんじゃないかということです。

たとえば、非常に受け入れがたい困難な現実にぶつかったとき、人間はほとんど無意識のうちに自分の心の形に合うようにその現実をいろいろ変形させ、どうにかしてその現実を受け入れようとする。もうそこで一つの物語を作っているわけです。

あるいは現実を記憶していくときでも、ありのままに記憶するわけでは決してなく、やはり自分にとって嬉しいことはうんと膨らませて、悲しいことはうんと小さくしてというふうに、自分の記憶の形に似合うようなものに変えて、現実を物語にして自分の中に積み重ねていく。そういう意味でいえば、誰でも生きている限りは物語を必要としており、物語に助けられながら、どうにか現実との折り合いをつけているのです。

また「存在の耐えられない軽さ」などで著名なチェコスロバキア生まれのフランスの作家ミラン・クンデラ（1929年〜）は、小説の存在意義について、自らに言い聞かせるように次のように語っている。[注9]

この私は、小説の唯一の存在理由はただ小説にしか言えないことを言うことだと、倦むことなく繰りかえす人間なのです。

さて、沖縄の小説表現に携わっている作者たちは、小説を書く際にどのような意識を持っているのだろうか。個々の違いはあるだろうが、少なくとも沖縄でなければ生まれなかったであろう作品は確かに存在する。私はこれらの作品が日本文学を脱構築する「沖縄文学」を成立させると考えている。

ここまで、概観してきたように、「国内を舞台にしながら外国人を描いた作品」や「外国の地を舞台にした作品」という条件で抽出した作品だけでも、作者の問題意識と方法は多様である。結論から先に言えば、これらの作品が、沖縄文学の特質を顕現し可能性を示唆しているように思われるのだ。

例えば幾つかの作品を具体例に挙げて兆（きざ）した可能性を検証してみよう。

松田陽の「マリン　カラー　ナチュラル　シュガー　スープ」について選考委員の一人日野啓三は次のように述べている。[注10]

（この作品は）基地の米兵の特定のガール・フレンドを続ける沖縄女性の心情をしみじみと語った作品で、相手の米兵は次々と若く、すぐ転地してゆくが自分は確実に年とってゆくという厳然たる事実の重みを芯に、あるいは米本国での黒人の地位と日本社会での沖縄人の地位との共感を綴って、一種客観的な悲しみの造型となっている。とりわけこの作品が、二十三歳の若い男性の作品であることに、自分だけの自閉的感情や怨念の吐露ではなく、小説的世界の客観的造型という小説の本道が熟し始めたようなよい感じをもった」。（297頁）

「小説的世界の客観的造型」とは、私たちが留意すべき世界であろう。自らの体験ではない世界を想像力を駆使して描くとき、独尊的世界に陥らないためには私たち自身が戒めねばならない言葉であるはずだ。この世界をこの作品は既に示しているということだろう。

吉田スエ子の「嘉間良心中」について、谷口基は終末の無理心中について次のような解釈を示している。[注11]

無理心中は、自己の新生と、主体性の貫徹とに同義となる行為、〈終わり〉を〈はじまり〉へとあらためる剽悍無比のエネルギーの爆発そのものなのだ。『嘉間良心中』の幕切れは、〈自己への復帰〉をめざした沖縄がやがてたどる、荘厳・凄絶の気に満ちた、果てしない進行を予感させるのである。

少年兵サミーと年老いた娼婦キヨとの関わりは、人種や年齢を超え他者との愛の型を築こうと熱望して粉砕した壮絶な人間ドラマを描いた作品である。このドラマに、谷口基は「〈自己への復帰〉をめざした沖縄がやがてたどる、荘厳・凄絶の気に満ちた、果てしない進行を予感させる」と語るのだ。

このことは、人間のドラマに時代や社会のドラマが投影される小説の可能性も示唆してくれる。

沖縄文学は「自己の新生と、主体性の貫徹」をテーマやモチーフにしながら、さらに文学の可能性をも示唆するものであることを二人の論評は示してくれているように思う。「自立と再生」は、沖縄文学のみならず、普遍的な文学のテーマであるはずだ。

加勢俊夫の「ロイ洋服店」について選考委員の一人大城立裕は次のように述べている。[注12]

「ロイ洋服店」は沖縄本島中部あたりによくあるインド人洋服屋の主人を扱って、基地沖縄での第三国人のナショナルアイデンティティを書いてある。あまり書かれない題材で、それも声高にならず、視線を低くかまえて、生活のひだで描いてあるところがよい。

作品は、基地あるがゆえの沖縄の土地が生みだしたと言えるであろう。沖縄の土地に翻弄される人々を描いているが、それは人種を飛び越える。沖縄文学は、既に土地の特殊性をも援用しながら「第三国人のナショナルアイデンティティ」をも視野に入れて作品が作られているということだろう。それは東アジアの平和構築や、国際化時代の文学のテーマや行方を示唆する作品でもあるはずだ。

本稿で紹介した作品を、再度総括的に述べれば、森田たもつの「蓬萊の彼方」は、土地の物語から普遍の物語へ飛翔する萌芽を示していると言えよう。宮古島という辺境の土地から、国境をボーダーレスにする沖縄文学の特質の一つを担った作品であると言えるだろう。やや大仰に言えば琉球王国の「万国津梁」の精神世界を脈々と受け継いだ作品と言える。

崎山麻夫の「ダバオ巡礼」も興味深い作品だ。戦争体験をどのように作品化し継承するか。戦争体験のない戦後世代の作品創出の方法としても読み取ることができる。悲劇を喜劇に反転し、さらに喜劇を悲劇に反転する。このことによって全方位的な視点を獲得し、時代を超える射程を獲得した作品だ。戦争で犠牲になった死者たちの土地は沖縄だけではない。フィリピンはもとより、世界に繋がる多くの土地を舞台にして戦争の物語は紡ぐことができるはずである。

国吉真治の「南風青人の絵」はニューヨークが舞台の戦争物語だ。ところが、作品は沈痛な重苦しい作品に陥ることなく、軽快なテンポでミステリアスな謎解きの様相を呈して展開される。極めて斬新な戦争体験の継承をテーマにした作品である。想像力はかくも愉快で逞しいのだ。アメリカの土地で沖縄の戦争の真相が浮かび上がってくる構図はなんともはや新鮮である。それこそ沖縄文学には国境をボーダーレスにする力があるように思われる。この力に感じ入ってしまう作品だ。

さて他の作品にも、文学の多様な力を見いだすことができるだろう。沖縄文学はこのように新鮮で豊かな世界を有しているのである。ウチナーンチュのアイデンティティを凝視し、国際化の時代の文学のあり方を遠望する。昨今は沖縄文学という概念が揺らぐほどに作品世界も作者も様々な価値観で様々な作品を創出しているように思われる。

しかし、このことは憂うべきことではなく、むしろ歓迎すべきことなのだ。いずれの作品も、小説世界を自明なことと せず普遍化を目指す果敢な挑戦であるように思われるのだ。

いずれにしろ私たちはここで述べた多くの先人の作品を誇りにし、獲得したグローバルな視点の多様性を財産とすべきであろう。文学の持つ無辺の力を信じたいものである。

【注記】

1 2017年7月22日、東京堂書店で開催された日本ペンクラブ 平和委員会主催のシンポジウム「戦争と文学・沖縄」において、同席した筆者に示唆してくれた。
2 仲程昌徳『もうひとつの沖縄文学』2017年4月30日、ボーダーインク。
3 『沖縄短編小説集―「琉球新報短編小説賞」受賞作品』第2集、2003年5月31日、琉球新報社。
4 琉球新報2011年書評。
5 注2に同じ。
6 鈴木智之『死者の土地における文学―大城貞俊と沖縄の記憶』2016年8月1日、めるくまーる。
7 書評「時代に立ち向かう若者の姿」。2019年7月20日。沖縄タイムス社掲載。
8 小川洋子『物語の役割』2007年2月10日初版、筑摩書房22頁)
9 ミラン・クンデラ/西永良成訳『小説の技法』、2016年5月17日、岩波文庫56頁。
10 注3に同じ。
11 『沖縄文学選―日本文学のエッジからの問い』200

3年5月1日、勉誠出版210頁）

12 『沖縄文芸年鑑1996』1996年12月16沖縄タイムス社、選考評109頁）

第四章 「沖縄戦後思想」再読

普遍の領域へ駆動する沖縄自立の思想
――1970年代の5つの論考

◇再読論考

1 島尾敏雄 1917年生。「ヤポネシアと琉球孤」（『海』7月号、1970年7月、中央公論社収載）

2 大城立裕 1925年生。「沖縄で日本人になること―こころの自伝風に」（叢書わが沖縄第1巻『沖縄の思想』谷川健一編集、1970年3月2日、木耳社収載）

3 新川明 1931年生。「非国民の思想と論理―沖縄における思想の自立について」（叢書 わが沖縄第6巻『沖縄の思想』谷川健一編集、1970年11月25日、木耳社収載）

4 川満信一 1932年生。「沖縄における天皇制思想」（右記3に同じ）

5 岡本恵徳 1934年生。「水平軸の発想―沖縄の共同体意識について」（右記4に同じ）

○はじめに

『悲の器』の著者、高橋和巳の作品を憑かれたように読んだのは1970年代の初頭だ。小説のみならず文学論や思想書にも魅了された。「わが解体」「孤立無援の思想」「自己否定の論理」「憂鬱なる党派」「わが心は石にあらず」……等々、いずれも魅力溢れる論考や小説作品であった。

1970年代初頭、沖縄はまさに過渡期の只中にあった。1972年の日本復帰を目前にしていたが、県民の望む形での復帰とはほど遠かった。それゆえに復帰・反復帰の論争が先鋭化した対立を余儀なくされていた。

当時、私は学生であったが、大学も政治の季節に翻弄されていた。セクト間の争いで一人の学生が死亡し、土木ビルが過激派の学生に占拠され機動隊との攻防が続いた。私は途方に暮れ、判断保留のままに襟を立て猫背にキャンパスを彷徨っていた。そんな日々に高橋和巳の作品に出会ったのだ。

衝撃はまず小説作品「悲の器」からやってきた。多くは作品の登場人物や作者の論考に現れる倫理的姿勢に対する共感からのものだった。「孤立無援の思想」には冒頭に次のように記されている。[注1]

かりにもここに一人の青年がいて、たとえば紅葉した丘陵の木々がいっせいに風に揺れ、渓谷の水が清冽な響きを立てて流れるのに面して、何かの感慨にふけりながらたたずんでいたとする。ところで、その青年に対して自然の美に心を奪われるよりは政治問題について考慮すべきだと薦めうる確固たる論理があるのだろうか。

高橋和巳は、当時京都大学で漢文学を教えていた教授である。全共闘世代の行動に共感を寄せながら、このように真摯に己に問い、刃を向けて答えを導き出していた。この自問と葛藤は私たちの世代に大きな示唆と勇気を与えたのだ。

翻って考えるに、沖縄でも高橋和巳と類似する倫理的な拠点から言葉を発している多くの先駆者がいた。その中から本稿では、島尾敏雄、大城立裕、新川明、川満信一、岡本恵徳を取り上げる。彼らの営為の中から記憶に残る優れた論考を再読することを通して、彼らの思想を明らかにし、彼らが目指していたものを再度確認したいからだ。彼らの提言は２０１９年のこの時代にも十分な射程を持ち、蘇る予感がするのだ。

１　島尾敏雄「ヤポネシアと琉球弧」※日本を考える視座としての琉球弧

島尾敏雄の「ヤポネシアと琉球弧」を読んだ後の悔いは大きかった。もっと早くに読んでおけばよかったという悔いである。随分と励まされる論文で、私のみならず多くの友人たちが島尾の着想に快哉を叫んだはずだ。私も遅れてその仲間に入ったというわけである。

私が島尾敏雄を知ったのは大学時代に親しい友人とつくった読書サークルだった。「戦後文学」を読む中で島尾敏雄の作品に出会った。「出発は遂に訪れず」や「死の棘」の世界に圧倒された。やがては晶文社刊行の島尾敏雄全集を買い込んだ。戦時中に海軍の特攻隊長として多くの部下を持ち、奄美の小さな島で死の恐怖と闘いながら戦中を生きた島尾敏雄。一方で島の娘ミホさんと結婚し壮絶な夫婦間の争いや苦悩を描いた「死の棘」の作家島尾敏雄。私は島尾文学の虜になった。

私たち全共闘世代は、１９７０年前後、学園闘争の只中にいた。闘争は政治的色彩を色濃く持ち始めていた。沖縄においては反安保闘争、米軍基地撤去闘争と合流し、さらに復帰反復帰の論争も激しく交わされていた。学園内でも激しいセクト間の対立があり死者も出た。反復帰のデモの際には、デモ隊と対峙した警察機動隊の隊員が、過激な学生が投げたとされる火炎瓶の炎を浴びて死んだ。沖縄はどこへ向かうのか。私たちはどこへ行くのか。そんな渦中で、自らはどう生きるべきかと問うていた。与えられた課題は大きかった。

大学はバリケードが築かれてビルが占拠され、休講する講座が多くなった。私たちの読書サークルも渦中に巻き込まれ、いつの間にか解体した。ある者はドロップアウトして学園を去り、ある者は日雇い労務のアルバイトに精を出し、ある者は喧噪に背を向けて図書館に引きこもりアカデミックな世界へ傾倒していった。私はというと八方塞がりの中で密かに自裁の夢を弄んだ。そんな中で出会ったのが島尾敏雄の「ヤポネシアと琉球弧」だ。

衝撃的だった。島尾がそのような発言をしていることは、うすうす小耳に挟んでいた。また沖縄へ大きな関心を有していることも新聞等に掲載される県内の詩人や思想家たち先輩諸兄の論考で知っていたが、私の内奥までは届かなかった。それゆえに1970年に那覇市で開催された島尾敏雄の講演「ヤポネシアと琉球弧」も聞き逃したのだ。

島尾はその講演以前にも以後にも、ヤポネシアと琉球弧の発想について発言を続けていた。独自な着想による概念であること、この概念が日本を考える新鮮な視座として有効であることを力説していたのである。この着想が、私や私たちの世代を励ましたのだ。私の内部でも小説家島尾敏雄が、「ヤポネシアと琉球弧」の視点を提唱した思想家として、また硬直した思念から脱出する指標を示してくれる思想家として大きなウエイトを占め始めたのである。

「ヤポネシア」や「琉球弧」に関する発言や著書は数多くあるが、ここでは1970年に那覇市で講演された「ヤポネシアと琉球弧」の書き起こし論考から、島尾の提唱する概念や特性をできるだけ島尾の言葉で拾ってみたい。

島尾の講演は次のように切り出された。

演題に少し変な名前を掲げましたけれども、ヤポネシアということばは、今までおそらく誰も使わなかったはずです。というのは、わたしはそれをどこかから借りてきたのではなくて、自分で組み合わせてこしらえたのですから。ヤポネシアというと、おそらく、ポリネシアだとかインドネシア、あるいはミクロネシア、メラネシアなどという名前が頭に浮かぶんじゃないかと思いますが、つまり、それと似たような意味でわたしはヤポネシアということばを使いたいのです。（中略）

日本という名前がついているのに、どうしてヤポネシアで呼びたいかと言いますと、わたしは、「もう一つの日本」というようなことを考えたいからです。（中略）

（日本という国は）何かこう固い画一性があるような気がしてなりません。みんな一色に塗りつぶされてしまうという息づまるような何かがあって、わたしはそこからどうしても抜け出したいという気持ちがおさえられないのです。（中略）

さて、この抜け出せない日本からどうしても抜け出そうとするなら、日本の中にいながら日本の多様性というものを見つけていくよりしかたがないんではないか。（中略）今申し上げたようなイメージの日本とはちがった、もう一つの日本、つまりヤポネシアの発想の中で日本の多様性を見つけると言うことです。（中略）その多様性を持ったいろいろな地方の中でもことに強く独自性を持った地方が琉球弧であり東北ではないかというのがわたしの考えです。（279-281頁）

島尾は日本を三つの弓なりの弧から出来上がった国だという。千島弧、本州弧、琉球弧だ。そして国はじめから現在に至るまで、政治の中心的な舞台は九州から関東までの本州弧にあったというのだ。この指摘はだれでもが肯うことができる。また、琉球弧と東北は、日本という国の歴史の舞台の圏外にあって、一般的な日本のイメージの外側に置かれてきたというのだ。このこともだれもが肯うことができるはずだ。そうだとして、琉球弧はどのような役割を果たしたのか。あるいは今後果たしうるのか。私たちの関心はその先にあった。

島尾もまた同じであった。その先の島尾の言葉に刮目させられたのだ。島尾は本州弧から日本を眺めるのでなく、琉球弧から日本を眺めたらどうだと提唱したのである。そして、次のように述べた。

日本の歴史の曲がり角では、必ずこの琉球弧のほうが騒がしくなると言いますか、琉球弧の方からあるサインが本土の方に送られてくるのです。（中略）

日本の歴史家の目の位置が、種子、屋久あたりで切れてその先に延びていないので世界からの日本への働きかけは、すべていきなりそのへんから（引用者注：本州弧から）はじまるように見えているのではないかと思います。しかし、そこにくるまでの道筋というものが厳然としてあって、それはいわば琉球弧の境域に属し、すでに中世のころから中山王国を中心にした世界との交易圏が出来上がっていたわけですから、それを視野にしていれば、寝耳に水のような表現にはならないと思うのです。（284頁）

そして、島尾は琉球弧からの具体的サインの例として次のような事件を示す。一つは戦国期末期の種子島への鉄砲伝来、二つめは幕末のアメリカ艦艇ペルーは、浦賀にいきなり寄って来たのではなく那覇に根拠地をこしらえたこと、三つめはキリシタンの宣教徒は首里のお寺で日本語を習ったこと、などである。そしてさらに次のように述べるのだ。

日本の歴史を見ると時に目の位置をもう少し高くして、琉球弧もすっかり入るようなところから見て貰うのでなければ、日本の全体像はつかめないのではないかという気がしきりにするのです。（286頁）

私たちは、島尾のこれらの発言に閉塞状況からの多くの突破口を見いだしたのだ。例えば琉球弧は決して辺境の地ではなく琉球弧を中心にして本州弧を相対化する視点に気づかされたのである。また、琉球弧の固有な歴史や文化に独自性を見いだし、それを誇りとし新たな価値を見いだし自立する思想を建立するよすがとさえしたのだ。

島尾の発言は、歴史や政治の分野だけに留まらなかった。文学の分野でも『おもろさうし』など優れた価値があるとして高く評価するのだ。

琉球弧の『おもろさうし』は確固として出来上がってい て、それは方言としての難しさはあるかもしれませんが、日本語の表現の変容というかバリエーションなんですから、日本語の表現の可能性そのものだと思うのです。そういう可能性をもった文学を日本文学の中で処理できないということは、考えることができません。大げさに言えば、文学者、国文学者の怠慢以外の何ものでもないという気がいたします。（287頁）

島尾の言葉で島尾が提唱した「ヤポネシアと琉球弧」を概観してきたが、このことで、「沖縄学」を対象とする研究に一層拍車がかかり、本州弧を優れた文化や歴史を有しているという中央志向の偏向も、漠然とした辺境の地の劣等感も払拭されたのだった。そういう意味では、沖縄の人々を鼓舞し、沖縄の思想史のエポックメーキングを記す発言だったと改めて思われるのだ。

2 大城立裕「沖縄で日本人になること―こころの自伝風に」※自伝風な前史と、文学作品の軌跡を自らの思想史として

大城立裕（1925年〜）は、沖縄の戦後史の中でも、沖縄の人々へ最も大きな影響を与えた人物の一人であろう。文学者であるばかりでなく、困苦の中にある沖縄の行く先を照らす先導者としての役割も果たしてきた。

その証拠に文学作品は沖縄を舞台にした作品が多く、沖縄に寄り添った作品が全てであると言っても過言ではない。例えば先の戦争体験、米軍基地が置かれた戦後沖縄の状況、そして沖縄から日本国家を相対化する視点、そのいずれもが沖縄の人々のテーマであり大城立裕文学作品のテーマである。

さらに作品を書く背景に知識として積み重ねられたであろう沖縄の歴史に対する認識の深さは、現在と未来を照射する慧眼となって私たちに大きな示唆を与えてくれる。その影響力は今日までも一貫して途絶えることがない。

本稿で対象とする論考は、日本復帰を目前にした1970年に書かれたもので、エッセイと呼んでいいだろう。戦後27

年間、日本国から切り離されて国籍を持たない亡国の民としての沖縄の人々が、日本国家へ復帰することの意味を自らに問うたものである。

前半はこころの軌跡を描き、日本国家へ憧れた少年時代から戦争期の上海で学んだ東亜同文書院までの体験を自伝風にまとめて考察している。後半は戦後の作家としての出発と、発表した作品の軌跡を自らの思想史と重ねて丁寧な筆致で記している。提起した課題は今日においても十分示唆的であり読み応えのあるエッセイになっている。

まず自伝風に書かれた少年期の心の軌跡を追ってみよう。大城立裕は1925（大正14）年中城村に生まれる。小学生のころはヤマト文化や社会に憧れ、沖縄の異質性に劣等感を抱く少年であったようだ。例えばこの心情を次のように記す。「小学生のころ、男の子と女の子とが遊ぶのを笑うような世間の風潮に接すると、私の幼い頭に、小学生雑誌の表紙の絵が浮かび、『ヤマトでは男の子と女の子が、あんなに仲よく遊んでいるのに……』という抗議の気持ちを持った」（36頁）と。

この異質性と劣等感は、小学校のころの音楽教師であった宮良長包と出会い、その音楽に触れることによって解消され、また中学生のころには中城城趾など沖縄の文化財史跡などを積極的に描かせた美術教師比嘉景常と出会うことによって、やがて郷土愛に変わっていく。このことについて、大城は次のように書いている。

> こうした体験の積みかさねは、私に地方色というものを考えさせるようになった。沖縄人が自己卑下しないですむためには、その自己卑下の要因になっているもののいくつかが、たんに地方的特性にすぎないことを知るべきだ、という教訓がそこにはあった。
>
> 同文書院にはいってからは私は、寮の雑誌に沖縄を知らせるためのエッセイなどを書いた。（42頁）

そして、さらに「同文書院に来て、私は全国各県の方言のなまりに接することができた」（42頁）と書く。このことの発見は、大城立裕に「地方の特性」ということをますます意識させる。同時に伊波普猷などの「日琉同祖論」や、「中山世鑑」などで「源為朝と琉球」にまつわる歴史などを知識として得ることによって、地方の特性や異質性を認めながらも次のように記す。「『沖縄人は日本人なり』と声高に叫びたがっている私が、そこにいたようだ」（43頁）と。

そして同文書院のころ、同僚と中国人などに接するときなどを例にあげ、「当時の自覚としては、私は完全に日本人であった」（43頁）と記すのである。

敗戦後、大城は姉が疎開している熊本に半年間ほど疎開することになる。その後に沖縄に引き揚げて来るのだが、戦後の混乱の時代の心の内奥を次のように記す。「戦争の体験をふまえて、ヤマトンチュとウチナーンチュとの間に、新しい時代における関係の糸を染め上げようとしていた」（48頁）と。

後半部は、この「新しい時代における関係の糸を染め上げようとして」表現者として出立する経緯と決意を記す。自らの作品創作の契機と軌跡を追いながら文学的思考の中で、自らの心情の変化や構築が丁寧に語られる。

戦後、文学者としての出立については次のように記す。

私が文学の道にはいりこんだのは、「祖国喪失」が機縁となった。青春の夢をたくした同文書院はつぶれ、大陸で働くという志もつぶれ、祖国に帰ってきたら、沖縄の人間として「祖国」はなくなっていた。私の世代にとって、やはり祖国というものは、生きるための支柱であったから、これは打撃であった。世間をみまわしても混沌としていた。これからどう生きようか、と考えると、ますます分からなくなった。自問自答がいろいろとあったのでこれを文字にあらわしたくなって、戯曲「明雲」（１９４７年）を書いた。（48頁）

ここから、大城立裕は自らの作品を丁寧に解説し紙幅を費やしてその背景を述べている。この軌跡を文学者の思想史として捉えることができるように思う。記述を追って大城立裕自らの言葉で列記していくと次のようになる。

この二作（引用者注：「明雲」と「望郷」）ですでにきざしているように、私のなかで、こころの平衡作用がはじまっていた。祖国をうしなっても、なおこころの支柱を創造して生きてゆくこと、これがこのころの私の主題であったようだ。私が歴史ものを扱うようになったのは、直接このこととかかわりはなく、まったく偶然のことにすぎなかったが、ゆくりなくとも文学の主題が沖縄の歴史と深く関わりをもつようになっていった。（49頁）

私の沖縄近代史の勉強がはじまったのだが、その結果知ったことは、いつでも外的な力によって歴史を動かされている沖縄の宿命のようなものであった。（49頁）

祖国から切りはなされている状況を、「明雲」の主題のように、自己喪失としてうけとる時期が過ぎると、その幕切れで暗示したように、あたえられた条件のなかで人間や社会を完成することを志すようになった。オキナワそのものに独自の価値をみとめなければならなかった（50頁）。

私は帰属問題については、どうしたらよいのか正直なところよく分からなかった。心情的には日本に近づきたがっていたかも知れないが、何しろ基調にこれまで述べてきたような異質感が潜在していることは否めなかったし、現に日本に忘れられているような状況のなかでは、やむをえないものがあったかと思う。そこで私が考えたことは、とにかく国籍にこだわらない人類的な立場に立つこと、それから、沖縄人であることだけは少なくとも動かせないとして、その主体的な価値にめざめること、であった。（51頁）

私は本土の人たちが、戦争から戦後にかけての心の背離をほとんど忘れてしまったかのように、にこやかに沖縄のあたまをなでている表情を想像して、「なにかをとびこえている」、「きわめて後進的な意識構造だ」と感じていた。（中略）しだいに沖縄では新しい違和感をたかめていった――「沖縄は同情は欲しくない。理解が欲しいのだ」（中略）オキナワとヤマトとのつきとはなれとが、このあたりで微妙にゆれていた。（53頁）

単純な同情や心情的一体化にもとづく文学作品として、本土で火野葦平の「ちぎれた縄」、劇団舞芸座の「沖縄―梯梧の花咲くころ」が書かれたが、私たちは同人雑誌でつよくこれらを否定した。私たちは涙の涸れたところから出発しているのだ、という反ぱつが私たちの批判の中にはあった。イデオロギー的な階級論を私たちの仲間はしなかったが、いわゆる民族主義だけでは沖縄は救われないということを考えていた。沖縄は何によって救われるのか、私たちなりにほんものを書かなければならない、という気持ちが、私たちのあいだで話し合われるようになった。

『二世』は、日本とアメリカとの間で新しい生きかた、たとえば東西のかけ橋になるとか、そういう新しいヒューマニズムをさぐるような気持ちで書いた（以下略）（53頁）

私は、アメリカとの間の似而非親善をあばくつもりで『カクテル・パーティー』を書き、そのアメリカをヤマトにおきかえたつもりで、『神島』を書いた。（54頁）

『神島』を書いたことは、私にとって貴重な体験であった。私はこれを書いていて、つらかった。『カクテル・パーティー』を書きながらアメリカにたいしてはひとつも感じない感情を、たえずヤマトにたいしてもった。これはひとつの発見であった。ヤマトを弾劾することが、エッセイではやさしいのに、文学作品ではどんなに心情的に難しいことか、を私は知った。これはたぶんに文学というものの秘密にかかわることであり、だからこそ逆説的に私が『神島』を書かなければならない意義があったのか、と思われる。（54頁）

大城立裕は、このように自らの心情を吐露している。そして、島津の侵略によって始まったオキナワとヤマトとの間には、つねに「つきとはなれ」があったとして大きく歴史の軌跡を鳥瞰する。「つきとはなれ」を生んだ歴史的な契機を三つあげ、目前の日本復帰についての見解も述べるのだ。ユニークな見解で次のように述べられる。

（「つきとはなれ」を生んだ根拠は）まず第一に島津の侵入が、ときに学説しだいで進入という表記もなされるように、日本民族どうしの接触関係であって、潜在的に民族統一の志向をもつものであったにちがいない、だからこそ言葉も急速に近づき、間もなく、能や歌舞伎の影響をうけて組踊も生まれたのであろう、ということだ。そして第二に、それにもかかわらず、島津はその差別政策によって、事実上民族統一を拒否した、ということだ。この二つの間の矛盾が、沖縄の人間の性格に複雑なかげをつくらせたのだ、と思う。

民族統一の第二の機会は琉球処分であった。この後の皇民化政策に、沖縄県民がやすやすとついていき、共通語が急速にうまくなった、にもかかわらず、ヤマトにたいする不平不満はたえず積もっていった。というのも、さきの島津統治時代と同じ論理で解釈のつくことであろう。第三の機会が第二次大戦のなかでの沖縄戦の体験であったろうか。その挫折については前に述べた。

第四の機会が、今度の「祖国復帰」ということになろう、と考える。今度こそ、ヤマトとオキナワとの民族統一が真に完成するかどうか、私は非常に興味をもっている。前の機会と条件が異なるのは、二十余年の別居生活の間に、沖縄にある程度の主体性が自覚され、ヤマトを批判するようになり、ヤマトのほうにも、大幅にこの歴史にたいする反省が生まれたことだ。（58頁）

沖縄の日本復帰を「民族統一」の視線から考えるのには、やや違和感がある。ひとつの尺度でなく、多くの要因があると思われるが、経緯や歴史への認識は共感することが多い。
大城立裕は、この論考を次のように締めくくる。

世間では、今度の返還を「第二の琉球処分」だという慣わしができているが、私はむしろ「未完の琉球処分」を完成しつつあるのではないか、ということを考えている。（中略）沖縄人が日本人になりきるということは、日本の中央権力がその植民地政策を完成するということの、第一番目の成功例ということになるのかもしれない。ただ、中央権力というものは何であるのか、その意識は、それを支える国民意識と別のものであるのか。ジョージ・H・カーがその著『琉球の歴史』で、「日本が沖縄へ近づきたがる心より、沖縄が日本に近づきたがる心のほうがつよい」と書いてあるのを、十数年前に読んでいらい、それをアメリカ人学者の偏向だろうと、ながいあいだ考えてきたが、あるいはそれは真実であるのかも知れない、とこのごろ考えている。（60頁）

大城立裕の論は、ここで終わっている。復帰後からすでに48年、大城は今日にも自らが掲げた課題を考え続け、作品を発表しているようにも思われるが、今日の辺野古新基地建設などの国家権力の行為はどのように映っているのだろうか。尋ねてみたいことではある。

3 新川明「非国民の思想と論理―沖縄における思想の自立について」※国家悪としての日本国家を徹底して相対化した思想

新川明は1931年嘉手納町で生まれた。本論が発表された1970年には、すでに詩人・思想家・ジャーナリストとしての地位を確立していた。『詩と版画・沖縄』(1960年)を出版し、1950年代には『琉大文學』同人のリーダー的存在として、多くの論考を発表していた。特に先人の文学者たちの姿勢を批判し、土地が奪われ人権の無視される米軍政府による沖縄統治の実体を告発し、政治と文学の有りかたについて厳しい問題提起を行っていた。

新川は戦後沖縄の思想界を先導した重要な人物の一人であるが、その思想の核となったのが本論であろう。それは徹底して沖縄自立の思想を説き、日本国家の沖縄対応を国家悪として批判した論考になっている。

新川明は、まず次のように書き出す。

沖縄という微細な、それでいて日本列島国家の南端から〈日本〉に対して特異性を主張している島嶼の中に、みずからの〈生〉を不可避的に繋ぎとめているわたしたちが、沖縄の存在とかかわる何らかの言葉を発するということは、とりもなおさずみずからの〈生〉の意味を問うことであり、その〈生〉がどのような姿勢で歴史の酷薄に耐え、あるいは参加しようとしているかを、自らの〈生〉そのものに問い、突きつめていくことにほかならない。

さらにまた、その沖縄にいて、沖縄の存在について考え、何らかの言葉を発するということは、とりもなおさず、〈国家としての日本〉とのかかわりにおいて、沖縄の存在の意味を問うことであり、沖縄の存在が、〈国家としての日本〉に対して所有するであろう衝迫の可能性を、沖縄の存在それ自体に突きつけていくことにほかならない。(中略)

本来、沖縄の歴史的、地理的の条件は、明らかに〈国家としての日本〉を撃つ可能性を内在させてきたのであるが、それは今日までなお具体として表出されることはなかった。そのことはわたしたちの〈生〉そのものの怠慢としてきびしく糾弾されなければならないが、いまわたしたちは沖縄が持つ可能性を、その思想において具体として創出することによって〈国家としての日本〉を撃つ衝迫力として逆噴射し、そこ〈国家としての日本〉に無数の毒矢を打ち込む作業に現実性をもたすことができるだろうことは疑えない。まさしくそれゆえにこそ、いま切実な実感を込めて「沖縄の思想」は語られるべきテーマとして、私たちの前に提示されているのである。(5-6頁)

やや長い引用になったが、ここには思想家としての新川明の並々ならぬ決意があり、おどろおどろしいほどの情熱的な言葉が放たれている。新川の戦後の思想的営為はここに集約されているように思われるが、もう少し本文に即して新川の言葉を掬い上げてみよう。

新川は沖縄の思想の自立を促すために、既成の運動や既成の思想家たちの営為を再検証し価値の転換を図る。

わたしはみずからを心情的にも思想的にも、反権力の孤独なゲリラとして定置せしめる営みの手はじめに、まずわたしたち沖縄人の思想的頽廃の源泉となっている日本志向の「復帰」思想を切開し剔出することからわたしの作業をはじめたいと思う。(中略)

沖縄の「日本復帰」とは何か、という命題は、沖縄にとって日本とは何であるのか、そして今後、何であろうとしているのか、日本にとって沖縄は何であり、何であろうとしているのか、ということにかかわる、すぐれて思想的な問いである。そうでありながら、この問いに対する思想的な位置づけが欠落したところに、戦後沖縄の「祖国復帰運動」(「日の丸復帰」であれ「反米復帰」であれ)が成り立ってきたゆえに、今日の沖縄の思想と運動の悲劇があり喜劇がある。

しかもそれは、単に戦後沖縄の思想と運動においてのみ顕著なものでなく、古くさかのぼって羽地朝秀・向象賢の「日琉同祖論」をはじめ、明治期における謝花昇の民権運動、さらには伊波普猷が確立した、いわゆる「沖縄学」に到るすべての、政治理念や行動指標、学的モメントを根底のところで決定している悲劇であり喜劇であるということができる。(中略)

つまり、日本志向のナショナリズムを思想的に超克しない限り、いかに「あるべき日本」を唱導しようとも、それはつまるところ空しい自転をくりかえすだけでしかないということである。なぜならば、「復帰」とは、すなわち日本同化の志向に根ざして、日本と沖縄を等質なネーションとして溶解していくということにほかならず、沖縄のわたしたちが、日本人といささかの差別もない同等の国民としての資格付与をねがう心情でしかないからである。そしてその限りにおいて、その志向するところからは、沖縄が日本に対して思想的に所有している歴史的、地理的の所産としての、国家否認の可能性は生まれでることはないばかり

> か、むしろ国家幻想によってその萌芽は扼殺される以外にないからである。（7－9頁）

そうであれば、私たちはどのようにして沖縄自立の思想を手に入れることができるのか。新川の国家否認の思いと国家幻想への憎悪は激しいが、新川の論理と思考のベクトルは明確で、次のように述べられる。

> 沖縄人が日本（人）に対して根強く持ち続ける「差意識」を、日本と等質化をねがう日本志向の「復帰」思想を根底のところから打ち砕き得る沖縄土着の、強靱な思想的可能性を秘めた豊穣な土壌と考えるのである。
>
> わたしたちはこの土壌を丹念に耕し、掘り起こすことによって、そこに反ヤマトゥ＝反国家の強固な堡塁を築き、それによって日本志向の「復帰」思想を破砕することができる。そして日本同一化をねがう「復帰」思想を打ち砕くことによって、反国家の拠点としての沖縄の存在を確保し、その沖縄の存在をして〈国家としての日本〉を撃つ、つまり国家解体の爆薬として日本の喉元を扼することができるだろうと考える。まさにこのために、沖縄がこれまで所有した歴史的、地理的の条件は、他のいかなる地方府県にもまして希有の幸運と可能性を持ち合わせているというべきであり、わたしたちはこの幸運なる可能性を具体として開花結実させる方向に、沖縄のすべての闘いの照準を絞ることを課されていると考えるのである。（22－23頁）

新川の本論考のこれが結論だと思われる。このメッセージは、極めて政治性の高いプロパガンダの様相を帯びているように思われる。新川はこのことを懸念するように、沖縄の異質性＝「異族」性を強調する自らの思想に対して、「沖縄ナショナリズムに矮小化され」「琉球独立論の思想系列と、同一視される危険がある」としてその危惧を述べている。そして自らの思想は、あくまで「日本相対化」のもので、「琉球ナショナリズムとは無縁である」（68頁）と述べ、「この異質性こそが同化思想で培養される国家幻想を打ち砕く」ものであると執拗なまでに繰り返すのである。

新川のこのような思想の構築は、国家幻想に殉じた沖縄戦の多くの犠牲者たちの無念さを汲み取るように構築されたものであろう。そして、反体制・反国家に身を置く者にとっては、孤立した痛苦な闘いになるであろうことを引き受ける決意に裏付けられている。

ところで、新川が同化思想として繰り返し取り上げている伊波普猷（いはふゆう）や謝花昇に対する批判の骨子を抜き出しておこう。伊波普猷に対しては次のように批判する。

> 沖縄が歴史的に所有した日本に対する決定的な〈異質

感〉を根底に持ちながら、その〈異質感〉を天皇制国家の絶対性を突き崩す、文化＝思想の多様性として突き出していくのではなく、それとの総体的な合一化を図りつづけた伊波の思想と方法の限界性と悲惨は、近代沖縄の知識人の一典型としてある（以下略）（51頁）

また謝花昇については次のように記す。

謝花昇はその民権運動において、政府権力が沖縄に対する支配と収奪を徹底させるために押しつけた「制度的差別」の打破に身を挺することで、日本人としての国民的自覚を促し、そのことによって、沖縄人の日本同化＝皇民化に積極的な役割を担ったことを見逃すことはできない。（56頁）

新川明が情熱を込めて書いた1970年の論考は、今日もなお反国家の論理、非国民の思想としての有効性をもっている。とすれば、新川が提出した課題はいまなお未答のままであるということか。もしくは、復帰後46年余、沖縄を取り巻く状況は何も変わることがないということか。いずれにしろ新川の闘いも沖縄の闘いも、未だ持続されているということだろう。

4　川満信一「沖縄における天皇制思想」※民衆を対象とする視点からの射程

川満信一が「沖縄における天皇制思想」を論ずる理由は次のようなことだ。

わたしにとって、さしあたっての関心は、明治に入るまで独自の歴史を辿ってきた『琉球』、さらに戦後、日本国からはずされて米軍統治下に無国籍地帯として置かれてきた沖縄において、国家とのかかわりかたや天皇（制）とのかかわりかたがどのようなものになっているか、ということである。沖縄では戦前も戦後も、こと天皇（制）に関する限り、それを思想の問題として正面から論究する試みはほとんどなされていない。（76頁）

そして、さらに次のように問いかける。「（沖縄戦において）目撃した大量の死と極限状態における醜怪な人間関係や自ら浴びた血の意味を問い詰めて、日本資本主義の実態を構成した天皇（制）イデオロギーの偽意識の根拠を掘りかえし、崩壊させていく思想の営みをなんら形あるものとして表出していないのである」と、沖縄の先輩諸氏へ厳しく問いかけるのだ。そして民衆レベルでの天皇（制）の受容については、

「白い装束を着て、神歌をうたいながら村のお嶽で踊る司女（のろ）たちの祭式に比べて、天皇（制）にまつわる種々の祭式は、いってみれば『異神』の祭りとして感受されていたように思う」（76頁）と。

このことから、川満が国家や天皇制に関心を持ったことは十分に肯われる。しかし、もう一つの理由が付け加わる。本論が発表されたのは1970年11月。沖縄はまさに復帰・反復帰の論争が人々の心を揺さぶっていた。集団としての対立だけではなく、自らの内部にさえアンビバレンツな闇を抱えていたのである。還るべき国家を相対化して思考するとき、国家と不分離になって戦争を遂行した天皇制の問題について避けては通れないのだ。このことも理由の一つに挙げられるだろう。川満は次のように問うている。

72年復帰が既設のレールとして敷きつめられることになった。強大な米軍事支配との直接的な摩擦に幻惑されて、国家問題をその主題から欠落させてきた沖縄は、その虚妄点をつかれ、一体、国家とはなんだ、という切実な問いかけに直面するのである。ところで、国家とのかかわりをめぐって、なにかを考えようとすると、どうしても歴史を溯及せざるを得なくなる。そして、まず立ちふさがってくるのが明治の琉球処分であり、琉球処分以降の日本国家、あるいは「本土」とのかかわり方から、第三の琉球処分と言われる72年復帰へと、わたしたちの問題意識は往復運動をくりかえすことになる。

その過程で、国家の問題と天皇（制）の問題が切り離し難くない合わせにされていることを知るのである。（77頁）

これだけ見れば、川満の問題意識は明瞭であろう。ここから先が私たちにも大いに関心があることなのだ。ここから先は沖縄の思想界にとっても未踏の分野だが、川満は臆することなくオリジナルを思考を開示する。川満はこの思索と検証を民衆の実態から止揚するのである。

川満はまず、明治政府の琉球処分を含めた対応を次のように推察する。

要するに、県政改革が遅れたことは、琉球処分が、単なる国家体制への包摂とか、民族統一の要諦からきたものではなく、あくまで当時の危機的な国際外交の舞台で日本の地位の優位性をはかり、国力を拡張していくための手掛りとして活用するという国家目的にあったからだととらえる方がすっきりする。（82頁）

その推察の根拠を二つあげている。一つは、「台湾事件に端を発した琉球帰属の問題を中国と駆け引きする過程で」「八重山と宮古を中国に引き渡すことを申し入れ、琉球をして、国際的外交政策勝負の抵当物に扱った」とする。もう一つは、「第二次大戦後における日米国家間の一連の取引を想起させずにはおかない。特に72年復帰の態様をめぐる政府内の意見として、沖縄本島のみを残し宮古八重山を分離返還させるなどの方法が出てきたりしたのは国家というものを考える上で見落とせないことである」と。

そして、現在までの日本政府の対応と、それに対峙することのできない沖縄の貧弱な思想について、次のように厳しく断罪するのである。

> （明治政府以来）沖縄を日本国の防衛前哨戦とするのは絶対的な国家目的であったから、守備軍の沖縄駐屯は強制命令として断行されるのだが、そこから沖縄戦へ直線を引き下し、さらに72年復帰以降の自衛隊駐屯へと線をのばすとき、国家の軍事目的と沖縄の関係は自ずから明確に浮かび挙がってくる。（84頁）

> （琉球処分を巡る先輩諸氏の研究説に論究して）ここには歴史（学問）に対する客観主義が、近代日本の学問的伝統として色濃く投影しており、現実に対応する主体の思想性が希薄なため、琉球処分以降における沖縄近代史の苦悩を止揚していく力を欠いたものとなっている。（84頁）

> 「琉球処分」をめぐって論じられた大方の歴史家たちの思想は、同一民族、同一国家という同化の概念に呪縛されて国家の枠から一寸たりとも首をのぞかせようとしなかったために、発想の様式として絶えず本土（国家）を相対化する志向を持ちながら、日本（本土）の歴史とずれた位置で成り立ってきた琉球・沖縄の歴史を思想構築の確かな礎とした国家論への展望をひらいていけなかった。同時にそのことは日本（本土）のなかの差別地域として沖縄全体を無階級的にとらえた「差別論」を成り立たせ、沖縄内部の思想的頽廃を決定的にする要因ともなっていくのである。（87頁）

これらの論述を概観すると、日本国家や同胞に対する川満の苛立ちや批判が見えてくる。外（国家）に対しては、沖縄に対する厳しい差別構造を告発し、内（同胞）に対しても容赦ない批判を発しているのだ。72年復帰の想定される時代の中で、まさに有益な射程を持った国家の沖縄に対する歴史的な行為を浮かび挙がらせたのである。

ところで、天皇制は沖縄の民衆にとってどのように受容されたのだろうか。川満は、皇民化教育の中で沖縄の知識層が天皇（制）イデオロギーをどのように発現したのかについて、河上肇の「舌禍事件」から論を起こす。そして民衆の琉球王国国王への概念を天皇制へと反映させて論じていく。この展開は極めて論理的で説得力を持つ。

河上肇の舌禍事件とは、明治44年に来沖した河上肇が県当局の依頼で「新時代来る」と題して講演した中で、次のような発言をしたことが問題となった事件である。「余が沖縄を観察するに沖縄は言語・風俗・習慣・信仰・思想その他あらゆる点において内地とその歴史を異にするがごとし。而してあるいは本県人を以て忠君愛国思想に乏しいという。然れどもこれは決して嘆ずべきにあらず。余はこれなる為に、却って沖縄人に期待するところ多大なると同時にまた最も興味多く感ずるものなり。（中略）如何となれば、過去の歴史について見るに時代を支配する偉人は多く国家的結合の薄弱なるところより生ずるの例にてキリストのユダヤに於ける釈迦の印度に於けるいずれも亡国が生みだした千古の偉人にあらずや（後略）」。

このような河上発言に対して「琉球新報」は、翌日の社説で「河上助教授が本県民を指して忠君愛国の誠に欠けたると言い、さらにユダヤ、インドの亡国民の如く評下したるは本県民の而上に三斗の唉を吐いたも同然、聞き捨てならん」といきり立ち、その後に予定した講演も中止に追い込んだという。この事件に対して川満信一は次のように記す。

当時の琉球新報で社説を書いている人たちは、旧慣温存によっていち早く明治国家の恩恵を受けたか、あるいは士族外でも比較的恵まれた農漁村の家柄の出身である。つまり、彼らは下層民衆の選民志向の現実化としての社会的位置を占めていた。いいかえれば、天皇（制）国家の上等兵ないし下士官候補生クラスとして、もっとも盲目な天皇（制）絶対主義者だったのである。（89頁）

そしてさらに次のように言う。

沖縄では、当初から国家目的としての「強兵」育成の政策が徹底し、中央から派遣された県庁や教育関係の指導者は「たてまえ」信奉者か、あるいは仮に「申し合わせ」としての天皇機関説を了解していたとしても、「土民」を教化するのに「申し合わせ」の仕組みまで教育する必要は全くない、と考えるのが当時の状況では自然であったとみてよい。

したがって、沖縄では天皇（制）は終始「たてまえ」としての低級な理解に留まらざるを得なかった。そうした「たてまえ」としての天皇絶対信仰に対して、一部の識者による批判はあったが、それもおそらく天皇（制）の「申し合わせ」を知ったうえでの批判ではなかったとみられる。結局は、上等兵クラスの盲目的天皇絶対主義と、知識人の日本（本土）国民への同化思想がない合わされて、ヒエラルキーへの上昇志向を徹底させていった。（90頁）

川満は、「当時の新聞の社説を書いている人たち」や、「盲目的天皇絶対主義（者）」や知識人を「選民」と称して論を展開するが、選民の天皇（制）の受容について、次のように結論づける。

　国家・他府県人・沖縄の民衆という三者に向けた彼ら「選民」の位置の取り方を見れば、当然にも天皇（制）イデオロギーのもっとも頽廃した観念に身を擬していくほかない必然性を示している。
　官僚的カリスマに吸引されていく過程で、彼ら「選民」たちの日本（本土）への幻想は輪を拡大し、その輪に重なって天皇（制）イデオロギーが定着していった。そして旧士族階層にとっては、旧慣温存による地位の保障によって首里王府との関係を、明治国家や天皇へずらしていき、遊民階層としての保身を全うする。（94頁）

川満の論は歯切れがいい。とは言え、いささか極論過ぎるのではないかという不安は残る。しかし、ここで述べようとしていることは、「選民」階級にとって天皇制の受容は、思想的な受容でなく、処世としての受容、保身としての受容であったということだろう。当時の社会状況を鑑みれば肯われることである。

　それでは、民衆レベルではどのように受容されたのであろうか。このことについても川満は興味深い論を展開している。

　まず民衆の琉球王国の王に対する考え方から論を展開する。国王が国を治める為政者としてのイメージから、王位の継承においてもその点において禅譲され、能力のないものは失脚せざるを得ない。首里王府の第1尚氏から第2尚氏への継承はまさにその例であると。王は絶対的で神格化された天皇のような存在ではなく、身近な生活者としての側面を持つ為政者としての王であるのだ。

　琉球の〈王〉構造は人民の側からは「物呉ゆすど我御主」（人民に豊かな生活を補償する徳のある国王こそは我が君主）という禅譲思想に根ざしたものであり、また〈王〉の側においてもこれを了としてその地位に固執するよりもみずから愧じて隠退し、またかわりの新王もそれ相応の謙虚さをもった、ということである。（中略）いずれにしても琉球の〈王〉は神的でも霊的でもなく、また美意識の収斂、絶対感情の対象でもなく、それは天皇にまつわる宗教性とは異なって、神の「豊穣」を受けるに足る統治者としての〈王〉であり、徳なければ自ら天の意によって退き、また人民は退位を求めることもできる、といった性格のものだったようだ。敗戦によって百万の国民を死滅させ、飢餓に追いこんだということは、〈国王〉たる天皇が「天に棄てられた不徳の王」として身を引かねばならないということになってくる。（115頁）

そうであれば、天皇は元の位置に居座り続けることはできない。為政者としては失格だし、尊敬の対象にもならないということだろう。戦後もまた、天皇（制）は沖縄の地において、民衆の生活基盤に浸透するほどに深く根付くはずはないということだろう。川満の言葉で言えば「個々の人民の実存の位相は、生活原理から遊離した抽象的な観念を頑強に受けつけないか、あるいは〈天皇〉を〈琉球王〉に連結させていったのと同様の方法でしか新しい観念を了解しない。時代の支配的イデオロギー（体制・反体制を問わず）は、そうした人民の実存の位相において了解される限りにおいてしか物理力への転化は果たし得ない」（117頁）ということになる。

そしてこの見解を補足するように、「なぜ、沖縄で天皇（制）の問題が究明されなかったのか」と問いを立てる。長い引用になるが、その要因として考えられることを次のように述べる。

まず皇民化教育によってもたらされた天皇（制）イデオロギーが、先にも指摘したように論理的な実体をもたないスローガン化した形骸だったということが一つであり、もう一つには支配の方法としてあばきたてられた「後進性」から脱却し、日本国民へ同化しようとする強烈な本土志向に支えられたところの郷土愛の土着ナショナリズムが皇国へ短絡していったということである。本土のように天皇自体への狂信性は強いものではなく、信仰対象としての天皇が人々を吸引していったとは考えられないし、また超国家主義の思想に魅せられたという形跡もない。（中略）

さらにもう一つには、沖縄全体を戦争の総被害地域として自分をもそのなかに埋没させることで内側への目を閉ざし、国家や国民に償いを求めていったことである。それは明治以来の差別論と重なり、本土への激しい告発となるが、沖縄および自己の内部の矛盾を止揚する論理とはなり得ず、国家求心志向の新たな意識を装っていく。（中略）

いま一つは米軍支配に対する実感的な抵抗からはじまった「復帰」運動へのよこすべりである。まず戦後への屈折過程からみていくと、軍事教育によって鬼畜米英観は徹底され、上陸する米軍は単なる敵としてではなく、超現実的な悪魔の様相となって人々の恐怖に輪をかけた。（中略）ところが、想像以上の戦禍のなかで死線を彷徨し、極限的な虚脱状態からいきなりあの物量で象徴される米軍の捕虜となって、それまでの飢餓や恐怖が嘘のように解消されたとき、人々はすでに天皇（制）に呪縛された自己の崩壊をそこに発見した。（122頁）

ここには、沖縄の思想家たちが天皇（制）を批判し論究しなかった理由を四つあげているが、この理由は、天皇制が生活レベルで沖縄に定着しなかった理由に重なるように思う。川満は、天皇制が論じられなかったことが沖縄の思想の貧困さに繋がったとして、今なお重い課題として残っていることを確認して次のように論を閉じている。

天皇(制)イデオロギーの極限的な発現としての沖縄戦と、戦後における国家と沖縄の関係は、支配と被支配との歴史的関係として象徴的でさえあり、したがって天皇(制)と戦後の国家権力への対峙は、同時に歴史的未来から検証しても、なおわたしたちの現在の生き方なり考え方なりが、その時点における歴史の裁きにも耐え得るものであるかどうかという自らへの問いと不離一体になる。

でなければ、沖縄の戦後25年という体験を単に政治的処理に解消させてしまい、なんのための苦悩であり、闘争であったのかわからなくなるということである。

このことは、明治以降におけるすぐれた先達たちの「沖縄学」でさえ、その学問的成果はともかくとして、その当時の国家目的を遂行するのに大きな役割を果たしていた、という痛切な事実をふりかえるとき、いよいよ重たい課題として、のしかかってくる。(130頁)

5 岡本恵徳「水平軸の発想―沖縄の共同体意識について」※自己の内部の沖縄発見から沖縄の思想発見へ

岡本恵徳にとって沖縄の思想発見は、自己の内部に沖縄を発見したことに始まる。岡本は青年期に本土へ留学するが、それは「沖縄を後進地域とし、本土を先進地域として」「後進的な沖縄の風土や習俗、生活のあり方を否定して、中央と同質化することによって『近代』を獲得しよう」としたものであった。

このことに次いで、岡本は次のように述べる。

ところで、そのように沖縄脱出をこころみたわたしにとって、衝撃的なことは、わたしが抜け出してきたはずであるその沖縄が、実は私自身の内側に生きている、そしてまぎれもなくわたし自身が、沖縄の人間にほかならない、という認識であった。それは、たとえばわびしい下宿住まいの一部屋でラジオから流れてくる沖縄民謡の旋律に激しく身を揺すぶられるというようなかたちでもあらわれた。(155頁)

岡本はこの自身の体験を反芻し叱責するように次のように述べるのだ。

沖縄の人々にとって、「本土」と同質化しようというこころみが、そのような近代化のコース（引用者注：皇民化教育の受容）であって、その「近代化」コースが国家意志によって規定された擬制でしかないという視点を欠落したり、「本土」との同質化こそ近代化にほかならないという幻想を持ったところに、たとえば、沖縄において、沖縄の後進性からの脱却を推しすすめようとした人たちの、その主観的な善意にかかわらず、結果として権力との癒着に陥ってしまった理由もあった。（161頁）

岡本はこの自覚から、「擬制としての『近代』を拒絶し、地方の異質性をそのまま生かすことに、沖縄の可能性のひとつの方向を見いだせるということを考える」（161頁）のである。見いだした思考方法こそが岡本の名付けた「水平軸の発想―沖縄の共同体意識」であるが、ここに到るまでの経過を岡本は丁寧に詳述する。

その結論に到る例証の一つに、まず山之口貘の詩人としての営為を手掛かりにする。人口に膾炙されている「会話」という詩を取り上げて、沖縄への差別や劣等感を表現したものだとするこれまでの定説を覆し、「山之口貘氏の詩のモチーフの根元にあったのは、東京という都市にあらわれる擬制的な『近代』とその『文明』に対する批判であった」とするのである。そして山之口貘は、「自分の中にふるさとを問い続ける。あるいは問い続けざるをえない、という意志が、この詩の根底には流れている」とするのである。それは「沖縄とは、いったいなんであるのか」と問い続けることと繋がっているものだとする。

そして岡本自身も、この山之口貘の営為に重ねて「わたしはわたしの内側にある『沖縄』をみきわめなければならない」（166頁）、「沖縄へ帰らなければならない、次第にそう思うようになった。東京にはなにもない、という気がしていた。ふたたび歩き始めるとすれば、沖縄から歩き始めなければならない」（167頁）として、故郷沖縄へ戻って来るのである。

そして沖縄戦の体験を考察し、近代、現代の沖縄の歩んで来た歴史を考察する。特に沖縄戦の体験は、その後に日本国家から分離された沖縄の歴史とも併せて、自分たちの拠り所は沖縄以外にはあり得ないのだという意識を芽生えさせたとする。沖縄自立の思想が模索され国家を相対化する視点を生みだしたと推論する。

さらに戦争中の集団自決や、目前の復帰運動に携わる民衆のエネルギーの背景を考察して次のように述べる。

「祖国復帰運動」を支えていたのは、単純な「本土志向」ではなかったと考える。それを支えていたのは、沖縄の人間が沖縄の人間であることを出発点としたところの、（中略）『共同体的本質』であり、国家をも権力をも社会的条件として相対化したところに、『復帰運動』のエネルギーを触発する契機がひそんでいたといえる。そして、自分たちの手でどうにかしなければならないのだという『共生』の希求が、直接民主主義的な運動形態としてあらわれたと考える。（１８０頁）

ここに述べられている「共同体」や「共生の希求」は、論考の後半では「共同体的生理」「共同体意識」として読み替えられ、岡本の結論に達するキーワードになる。あまりにも用心深く見える論の構築は、収斂とも拡散とも取れる論述の展開の中に、結論が埋没しがちな印象さえ与える。たぶん岡本の用意周到な準備を辞さない性格によるものでもあろう。長い引用になるが民衆の「水平軸の発想」は次のように記述され、そして国家権力による悪用にも繋がったとされるのだ。

わたしにとって「沖縄の思想」を考えることとは、沖縄の歴史の中で、多くの沖縄の人たちを規制し、いまなお生き続けている「共同体的生理」を対象化することなのである。（中略）

「共同体」は、血縁によるもの、地縁によるものなど、さまざまな形態をとっているので、そこに機能する「共同体的生理」も、さまざまなあらわれかたをするに違いないが、基本的にはそれは、その「共同体」に帰属する人間の日常的な意識ないし行動を規制するものとして機能するといえるだろう。（中略）そこでは、個人の生活は「共同体的意識」にもとづくのであるから、「共同体」の存続がその行為や判断の前提となり、それにしたがって「共同体的意識」や「共同体的生理」は機能する。（中略）

人間関係はまず共同体に属しているかどうかによってとらえられ、さらに、同じ村に属しているかどうか、というような横へのかかわりにおいて意識されるといえるだろう。

このように、横へのかかわりにおいて人間関係をとらえようとする発想のしかたを、わたしはかりに「水平軸の発想」と名付けたが、そういう「水平軸」に機能する意識によって支えられる「共同体的意識」も、やはり同じように「水平軸」の方向で機能するかのようにみえる。（中略）

そういう水平軸に機能する意識のもとでは、共同体の相違、あるいは共同体相互のかかわりのなかでの「位置」と「距離」は、大きくいえば、地理的な距離と、生活様式などの文化的な質の差としてとらえられる。すなわち、地理的に近接するものほど相互に深いかかわりを持ち、文化的に質の類似するものほどより近接したものとして意識される。（中略）

「本土」が文化的にも地理的にも距離があるのだから、

「本土」に対してより強く「沖縄」ということが意識されることになる。米軍の支配に対する抵抗が力を持ちえたのも、その支配の構造をとらえたということによるよりも、「異民族支配」という言葉で示されるような異質感に根拠を持っていることがひとつの理由となるといえよう。（中略）

　これまで述べてきたように、「共同体」とその中での個人とのかかわりが、共同体への帰属意識を核としており、具体的な人間の相互のかかわりの中で個人がとらえられるのだとすれば、そういう個人の行為を決定するものは、一種の「秩序感覚」だと考えられる。個人の行為の是非が判断されるのは、その行為自体の是非が判断されるのではなく、その行為が、身近な人間との具体的なかかわりの障害となるかどうかが問われ、それによって是非が判断されるといってよい。（185頁）

ここまで、できるだけ岡本恵徳の思想を岡本恵徳の言葉で語らせてきたが、「共同体的生理」としての「水平軸の発想」は、岡本の発見した沖縄の思想として極めて示唆的である。沖縄の民衆が、あるいは無自覚であったかもしれない生活の思想に言葉を与えたとも言えるだろう。

　岡本はさらに視点をかえ、この民衆の「水平軸の発想」が利用された例として日本国家の沖縄支配をあげる。自らの構築した論を一層強固なものにする具体例として次のように述べる。

　ところで、このような「共同体的生理」の機能を、巧妙に捉えて支配しようと試みたのが沖縄に対する廃藩置県以後の政策であった。それは「自然的存在」として意識されていた「日本人」意識を、「共同体的存在」としての「日本国民」という意識に改変しようとする試みであったといえる。これまで述べてきた皇民化教育は、沖縄をいわば「共同体的意志」の現実化されたものとしての「天皇」を頂点とする「共同体」に組み込む工作であったのであり、そのために沖縄の持つさまざまな特質は、「異質」なものとして自己否定を強制されるに至ったのである。むろん、それに見合うだけのものが「進歩」と「先進化」というかたちであたえられ、そのため沖縄の側も「共同体的意志」として「日本国」の「国家意志」を自らのものとしようとする試みが可能となったといえるだろう。そして、いったん「共同体的意志」として定立された「国家意志」は、「共同体的生理」にもとづいて機能し、いわば、具体的な相互のかかわりにおいて生ずる「秩序感覚」に沿って下降し、具体的な人間関係の秩序を崩壊せしめまいとする各個人の努力によって支えられていった。（188頁）（中略）

　つまり、天皇制がイデオロギーとして支配したのは、丸山真男氏の言うように「中間階級」の「第1類型」に属する「亜インテリ階級」であって、民衆の内面を呪縛しえたとは思われない。にもかかわらず、それが今述べたような「愛国心」とみまがう行為を示した原因は、民衆の行為の規範となるところの「秩序感覚」に支えられた「共同体的意志」として天皇が機能しえたところにあったと考えるのである。そして、戦禍が直接に生活の基盤となる土地に襲いかかったから、それが一層強烈に現実化されたのだと思われる。だから、秩序の変化によっては、たとえば「復帰運動」のような民衆運動としても現実化する契機を持つものとしてそれは考えることもできる。誤解をおそれずあえていえば、「渡嘉敷島の集団自決事件」と「復帰運動」は、ある意味では、ひとつのもののふたつのあらわれであったといえよう。(190頁)

ここにきて、岡本恵徳の発見した沖縄民衆に根付いていた思想は、いよいよ説得力を持つのである。だが、岡本の論はこれで終わらない。日本帝国主義国家に支配された沖縄民衆の思想を、さらに新たな課題として自覚し次のように提出するのである。

「共同体的本質」というのは、近代の行きつくところが「自分だけ生きのびよう」とするのに対して、「自分たち」が「ともに生きのびなければならない」という意識を提示することでもあると考える。とすれば、「共同体的生理」に沿って機能する権力の支配とそれをそのまま受容しようとする「秩序感覚」をどのように否定し、「ともに生きよう」とする意志をどのように具体性において生かしうるかということを課題としなければならないだろうと考える。そして、その中で「自立」とは何であるか、ということがあらためて問われなければならないだろうと思うのである。(191頁)

岡本の論理は、極めて慎重であると共に極めて誠実でもある。そして多くの読者の共感を得たのは、民衆に寄り添い、自らも民衆の一人であるところに身を置き、民衆の生理と化した思想を剔抉(てっけつ)してみせたところにあるだろう。岡本が提出した課題は、今も継続中と言えるほどに深い普遍の基層から放たれたものだと思われるのだ。

○おわりに

かつて、私は自らが主宰する個人誌『詩と詩論・貘4号』(1992年)に、自らの考えをエッセイ風に「カンの思想」として吐露したことがある。沖縄の地に生まれ沖縄の地に生きる一人の人間として当時も今も変わらない感慨だ。沖縄を取り巻く状況は、いつの時代にも厳しいものがある。その状況に対して声を上げた悲鳴のようなエッセイであり、また、時代の激流へのささやかな抗いの一擲としてまとめたものである。

「歴史は、遡って作り直すことはできない。それなら歴史の体験を咀嚼し、自らの歴史を構築する方法はないか」と問いを立てた。そして「民衆は悲惨な歴史の中で知らず知らずのうちに生きる知恵を身につけているはずだ。（中略）私は、そのようにして身につけた生活の知恵を、総括的に今『カンの思想』と名付けたいと思っている」として次のように書いた。

> 「カン」とは「強姦」の「姦」である。つまり、沖縄の歴史は、比喩的に言えば強姦され続けたものの歴史である。「唐」に「ヤマト」に「アメリカ」に侵略され続けた女体の歴史である。紛れもなく悲しい歴史だ。しかし、その悲しい体験を反転させて、したたかに生きる思想を手にしなければならない。「被姦」の悲しみだけに埋没することなく積極的に生きる力として「カンの思想」として息づかせなければならない。

私は、自らを鼓舞する言葉として己に言い聞かせたのだ。今読むと、いささか不遜な喩えになっていて忸怩たる思いがする。しかし、歴史の傷みを拠点に「私たちは貧しくても、幸いなるかな言葉を持っている。言葉で他者と繋がることができるし、国境を飛び越えることもできる」と結論づけたのだ。

私たちの住む沖縄は悲しい。小さな共同体が大きな国家権力にどう立ち向かうかが、いつも問われている。相手に迎合するか。自らを無にするか。徹底抗戦して玉砕するか。己もまた権力者になるか。それとも遠くへ逃散するか……。悲しみを消去する方法はいくらかはあるように思う。

しかし、多くの方法を想定しようとも沖縄自立の思想としてはまだまだ苦難な道程が予想される。平成の時代が終わろうとしている２０１９年の今日、政治の場では「オール沖縄」という言葉がキーワードとして飛び交っている。この言葉の真意を理解し、沖縄の未来を開拓するためにも、１９７０年代に示された先人たちの提言は、普遍の領域へ駆動する大きな力を秘めており、支援と示唆になるように思うのだ。

【注記】

1　高橋和巳作品集７『エッセイ集１（思想篇）』１９７０年２月28日、河出書房新社。

付録

1　初出誌一覧

序辞　沖縄で文学することの意味　書き下ろし

第Ⅰ部　沖縄文学の構造

第一章　大城立裕の文学　季刊『コールサック』101号、2020年9月1日
　1　重厚な問いの行方
　2　豊穣な方法の展開と越境する文学の力　書き下ろし
第二章　東峰夫の文学　季刊『コールサック』100号、2019年12月1日
第三章　又吉栄喜の文学と特質　季刊『コールサック』99号、2019年9月1日
第四章　目取真俊文学の衝撃　季刊『コールサック』102号、2020年9月1日

第Ⅱ部　沖縄文学の多様性と可能性

第一章　池上永一の文学世界　季刊『コールサック』103号、2020年9月1日
第二章　長堂英吉と吉田スエ子　季刊『コールサック』104号、2020年12月1日
第三章　崎山多美の提起した課題　『なんぶ文芸』創刊号、2001年8月1日
第四章　沖縄文学の多様性と可能性　書き下ろし
第五章　胎動する作家たち　書き下ろし

第Ⅲ部　沖縄文学への視座

第一章　芥川賞受賞作品と沖縄　書き下ろし
第二章　ノーベル文学賞受賞作家の作品世界　書き下ろし
第三章　国境をボーダーレスにする沖縄文学の特質と可能性　書き下ろし
第四章　「沖縄戦後思想」再読　『琉球大学言語文化論叢』第16・17合併号、2020年3月23日

2「沖縄文学三賞」の受賞作家と作品

受賞年	◇九州芸術祭文学賞沖縄地区優秀賞 回	氏名・作品名	◇新沖縄文学賞 回	氏名・作品名	◇琉球新報短編小説賞 回	氏名・作品名
1970	1	長堂英吉「帰りなんいざ」				
71	2	なし				
72	3	長堂英吉「我羅馬テント村」				
73	4	本部茂「造作」			1	嶋津与志「骨」
74	5	横山史郎「回帰」			2	受賞作なし
75	6	横山史郎「馬の背」	1	受賞作なし	3	受賞作なし
76	7	屋嘉部久美子「弔いの後で」	2	新崎恭太郎「蘇鉄の村」	4	又吉栄喜「カーニバル闘牛大会」
77	8	又吉栄喜 「ジョージが射殺した猪」	3	受賞作なし	5	中原晋「銀のオートバイ」
78	9	宮里尚安「大将の夏」	4	受賞作なし	6	下川博「ロスからの愛の手紙」
79	10	宮里尚安「馬走らす」	5	受賞作なし	7	仲若直子「帰省の理由」 玉木一兵「お墓の喫茶店」
1980	11	仲若直子「海はしる」	6	受賞作なし	8	比嘉秀喜「デブのボンゴに揺られて」
81	12	崎山多美「狂風」	7	受賞作なし	9	仲村渠ハツ「約束」
82	13	清原つる代「夜の凧上げ」	8	仲村渠ハツ「母たち女たち」	10	上原昇 「一九七〇年のギャングエイジ」
83	14	山里禎子「内海の風」	9	受賞作なし	11	目取真俊「魚群記」
84	15	仲原りつ子「束の間の夏」	10	山之端信子「虚空夜叉」 吉田スエ子「嘉間良心中」	12	山之端信子「鬼火」

85	16	山入端信子「龍観音」	11	喜舎場直子「女綾織唄」	13	受賞作なし
86	17	白石弥生「生年祝」	12	白石弥生「若夏の来訪者」 目取真俊「平和通りと名付けられた街を歩いて」	14	白石弥生「迷心」
87	18	金城真悠「やまたん川」	13	照井裕「フルサトのダイエー」	15	香葉村あすか「見舞い」
88	19	崎山多美「水上往還」	14	玉城まさし「砂漠にて」	16	知念正昭「シンナ」
89	20	仲若直子「犬盗人」	15	徳田友子「新城マツの天使」	17	比嘉辰夫「故郷の花」
1990	21	清原つる代「みんな眠れない」	16	後田多八生「あなたが捨てた島」	18	いしみね剛「父の遺言」
91	22	中村喬次「スク鳴り」	17	受賞作なし	19	武富良祐「梅雨明け1948年初夏」
92	23	瑞城淳「遺念火」	18	玉木一兵「母の死化粧」	20	加勢俊夫「白いねむり」
93	24	玉城淳子「カジマヤー」	19	清原つる代「蟬ハイツ」	21	河合民子「針突をする女」
94	25	勝連繁雄「霧の橋」	20	知念節子「最後の夏」	22	玉城淳子「ウンケーでーびる」
95	26	下地芳子「義父からの手紙」	21	受賞作なし	23	後藤利衣子「エッグ」 安谷屋正丈「マズムンやぁい」
96	27	目取真俊「水滴」	22	崎山麻夫「闇の向こうへ」 加勢俊夫「ロイ洋服店」	24	伊禮和子「出棺まで」
97	28	崎山麻夫「妖魔」	23	受賞作なし	25	崎山麻夫「ダバオ巡礼」 松浦茂史「コンビニエンスの夜」
98	29	勝連繁雄「神様の失敗」	24	山城達雄「窪森（くぶむい）」	26	神森ふたば「ゆずり葉」
99	30	伊禮和子「告別式」	25	竹本真雄「燠火」	27	古波蔵信忠「三重城とポーカの間」
2000	31	大城貞俊「サーンド・クラッシュ」	26	受賞作なし	28	てふてふP「戦い、闘う、蝿」

年	回	受賞作	回	受賞作	回	受賞作
01	32	前田よし子「フリーマーケット」	27	真久田正「鱬[illegible]（ざん）」	29	松田陽「マリンカラー　ナチュラル　シュガー　スープ」
02	33	河合民子「八月のコスモス」	28	金城真悠「千年蒼茫」	30	国吉真治「南風青人の絵」 大城裕次「ブルー・ライヴの夜」
03	34	玉木一兵「背の闇」	29	玉代勢章「母、狂う」	31	垣花咲子「窓枠の向こう」
04	35	仲村オルタ「ビューティフル・ワールド」	30	赫星十四三「アイスパーガール」	32	もりおみずき「花いちもんめ」
05	36	香深空哉人「シャイアンの女」	31	月之浜太郎「梅干駅から枇杷駅まで」	33	荷川取雅樹「前、あり」
06	37	伊波希厘「にらいかないはどこに」	32	上原利彦「黄金色の痣」	34	富山陽子「菓子箱」
07	38	伊波希厘「放し飼いのプリンス」	33	国梓としひで「爆音、轟く」 松原栄「無言電話」	35	崎浜慎「野いちご」
08	39	松原勝也「勝也の終戦」	34	美里敏則「ペダルを踏み込んで」 森田たもつ「蓬莱の彼方」	36	森田たもつ「メリー・クリスマス everybody」
09	40	玉木一兵「コトリ」	35	大嶺邦雄「ハル道のスージグァに入って」 當山陽子「フラミンゴのピンクの羽」	37	大嶺則子「回転木馬」
2010	41	當山忠「桟橋」	36	崎浜慎「森」	38	島尻勤子「バンザイさん」
11	42	崎浜慎「子どもの領分」	37	伊波雅子「オムツ党、走る」	39	東江健「二十一世紀の芝」
12	43	伊波雅子「与那覇家の食卓」	38	伊礼英貴「期間工ブルース」	40	野原誠喜「シーサーミルク」
13	44	平田健太郎「墓の住人」	39	佐藤モニカ「ミツコさん」	41	照屋たこま「キャッチボール」
14	45	佐藤モニカ「カーディガン」	40	松田良孝「インタフォーン」	42	伊礼英貴「モヤシのヒゲ取ります　一袋十円」

15	46	富山陽子「金網難民」	41	長嶺幸子「父の手作り箱」 黒ひょう「バッドディ」	43	受賞作なし
16	47	崎浜慎「夏の母」	42	梓弓「カラハーイ」	44	芳賀郁「隣人」
17	48	田場美津子「ガイドレターと罰点」	43	儀保佑輔「Summer Vacation」	45	石川みもり「火傷の傷と子守歌」
18	49	平田健太郎「兎」	44	高浪千裕「涼風布工房」 中川陽介「唐船ドーイ」	46	石垣貴子「風の川　水の道」
19	50	国梓としひで「ダンシング・ボア」	45	しましまかと「テラロッサ」	47	受賞作なし

3　県外の主な文学賞の受賞作家と作品（全国公募の県内外文学賞含む）

年	回	文学賞名	受賞作家と作品
1957	11	毎日出版文化賞	霜多正次「沖縄島」
1967	57	芥川賞	大城立裕「カクテル・パーティー」
1971	33	文學界新人賞	東峰夫「オキナワの少年」
1972	66	芥川賞	東峰夫「オキナワの少年」
1975	12	文藝賞	阿嘉誠一郎「世の中や」
1980	4	すばる文学賞	又吉栄喜「ギンネム屋敷」
1985	4	海燕新人賞	田場美津子「仮眠室」
1988	66	文學界新人賞	小浜清志「風の河」
1989	68	文學界新人賞	山里禎子「ソウルトリップ」
1990	22	新潮新人賞	長堂英吉「ランタナの花の咲く頃に」
1991	／	具志川市文学賞	大城貞俊「椎の川」
1993	21	平林たい子賞	大城立裕「日の果てから」
1994	6	日本ファンタジーノベル大賞	池上永一「バガージマヌパナス」
1994	29	北日本文学賞	我如古修二「この世の眺め」
1995	1	小説新潮新人賞	和泉ひろみ「あなたへの贈り物」
1996	※	第114回芥川賞	又吉栄喜「豚の報い」
1997	※	第117回芥川賞	目取真俊「水滴」
2000	50	芸術選奨文部科学大臣新人賞	長堂英吉「黄色軍艦」
2000	4	木山捷平文学賞	目取真俊「魂込め」
2000	26	川端康成文学賞	目取真俊「魂込め」

２００３		コスモス文学新人賞	樹乃タルオ「セカレーリヤ」
２００４	1	祭り街道文学大賞	南ふう「女人囃子がきこえる」
２００５	2	文の京文芸賞	大城貞俊「アトムたちの空」
２００８	19	朝日新人文学賞	大島孝雄「ガジュマルの家」
２０１０	53	農民文学賞	国梓としひで「とぅばらーま哀歌」
２０１３	21	やまなし文学賞	美里敏則「探骨」
２０１５	41	川端康成文学賞	大城立裕「レールの向こう」
２０１７	8	山田風太郎賞	池上永一「ヒストリア」
２０１７	16	江古田文学賞	儀保祐輔「亜里沙は水を纏って」
２０１７	34	さきがけ文学賞	大城貞俊「一九四五年　チムグリサ沖縄」
２０１８	8	アガサ・クリスティ賞	オーガニックゆうき「入れ子の水は月に轢かれて」
２０１８	33	坪田穣治文学賞	上原正三「キジムナーＫｉｄＳ」
２０１９	2	宮古島文学賞	森田たもつ「みなさん先生」
２０２０	28	やまなし文学賞	崎浜慎「梵字碑にザリガニ」

4　芥川賞受賞作家と作品（2020年～2011年）

回	年	作家・作品
163	2020年上半期	高山羽根子「首里の馬」／遠野遥「破局」
162	2019年下半期	古川真人「背高泡立草」
161	2019年上半期	今村夏子「むらさきのスカートの女」
160	2018年下半期	上田岳弘「ニムロッド」／町屋良平「1R1分34秒」
159	2018年上半期	高橋弘希「送り火」
158	2017年下半期	石井遊佳「百年泥」／若竹千佐子「おらおらでひとりいぐも」
157	2017年上半期	沼田真佑「影裏」
156	2016年下半期	山下澄人「しんせかい」
155	2016年上半期	村田沙耶香「コンビニ人間」
154	2015年下半期	滝口悠生「死んでいない者」／本谷有希子「異類婚姻譚」
153	2015年上半期	又吉直樹「火花」／羽田圭介「スクラップ・アンド・ビルド」
152	2014年下半期	小野正嗣「九年前の祈り」
151	2014年上半期	柴崎友香「春の庭」
150	2013年下半期	小山田浩子「穴」
149	2013年上半期	藤野可織「爪と目」
148	2012年下半期	黒田夏子「ａｂさんご」
147	2012年上半期	鹿島田真希「冥土めぐり」
146	2011年下半期	円城塔「道化師の蝶／田中慎弥「共喰い」
145	2011年上半期	該当作品なし

5　主な参考文献

浅田次郎・吉岡忍『ペンの力』２０１８年1月22日、集英社。

東浩紀『動物化するポストモダン―オタクから見た日本社会』２００１年11月20日、講談社。

新川明『沖縄・統合と反逆』２０００年6月25日、筑摩書房。

石川巧・川口隆行編著『戦争を〈読む〉』２０１３年3月29日、ひつじ書房。

伊藤整『小説の方法』１９８９年11月25日、筑摩書房。

大田昌秀『醜い日本人』２０００年5月16日、岩波書店。

大田昌秀『死者たちは、いまだ眠れず―「慰霊」の意味を問う』２００６年8月15日、新泉社。

岡本恵徳『現代文学にみる沖縄の自画像』１９９６年6月23日、高文研。

岡本恵徳『沖縄文学の情景―現代作家・作品を読む』２０００年2月25日、ニライ社。

大野隆之『沖縄文学論―大城立裕を読み直す』２０１３年3月30日、編集工房東洋企画。

鹿野政直『戦後沖縄の思想像』１９８７年10月15日、朝日新聞社。

小川洋子『物語の役割』２００７年2月10日、筑摩書房。

長田弘『読書から始まる』２００１年6月25日、日本放送協会出版会。

小野正嗣『ヒューマニティーズ文学』２０１２年4月26日、岩波書店。

尾西康充『沖縄　記憶と告発の文学―目取真俊の描く支配と暴力』２０１９年11月15日、大月書店。

金石範・金時鐘『なぜ書き続けてきたか　なぜ沈黙してきたか―済州島四・三事件の記憶と文学』・文京洙編、２０１５年4月10日、平凡社。

金時鐘・佐高信『「在日」を生きる　ある詩人の闘争史』２０１８年1月22日、集英社。

喜納育江『〈故郷〉のトポロジー―場所と居場所の環境文学論』２０１１年7月10日、水声社。

古賀暹・情況出版編集部『沖縄を読む』１９９９年4月30日、情況出版。

古関彰一・豊下楢彦編『沖縄憲法なき戦後―講和条約三条と日本の安全保障』２０１８年2月9日、みすず書房。

米須興文『ピロメラのうた―情報化時代における沖縄のアイデンティティー』１９９１年11月15日、沖縄タイムス社。

小谷野敦『芥川賞の偏差値』２０１７年３月10日、二見書房。

里原昭『琉球弧の文学―大城立裕の世界』１９９１年12月24日、法政大学出版。

塩月亮子『沖縄シャーマニズムの近代―聖なる狂気のゆくえ』２０１２年３月16日、森話社。

新城郁夫『沖縄文学という企て―葛藤する言語・身体・記憶』２００３年10月25日、インパクト出版会。

鈴木智之『眼の奥に突き立てられた言葉の銛―目取真俊の文学と沖縄戦の記憶』２０１３年３月25日、晶文社。

鈴木智之『死者の土地における文学―大城貞俊と沖縄の記憶』２０１６年８月１日、めるくまーる。

鈴木陽介『ノーベル文学賞を読む―ガルシア＝マルケスからカズオ・イシグロまで』２０１８年６月22日。

高橋和巳作品集７『エッセイ集１（思想篇）』１９７０年２月28日、河出書房新社。

田中実『小説の力―新しい作品論のために』１９９６年２月20日、大修館書店。

田中実＋須貝千里編『文学が教育にできること―「読むこと」の秘鑰』２０１２年３月31日、教育出版。

武山梅乗『不穏でユーモラスなアイコンたち―大城立裕の文学と〈沖縄〉』２０１３年３月25日、晶文社。

谷川健一『谷川健一著作集第六巻　琉球弧の世界』１９８１年７月31日、三一書房。

谷川健一編『叢書わが沖縄第６巻　沖縄の思想』１９７０年11月25日、木耳社。

照屋善彦・山里勝己『戦後沖縄とアメリカ―異文化接触の五〇年』１９９５年11月11日、沖縄タイムス社。

仲里効『悲しき亜言語帯―沖縄・交差する植民地主義』２０１２年５月25日、未來社。

中野敏男・他編著『沖縄の占領と日本の復興―植民地主義はいかに継続したか』２００６年12月15日、青弓社。

仲程昌徳『もう一つの沖縄文学』２０１７年４月30日、ボーダーインク。

仲程昌徳『沖縄文学史素描―近代・現代の作品を追って』２０１８年２月10日、ボーダーインク。

中村真一郎『小説とは本当は何か』１９９２年９月25日、河合出版。

成田龍一『日本史入門』２０１５年７月14日。河出書房。

西成彦・原毅彦編『複数の沖縄―ディアスポラから希望へ』２００３年２月20日、人文書院。

花田俊典『清新な光景の軌跡―西日本戦後文学史』２００２年５月15日、西日本新聞社。

早川敦子『世界文学を継ぐ者たち─翻訳家の窓辺から』２０１２年９月19日、集英社。

比屋根照夫『戦後沖縄の精神と思想』２００９年４月30日、明石書店。

平敷武蕉『修羅と豊饒─沖縄文学の深層を照らす』２０１９年11月16日、コールサック社。

辺見庸・目取真俊『沖縄と国家』２０１７年８月10日。ＫＡＤＯＫＡＷＡ。

松島浄『沖縄の文学を読む─摩文仁朝信・山之口貘そして現在の書き手たち』２０１３年７月25日、脈発行所。

三島由紀夫『小説とは何か』１９７２年３月15日、新潮社。

村上陽子『出来事の残響─原爆文学と沖縄文学』２０１５年７月８日、インパクト出版。

室田元美『ルポ土地の記憶─戦争の傷痕は語り続ける』２０１８年11月30日、社会評論社。

目取真俊『沖縄「戦後」ゼロ年』２００５年７月10日、日本放送出版協会。

屋嘉比収『沖縄戦、米軍占領史を学び直す─記憶をいかに継承するか』２００９年10月30日、世織書房。

山里勝己『場所を生きる　ゲーリー・スナイダーの世界』２００６年３月１日、明光社。

山里勝己・石原昌英編『〈オキナワ〉人の移動、文学、ディアスポラ』２０１３年１月15日、彩流社。

※

アーサー・Ｗ・フランク『傷ついた物語の語り手─身体・病・倫理』鈴木智之訳、２００２年２月15日、ゆみる出版。

エヴァ・ホフマン『記憶を和解のために　第二世代に託されたホロコーストの遺産』早川敦子訳、２０１１年８月１日、みすず書房。

ガルシア・マルケスとバルガス・ジョサの対話『疎外と叛逆』寺尾隆吉訳、２０１４年３月３０日、水声社。

ジョナサン・カラー『文学理論』荒木瑛子・富山太佳夫訳、２００３年９月５日、岩波書店。

曺泳一（ジョ・ヨンイル）『世界文学の構造─韓国から見た日本近代文学の起源』高井修訳２０１６年12月９日、岩波書店。

スーザン・ブーレディ『目取真俊の世界（オキナワ）─歴史・記憶・物語』２０１１年12月15日、影書房。

テッサ・モーリス・スズキ『過去は死なない─メディア・記憶・歴史』田代泰子訳、２００４年８月26日、岩波書店。

テリー・イーグルトン『文学という出来事』大橋洋一訳、２０１８年４月25日、平凡社。

テリー・イーグルトン『文学とは何か─現代批評理論への招待』大橋洋一訳、１９８５年10月22日、岩波書店。

パウル・ツェラン『パウル・ツェラン詩文集』飯吉光夫編・訳、２０１２年２月20日、白水社。

ポール・ニザン『アデン・アラビア―ポール・ニザン著作集１』篠田浩一郎訳、１９６６年12月15日、晶文社。

ミラン・クンデラ『小説の技法』西永良成訳、２０１６年５月17日、岩波書店。

ロラン・バルト『物語の構造分析』花輪光訳、１９７９年11月15日、みすず書房。

ロラン・バルト『文学の記号学―コレージュ・ド・フランス開講講義』花輪光訳、１９８１年８月20日、みすず書房。

あとがき

○本書の刊行は、先に詩論集『抗いと創造─沖縄文学の内部風景』（２０１9年5月18日、コールサック社）を刊行したときから、私の脳裏にあった計画である。詩論集の姉妹編のように沖縄の小説作品や作家を県内外の読書家や研究者諸兄へ紹介できればと思った。したがって、収載された論考の多くは初出であり、本書出版のために書かれたものである。ただし、拙稿をまとめる度に並行して『季刊コールサック』誌上に発表させて貰った。深く感謝したい。収載された論考の幾つかはそれを転載したものである。

○第Ⅱ部、第四章「沖縄文学の多様性と可能性」、第五章「胎動する作家たち」を執筆するために、無謀な計画だと思ったが「九州芸術祭文学賞」「新沖縄文学賞」「琉球新報短編小説賞」のすべての受賞作品を読むことを己に課した。このために少なくとも百時間以上を費やしたはずだ。既読の作品の再読もあり、またテキストが手に入りにくい作品もあったが、友人諸兄の協力でテキストを提供してもらった。おかげで読書の楽しさを満喫した。沖縄文学は改めて魅力的な作家や作品を数多く輩出していることに深い感銘と勇気を与えられた。

○沖縄の作家たちを紹介したいためとはいえ、個人的な読みになることの危惧や怖れは最後まで払拭し難かった。作者の意図した作品世界を十分に理解できないままの執筆ではないかという不安は始終つきまとった。敢えてその不安を断ち切った。ここに展開した私の拙稿は、一人の読書愛好家の一つの読みに過ぎないことをご理解願いたい。読者諸兄が作品を手にとって読むと、また新たな世界が立ち上がってくるのであれば、私にとっても大きな喜びである。
○本稿執筆中に、沖縄の戦後文学を牽引してきた重鎮大城立裕さんの訃報に接した。「カクテル・パーティー」で沖縄初の芥川賞を受賞し、沖縄の厳しい時代の中で、常に文学と自らの自立を模索し、同時に沖縄のアイデンティティーを模索した作家であった。沖縄で、沖縄を生きる私たちにとって多くの示唆を与えてくれた。ご冥福を祈りたい。
○かつて「百年の孤独」を書いたガルシア・マルケスは次のように語っていた。「(ラテンアメリカの) 作家たちに共通するのは、まさにその多様性だと思います。すなわち、ラテンアメリカの現実には多様な側面があり、作家一人ひとりがそれぞれ異なる側面を主題としているわけです。その意味では、我々みんなで一つの大きな小説を書いていると言えるのではないでしょうか」と。沖縄の多様な現実を多様な文学で浮かび上がらせ、一つの「大きな沖縄の物語」を書く。夢のある想定で、このことが大城立裕さんの遺産を引き継ぐことになるようにも思われる。
○表紙絵に逝去した我が畏友高島彦志くんの絵を使わせてもらった。快諾してくれたご遺族の皆さんには深く感謝したい。二人一緒に肩を組んで本書を出版できることはとても嬉しいことである。今回も出版の労を「コールサック社」の代表者鈴木比佐雄様をはじめ編集者諸氏に負うことになった。深く感謝したい。有り難う。

2021年初春。

大城貞俊

解説

沖縄戦後小説の過去・現在・未来を探索する

大城貞俊『多様性と再生力――沖縄戦後小説の現在と可能性』に寄せて

鈴木比佐雄

1

大城貞俊氏は、沖縄県宜野湾市に暮らす小説家・評論家・詩人・学者・教育者であり、ハンセン病患者や沖縄戦の証言をまとめる活動などの数多くの仕事をされてきた。二〇一九年に刊行した『抗いと創造――沖縄文学の内部構造』では、中心テーマは戦後の「沖縄現代詩」の膨大な詩集を集めて読み込み書き上げた画期的な労作だ。その米軍統治下の復帰以前から復帰後の平成時代が終わるまでの数多くの詩人たち、例えばリアリズムの牧港篤三、シュールリアリズムの克山滋、新しい抒情の船越義彰、『琉大文学』の清田正信などから始まり、戦後にも活躍した山之口貘、平成時代に活躍する伊良波盛男・八重洋一郎・佐々木薫・新城兵一・高良勉・与那覇幹夫・網谷厚子・あさとえいこ・佐藤モニカまで、その沖縄で発せられた詩的言語の特徴を生き生きと自由な個人言語の歴史として記してきた。後世、詩に関心ある研究者や愛好家たちは、きっと大城氏の沖縄の詩や詩人を愛する詩論に対して、深い情熱を感じ取り文化遺産のように感じ取るだろう。

その『抗いと創造』には小説などの沖縄文学に関しても概括的に論じられている。例えばI章「沖縄文学の特質と可能性／四　「沖縄文学」の特異性と可能性／I　「沖縄文学」の定義と特異性」の中で次のように語っている。

終戦後の沖縄の現代文学（戦後文学）については、次の五点の特徴を指摘することができる。一つ目は

「戦争体験の作品化」である。沖縄県民が等しく体験した沖縄戦や土地の記憶の継承をどう文学作品として表象化していくか。これが戦後一貫して流れている今日までの課題である。二つ目は「米軍基地の被害や米兵との愛憎の物語を描く」作品である。米軍基地あるが故に生まれた「沖縄文学」の作品世界の特徴である。

三つ目は「沖縄アイデンティティの模索」で、四つ目は「表現言語の問題」である。この二つの特徴は、近代文学の課題と重なりこれを引き継いだものだ。表現言語の問題は今日では「シマクトゥバ」と呼ばれる「生活言語」をどう文学作品に取り込んでいくかという課題に継承される。作品はさらに自覚化され一層広がりと深化を見せて創出されている。

五つ目は、作者も作品も「倫理的である」ということだ。このことは「沖縄文学」の大きな特徴の一つになっている。文学は虚構であることを前提に表出される世界であるが、沖縄の作者や作品には笑いやファンタジーな世界を紡ぎ出した作品はほとんどない。この特徴は沖縄の戦後がこのことを許さない過激な状況が七十二年間余も続いていることを表しているように思われる。

この五つの特徴は、戦後を二区分して「占領下の時代」と「復帰後の時代」と区分しても継続される「沖縄文学」の特徴だ。このことは、時代のエポックを記した本土復帰の一九七二年以降も沖縄社会や沖縄文学を担う基盤が本質的に何も変わらなかったことを示しているように思われる。

さらに沖縄文学の特徴を挙げれば、「国際性」を帯びた作品世界の創出と、昨今の作品の傾向から「個人の価値の発見と創出」を新たに付け加えることができるだろう。「沖縄文学」のこれらの特徴は、本土の他地域にみられない特異な作品世界をつくっているのである。

沖縄文学の特徴を考える場合に大城貞俊氏の考える五つの特徴である「戦争体験、米軍基地の被害、沖縄アイデンティティ、表現言語（シマクトゥバ）、倫理的であること」はとても重要な指摘だ。さらにそれに加えて「国際性」と「個人の価値の発見と創出」という、広がりと深さを抱えて発展している今日的な沖縄文学の可能性を指摘している。このさらに加えた二つが今回の評論集『多様性と再生力』を書き上げるための原動力になったと推測される。大城氏にとって「国際性」とは異質な他者と出会う「国際性」であり、「個人の価値の発見と創出」とは行き詰った古い個人が新しい個人に脱皮していくことを促すための「再生力」という、生き直すための根源的な力を奮い起こすことなのかも知れない。

2

本書は序辞と第Ⅰ章〜第Ⅲ章、付録から成り立っている。序辞「沖縄で文学することの意味——極私的体験論から普遍的文学論へ」の冒頭で沖縄文学の特徴を左記のように前評論集の特徴をもっと集約し絞り込んで左記のように三つあげている。

沖縄文学の特質は、一つに戦争体験を作品化すること、二つに国際性に富んでいること、三つに地方語であるウチナーグチを共通語を使用した日本文学の中にどう取り込んでいくかということ。この三つの特質が際立っていると言えるだろう。

大城氏は、沖縄戦での十四万人余りの県民の死者を出したこと、戦前から貧しい移民県であり戦後は米軍に土地を奪われて海外に活路を開いた人びとのこと、「奪われていくウチナーグチをどのようにして生き延びさせるか。その一つの試みが文学表現に定着させること」などの三点の切り口から、これらの特徴を抱え込む戦後の沖縄小説について語り始める。第Ⅰ部「沖縄文学の構造」は一章「大城立裕の文学」、二章「東峰夫の文学」、三章「又吉栄喜の文学と特質」、四章「目取真俊文学の衝撃」に分かれている。四人の芥川賞作家の初期のころの作品群からその作家の本質的な課題に分け入り、その作家たちの目差す文学の構造を明らかにしようとする。

一章「大城立裕の文学」の大城立裕氏は昨年の十月二十七日に他界された。立裕氏の訃報記事は半5、6段の大きなスペースで、東京新聞では〈「複眼」で見つめた沖縄〉、朝日新聞では〈生の輝き示した〝沖縄文学の父〟〉と大見出しが飛び込んできた。大城立裕氏を語るキーワードは新聞紙上では「複眼」と「沖縄文学の父」であった。立裕氏のことはその後も天声人語や文芸欄でも親交のあった作家たちの追悼記事がでていた。きっと他の新聞でも追悼記事が大きく出ていたに違いない。私は二〇一八年五月二〇日に沖縄で開催された日本ペンクラブ〈「平和の日」の集い「人　生きてゆく島　沖縄と文学」〉の実行委員の一人であった。沖縄側の実行委員会の代表には立裕氏に就いて頂き、その中心の象徴的存在感によって「平和の日の集い」は成功をおさめ大変お世話になった。心よりご冥福をお祈りしたい。その沖縄での会で大城貞俊氏と又吉栄喜氏は実行委員会の実務的な中心となり沖縄の文学者や教育者たちの実行委員会を組織して、八百人以上を集めて会の運営を取り仕切ってくれた。その際に大城氏や又吉氏を含めた沖縄人がいかに立裕氏を尊敬し誇りに思っているかを実感することが出来た。そんな立裕氏の「複眼」や「沖縄文学の父」の作品群の原点を大城氏は左記のように論じている。

大城氏の一章「大城立裕の文学　1　重厚な問いの行方――「朝、上海に立ちつくす――小説東亜同文書院」」では、戦争中の中国留学体験が立裕氏に生涯に渡るどのような根本的な問いをもたらしたかを辿っていく。

〇いま一九四五年十二月、中国革命はいまだ達成されていない。革命とはまず欧米勢力を駆逐することだと、中国近代の先覚者たちが信じ、日本がそれに手を藉そうとしたが、日本はいつのまにか欧米の代わりをつとめていた。それを中国に進出してきた日本人は、いま知らされた。革命を達成するのは国民党か共産党か。孫文はいずれにも信奉されながら、究極はいずれの神でもないのかも知れない。孫文はかつて日本に亡命し、日本を盟邦と頼んだが、それは誤りであったのか。日本を駆逐したあと、中国革命はどのような経過をたどって達成される見込みなのか。東亜同文書院はそれを見届ける資格を剝奪された。(277頁)

○「東亜同文書院は君たち中国人にとって何であったか」／「東亜同文書院は中国の敵だ」／范景光ははっきりと言った。(321頁)

○「そうか。敵か。そして、それをいま駆逐したことが嬉しいか。しかし、将来また米英資本の侵略があったら、どうする?」／「その侵略はもはやあり得ない」／「なぜ?」／「中国の歴史は変わる」／「そうか長江の流れは変わるか」／「長江の流れは変わらないが、その流域が変わる」(中略)「同文書院は敵だが……」／景光がゆっくり言った。「しかし、君や金井が将来同士になるよう期待している」／「僕や金井は長江の水か」／「そうだ」／范景光の唇からはじめて笑い声が洩れた。(321-322頁)

このような問いが、作品の冒頭から次々と繰り出される。そしてこれらの問いこそが作品の特質をも示している。作品は作者の上海での戦争体験を基底に据えた問いで構築されているようにも思われるのだ。しかし、前戦での銃撃戦や戦争で犠牲になる人々の姿はほとんど描かれない。作者にそのような体験がなくても、軍服を着た兵士である以上、戦場での悲惨な殺戮や戦闘の場面が挿入されてもおかしくないはずだが。作者の関心はそこにはないのだろう。

作者大城立裕の関心は、血なまぐさい戦場での戦死者を描くことではなく、国家や民族の自立、あるいは平和な国際社会の創出や日本国家や中国社会の行方に関心があるかのように思われる。大戦に遭遇する過渡期の時代の中で、手探りするかのように国家や個としての自立を問うているように思われるのだ。

この引用で大城氏は、立裕氏が日本の植民地である沖縄の若者であるにもかかわらず、日本の大学となった東亜同文書院への留学生となり、さらに日本軍の兵士にもなった主人公に託したことを読み取ろうとする。それは「国家や民族の自立、あるいは平和な国際社会の創出や日本国家や中国社会の行方に関心がある」ことへの問いを発することだと言う。つまり立裕氏の文学とは日本と中国のせめぎ合う両国の生々しい歴史の目撃者となり、「手探りするかのように国家や個としての自立を問うている」のだと理解しようとする。そして「大城立裕文学は、このような場所から発せられる深く重厚な問いと戸惑いから創出されるように思われる」とその試みを位置付ける。日本と中国もまた世界情勢やアジア情勢の中で刻々と変わっていくのであり、それらの国々と同様に沖縄もまた独自の文化を抱えて新たなる領域を占めるべきだと問い続けているのだろう。加えて大城氏はブラジルなど中南米への沖縄人の移民たちを主人公とした「ノロエステ鉄道」などの「国際性」を問うていく作品群もその試みに注目していく。その意味では大城氏が沖縄文学の特徴に挙げた五つの特徴である「戦争体験、米軍基地の被害、沖縄アイデンティティ、表現言語（シマクトゥバ）、倫理的であること」とそれに加えて「国際性」と「個人の価値の発見と創出」の七つの特徴が、立裕氏の初期の小説にもすべて含まれているのであり、きっと大城氏は立裕氏の小説を分析してこの七つの特徴を導き出したようにも思える。立裕氏の小説に対する多くの思想家や文芸評論家たちの言説を検証し、立裕氏自身のエッセイ集を通して、「多様な異文化接触を経験した沖縄文化」を背景にしたその小説群は、「自問する文学」であるとその魅力を浮き彫りにしている。

3

第Ⅰ部のその他の作家について大城氏のその評価の最も重要な箇所を引用しておく。

二章の「東峰夫の世界」では、「『オキナワの少年』が示した方向性や、シマクトゥバの実験的な試行は、少なくとも沖縄の表現者にとっては勇気を与えるものとなった」と東氏の「シマクトゥバの実験的な試行」の先駆性を指摘する。

三章の「又吉栄喜の文学と特質」では、「又吉文学に持続されているテーマの一つである救いへの挑戦、或いは自立への可能性を求める姿勢は沖縄文学の大きな課題でもある。同時に人間の自立や文学の自立は世界文学の永遠のテーマでもある。自由や自立こそが古今東西の表現者が追い求めてきた課題であるからだ」と又吉氏が沖縄文学や世界文学の王道を追求していると語っている。

四章の「目取真俊文学の衝撃」では、「目取真俊は、ここで自らが『沈黙の彼方にある言葉』を探すことの大切さを述べている。もちろんこれらの言葉は、戦争体験のみならず、正義をかざし不条理な力によって抹殺された死者たちの言葉を考え続けることにも繋がるはずである」と米兵と日本兵に犯され、沖縄戦で死んでいった沖縄人の「絶対の沈黙」を聞き続けている言葉を紡ぎ出していると言う。

大城氏は、これら芥川賞作家の小説の言葉の構造を作り上げた内面の息遣いを聞き取って書き記している。

第Ⅱ部「沖縄文学の多様性と可能性」では、「第一章　池上永一の文学世界」、「第二章　長堂英吉と吉田スエ子」、「第三章　崎山多美の提起した課題」、「第四章　沖縄文学の多様性と可能性／1「九州芸術祭文学賞」受賞作品と作家たち／2「新沖縄文学賞」受賞作品と作家たち／3「琉球新報短編小説賞」受賞作品と作家たち」、「第五章　胎動する作家たち／1　山入端信子論／2　白石弥生論／3　崎山麻夫論／4　玉木一兵論／5　富山陽子論／6　崎浜慎論」などの沖縄のその後の作家たちの試みを丹念に読解していく。そして例えば大城氏は、沖縄文学の特徴とは異質な「池上永一は全く異なる作品を提出し、沖縄の歴史さえもエンターテインメントの対象にしたのだ。従来のテーマや題材とは異なる作品世界の大胆さに衝撃を受けたのである」と、池上氏のマジックリアリズムの手法を丁寧に読み取りながらその可能性を検証し、その他の新しい作家たちの試みも沖縄文学の特徴の継承、発展、逸脱、飛躍する新たな沖縄文学の「多様性と再生力」を詳細に読み取り記している。

第Ⅲ部「沖縄文学への視座」では最近の芥川賞、ノーベル賞の作品を読解し、沖縄に関わる接点や沖縄文学と交差する世界文学との共時性を発見し、「沖縄自立の思想」を模索して沖縄文学が世界文学になるための土壌づくりを大城氏は試みているかのようだ。

このような沖縄戦後文学の過去・現在・未来を探索する大城貞俊氏の労作『多様性と再生力』を、前評論集『抗いと創造』と共に沖縄文学を愛する人びとの座右の書にして欲しいと願っている。

か

き

く

こ

人名索引

著者略歴

大城貞俊（おおしろ　さだとし）

1949年沖縄県大宜味村に生まれる。元琉球大学教育学部教授。詩人、作家。県立高校や県立教育センター、県立学校教育課、昭和薬科大学附属中高等学校勤務を経て2009年琉球大学教育学部に採用。2014年琉球大学教育学部教授で定年退職。現在、那覇看護専門学校非常勤講師。主な受賞歴に、沖縄タイムス芸術選賞文学部門（評論）奨励賞、具志川市文学賞、沖縄市戯曲大賞、九州芸術祭文学賞佳作、文の京文芸賞最優秀賞、山之口貘賞、沖縄タイムス芸術選賞文学部門（小説）大賞、やまなし文学賞佳作、さきがけ文学賞最高賞などがある。

〈主な出版歴〉

1989年　評論『沖縄戦後詩人論』（編集工房・貘）
1989年　評論『沖縄戦後詩史』（編集工房・貘）
1993年　小説『椎の川』（朝日新聞社）
1994年　評論『憂鬱なる系譜―「沖縄戦後詩史」増補』（ＺＯ企画）
2004年　詩集『或いは取るに足りない小さな物語』（なんよう文庫）
2005年　小説『記憶から記憶へ』（文芸社）
2005年　小説『アトムたちの空』（講談社）
2006年　小説『運転代行人』（新風舎）
2008年　小説『Ｇ米軍野戦病院跡辺り』（人文書館）
2011年　小説『ウマーク日記』（琉球新報社）
2013年　大城貞俊作品集〈上〉『島影』（人文書館）
2014年　大城貞俊作品集〈下〉『樹響』（人文書館）
2015年　『「沖縄文学」への招待』琉球大学ブックレット（琉球大学）
2016年　『奪われた物語―大兼久の戦争犠牲者たち』（沖縄タイムス社）
2017年　小説『一九四五年 チムグリサ沖縄』（秋田魁新報社）
2018年　小説『カミちゃん、起きなさい！生きるんだよ』（インパクト出版）
2018年　小説『六月二十三日　アイエナー沖縄』（インパクト出版）
2018年　『椎の川』コールサック小説文庫（コールサック社）
2019年　評論『抗（あらが）いと創造―沖縄文学の内部風景』（コールサック社）
2019年　小説『海の太陽』（インパクト出版）
2020年　小説『記憶は罪ではない』（コールサック社）
2020年　小説『沖縄の祈り』（インパクト出版）

石炭袋

多様性と再生力 ——沖縄戦後小説の現在と可能性

2021年3月28日初版発行
著　者　　　大城貞俊
編集・発行者　鈴木比佐雄
発行所　株式会社 コールサック社
〒173-0004　東京都板橋区板橋2-63-4-209
電話 03-5944-3258　FAX 03-5944-3238
suzuki@coal-sack.com　http://www.coal-sack.com
郵便振替　00180-4-741802
印刷管理　（株）コールサック社　制作部

装幀　松本菜央

落丁本・乱丁本はお取り替えいたします。
ISBN978-4-86435-472-1　C1095　￥2000E